Diogenes Taschenbuch 23574

de
te
be

Erlesene Verbrechen

Kriminalgeschichten

Herausgegeben von
Daniel Keel
und Daniel Kampa

Diogenes

Nach- und Hinweise
am Schluß des Bandes
Mitarbeit Nachweis: Lisa Jordi
Umschlagillustration: Ramón Casas y Carbo,
›Après le bal‹, 1895 (Ausschnitt)

Originalausgabe

www.diogenes.ch
600/06/44/1
ISBN 13: 978 3 257 23574 6
ISBN 10: 3 257 23574 7

»Wie besteht ein Künstler in einer Welt der Bildung?... Vielleicht am besten, indem er Kriminalromane schreibt. ›Kunst da tut‹, wo sie niemand vermutet.«

Friedrich Dürrenmatt

»Der Krimi ist ja bloß eine mögliche Form, Geschichten zu erzählen.«

Jakob Arjouni

»Wird aber dieser Mensch (ein Dieb) zugleich Mörder, so ist er zwar moralisch noch viel verwerflicher; aber ästhetisch wird er dadurch wieder um einen Grad brauchbarer.«

Friedrich Schiller

Zu diesem Buch

»Wer aber nicht eine Million Leser erwartet, sollte keine Zeile schreiben«, so Goethe. Die Diogenes Taschenbücher haben sogar noch mehr Leserinnen und Leser gefunden: In 35 Jahren wurden 100 Millionen detebe verkauft. Anstatt auszurechnen, ob 100 Millionen gestapelte Taschenbücher bis zum Mond reichen würden, haben wir lieber gelesen.

Gemäß unseren Verlags-Devisen »Erzählen ist das einzige Spiel, das zu spielen sich lohnt« (Fellini) und »Jede Art zu schreiben ist erlaubt, nur die langweilige nicht« (Voltaire) haben wir das Beste von Diogenes zusammengestellt (mit der Hilfe von Marion Hertle und Margaux de Weck, denen wir nicht genug danken können). Neben unseren Programmschwerpunkten – zeitgenössische deutschsprachige und internationale Literatur, Kriminalliteratur und Klassiker – gehören dazu auch Themen, die man beim ›Belletristen‹ Diogenes weniger vermutet, die aber seit Jahren ebenfalls wichtiger Bestandteil des Programms sind: Biographisches, Philosophisches und Satirisches. So sind sieben prallgefüllte Reader entstanden, zum Entdecken oder Wiederentdecken, für alle, die sich fragen: Was lese ich als nächstes? Und die nicht etwa mit Karl Kraus antworten: »Wo nehme ich nur all die Zeit her, so viel *nicht* zu lesen?«

Die Herausgeber

Inhalt

Mary Hottinger
Der Krimi ist nicht totzukriegen

Die Kriminalgeschichte befindet sich wieder einmal auf dem absterbenden Ast – zumindest behaupten dies ihre Verächter. Dennoch hat sie sich nur selten so stürmisch wie heute entwickelt. Ganz abgesehen von den Paperbacks, in denen alte Autoren von neuem auftauchen, kommen ständig neue Vertreter dieser Gattung zum Vorschein, vermehren und vervielfachen sich Jahrbücher und Anthologien, und inzwischen hat es Sherlock Holmes sogar zu einer Biographie und einem eigenen Who's Who gebracht.

Die Wahrheit scheint demnach also zu sein, daß die Kriminalgeschichte nicht an der Schwelle des Todes steht, sondern zum Stillstand gekommen ist – wobei man darüber streiten kann, welche Zeitspanne man in der heutigen Welt unter ›Stillstand‹ versteht. In Wirklichkeit ist nichts anderes geschehen, als daß sie ein neues Beispiel für Tennysons ›zwei Bräuche, die die Welt trennen‹ gegeben hat, zumal die Welt ohne sie nicht auskommt. Um der heutigen Zeit zu entsprechen, brauchte an W. S. Gilberts bekannter Diagnose der Politik kaum etwas geändert zu werden:

Denn ob sie als Mädchen oder als Knabe
Lebendig und munter das Weltenlicht seh'n:
Sie sind von Geburt an bereits unterschieden –
In konservativ und gut liberal.

Anhänger Freuds und Anhänger Jungs, Katzenliebhaber und Katzenhasser, Leute, die Wollsachen direkt auf der Haut tragen, und Leute, die es nicht tun, Liebhaber von Kriminalgeschichten und ihre Verächter – die Aufzählung könnte fast unbegrenzt fortgesetzt werden.

Im Hinblick auf die Verächter von Kriminalgeschichten kann man nur Mitleid mit jenen ehrsamen Bürgern empfinden, die mit den versteckten Hinweisen nichts anfangen können und die Personen ständig durcheinanderbringen. Diese Schwäche scheint genauso angeboren zu sein wie mangelnde Schwindelfreiheit, der sie ähnelt.

Der Verächter von Kriminalgeschichten, der sich namens der reinen Literatur erbost, begeht jedoch im allgemeinen einen großen Fehler. Er verlangt von der Kriminalgeschichte, etwas darzustellen, was sie gar nicht ist: nämlich einen Roman. Wenn wir uns an G.K. Chestertons geistreiche Definition des Romans als eines ›Spiels von Persönlichkeiten im Privaten‹ halten, erkennen wir den Irrtum, denn die Kriminalgeschichte lebt vom Verbrechen, und zum Verbrechen gehört nun einmal das Recht, die – mit Ausnahme der Einkommensteuer – gemeinnützigste aller Institutionen. Privat können sich irgendwelche Leute jahrelang gegenseitig auf die Nerven fallen, ohne daß ihnen irgendeine Buße auferlegt wird, und aus dieser Situation kann wiederum der Romancier Kapital schlagen; sobald sie sich jedoch verständlicherweise umbringen, hat das Spiel der Persönlichkeiten im Privaten aufgehört.

Genaugenommen läßt sich mit dem Verächter der Kriminalgeschichte überhaupt nicht streiten. Die erste Gruppe macht ein schuldbewußtes und verwirrtes Gesicht, und es wäre gemein, ihr irgendeine Schuld zuzuschieben. Die andere dagegen verdient im Grunde unser Mitgefühl: Diesen Leuten entgeht eine Menge Spaß.

Wieder bei der Herde derjenigen, die der Kriminalgeschichte anhängen, kann man die Frage stellen, was sich heute eigentlich tatsächlich innerhalb der Kriminalgeschichte abspielt. Die auffallendste Entwicklung ist vielleicht die Rückkehr der Kurzgeschichte zu ihrem eigentlichen Gebiet. Man kann bestreiten, daß die Kurzform ihr am angemessensten ist; aber das einmalige Thema, die einmalige Krise sind tatsächlich ihr Element, und selbst gute Kriminalromane, wie etwa die von Raymond Chandler und Michael Innes, sind keineswegs frei von unwichtigen Dialogen, falschen Hinweisen, falschem Verdacht, allzu komplizierten Motiven, Abhandlungen über die englische Literatur und obskuren Giften, die lediglich die Seitenzahl vergrößern, ohne das eigentliche Interesse notwendigerweise zu steigern.

Was sich heute abspielt, ist die Verschmelzung der reinen Kriminalgeschichte mit anderen Formen.

Es gibt Menschen, denen diese Kombinationen gefallen. Zu ihnen gehört der große amerikanische Kritiker Edmund Wilson, der ein erbitterter Ankläger der Kriminalgeschichte ist und nur bei einem Roman von John Dickson Carr eine Ausnahme mit der Begründung machte: »Er besitzt einen Anflug von Schwarzer Magie, der ihm ein wenig von dem Reiz einer Schaudergeschichte verleiht.«

Das aber genügt niemals. Der wahre Liebhaber der Kriminalgeschichte will die Aufdeckung eines Verbrechens rein und unverfälscht, und das mag auch der Grund sein, daß anscheinend eine Wiederbelebung jener Geschichten im Gange ist, in denen es allein um dieses Problem geht. Wie Anthony Boucher 1960 in der *New York Times* schrieb: »Anscheinend erleben wir so etwas wie einen Aufschwung bei der reinen grundlegenden Kriminalgeschichte – den logischen und gut verschlüsselten Mord.« Daß diese Schlüssel in späteren Kriminalgeschichten häufig mehr psychologischer als materieller Art sind – Fußabdrücke und Zigarrenasche sind aus der Mode gekommen, und sämtliche Verbrecher tragen Handschuhe –, liegt einfach am Lauf der Zeit.

Edgar Allan Poe

Der entwendete Brief

Es war in Paris an einem stürmischen Herbstabend des Jahres 18... Ich saß im dritten Stockwerk des Hauses Nr. 33 der Rue Donot, Faubourg St. Germain, in dem nach hinten gelegenen Bibliothekzimmerchen bei meinem Freunde Auguste Dupin und gab mich dem zweifachen Genuß des Nachdenkens und einer Meerschaumpfeife hin. Seit mindestens einer Stunde hatten wir beide kein Wort gesprochen. Ein zufälliger Beobachter hätte sicherlich geglaubt, wir seien einzig und allein damit beschäftigt, die kräuselnden Rauchwolken zu verfolgen, die in dichten Schwaden das Zimmer füllten. Indessen was mich betraf, so sann ich dem Gesprächsstoff nach, mit dem wir uns zu einer früheren Stunde desselben Abends eifrig befaßt hatten; ich meine die Affäre aus der Rue Morgue und den geheimnisvollen Mordfall der Marie Rogêt. Es erschien mir daher als ein wunderbares Zusammentreffen, daß plötzlich unser alter Bekannter Herr G., der Polizeipräfekt von Paris, ins Zimmer trat.

Wir begrüßten ihn herzlich; denn wenn wir den Mann auch nicht eben achteten, so war er andererseits doch unterhaltend, und wir hatten ihn seit Jahren nicht gesehen. Wir hatten im Dunkel gesessen, und Dupin erhob sich nun, um die Lampe anzuzünden; er unterließ es jedoch und setzte sich wieder, als G. sagte, er sei gekommen, uns um

Rat zu fragen oder vielmehr die Meinung meines Freundes zu hören in einer Amtsangelegenheit, die ihm schon viel Beschwer gemacht habe.

»Wenn es eine Sache ist, die Nachdenken erfordert«, bemerkte Dupin, indem er mit Anzünden des Dochtes innehielt, »so ist es besser, wir prüfen sie im Dunkeln.«

»Wieder so eine Ihrer sonderbaren Ansichten!« sagte der Präfekt, der alles ›sonderbar‹ nannte, was über sein Begriffsvermögen hinausging, und sich daher von einer Legion von ›Sonderbarkeiten‹ umgeben sah.

»Sehr wahr«, sagte Dupin, während er seinem Besuch eine Pfeife reichte und einen bequemen Sessel hinschob.

»Und um was für Schwierigkeiten handelt es sich diesmal?« fragte ich. »Hoffentlich nicht wieder eine Mordgeschichte?«

»O nein; nichts dergleichen. In der Tat – die Sache ist an sich *sehr* einfach, und ich bezweifle nicht, daß wir ganz gut allein damit fertig werden könnten; aber dann dachte ich, der Fall würde Dupin interessieren, denn er ist höchst sonderbar.«

»Einfach und sonderbar!« sagte Dupin.

»Nun ja; und doch wieder keins von beiden. Es hat uns alle so verwirrt, daß die Geschichte so einfach ist und man ihr doch nicht beikommen kann.«

»Vielleicht ist es gerade die Einfachheit der Sache, die Sie irreleitet, mein Freund.«

»Was für Unsinn Sie reden!« erwiderte der Präfekt lachend.

»Vielleicht ist das Geheimnis ein wenig *zu* klar«, sagte Dupin.

»O Himmel! Welche verrückte Idee!«

»Ein wenig *zu* durchsichtig.«

»Ha, ha, ha! – Ha, ha, ha! – Ho, ho, ho!« brüllte unser Besuch aufs höchste belustigt. »O Dupin, Sie werden noch an meinem Tode schuld sein.«

»Was für eine Sache ist es nun aber eigentlich?« fragte ich.

»Schön, Sie sollen es hören«, erwiderte der Präfekt und tat einen langen, kräftigen und nachdenklichen Zug aus der Pfeife; dann rückte er sich im Stuhl zurecht und begann: »Ich will es Ihnen in kurzen Worten sagen; doch ehe ich anfange, muß ich Sie darauf aufmerksam machen, daß die Sache tiefstes Geheimnis ist und größte Diskretion verlangt und daß ich höchstwahrscheinlich meinen Posten verlieren würde, wenn es herauskäme, daß ich sie jemand erzählt habe.«

»Fahren Sie fort«, sagte ich.

»Oder auch nicht«, sagte Dupin.

»Also gut; ich wurde von sehr hoher Stelle benachrichtigt, daß ein Dokument von höchster Wichtigkeit aus den königlichen Gemächern entwendet worden sei. Die Person, die den Diebstahl ausführte, kennt man; das steht fest, denn sie wurde bei der Tat beobachtet. Man weiß ferner, daß sie noch im Besitze des Dokumentes ist.«

»Woher weiß man das?« fragte Dupin.

»Dies ergibt sich aus der Natur des Dokumentes selbst und daraus, daß gewisse Ergebnisse nicht eingetreten sind, die unausbleiblich erfolgen würden, wenn der Dieb das Papier aus den Händen gäbe – das heißt, wenn er es so anwendete, wie er es im Grunde beabsichtigen muß.«

»Seien Sie ein bißchen deutlicher«, sagte ich.

»Schön, ich kann so weit gehen, zu sagen, daß das Papier seinem gegenwärtigen Besitzer eine gewisse Macht verleiht, an einer gewissen Stelle, wo diese Macht von ungeheurem Werte ist.« Der Präfekt liebte es, sich diplomatisch auszudrücken.

»Ich verstehe noch immer nicht ganz«, sagte Dupin.

»Nicht? Also: würde der Inhalt des Dokumentes einer dritten Person, die ich hier ungenannt lassen will, eröffnet, so würde das die Ehre einer sehr hochstehenden Persönlichkeit in ein schlechtes Licht setzen, und dieser Umstand gibt dem Inhaber des Papiers ein Übergewicht über die erlauchte Person, deren Ruhe und Ehre dadurch gefährdet ist.«

»Aber dieses Übergewicht«, warf ich ein, »würde nur dann bestehen, wenn der Dieb wüßte, daß der Bestohlene von dem Diebe Kenntnis hat. Wer aber könnte wagen –«

»Der Dieb«, sagte G., »ist der Minister D., der alle Dinge wagt, ob sie einem Ehrenmanne nun anstehen oder nicht. Das Vorgehen des Diebes war ebenso sinnreich als kühn. Die hohe Persönlichkeit hatte das fragliche Dokument – einen Brief, frei herausgesagt – bekommen, als sie sich allein im königlichen Boudoir befand. Während sie ihn las, wurde sie plötzlich durch den Eintritt einer anderen hohen Person gestört, der nämlichen, vor der sie gerade diesen Brief geheimzuhalten wünschte. Nach einem hastigen und vergeblichen Versuch, ihn in ein Schubfach zu werfen, war sie genötigt, ihn, offen wie er war, auf einen Tisch zu legen. Indessen lag die Adresse zuoberst, und da der Inhalt also nicht sichtbar war, fiel der Brief nicht weiter auf. So standen die Dinge, als der Minister D. eintrat. Sein Luchsauge erblickt sofort das Papier, erkennt die Handschrift der Adresse, bemerkt die Verwirrung des Adressaten und errät sein Geheimnis. Nach einigen geschäftlichen Unterhandlungen, die er in gewohnter Weise schnell abwickelt, zieht er einen Brief aus der Tasche, der dem in Frage stehenden einigermaßen gleicht, öffnet ihn, tut, als lese er ihn, und legt ihn dann dicht neben den andern nieder. Wieder spricht er etwa fünfzehn Minuten über die öffentlichen Angelegenheiten. Schließlich verabschiedet er sich und nimmt von dem Tisch den Brief, auf den er kein Anrecht hatte. Der rechtmäßige Besitzer sah dies, wagte aber natürlich nicht in Gegenwart jener dritten Person, die dicht an seiner Seite stand, die Sache zu erwähnen. Der Minister entfernte sich, seinen eigenen, ganz unwichtigen Brief auf dem Tisch zurücklassend.«

»Da haben Sie also«, sagte Dupin zu mir, »genau das, was Sie zur Erlangung des Übergewichtes für erforderlich halten: die Kenntnis des Räubers, daß der Beraubte den Räuber kenne.«

»Ja«, entgegnete der Präfekt; »und die derart erlangte Gewalt wird nun schon seit Monaten in gefährlichem Umfange zu politischen Zwecken ausgenützt. Die bestohlene Person erkennt mit jedem Tage mehr die Notwendigkeit, den Brief zurückzuerlangen. Das kann aber natürlich nicht offen geschehen. In ihrer Verzweiflung hat sie schließlich mir die Angelegenheit übertragen.«

»Denn wie hätte sie sich«, sagte Dupin und stieß eine gewaltige Rauchwolke aus, »einen scharfsinnigeren Vermittler wünschen oder auch nur vorstellen können.«

»Sie schmeicheln«, entgegnete der Präfekt, »aber es ist möglich, daß eine solche Ansicht vorlag.«

»Es ist, wie Sie selbst bemerkt haben, klar«, sagte ich, »daß der Brief noch in den Händen des Ministers ist; denn dieser Besitz und nicht etwa irgendeine Anwendung des Briefes ist es, was Macht verleiht. Mit der Ausbeutung des Briefes ist die Macht dahin.«

»Sehr wahr«, sagte G.; »und von dieser Überzeugung ging ich aus. Meine erste Sorge war, das Palais des Ministers gründlich zu durchsuchen. Die Schwierigkeit lag nun darin, dies ohne sein Wissen zu bewerkstelligen. Ich wurde nämlich vor der Gefahr gewarnt, die daraus entstehen würde, wenn er unsere Absicht argwöhnte.«

»Nun«, sagte ich, »Sie sind in solchen Nachforschungen ja durchaus bewandert. Die Pariser Polizei hat dergleichen schon oft vorgenommen.«

»Ja, gewiß; und darum verzweifle ich auch nicht. Überdies boten mir die Lebensgewohnheiten des Ministers einen großen Vorteil. Er ist oft die ganze Nacht nicht zu Hause. Seine Dienerschaft ist keineswegs zahlreich. Ihre Schlafzimmer liegen in ziemlicher Entfernung von den Wohnräumen des Herrn. Die Leute sind übrigens zum großen Teil Neapolitaner und daher leicht betrunken zu machen. Wie Sie wissen, habe ich Schlüssel, mit denen ich jedes Zimmer in Paris öffnen kann. Seit drei Monaten ist kaum eine Nacht vergangen, in der ich nicht mehrere Stunden lang persönlich das D.sche Palais durchstöbert hätte. Meine Ehre steht auf dem Spiel, und – ganz im geheimen! – die Belohnung ist ungewöhnlich hoch. Ich gab also die Suche nicht eher auf, als bis ich vollkommen davon überzeugt war, daß der Dieb schlauer sei als ich. Ich habe sicherlich jede Ecke und jeden Winkel durchforscht, in dem nur irgend das Papier versteckt sein konnte.«

»Aber ist es nicht möglich«, mutmaßte ich, »daß der Minister den Brief woanders als in seinem eigenen Hause verborgen hat?«

»Das ist kaum möglich«, sagte Dupin. »Die gegenwärtige Lage der Dinge bei Hof und vor allem jene Intrigen, in die D., wie man weiß, verwickelt ist, lassen die derzeitige sofortige Verwendbarkeit des Dokumentes – die Möglichkeit, es immer vorweisen zu können – als einen ebenso wichtigen Punkt erscheinen, wie der Besitz desselben es ist.«

»Die Möglichkeit, es vorzuweisen?« fragte ich.

»Nämlich um es gleich *vernichten* zu können«, sagte Dupin.

»Ja, das ist richtig«, bemerkte ich. »Das Papier ist also bestimmt im Hause. Daß der Minister dasselbe etwa beständig bei sich trägt, kommt wohl gar nicht in Frage?«

»Nein«, sagte der Präfekt. »Er ist zweimal von meinen Leuten in der Maske von Straßenräubern angefallen und unter meinen eigenen Augen gründlich durchsucht worden.«

»Diese Mühe hätten Sie sich sparen können«, sagte Dupin. »D. ist, denke ich, kein ganzer Narr und muß daher diese Straßenüberfälle vorausgesetzt haben.«

»Wohl nicht ein *ganzer* Narr«, sagte G., »aber er ist ein Dichter, und solche Leute stehen den Narren nicht allzufern.«

»Ja, gewiß«, sagte Dupin nachdenklich, »obschon auch ich hie und da Knittelverse verbrochen habe.«

»Wie wäre es«, fragte ich, »wenn Sie uns die Einzelheiten Ihrer Suche darlegen würden?«

»Schön. Die Sache ist die, daß wir uns Zeit ließen und *überall* suchten. In solchen Dingen habe ich große Erfahrung. Ich nahm das ganze Haus vor, Zimmer nach Zimmer; und jedem widmete ich die Nächte einer ganzen Woche. Zunächst untersuchten wir in jedem Raum die Möbel. Wir öffneten alle möglichen Schubfächer; Sie wissen, daß es für einen gut geschulten Polizeiagenten so etwas wie ein *Geheimfach* nicht gibt. Der Mann, dem bei einer solchen Suche ein ›Geheim‹-fach entgeht, ist ein Tölpel. Die Sache ist ja so einfach! Da ist doch der Raum, der Umfang, den man bei jedem Schreibtisch im Auge haben muß. Es ist doch nicht schwer zu berechnen, ob der von außen sichtbare Raum eines Möbels von den Fächern wirklich ausgefüllt wird. Und dann haben wir unsere ganz bestimmten Regeln. Der fünfzigste Teil einer Linie könnte uns nicht entgehen! Nach den Schreibtischen und Kommoden nahmen wir die Stühle vor. Die Sitze untersuchten wir mit den dünnen langen Nadeln, die Sie mich gelegentlich schon anwenden sahen. Von den Tischen entfernten wir die Platten.«

»Warum das?«

»Die Person, die einen Gegenstand zu verbergen wünscht, tut das manchmal in der Weise, daß sie die Platte eines Tisches oder ähnlichen Möbelstückes entfernt, ein Bein desselben aushöhlt, den Gegenstand in die Höhlung legt und die Platte wieder aufsetzt. In derselben Weise benutzt man die Füße und Knäufe der Bettpfosten.«

»Könnte man so eine Höhlung nicht durch Klanguntersuchung entdecken?« fragte ich.

»Unmöglich, falls der Gegenstand beim Hineinlegen genügend in Watte gebettet wurde. Übrigens waren wir in diesem Falle genötigt, geräuschlos vorzugehen.«

»Aber Sie konnten doch unmöglich *alle* Möbelstücke auseinandernehmen, in denen ein Versteck, wie Sie es soeben beschrieben haben, angelegt hätte sein können! Ein Brief kann spiralförmig so dünn zusammengerollt werden, daß er in Form und Umfang nicht anders ist als eine große Stricknadel, und in solcher Form könnte er zum Beispiel bequem in einer ganz dünnen Stuhlleiste untergebracht werden. Sie nahmen doch wohl nicht alle Stühle auseinander?«

»Gewiß nicht; aber wir taten etwas Besseres – wir prüften sämtliche Stuhlleisten und die Verbindungsstellen sämtlicher Möbel im Hause mit Hilfe eines sehr starken Vergrößerungsglases. Wäre irgendwo die geringste Spur einer jüngst vorgenommenen Veränderung gewesen, so hätten wir sie unfehlbar entdecken müssen. Ein einziges Körnchen Holzmehl zum Beispiel wäre unserm bewaffneten Auge in der Größe eines Apfels erschienen. Jede Verschiebung an den zusammengeleimten Stellen – ein ungewöhnliches Klaffen der Fugen – hätte genügt, eine Entdeckung herbeizuführen.«

»Ich nehme an, daß Sie auch die Spiegel zwischen Rückwand und Glasplatte untersuchten sowie die Betten und Leintücher, Vorhänge und Teppiche.«

»Natürlich; und nachdem wir auf diese Weise jeden Einrichtungsgegenstand untersucht hatten, nahmen wir das Haus selbst in Angriff. Wir teilten sämtliche Wand- und Bodenflächen in Felder ein, die wir numerierten, so daß keines übersehen werden konnte, dann durchforschten wir jeden Quadratzoll des Hauses und der beiden Nachbarhäuser mit dem Mikroskop.«

»Der beiden Nachbarhäuser?« rief ich aus; »da hatten Sie aber eine ungeheuere Arbeit!«

»Das hatten wir auch; aber die angebotene Belohnung ist ungemein hoch.«

»Sie hatten auch die angrenzenden Bodenflächen mit eingeschlossen, die Höfe und so weiter?«

»Höfe und Wege sind mit Ziegelsteinen gepflastert. Sie machten uns verhältnismäßig geringe Mühe. Wir prüften das Moos zwischen den Steinen und fanden nichts Verdächtiges.«

»Selbstverständlich blickten Sie auch in D.s Papiere und in die Bücher seiner Bibliothek?«

»Gewiß; wir öffneten jeden Stoß und jedes Päckchen; wir öffneten nicht nur jedes Buch, um es, wie einige unserer Polizeioffiziere das tun, nur zu schütteln, sondern wir wendeten Seite um Seite um. Wir maßen auch die Dicke jedes Buchdeckels mit peinlichster Sorgfalt und arbeiteten auch hier mit dem Mikroskop. Irgendeine unlängst vorgenommene Verletzung der Einbände hätte unserm Augenmerk unmöglich entgehen können. Vier oder fünf Bände, die gerade vom Buchbinder gekommen waren, prüften wir eingehend der Länge nach mit den Nadeln.«

»Sie durchforschten den Fußboden unter den Teppichen?«

»Selbstredend. Wir entfernten alle Teppiche und untersuchten die Bretter mit dem Mikroskop.«

»Und ebenso die Wandtapeten?«

»Auch diese.«

»Sie suchten in den Kellern?«

»Ja.«

»Dann«, sagte ich, »haben Sie einen Fehlschluß getan, und der Brief ist *nicht* mehr, wie Sie vermuteten, im Hause selbst.«

»Ich fürchte, darin haben Sie recht«, sagte der Präfekt. »Und nun, Dupin, sagen Sie, was Sie mir raten würden!«

»Das Haus nochmals gründlich zu durchsuchen.«

»Das ist durchaus zwecklos«, erwiderte G. »Ich bin wie von meinem Leben davon überzeugt, daß der Brief nicht im Palais ist.«

»Einen besseren Rat kann ich Ihnen nicht geben«, sagte Dupin. »Sie besitzen natürlich eine genaue Beschreibung des Briefes?«

»O ja!« Und der Präfekt zog ein Notizbuch heraus und las eine genaue Beschreibung der inneren und namentlich der äußeren Beschaffenheit des vermißten Dokumentes vor. Bald nachdem er die Vorlesung beendet, verabschiedete er sich, niedergedrückter, als ich ihn je vordem gesehen.

Etwa einen Monat später machte er uns wiederum einen Besuch und fand uns bei ziemlich derselben Beschäftigung wie damals. Er ließ sich einen Stuhl und eine Pfeife reichen und begann ein gleichgültiges Gespräch. Endlich sagte ich:

»Nun, G., erzählen Sie doch: wie steht's mit dem entwendeten Brief? Ich glaube, Sie sind wohl doch zu der Überzeugung gekommen, daß es eine Unmöglichkeit ist, den Gesandten zu übertölpeln?«

»Verflucht, ja! Ich habe, Dupins Rat folgend, noch einmal alles durchsucht – doch alle Arbeit war umsonst, wie ich mir schon dachte.«

»Wie groß, sagten Sie, ist die angebotene Belohnung?« fragte Dupin.

»Nun, sehr groß – wirklich *sehr* groß –, ich möchte die genaue Summe nicht angeben; aber eins kann ich sagen: Ich selbst würde demjenigen, der mir den Brief verschaffte, sofort einen Scheck von fünfzigtausend Francs ausstellen. Tatsache ist, daß der Fall von Tag zu Tag schlimmer, dringlicher wird; und die Belohnung wurde verdoppelt. Aber wenn sie auch verdreifacht würde, könnte ich doch nicht mehr tun, als ich getan habe.«

»Ja, ich meine, G.«, sagte Dupin gedehnt und tat ein paar kräftige Züge aus der Meerschaumpfeife, »Sie haben noch nicht Ihr Äußerstes getan. Sie könnten – noch etwas mehr tun, denke ich, he?«

»Wie – was meinen Sie denn?«

»Nun« – paff, paff – »Sie könnten« – paff, paff – »Rat einholen, wie?« – Paff, paff, paff. »Kennen Sie die Geschichte, die man von Abernethy erzählt?«

»Nein, zum Henker mit Abernethy!«

»Gewiß, zum Henker mit ihm! Aber da war einmal ein reicher Geizhals, der wollte diesen Abernethy gern umsonst konsultieren. In dieser Absicht lud er ein paar Leute zu sich ein und erzählte während der Unterhaltung dem Arzt den Krankheitsfall einer gedachten Person: ›Nehmen wir an‹, sagte der Geizhals, ›die Symptome seien die und die; nun, Doktor, was würden Sie ihm wohl zu nehmen verordnet haben?‹

›Nehmen?‹ sagte Abernethy, ›ärztlichen Rat natürlich!‹«

»Ja«, sagte der Präfekt ein wenig betroffen, »ich bin ja ganz willig, Rat zu nehmen und dafür zu bezahlen. Ich würde *wirklich* demjenigen, der mir in der Sache helfen würde, fünfzigtausend Francs geben.«

»Nun, wenn es sich *so* verhält«, sagte Dupin, aus einem Schubfach ein Scheckbuch nehmend, »können Sie mir die erwähnte Summe sofort hierherschreiben. Wenn Sie unterzeichnet haben, werde ich Ihnen den Brief aushändigen.«

Ich war aufs höchste verblüfft. Der Präfekt schien wie vom Blitz getroffen. Sprachlos, mit offenem Mund und aufgerissenen Augen starrte er Dupin an; dann, als er sich ein wenig erholt hatte, nahm er eine Feder, und unter mehrfachen Pausen und fragenden Blicken füllte er das Formular auf die Summe von fünfzigtausend Francs aus, unterzeichnete es und reichte es meinem Freund über den Tisch. Dieser prüfte es sorgsam und legte es in seine Brieftasche. Dann schloß er ein Schreibpult auf, entnahm ihm einen Brief und reichte ihn dem Präfekten. Der Beamte ergriff ihn, halb berauscht vor Freude, öffnete ihn mit zitternder Hand, warf einen schnellen Blick auf die Zeilen, suchte hastend und taumelnd die Tür und eilte ohne Abschied davon; seit Dupin ihn aufgefordert, den Scheck auszufüllen, hatte er kein Wort mehr gesprochen.

Als er gegangen war, gab mein Freund mir Aufklärung.

»Die Pariser Polizei«, sagte er, »ist in ihrer Weise sehr geschickt. Sie ist ausdauernd, pfiffig und scharfsinnig und in all den Dingen bewandert, die ihre Pflichten ihr auferlegen. Als darum G. uns auseinandersetzte, in welcher Weise er die Durchsuchung des Gesandtschaftspalais vorgenommen, war ich ganz überzeugt, daß er gründliche Arbeit getan hatte – so weit sein Arbeitsfeld eben reichte.«

»So weit sein Arbeitsfeld reichte?« fragte ich.

»Ja«, sagte Dupin. »Die angewandten Maßnahmen waren nicht nur in ihrer Art die besten, sondern auch auf das vollkommenste ausgeführt. Wäre der Brief im Bereich ihrer Suche niedergelegt gewesen, so hätten diese Leute ihn zweifellos gefunden.«

Ich lachte; es schien ihm aber mit dem, was er sagte, ernst zu sein.

»Die Maßnahmen«, fuhr er fort, »waren also in ihrer Weise sehr gut; der Fehler war nur, daß sie auf den besonderen Fall hier und auf den schlauen Dieb nicht paßten. Der Präfekt hat eine gewisse Reihe sehr sinnreicher Hilfsmittel, denen er wie einem Prokrustesbett jeden Kriminalfall anzupassen sucht. Aber er begeht beständig den Fehler, den jeweiligen Fall zu gründlich oder zu leicht zu nehmen, und mancher Schuljunge ist ein schlauerer Kopf als er. Ich kannte einen achtjährigen Jungen, der bei dem Spiel von ›Gerad und Ungerad‹ zur Bewunderung aller immer gewann. Das Spiel ist sehr einfach und wird mit Murmeln gespielt. Einer der Spieler hält eine Anzahl derselben in der geschlossenen Hand, und ein anderer muß erraten, ob sie an Zahl gerad oder ungerad sind. Hat er richtig geraten, so gewinnt er eine Kugel, hat er falsch geraten, so verliert er eine. Der Knabe, von dem ich hier spreche, gewann seinen Mitschülern alle Murmeln ab. Natürlich hatte er sich ein bestimmtes System gebildet, und das bestand in klugem Beobachten und in der Berechnung der Scharfsinnigkeit seines jeweiligen Gegners. Nehmen wir zum Beispiel an, sein Gegner sei ein rechter Einfaltspinsel und fragt, die geschlossenen Hände hinhaltend. ›Gerad oder ungerad?‹ Unser Junge antwortet ›ungerad‹ und verliert; beim nächstenmal aber gewinnt er, denn inzwischen hatte er sich gesagt: ›Der Tropf hatte beim erstenmal eine gerade Zahl in der Hand, und seine Pfiffigkeit reicht sicherlich nur hin, jetzt eine ungerade zu haben, ich werde darum ungerad sagen.‹ Er tut es und gewinnt. Bei einem etwas schlaueren Einfaltspinsel, als dieser erste gewesen, würde er folgenden Schluß gezogen haben: ›Er hat gehört, daß ich beim erstenmal ungerad gesagt habe, sein erster Einfall wäre natürlich genau wie bei dem andern, mit gerad oder ungerad abzuwechseln; dann wird ihm aber gleich der Gedanke kommen, daß dies zu einfach sei, und er wird sich dahin entscheiden, wie beim erstenmal eine gerade Zahl zu wählen. Ich werde also gerad sagen.‹ Er tut es und gewinnt. Worin besteht nun eigentlich die Methode der Schlußfolgerung bei diesem Schuljungen, von dem seine Kameraden sagen, daß er einfach Glück habe?«

»Der Überlegene«, sagte ich, »sucht seinen Intellekt mit dem seines Gegners zu identifizieren.«

»So ist es«, sagte Dupin, »und als ich den Knaben fragte, wie ihm diese *vollkommene* Identifizierung gelänge, in der sein Erfolg bestände, bekam ich folgende Antwort: ›Wenn ich herausbekommen will, wie klug oder wie dumm, wie gut oder wie böse irgend jemand ist oder was für Gedanken er gerade hat, so suche ich den Ausdruck meines Gesichtes soviel als möglich dem seinigen anzupassen, und dann warte ich ab, was für Gedanken oder Gefühle in mir aufsteigen und dem Gesichtsausdruck entsprechen.‹ Diese

Antwort des Schuljungen bildet die Grundlage zu all dem scheinbaren Scharfsinn, den man Rochefoucauld, La Bruyère, Machiavelli und Campanella zugeschrieben hat.«

»Wenn ich Sie richtig verstehe«, sagte ich, »so hängt die Identifizierung des Intellektes des Schlußfolgernden mit dem seines Gegners davon ab, wie scharf ersterer den Intellekt seines Gegners abzuschätzen vermag?«

»Ja, ihr praktischer Wert hängt durchaus davon ab«, erwiderte Dupin, »und eben aus Mangel an diesem Identifizierungsvermögen gehen der Präfekt und seine Kohorte so häufig fehl, und ferner auch, weil sie die Höhe des jeweiligen Intellekts, mit dem sie zu tun haben, falsch oder gar nicht abzuschätzen vermögen. Sie rechnen immer nur mit ihrem eigenen Scharfsinn, und wenn sie etwas Verborgenes suchen, so denken sie immer nur daran, wie sie selbst es versteckt haben würden. Sie haben ja so ziemlich recht, wenn sie ihre eigene Erfindungsgabe für *die große Masse* als maßgebend erachten; wenn aber der Scharfsinn des verbrecherischen Individuums sich in seinem Grundwesen von ihrem eigenen unterscheidet, so entgeht der Verbrecher ihnen natürlich. Dies geschieht immer, sobald er ihnen geistig überlegen ist, und auch sehr häufig, wenn er ihnen geistig nachsteht. Sie haben für ihre Nachforschungen eine feststehende Norm, von der sie nie abweichen; höchstens erweitern oder übertreiben sie ihre altgewohnte praktische Methode, wenn irgendwelche außergewöhnlichen Umstände, wie zum Beispiel eine hohe Belohnung, sie besonders antreiben – das Prinzip aber bleibt dasselbe. Betrachten wir einmal den vorliegenden Fall. Was hat man getan, das auch nur im geringsten von der gewohnten Untersuchungsmethode abgewichen wäre? Was ist all das Bohren und Prüfen und Klopfen und mikroskopische Untersuchen und Einteilen des Hauses in numerierte Quadrate – was ist es anders als ein Übertreiben in der Anwendung ihres einen Prinzipes, das auf der geringen Kenntnis menschlichen Scharfsinnes aufgebaut ist, die diese Leute eben haben, und das der Präfekt in gewohnter Pflichterfüllung immer wieder anwendet? Haben Sie nicht bemerkt, daß es ihm als ganz ausgemacht gilt, daß *alle* Menschen, wenn sie einen Brief verstecken wollen, ihn – wenn auch nicht gerade in einem ausgehöhlten Stuhlbein – so doch wenigstens in irgendeinem verborgenen Loch oder Winkel unterbringen würden, infolge derselben Gedankenreihe, die einen Mann veranlassen würde, einen Brief in einem ausgehöhlten Stuhlbein zu verbergen? Und sehen Sie nicht ebenso klar, daß solche geheimen Verstecke nur in einfachen Fällen und bei gewöhnlichen Intellekten Anwendung finden, denn fast immer, wenn es sich um das Verbergen eines Gegenstandes handelt, wird man so besonders versteckte Orte wählen, und die Entdeckung hängt also nicht lediglich von dem Scharfsinn, aber durchaus von der Sorgfalt, Geduld und Ausdauer der Suchenden ab; und war der Fall von Bedeutung, oder – was in den Augen der Polizei dasselbe ist – war die *Belohnung* bedeutend, so haben die genannten Eigenschaften stets zum Ziel geführt. Sie werden nun verstehen, was ich meinte, als ich die Vermutung aussprach, daß der entwendete Brief zweifellos gefunden worden wäre, wenn er im Untersuchungsbereich des Präfekten niedergelegt worden wäre – mit anderen Worten, wenn man bei Verbergung desselben von den gleichen Grundanschauungen ausgegangen wäre, wie der Präfekt bei seiner Suche sie anwendet. Der Beamte ist jedoch in seinen Berechnungen geschlagen worden, und die verborgene Ursache seiner Niederlage liegt in der falschen Annahme, der Gesandte sei ein Narr, weil er zufällig den Ruf eines Dichters genießt. Alle Narren sind Dichter, das hat der Präfekt so im Gefühl, und er macht sich nur eines *non distributio medii* schuldig, wenn er daraus schließt, daß alle Dichter Narren seien.«

»Aber ist denn dieser wirklich der Dichter?« fragte ich. »Es sind zwei Brüder, wie ich weiß, und beide haben als Schriftsteller einen Namen. Der Gesandte, glaube ich, hat eine gelehrte Abhandlung über Differentialrechnung geschrieben. Er ist Mathematiker und kein Dichter.«

»Sie irren sich. Ich kenne ihn gut; er ist beides. Als Dichter und Mathematiker versteht er, schlau zu überlegen; als bloßer Mathematiker verstände er überhaupt nicht zu schlußfolgern und wäre sicherlich dem Präfekten in die Hände gefallen.«

»Sie überraschen mich«, sagte ich. »Ihre Anschauung wird von der ganzen Welt Lügen gestraft. Sie werden doch wohl nicht eine seit Jahrhunderten festbegründete Ansicht umstoßen wollen? Die Vernunft des Mathematikers gilt seit langem als die Überlegungsfähigkeit par excellence.«

»Il y a à parier«, erwiderte Dupin, Chamfort zitierend, *»que toute idée publique, toute convention reçue, est une sottise, car elle a convenu au plus grand nombre.* – Ich gebe zu, daß die Mathematiker ihr Bestes getan haben, die allgemeine, aber irrige Ansicht, auf die Sie hinweisen, zu verbreiten. So haben sie zum Beispiel mit einer Kunstfertigkeit, die einer besseren Sache würdig gewesen wäre, den

Ausdruck ›Analysis‹ in die Algebra hineingebracht. Die Franzosen sind es, denen wir diesen Trug verdanken; soll aber eine Bezeichnung überhaupt Bedeutung haben, soll ein Wort nach seiner Anwendbarkeit bewertet werden, so stehen ›Analysis‹ und ›Algebra‹ etwa im selben Verhältnis zueinander, wie der lateinische Ausdruck *ambitus* unser Wort ›Ehrgeiz‹, *religio* ›Religion‹ oder *homines honesti* ›ehrenwerte Männer‹ in sich schließt.«

»Sie scheinen demnächst einen Feldzug gegen die Pariser Algebraisten zu planen«, sagte ich – »doch bitte nur weiter!«

»Ich bestreite die philosophische Berechtigung eines Systems, das anders als mit abstrakter Logik arbeitet. Ich bestreite im besonderen ein aus mathematischen Studien abgeleitetes Philosophieren. Mathematik ist die Lehre von Form und Größe; die Philosophie der Mathematiker ist weiter nichts als auf Beobachtung von Form und Größe aufgebaute Logik. Der große Irrtum liegt in der Annahme, daß die Wahrheiten dessen, was man *reine* Algebra nennt, abstrakte oder allgemeine Wahrheiten seien. Und dieser Irrtum ist so ungeheuer, daß ich es gar nicht begreifen kann, wie man ihm so allgemein verfallen konnte. Mathematische Axiome sind *keine* Axiome von allgemein gültiger Wahrheit. Was *relativ* wahr ist – also in Beziehung auf Form und Größe –, ist zum Beispiel durchaus falsch in moralischer Hinsicht. In der Morallehre ist es meistenteils *un*wahr, daß diese zusammengefaßten Einzelteile dem Ganzen entsprechen. Auch in der Chemie ist das Axiom nicht anwendbar, ebensowenig in der Lehre von der Bewegung; denn zwei Bewegungen, jede von einem gegebenen

Wert, haben nicht notwendigerweise einen Wert, wenn sie gemäß ihrer Einzelwerte zu einer Summe vereinigt werden. Es gibt zahlreiche andere mathematische Wahrheiten, die nur innerhalb ihrer relativen Grenzen Wahrheiten darstellen. Aber der Mathematiker schließt aus Gewohnheit nach seinen begrenzten Wahrheiten, als ob sie von einer absoluten allgemeinen Anwendbarkeit wären – wie man dies in der Tat allgemein annimmt. Bryant erwähnt in seiner geistvollen ›Mythologie‹ eine ähnliche Quelle des Irrtums, indem er sagt: ›Obgleich die Fabeln der Heiden nicht geglaubt werden, vergißt man sich doch immer wieder und zieht Folgerungen aus ihnen, als ob sie bestehende Wirklichkeiten wären.‹ Bei den Algebraisten nun, die selber Heiden sind, werden die ›Heiden-Fabeln‹ geglaubt und die Folgerungen gezogen, nicht so sehr aus Gedankenlosigkeit als vielmehr aus einer erklärlichen Geistesverwirrung. Kurz, ich bin noch nie einem reinen Mathematiker begegnet, dem man über seine Quadratwurzeln hinaus irgendwie hätte trauen können, oder einem, der es nicht im stillen als Glaubenssache betrachtet hätte, daß $x^2 + px$ unbedingt und unwiderleglich gleich q sei. Bitte machen Sie die Probe und sagen Sie einem dieser Herren, Sie glaubten, daß Fälle vorkommen könnten, wo $x^2 + px$ *nicht* ganz gleich q sei – ich möchte Ihnen raten, schleunigst Reißaus zu nehmen, sobald er verstanden hat, was Sie eigentlich meinen; denn zweifellos wird er versuchen, Sie niederzuhauen.

Ich will damit sagen«, fuhr Dupin fort, während ich über seine letzten Betrachtungen fröhlich lachte, »daß der Präfekt nicht nötig gehabt hätte, mir diesen Scheck auszustellen, wenn der Gesandte nichts als Mathematiker gewesen wäre. Ich kannte ihn jedoch als Mathematiker *und* Dichter, und meine Maßnahmen richteten sich nach seinen Fähigkeiten, unter besonderer Berücksichtigung der gegebenen Verhältnisse. Ich wußte auch, daß er ein Hofmann und kühner *Intrigant* war. Ich folgerte, daß solch ein Mensch mit den üblichen polizeilichen Maßnahmen gut vertraut sein müsse. Er *mußte* – und die Ereignisse haben dies bewiesen – die fingierten Raubüberfälle vorausahnen. Er *muß*, so überlegte ich weiter, die geheimen Haussuchungen vorausgesehen haben. Seine häufige nächtliche Abwesenheit, die der Präfekt so freudig als unerwartete Glücksfälle begrüßte, erachtete ich lediglich als List, um der Polizei Gelegenheit zu gründlichen Nachforschungen zu geben und ihr möglichst schnell die Überzeugung beizubringen (zu der G. ja tatsächlich auch schließlich gelangte), daß der Brief sich nicht im Hause befinden könne. Ich fühlte auch, daß die ganze Gedankenreihe, die ich Ihnen soeben mit einiger Mühe entwickelte, nämlich das unveränderte Prinzip, nach dem die Polizei ihre Maßnahmen bei der Suche nach versteckten Dingen richtet – ich fühlte, daß dieser ganze Ideengang notwendigerweise auch dem Gesandten kommen mußte und daß er ihn zwingend dahinführen würde, alle die gewöhnlichen Versteckplätze zu vermeiden. Dieser Mann, sagte ich mir, konnte unmöglich so beschränkt sein, sich nicht selbst vor Augen zu halten, daß die allerverborgensten Winkel seines Palais den Nachforschungen, den Bohrern und Mikroskopen des Präfekten so offen daliegen würden wie seine unverschlossenen Wohnräume. Kurzum, ich erkannte, daß er ganz selbstverständlich zu den allereinfachsten Maßnahmen gedrängt werden mußte, falls er sie nicht schon freiwillig gewählt haben sollte. Sie werden sich vielleicht erinnern, in welch ein Gelächter der Präfekt ausbrach, als ich bei unserer ersten Unterredung die Mutmaßung äußerte, daß dies Geheimnis ihm vielleicht darum soviel Arbeit mache, weil es so gar nicht verwickelt sei.«

»Ja«, sagte ich, »ich erinnere mich noch gut seines Heiterkeitsausbruches. Ich dachte wirklich, er würde noch in Krämpfe fallen.«

»Die materielle Welt«, fuhr Dupin fort, »hat strenge Analogien mit der immateriellen Welt. Und darum hat das rhetorische Dogma, daß eine Metapher oder ein Gleichnis geeignet sein soll, ein Argument zu erhärten oder eine Beschreibung zu verschönern, einen Schimmer von Wahrheit. So scheint zum Beispiel das Prinzip der *vis inertiae* in Physik und Metaphysik identisch zu sein. Wenn die Physik behauptet, daß ein großer Körper schwerer in Bewegung zu setzen ist als ein kleiner und daß seine nachherige Geschwindigkeit zu dieser Schwierigkeit in entsprechendem Verhältnis steht, so sagt sie keine größere Wahrheit als die Metaphysik, wenn sie den Satz aufstellt, daß stärkere Intellekte, also solche, die fester und in ihren Regungen reicher sind als solche schwächeren Grades, dennoch weniger leicht beweglich, vielmehr leichter verwirrt und in ihren ersten Schritten zögernder sind. Ferner: haben Sie jemals beobachtet, welche Art von Schildern an den Kaufmannsläden am meisten Aufmerksamkeit auf sich lenken?«

»Ich habe nie darüber nachgedacht«, sagte ich.

»Es gibt ein Rätselspiel«, sprach Dupin weiter, »das auf einer Landkarte gespielt wird; die eine Partei verlangt von der andern, daß sie ein gegebenes Wort finde – den Namen einer Stadt, eines Flusses, einer Provinz, eines Staates –, irgendein Wort, das in dem Durcheinander von Benennungen auf der Karte zu finden ist. Ein Neuling in diesem Spiel sucht gewöhnlich seine Gegner dadurch zu verwirren, daß er ihnen Namen von allerkleinster Schrift zu suchen gibt, der Erfahrene aber wählt solche Worte, die in großen Lettern von einem Ende der Karte zum anderen laufen. Diese entgehen, gleich den übergroßen Plakaten und Schilderaufschriften in den Straßen, der Beobachtung infolge ihrer übertrieben großen Sichtbarkeit; und dieses physische Übersehen ist genau analog der Unachtsamkeit, mit der der Intellekt jene Erwägungen unbeachtet läßt, die zu aufdringlich und zu naheliegend selbstverständlich sind. Doch das ist eine Sache, scheint mir, die für das Begriffsvermögen des Präfekten zu hoch oder zu niedrig ist. Er hielte es nie für wahrscheinlich oder für möglich, daß der Gesandte den Brief aller Welt vor die Nase gelegt hätte, um eben auf diese Weise alle Welt von der Entdeckung fernzuhalten.

Doch je mehr ich über das kühne, wagemutige, besondere Wesen D.s nachdachte, über die Tatsache, daß er das Dokument immer zur Hand haben mußte, um es verwerten zu können, und über das von dem Präfekten erzielte Ergebnis, demzufolge es nicht innerhalb der Grenzen des Untersuchungskreises jenes Würdenträgers verborgen war – desto überzeugter wurde ich, daß der Gesandte, um den Brief zu verbergen, zu dem verständlichen und scharfsinnigen Mittel gegriffen hatte, ihn gar nicht zu verbergen.

Ganz erfüllt von diesem Gedanken versah ich mich mit einer grünen Brille und sprach eines Morgens wie zufällig im Gesandtschaftspalais vor. Ich fand D. zu Hause; er gähnte und faulenzte wie gewöhnlich und tat, als langweile er sich aufs höchste. Er ist vielleicht der tätigste Mensch, den wir jetzt haben – doch das ist er nur, wenn niemand ihn sieht.

Um seiner Schlauheit gewachsen zu sein, klagte ich über schwache Augen und die Notwendigkeit, eine Brille tragen zu müssen; dieselbe diente mir jedoch nur, um ruhig und eingehend den ganzen Raum durchspähen zu können, während ich scheinbar mit ganzer Aufmerksamkeit bei dem Gespräch war, in das ich ihn verwickelt hatte.

Besondere Aufmerksamkeit widmete ich einem großen Schreibtisch, neben dem er saß und auf dem allerlei Briefe und andere Papiere, ein paar kleinere Musikinstrumente und einige Bücher umherlagen. Trotz sorgfältigster Prüfung aber konnte ich hier nichts finden, was einen Verdacht gerechtfertigt hätte.

Ich blickte nun weiter im Zimmer umher und entdeckte schließlich einen zerfetzten Kartenhalter aus Pappe, der an einem verstaubten blauen Band von einem kleinen Messingknopf oben über dem sehr niedrigen Kaminsims herabhing. In diesem Halter, der drei oder vier Abteilungen hatte, steckten fünf oder sechs Visitenkarten und ein einziger Brief. Der letztere war sehr schmutzig und zerknittert. Er war in der Mitte fast ganz durchgerissen – als habe man zuerst die Absicht gehabt, ihn als wertlos fortzuwerfen, habe sich dann aber doch anders besonnen. Er hatte ein großes schwarzes Siegel, auf dem sehr deutlich der Buchstabe D. sichtbar war, und war in zierlicher Damenhandschrift an D., den Gesandten, adressiert. Er war sorglos, ja geradezu oberflächlich, in das zweitoberste Abteil des Halters gesteckt.

Kaum hatte ich diesen Brief erblickt, als ich überzeugt war, das gesuchte Dokument vor mir zu haben. Gewiß, dem Anschein nach war es sehr verschieden von dem, dessen eingehende Beschreibung der Präfekt uns geliefert hatte. Hier war das Siegel groß und schwarz mit der Letter D.; dort war es klein und rot, mit dem herzoglichen Wappen der Familie V. Hier war die Adresse zierlich und von weiblicher Hand und an den Gesandten selbst gerichtet; dort war die Aufschrift kräftig und kühn und für ein Mitglied des königlichen Hauses bestimmt; nur das Format bot eine gewisse Ähnlichkeit. Aber gerade die *Übertriebenheit* dieser Unterschiede war es, die mir auffiel. Der Schmutz, der zerknitterte, zerrissene Zustand des Briefes, der so gar nicht zu den wahren, ordnungsliebenden Gewohnheiten D.s paßte und so sehr darauf hindeutete, daß hier eine Absicht vorliege, die Wertlosigkeit dieses Dokumentes vorzutäuschen; alle diese Dinge in Verbindung mit dem ins Auge fallenden Aufbewahrungsort des Papiers, was so ganz zu den Schlußfolgerungen paßte, zu denen ich vorher gelangt war – alle diese Dinge, sage ich, waren dazu angetan, Verdacht zu erregen bei einem, der gekommen war, Verdachtsgründe zu finden.

Ich dehnte meinen Besuch so lange als möglich aus und verwickelte den Gesandten in eine eifrige Diskussion über ein Thema, das ihn, wie ich wußte, stark interessierte, während ich meine ganze Aufmerksamkeit dem Briefe zuwandte. Ich wollte mir seine Form und seine Lage im Halter genau einprägen; bei dieser Gelegenheit machte ich schließlich noch eine Entdeckung, die mir den letzten Zweifel nahm. Die Ränder des Papiers waren kräftiger umgebrochen, als nötig schien. Der Bruch sah aus, als habe man ein steifes Papier, das kräftig zusammengefaltet gewesen, geöffnet und unter Benützung der alten Kniffalten nach der andern Seite umgebrochen. Diese Wahrnehmung genügte. Es war mir klar, daß man den Brief wie einen Handschuh umgewendet, in seine ursprüngliche Form zurückgefaltet und mit einem neuen Siegel versehen hatte. Ich verabschiedete mich von dem Gesandten und entfernte mich; eine goldene Schnupftabakdose ließ ich auf dem Tisch zurück.

Am anderen Morgen sprach ich vor, um die vergessene Dose zu holen, und wir waren bald wieder in das interessante Gesprächsthema verwickelt, das uns am Tage vorher so eifrig beschäftigt hatte. Plötzlich aber ertönte gerade unter den Fenstern des Gesandtschaftspalais ein Pistolenschuß, gefolgt von Angstschreien und lärmenden Ausrufen einer erregten Menge. D. eilte an ein Fenster, riß es auf und blickte hinaus. Inzwischen trat ich zu dem Kartenhalter, nahm den Brief, steckte ihn in die Tasche und ersetzte ihn durch ein Faksimile (was sein äußeres Aussehen anlangte), das ich zu Hause sorgsam hergestellt; die Chiffre D.s hatte ich mit Hilfe eines aus Brot geformten Petschafts leicht nachahmen können.

Die Ruhestörung auf der Straße war durch das verrückte Gebaren eines Mannes verursacht worden. Er hatte in eine Gruppe von Weibern und Kindern einen Flintenschuß abgegeben. Es stellte sich aber heraus, daß es ein blinder Schuß gewesen war, und man ließ den Burschen als harmlosen Narren oder Betrunkenen laufen. Als die Menge sich verlaufen, trat D. vom Fenster zurück, wohin ich ihm gefolgt war, nachdem ich meinen Raub in Sicherheit gebracht hatte. Bald darauf verabschiedete ich mich. Der anscheinend Wahnsinnige war ein von mir bezahltes Subjekt.«

»Welche Absicht verfolgten Sie damit«, fragte ich, »daß Sie den Brief durch ein Faksimile ersetzten? Wäre es nicht besser gewesen, ihn gleich beim ersten Besuch zu ergreifen und davonzulaufen?«

»D.«, erwiderte Dupin, »ist ein kühner Bursche voll großer Tatkraft, und seine Dienerschaft ist ihm blind ergeben. Hätte ich den tollen Versuch gemacht, den Sie da vorschlagen, so hätte ich das Haus wohl kaum mehr lebend verlassen, und die guten Pariser hätten nichts mehr von mir gehört. Doch war es nicht dies Bedenken allein, was mich zurückhielt. Sie kennen mein politisches Vorurteil. Im vorliegenden Fall bin ich ein Parteigänger der betreffenden hohen Dame. Achtzehn Monate hat der Gesandte sie in seiner Gewalt gehabt; jetzt hat sie ihn in der ihrigen – denn, da er nicht weiß, daß er den Brief nicht mehr besitzt, wird er sein herausforderndes Wesen beibehalten. Er wird sich also selbst den Sturz bereiten, der ebenso plötzlich als beschämend für ihn sein wird. Mag man über das *facilis descendus Averni* sagen, was man will – bei allem Emporkommen gilt das, was die Catalani vom Singen sagte: ›Es ist viel leichter, hinauf- als hinunterzukommen.‹ In unserm Fall hier habe ich kein Mitgefühl mit dem, der da stürzt. Er ist ein *monstrum horrendum*, ein genialer Kopf ohne edle Grundsätze. Ich gestehe aber, daß ich etwas darum gäbe, in dem Augenblick seine Gedanken lesen zu können, wenn er sich durch das veränderte Benehmen derjenigen, die der Präfekt ›eine gewisse Person‹ nennt, veranlaßt sieht, den Brief zu öffnen, den ich ihm in den Kartenhalter gesteckt habe.«

»Wieso? Haben Sie ihm etwas hineingeschrieben?«

»Nun – es schien mir nicht ganz recht, das Innere leer zu lassen – das wäre ja beleidigend gewesen. D. spielte mir einst in Wien einen schlimmen Streich, und ich versicherte ihm damals halb scherzhaft, ich würde ihm das nicht vergessen. Ich hielt es also, in der Überzeugung, daß er begierig sein werde, zu erfahren, wer ihn so überlistet, für schade, ihm nicht einen Anhaltspunkt zu geben. Er kennt meine Handschrift gut, und so schrieb ich denn mitten auf das weiße Blatt die Worte:

›*... Un dessein si funeste,*
S'il n'est digne d'Atrée, est digne de Thyeste.‹

Sie stehen in Crébillons *Atrée*.«

Sir Arthur Conan Doyle
Das gefleckte Band

Mit einem flüchtigen Blick auf die Notizen meiner etwas über siebzig Fälle, in denen ich während der letzten acht Jahre die Methoden meines Freundes Sherlock Holmes studiert habe, finde ich viele tragische, einige komische und eine Vielzahl von äußerst merkwürdigen, aber niemals alltägliche. Weil er aus Liebe zu seinem Beruf arbeitete und nicht, um Reichtümer anzuhäufen, weigerte er sich, Fälle anzunehmen, die nicht auf etwas Ungewöhnliches oder Phantastisches hinausliefen. Dennoch kann ich mich unter all diesen verschiedenen Fällen an keinen erinnern, in dem so gut einzelne Charaktere dargestellt werden wie in dem, in den die bekannte Surrey-Familie Roylotts von Stoke Moran verwickelt war. Die fragwürdigen Ereignisse geschahen in der ersten Zeit meiner Zusammenarbeit mit Sherlock Holmes. Wir teilten uns damals noch als Junggesellen die Räume in der Baker Street. Es ist möglich, daß ich diesen Fall früher aufgezeichnet hätte, aber damals wurde versprochen, die Sache geheimzuhalten. Ich wurde erst vor einigen Monaten von dem Versprechen entbunden, und zwar durch den frühzeitigen Tod der Dame, der das Versprechen gegeben wurde. Es ist vielleicht mehr als gut, daß die Umstände ans Tageslicht kommen, denn ich weiß, daß weitverbreitete Gerüchte um den Tod des Dr. Grimesby Roylott entstanden sind. Das macht die Angelegenheit schrecklicher als die Wahrheit.

Es war Anfang April, im Jahre 1883, als mich eines Morgens der Langschläfer Sherlock Holmes, gestiefelt und gespornt, aus dem Schlaf riß. Die Uhr auf dem Kaminsims zeigte mir, daß es erst Viertel nach sieben war, und erstaunt, ein wenig ärgerlich, blinzelte ich ihn an.

»Es tut mir leid, daß ich dich aus dem Bett jagen muß, Watson«, sagte er, »aber du bist heute morgen nicht der einzige: erst mußte Mrs. Hudson aus den Federn, sie weckte mich und ich nun dich.«

»Was ist denn los? Brennt's?«

»Nein, ein Klient. Eine völlig verstörte junge Dame ist angekommen, die darauf besteht, mich zu sehen. Sie wartet jetzt im Wohnzimmer. Ich nehme an, wenn junge Damen um diese Uhrzeit in der Hauptstadt herumirren, schlafende Menschen aus den Betten jagen, bedrückt sie etwas so sehr, daß sie darüber reden müssen. Könnte ein interessanter Fall werden. Jedenfalls dachte ich, ich darf sie dir nicht vorenthalten. Vielleicht reizt dich der Fall.«

»Aber selbstverständlich. Ich komme sofort.«

Ich zog mich hastig an und ging mit meinem Freund ins Wohnzimmer hinunter. Als wir eintraten, erhob sich eine im Fenster sitzende, tiefverschleierte Frau in Schwarz.

»Guten Morgen, Madam«, sagte Holmes freundlich. »Mein Name ist Sherlock Holmes. Darf ich Ihnen meinen Freund und Kollegen Dr. Watson vorstellen, dem Sie genauso vertrauen dürfen wie mir. Großartig, Mrs. Hudson hat Feuer gemacht! Madam, setzen Sie sich näher zum Kamin! Ich werde heißen Kaffee bestellen, Sie zittern ja.«

»Es ist nicht die Kälte, die mich zittern läßt«, sagte die Frau leise und zog ihren Stuhl näher ans Feuer.

»Sondern?«

»Angst, Mr. Holmes. Nackte, kalte Angst.« Sie hob ihren Schleier, während sie sprach, und wir sahen in ein verhärmtes graues Gesicht, aus dem uns zwei angstvolle Augen, wie die eines gejagten Tieres, unruhig anblickten. Die Frau konnte kaum älter als dreißig sein, aber ihr Haar war bereits ergraut und ihr Gesichtsausdruck völlig erschöpft.

Sherlock Holmes beugte sich vor und strich ihr behutsam über die Hand.

»Wir werden Ihnen helfen. Ich hege keinen Zweifel, daß wir bald die Dinge geregelt haben«, sagte er beruhigend. »Sie sind heute früh mit dem Zug nach London gekommen, wie ich sehe.«

»Sie kennen mich?«

»Nein, aber in Ihrem linken Handschuh steckt eine Rückfahrkarte. Sie müssen früh aufgebrochen und mit einem Einspänner über schlechte Wege gefahren sein, bevor Sie die Station erreichten.«

Die Dame starrte meinen Kompagnon verwirrt an.

»Das ist kein Rätsel«, sagte er lächelnd. »Der linke Arm Ihrer Jacke ist an mehr als sieben Stellen mit Schmutz bespritzt. Die Flecken sind frisch. Es gibt kein Fahrzeug mit Ausnahme des Einspänners, der in dieser Weise den Schmutz hochwirft, und dann nur, wenn man auf der linken Seite des Kutschers sitzt.«

»Sie haben völlig recht. Ich verließ das Haus vor sechs, erreichte Leatherhead zwanzig nach sechs und nahm den ersten Zug nach Waterloo. Sir, ich kann diese Angst nicht länger ertragen. Ich werde verrückt, wenn es so weitergeht. Ich habe niemanden, an den ich mich wenden könnte – niemanden außer einem einzigen Menschen, der mich liebt, und er kann mir nicht helfen. Eine Bekannte, Mrs. Farintosh, der Sie einmal in ihrer Not geholfen haben, hat mir von Ihnen erzählt. Wenn Sie mir doch ein wenig Hoffnung geben wollten! Augenblicklich bin ich nicht in der Lage, Sie für Ihre Hilfe zu entschädigen, aber in ein paar Monaten werde ich heiraten und über mein eigenes Vermögen verfügen.«

»Mein Beruf ist mir ein Vergnügen, Madam, aber ich stelle es Ihnen frei, sich, so wie es Ihnen möglich ist, erkenntlich zu zeigen. Und jetzt, bitte, erzählen Sie uns Ihre Sorgen.«

»O weh«, antwortete unsere Besucherin. »Das schlimmste ist, daß meine Ängste wenig konkret sind. Ich kann meine Unruhe nur mit Kleinigkeiten begründen, die jedem Außenstehenden bedeutungslos erscheinen müssen. Selbst dieser einzige Mensch, an den ich mich um Hilfe und Rat wenden könnte, hält die Dinge, die ich ihm erzähle, für die Phantastereien einer überspannten Frau. Er spricht es nicht aus, aber ich kann es an seinen beruhigenden Worten und seinen abgewendeten Augen erkennen. Ich habe von Ihnen, Mr. Holmes, gehört, daß Sie die mannigfaltige Boshaftigkeit des Menschen zu erkennen vermögen. Vielleicht wissen Sie einen Rat, wie ich mit dem Grauen fertig werden kann, das mich langsam zu ersticken droht.«

»Erzählen Sie, Madam.«

»Mein Name ist Helen Stoner. Ich lebe bei meinem Stiefvater, dem Letzten der Roylotts aus Stoke Moran in Westsurrey. Die Familie zählt zu den ältesten in England.«

Holmes nickte. »Der Name ist mir ein Begriff«, sagte er.

»Die Familie war einmal unermeßlich reich. Der Besitz dehnte sich im Norden weit über Berkshire und im Westen weit über Hampshire aus. Aber im letzten Jahrhundert zerrann Hab und Gut unter den Händen von vier Verschwendern, und schließlich besiegelte ein Spieler den Ruin der Familie. Außer ein paar Feldern und dem zweihundert Jahre alten Haus, auf dem eine große Hypothek liegt, ist nichts übriggeblieben. Der letzte Gutsbesitzer hat dort das erbärmliche Leben eines verarmten Adligen geführt. Sein einziger Sohn, mein Stiefvater, ergab sich nicht in dies Schicksal. Er erreichte es, daß ihm ein Verwandter einen Vorschuß für die Finanzierung eines Medizinstudiums gab. Er legte sein Examen ab und ging nach Kalkutta. Da er tüchtig und ehrgeizig war, hatte er bald eine große Praxis. Aber in einem Wutanfall über mehrere Diebstähle, die in seinem Haus geschahen, erschlug er einen eingeborenen Diener. Er entging knapp der Todesstrafe, saß aber jahrelang im Gefängnis. Als düsterer und vom Leben enttäuschter Mann kehrte er nach England zurück.

Als Dr. Roylott noch in Indien war, heiratete er meine Mutter, eine junge Offizierswitwe mit zwei kleinen Kindern. Meine Schwester Julia und ich waren erst zwei Jahre alt – wir sind Zwillinge –, als meine Mutter sich wieder verheiratete. Sie verfügte über ein beträchtliches Vermögen, mehr als tausend Pfund im Jahr. Sie vermachte es meinem Stiefvater, Dr. Roylott, solange wir bei ihm wohnten, falls wir Mädchen aber heiraten würden, sollten wir eine bestimmte Summe jährlich erhalten. Kurz nach unserer Rückkehr nach England starb unsere Mutter – sie kam vor acht Jahren durch einen Eisenbahnunfall ums Leben. Dr. Roylott gab seinen Plan auf, in London eine Praxis zu gründen, und er nahm uns mit sich in sein väterliches Haus nach Stoke Moran. Unsere Mutter hatte uns genügend Geld hinterlassen, um all unsere Wünsche zu erfüllen, und einem glücklichen Leben hätte nichts im Wege gestanden.

Aber ungefähr um diese Zeit vollzog sich ein schrecklicher Wandel in unserem Stiefvater. Die Nachbarn waren anfangs überglücklich, daß wieder ein Roylott auf Stoke Moran lebte, aber anstatt den nachbarlichen Kontakt zu pflegen, zog er sich völlig zurück. Wenn er einmal ausging, brach er mit jedem, der ihm über den Weg lief, einen Streit vom Zaun. Das zügellose Temperament lag in der Familie, und ich glaube, der lange Aufenthalt in den Tropen hat diese Veranlagung nur noch verstärkt. Immer häufiger kamen peinliche Streitigkeiten vor, zweimal endeten sie vor dem Polizeigericht. Schließlich war er zum Schrecken des Dorfes geworden. Wenn er erschien, leerten sich die Straßen, weil er eben ein Mann mit ungeheuren Kräften ist und absolut zügellos in seiner Wut. Letzte Woche erst stieß er im Streit den Dorfschmied über das Geländer in den Fluß. Ich konnte ein gerichtliches Nachspiel nur dadurch verhindern, daß ich alles Geld, das wir im Hause hatten, zusammenkratzte, um den Schmied zu besänftigen. Er hat keine Freunde außer ein paar Zigeunern, die er auf seinem Grund nach Belieben ihre Zelte aufschlagen läßt. Er verbringt viele Stunden an ihren Lagerfeuern. Er ist schon wochenlang mit ihnen durchs Land gezogen. Seine andere Leidenschaft sind indische Tiere, die ihm von einem Geschäftsfreund geschickt werden. Im Augenblick hält er einen Leoparden und einen Pavian, die er frei auf dem Grundstück umherstreifen läßt. Die Tiere werden von den Dorfbewohnern beinahe genauso gefürchtet wie ihr Herr.

Können Sie sich nun vorstellen, daß für meine arme Schwester Julia und mich dieses Leben kein Vergnügen war? Dienstboten liefen uns schon nach den ersten Wochen davon, und lange Zeit mußten wir den Haushalt allein besorgen. Julia war erst dreißig, als sie starb, aber ihr Haar war schon grau, so wie meines.«

»Ihre Schwester lebt nicht mehr?«

»Sie starb vor zwei Jahren, und darüber möchte ich mit Ihnen reden. Ich habe Ihnen unser Leben beschrieben, und Sie werden sich vorstellen können, daß wir kaum Gelegenheit hatten, Menschen unseres Alters und gesellschaftlichen Ranges kennenzulernen. Wir hatten eine Tante, eine unverheiratete Schwester meiner Mutter, Miss Honoria Westphail, die bei Harrow lebt. Gelegentlich durften wir sie besuchen. Vor zwei Jahren verbrachte Julia Weihnachten bei ihr, und sie lernte einen Marineoffizier kennen. Sie verlobte sich mit ihm. Als mein Stiefvater von der Verlobung hörte, hatte er nichts dagegen einzuwenden. Zwei Wochen vor dem vereinbarten Hochzeitstag geschah das Schreckliche.«

Sherlock Holmes hatte sich bisher in seinen Stuhl zurückgelehnt und mit geschlossenen Augen zugehört. Jetzt hob er die Lider etwas und sah die junge Frau an. »Bitte, berichten Sie. Vergessen Sie nichts«, sagte er.

»Diesen Tag werde ich niemals vergessen. Wie ich Ihnen schon erklärte, ist das Herrenhaus sehr alt. Die Wohnräume befinden sich im Mittelteil des Gebäudes. Wir bewohnen aber nur einen Flügel. Im Parterre dieses Flügels liegen die Schlafzimmer. Zuerst kommt Dr. Roylotts Schlafzimmer, dann das meiner Schwester, das dritte ist meines. Es gibt keine Verbindung zwischen den einzelnen Räumen, die Türen gehen aber alle auf den gleichen Korridor und die Fenster der Schlafzimmer auf den Rasen. Drücke ich mich deutlich genug aus?«

»Ja, völlig.«

»In jener schrecklichen Nacht hatte sich Dr. Roylott schon sehr früh in sein Zimmer zurückgezogen. Wir wußten aber, daß er noch nicht schlief, denn meine Schwester störte der Rauch seiner starken indischen Zigarren, die er gewöhnlich rauchte. Sie verließ deshalb ihr Zimmer und kam für eine Weile zu mir. Wir unterhielten uns über die Hochzeit. Um elf Uhr stand sie auf und wollte gehen. An der Tür drehte sie sich noch einmal um und schaute mich an.

›Sag mal, Helen‹, fragte sie, ›hast du nie mitten in der Nacht jemand pfeifen hören?‹

›Niemals‹, antwortete ich.

›Könntest du nicht möglicherweise im Schlaf pfeifen?‹

›Bestimmt nicht! Warum denn?‹

›Weil ich es in den letzten Nächten leise, aber ganz deutlich hörte, immer gegen drei Uhr morgens. Ich schlafe nicht sehr tief und bin jedesmal davon aufgewacht. Ich kann nicht sagen, woher es kam – vielleicht aus dem Nebenzimmer, vielleicht von draußen. Du hast also nichts gehört?‹

›Nein. Das müssen diese verfluchten Zigeuner auf dem Grundstück sein.‹

›Wahrscheinlich. Aber wenn es von draußen kam, dann wundere ich mich, daß du es nicht gehört hast.‹

›Ja, aber ich schlafe doch viel tiefer als du.‹

›Nun, es wird nicht so wichtig sein.‹ Sie lächelte mir zu und schloß die Tür hinter sich. Wenige Sekunden später hörte ich, wie der Schlüssel ihrer Tür sich drehte.«

»Schlossen Sie nachts immer Ihre Türen ab?« fragte Holmes.

»Immer!«

»Und warum?«

»Ich erzählte Ihnen doch von dem Leoparden und dem Pavian. Wir fühlten uns nicht sicher, solange die Türen nicht verriegelt waren.«

»Verständlich. Bitte weiter.«

»Ich fand keinen Schlaf in jener Nacht. Wie Sie sich erinnern werden, waren meine Schwester und ich Zwillinge, und Sie wissen, wie eng ein Band zwischen zwei so verwandten Seelen sein kann. Das unbestimmte Vorgefühl eines drohenden Unheils ließ mich nicht zur Ruhe kommen. Es war eine stürmische Nacht. Der Wind heulte ums Haus, und der Regen peitschte gegen die Fenster. Plötzlich gellte durch das Geheul des Sturmes der Schrei einer Frau. Ich erkannte die Stimme meiner Schwester. Ich sprang aus dem Bett, schlug einen Schal um mich und stürzte auf den Korridor.

Als ich meine Tür öffnete, glaubte ich, ein leises Pfeifen zu hören, so wie es meine Schwester beschrieben hatte, dann ein polterndes Geräusch, als ob ein Stück Metall zu Boden gefallen wäre. Ich lief zum Zimmer meiner Schwester. Die Tür war nicht verschlossen, sondern schwang im

Wind hin und her. Im Licht der Flurlampe sah ich, wie Julia in der Türfüllung erschien, hin und her schwankend wie ein Betrunkener. Ihr Gesicht war aschfahl vor Grauen. Sie hielt die Hände wie hilfesuchend vorgestreckt. Ich nahm sie in meine Arme, aber in diesem Moment sank sie zu Boden. Sie bog und krümmte sich wie jemand, der fürchterliche Schmerzen auszustehen hat. Zuerst dachte ich, sie hätte mich nicht erkannt, aber als ich mich über sie beugte, wimmerte sie mit verzerrter Stimme, einer Stimme, die ich nie vergessen werde: ›O Gott, Helen! Das Band! Das gefleckte Band!‹

Sie wollte noch etwas sagen, zeigte auf das Zimmer des Doktors, aber da wurde sie von einem Krampf geschüttelt, ihre Stimme war nur noch ein Röcheln. Ich stürzte hinaus und schrie nach meinem Stiefvater. Dann sah ich ihn, nur mit dem Morgenrock bekleidet, aus seinem Zimmer eilen. Als wir zu meiner Schwester traten, hatte sie das Bewußtsein verloren, und obwohl er ihr Brandy einflößte und sofort nach einem Arzt schickte, war sie nicht mehr zu retten. Sie starb, ohne das Bewußtsein wiedererlangt zu haben. Das war das grauenvolle Ende meiner geliebten Schwester.«

»Einen Moment«, sagte Holmes. »Sind Sie ganz sicher, das Pfeifen und das folgende metallische Geräusch gehört zu haben? Können Sie das beschwören?«

»Das wurde ich auch vom Vorsitzenden der Gerichtsverhandlung gefragt. Ich bin mir fast sicher, daß ich es hörte, aber bei der Stärke des Sturmes und bei dem Knarren des alten Hauses könnte ich mich auch getäuscht haben.«

»War Ihre Schwester vollständig angezogen?«

»Nein, sie trug ein Nachthemd. In ihrer rechten Hand fand man ein angebranntes Streichholz und in ihrer linken eine Streichholzschachtel.«

»Ein Indiz dafür, daß sie ein Licht angezündet hat und um sich geschaut hat, als sie in Angst geriet. Das ist wichtig. Und zu was für einer Schlußfolgerung kam der Vorsitzende?«

»Mit großer Sorgfalt hat er den Fall untersucht, Dr. Roylotts Verhalten war ja schon seit langem in der ganzen Gegend berüchtigt. Aber der Vorsitzende konnte die Todesursache nicht aufklären. Ich gab zu Protokoll, daß die Tür von innen verschlossen gewesen war und sich vor den Fenstern schwere, altmodische Läden, die noch dazu mit dicken Eisenstangen versehen sind, befinden. Ohne Erfolg wurden die Wände ihres Zimmers abgeklopft und der Fußboden untersucht. Es ist deshalb mit Sicherheit anzunehmen, daß meine Schwester sich allein im Zimmer befand. Außerdem waren keinerlei Spuren von Gewaltanwendung an ihrem Körper festzustellen.«

»Gift vielleicht?«

»Auch daraufhin wurde sie vom Arzt untersucht. Nichts.«

»Was glauben Sie, woran diese unglückliche Dame starb?«

»Ich bin überzeugt davon, daß sie an der Angst starb, an einem Schock, obwohl ich mir nicht vorstellen kann, was sie so sehr entsetzte.«

»Waren damals Zigeuner auf dem Grundstück?«

»Ja, es waren beinahe immer welche da.«

»Und was sagen Ihnen die letzten Worte von einem Band – einem gefleckten Band?«

»Manchmal dachte ich, daß sie das lediglich im Delirium gesagt hat. Dann überlegte ich mir, ob sie vielleicht auf eine Bande von Menschen anspielen wollte, vielleicht auf die Zigeuner auf unserem Grundstück. Vielleicht sind aber auch mit dieser Bemerkung die gepunkteten Kopftücher, die viele von ihnen tragen, gemeint gewesen.«

Holmes schüttelte unzufrieden den Kopf. »Erzählen Sie doch bitte weiter.«

»Seitdem sind zwei Jahre verstrichen. Mein Leben wurde einsamer denn je. – Vor einem Monat nun hat ein Mann, ein alter Freund, den ich seit vielen Jahren kenne und schätze, um meine Hand angehalten. Sein Name ist Percy Armitage. Mein Stiefvater hat nichts gegen diese Verbindung einzuwenden. Wir wollen noch im Frühjahr heiraten. Vor zwei Tagen nun wurde im Westflügel des Hauses mit der Durchführung einiger Reparaturen begonnen. So wurde auch die Wand meines Schlafzimmers durchbrochen. Deshalb mußte ich in das Zimmer, in dem meine Schwester starb, ziehen. Ich schlafe nun im gleichen Bett, in dem sie auch geschlafen hat. Stellen Sie sich mein Entsetzen vor, als ich in der vergangenen Nacht plötzlich ein Pfeifen hörte; das Pfeifen, das der Vorbote des Todes meiner Schwester war. Ich sprang aus dem Bett, zündete die Lampe an, aber es war nichts zu sehen. Ich war viel zu erregt, um mich wieder schlafen zu legen. Ich zog mich an, und als es hell wurde, stahl ich mich aus dem Haus. Im gegenüberliegenden Gasthaus nahm ich mir einen Wagen und fuhr zur Bahnstation nach Leatherhead. Ich erreichte noch den Frühzug – alles Weitere wissen Sie.«

»Sie haben sehr klug gehandelt«, sagte Holmes. »Haben Sie mir alles erzählt?«

»Ja, alles.«

»Miss Stoner, das stimmt nicht. Sie decken Ihren Stiefvater.«

»Warum? Was meinen Sie damit?«

Kommentarlos schob Holmes die schwarze Spitzenrüsche zurück, die über die auf dem Knie liegende Hand der Frau fiel. Fünf leuchtend rote Flecken, die Abdrücke von vier Fingern und einem Daumen, waren deutlich auf dem Handgelenk zu sehen. »Sie sind grausam behandelt worden.«

Die junge Frau errötete und verbarg das verletzte Gelenk. »Er ist ein kräftiger Mann«, sagte sie, »vielleicht weiß er gar nicht, wie stark er ist.«

Ein paar Minuten lang war Schweigen im Raum. Holmes stützte sein Kinn auf und starrte ins Feuer.

»Da gibt es noch tausend Dinge, die ich wissen müßte«, sagte er, »ehe ich mir einen Plan zurechtlege. Jedoch jetzt dürfen wir keine Zeit verlieren. Wenn wir nun heute nach Stoke Moran hinausführen: wäre es dann möglich, die Räume im Westflügel zu besichtigen, ohne daß Ihr Stiefvater davon erführe?«

»Ja. Wie der Zufall es will, sagte er mir, daß er heute etwas in der Stadt zu erledigen habe. Wahrscheinlich bleibt er den ganzen Tag weg. Zwar ist noch eine Haushälterin bei uns beschäftigt, aber sie ist alt und etwas töricht. Ich könnte sie leicht aus dem Wege halten.«

»Sehr gut. Watson, du hast doch nichts gegen diese Fahrt einzuwenden?«

»Im Gegenteil.«

»Dann kommen wir beide. Und wie sehen Ihre Pläne aus?«

»Ich würde gerne noch ein, zwei Dinge erledigen, wenn ich schon einmal in der Stadt bin. Aber ich werde mit dem Zwölf-Uhr-Zug zurückfahren und Sie dann erwarten.«

»Ich habe noch ein paar Kleinigkeiten zu regeln. Am frühen Nachmittag werden wir dann bei Ihnen sein. Wollen Sie nicht lieber warten?«

»Nein, ich muß gehen. Aber ich fühle mich schon besser, seitdem ich mein Herz bei Ihnen erleichtern durfte. Ich bin sehr froh, daß Sie kommen wollen.« Sie zog den dichten schwarzen Schleier über ihr Gesicht und verabschiedete sich.

»Was hältst du davon, Watson?« Sherlock Holmes lehnte sich in seinen Stuhl zurück. Wir spielten einige mögliche Theorien durch, aber ohne ein befriedigendes Ergebnis.

»Ich sehe nicht klar«, meinte ich.

»Ich auch nicht. Aus diesem Grund fahren wir heute noch nach Stoke Moran. Ich will mich dort selber einmal umschauen. Aber was, in drei Teufels Namen ...«

Die Tür war plötzlich aufgerissen worden. Ein Riese von einem Mann stand auf der Schwelle, so groß, daß sein Kopf am oberen Türbalken anstieß. Sein Aufzug war eine einzigartige Mischung aus städtischer und bäuerlicher Kleidung. Sein großflächiges, mit einem teuflischen Ausdruck versehenes Gesicht, über das sich tausend Fältchen zogen, war von der Sonne gelb ausgedörrt worden. Seine tiefliegenden, stechenden Augen und die scharfgeschnittene

Nase gaben ihm das Aussehen eines ungezähmten alten Raubvogels.

»Wer von Ihnen ist Holmes?« fragte die Erscheinung scharf.

»Das ist mein Name, Sir, aber ich wüßte nicht...«

»Ich bin Dr. Grimesby Roylott von Stoke Moran.«

»Freut mich«, antwortete Holmes kühl. »Nehmen Sie doch bitte Platz.«

»Ich denke nicht daran. Meine Stieftochter war hier, ich bin ihr gefolgt. Was hat sie Ihnen erzählt?«

»Heute ist es etwas kalt für diese Jahreszeit, finden Sie nicht auch«, sagte Holmes.

»Was hat sie Ihnen erzählt?« schrie der alte Mann unbeherrscht.

»Aber wie ich höre, sollen die Krokusse bald blühen«, fuhr Holmes unerschüttert fort.

»Sie halten mich nicht hin.« Unser Besucher kam einen Schritt näher und hob seine Reitpeitsche. »Ich weiß Bescheid. Sie sind Holmes, der Schuft, der seine Nase in jede Angelegenheit steckt!« Mein Freund lächelte.

»Holmes, der Gernegroß!«

Die Lachfältchen in Holmes' Gesicht vertieften sich.

»Holmes, der Scotland-Yard-Kasper.«

Holmes lachte laut heraus. »Ihre Unterhaltung ist äußerst amüsant«, sagte er.

»Wenn Sie gehen, schließen Sie doch bitte die Tür hinter sich, es zieht so sehr.«

»Ich gehe, wenn es mir paßt. Und wagen Sie es nicht, sich in meine Angelegenheiten zu mischen. Ich weiß, daß Miss Stoner hier war – ich bin ihr gefolgt. Es ist gefährlich, sich mit mir anzulegen! Schauen Sie her!« Er machte einen hastigen Schritt zum Kamin, ergriff den Feuerhaken und bog ihn mit seinen sehnigen braunen Händen krumm.

»Hüten Sie sich. Wenn ich Sie je in meine Finger bekommen sollte…«, knurrte er. Er warf den Feuerhaken in den Kamin und schlug dann die Tür hinter sich zu.

Immer noch lächelnd sagte Holmes: »Ein liebenswerter Mensch! Ich bin zwar nicht so massiv wie er, aber wenn er geblieben wäre, hätte ich ihm zeigen können, daß meine Hände nicht viel schwächer sind als seine.« Während er sprach, hob er den eisernen Feuerhaken auf, und mit einer plötzlichen Bewegung bog er ihn wieder gerade.

»Eine Frechheit, mich mit der Polizei zu vergleichen. Das soll mir ein Ansporn sein! Ich will nur nicht hoffen, daß Miss Stoner ihre Unvorsichtigkeit büßen muß. Aber jetzt, Watson, wollen wir erst einmal frühstücken. Dann muß ich zur Ärztekammer. Ich hoffe, dort einige Hinweise zu bekommen, die uns hilfreich sein könnten.«

Kurz vor ein Uhr kam Holmes zurück. Er hielt ein blaues Blatt Papier, das beschmiert war mit Randbemerkungen und Zahlen, in der Hand.

»Ich habe mir das Testament der verstorbenen Mrs. Roylott angesehen«, sagte er. »Das Geld ist in Wertpapieren angelegt. Im Jahre ihres Todes betrug das Jahreseinkommen etwas weniger als tausendeinhundert Pfund, aber durch den Sturz der Agrarpreise liegt es jetzt etwa bei siebenhundertfünfzig Pfund. Im Falle einer Heirat haben beide Töchter Anspruch auf zweihundert Pfund jährlich.

Damit ist es offensichtlich, daß, wenn beide Mädchen geheiratet hätten, diesem Edelmann nur ein äußerst armseliges Einkommen geblieben wäre. Schon die Heirat einer Tochter hätte ihn in ernsthafte Schwierigkeiten gebracht. Meine Morgenarbeit war nicht umsonst, dieses ist ein starkes Motiv, um eine Heirat zu verhindern. Ich fürchte, wir dürfen keine Zeit verlieren. Wir sollten ein Taxi rufen und zur Waterloo Station fahren, um den Zug nach Stoke Moran zu nehmen. Watson, du nimmst am besten deine Waffe mit. Bei einem Herrn, der eiserne Feuerhaken völlig verbiegen kann, ist eine Pistole noch das beste Argument. Das und eine Zahnbürste ist alles, was wir brauchen.«

Wir hatten Glück. In der Waterloo Station lief gerade ein Zug nach Leatherhead ein, den wir sofort nahmen. In Leatherhead mieteten wir uns einen Wagen und fuhren durch die wunderschöne Landschaft von Surrey nach Stoke Moran. Es war ein prachtvoller Tag mit schönstem Sonnenschein, nur vereinzelt waren Schäfchenwolken am Himmel zu sehen, die Bäume und Hecken am Wegesrande zeigten ihre ersten grünen Knospen, und durch die Luft zog ein angenehmer Geruch von feuchter Erde. In Gedanken vertieft saß Holmes vorn im Wagen, hatte die Arme verschränkt, den Hut tief ins Gesicht gezogen, und sein Kinn sank auf den Brustkorb. Plötzlich fuhr er hoch, stieß mich an und zeigte auf die Wiesen.

»Schau mal«, und Holmes wies auf einen weitläufigen, bewaldeten Park, der sich vor uns ausdehnte. Hinter den Baumwipfeln tauchte das Ziegeldach eines sehr alten Herrenhauses auf.

»Stoke Moran?« fragte er den Kutscher.

»Ja, Sir, das ist das Haus von Dr. Grimesby Roylott.«

»Es wird dort gebaut. Wir sind richtig«, sagte Holmes.

»Dort liegt das Dorf.« Der Kutscher deutete auf ein paar Dächer, die man auf der linken Seite in der Ferne sehen konnte.

»Aber wenn Sie zum Gutshaus wollen, ist es der kürzeste Weg, wenn Sie über den Zaun klettern und den Fußweg über die Felder nehmen. Da vorne, der Fußweg, wo Sie die Dame sehen.«

Holmes hielt die Hände vor die Augen und meinte: »Das wird Miss Stoner sein.« Wir stiegen aus und bezahlten den Kutscher. Der Wagen wendete und fuhr zurück nach Leatherhead.

»Der Kutscher soll ruhig denken, daß wir Architekten sind oder mit den Bauarbeiten zu tun haben. Dann wird nicht weiter geklatscht«, sagte Holmes. »Guten Tag, Miss Stoner. Sie sehen, wir halten Wort.«

»Ich habe Sie voller Ungeduld erwartet!« rief sie und drückte uns herzlich die Hand. »Alles verläuft bestens. Dr. Roylott ist in die Stadt gefahren, und höchstwahrscheinlich wird er nicht vor dem Abend zurückkehren.«

»Wir hatten schon das Vergnügen, Dr. Roylott kennenzulernen.« Holmes erzählte ihr, was geschehen war. Miss Stoner wurde ganz blaß. »Mein Gott! Er ist mir also gefolgt.«

»Anscheinend.«

»Er ist so schlau. Ich weiß nie, wann ich vor ihm sicher bin. Was wird er wohl sagen, wenn er zurückkommt?«

»Sie müssen sich heute nacht vor ihm in acht nehmen. Wenn er gewalttätig wird, bringen wir Sie am besten zu Ihrer Tante nach Harrow. Wir müssen aber jetzt die uns zur Verfügung stehende Zeit nützen. Führen Sie uns gleich zu den Räumen, die wir ansehen wollen.«

Ein Gerüst war an dem bewohnten Flügel des Hauses aufgerichtet worden. Eine Seitenwand war teilweise durchgebrochen, aber in dem Moment waren keine Bauarbeiter zu sehen. Holmes schritt auf dem schlechtgeschnittenen Rasen langsam auf und ab und betrachtete lange mit großer Aufmerksamkeit die Fensterfront.

»Dieses Fenster gehört also zu dem Zimmer, in dem Sie gewöhnlich schliefen, das mittlere zu dem Ihrer Schwester, und das nächstfolgende ist Dr. Roylotts Zimmer?«

»Ja, aber ich schlafe jetzt im mittleren.«

»Während der Bauarbeiten, so wie ich Sie verstanden habe. Ich kann allerdings nichts sehen, was an dieser Wand so dringend repariert werden müßte.«

»Ich bin überzeugt, daß es nur ein Vorwand war, damit ich in das andere Zimmer zog.«

»Auf der Rückseite dieses Flügels befindet sich wohl der Korridor, auf den die Türen dieser drei Zimmer führen. Er hat natürlich Fenster, oder?«

»Ja, aber nur sehr kleine. Zu klein, als daß jemand sich durchzwängen könnte.«

»Also wenn Sie beide die Türen in der Nacht abschlossen, waren Ihre Zimmer von der Seite her nicht betretbar. Würden Sie jetzt bitte so freundlich sein und in Ihr Zimmer gehen und die Fensterläden von innen schließen?«

Miss Stoner machte die Fensterläden zu. Mit Aufmerksamkeit untersuchte Holmes den Verschluß und versuchte, die Läden mit Gewalt zu öffnen, aber ohne Erfolg. Dann untersuchte er mit seinem Vergrößerungsglas die Angeln, in denen die Läden hingen. Sie waren aus massivem Eisen und fest in den stabilen hölzernen Rahmen eingelassen.

»Hm«, sagte Holmes und kratzte sich verwirrt das Kinn. »Meine Theorie weist einige Unstimmigkeiten auf. Diese Läden können unmöglich mit Gewalt geöffnet werden. Jetzt wollen wir uns einmal die Sache von innen ansehen, Watson.«

Durch eine schmale Seitentür betraten wir den weißgekalkten Korridor, auf den die drei Schlafzimmertüren führten. Holmes verzichtete darauf, das dritte Zimmer zu besichtigen. Wir gingen sofort in das Mittelzimmer, in dem Miss Stoner zur Zeit schlief und wo ihre Schwester dieses grauenhafte Schicksal ereilt hatte.

Es war ein freundliches kleines Zimmer mit einer niedrigen Zimmerdecke und einem offenen Kamin, eben ein Raum, wie man ihn in vielen alten Landhäusern findet. In der einen Ecke stand eine Kommode, in der anderen ein schmales weißbezogenes Bett, und links vom Fenster stand ein Frisiertisch. Diese Möbelstücke, noch zwei Rohrstühle und ein Teppich in der Mitte – das war die ganze Einrichtung des Zimmers. Holmes zog sich einen Korbstuhl in die Ecke und setzte sich. Schweigend ließ er seine Blicke durch den Raum schweifen und prägte sich die geringste Kleinigkeit ein.

»Wohin geht diese Klingel?« fragte er und deutete auf eine dicke Schnur, die über dem Kopfende des Bettes hing. Der Klingelknopf lag auf dem Kissen.

»Zum Zimmer der Haushälterin«, antwortete Miss Stoner.

»Sieht neuer aus als die anderen Dinge hier.«

»Sie wurde erst vor ein paar Jahren installiert.«

»Ich nehme an, Ihre Schwester bat darum?«

»Nein, ich habe auch nie gesehen, daß Julia sie benutzte. Was wir brauchten, holten wir uns selbst.«

»Ja, es scheint mir hier wirklich unnötig zu sein, eine Klingelschnur zu legen. Wenn Sie mich für einige Minuten entschuldigen möchten, ich wende mich einmal dem Fußboden zu.« Er legte sich mit dem Vergrößerungsglas in der Hand auf den Boden, kroch vor und zurück und überprüfte jede einzelne Bodenritze. Mit derselben Aufmerksamkeit wandte er sich den holzverkleideten Wänden zu.

Schließlich trat er vor das Bett. Ein paar Sekunden betrachtete er es schweigend. Auch begutachtete er immer wieder die Wand. Dann nahm er die Klingelschnur in die Hand und zog einmal kurz daran. »Nur eine Attrappe«, sagte er.

»Klingelt sie nicht?«

»Nein. Sie ist nicht einmal mit einem Draht verbunden. Sehr interessant! Sehen Sie, sie hängt an einem Haken über der kleinen Ventilatoröffnung.«

»Merkwürdig! Mir ist das nie zuvor aufgefallen.«

Holmes zog noch einmal an der Schnur. »Es ist nicht das einzige in diesem Zimmer, das eigenartig ist. Zum Beispiel, was für ein Idiot von Architekt muß das gewesen sein, der einen Ventilator nach dem anderen Zimmer legt und nicht an die Außenwand.«

»Die Lüftungsanlage ist auch noch nicht sehr alt«, sagte Miss Stoner.

»Der Ventilator wurde zur selben Zeit wie die Klingelschnur eingebaut«, bemerkte Holmes.

»Ja, damals wurden verschiedene Kleinigkeiten geändert.«

»Interessante Kleinigkeiten – Klingel-Attrappen und Ventilatoren ohne Frischluft. Wenn Sie gestatten, Miss Stoner, werden wir uns jetzt im nächsten Zimmer umsehen.«

Dr. Grimesby Roylotts Zimmer war größer als das seiner Stieftöchter, aber genauso einfach eingerichtet. Ein Feldbett, ein kleines Holzregal, das vollgestellt war mit Büchern, ein Holzstuhl an der Wand, ein runder Tisch und ein großer Safe waren die Haupteinrichtungsgegenstände.

Holmes wanderte langsam umher und prüfte alles mit großem Interesse. »Was ist hier drin?« fragte Holmes und legte die Hand auf den Safe.

»Die Geschäftspapiere meines Stiefvaters.«

»Sie haben also den Safe schon einmal geöffnet gesehen?«

»Ein einziges Mal vor einigen Jahren. Ich erinnere mich, daß er mit Papieren angefüllt war.«

»Eine Katze kann nicht drin sein?«

»Nein. Wie kommen Sie darauf?«

»Schauen Sie her.« Holmes hob eine kleine Untertasse mit Milch hoch, die auf dem Safe stand.

»Nein, Katzen halten wir nicht. Aber der Leopard ...«

»Natürlich! Ein Leopard ist allerdings eine ziemlich große Katze, und ich meine, mit einer Untertasse Milch gibt sich ein solches Tier nicht zufrieden. Es gibt noch eine Sache, die ich mir gerne anschauen würde.«

Er kniete sich vor dem Holzstuhl nieder und untersuchte aufmerksam den Sitz.

»Das hätten wir also auch«, sagte er schließlich. Er erhob sich und steckte das Vergrößerungsglas wieder ein. »Hallo! Noch eine Kleinigkeit!« Er hatte eine über dem

Bettende hängende kleine Hundepeitsche entdeckt. Die Peitschenschnur war am Stiel so festgebunden, daß sie eine Schlinge bildete.

»Watson, was hältst du davon?«

»Eine ganz alltägliche Peitsche. Aber aus was für einem Grund ist sie nur so festgebunden?«

»Das ist nicht ganz so alltäglich, was? Die Welt ist sowieso verrückt, und wenn dann noch ein intelligenter Mann seinen Verstand für Verbrechen benutzt, ist es das Schlimmste von allem. Miss Stoner, ich habe genug gesehen. Ich danke Ihnen.«

So grimmig entschlossen und so ernst hatte ich Holmes noch nie gesehen. Wir verließen den Ort der Untersuchung und schritten auf dem Rasen auf und ab. Weder Miss Stoner noch ich wagten es, ihn zu stören. Endlich blickte er auf.

»Miss Stoner, es ist wichtig, daß Sie sich in jedem einzelnen Punkt so verhalten werden, wie ich es Ihnen jetzt sagen werde. Die Lage ist sehr ernst. Ihr Leben hängt vom Befolgen meiner Worte ab.«

»Ich verspreche es Ihnen.«

»Dr. Watson und ich müssen diese Nacht in Ihrem Zimmer verbringen.«

Verblüfft starrten Miss Stoner und ich ihn an.

»Ja, es muß so sein. Laßt es mich erklären. Wenn ich mich nicht täusche, ist das dort drüben der Dorfgasthof?«

»Ja, die ›Krone‹.«

»Sehr gut. Kann man von dort Ihre Fenster sehen?«

»Gewiß.«

»Wenn Ihr Stiefvater zurückkehrt, müssen Sie unter dem

Vorwand von Kopfschmerzen in Ihrem Zimmer bleiben. Sowie Sie hören, daß er sich zur Ruhe begibt, öffnen Sie den Fensterladen und stellen die Lampe als Zeichen für uns auf. Gehen Sie dann leise in das Zimmer, in dem Sie sonst schlafen. Das wird sicherlich, trotz der Bauarbeiten, für eine Nacht möglich sein.«

»O ja, das geht.«

»Den Rest überlassen Sie uns.«

»Was haben Sie vor?«

»Wir werden die Nacht in Ihrem Zimmer verbringen, um genau zu sein, in dem Zimmer Ihrer Schwester, und uns mit den Geräuschen beschäftigen, die Sie gestört haben.«

»Ich habe das Gefühl, Mr. Holmes, daß Sie bereits zu einer Schlußfolgerung gekommen sind«, sagte Miss Stoner und legte ihm ihre Hand auf den Arm.

»Vielleicht.«

»Dann flehe ich Sie an: Sagen Sie mir, wie meine Schwester ums Leben gekommen ist.«

»Ich ziehe es vor, Beweise zu haben, ehe ich darüber spreche.«

»Sagen Sie mir wenigstens, ob meine Vermutung stimmt, daß sie sich zu Tode erschreckt hat.«

»Nein, das glaube ich nicht. Höchstwahrscheinlich gibt es einen handfesten Grund. Jetzt müssen wir Sie aber verlassen, Miss Stoner. Wenn Dr. Roylott zurückkäme und uns hier fände, dann wäre alles vergeblich. Leben Sie wohl und seien Sie tapfer. Wenn Sie meinen Rat genau befolgen, können Sie versichert sein, daß die Gefahr, die Sie bedroht, bald beseitigt sein wird.«

Sherlock Holmes und ich hatten keine Schwierigkeiten,

ein Schlaf- und Wohnzimmer in der ›Krone‹ zu mieten. Die Räume befanden sich im ersten Stock, und so konnten wir von unserem Fenster aus das Eingangstor und den bewohnten Flügel des Herrenhauses beobachten.

Bei Einbruch der Dunkelheit sahen wir Dr. Grimesby Roylott zurückkommen. Seine riesenhafte Gestalt ragte neben der des Burschen, der ihn gefahren hatte, auf. Der Junge hatte etwas Mühe mit dem Öffnen der schweren eisernen Pforte. Wir hörten das rauhe Gebrüll vom Doktor und sahen, daß der wütende Mann den Burschen mit geballten Fäusten bedrohte. Dann fuhr der Wagen weiter, und ein paar Minuten später ging in einem der Wohnzimmer das Licht an.

»Ich muß gestehen, Watson«, sagte Holmes, als wir im Dunkeln am Fenster saßen, »es sind mir Bedenken gekommen, dich heute nacht mitzunehmen. Die Sache ist sehr gefährlich.«

»Kann ich dir behilflich sein?«

»Deine Gegenwart kann von unschätzbarem Wert sein.«

»Dann komme ich auf jeden Fall mit.«

»Das ist sehr freundlich von dir.«

»Du sprichst von Gefahr. Natürlich hast du wieder mehr in diesen Räumen gesehen als ich.«

»Nein, vielleicht gehen nur meine Schlußfolgerungen etwas weiter. Ich denke doch, daß du genausoviel bemerkt hast wie ich.«

»Mit Ausnahme der Klingelschnur fiel mir eigentlich nichts Außergewöhnliches auf.«

»Hast du auch den Ventilator gesehen?«

»Ja, aber trotzdem finde ich es nicht so ungewöhnlich,

eine kleine Öffnung zwischen zwei Zimmern zu haben. Im übrigen ist die Öffnung so schmal, daß kaum eine Ratte durchschlüpfen könnte.«

»Ich wußte, daß wir einen Ventilator finden würden, ehe wir überhaupt nach Stoke Moran kamen.«

»Na, na...«

»Doch. Erinnerst du dich, daß sie uns erzählte, ihre Schwester habe den Zigarrenrauch von Dr. Roylott gerochen. Es war also anzunehmen, daß zwischen diesen beiden Räumen eine Verbindung bestand, aber nur eine kleine, sonst wäre sie bei der amtlichen Untersuchung erwähnt worden. Ich tippte auf einen Ventilator.«

»Nun gut, aber was ist Schlimmes an einem Ventilator?«

»Die zeitliche Übereinstimmung. Eine Klingelschnur wird angebracht, ein Ventilator installiert, und eine im Bett schlafende junge Dame stirbt unvermittelt. Fällt dir das nicht auf?«

»Ich sehe immer noch keinen Zusammenhang.«

»Fiel dir nichts Ungewöhnliches am Bett auf?«

»Nein.«

»Es war am Fußboden festgeschraubt. Hast du jemals ein festgeschraubtes Bett gesehen?«

»Nein, nicht daß ich wüßte.«

»Die junge Dame konnte ihr Bett nicht verschieben. Das Bett mußte immer in gleichbleibender Entfernung zu dem Ventilator und dem Seil – so können wir es ruhig bezeichnen, denn eine Klingelschnur war es nie – sein.«

»Holmes«, rief ich, »ich glaube, langsam verstehe ich. Wir sind wirklich im letzten Augenblick gekommen, um ein hinterlistiges und schreckliches Verbrechen zu verhindern.«

»Teuflisch und klug. Ein Arzt, der zum Verbrecher wird, ist besonders gefährlich. Er ist kaltblütig, und er weiß viel. Heute nacht können wir ausziehen, das Fürchten zu lernen. Jetzt laß uns um Gottes willen in Ruhe eine Pfeife rauchen und für einige Stunden an etwas Erfreulicheres denken.« Gegen neun Uhr verschwanden die Lichter zwischen den Bäumen. Das Gutshaus versank im Dunkeln. Es verstrichen langsam zwei Stunden. Plötzlich, Punkt elf, leuchtete ein einzelnes helles Licht auf.

»Unser Zeichen!« Holmes sprang auf. »Es kommt aus dem mittleren Fenster.« Als wir aus dem Gasthof gingen, wechselten wir noch einige Worte mit dem Wirt und erklärten ihm, daß wir noch auf einen späten Besuch zu Bekannten gehen würden und daß wir möglicherweise dort die Nacht verbringen würden. Ein kalter Wind blies durch die Straßen. Es war nicht schwierig, in den Park zu gelangen. Im Schutze der Bäume erreichten wir den Rasen und überquerten ihn. Wir wollten eben durchs Fenster steigen, als aus dem verwilderten Buschwerk ein dunkler Schatten hervorsprang. Er sah aus wie ein grausig verkrüppeltes Kind, warf sich mit zuckenden Gliedern ins Gras und verschwand dann schnellfüßig in der Dunkelheit.

»Mein Gott!« flüsterte ich. »Hast du das gesehen?«

Im ersten Augenblick war Holmes genauso erschrocken wie ich. In seiner Aufregung schlossen sich seine Finger mit einem harten Griff um mein Handgelenk. Dann fing er leise zu lachen an und flüsterte mir ins Ohr: »Ein reizender Haushalt, das war der Pavian.« Ich hatte die seltsamen Haustiere, für die der Doktor eine Vorliebe hatte, völlig vergessen. Da gab es ja auch noch den Leoparden; vielleicht würden wir ihn im nächsten Moment auf unseren Schultern wiederfinden. Ich muß gestehen, daß ich aufatmete, als ich schließlich mit Holmes zusammen im Schlafzimmer angelangt war. Er schloß geräuschlos die Läden, stellte die Lampe auf den Tisch und blickte sich im Zimmer um. Es war alles so, wie wir es tagsüber gesehen hatten.

Holmes kam ganz nahe zu mir heran und flüsterte beinahe unhörbar in mein Ohr:

»Das geringste Geräusch kann alles verderben.«

Ich nickte, zum Zeichen, daß ich verstanden hatte.

»Wir müssen ohne Licht dasitzen. Er würde es durch den Ventilator sehen.«

Ich nickte abermals.

»Schlafe nur nicht ein! Es könnte dich das Leben kosten. Hältst du die Pistole bereit, falls wir sie brauchen sollten? Ich setze mich aufs Bett, nimm du den Stuhl.«

Ich zog meinen Revolver heraus und legte ihn vor mich auf den Tisch. Holmes hatte einen langen dünnen Rohrstock mitgebracht und legte ihn neben sich aufs Bett, daneben eine Schachtel mit Streichhölzern und einen Kerzenstumpen. Schließlich löschte er die Lampe. Ich werde niemals diese schreckliche Nachtwache vergessen. Ich konnte nicht das geringste Geräusch hören, und ich wußte, daß mein Kompagnon mit wachen Augen einige Fußschritte von mir entfernt saß und genauso nervös war wie ich. Wir warteten im absoluten Dunkeln. Aus der Ferne hörten wir alle Viertelstunde die tiefen Glockentöne der Kirchenuhr. Eine Ewigkeit schien zwischen diesen Tönen zu liegen! Zwölf Uhr. Eins, zwei. Um drei Uhr saßen wir immer noch in fieberhafter Spannung und warteten auf etwas, was immer es auch sein mochte. Plötzlich fiel ein Lichtstrahl durch den Ventilator.

Er erlosch sofort wieder, aber es folgte ein starker Geruch von verbranntem Öl und erhitztem Metall. Im anderen Raum hatte jemand eine Laterne angezündet, und ich hörte, wie sich jemand leise bewegte. Dann war wieder alles still, obwohl der Geruch stärker wurde. Eine halbe Stunde lauschte ich angespannt. Dann hörte ich plötzlich wieder etwas – ein schwaches, zischendes Geräusch, als ob Dampf aus einem kochenden Wasserkessel entweichen würde.

Im gleichen Moment sprang Holmes vom Bett auf, zündete ein Streichholz an und schlug wie wild mit seinem Stock auf die Klingelschnur ein.

»Siehst du sie, Watson?« schrie er gellend. »Siehst du sie?«

Aber ich sah nichts. Als Holmes die Kerze anzündete, hörte ich ein leises, klares Pfeifen. Der plötzliche Lichtstrahl blendete mich aber so, daß ich nicht erkennen konnte, worauf mein Freund so wild einhieb. Ich sah nur sein todbleiches und von Entsetzen gezeichnetes Gesicht.

Er hatte aufgehört zu schlagen und starrte zum Ventilator hinauf, als plötzlich durch die Stille der Nacht ein entsetzlich markerschütternder Schrei gellte, wie ich ihn nie zuvor gehört hatte. Er wurde lauter und lauter. Schmerz, Angst und Wut vereinten sich in einem schrecklichen Gebrüll. Man erzählte sich, daß man den Schrei bis ins Dorf hinunter hörte und daß er die Menschen aus dem Schlaf riß. Uns wurde ganz kalt ums Herz, und wir starrten uns gegenseitig an, bis die Schreie erstarben und uns wieder die Stille der Nacht umgab.

»Was war das?« flüsterte ich mit erstickter Stimme.

»Es bedeutet, daß alles vorbei ist. Vielleicht ist es so am besten«, sagte Holmes.

»Nimm deinen Revolver, wir gehen in Dr. Roylotts Zimmer.«

Mit ernstem Gesicht zündete er die Lampe an und begab sich auf den Korridor. Er klopfte zweimal an die Tür von Dr. Roylotts Zimmer, ohne eine Antwort zu erhalten. Dann drückte er die Türklinke nieder und trat ein. Ich folgte ihm mit entsicherter Pistole.

Auf dem Tisch stand eine Sturmlaterne. Ihr Lichtkegel fiel auf den weit geöffneten Safe. Neben dem Tisch auf dem Holzstuhl saß Dr. Roylott in einem langen grauen Morgenrock, die nackten Füße steckten in roten türkischen Pantoffeln. Auf seinem Schoß lag der kurze Stock mit der langen Peitsche, die wir tagsüber schon gesehen hatten. Sein Kinn war nach oben gereckt, und seine Augen waren mit einem schrecklich starren Blick auf eine Ecke der Zimmerdecke gerichtet. Um seine Stirn wand sich ein eigenartiges gelbes Band mit bräunlichen Tupfen. Als wir in das Zimmer traten, gab er keinen Laut von sich und bewegte sich nicht.

»Das Band! Das gefleckte Band!« flüsterte Holmes.

Ich trat einen Schritt vor. In der gleichen Sekunde begann der unheimliche Kopfschmuck sich zu bewegen. Aus den Haaren des Doktors erhob sich der gedrungene, rautenförmige Kopf und der Körper einer ekelhaften Schlange.

»Es ist eine ›Swamp adder‹!« schrie Holmes. »Die gefährlichste Schlange in Indien. Ihr Biß tötet in zehn Sekunden. Wirklich, Gewalt antwortet auf Gewalt, und der, der anderen eine Grube gräbt, fällt selbst hinein. Laß uns

Miss Stoner an einen ruhigen Ort bringen und die örtliche Polizei verständigen.«

Während er sprach, nahm er die Hundepeitsche vom Schoß des toten Mannes, warf die Schlinge um den Hals der Schlange, zog sie von ihrem grauenhaften Platz weg und trug sie mit ausgestrecktem Arm zum Safe, warf sie dort hinein und schlug den Deckel zu. So starb Dr. Grimesby Roylott von Stoke Moran.

Nachdem wir die traurige Nachricht der verstörten Miss Stoner überbracht hatten, setzten wir sie in den Morgenzug, der sie in die Obhut ihrer Tante nach Harrow brachte. Erst als wir nach London zurückfuhren, klärte Holmes mich über die letzten mir noch dunklen Punkte auf.

»Ich war zu einem völlig falschen Schluß gekommen, Watson. Das beweist wieder einmal, wie gefährlich es sein kann, aus ungenauen Angaben Schlüsse zu ziehen. Die Anwesenheit der Zigeuner und die letzten gestammelten Worte, mit denen das arme Mädchen zweifellos das Schreckliche beschreiben wollte, das sie im flackernden Licht ihres Streichholzes gesehen hatte, brachten mich auf eine vollkommen falsche Spur, nämlich auf die Zigeuner. Doch als ich erkannte, daß die Gefahr für den Zimmerbewohner weder vom Fenster noch von der Tür her kommen konnte, stellte ich völlig neue Überlegungen an.

Meine ganze Aufmerksamkeit war jetzt, wie ich schon dir gegenüber erwähnt hatte, auf den Ventilator und die Klingelschnur gerichtet. Die Entdeckung, daß es sich dabei um eine Attrappe handelte und daß das Bett am Fußboden festgeschraubt war, erweckte sogleich in mir den Verdacht, daß das Seil nur als Brücke zwischen der Öffnung und dem Bett dienen konnte. Ich dachte sofort an eine Schlange. Da mir bekannt war, daß der Doktor indische Tiere hielt, baute ich diese Theorie aus. Ich fühlte, daß ich auf der richtigen Fährte war.

Siehst du, Watson, die Idee, Gift für einen Mord zu benutzen, das höchstwahrscheinlich durch keinen chemischen Test nachgewiesen werden konnte, paßte sehr gut zu einem klugen und kaltblütigen Mann, der lange Jahre in Indien gelebt hat. Für ihn war auch die schnelle Wirksamkeit des Giftes wichtig. Es war unwahrscheinlich, daß bei einer Untersuchung die zwei kleinen Punkte, die die Giftzähne hinterlassen hatten, bemerkt werden würden.

Dann das Pfeifen. Dr. Roylott mußte die Schlange ja wieder vor Tagesanbruch zurückrufen. Wahrscheinlich hat er sie mit Hilfe der Milch abgerichtet, auf seinen Pfiff zurückzukommen. Er ließ sie also zur geeigneten Stunde durch den Ventilator kriechen, mit der Gewißheit, daß sie an dem Seil hinabgleiten und auf dem Bett landen würde. Ob sie nun gleich beim ersten Mal zubiß oder nicht, konnte er zwar nicht im voraus wissen, aber früher oder später mußte es eben doch geschehen, und das Opfer war rettungslos verloren.

Diese Schlüsse zog ich, bevor ich den Raum des Doktors betreten hatte. Als ich dann noch den Stuhl untersuchte, bemerkte ich, daß er oft auf ihm gestanden haben mußte, denn das war natürlich unumgänglich, wenn er zum Ventilator reichen wollte.

Der Safe, das Schälchen Milch, die zu einer Schlinge geknüpfte Peitschenschnur, das alles gab mir die letzte Gewißheit.

Das Metallgeräusch, das Miss Stoner gehört hatte, rührte offensichtlich daher, daß der Doktor die Tür zum Safe etwas zu hastig hinter dem unheimlichen Tier geschlossen hatte. Soviel also wußte ich, als ich die Schlange zischen hörte. Ich dachte, du hättest sie auch gehört. Instinktiv zündete ich die Kerze an und griff die Schlange an. Ich schlug auf sie ein.«

»Mit dem Erfolg, daß du sie durch den Ventilator wieder zurücktriebst.«

»Nicht nur das. Ich reizte sie damit, daß sie auf der anderen Seite ihren Herrn angriff. Indirekt also trifft mich die Schuld an Dr. Grimesby Roylotts Tod, aber ich muß gestehen, Watson, diese Schuld lastet nicht allzuschwer auf meinem Gewissen.«

G.K. Chesterton
Der Fluch des Buches

Professor Openshaw bekam jedesmal einen Tobsuchtsanfall, wenn man ihn als Spiritisten bezeichnete oder behauptete, daß er an Spiritismus glaube. Aber damit nicht genug, er bekam auch einen Tobsuchtsanfall, wenn man behauptete, daß er nicht an Spiritismus glaube. Es war sein Stolz, daß er sein ganzes Leben der Erforschung psychischer Phänomene gewidmet hatte. Es war ferner sein Stolz, daß er nie hatte durchblicken lassen, ob er sie wirklich für psychisch oder bloß für Phänomene hielt. Nichts freute ihn mehr, als einem Kreis überzeugter Spiritisten zu erzählen, wie er Medium auf Medium entlarvt und Schwindel auf Schwindel entdeckt hatte. Tatsächlich entwickelte er die Talente eines Detektivs, sobald er sein Auge auf einen Gegenstand gerichtet hatte; und auf so verdächtige Gegenstände wie Medien richtete er sein Auge mit Vorliebe. Es ging das Gerücht, daß er einen und denselben Schwindler dreimal unter verschiedenen Verkleidungen entlarvt hätte: einmal als Frau, einmal als weißbärtigen alten Mann und einmal als schokoladebraunen Brahmanen. Diese Legenden waren dazu angetan – was ja auch ihr Zweck war –, eine gewisse Beunruhigung unter den Gläubigen hervorzurufen. Darüber beklagen konnten sie sich ja nicht, denn kein Spiritist leugnet die Existenz falscher Medien, aber die Geschichten des Professors konnten leicht den Eindruck erwecken, als ob alle Medien Schwindler seien.

Aber wehe dem arglosen und unschuldigen Materialisten (und Materialisten pflegen meist arglos und unschuldig zu sein), der, verleitet durch solche Erzählungen, mit der These herauszurücken wagte, daß Geister gegen die Naturgesetze seien oder daß derartige Dinge bloßer Aberglaube wären; oder daß ja doch alles einfach Stumpfsinn oder Quatsch sei. Mit einem Schlage richtete der Professor alle seine wissenschaftlichen Batterien gegen ihn und vernichtete ihn mit einer Kanonade von unanzweifelbaren Fällen und unerklärlichen Phänomenen, von denen der arme Materialist nie in seinem Leben gehört hatte, unter Anführung sämtlicher Daten und Einzelheiten und unter Zitierung aller versuchten und mißlungenen natürlichen Erklärungen. Nichts versäumte er zu erwähnen, außer ob er, John Oliver Openshaw, an Geister glaube oder nicht. Weder Spiritisten noch Materialisten konnten sich rühmen, eine Antwort auf diese Frage gefunden zu haben.

Professor Openshaw, eine hagere Erscheinung mit Löwenmähne und hypnotisierenden blauen Augen, stand mit seinem Freunde Pater Brown vor dem Eingang des Hotels, in dem sie beide die Nacht verbracht hatten. Der Professor war am Abend zuvor ziemlich spät von einem seiner Experimente aufgebracht zurückgekommen und war noch immer erfüllt von der Erregung des Kampfes, den er ganz allein und nach beiden Seiten zu führen pflegte.

»Oh, das macht nichts«, sagte er lachend. »Sie würden nicht daran glauben, auch wenn es wahr wäre. Aber alle diese Leute fragen mich dauernd, was ich denn beweisen will. Sie scheinen nicht zu begreifen, daß ich ein Mann der Wissenschaft bin. Ein Wissenschaftler will nichts beweisen. Er versucht herauszufinden, was sich selbst beweist.«

»Aber er hat es noch nicht herausgefunden«, sagte Pater Brown.

»Nun, ich habe allerlei kleine Beobachtungen gemacht, die nicht ganz so negativ sind, wie manche Leute zu denken scheinen«, antwortete der Professor, nachdem er einen Moment mit gerunzelten Brauen nachgedacht hatte. »Jedenfalls fange ich an zu glauben, daß das, was vielleicht zu finden wäre, auf einem falschen Weg gesucht wird. Es ist alles viel zu theatralisch. Das ganze Getue mit leuchtendem Ektoplasma und Trompeten und Stimmen und allem Drum und Dran erinnert viel zu sehr an Schauerdramen und historische Romane, in denen das Gespenst des Schlosses auftritt. Wenn sie sich an die Historie hielten statt an historische Romane, könnten sie vielleicht wirklich etwas finden, wenn auch keine Erscheinungen.«

»Immerhin«, sagte Pater Brown, »Erscheinungen sind nur Schein. Ich glaube, man könnte sagen, daß auch das Schloßgespenst nur dazu dient, den Schein zu wahren.«

Der Blick des Professors, der gewöhnlich etwas zerstreut war, konzentrierte sich plötzlich mit aller Schärfe auf Pater Brown, als wäre er ein zweifelhaftes Medium. Es war, als blicke er ihn durch ein starkes Vergrößerungsglas an. Nicht, daß er Pater Brown für ein zweifelhaftes Medium gehalten hätte, aber es erregte seine Aufmerksamkeit, daß die Gedanken seines Freundes so sehr mit seinen eigenen übereinstimmten.

»Schein«, murmelte er. »Wie merkwürdig, daß Sie das

gerade jetzt sagen! Je mehr ich mich mit diesen Dingen beschäftige, desto klarer wird mir, daß sich die Leute viel zu sehr an den Schein halten. Wenn sie sich weniger an das Erscheinen als an das Verschwinden halten würden – –«

»Ja«, sagte Pater Brown. »In Märchen und Sagen zum Beispiel handelt es sich viel weniger um das Erscheinen von Zauberwesen wie Titania oder Oberon. Hingegen ist immer wieder die Rede davon, daß Menschen verschwinden, weil sie von Zauberwesen entführt werden. Sind Sie Kilmeny auf die Spur gekommen oder Thomas dem Reimer?«

»Ich will gewöhnlichen, heutigen Menschen auf die Spur kommen, von deren Verschwinden man in den Zeitungen liest«, antwortete Openshaw. »Schauen Sie mich nicht so erstaunt an! Ich meine es ganz ernst. Und ich beschäftige mich schon lange damit. Aufrichtig gesagt, ich bin der Meinung, daß sich eine Menge psychischer Erscheinungen leicht erklären lassen. Das Verschwinden aber läßt sich nicht erklären, es wäre denn psychisch. Diese Menschen in den Zeitungen, die verschwinden und nie mehr gefunden werden – – Wenn Sie die Einzelheiten so genau kennen würden wie ich – – Gerade heute habe ich eine Bestätigung bekommen. Einen höchst sonderbaren Brief von einem alten Missionär, einem hochanständigen, verläßlichen Menschen. Er kommt jetzt zu mir in mein Büro. Vielleicht wollen Sie nachher mit mir Mittag essen. Ich möchte Ihnen berichten – streng vertraulich, natürlich.«

»Danke; sehr gern«, sagte Pater Brown. »Falls mich bis dahin nicht eine Fee entführt hat.«

Damit trennten sie sich. Openshaw begab sich in sein

Büro, das er in der Nähe gemietet hatte. Es diente ihm hauptsächlich zur Herausgabe einer Zeitschrift, in der spiritistische und psychologische Probleme auf eine äußerst trockene und agnostische Art behandelt wurden. Er hatte nur einen Angestellten, der im ersten Zimmer saß und dessen Aufgabe es war, Zahlen und Daten für den Druck zusammenzustellen. Der Professor fragte ihn, ob Mr. Pringle dagewesen wäre. Mechanisch verneinte der Angestellte und addierte weiter seine Zahlen. Der Professor war im Begriff, den zweiten Raum zu betreten, der sein Arbeitszimmer war. »Übrigens, Berridge«, sagte er, ohne sich umzuwenden, »wenn Mr. Pringle kommt, schicken Sie ihn sofort zu mir herein. Sie brauchen Ihre Arbeit nicht zu unterbrechen. Ich möchte, daß Sie diese Aufstellung, wenn möglich, heute fertigmachen. Legen Sie sie auf meinen Schreibtisch, falls ich morgen etwas später kommen sollte.«

In seinem Zimmer gab sich der Professor weiter den Gedankengängen hin, die der Name Pringle in seinem Geist, wenn auch nicht angeregt, so doch gerechtfertigt und bestätigt hatte. Selbst der abgeklärteste Agnostiker ist irgendwo menschlich. Und der Brief des Missionärs enthielt die Möglichkeit, daß er zur Unterstützung der privaten und vorläufig noch tastenden Hypothese des Professors beitragen könnte. Openshaw setzte sich in seinen bequemen Lehnstuhl unter den Stich von Montaigne und las die wenigen Zeilen noch einmal, mit denen der Reverend Luke Pringle seinen Besuch für heute vormittag ankündigte. Niemand war besser als Professor Openshaw imstande, an gewissen Anzeichen zu erkennen, ob ein Brief von einem Narren stammte. Verworrene Ausdrucksweise, spinnenartige Handschrift, Weitschweifigkeit, überflüssige Wiederholungen. Keines dieser Anzeichen fand sich hier. Eine kurze und geschäftsmäßige, mit der Maschine geschriebene Ankündigung, daß der Schreiber Zeuge einiger Fälle von rätselhaftem Verschwinden gewesen sei, die den Professor als Erforscher psychischer Probleme vielleicht interessieren würden. Der Professor war günstig beeindruckt. Er hatte auch, trotz einer leichten Überraschung, keinen ungünstigen Eindruck, als er aufblickte und den Reverend Luke Pringle bereits im Zimmer stehen sah.

»Ihr Sekretär forderte mich auf, gleich einzutreten«, sagte Mr. Pringle entschuldigend, mit einem breiten, aber recht sympathischen Grinsen, das durch die enorme Fülle seines rötlich-grauen Bartes zum Teil verdeckt wurde. Es war ein wahrer Dschungel von einem Bart, wie man ihn manchmal an Männern sieht, die im Dschungel leben. Aber die Augen über der aufgestülpten Nase hatten nichts Wildes oder Exotisches an sich. Openshaw hatte sofort den Scheinwerfer oder das Brennglas seines skeptischen Blickes eingeschaltet, den er auf die Menschen zu richten pflegte, um herauszufinden, ob sie Schwindler oder Narren seien. In diesem Fall fiel die Prüfung außergewöhnlich günstig aus. Der wilde Bart mochte wohl einem Narren gehören, aber die Augen straften den Bart Lügen. Augen so voll eines freien, freundlichen Lachens findet man weder bei Schwindlern noch bei Narren. Den Augen nach konnte man eher auf einen harmlosen lustigen Spießer schließen, auf einen fröhlichen Skeptiker, der, ohne viel nachzudenken, seine Verachtung für Geister und geistige Dinge laut und herzhaft herausschreit. Ein berufsmäßiger Schwindler könnte es sich nicht erlauben, so oberflächlich auszusehen. Der Mann steckte in einem schäbigen alten Cape, das bis zum Hals zugeknöpft war. Nur sein breitkrempiger weicher Hut deutete den Geistlichen an. Aber Missionäre aus wilden Gegenden geben sich manchmal nicht viel Mühe, sich korrekt anzuziehen.

»Sie glauben wahrscheinlich, daß dies wieder einmal ein Aufsitzer ist, Herr Professor«, sagte Mr. Pringle vergnügt. »Ich hoffe, Sie werden mir verzeihen, daß ich über Ihre nur zu begreifliche Mißbilligung lachen muß. Aber ich muß meine Geschichte jemandem erzählen, der Verständnis dafür hat, denn sie ist wahr. Und, Scherz beiseite, sie ist nicht nur wahr, sondern auch tragisch. Um es kurz zu machen: Ich war als Missionär in Nya-Nya in Westafrika, im dichtesten Urwald, wo es außer mir nur einen einzigen Weißen gab, den Regierungsbeamten Captain Wales. Wir haben uns ziemlich angefreundet. Nicht, daß er Missionäre besonders gern hatte. Er war, wenn ich so sagen darf, etwas dickköpfig. Einer dieser schwerfälligen, breitschultrigen Männer der Tat, die es nicht nötig haben zu denken, geschweige denn zu glauben. Dadurch wird die Sache nur noch sonderbarer. Eines Tages kam er von einem kurzen Urlaub in sein Zelt im Urwald zurück und erzählte, er hätte ein höchst seltsames Erlebnis gehabt und wisse nicht, was er davon halten solle. Er hatte ein abgeschabtes, in Leder gebundenes Buch bei sich und legte es auf den Tisch neben seinen Revolver und ein altes arabisches Schwert, das er besaß. Er erzählte, daß das Buch einem Manne auf dem Schiff, mit dem er gekommen war, gehört hätte. Dieser Mann hätte behauptet, daß niemand das Buch öffnen dürfe, weil der Betreffende sonst vom Teufel geholt werden oder verschwinden würde. Wales antwortete ihm natürlich, das sei alles Unsinn, und sie gerieten in Streit. Das Resultat war, daß der Mann, da man ihn der Feigheit und des Aberglaubens bezichtigte, das Buch tatsächlich öffnete, es sofort fallen ließ, an den Rand des Schiffes trat –«

»Einen Augenblick«, sagte der Professor, der sich ein paar Notizen gemacht hatte, »bevor Sie weitererzählen! Hat dieser Mann Wales gesagt, wo er das Buch herhatte oder wem es ursprünglich gehörte?«

»Ja«, antwortete Pringle, der jetzt vollkommen ernst war. »Er soll gesagt haben, daß er es dem ursprünglichen Besitzer zurückbringen wolle, einem Orientreisenden namens Dr. Hankey, der jetzt in England lebe. Hankey soll ihn vor den geheimnisvollen Kräften des Buches gewarnt haben. Nun, dieser Hankey ist ein tüchtiger Mensch und außerdem ein eher unfreundlicher und spöttischer Geselle. Das macht die Sache noch merkwürdiger. Aber die Pointe von Wales' Geschichte ist ganz einfach. Der Mann, der in das Buch geschaut hatte, ging geradewegs über Bord des Schiffes und ward nicht mehr gesehen.«

»Glauben Sie das?« fragte Openshaw nach einer Pause.

»Ja«, antwortete Pringle. »Ich glaube es aus zwei Gründen. Erstens weil Wales ein vollkommen phantasieloser Mensch ist. Er erwähnte aber eine Einzelheit, die nur einem phantasiebegabten Menschen hätte einfallen können. Er sagte, der Mann wäre bei schönem, heiterem Wetter und vollkommen ruhigem Meer über Bord gegangen und man hätte kein Aufklatschen gehört.«

Der Professor vertiefte sich für ein paar Sekunden in

seine Notizen. Dann fragte er: »Und der zweite Grund, warum Sie daran glauben?«

»Der zweite Grund«, antwortete der Reverend Luke Pringle, »der zweite Grund ist das, was ich selbst gesehen habe.«

Wieder entstand eine Pause, bis er in derselben sachlichen Art fortfuhr. Man mochte sagen, was man wollte, er hatte nichts von jenem Eifer, mit dem Narren und selbst Gläubige einen Zuhörer zu überzeugen suchen.

»Ich sage Ihnen, daß Wales das Buch auf den Tisch neben das arabische Schwert gelegt hatte. Das Zelt besaß nur einen Ausgang. Ich stand drinnen, sah in den Wald hinaus und wandte Wales den Rücken zu. Er stand am Tisch, und ich hörte ihn vor sich hin brummen, daß es blödsinnig wäre, sich im zwanzigsten Jahrhundert vor einem Buch zu fürchten. Und warum, zum Teufel, er es eigentlich nicht öffnen sollte. Instinktiv antwortete ich, daß er das lieber bleiben lassen und das Buch Dr. Hankey zurückgeben solle. ›Was kann schon geschehen?‹ fragte er gereizt. ›Was ist denn Ihrem Freund auf dem Schiff geschehen?‹ erwiderte ich. Er antwortete nicht. Was hätte er auch darauf antworten sollen? Ich aber nützte meinen logischen Vorteil aus purer Eitelkeit aus und fuhr fort: ›Wie erklären Sie sich übrigens, was auf dem Schiff geschehen ist?‹ Noch immer kam keine Antwort. Da drehte ich mich um und sah, daß Wales nicht mehr da war.

Das Zelt war leer. Das Buch lag auf dem Tisch, offen, aber mit dem Rücken nach oben, als hätte er es umgedreht. Das Schwert jedoch lag auf dem Boden, am andern Ende des Zeltes. Dort war ein langer Schnitt in der Leinwand, als ob sich jemand mit dem Schwert einen Ausgang geschaffen hätte. Ich blickte durch den Spalt, konnte aber nichts sehen als den dunkel schimmernden Wald draußen. Ich glaubte zu bemerken, daß in dem wilden Durcheinander von Pflanzen einige geknickt und verbogen waren. Aber ganz sicher bin ich nicht und jedenfalls reichten diese Spuren nur ein paar Meter weit. Seit diesem Tage habe ich nie mehr etwas von Captain Wales gesehen oder gehört.

Ich wickelte das Buch in Packpapier, wobei ich mir große Mühe gab, es nicht anzusehen, und ich nahm es mit nach England, in der Absicht, es Dr. Hankey zurückzugeben. Dann las ich einen Artikel in Ihrer Zeitschrift, aus dem ich zu entnehmen glaubte, daß Sie eine Hypothese über derartige Dinge haben. Und ich entschloß mich, Ihnen die ganze Sache vorzulegen, da Sie dafür bekannt sind, daß Sie ein unbeirrbares Urteil und einen scharfen Verstand haben.«

Professor Openshaw legte die Feder aus der Hand und sah den Mann, der ihm gegenüber saß, über den Tisch hinweg an, indem er seine ganze langjährige Erfahrung mit den verschiedensten Arten von Schwindlern und mit zwar anständigen, aber exzentrischen und sonderbaren Leuten in seinen Blick konzentrierte. Normalerweise wäre er von der gesunden Annahme ausgegangen, daß das Ganze erlogen sei. Im großen und ganzen neigte er auch hier dazu, die Geschichte für erlogen zu halten. Aber irgendwie paßte der Mann nicht zu der Geschichte. Die Sorte Lügner paßte nicht zu der Sorte Lüge. Der Mann trug keine betonte Ehrlichkeit zur Schau wie die meisten Schwindler und Betrüger. Eher im Gegenteil: es schien, als wäre er ehrlich, trüge aber etwas anderes zur Schau. Vielleicht ein braver Mensch mit einem harmlosen Wahn? Aber die Symptome stimmten auch nicht. Hier war eine Art von männlicher Unbeteiligtheit, als ob der Mann keinen besonderen Wert auf seinen Wahn legte, wenn er überhaupt einen Wahn hatte.

»Mr. Pringle«, sagte der Professor streng wie ein Rechtsanwalt, der einen Zeugen überrumpeln will, »wo befindet sich dieses Buch jetzt?«

Auf dem bärtigen Gesicht, das während der Erzählung ernst gewesen war, erschien wieder das fröhliche Grinsen.

»Ich habe es draußen gelassen«, sagte Mr. Pringle, »ich meine im Nebenzimmer. Das war vielleicht riskant, aber es war das kleinere Risiko.«

»Was wollen Sie damit sagen!« fragte der Professor. »Warum haben Sie es nicht hereingebracht?«

»Weil ich wußte«, sagte der Missionär, »daß Sie es öffnen würden, bevor Sie meine Geschichte zu Ende gehört haben. Nachher, dachte ich, würden Sie es sich überlegen, es zu öffnen.« Nach einer kleinen Pause fügte er hinzu: »Es war niemand draußen außer Ihrem Sekretär. Und der machte den Eindruck eines bedächtigen, eher etwas stumpfen Menschen, der sich nur für seine Rechnungen interessiert.«

Openshaw ließ ein herzliches Lachen hören. »Oh, Berridge«, rief er, »vor dem ist Ihr Zauberbuch sicher. Der ist nichts als eine Rechenmaschine. Kein menschliches Wesen, wenn man ihn überhaupt als menschliches Wesen bezeichnen kann, käme weniger auf den Gedanken, fremde Pakete zu öffnen. Jetzt könnten wir es aber hereinholen, obwohl ich mir noch ernstlich überlegen muß, wie wir uns verhalten sollen. Ich muß Ihnen aufrichtig sagen« – er sah den andern wieder scharf an –, »daß ich nicht recht weiß, ob wir es gleich hier öffnen oder lieber an diesen Dr. Hankey senden sollen.«

Währenddessen hatten die beiden das Nebenzimmer betreten. Im gleichen Augenblick stieß Mr. Pringle einen Schrei aus und stürzte zum Schreibtisch des Sekretärs. Der Schreibtisch war da, nicht aber der Sekretär. Auf dem Schreibtisch lag ein abgeschabtes, in Leder gebundenes Buch, geschlossen zwar, aber so, als ob es eben noch offen gewesen wäre. Das braune Packpapier lag daneben. Der Schreibtisch stand vor dem großen Fenster, das auf die Straße hinausging. Dieses Fenster hatte ein riesiges, gezacktes Loch, als ob sich ein menschlicher Körper dadurch einen Weg ins Freie gebahnt hätte. Von Mister Berridge war keine andere Spur vorhanden.

Die beiden Männer standen da wie Statuen. Der Professor erwachte zuerst zum Leben. Er sah mehr als je einem Richter ähnlich, als er sich langsam dem Missionär zuwandte und ihm die Hand entgegenstreckte.

»Mr. Pringle«, sagte er, »ich bitte Sie um Verzeihung für meine Gedanken. Es waren übrigens nur halbgeformte Gedanken. Aber niemand, der sich für einen Wissenschaftler hält, kann solchen Tatsachen gegenüber skeptisch bleiben.«

»Ich denke«, sagte Pringle zögernd, »wir werden einige Nachforschungen anstellen müssen. Können Sie nicht bei ihm zu Hause anrufen und fragen, ob er da ist?«

»Ich weiß nicht, ob er ein Telefon hat«, antwortete Openshaw abwesend. »Er wohnt irgendwo draußen in Hampstead, glaube ich. Aber ich denke, seine Freunde oder seine Familie werden hier nachfragen, wenn er nicht nach Hause kommt.«

»Können Sie eine Beschreibung von ihm geben«, fragte Mr. Pringle, »wenn die Polizei eine solche verlangt?«

»Die Polizei?« rief der Professor, aus seiner Verträumtheit erwachend. »Eine Beschreibung? Gott, er sah schrecklich unpersönlich aus. Genau wie alle andern Leute, fürchte ich, bis auf die Brille. Einer von diesen glattrasierten jungen Leuten. Aber die Polizei – – – Sagen Sie, was können wir in dieser verrückten Sache tun?«

»Was ich tue, weiß ich«, sagte Reverend Pringle. »Ich trage dieses Buch zu Dr. Hankey und frage ihn, was, zum Teufel, das Ganze zu bedeuten hat. Er wohnt nicht sehr weit von hier, und ich komme dann gleich zurück und berichte Ihnen, was er gesagt hat.«

»Gut, gut«, sagte der Professor und ließ sich müde in einen Sessel fallen. Vielleicht war er froh, die Verantwortung bis auf weiteres los zu sein. Aber lange nachdem der rasche Schritt des Missionärs auf der Straße unten verhallt war, saß der Professor in derselben Stellung da und starrte ins Leere, wie in einer Art Trance.

Er saß noch immer in dem gleichen Sessel und fast in der gleichen Haltung, als derselbe rasche Schritt wieder hörbar wurde. Der Missionär trat ein, diesmal, wie der Professor mit einem raschen Blick feststellte, mit leeren Händen.

»Dr. Hankey«, sagte Pringle ernst, »möchte das Buch eine Stunde behalten und sich die Sache überlegen. Dann sollen wir beide zu ihm kommen, und er wird uns das Resultat seiner Überlegungen mitteilen. Er läßt Sie sehr bitten, Herr Professor, mich zu ihm zu begleiten.«

Openshaw sah noch immer starr vor sich hin. Dann fragte er plötzlich: »Wer, zum Teufel, ist dieser Doktor Hankey?«

»Das klingt ja, als ob Sie ihn für den Teufel hielten«, sagte Pringle lachend. »Nun, ich glaube, manche Leute sind wirklich dieser Ansicht. Er hatte einen ziemlichen Ruf auf demselben Gebiet wie Sie, aber ich glaube, er erwarb ihn in Indien, wo er Magie und dergleichen studierte, so daß er hier vielleicht nicht so bekannt ist. Er ist ein gelbhäutiger, magerer, kleiner Kerl mit einem lahmen Bein und von unfreundlichem Wesen. Er scheint sich hier eine ganz anständige Praxis als Arzt geschaffen zu haben, und es ist mir nichts wirklich Nachteiliges über ihn bekannt, außer Sie finden es nachteilig, daß er der einzige Mensch ist, der uns über diese verrückte Angelegenheit Auskunft geben kann.«

Professor Openshaw erhob sich mühsam und ging ans Telefon. Er rief Pater Brown an und verwandelte die Mittagseinladung in eine Einladung zum Abendessen, um für die Expedition zu dem angloindischen Arzt frei zu sein. Darauf setzte er sich wieder nieder, zündete eine Zigarre an und versank von neuem in seine unergründlichen Gedanken.

Pater Brown begab sich in das Restaurant, wo das Abendessen stattfinden sollte, und ging dort längere Zeit in einem Vorraum voller Spiegel und Palmen wartend auf und ab. Er wußte von dem Vorhaben des Professors, und als die Nacht dunkel und stürmisch hereinbrach, nahm er an, daß dieses Vorhaben irgendeine unerwartete Wendung genommen haben müsse. Er zweifelte schon daran, ob Openshaw überhaupt noch kommen würde. Als er dann doch eintrat, sah Pater Brown sofort, daß seine Annahme gerechtfertigt war. Denn der Professor kam mit verstörtem Gesichtsausdruck und gesträubten Haaren von seiner Expedition nach dem Norden Londons zurück. Ganz draußen am Rande der Stadt, wo es noch unverbaute Flächen gibt, auf denen Heidekraut wächst und Wiesenstreifen bis an die Häuser reichen, hatten sie das Haus gefunden, das sie suchten. Es stand etwas abseits von den andern Häusern und trug ein Messingschild mit der Inschrift: Dr. med. univ. J. D. Hankey. Aber Dr. Hankey fanden sie nicht. Sie fanden bloß das, worauf eine unbewußte schreckensvolle Ahnung sie vorbereitet hatte: einen alltäglichen Salon, einen Tisch, auf dem das verhexte Buch lag, so als ob eben jemand darin gelesen hätte; dahinter eine offenstehende Tür, die in den Garten führte; in diesem Garten eine Reihe Fußspuren auf einem Weg, der so steil war, daß man sich kaum vorstellen konnte, ein Mensch mit einem lahmen Bein könnte ihn ersteigen. Und doch war hier ein Mensch mit einem lahmen Bein gegangen. Denn die Spuren zeigten den Abdruck eines plumpen orthopädischen Schuhs neben einem normalen, dann kamen zwei Abdrücke des orthopädischen Schuhs allein, als ob jener Mensch einen Sprung getan hätte, und dann nichts mehr. Das war alles, was von Dr. Hankey zurückgeblieben war. Offenbar hatte er das verhängnisvolle Buch geöffnet und das Schicksal hatte ihn ereilt.

Kaum hatte Mr. Pringle den Vorraum des Restaurants betreten, als er das Buch auf ein Tischchen unter einer Palme warf, als ob es ihm die Finger verbrannt hätte. Neugierig betrachtete es der Priester. Auf dem Deckel stand in ungefügen Buchstaben:

Blickst du in dieses Buch, Gesell,
Holt dich der Teufel auf der Stell'.

Und darunter dieselben Worte auf griechisch, lateinisch und französisch. Die beiden andern hatten den begreiflichen Wunsch, nach dem Schreck etwas zu trinken. Openshaw rief den Kellner und bestellte Cocktails.

»Sie essen doch mit uns?« sagte der Professor zu dem Missionär. Aber Mr. Pringle lehnte höflich ab.

»Sie müssen mich entschuldigen«, sagte er. »Ich muß irgendwo mit diesem Buch und meinen Gedanken allein sein. Sie würden mir wohl nicht Ihr Büro für ein, zwei Stunden zur Verfügung stellen?«

»Ich glaube – – ich fürchte, es ist versperrt«, antwortete Openshaw einigermaßen erstaunt.

»Sie vergessen das Loch im Fenster«, sagte der Reverend Luke Pringle mit seinem breitesten Grinsen und verschwand in der Dunkelheit, die draußen herrschte.

»Ein äußerst sonderbarer Mensch, das muß ich schon sagen«, brummte der Professor mißbilligend.

Er war überrascht, Pater Brown im Gespräch mit dem Kellner zu finden, der die Cocktails gebracht hatte. Die Unterhaltung drehte sich offenbar um die Privatangelegenheiten des Kellners. Es war die Rede von einem Kind, das jetzt außer Gefahr sei. Professor Openshaw gab seinem Erstaunen darüber Ausdruck, daß der Priester den Kellner zu kennen schien. Pater Brown aber antwortete einfach: »Ich pflege alle zwei bis drei Monate hier zu essen, und da unterhalte ich mich immer mit ihm.«

Der Professor, der fünfmal in der Woche hier aß, war noch nie auf den Gedanken gekommen, sich mit dem Kellner zu unterhalten. Während er noch darüber nachdachte, läutete das Telefon. Der Mann am andern Ende stellte sich als Mr. Pringle vor. Seine Stimme klang etwas verschleiert, aber das mochte wohl durch die enorme Masse seines Bartes zu erklären sein. Was er zu sagen hatte, genügte, um seine Identität zu beglaubigen.

»Herr Professor«, sagte die Stimme, »ich halte es nicht länger aus. Ich muß mich selbst überzeugen. Ich spreche von Ihrem Büro aus, und das Buch liegt vor mir. Ich sage Ihnen Lebewohl, für den Fall, daß mir etwas zustoßen sollte. Nein, es hat keinen Zweck, mich zurückhalten zu wollen. Sie würden ohnehin zu spät kommen. Ich öffne das Buch – jetzt – – Ich – –«

Openshaw glaubte ein kaum wahrnehmbares zitterndes Flattern zu hören. Er rief wieder und immer wieder Pringles Namen, aber alles blieb still. Er legte den Hörer auf und kehrte, sich zu einer überlegenen akademischen Ruhe zwingend, an den Tisch zurück. Kühl und unbeteiligt, als berichte er von der Entlarvung eines plumpen Tricks bei einer Séance, erzählte er dem Priester alle Einzelheiten dieses unwahrscheinlichen, mysteriösen Falles.

»Fünf Menschen sind auf diese Weise verschwunden«, sagte er. »Jeder einzelne Fall ist außerordentlich. Und dennoch erscheint mir das Verschwinden meines Sekretärs Berridge am erstaunlichsten. Gerade weil er ein ruhiger, unscheinbarer Mensch war, ist sein Fall der merkwürdigste.«

»Ja«, erwiderte Pater Brown, »es ist erstaunlich, daß Berridge etwas Derartiges getan hat. Er war so riesig gewissenhaft. Er achtete so peinlich darauf, seine privaten Vergnügungen von seiner Bürotätigkeit zu trennen. Kein Mensch ahnte, daß er in seinem Privatleben voll Humor war – –«

»Berridge?« rief der Professor. »Was reden Sie da? Kannten Sie ihn denn?«

»Ach nein«, sagte Pater Brown leichthin. »Nur so, wie ich den Kellner kenne. Ich habe ein paarmal in Ihrem Büro auf Sie gewartet und mit ihm geplaudert, um mir die Zeit zu vertreiben. Er war ein seltsamer Kauz. Einmal sagte er, er würde gern wertlose Dinge sammeln, so wie manche Sammler die lächerlichsten Dinge sammelten, die sie für wertvoll hielten. Sie kennen doch die Geschichte von der Frau, die wertlose Dinge sammelte?«

»Ich weiß nicht, wovon Sie sprechen«, sagte Openshaw. »Aber selbst wenn mein Sekretär ein solches Original war (ich wüßte zwar niemanden, dem ich es weniger zugetraut hätte), so erklärt das noch nicht, was ihm zugestoßen ist, und vor allem erklärt es nicht, was den andern zugestoßen ist.«

»Welchen andern?« fragte der Priester.

Der Professor sah ihn mit scharfem Blick an und sprach übertrieben deutlich, wie zu einem Kind:

»Mein lieber Pater Brown, fünf Menschen sind verschwunden.«

»Mein lieber Professor, kein Mensch ist verschwunden.«

Pater Brown sah den Professor ebenfalls scharf an und sprach mit ebenso übertriebener Deutlichkeit. Trotzdem verlangte der Professor, er möge seine Worte wiederholen, und Pater Brown sagte nochmals betont deutlich:

»Ich sage, daß kein Mensch verschwunden ist.«

Nach kurzer Pause fügte er hinzu: »Es scheint sehr schwer zu sein, jemanden zu überzeugen, daß null plus null plus null gleich null ist. Die Menschen pflegen die tollsten Dinge zu glauben, wenn sie in Serien vorkommen. Deshalb glaubte Macbeth die drei Aussprüche der drei Hexen, obwohl die erste ihm etwas sagte, was er selbst wußte, und die dritte etwas, was nur er selbst zu tun imstande war. Aber in Ihrem Fall ist das Mittelglied das schwächste.«

»Was wollen Sie damit sagen?«

»Sie sahen niemanden verschwinden. Weder den Mann vom Schiff noch den aus dem Zelt. Dafür haben Sie nur das Zeugnis Mr. Pringles, über den ich jetzt nicht sprechen will. Aber eines werden Sie zugeben: Sie hätten seinen Worten niemals Glauben geschenkt, wenn Sie sie nicht durch das Verschwinden Ihres Sekretärs bestätigt gefunden hätten. Genauso wie Macbeth nie geglaubt hätte, daß er König würde, wenn er nicht Than von Cawdor geworden wäre.«

»Das mag sein«, sagte der Professor und nickte nachdenklich. »Aber als ich es solcherart bestätigt sah, wußte ich, daß es die Wahrheit war. Sie sagen, ich hätte nichts selbst gesehen. Das ist nicht richtig. Ich sah meinen Sekretär verschwinden. Berridge ist verschwunden.«

»Berridge ist nicht verschwunden«, sagte Pater Brown. »Im Gegenteil.«

»Was, zum Teufel, soll das heißen: im Gegenteil?«

»Ich meine«, erwiderte Pater Brown, »daß er nicht verschwunden ist. Er ist erschienen.«

Openshaw starrte seinen Freund an; aber der Ausdruck seiner Augen hatte sich bereits verändert, wie es der Fall war, wenn er ein Problem von einer neuen Seite zu betrachten begann. Der Geistliche fuhr fort:

»Er erschien in Ihrem Büro, als Reverend Luke Pringle verkleidet, mit wallendem, rotem Bart und in einem alten Cape. Sie hatten Ihren Sekretär nie genau genug angesehen, um ihn in dieser Verkleidung wiederzuerkennen.«

»Aber – –« begann der Professor.

»Hätten Sie ihn der Polizei beschreiben können?« fragte Pater Brown. »Nein. Sie wußten, daß er glattrasiert war und eine grünliche Brille trug. Er brauchte diese Brille bloß abzulegen, um für Sie unkenntlich zu sein. Sie hatten sich für die Farbe seiner Augen ebensowenig interessiert wie für seine Seele. Es waren muntere, lachende Augen. Er hatte das Buch und alle anderen Requisiten sorgfältig vorbereitet. Dann zerschlug er das Fenster, legte Bart und Cape an und betrat Ihr Zimmer. Er wußte, daß Sie ihn nie im Leben genau angesehen hatten.«

»Aber warum hat er mir diesen Streich gespielt?« fragte Openshaw.

»Eben weil Sie ihn nie genau im Leben angesehen hatten«, sagte Pater Brown, und seine Hand öffnete und schloß sich, als ob er mit der Faust auf den Tisch hätte schlagen wollen. Aber solche Gesten lagen nicht in seiner Natur. »Sie nannten ihn eine Rechenmaschine, weil Sie ihn nur als Rechenmaschine benützten. Sie wußten nicht einmal, was ein Fremder, der zufällig in Ihr Büro kam, in fünf Minuten heraushatte: daß Berridge ein Original war; daß er seine eigenen Ansichten über Sie, über Ihre Theorien und über Ihren Ruf als Entlarver hatte. Können Sie sich vorstellen, wie es ihn reizte zu beweisen, daß Sie nicht einmal Ihren eigenen Sekretär zu entlarven imstande seien? Er hatte eine Menge ausgefallener Ideen, zum Beispiel wertlose Dinge zu sammeln. Kennen Sie die Geschichte von der Frau, die die beiden wertlosesten Dinge kaufte, die es gibt: ein altes Türschild eines Arztes und ein Holzbein? Mit den gleichen Gegenständen schuf Ihr Sekretär die Gestalt des Dr. Hankey ebenso leicht, wie er die des Captain Wales geschaffen hatte. In seinem eigenen Hause – –«

»Sie glauben, daß Berridge in diesem Haus außerhalb Hampstead wohnt?« unterbrach der Professor.

»Wußten Sie denn, wo er wohnt? Kannten Sie überhaupt seine Adresse?« erwiderte der Geistliche. »Glauben Sie, bitte, nicht, daß ich Sie oder Ihre Arbeit herabsetzen will. Sie dienen der Wahrheit, und Sie wissen, daß ich davor die größte Achtung habe. Sie sind imstande, einen Schwindler zu durchschauen, wenn Sie wollen. Aber warum interessieren Sie sich nur für Schwindler? Warum nicht auch gelegentlich für einen anständigen Menschen, wie zum Beispiel für den Kellner?«

»Wo ist Berridge jetzt?« fragte der Professor, nachdem er lange geschwiegen hatte.

»Ich bin fest überzeugt, daß er in Ihrem Büro ist«, antwortete Pater Brown. »Er ist genau in demselben Augenblick in Ihr Büro zurückgekehrt, als der Reverend Luke Pringle das teuflische Buch aufschlug und ins Nichts verschwand.«

Wieder folgte ein langes Schweigen. Dann begann der Professor zu lachen. Er lachte, wie ein Mann lacht, der die

Größe hat, seine eigene Kleinheit zu erkennen. Plötzlich sagte er:

»Ich glaube, ich habe es verdient. Ich habe die Helfer übersehen, die mir am nächsten waren. Aber Sie werden zugeben, daß die Anhäufung der Indizien verblüffend war. Haben Sie denn nicht auch, wenigstens einen Augenblick, ein bißchen Angst vor dem schrecklichen Buch gehabt?«

»Was das anbelangt – – –«, sagte Pater Brown. »Ich öffnete es sofort, als ich es hier liegen sah. Lauter leere Seiten. Wissen Sie, ich bin nämlich gar nicht abergläubisch.«

Raymond Chandler
Ich werde warten

Um ein Uhr morgens schaltete Carl, der Nachtportier, die letzte der drei Tischlampen in der Haupthalle des Windermere Hotels aus. Der blaue Teppich dunkelte um eine oder zwei Schattierungen, und die Wände zogen sich in weite Ferne zurück. Die Sessel füllten sich mit Schattengestalten. In den Ecken hingen Erinnerungen wie Spinngewebe.

Tony Reseck gähnte. Er legte den Kopf auf die Seite und lauschte der schwachen, zwitschernd zittrigen Musik aus dem Radioraum jenseits eines dämmrigen Bogendurchgangs am anderen Ende der Halle. Er runzelte die Stirn. Nach eins in der Frühe sollte das eigentlich sein Radiozimmer sein. Niemand sollte sich darin aufhalten. Das rothaarige Mädchen da verdarb ihm seine Nächte.

Das Stirnrunzeln schwand, und die Miniatur eines Lächelns schnörkelte sich um seine Lippenwinkel. Er saß entspannt, ein kleiner, blasser, korpulenter, mitteläItlicher Mann mit langen, zarten Fingern, die sich über dem Elchzahn an seiner Uhrkette gefaltet hatten, den langen, zarten Fingern eines Geschicklichkeitskünstlers, Fingern mit glänzenden, wohlgeformten Nägeln und sich verjüngenden Mittelgliedern, Fingern, die an den Spitzen ein wenig spatelförmig waren. Hübschen Fingern. Tony Reseck rieb sie sanft, und es lag Friede in seinen stillen, seegrauen Augen.

Das Stirnrunzeln trat wieder auf sein Gesicht. Die Musik fiel ihm lästig. Er stand mit seltsamer Geschmeidigkeit auf, aus einer einzigen Bewegung heraus, ohne die gefalteten Hände von der Uhrkette zu nehmen. Einen Augenblick zuvor noch hatte er entspannt zurückgelehnt dagesessen, und im nächsten stand er auf den Füßen, absolut ruhig und im Gleichgewicht, so daß es fast scheinen mußte, als sei dem Auge die Bewegung des Aufstehens entgangen, als habe es so etwas wie einen Wahrnehmungsausfall gehabt.

Er ging mit schmalen, polierten Schuhen über den blauen Teppich, unhörbar fast, und trat unter den Bogen. Die Musik wurde lauter. Sie bot das heiße, scharfe Geschmetter, die rasenden, nervös zerrissenen Sequenzen einer Jam-Session. Sie war zu laut. Das rothaarige Mädchen saß da und starrte wie gebannt auf die Lautsprecherbespannung des großen Radioapparats, als könnte sie die Spieler der Band dahinter sehen, mit ihrem starren professionellen Grinsen und dem Schweiß, der ihnen den Rücken hinunterlief. Sie kauerte mit seitlich unter sich gezogenen Füßen auf einem Sofa, auf dem fast alle Kissen des Zimmers zu liegen schienen. Sie steckte sozusagen mittendrin, war von ihnen umgeben wie ein Blütensträußchen vom sorgfältig drapierten Seidenpapier des Blumenhändlers.

Sie wandte nicht den Kopf. Sie lehnte dort, die eine Hand zu einer kleinen Faust geballt auf ihrem pfirsichfarbenen Knie. Sie trug einen Hausanzug aus schwerer gerippter Seide, bestickt mit schwarzen Lotosknospen.

»Sie mögen Goodman, Miss Cressy?« fragte Tony Reseck. Das Mädchen bewegte langsam die Augen. Das Licht darin war trübe, aber das Violett ihrer Augen tat fast weh.

Es waren große, tiefe Augen, die keine Spur von Nachdenken zeigten. Ihr Gesicht hatte klassischen Schnitt und keinerlei Ausdruck.

Sie sagte nichts.

Tony lächelte und bewegte die Finger an seinen Seiten, einen nach dem andern, fühlte sie sich bewegen. »Sie mögen Goodman, Miss Cressy?« wiederholte er sanft.

»Nicht übermäßig«, sagte das Mädchen tonlos.

Tony wippte auf den Hacken zurück und sah in ihre Augen. Große, tiefe, leere Augen. Oder waren sie das nicht? Er langte nieder und stellte das Radio leiser.

»Verstehen Sie mich nicht falsch«, sagte das Mädchen. »Goodman macht Geld, und wenn ein Junge heute auf anständige Art und Weise Geld macht, dann muß man ihn achten. Aber diese Jitterbug-Musik hat für mich immer was vom Mief einer Bierkneipe an sich. Ich mag lieber was mit Rosen drin.«

»Vielleicht mögen Sie Mozart«, sagte Tony.

»Nur zu, nehmen Sie mich ruhig auf den Arm«, sagte das Mädchen.

»Ich wollte Sie keineswegs auf den Arm nehmen, Miss Cressy. Für mich ist Mozart der größte Mensch, der je gelebt hat, und Toscanini ist sein Prophet.«

»Ich dachte, Sie wären hier der Hausdetektiv.« Sie legte den Kopf zurück auf ein Kissen und starrte ihn durch die Wimpern an. »Stellen Sie mir mal was von diesem Mozart ein«, fügte sie hinzu.

»Dazu ist es zu spät«, seufzte Tony. »Jetzt findet man nichts mehr.«

Sie schenkte ihm einen weiteren, langen, klaren Blick.

»Sie haben mich unter der Lupe, was, Plattfuß?« Ein kleines Lachen, leise, fast lautlos. »Was hab ich denn angestellt?«

Tony zeigte sein treuherziges Kinderlächeln. »Nichts, Miss Cressy. Ganz und gar nichts. Aber Sie brauchen ein bißchen frische Luft. Sie sind jetzt fünf Tage in diesem Hotel und noch nicht ein einziges Mal aus dem Haus gewesen. Und Sie haben ein Turmzimmer.«

Sie lachte erneut. »Machen Sie mal 'ne Geschichte draus für mich. Ich hab Langeweile.«

»Es gab schon mal hier ein Mädchen, das hatte dieselbe Suite. Sie blieb eine ganze Woche im Hotel, wie Sie. Ohne je auszugehen, meine ich. Sie sprach kaum ein Wort mit jemandem. Was meinen Sie, was sie dann getan hat?«

Das Mädchen beäugte ihn ernst. »Die Zeche geprellt.«

Er streckte seine lange, zarte Hand aus und drehte sie langsam um. Seine Finger flatterten, fast als gehe eine unsichtbare Welle darüber hin und breche sich daran, müßig und ganz gelassen. »Hm, nein. Sie schickte nach der Rechnung und bezahlte. Dann sagte sie dem Pagen, er solle in einer halben Stunde kommen und ihre Koffer holen. Dann ging sie hinaus auf den Balkon.«

Das Mädchen beugte sich ein wenig vor, die Augen immer noch ernst, die eine Hand wie eine Kappe auf ihrem pfirsichfarbenen Knie. »Was hatten Sie gesagt, wie heißen Sie?«

»Tony Reseck.«

»Klingt wie zugewandert.«

»Ja-ah«, sagte Tony. »Aus Polen.«

»Erzählen Sie weiter, Tony.«

»Alle Turm-Suiten haben einen privaten Balkon, Miss Cressy. Die Mauern am Rand sind sehr niedrig für vierzehn Stockwerke über der Straße. Es war ein dunkler Abend, der Abend damals, tief jagende Wolken.« Er ließ die Hand mit einer endgültigen Geste fallen, einer Geste des Abschieds. »Niemand sah sie springen. Aber als sie unten aufschlug, klang es wie ein Kanonenschuß.«

»Sie tragen zu dick auf, Tony.« Ihre Stimme war ein sauberes, trockenes Flüstern.

Er zeigte sein treuherziges Kinderlächeln. Seine stillen, seegrauen Augen schienen die langen Wellen ihres Haars fast zu streicheln. »Eve Cressy«, sagte er sinnend. »Ein Name, der darauf wartet, in Leuchtbuchstaben zu erscheinen.«

»Der darauf wartet, daß ein großer dunkler Bursche erscheint, der nichts taugt, Tony. Es kann Ihnen egal sein, warum. Ich war mal mit ihm verheiratet. Vielleicht werde ich eines Tages wieder verheiratet sein mit ihm. Man kann einen Haufen Fehler machen in bloß einem einzigen Leben.« Die Hand auf ihrem Knie öffnete sich langsam, bis die Finger so weit zurückgestreckt waren, wie es gehen wollte. Dann schlossen sie sich rasch und fest, und sogar im trüben Licht hier schimmerten die Knöchel, als wären sie aus poliertem Elfenbein. »Ich habe ihm einmal ziemlich übel mitgespielt. Ich hab ihn in eine schlimme Patsche gebracht – ohne es zu wollen. Aber das kann Ihnen ebenfalls egal sein. Es ist nur einfach so, daß ich ihm verpflichtet bin.«

Er beugte sich sanft hinüber und drehte am Radioknopf. Ein Walzer nahm Gestalt an in den Klängen. Ein kitschiger Walzer, aber ein Walzer. Er drehte die Lautstärke weiter auf. Die Musik brach aus dem Apparat hervor, ein Strudel aus schattenhafter Melodik. Seit Wien gestorben ist, sind alle Walzer Schatten.

Das Mädchen legte den Kopf auf die Seite, summte drei oder vier Takte mit und brach dann jäh ab, mit verzogenem Mund.

»Eve Cressy«, sagte sie. »Der Name ist schon mal in Leuchtbuchstaben erschienen. An einem billigen Nachtclub. Einer richtigen Kaschemme. Es gab eine Razzia, und die Lichter gingen aus.«

Er lächelte sie fast spöttisch an. »Es war keine Kaschemme, als Sie dort waren, Miss Cressy... Das ist der Walzer, den das Orchester immer spielte, wenn der alte Portier vor dem Hoteleingang auf und ab ging, seine sämtlichen Orden an der geschwellten Brust. *Der letzte Mann.* Emil Jannings. Sie werden sich kaum daran erinnern, Miss Cressy.«

»Frühling, herrlicher Lenz«, sagte sie. »Nein, hab ich nie gesehen.«

Er trat drei Schritte von ihr fort und wandte sich um. »Ich muß nach oben und Türklinken abgrabbeln. Hoffentlich bin ich Ihnen nicht lästig gefallen. Sie sollten jetzt schlafen gehen. Es ist ziemlich spät.«

Der Kitschwalzer brach ab, und eine Stimme begann zu sprechen. Das Mädchen antwortete durch die Stimme hindurch. »Haben Sie wirklich an so was gedacht – wie mit dem Balkon?«

Er nickte. »Das kann schon sein«, sagte er sanft. »Aber jetzt nicht mehr.«

»Wäre auch aussichtslos, Tony.« Ihr Lächeln war wie ein blasses, verlorenes Blatt. »Kommen Sie doch wieder vorbei und reden Sie ein bißchen mit mir. Rotschöpfe springen nicht, Tony. Sie halten durch – und welken.«

Er sah sie einen Moment lang ernst an und entfernte sich dann über den Teppich. Der Portier stand im Bogengang, der zur Haupthalle führte. Tony hatte nicht hinübergesehen, aber er wußte, daß jemand da war. Er wußte immer, wenn jemand in seiner Nähe war. Er konnte das Gras wachsen hören, wie der Esel im *Blauen Vogel*.

Der Portier gab ihm einen dringlichen Wink mit dem Kinn. Sein breites Gesicht über dem Uniformkragen sah verschwitzt aus und erregt. Tony trat zu ihm, und sie gingen zusammen durch den Bogen und in die Mitte der trüb erhellten Halle hinaus.

»Ärger?« fragte Tony müde.

»Da draußen ist ein Bursche, der dich sprechen will, Tony. Wollte nicht reinkommen. Ich war bloß mal kurz vor der Tür, wollte mit dem Lappen über die Glasscheiben fahren, und da stand er auf einmal neben mir, ein ziemlicher Brocken von einem Kerl. ›Holen Sie Tony‹, sagte er, bloß so aus dem Mundwinkel.«

Tony sagte: »Hm, soso«, und sah dem Portier in die blaßblauen Augen. »Und wie hieß er?«

»Al, sagte er, soll ich sagen.«

Tonys Gesicht wurde so ausdruckslos wie Teig. »Ah ja.« Er wollte gehen.

Der Portier ergriff ihn am Ärmel. »Hör mal, Tony. Du hast doch keine Feinde?«

Tony lachte höflich, das Gesicht immer noch wie Teig.

»Hör zu, Tony.« Der Portier ließ seinen Ärmel nicht los. »An der Ecke vorn hält ein großer schwarzer Wagen, du weißt schon, nach der andern Seite vom Taxistand. Daneben steht ein Kerl, den einen Fuß auf dem Trittbrett. Dieser Bursche, der mich da angequatscht hat, er trägt einen dunklen, eng zugeknöpften Mantel mit Kragen, den er sich um die Ohren hochgeschlagen hat. Der Hut sitzt ihm ziemlich tief in der Stirn. Man kann sein Gesicht kaum erkennen. ›Holen Sie Tony‹, hat er bloß gesagt, so aus dem Mundwinkel. Hast du auch bestimmt keine Feinde, Tony?«

»Nur bei der Kreditbank«, sagte Tony. »Hau ab.«

Er ging langsam und ein bißchen steif über den blauen Teppich, die drei flachen Stufen hinauf an die Rezeption mit den drei Fahrstühlen auf der einen Seite und dem Empfangstisch auf der anderen. Nur ein Fahrstuhl war noch in Betrieb. Neben der offenen Tür stand, schweigend und mit verschränkten Armen, der Liftboy, in hübscher blauer Uniform mit silbernen Aufschlägen. Ein schlanker, dunkler Mexikaner namens Gomez. Der Junge war neu, arbeitete sich bei der Nachtschicht ein.

Auf der anderen Seite der Empfangstisch, rosa Marmor, mit dem vornehm-lässig daraufgelehnten Nachtportier. Ein kleiner adretter Mann mit einem buschigen rötlichen Schnurrbart und Wangen, so rosig, als hätte er sie geschminkt. Er starrte Tony an und prokelte mit einem Fingernagel in seinem Schnurrbart.

Tony hob einen steifen Zeigefinger gegen ihn, legte die anderen drei Finger fest an die Handfläche und schlug mit dem Daumen an dem steifen Finger auf und nieder. Der

Portier berührte die andere Seite seines Schnurrbarts und machte ein gelangweiltes Gesicht.

Tony ging weiter, vorbei an dem geschlossenen und verdunkelten Zeitungsstand und dem Seiteneingang zum Drugstore, hinaus zu den messinggerahmten Glastüren des Eingangs. Kurz vor ihnen blieb er noch einmal stehen und holte tief und hart Luft. Dann straffte er die Schultern, stieß die Türen auf und trat in die kalte, feuchte Nachtluft hinaus.

Die Straße lag dunkel, still. Das Getöse des Verkehrs am Wilshire, zwei Straßen weiter, war gestaltlos und ohne Bedeutung. Zur Linken standen zwei Taxis. Die Fahrer lehnten an einem der Kotflügel, Seite an Seite, rauchend. Tony ging in die entgegengesetzte Richtung. Der große dunkle Wagen stand einen Drittelblock vom Hoteleingang entfernt. Die Scheinwerfer waren abgeschaltet, und erst als er ihn fast erreicht hatte, hörte er das sanfte Geräusch des laufenden Motors.

Eine hochgewachsene Gestalt löste sich von der schattenhaften Masse des Wagens und kam auf ihn zugeschlendert, beide Hände in den Taschen des dunklen Mantels mit dem hochgeschlagenen Kragen. Im Mund des Mannes glomm schwach ein Zigarettenende, eine rostrote Perle.

Zwei Schritt voneinander blieben sie stehen.

Der hochgewachsene Mann sagte: »Hallo, Tony. Lange nicht gesehn.«

»Hallo, Al. Wie geht's denn?«

»Kann nicht klagen.« Der hochgewachsene Mann wollte die rechte Hand aus der Manteltasche ziehen, hielt dann aber inne und lachte lautlos. »Ah, hätt ich fast vergessen.

Dir dürfte wohl kaum was dran liegen, mir die Hand zu schütteln.«

»Das bedeutet gar nichts«, sagte Tony. »Sich die Hand schütteln. Auch Affen können das. Was hast du auf dem Herzen, Al?«

»Immer noch der alte kleine, dicke Komiker, was, Tony?«

»Kann schon sein.« Tonys Augen verengten sich. Etwas schnürte ihm die Kehle zu.

»Gefällt dir der Job in dem Laden da?«

»Ist ein Job.«

Al lachte erneut, sein lautloses Lachen. »Du schiebst deine Kugel langsam, Tony. Ich mach's mit Tempo. Soso, ein Job ist das also, und du willst ihn behalten. Okay. In euerm stillen Hotel hockt da ein Mädchen rum, heißt Eve Cressy. Schaff sie raus. Schnell und auf der Stelle.«

»Was stimmt denn nicht mit ihr?«

Der hochgewachsene Mann sah die Straße hinauf und hinunter. Ein Mann im Wagen hinter ihm hustete leicht. »Sie hat auf die falsche Karte gesetzt. Nichts gegen sie persönlich, aber sie wird dir Ärger bringen. Schaff sie raus, Tony. Du hast noch etwa eine Stunde.«

»Sicher«, sagte Tony, ziellos, ohne Bedeutung.

Al zog die Hand aus der Tasche und streckte sie gegen Tonys Brust. Er gab ihm einen leichten, beiläufigen Stoß. »Ich hab dir das nicht gesagt, bloß um mal wieder einen Witz zu machen, dickes Brüderchen. Schaff sie aus der Quere.«

»Okay«, sagte Tony, ohne jeden Ton in der Stimme.

Der hochgewachsene Mann zog die Hand zurück und griff nach der Wagentür. Er öffnete sie und wollte hineinschlüpfen, ein hagerer schwarzer Schatten.

Dann hielt er inne, sagte etwas zu den Männern in dem Wagen und stieg wieder aus. Er kam zu der Stelle zurück, an der Tony schweigend stand, einen Widerschein des trüben Lichts der Straße in den blassen Augen.

»Hör zu, Tony. Du hast deine Nase immer aus allem rausgehalten. Du bist ein guter Bruder, Tony.«

Tony antwortete nicht.

Al beugte sich zu ihm vor, ein langer, dringlicher Schatten; der Mantelkragen reichte ihm fast an die Ohren. »Eine brenzlige Sache, Tony. Es wird den Jungens zwar nicht schmecken, aber ich erzähl es dir trotzdem. Diese Cressy war mit einem Kerl namens Johnny Ralls verheiratet. Ralls ist vor zwei, drei Tagen, oder einer Woche, aus Quentin raus. Hat da drei Jährchen runtergerissen, wegen fahrlässiger Tötung. Das Mädchen hat ihn reingeritten. Er hat eines Nachts einen alten Mann umgefahren, wie er besoffen war, und sie war mit dabei. Er wollte nicht anhalten. Da hat sie zu ihm gesagt, entweder geht er hin und stellt sich, oder. Er hat sich aber nicht gestellt. Da sind die Polypen dann zu ihm gekommen.«

Tony sagte: »So ein Pech.«

»Die Sache ist koscher, Kleiner. Ich muß es schließlich wissen. Dieser Ralls hat werweißwie die Klappe aufgerissen, vonwegen wie das Mädchen auf ihn warten würde, wenn er rauskäme, und alles sollte vergeben und vergessen sein, und er würde gleich direkt zu ihr hin.«

Tony fragte: »Und was hast du mit ihm zu schaffen?« In seiner Stimme war trockenes, steifes Knistern, wie von dickem Papier.

Al lachte. »Die Jungs wolln ein Hühnchen mit ihm rupfen. Er hat einen Tisch laufen gehabt, in einem Kasino am Strip, und sich was einfallen lassen. Fünfzig Riesen sind dem Haus flötengegangen, durch ihn und noch einen andern Burschen. Der andere hat schon ausgespuckt, aber jetzt brauchen wir immer noch die fünfundzwanzig von Johnny. Die Jungs werden nicht dafür bezahlt, daß sie ein schlechtes Gedächtnis haben.«

Tony sah die dunkle Straße hinauf und hinunter. Einer der Taxifahrer schnippte einen Zigarettenstummel in hohem Bogen über das Verdeck eines der Wagen. Tony sah ihn auf dem Pflaster auftreffen und Funken sprühen. Er lauschte dem stillen Motorgeräusch des großen Wagens.

»Ich will nichts damit zu tun haben«, sagte er. »Ich werde sie rausschaffen.«

Al trat von ihm zurück und nickte. »Kluges Jungchen. Wie geht's Mama denn so?«

»Ganz gut«, sagte Tony.

»Erzähl ihr mal, daß ich nach ihr gefragt habe.«

»Nach ihr zu fragen, bedeutet gar nichts«, sagte Tony.

Al wandte sich rasch um und stieg in den Wagen. Der Wagen kurvte lässig auf die Mitte des Blocks und glitt zurück auf die Ecke zu. Die Scheinwerfer gingen an und grellten Licht auf eine Wand. Der Wagen bog um die Ecke und verschwand. Die Schwaden der Abgase, die noch in der Luft hingen, trieben langsam an Tonys Nase vorüber. Er wandte sich um und ging zum Hotel zurück, ging wieder hinein. Er begab sich zum Radiozimmer hinüber.

Das Radio murmelte immer noch vor sich hin, aber das Mädchen war vom Sofa davor verschwunden. Die zusammengedrückten Kissen zeigten noch die Hohlform ihrer

Gestalt. Tony griff nieder und berührte sie. Es kam ihm vor, als wären sie noch warm. Er stellte das Radio ab und stand da und drehte langsam einen Daumen vor seinem Körper, die Hand flach auf den Magen gelegt. Dann ging er wieder durch die Halle zu den Fahrstühlen hinüber und blieb neben dem Majolika-Topf voll weißem Sand stehen. Der Portier machte sich hinter einer Trennwand aus geriffeltem Glas am einen Ende des Tisches an irgendwas zu schaffen. Die Luft war tot.

Die Fahrstuhltüren waren dunkel. Tony warf einen Blick auf den Anzeiger des mittleren Fahrstuhls und sah, daß er im 14. Stock hielt.

»Zu Bett gegangen«, sagte er halblaut vor sich hin.

Die Tür zum Portiersraum neben den Fahrstühlen öffnete sich, und der mexikanische Liftboy trat heraus, in Straßenkleidung. Er streifte Tony mit einem stillen Seitenblick, aus Augen, die die Farbe vertrockneter Kastanien hatten.

»Gute Nacht, Chef.«

»Äh – ja«, sagte Tony abwesend.

Er zog eine dünne, gesprenkelte Zigarre aus der Westentasche und roch daran. Er untersuchte sie langsam, drehte sie in seinen gepflegten Fingern. Sie hatte an der Seite einen feinen Riß. Er runzelte die Stirn darüber und steckte die Zigarre wieder weg.

Fern entstand ein Geräusch, und der Zeiger über der Lifttür begann seine Kreisbahn auf dem bronzenen Zifferblatt. Licht dämmerte auf im Schacht, und die Gerade des Fahrstuhlbodens drückte die Dunkelheit nach unten. Der Fahrstuhl hielt, die Türen gingen auf, und Carl trat heraus.

Sein Blick begegnete dem Tonys, und er zuckte ein wenig zusammen; dann kam er zu ihm herüber, den Kopf leicht zur Seite geneigt, einen dünnen Glanz auf der rosa Oberlippe.

»Hör zu, Tony.«

Tony packte mit hartem, raschem Griff seinen Arm und drehte ihn um. Er schob ihn zügig, doch irgendwie auch ganz zwanglos die Stufen hinunter in die Haupthalle und lenkte ihn dort in eine Ecke. Dann ließ er den Arm los. Seine Kehle verengte sich wieder, ohne daß ihm ein Grund dafür bewußt war.

»Also«, sagte er finster. »Was soll ich hören?«

Der Portier langte in die Tasche und zog einen Dollarschein hervor. »Hat er mir gegeben«, sagte er zusammenhanglos. Seine glitzernden Augen blickten an Tonys Schulter vorbei ins Leere. Sie zwinkerten fahrig. »Eis und Ginger Ale.«

»Mach's nicht so spannend«, grollte Tony.

»Der Bursche in 14 B«, sagte der Portier.

»Laß mal deinen Atem riechen.«

Der Portier beugte sich folgsam zu ihm vor.

»Schnaps«, sagte Tony rauh.

»Er hat mir einen Schluck spendiert.«

Tony sah auf den Dollarschein nieder. »In 14 B ist doch überhaupt keiner. Jedenfalls nach meiner Liste nicht«, sagte er.

»Doch. Ist.« Der Portier leckte sich die Lippen, und seine Augen öffneten und schlossen sich mehrmals. »Großer dunkler Bursche.«

»Also gut«, sagte Tony ärgerlich. »Also gut. In 14 B ist ein großer dunkler Bursche, und der hat dir einen Dollar und einen Schluck spendiert. Und was weiter?«

»Knarre unterm Arm«, sagte Carl und blinzelte.

Tony lächelte, aber seine Augen hatten das leblose Glitzern dicken Eises angenommen. »Du hast Miss Cressy auf ihr Zimmer gebracht?«

Carl schüttelte den Kopf. »Gomez. Ich hab nur gesehen, wie sie rauf ist.«

»Verdünnisier dich«, sagte Tony zwischen den Zähnen. »Und laß dir gefälligst von den Gästen keinen Schnaps mehr eintrichtern.«

Er blieb reglos stehen, bis Carl in sein Stübchen neben den Fahrstühlen gegangen war und die Tür geschlossen hatte. Dann stieg er lautlos die drei Stufen hinauf, trat vor den Empfangstisch und sah auf den geäderten rosa Marmor nieder, auf die Schreibgarnitur aus Onyx, auf die frische Meldekarte in ihrem Lederrahmen. Er hob eine Hand und ließ sie hart auf den Marmor klatschen. Der Portier kam hinter der gläsernen Trennwand hervorgeschossen wie ein Backenhörnchen aus seinem Bau.

Tony zog einen dünnen Durchschlag aus der Brusttasche und breitete ihn auf den Tisch. »Keine Meldung hier für 14 B«, sagte er mit bitterer Stimme.

Der Portier strich sich höflich den Schnurrbart. »Tut mir leid. Du mußt grad beim Abendessen gewesen sein, wie er sich eingetragen hat.«

»Wer?«

»Laut Eintrag James Watterson, San Diego.« Der Portier gähnte.

»Nach irgendwem gefragt?«

Der Portier hielt mitten im Gähnen inne und betrachtete Tonys Kopfdach. »Tja, in der Tat. Nach einer Swing-Band. Wir sollten sie ihm aufs Zimmer schicken. Wieso?«

»Schlagfertig und witzig«, sagte Tony. »Wenn man was übrig hat für die Tour.« Er machte sich eine Notiz auf dem Durchschlag und stopfte ihn in die Tasche zurück. »Ich gehe nach oben, Klinken grabbeln. Es sind noch vier Turmzimmer da, die du noch nicht vermietet hast. Leg dich ein bißchen mehr ins Zeug, mein Sohn. Du wirst nachlässig.«

»Man tut, was man kann«, sagte der Portier gedehnt und brachte sein Gähnen zu Ende. »Und du beeil dich, daß du wieder runterkommst, mein Alter. Ich weiß gar nicht, wie ich die Zeit rumbringen soll bis dahin.«

»Du könntest dir den rosa Borstenknubbel von der Lippe kratzen«, sagte Tony und ging zu den Fahrstühlen hinüber.

Er öffnete den einen, schaltete das Kuppellicht ein und schoß in den vierzehnten Stock hinauf. Er verdunkelte ihn wieder, trat heraus und schloß die Türen. Der Flur war hier kleiner als alle anderen, den einen unmittelbar darunter ausgenommen. Jede der drei Wände außer der Fahrstuhlwand hatte nur eine einzige, blau verkleidete Tür. Auf jeder Tür stand, in Gold, eine Zahl und ein Buchstabe, von einem goldenen Kranz umgeben. Tony ging zur 14A hinüber und legte sein Ohr an die Verkleidung.

Er hörte nichts. Eve Cressy konnte schon im Bett sein und schlafen, sie konnte aber auch im Bad sein oder draußen auf dem Balkon. Vielleicht saß sie auch noch im Zimmer, nur ein paar Schritte von der Tür, und starrte die Wand an. Nun, es stand nicht zu erwarten, daß sich hören ließ, wie sie dasaß und die Wand anstarrte. Er ging zur 14B hinüber und legte an die Türverkleidung dort sein Ohr. Diesmal war es anders. Drinnen erklang Geräusch. Ein Mann hustete. Irgendwie hustete er wie einer, der allein ist. Stimmen sonst gab es keine. Tony drückte auf den kleinen Perlmuttknopf neben der Tür.

Schritte kamen, ohne Eile. Eine gedämpfte Stimme sprach durch die Tür. Tony ließ keine Antwort hören, keinen Laut. Die gedämpfte Stimme wiederholte ihre Frage. Leicht, boshaft drückte Tony noch einmal auf den Knopf.

Mr. James Watterson aus San Diego hätte jetzt die Tür öffnen und sich irgendwie bemerkbar machen müssen. Er tat es nicht. Eine Stille entstand jenseits der Tür, die wie die Stille eines Gletschers war. Noch einmal legte Tony sein Ohr an das Holz. Nichts als Stille.

Er zog, an einer Kette, einen Hauptschlüssel hervor und schob ihn behutsam in das Schloß der Tür. Er drehte ihn um, drückte die Tür drei Zoll weit nach innen und zog den Schlüssel wieder heraus. Dann wartete er.

»Also gut«, sagte die Stimme barsch. »Kommen Sie rein und sperrn Sie die Augen auf.«

Tony stieß die Tür weit auf und stand da, umrahmt vom Licht des Flurs. Der Mann war hochgewachsen, schwarzhaarig, knochig und hatte ein weißes Gesicht. Er hielt eine Pistole in der Hand. Er hielt sie, als wüßte er damit umzugehen.

»Nur immer herein«, sagte er gedehnt.

Tony trat durch die Tür und schob sie mit der Schulter hinter sich zu. Er hielt die Hände ein wenig von den Körperseiten ab, die flinken Finger schlaff angekrümmt. Er lächelte sein stilles kleines Lächeln.

»Mr. Watterson?«

»Nur immer zu.«

»Ich bin der Hausdetektiv.«

»Haut mich um.«

Der hochgewachsene Mann mit dem weißen Gesicht, der irgendwie angenehm wirkte und irgendwie auch wieder gar nicht angenehm, wich langsam ins Zimmer zurück. Es war ein großes Zimmer mit einem niedrigen Eckbalkon um zwei Seiten. Glastüren führten auf den kleinen, privaten, unüberdachten Balkon hinaus, den jedes der Turmzimmer hatte. Vor einem bequemen, freundlichen Sofa befand sich, hinter einem paneelierten Schirm, die Vorrichtung für ein offenes Kaminfeuer. Ein großes beschlagenes Glas stand auf einem Hoteltablett neben einem tiefen, kuscheligen Sessel. Der Mann wich bis zu diesem Sessel zurück und blieb dann davor stehen. Die große, schimmernde Waffe in seiner Hand senkte sich und zeigte zu Boden.

»Haut mich um«, sagte er. »Ich bin grad eine Stunde in dem Laden, und schon kommt der Hausschnüffler mich ausquetschen. Okay, Verehrtester, dann stecken Sie Ihre Nase mal in den Wandschrank und ins Bad. Bloß, leider ist die Süße vorm Moment schon weg.«

»Sie haben sie noch überhaupt nicht gesehen«, sagte Tony.

Das gebleichte Gesicht des Mannes füllte sich mit Falten der Überraschung. Seine gedämpfte Stimme bekam etwas Knurrendes. »Ach, wirklich? Und wen hab ich noch überhaupt nicht gesehen?«

»Ein Mädchen namens Eve Cressy.«

Der Mann schluckte. Er legte seine Pistole neben das Tablett auf den Tisch. Er ließ sich nach hinten in den Sessel sinken, steif, wie ein Mann, der mit Ischias zu tun hat. Dann beugte er sich vor, legte die Hände auf die Kniescheiben und lächelte strahlend zwischen den Zähnen. »Dann ist sie also hier, wie? Ich hatte noch nicht nach ihr gefragt. Ich bin ein vorsichtiger Mensch. Ich habe noch nicht gefragt.«

»Sie ist seit fünf Tagen hier«, sagte Tony. »Wartet auf Sie. Sie hat das Hotel nicht eine Minute verlassen.«

Der Mund des Mannes arbeitete, ein bißchen. Sein Lächeln hatte einen unsicher wissenden Zug. »Ich bin im Norden oben etwas aufgehalten worden«, sagte er geläufig. »Sie kennen das ja. Wenn man alte Freunde besucht. Sie scheinen sich ja ganz schön in meinen Angelegenheiten umgetan zu haben, Schnüffler.«

»Stimmt, Mr. Ralls.«

Mit einem Satz war der Mann auf den Füßen, und seine Hand schnappte nach der Pistole. Er stand vorgebeugt da, die Hand auf dem Tisch an der Waffe, mit starrem Blick. »Weiber quatschen zuviel«, sagte er, und seine Stimme klang dumpf gedämpft, als hätte er einen Lappen zwischen den Zähnen und spräche durch ihn hindurch.

»Weiber diesmal nicht, Mr. Ralls.«

»Äh?« Die Pistole schlitterte auf dem harten Holz des Tisches. »Rücken Sie schon raus mit der Sprache, Schnüffler. Mein Gedankenleser hat gestern gekündigt.«

»Keine Weiber. Männer. Kerle mit Kanonen.«

Wieder entstand die Stille des Gletschers zwischen ihnen. Langsam straffte sich der Körper des Mannes. Aus seinem Gesicht war aller Ausdruck wie weggewischt, aber seine Augen hatten etwas Gehetztes. Tony lehnte vor ihm, ein kleiner, gedrungener Mann mit einem stillen, blassen, freundlichen Gesicht und Augen, so schlicht wie ein Waldwasser.

»Denen geht doch nie der Sprit aus – diesen Jungens«, sagte Johnny Ralls und leckte sich die Lippe. »Ob früh, ob spät, sie sind immer auf den Beinen. Der alte Laden läuft immer noch wie geschmiert.«

»Sie wissen, um wen es sich handelt?« fragte Tony leise.

»Ich könnte neunmal raten. Und hätte zwölf richtige dabei.«

»Die Jungs eben«, sagte Tony und zeigte ein sprödes Lächeln.

»Wo ist sie?« fragte Johnny Ralls heiser.

»Gleich rechts von Ihnen, Tür an Tür.«

Der Mann ging auf den Balkon hinaus und ließ seine Pistole auf dem Tisch liegen. Er stand vor der Trennwand und musterte sie. Er griff in die Höhe und packte die Stäbe der Vergitterung. Als er die Hände wieder sinken ließ und zurückkam, hatte sein Gesicht etwas von seiner Faltigkeit verloren. Seine Augen zeigten einen ruhigeren Schimmer. Er kehrte zu Tony zurück und blieb vor ihm stehen, über ihm.

»Ich hab einen kleinen Spargroschen«, sagte er. »Eve hatte mir ein paar Moneten geschickt, und damit hab ich einen kleinen Coup gestartet, oben im Norden, und sie ein bißchen vermehrt. Aber nicht viel, bloß ein Notpfennig. Die Jungs reden von fünfundzwanzig Riesen.« Er lächelte gewunden, unehrlich. »Fünf Hunderter könnte ich hinblättern. Würde mir riesig Spaß machen, dem Kerl beizubringen, daß es sich damit hat, basta.«

»Was war mit dem Rest?« fragte Tony indifferent.

»Hab ich nie gehabt, Schnüffler. Lassen wir das mal. Ich bin sowieso der einzige auf der Welt, der's glaubt. Es war bloß ein kleiner Coup, und man hat mich aufs Kreuz gelegt dabei.«

»Ich will's glauben«, sagte Tony.

»Umlegen tun sie selten einen. Aber sie können ziemlich häßlich werden.«

»Banditen«, sagte Tony in plötzlich bitterer Verachtung. »Kerle mit Kanonen. Nichts als Banditen.«

Johnny Ralls griff nach seinem Glas und leerte es in sich hinein. Die Eiswürfel klimperten leise, als er es absetzte. Er griff nach seiner Pistole, ließ sie auf der flachen Hand tanzen und steckte sie dann mit der Mündung nach unten in seine innere Brusttasche. Er starrte auf den Teppich.

»Wieso erzählen Sie mir das eigentlich alles, Schnüffler?«

»Ich hab mir gedacht, Sie geben ihr vielleicht eine Chance.«

»Und wenn ich das nicht tue?«

»Ich glaub schon, daß Sie's tun werden«, sagte Tony.

Johnny Ralls nickte ruhig. »Kann ich hier irgendwie rauskommen?«

»Sie könnten den Lastenaufzug nehmen, runter zur Garage. Sie könnten sich einen Wagen mieten. Ich gebe Ihnen eine Karte für den Wächter.«

»Sie sind ein komischer kleiner Bursche«, sagte Johnny Ralls.

Tony zog eine abgegriffene straußenlederne Brieftasche heraus und kritzelte etwas auf eine gedruckte Karte. Johnny

Ralls las sie durch und stand dann da und klopfte sich damit gegen den Daumennagel.

»Ich könnte sie mitnehmen«, sagte er, die Augen verengt.

»Sie können sich auch in einer langen Kiste abtransportieren lassen«, sagte Tony. »Wie ich Ihnen bereits sagte, ist sie schon fünf Tage hier. Die Kerls haben Wind davon gekriegt. Ein Bursche, den ich kenne, rief mich an und sagte, ich soll sie hier rausschaffen. Erzählte mir auch, worum es ging. Darum schaffe ich statt dessen Sie hier raus.«

»Das wird den Jungs sehr gefallen«, sagte Johnny Ralls. »Sie werden Ihnen einen Strauß Veilchen schicken.«

»Wenn ich meinen freien Tag habe, werd ich mal ein paar Tränen deswegen vergießen.«

Johnny Ralls drehte seine Hand und starrte auf die Fläche. »Immerhin, sehen könnte ich sie ja noch. Bevor ich mich dünn mache. Die nächste Tür rechts, haben Sie gesagt?«

Tony wandte sich auf dem Absatz um und ging zur Tür. Er sagte über die Schulter zurück: »Vertrödeln Sie nicht zuviel Zeit, Hübscher. Ich könnte es mir anders überlegen.«

Der Mann sagte, fast sanft: »Soweit ich sehe, könnten Sie mich auch direkt hier hochgehen lassen.«

Tony wandte nicht den Kopf. »Das Risiko müssen Sie eingehen.«

Er hatte die Tür erreicht und ging aus dem Zimmer. Er schloß sie sorgfältig hinter sich, ganz still, sah einmal kurz nach der Tür 14 A hinüber und trat in seinen dunklen Fahrstuhl. Er fuhr hinunter in den Stock, wo die Wäschekammer lag, und stieg aus, um den Korb wegzurücken, der in diesem Stock die Tür des Lastenaufzugs offenhielt. Die Tür glitt ruhig zu. Er fing sie auf, so daß sie keinerlei Geräusch machte. Am Ende des Flurs drang Licht aus der offenen Tür des Wirtschaftsbüros. Tony trat in seinen Fahrstuhl zurück und fuhr weiter nach unten in die Halle.

Der kleine Portier saß, nicht sichtbar, hinter seiner Trennwand aus geriffeltem Glas und prüfte Rechnungen. Tony ging durch die Haupthalle und hinüber ins Radiozimmer. Das Radio lief wieder, leise. Sie war da, saß wieder mit angezogenen Beinen auf dem Sofa. Der Lautsprecher gab ein Murmeln von sich, ein vages Geräusch, so leise, daß das Gesprochene so wortlos war wie das Murmeln von Bäumen. Sie wandte langsam den Kopf und lächelte ihn an.

»Na, fertig mit den Türklinken? Ich hab kein Auge zutun können. Deshalb bin ich wieder heruntergekommen. Okay?«

Er lächelte und nickte. Er setzte sich in einen grünen Sessel und tätschelte die prallen Brokatlehnen. »Aber gewiß, Miss Cressy.«

»Warten ist die schwerste Arbeit, die es gibt, nicht? Könnten Sie nicht mal ein Wörtchen mit dem Radio reden? Es klingt, wie wenn jemand auf einer verrosteten Gießkanne Trompete spielen wollte.«

Tony fingerte daran herum, fand nichts, was ihm gefallen hätte, und drehte wieder auf den alten Sender zurück.

»Um diese Zeit besteht die ganze Kundschaft aus Besoffenen, die in der Kneipe hängengeblieben sind.«

Sie lächelte ihn wieder an.

»Es stört Sie doch nicht, wenn ich hier bin, Miss Cressy?«

»Ich hab's gern. Sie sind ein lieber Kerl, Tony.«

Er blickte steif zu Boden, und ein winziger Schauer lief ihm über das Rückgrat. Er wartete, daß er wieder verschwand. Es ging nur langsam. Dann setzte er sich zurück, entspannt, und seine gepflegten Finger schlossen sich über seinem Elchzahn. Er lauschte. Nicht den Radioklängen – nein, weit entfernten, ungewissen Dingen, bedrohlichen Dingen. Und vielleicht auch nur dem sicheren Surren von Rädern, die dahinrollten in eine fremde Nacht.

»Niemand ist ganz schlecht«, sagte er laut.

Das Mädchen sah ihn träge an. »Dann habe ich immerhin zwei oder drei kennengelernt, denen ich da Unrecht getan habe.«

Er nickte. »Tja«, räumte er verständnisvoll ein. »So ein paar mag es doch wohl geben.«

Das Mädchen gähnte, und ihre tiefvioletten Augen schlossen sich halb. Sie nistete sich in die Kissen zurück. »Bleiben Sie ein Weilchen da sitzen, Tony. Vielleicht kann ich ein kleines Nickerchen machen.«

»Gewiß, gern. Zu tun gibt's sowieso nichts für mich. Ich weiß gar nicht, wieso die mich hier überhaupt bezahlen.«

Sie schlief rasch und vollkommen still, wie ein Kind. Zehn Minuten lang atmete Tony kaum. Er saß nur da und beobachtete sie, den Mund ein wenig offen. Es lag eine ruhige Faszination in seinen klaren, durchsichtigen Augen, ganz als blicke er auf einen Altar.

Dann stand er mit unendlicher Behutsamkeit auf und tappte mit gedämpften Schritten durch den Bogengang zur Eingangshalle und zum Empfangstisch. Er blieb vor dem Tisch stehen und horchte ein Weilchen hinüber. Er hörte eine Feder über Papier kratzen, ihm nicht sichtbar. Er ging um die Ecke zur Reihe der Haustelefone in den kleinen gläsernen Kabinen. Er hob einen Hörer ab und bat die Nachtvermittlung, ihn mit der Garage zu verbinden.

Es läutete drei- oder viermal, dann kam eine jungenhafte Stimme als Antwort: »Windermere Hotel. Garage.«

»Hier ist Tony Reseck. Dieser Watterson, dem ich die Karte mitgegeben habe. Ist er weg?«

»Klar, Tony. Schon fast eine halbe Stunde. Läuft das auf Ihre Rechnung?«

»Ja-ah«, sagte Tony. »Privatangelegenheit. Danke. Ich meld mich wieder.«

Er legte auf und kratzte sich den Nacken. Er ging zum Empfangstisch zurück und klatschte mit der Hand darauf. Der Portier kam mit wohlaufgesetztem Grüßerlächeln hinter der Trennwand hervorgeschwebt. Er ließ es sogleich fallen, als er Tony sah.

»Kann einer denn nie in Ruhe seiner Arbeit nachgehen?« grollte er.

»Wie hoch ist der Kollegensatz für 14 B?«

Der Portier machte ein mürrisches Gesicht. »Es gibt keinen Kollegensatz für die Turmzimmer.«

»Dann mach mir einen. Der Bursche ist schon weg. War bloß eine Stunde drin.«

»Aha, soso«, sagte der Portier affektiert. »Ein nicht ganz in unsern Rahmen passender Charakter. Ist gleich wieder zum Ausgang gebeten worden.«

»Bist du mit fünf Eiern zufrieden?«

»Freund von dir?«

»Nein. Bloß so ein Saukopf mit zuviel Größenwahn und zuwenig Kleingeld.«

»Na, dann werden wir's wohl dabei belassen müssen, Tony. Wie ist er rausgekommen?«

»Ich habe ihn mit dem Lastenaufzug runtergeschafft. Du warst grad am Pennen. Bist du mit fünf Eiern zufrieden?«

»Wieso?«

Die abgegriffene straußenlederne Brieftasche kam heraus, und ein lappiger Fünfer glitt über den Marmor. »Das war alles, was ich aus ihm herausschütteln konnte«, sagte Tony leichthin.

Der Portier nahm den Fünfer und machte ein ratloses Gesicht. »Wenn du unbedingt drauf bestehst«, sagte er und zuckte die Achseln. Das Telefon schrillte auf dem Empfangstisch, und er griff nach dem Hörer. Er lauschte und schob ihn dann Tony hinüber. »Für dich.«

Tony nahm den Hörer. Die Stimme war ihm fremd. Sie hatte einen metallischen Klang. Ihre Silben wahrten eine übertriebene Anonymität.

»Tony? Tony Reseck?«

»Am Apparat.«

»Eine Nachricht von Al. Ist die Luft rein?«

Tony sah den Portier an. »Sei so gut«, sagte er über die Sprechmuschel hinweg. Der Portier blitzte ihn mit einem beschränkten Lächeln an und ging beiseite. »Schießen Sie los«, sagte Tony in das Telefon.

»Wir hatten da eine kleine Sache abzumachen, mit einem Burschen aus Ihrem Laden. Haben ihn gestellt, wie er grad abhauen wollte. Al hatte so das Gefühl, Sie würden ihn raussetzen. Sind hinter ihm her und haben ihn an den Bordstein gedrängt. Aber nicht besonders gut. Ging in' Eimer.«

Tony hielt den Hörer sehr fest, und seine Schläfen fröstelten unter verdunstender Feuchtigkeit. »Weiter«, sagte er. »Es kommt doch noch mehr.«

»Ein bißchen. Der Kerl hat den Langen erwischt. Mausetot. Al – Al sagte noch, wir sollen Sie grüßen.«

Tony lehnte sich hart gegen den Tisch. Sein Mund gab ein Geräusch von sich, das kein Sprechen war.

»Mitgekriegt?« Die metallische Stimme klang ungeduldig, ein wenig gelangweilt. »Der Kerl hatte einen Ballermann. Und konnte umgehen damit. Al kann keinen mehr anrufen.«

Tony taumelte gegen das Telefon, und der Apparat erklirrte auf dem rosa Marmor. Sein Mund war ein harter, trockener Knoten.

Die Stimme sagte: »Tja, das wär's dann, Kollege. G' Nacht.« Im Hörer klickte es trocken, wie wenn ein Kiesel gegen eine Mauer schlägt.

Tony legte sehr sorgsam, um kein Geräusch zu machen, den Hörer auf die Gabel zurück. Er sah auf die verkrampfte Fläche seiner linken Hand nieder. Er zog ein Taschentuch heraus, rieb sanft damit über die Handfläche und streckte mit der anderen Hand die Finger. Dann wischte er sich die Stirn. Der Portier kam wieder hinter seiner Trennwand hervor und bedachte ihn mit einem glitzernden Blick.

»Ich hab Freitag frei. Wie wär's, wenn du mir mal leihweise die Telefonnummer überließest?«

Tony nickte dem Portier zu und zeigte ein winziges, schwaches Lächeln. Er steckte das Taschentuch weg und klopfte die Tasche flach, in die er es gesteckt hatte. Er drehte sich um und ging vom Empfangstisch fort, durch die Eingangshalle, die drei flachen Stufen hinunter, durch die Weite der Haupthalle und den Bogengang hinüber ins Radiozimmer. Er ging leise, wie man sich in einem Zimmer bewegt, in dem jemand sehr krank ist. Er erreichte den Sessel, in dem er zuvor gesessen hatte, und ließ sich Zoll um Zoll hineinsinken. Das Mädchen schlief weiter, reglos, locker in sich zusammengerollt, wie es manche Frauen fertigbringen und alle Katzen. Ihr Atem gab nicht den leisesten Laut von sich gegenüber dem vagen Murmeln des Radios. Tony Reseck lehnte sich im Sessel zurück, faltete die Hände über seinem Elchzahn und schloß still die Augen.

Dashiell Hammett
Das Haus in der Turk Street

Man hatte mir gesagt, daß der Mann, hinter dem ich her war, in einem bestimmten Abschnitt der Turk Street wohne, die Hausnummer hatte mein Informant mir allerdings nicht angeben können. So kam es, daß ich an einem späten regnerischen Nachmittag diesen bestimmten Abschnitt durchprüfte, indem ich auf jede Klingel drückte und meinen Vers aufsagte, der so ging:

»Ich komme vom Anwaltsbüro Wellington & Berkeley. Einer unserer Mandanten – eine ältere Dame – wurde vergangene Woche von der hinteren Plattform einer Straßenbahn gestoßen und schwer verletzt. Unter den Zeugen des Vorfalls war ein junger Mann, dessen Namen wir nicht kennen. Aber man hat uns gesagt, daß er in der Gegend hier wohnt.« Dann beschrieb ich den von mir Gesuchten und kam zum Schluß: »Kennen Sie irgendwen, der so aussieht?«

Überall auf der einen Seite des Blocks waren die Antworten: »Nein«, »Nein«, »Nein.«

Ich überquerte die Straße und begann mit der anderen Seite. Das erste Haus: »Nein.« Das zweite: »Nein.« Das dritte. Das vierte. Das fünfte…

Auf mein erstes Klingeln rührte sich nichts. Nach einer Weile klingelte ich noch einmal. Ich sagte mir gerade, daß wohl niemand zu Hause sei, als sich langsam der Türgriff drehte und eine kleine alte Frau mir aufmachte. Es war eine sehr zierliche kleine alte Frau mit einem Stück grauem Strickzeug in der Hand und mit schwach gewordenen Augen, die mich hinter einer Goldrandbrille freundlich anblinzelten. Über einem schwarzen Kleid trug sie eine britthart gestärkte Schürze.

»Guten Abend«, sagte sie liebenswürdig mit dünnem Stimmchen. »Hoffentlich fiel es Ihnen nicht so schwer zu warten. Ich muß immer erst durchs Guckloch gucken, bevor ich aufmache – die Ängstlichkeit einer alten Frau.«

»Es tut mir leid, daß ich Sie störe«, entschuldigte ich mich, »aber...«

»Wollen Sie nicht hereinkommen, bitte?«

»Nein – nur eine kleine Auskunft; es dauert nicht lange.«

»Ich finde, Sie sollten doch lieber hereinkommen«, sagte sie und fügte dann mit gespielter Strenge hinzu: »Bestimmt wird mein Tee schon kalt.«

Sie nahm mir den feuchten Hut und Mantel ab, und ich folgte ihr durch einen schmalen Flur zu einem düsteren Zimmer, in dem ein Mann sich erhob, als wir eintraten. Auch er war alt, aber beleibt, und hatte einen schütteren weißen Bart, der über eine weiße Weste fiel, die ebenso hart gestärkt war wie die Schürze der Frau.

»Thomas«, sagte die kleine zierliche Frau zu ihm, »dies ist Mr. –«

»Tracy«, sagte ich, denn das war der Name, mit dem ich mich bei den anderen Bewohnern des Straßenabschnitts vorgestellt hatte; doch als ich ihn nannte, wurde ich fast so rot wie schon fünfzehn Jahre nicht mehr. Diese Leutchen belog man einfach nicht.

Sie selber hießen Quarre, wie ich sogleich erfuhr; und sie waren ein verliebtes altes Pärchen. Jedesmal, wenn sie ihn ansprach, sagte sie »Thomas«, den Namen im Mund herumwälzend, als liebte sie dessen Geschmack. »Mein Lieber« sagte sie ebenso oft zu ihm, und er stand zweimal auf, um ihrem gebrechlichen Rücken ein Kissen bequemer zurechtzuschieben.

Ich mußte eine Tasse Tee mit ihnen trinken und ein paar würzige kleine Kekse essen, bevor ich auch nur eine Frage bei ihnen anbringen konnte. Dann, während ich von der alten Dame erzählte, die aus einer Straßenbahn gestoßen worden war, machte Mrs. Quarre kleine mitfühlende Klickgeräusche mit der Zunge und den Zähnen, derweil der alte Herr in seinen Bart brummte, daß es »eine Schande« sei, und mir eine dicke Zigarre reichte. Endlich konnte ich von dem Vorfall zu der Beschreibung des Mannes übergehen, den ich suchte.

»Thomas«, sagte Mrs. Quarre, »ist das nicht der junge Mann, der in dem Haus mit dem Geländer wohnt und immer so bekümmert dreinschaut?«

Der alte Mann strich sich den schneeweißen Bart und grübelte ein Weilchen.

»Aber, meine Liebe«, brummte er endlich, »hat der nicht dunkles Haar?«

Strahlend blickte sie auf ihren Mann. »Thomas ist ein *so* genauer Beobachter«, sagte sie stolz. »Ich vergaß. Ja, der junge Mann, von dem ich sprach, hat tatsächlich dunkles Haar, also kann er nicht derjenige sein.«

Der alte Herr meinte dann, daß einer, der in dem Block nebenan wohne – die Straße weiter hinunter –, mein Mann sein könne. Ausführlich diskutierten sie das, um dann zu dem Schluß zu gelangen, daß der zu groß und zu alt sei. Mrs. Quarre zog einen weiteren in Erwägung. Er wurde diskutiert und einstimmig abgelehnt. Thomas brachte den nächsten Kandidaten in Vorschlag. Er wurde gewogen und für zu leicht befunden. Und so schwatzten sie und schwatzten sie.

Langsam wurde es dunkel. Der alte Herr machte eine Stehlampe an, die einen milden gelben Lichtkreis auf uns warf und das übrige Zimmer im Dämmer ließ. Es war ein großes Zimmer, das durch schwere Vorhänge, dicke Tapeten und gut dreißig Jahre alte massive und roßhaargepolsterte Möbel etwas Lastendes hatte – aber es war gemütlich, und die Zigarre war gut. Ich ließ mir Zeit damit – der Nieselregen draußen lief mir nicht weg.

Ich fühlte etwas Kaltes im Nacken.

»Aufstehn!«

Ich stand nicht auf – ich konnte nicht. Ich war wie gelähmt. Ich saß da und blinzelte die Quarres an.

Und wie ich sie so ansah, wußte ich, daß ich nichts Kaltes im Nacken haben *konnte*. Es *konnte* mir keine barsche Stimme befohlen haben aufzustehen. Das war nicht möglich!

Mrs. Quarre saß immer noch gerade und korrekt vor den Kissen, die ihr Mann für ihren Rücken zurechtgeschoben hatte. Ihre Augen zwinkerten immer noch vor Freundlichkeit hinter ihrer Brille. Der alte Herr strich sich immer noch den weißen Bart und ließ den Zigarrenrauch gemächlich seiner Nase entströmen.

Gleich würden sie weitersprechen über den jungen

Mann in der Nachbarschaft, der womöglich der von mir Gesuchte war. Es war nichts – ich war nur eingedöst.

»Los, auf!« Das kalte Ding in meinem Nacken drückte sich mir tief ins Fleisch.

Ich stand auf. »Durchsuchen!« kam von hinten die barsche Stimme.

Behutsam legte der alte Herr seine Zigarre ab, kam zu mir, und seine Hände strichen über meinen Körper. Zufrieden, daß ich unbewaffnet war, leerte er meine Taschen und warf deren Inhalt auf den Stuhl, von dem ich gerade aufgestanden war. »Das ist alles«, sagte er zu dem Mann hinter mir und kehrte zurück zu seinem Stuhl.

»Sie! Umdrehn!« befahl die barsche Stimme.

Ich drehte mich um und sah mich einem großen, hageren, grobknochigen Mann gegenüber, der etwa so alt war wie ich selber, fünfunddreißig. Er hatte ein häßliches Gesicht – hohlwangig, knochig und von großen, blassen Sommersprossen gesprenkelt. Seine Augen waren wässrig blau, Nase und Kinn sprangen stark hervor. »Du kennst mich?« fragte er.

»Nein.«

»Lügner!«

Ich wollte mich um diesen Punkt nicht streiten – in einer großen sommersprossigen Hand hielt er eine Kanone.

»Du wirst mich schon noch kennenlernen, bevor wir miteinander fertig sind«, drohte mir dieser große häßliche Mann. »Du wirst …«

»Haken!« Die Stimme kam durch eine von Portieren verhangene Tür – zweifellos die Tür, durch die der häßliche Mann sich hinter mich geschlichen hatte. »Haken, komm her!« Es war eine weibliche Stimme, jung, klar und melodisch.

»Was willst du?« rief der häßliche Mann über die Schulter zurück.

»*Er* ist da.«

»Na gut!« Er wandte sich Thomas Quarre zu. »Paß auf den Komiker da auf.«

Irgendwo zwischen Bart, Jacke und seiner gestärkten Weste zog der alte Herr einen großen schwarzen Revolver hervor, der ihm recht vertraut in der Hand zu liegen schien.

Der häßliche Mann schnappte sich die Dinge, die meinen Taschen entnommen worden waren, und nahm sie mit sich durch die Portieren.

Mrs. Quarre sah lächelnd zu mir auf. »Setzen Sie sich doch, Mr. Tracy«, sagte sie.

Ich setzte mich.

Durch die Portieren kam aus dem Nebenzimmer eine neue Stimme – eine schleppende Baritonstimme, deren Akzent eindeutig britisch war; kultiviert britisch. »Was ist los, Haken?« fragte die Stimme.

Die barsche Stimme des häßlichen Mannes:

»'ne ganze Menge is los, kann ich Ihnen sagen! Sie haben uns auf'm Kieker. Vor 'ner Weile bin ich rausgegangen, und kaum bin ich auf der Straße, seh ich auf der andern Seite einen Mann, den ich kenne. Vor fünf, sechs Jahren hat mich in Philly jemand auf den aufmerksam gemacht. Wie er heißt, weiß ich nich, aber seine Visage kenn ich noch – er is einer von Continental's, der Detektivagentur. Ich bin sofort wieder zurück und hab ihn mit Elvira aus'm Fenster beobachtet. Jedes Haus auf der andern Seite hat er abgeklappert und Fragen gestellt oder was weiß ich. Dann is er hier rübergewechselt und hat unsere Seite aufs Korn genommen – und nach 'ner Weile klingelt's. Ich sag der Alten und ihrem Mann, sie sollen ihn reinholen und festhalten und hören, was er so zu sagen hat. Er quasselt was von einem Burschen daher, den er sucht und der gesehen haben soll, wie 'ne alte Frau von 'ner Straßenbahn überfahren worden ist – aber das is 'ne Schote! In Wirklichkeit ist er hinter uns her. Ich bin reingegangen und hab ihn eben erst mal die Hände hochheben lassen. Eigentlich wollt ich warten, bis Sie kommen, aber ich hatte Angst, er wird nervös und haut uns noch ab.«

Die britische Stimme: »Du hättest dich ihm nicht zeigen sollen. Die andern hätten sich um ihn kümmern können.«

Haken: »Was macht das schon? Möglich, daß er uns sowieso alle kennt. Und selbst, wenn nicht – was macht das schon?«

Die schleppende britische Stimme: »Das kann eine ganze Menge machen. Es war dumm.«

Haken, aufbrausend: »Dumm, ha? Ewig liegen Sie einem damit in den Ohren, daß andere Leute dumm sind. Sie können mich ma, sag ich! Wer macht denn die ganze Arbeit? Wer dreht denn die ganzen Dinger im Grunde? Ha? Wo …«

Die junge weibliche Stimme: »Nu reicht's aber, Haken. Halt um Himmels willen nicht schon wieder diesen Vortrag. Ich kenn ihn jetzt schon bald auswendig!«

Papiergeraschel, dann die britische Stimme: »Also Haken, ich sage dir, du hast recht – er ist tatsächlich ein Detektiv. Hier ist ein Ausweis dabei.«

Die weibliche Stimme aus dem Nebenzimmer: »Also was machen wir jetzt? Wie verhalten wir uns?«

Haken: »Na das is doch kein Problem. Wir legen diesen Schnüffler um!«

Die weibliche Stimme: »Und stecken unsern Hals in die Schlinge?«

Haken, verächtlich: »Als ob er da nicht sowieso schon wäre! Ihr glaubt also nicht, daß dieser Bursche wegen der Sache in L. A. hinter uns her ist, was?«

Die britische Stimme: »Haken, du bist ein Trottel; und zwar ein hoffnungsloser. Angenommen, dieser Knabe interessiert sich für die Geschichte in Los Angeles, was ja wahrscheinlich ist – was dann? Er ist Detektiv bei Continental's. Ist es nicht naheliegend zu vermuten, daß seine Organisation weiß, wo er ist? Meinst du etwa, sie weiß nicht, daß er hierherkommt? Und ist es nicht wahrscheinlich, daß sie genausoviel über uns weiß wie er? Es wäre also sinnlos, ihn zu töten. Das würde unsere Lage nur verschlechtern. Das Beste ist, wir fesseln ihn und lassen ihn hier. Vor morgen früh kommen seine Kollegen ihn bestimmt nicht suchen.«

Meine Dankbarkeit ging hinaus zu der britischen Stimme! Jemand war mir wohlgesonnen, wenigstens bis zu dem Grade, daß er mich leben lassen wollte. Mir war in diesen letzten Minuten nicht sehr wohl gewesen in meiner Haut. Die Tatsache, daß ich diese Leute, die darüber entschieden, ob ich leben oder sterben sollte, nicht sehen konnte, ließ meine ohnehin schon miserable Lage noch verzweifelter erscheinen. Jetzt war mir leichter zumute, obwohl ich noch lange nicht froh war. Aber ich setzte mein Vertrauen auf die schleppende britische Stimme; es war die Stimme eines Mannes, der gewohnt ist, sein Vorhaben auszuführen.

Haken, brüllend: »Jetzt lassen Sie sich ma was sagen, Bruderherz – der Bursche hier wird umgelegt. Basta! Ich riskier doch nix. Von mir aus können Sie quatschen, was Sie wollen, aber um meinen Hals kümmer ich mich selber, und der is 'ne Menge sicherer, wenn der Bursche hier da is, wo er nich mehr reden kann. Basta!«

Die weibliche Stimme, angewidert: »Och, Haken, jetzt nimm aber Vernunft an!«

Die britische Stimme, immer noch gedehnt, aber eiskalt: »Es ist sinnlos, mit dir zu diskutieren, Haken, du hast die Instinkte und den Verstand eines Höhlenbewohners. Es gibt nur eine Sprache, die du verstehst; und in der werde ich jetzt mit dir reden, mein Sohn. Solltest du in Versuchung kommen, in der Zeit von jetzt bis zu unserm Aufbruch irgendeine Dummheit zu machen, dann sag dir im Geist nur dies vor – sag es dreimal: ›Wenn er stirbt, sterbe ich.‹ Sag es, als wäre es aus der Bibel – denn es ist genauso wahr.«

Es folgte ein langes Schweigen, das so gespannt war, daß mein nicht gerade empfindlicher Skalp zu prickeln begann.

Als endlich eine Stimme in das Schweigen schnitt, fuhr ich hoch, als wäre eine Kanone abgefeuert worden; dabei war die Stimme durchaus ruhig und gelassen.

Es war die britische Stimme, siegesgewiß, und ich atmete wieder.

»Zuerst schaffen wir die alten Leute weg«, sagte die Stimme. »Du kümmerst dich um unsern Gast, Haken. Du fesselst ihn, ich hole inzwischen die Wertpapiere, und in knapp einer halben Stunde sind wir weg.«

Die Portieren teilten sich, und Haken kam ins Zimmer – ein grimmiger Haken, dessen Sommersprossen auf dem fahlen Gelb seines Gesichts einen grünlichen Ton hatten. Er richtete seinen Revolver auf mich und sprach zu den Quarres, kurz und barsch:

»Er will euch.« Sie standen auf und gingen in das Nebenzimmer.

Haken war inzwischen an die Tür zurückgetreten, immer noch mit dem Revolver mich bedrohend, und löste die Plüschbänder, die an den schweren Portieren hingen. Dann kam er herum, hinter mich, und band mich fest an den hochlehnigen Stuhl; die Arme an die Stuhlarme, die Beine an die Stuhlbeine, meinen Körper an die Lehne und den Sitz des Stuhls; und er krönte sein Werk damit, daß er mich mit dem Zipfel eines Kissens knebelte, das zu fest gestopft war.

Als er mich kunstgerecht gefesselt hatte und zurücktrat, um mich finster anzufunkeln, hörte ich leise die Haustür zugehen, und dann liefen oben leichte Schritte hin und her.

Haken blickte in die Richtung dieser Schritte, und in seine kleinen wässrig blauen Augen kam ein listiger Ausdruck. »Elvira!« rief er leise.

Die Portieren buchteten sich aus, als ob jemand sie berührte, und dann war dicht hinter ihnen die melodische weibliche Stimme zu hören. »Was?«

»Komm her.«

»Lieber nicht. Er würde das nicht...«

»Zum Henker mit ihm!« Haken hatte Wut im Bauch. »Komm her!«

Sie kam ins Zimmer und in den Lichtkreis der Stehlampe; ein Mädchen wenig über zwanzig, schlank und rank, fertig für die Straße gekleidet, nur daß sie ihren Hut noch in der Hand hielt. Ein weißes Gesicht unter einer Masse kurzgehaltener flammendroter Locken. Rauchgraue Augen, die zu weit auseinanderstanden, um vertrauenerweckend zu sein – ohne jedoch unschön zu wirken –, lachten mich an; und ihr roter Mund lachte mich an, die Schneiden kleiner, scharfer Tierzähne entblößend. Sie war schön wie der Teufel und doppelt so gefährlich.

Sie lachte mich an – einen dicken, rundum mit rotem Plüschband eingewickelten Mann, der den Zipfel eines grünen Kissens zwischen den Zähnen hatte – und wandte sich dem häßlichen Mann zu. »Was willst du?«

Er sprach mit gedämpfter Stimme, verstohlen einen Blick zur Decke hinaufschickend, über der noch immer leise Schritte hin und her tapsten.

»Wie wär's, wenn wir'n abschütteln?«

Ihre rauchgrauen Augen verloren ihre Fröhlichkeit und wurden berechnend.

»Er hat einhunderttausend auf der Hand, mein Lieber – ein Drittel davon gehört mir. Du glaubst doch wohl nicht, daß ich das sausen lasse, oder?«

»'türlich nich! Und was ist, wenn wir die hundert Riesen kassieren?«

»Wie denn?«

»Das laß man meine Sorge sein, Kleines. Wenn ich das dreh, kommst du dann mit *mir*? Du weißt, daß ich gut sein werde zu dir.«

Ihr Lächeln kam mir verächtlich vor – aber ihm schien es zu gefallen.

»Ich glaub dir ja, daß du gut sein willst zu mir«, sagte sie. »Aber hör zu, Haken – wir würden nicht weit kommen; es sei denn, du machst ihn *fertig*. Ich kenn ihn! Ich laufe nicht mit irgendwas weg, was ihm gehört, solange er nicht so bedient ist, daß er nicht mehr hinterherkommen kann.«

Haken befeuchtete sich die Lippen und blickte im Zimmer umher, ohne etwas Bestimmtes anzusehen. Der Gedanke, mit dem Besitzer der langsamen britischen Stimme in die Wolle zu geraten, behagte ihm offenbar gar nicht. Aber sein Verlangen nach dem Mädchen war stärker als seine Angst.

»Ich mach's!« platzte er heraus. »Ich mach ihn fertig! Is es wirklich dein Ernst, Kleines? Du kommst mit mir, wenn ich ihn fertigmache?«

Sie reichte ihm die Hand. »Du kannst Gift drauf nehmen«, sagte sie, und er glaubte ihr.

Sein häßliches Gesicht wurde warm und rot und selig, und er schöpfte tief Luft und nahm die Schultern zurück. Vielleicht hätte ich ihr an seiner Stelle auch geglaubt – alle sind wir irgendwann schon mal auf so was reingefallen –, da ich aber gefesselt auf dem Abstellgleis saß, wußte ich, daß er besser drangewesen wäre, wenn er mit einer Gallone Nitro gespielt hätte, statt mit diesem Baby. Sie war gefährlich! Harte Zeiten standen Haken bevor!

»Also das machen wir so...« begann Haken – und verstummte.

Ein Schritt war nebenan zu hören gewesen.

Unmittelbar darauf drang die britische Stimme durch die Portieren, und zu dem schleppenden Tonfall kam jetzt Zorn hinzu:

»Das ist doch einfach nicht zu fassen! Kaum geh ich einen Moment aus dem Zimmer, und schon macht ihr alles falsch. Was ist denn jetzt bloß in dich gefahren, Elvira, daß du da hineingehn und dich unserm Detektiv zeigen mußt?«

Furcht flackerte auf in ihren Augen, war jedoch sofort wieder erloschen, und leichthin sagte sie: »Nun werd mal nicht gleich gelb vor Angst, dein kostbarer Hals wird schon noch 'ne Weile verschont bleiben, auch wenn ich mal nicht so vorsichtig bin.«

Die Portieren teilten sich, und ich drehte den Kopf so weit ich konnte, um zum erstenmal diesen Menschen zu sehen, dem ich verdankte, daß ich noch am Leben war. Ich erblickte einen kleinen, dicken Mann in Hut und Mantel, fertig für die Straße und mit einer hellbraunen Reisetasche in der Hand.

Dann kam sein Gesicht in den gelben Lichtkreis der Lampe, und ich sah, daß es ein chinesisches Gesicht war. Ein kleiner, dicker Chinese, dessen makellose Kleidung ebenso britisch war wie sein Akzent.

»Das ist keine Frage der Farbe«, belehrte er das Mädchen – und erst jetzt sah ich den ganzen Stachel ihres Spotts; »es ist einfach eine Frage ganz normaler Klugheit.«

Sein Gesicht war eine runde gelbe Maske, und seine Stimme war nach wie vor emotionslos und gedehnt, aber ich wußte, daß das Mädchen ihn ebenso fest in ihrer Gewalt hatte wie den häßlichen Mann – sonst hätte ihre spitze Bemerkung ihn nicht ins Zimmer locken können. Aber ich bezweifelte, ob sie diesen anglisierten Orientalen ebenso leicht würde handhaben können wie Haken.

»Es wäre nicht unbedingt nötig gewesen, daß der Knabe

da« – es sprach immer noch der Chinese – »einen von uns zu Gesicht bekommt.« Er sah mich jetzt zum erstenmal an, mit kleinen, undurchsichtigen Augen, die wie zwei schwarze Körner waren. »Es ist durchaus möglich, daß er keinen von uns gekannt hat, nicht mal der Beschreibung nach. Daß wir uns ihm so zeigen, ist der kompletteste Unsinn, auf den man verfallen kann.«

»Ach, zum Henker, Tai!« brauste Haken auf. »Lieg einem doch nich dauernd damit in den Ohren, ja? Ich leg ihn um, was macht das schon? – und damit ist die Sache geregelt!«

Der Chinese stellte seine hellbraune Reisetasche hin und schüttelte den Kopf.

»Hier wird niemand umgebracht«, sagte er langsam, »oder es werden gleich mehrere umgebracht. Du verstehst doch, was ich sagen will, Haken, oder?«

Haken verstand. Sein Adamsapfel ging auf und ab, so angestrengt war er am Schlucken, und hinter dem Kissen, das mich würgte, dankte ich dem gelben Mann noch einmal.

Dann gab diese rothaarige Teufelin ihren Senf dazu.

»Haken bietet sich immer an, Dinge zu tun, die er eigentlich gar nicht tun möchte«, sagte sie zu dem Chinesen.

So daran erinnert zu werden, daß er versprochen hatte, den Chinesen *fertigzumachen*, trieb Haken die Flammen ins Gesicht, und wieder schluckte er und blickte um sich, als wollte er sich am liebsten verkriechen. Aber das Mädchen hatte ihn; ihr Einfluß war stärker als seine Feigheit.

Plötzlich trat er dicht an den Chinesen heran und starrte aus der Höhe seiner überlegenen Größe finster auf ihn herab.

»Tai«, knurrte der häßliche Mann in das runde gelbe Gesicht; »du bist erledigt. Ich hab's satt, mich dauernd von dir gängeln zu lassen, als wärst du'n König oder sonstwas. Ich werde…«

Er stockte und kam nicht weiter. Tai blickte zu ihm auf mit Augen, die so hart und schwarz und unmenschlich waren wie zwei Stücke Kohle. Hakens Lippen zuckten, und er wich ein wenig zurück.

Ich hörte auf zu schwitzen. Der gelbe Mann hatte erneut gewonnen. Aber ich hatte die rothaarige Teufelin vergessen. Sie lachte jetzt – ein höhnisches Lachen, das für den häßlichen Mann ein Messerstich gewesen sein muß.

Ein Schrei entrang sich seiner Brust, und in dem runden, ausdruckslosen Gesicht des gelben Mannes landete eine große Faust.

Der Punch traf Tai mit solcher Wucht, daß er quer durchs Zimmer flog und auf der Seite in einer Ecke landete.

Aber schon während er durchs Zimmer schoß, hatte er den Körper zu dem häßlichen Mann herumgerissen – eine Kanone war in seiner Hand, bevor er zu Boden ging – und er sprach bereits, als seine Beine noch nicht auf dem Teppich zur Ruhe gekommen waren – und sein Englisch war langsam und kultiviert.

»Wir werden«, sagte er, »diese Sache zwischen uns später bereinigen. Jetzt läßt du erst einmal die Pistole fallen und rührst dich nicht vom Fleck, derweil ich aufstehe.«

Hakens Revolver – erst halb aus der Tasche, als der Orientale ihn bereits in Schach hielt – bumste auf den Teppich. Stockstarr stand er da, während Tai sich aufrappelte, und Hakens Atem ging schnaufend, und jede Sommersprosse hob sich gespenstisch ab vor dem schmutzigen Weiß seines angstverzerrten Gesichts.

Ich sah das Mädchen an. Es lag Verachtung in den Augen, mit denen sie Haken ansah, keine Überraschung oder Enttäuschung.

Dann machte ich eine Entdeckung: *Irgend etwas in ihrer Nähe hatte sich verändert im Zimmer!*

Ich schloß die Augen und versuchte mir vorzustellen, wie dieser Teil des Zimmers ausgesehen hatte, bevor die zwei Männer aneinandergeraten waren. Plötzlich, sie wieder aufreißend, hatte ich die Antwort.

Auf dem Tisch neben dem Mädchen hatten ein paar Zeitschriften und ein Buch gelegen. Beides war jetzt weg. Keinen halben Meter von dem Mädchen entfernt stand die hellbraune Tasche, die Tai mit ins Zimmer gebracht hatte. Angenommen, die Tasche hatte die Wertpapiere von dem in Los Angeles gedrehten Ding enthalten, das sie erwähnt hatten. Gut möglich. Was dann? Dann enthielt sie jetzt wahrscheinlich das Buch und die Zeitschriften, die auf dem Tisch gelegen hatten. Das Mädchen hatte den Krach zwischen den Männern inszeniert, um sie abzulenken, während sie inzwischen einen schnellen Tausch vornahm. Wo aber sollte dann das Beutegut sein? Ich wußte es nicht, vermutete jedoch, daß es wahrscheinlich zu voluminös war, um unauffällig an der schlanken Figur des Mädchens untergebracht werden zu können.

Gleich hinter dem Tisch stand eine Couch mit einer breiten roten Überdecke, die bis auf den Boden hinunterreichte. Ich blickte von der Couch zu dem Mädchen. Sie beobachtete mich gerade, und freudig zwinkernd leuchteten ihre Augen auf, als sie meinem Blick begegneten, der sich von dem Sofa abwandte. Das Sofa war es!

Inzwischen hatte der Chinese Hakens Revolver eingesteckt und sprach zu ihm: »Wenn ich Mord nicht verabscheuen würde und wenn ich nicht der Ansicht wäre, daß du Elvira und mir bei der Flucht vielleicht nützen könntest, würde ich uns jetzt tatsächlich von dem Handicap deiner Dummheit befreien. Aber ich will dir noch eine Chance geben. Trotzdem möchte ich dir nahelegen, deine Gefühlsausbrüche in Zukunft besser unter Kontrolle zu halten.« Er wandte sich an das Mädchen. »Hast du unserm Haken dumme Gedanken in den Kopf gesetzt?«

Sie lachte. »In *den* Kopf kann keiner irgendwelche Gedanken setzen.«

»Da magst du recht haben«, sagte er und kam dann herüber, um die Fesseln an meinen Armen und meinem Körper zu prüfen.

Er war zufrieden mit ihnen, hob die hellbraune Tasche auf und hielt dem häßlichen Mann die Kanone hin, die er ihm vor wenigen Minuten abgenommen hatte.

»Hier ist dein Revolver, Haken, versuch jetzt mal, vernünftig zu sein. Wir können jetzt beruhigt gehn. Der Alte und seine Frau tun, was sie sollen. Sie sind unterwegs zu einer Stadt, die wir vor unserm Freund hier nicht namentlich zu nennen brauchen, und warten da auf uns und ihren Anteil an den Wertpapieren. Daß sie lange warten können, versteht sich von selbst – sie sind jetzt nicht mehr im Spiel. Unter uns dreien darf es aber nun keinen Verrat mehr geben. Wenn wir klarkommen wollen, müssen wir einander helfen.«

Nach strengen Gesetzen der Dramatik hätte dieses Pack mir eigentlich noch sarkastische Reden halten müssen, aber das taten sie nicht. Sie übergingen mich, ohne mir auch nur einen Abschiedsblick zurückzuwerfen, und entschwanden meinen Augen in der Dunkelheit des Flurs.

Plötzlich war der Chinese wieder im Zimmer, auf Zehenspitzen sich bewegend – in der einen Hand ein offenes Messer, in der andern eine Kanone. Das also war der Mann, dem ich für die Rettung meines Lebens gedankt hatte! Er beugte sich über mich.

Das Messer näherte sich meiner rechten Seite, und das Plüschband, das meinen Arm festhielt, lockerte seinen Griff. Ich atmete wieder, und mein Herz schlug wieder weiter.

»Haken wird zurückkommen«, flüsterte Tai – und war weg.

Auf dem Teppich, einen Schritt vor mir, lag ein Revolver.

Die Haustür ging zu, und ich war eine Weile allein.

Man kann mir glauben, daß ich diese Weile damit verbrachte, gegen die roten Plüschbänder zu kämpfen, die mich banden. Tai hatte eine Windung durchgeschnitten, was meinen rechten Arm etwas lockerte und meinem Körper etwas mehr Spiel gab, aber ich war noch lange nicht frei. Und sein geflüstertes »Haken wird zurückkommen« war mir Ansporn genug, um mit aller Kraft gegen meine Fesseln anzugehen.

Ich begriff jetzt, warum der Chinese so fest darauf bestanden hatte, mein Leben zu schonen. *Ich war das Werkzeug, mit dem Haken beseitigt werden sollte!* Der Chinese hatte sich gedacht, daß Haken, sobald sie auf die Straße gekommen wären, ins Haus zurückhuschen, mich umlegen und sich dann wieder zu seinen Verbündeten gesellen würde. Und wenn er nicht von selber darauf gekommen wäre, hätte der Chinese es ihm wahrscheinlich nahegelegt.

Deswegen hatte er mir eine Kanone in Reichweite gelegt und meine Fesseln nur so weit gelöst, daß ich mich nicht befreien konnte, bevor er selber abgehauen war.

Diese Gedanken liefen nebenher. Ich ließ mich durch sie in meinen Anstrengungen freizukommen nicht aufhalten. Das *Warum* war mir in dem Moment nicht wichtig – wichtig war, den Revolver in der Hand zu haben, wenn der häßliche Mann zurückkäme.

Gerade als die Haustür aufging, kriegte ich den rechten Arm restlos frei und riß mir das erstickende Kissen aus dem Mund. Mein übriger Körper wurde immer noch von den Bändern gehalten; locker zwar, aber gehalten.

Ich warf mich, samt Stuhl und allem, nach vorn, den Sturz mit dem freien Arm auffangend. Der Teppich war dick. Ich landete auf der Nase, mit dem schweren Stuhl auf mir, völlig hilflos, aber mein rechter Arm war frei von dem Geschling, und meine rechte Hand packte die Kanone. Das düstere Licht fiel auf einen Mann, der rasch ins Zimmer trat – in der Hand einen metallischen Schimmer.

Ich feuerte.

Er faßte sich mit beiden Händen an den Bauch, knickte zusammen und verendete auf dem Teppich.

Das war vorbei. Aber das war noch lange nicht alles. Ich zerrte an den Plüschbändern, die mich festhielten, und versuchte mir klar darüber zu werden, was weiter zu tun sei.

Das Mädchen hatte die Wertpapiere vertauscht, sie unter

dem Sofa versteckt – das stand außer Frage. Sie hatte vorgehabt, sie abzuholen, bevor ich von meinem Stuhl freigekommen wäre. Aber nun war Haken schon dagewesen, und so mußte sie ihren Plan ändern. Was lag jetzt näher für sie, als dem Chinesen zu erzählen, Haken hätte die Vertauschung vorgenommen? Was dann? Es gab nur eine Antwort – Tai würde die Wertpapiere holen kommen; beide würden sie kommen. Tai wußte zwar, daß ich jetzt bewaffnet war, aber sie hatten gesagt, die Wertpapiere bedeuteten einhunderttausend Dollar. Das reichte, um sie zurückzubringen!

Ich strampelte das letzte Band weg und krabbelte zu dem Sofa. Die Wertpapiere lagen darunter – vier dicke Bündel, zusammengehalten von starken Gummibändern. Ich steckte sie unter den Arm und ging hinüber zu dem Mann, der in der Nähe der Tür starb. Seine Kanone lag unter einem seiner Beine. Ich zog sie hervor, trat über ihn hinweg und ging in den dunklen Flur. Dann blieb ich stehen und überlegte.

Das Mädchen und der Chinese würden sich beim Angriff teilen. Einer würde durch die Haustür vorne hereinkommen, der andere durch die Hintertür. Auf diese Weise würden sie am sichersten mit mir fertig werden. Ich hatte also nur hinter einer dieser Türen auf sie zu warten. Es wäre dumm von mir, das Haus zu verlassen – genau das würden sie zuerst erwarten; und mir in einem Hinterhalt auflauern.

Es war ganz klar, ich mußte mich in Sichtweite dieser Vordertür flachmachen und darauf warten, daß einer von ihnen durch sie hereinkäme – und einer würde bestimmt hereinkommen, wenn sie es leid geworden wären, draußen noch länger auf mich zu warten.

Zur Haustür hin war der Flur durch den schwachen Lichtschein erhellt, der von den Straßenlaternen durch das Glas sickerte. Die Treppe, die in die erste Etage führte, warf einen dreieckigen Schatten über einen Teil des Flurs – einen Schatten, der für alle möglichen Vorhaben schwarz genug war. Ich hockte mich in dieses dreieckige Stück Nacht und wartete.

Ich hatte zwei Kanonen – die, die der Chinese mir gegeben hatte, und die, die ich Haken abgenommen hatte. Ich hatte einen Schuß abgefeuert; dann blieben mir noch elf zur Verfügung – es sei denn, eine der Waffen wäre, nachdem sie geladen worden war, von jemand anderem benutzt worden. Ich tastete die Rückseite der Trommel des Revolvers ab, den Tai mir gegeben hatte, und in der Dunkelheit fühlten meine Finger nur *eine* Hülse – unter dem Hahn. Tai war kein Risiko eingegangen; er hatte mir eine einzige Patrone gegeben – die, mit der ich Haken zu Fall gebracht hatte.

Ich legte diese Kanone auf den Boden und untersuchte die andere, die ich Haken abgenommen hatte. Sie war *leer*. Der Chinese war überhaupt kein Risiko eingegangen! Er hatte Hakens Kanone entladen, bevor er sie ihm nach ihrem Streit zurückgegeben hatte.

Ich saß in der Falle! Alleine, unbewaffnet, in einem fremden Haus, in das gleich zwei Menschen kommen würden, die hinter mir her waren – und daß einer davon eine Frau war, fand ich durchaus nicht beruhigend; sie war dadurch nicht weniger mörderisch.

Einen Moment war ich versucht, einen Ausbruch zu wagen. Der Gedanke, wieder draußen auf der Straße zu sein, war verlockend; aber ich schob ihn beiseite. Das wäre eine Dummheit; und zwar eine große. Dann fielen mir die Wertpapiere unter meinem Arm ein. Sie würden als meine Waffe herhalten müssen. Wenn sie mir nützen sollten, mußten sie versteckt werden.

Ich glitt aus meinem Schattendreieck und ging die Treppe hinauf. Dank der Straßenlaternen war es in den oberen Räumen hell genug, so daß ich mich bewegen konnte. Und wie ich mich bewegte! Hin und her lief ich durch die Räume, hin und her, auf der Suche nach einem Versteck für die Wertpapiere. Und als dann plötzlich ein Fenster rappelte, wie von Zugluft bewegt, weil irgendwo eine Tür nach außen aufgegangen war, hatte ich das Diebesgut immer noch in den Händen.

Es blieb mir nun nichts mehr übrig, als es aus einem Fenster zu schmeißen und auf mein Glück zu vertrauen. Ich schnappte mir von einem Bett ein Kissen, riß den weißen Bezug herunter und warf die Wertpapiere da hinein. Dann lehnte ich mich aus einem bereits offenen Fenster und sah hinunter in die Nacht, nach einer günstigen Stelle suchend, wo ich meinen Sack würde hinwerfen können – ich wollte nicht, daß die Wertpapiere irgendwo landeten, wo sie einen Auflauf verursachen würden.

Und wie ich so aus dem Fenster sah, fand ich ein besseres Versteck. Das Fenster ging auf einen schmalen Hof, auf dessen anderer Seite ein ebensolches Haus war wie das, in dem ich mich befand. Das Haus war genauso groß und hatte ein leicht zur anderen Seite hin abfallendes Blechdach. Das Dach war nicht weit von mir entfernt – nahe genug, um den Kissenbezug hinüberwerfen zu können. Ich warf. Er verschwand über dem vorderen Dachrand und landete mit leisem Plock auf dem Blech.

Dann machte ich Licht im Zimmer, zündete mir eine Zigarette an (wir alle posieren hin und wieder gern ein bißchen) und setzte mich auf das Bett, um meine Gefangennahme abzuwarten. Ich hätte mich durch das dunkle Haus an meine Feinde heranpirschen und sie vielleicht überwältigen können, aber damit hätte ich höchstwahrscheinlich nur erreicht, erschossen zu werden. Und ich lasse mich nicht gern erschießen.

Das Mädchen fand mich.

Sie kam durch den Flur geschlichen, in jeder Hand eine Automatic, zögerte kurz vor der Tür und war dann mit einem Satz im Zimmer. Als sie mich dann friedlich auf der Bettkante sitzen sah, funkelte sie mich voller Verachtung an, daß man hätte meinen können, ich hätte etwas besonders Niederträchtiges getan. Ich glaube, sie hatte von mir erwartet, ich würde ihr eine Gelegenheit zum Schießen geben.

»Ich hab ihn, Tai«, rief sie, und der Chinese kam zu uns.

»Was hat Haken mit den Wertpapieren gemacht?« fragte er, sofort zur Sache kommend und völlig ruhig.

Ich grinste ihm in das runde gelbe Gesicht und spielte meinen Trumpf aus.

»Warum fragen Sie nicht das Mädchen?«

Seine Miene verriet nichts, aber mir war, als versteifte sich sein Körper ein wenig in seiner tadellosen britischen Kleidung. Das ermutigte mich, mit meiner kleinen Lüge fortzufahren, die darauf angelegt war, die Dinge aufzurühren.

»Haben Sie denn nicht mitgekriegt, daß die vorhatten, sie abzuhängen?«

»Sie dreckiger Lügner!« schrie das Mädchen und machte einen Schritt auf mich zu.

Mit energischer Geste gebot Tai ihr Einhalt. Mit seinen undurchsichtigen schwarzen Augen starrte er durch sie hindurch, und während er so starrte, wich das Blut aus seinem Gesicht. Sie hatte diesen dicken gelben Mann an der Leine, das stand fest, aber ein harmloses Spielzeug war er nicht gerade.

»So also ist das«, sagte er, an niemanden speziell gerichtet. Dann zu mir: »Wo haben die beiden die Wertpapiere hingetan?«

Das Mädchen trat dicht an ihn heran, und ihre Worte überstürzten sich.

»Hier die Wahrheit, Tai, Gott steh mir bei! Ich hab das Zeug selber ausgetauscht. Haken hatte keine Ahnung davon. Ich wollte euch beiden weglaufen. Ich hab sie unten unter die Couch gesteckt, aber da sind sie jetzt nicht mehr. Das ist bei Gott die Wahrheit!«

Alles in ihm wollte ihr glauben, und ihre Worte klangen ja auch glaubwürdig. Und da ich wußte, daß er ihr – verliebt in sie, wie er war – den Verrat mit den Wertpapieren eher verziehen hätte als ihr Vorhaben, mit Haken davonzulaufen, beeilte ich mich, die Dinge weiter aufzurühren.

»Zum Teil ist das schon wahr«, sagte ich. »Sie hat die Wertpapiere unter der Couch versteckt – aber Haken wußte sehr wohl davon. Sie haben sich das ausgedacht, als

Sie hier oben waren. Er sollte Streit mit Ihnen anfangen, und inzwischen wollte sie die Wertpapiere gegen was anderes vertauschen, und genau das haben sie dann auch gemacht.«

Ich hatte ihn! Als sie wie eine Furie zu mir herumfuhr, drückte er ihr die Schnauze der Automatic in die Seite – ein scharfer Stoß in ihre Rippen, die ihren wütenden Wortschwall versiegen ließ.

»Ich nehm dir die Kanonen ab, Elvira«, sagte er und tat es.

»Wo sind die Wertpapiere jetzt?« fragte er mich.

Ich grinste. »Ich bin nicht für Sie, Tai; ich bin gegen Sie.«

»Gewalttätigkeiten liegen mir nicht«, sagte er langsam, »und ich glaube, Sie sind ein vernünftiger Mensch. Schließen wir einen Handel ab, mein Freund.«

»Machen Sie einen Vorschlag«, sagte ich.

»Aber gern! Gehen wir davon aus, daß Sie die Wertpapiere versteckt haben, wo niemand sonst sie finden kann; und daß ich Sie völlig in meiner Gewalt habe – so wie es in Krimis immer beschrieben wird.«

»Soweit vernünftig«, sagte ich; »machen Sie weiter.«

»Wir haben also eine Situation, die man beim Spiel ein Unentschieden nennt. Keiner von uns beiden hat einen Vorteil. Als Detektiv wollen Sie uns haben, wir aber haben Sie. Als Diebe wollen wir die Wertpapiere haben, die aber haben Sie. Ich biete Ihnen dafür zum Tausch das Mädchen, und das scheint mir ein faires Angebot. Ich hätte dann die Wertpapiere und eine Chance abzuhauen. Und Sie hätten als Detektiv durchaus nicht erfolglos gearbeitet. Haken ist tot, und Sie hätten das Mädchen. Es wäre dann nur noch nötig, mich und die Wertpapiere wieder aufzuspüren – durchaus keine aussichtslose Sache. Sie hätten damit eine Niederlage in einen halben Sieg verwandelt und hätten eine gute Chance, einen ganzen Sieg daraus zu machen.«

»Und woher weiß ich, daß Sie mir das Mädchen auch geben werden?«

Er zuckte die Achseln. »Dafür kann es natürlich keine Garantie geben. Da ich aber weiß, daß sie vorhatte, mich mit diesem Schwein zu verlassen, das jetzt tot da unten liegt, können Sie sich vorstellen, daß meine Gefühle für sie nicht die allerfreundlichsten sind. Im übrigen würde sie, wenn ich sie mitnähme, einen Beuteanteil haben wollen.«

Ich überlegte mir das Angebot.

»Nun, für mich sieht die Sache so aus«, sagte ich schließlich zu ihm. »Sie sind kein Killer. Ich komme lebendig hier raus, egal, was passiert. Warum soll ich mich also auf Tauschgeschäfte einlassen? Sie und das Mädchen werden leichter wiederzufinden sein als die Wertpapiere, und auf die kommt es ja vor allem an bei der Geschichte. Ich werde sie also nicht rausrücken und lieber versuchen, euch wiederzufinden. Ja, das dürfte wohl sicherer sein.«

»Nein, ein Killer bin ich nicht«, sagte er sehr leise; und zum erstenmal sah ich ein Lächeln auf seinem Gesicht. Es war kein freundliches Lächeln – es hatte etwas, was einen schaudern machen konnte. »Aber vielleicht bin ich etwas anderes; etwas, woran Sie noch nicht gedacht haben. Aber dieses Reden führt zu nichts. Elvira!«

Gehorsam trat das Mädchen vor.

»In der Kommode da findest du Bettlaken«, sagte er zu

ihr, »reiß eins oder zwei davon in Streifen, die stark genug sind, unseren Freund hier zu fesseln.«

Das Mädchen ging zu der Kommode. Ich runzelte die Stirn und versuchte, eine nicht zu unangenehme Antwort auf die Frage zu finden, die sich mir stellte. Die Antwort, die zuerst auftauchte, war nicht schön: *Folter*.

Dann ließ ein leises Geräusch uns alle in gespannter Reglosigkeit erstarren.

Das Zimmer, in dem wir uns befanden, hatte zwei Türen – eine führte in den Flur, die andere in ein weiteres Schlafzimmer. Es war die Tür zum Flur, durch die das schwache Geräusch gekommen war – das Geräusch schleichender Füße.

Rasch und leise ging Tai rückwärts zu einer Stelle, von der aus er die Tür zum Flur beobachten konnte, ohne das Mädchen und mich aus den Augen lassen zu müssen – und die in seiner dicken Hand wie etwas Lebendiges aufgerichtete Kanone war uns Warnung genug, keinen Laut von uns zu geben.

Wieder das schwache Geräusch, unmittelbar vor der Tür.

Die Kanone in Tais Hand schien zu beben vor Gier.

Durch die andere Tür – die Tür zum Nebenzimmer – huschte Mrs. Quarre herein, einen riesigen gespannten Revolver in ihren dünnen Händchen.

»Waffe weg, du widerlicher Heide«, kreischte sie.

Noch bevor er sich zu ihr umdrehte, ließ Tai die Pistole fallen und nahm die Hände hoch – und beides war sehr klug von ihm.

In dem Augenblick kam Thomas Quarre vom Flur herein, ebenfalls mit einem gespannten Revolver – dem Gegenstück zu dem seiner Frau – nur daß er vor seinem massigen Körper nicht so riesenhaft wirkte.

Ich blickte wieder zu der alten Frau hinüber und sah nur noch wenig von der freundlichen, zierlichen Dame, die Tee eingegossen und über die Nachbarn geplaudert hatte. Wenn es je eine Hexe gegeben hat, so war dies jetzt eine – eine Hexe der schwärzesten, boshaftesten Sorte. Ihre kleinen schwachen Augen blitzten vor Wildheit, ihre welken Lippen waren wölfisch gebleckt, und ihr dünner Leib zitterte vor Haß.

»Ich hab's gewußt!« keifte sie. »Sobald wir weit genug weg waren, um zu überlegen, hab ich's Tom gesagt. Ich wußte, daß das eine abgekartete Sache war! Ich wußte, daß dieser angebliche Detektiv einer von euch war! Ich wußte, daß das nichts anderes war als ein Plan, um Thomas und mich um unsere Anteile zu bringen! Na, ich werd's dir zeigen, du gelber Affe, du! Wo sind die Wertpapiere? Wo sind sie?«

Der Chinese hatte seine Fassung wiedergefunden – falls er sie überhaupt verloren gehabt hatte.

»Das kann Ihnen vielleicht unser stämmiger Freund hier sagen«, sagte er. »Ich war gerade dabei, ihm das aus der Nase zu ziehen, als Sie so – ah – dramatisch auftauchten.«

»Thomas, steh doch um Himmels willen nicht so verträumt herum«, meckerte sie ihren Mann an, der allem Anschein nach noch derselbe sanftmütige alte Herr war, der mir eine ausgezeichnete Zigarre geschenkt hatte. »Fessel den Chinesen da! Ich trau dem alles mögliche zu, und mir ist erst wohl, wenn er gefesselt ist.«

Ich stand von der Bettkante auf und bewegte mich vorsichtig zu einer Stelle, wo ich hoffte, aus der Schußlinie zu sein, wenn das einmal eintreten würde, was ich vermutete.

Tai hatte die Kanone in seiner Hand fallen lassen, aber er war nicht durchsucht worden. Die Chinesen sind ein gründliches Volk; *wenn* einer von ihnen schon eine Kanone hat, dann hat er gewöhnlich gleich zwei oder drei oder noch mehr. Eine Kanone war Tai abgenommen worden, aber wenn sie versuchten, ihn zusammenzuschnüren, ohne ihn vorher zu filzen, würde es wahrscheinlich ein Feuerwerk geben; deswegen ging ich ein wenig beiseite.

Der dicke Thomas Quarre ging phlegmatisch zu dem Chinesen, um den Befehl seiner Frau auszuführen – und vermasselte die Sache gründlich.

Er brachte seine Körpermasse zwischen Tai und die Kanone der Alten.

Tais Hände bewegten sich. Schon hielt jede eine Automatic.

Noch einmal kam Tai in die beste Form seiner Rasse. Wenn ein Chinese schießt, schießt er, bis seine Kanone leer ist.

Als ich Tai an seinem dicken Hals zurückriß und ihn auf den Boden schleuderte, waren seine Kanonen noch immer bellendes Metall; und sie klickten leer, als ich ein Knie auf einen seiner Arme kriegte. Ich wollte kein Risiko eingehen. Ich bearbeitete seinen Hals, bis mir seine Augen und seine Zunge sagten, daß er für eine Weile außer Gefecht gesetzt sein würde. Dann sah ich mich um.

Thomas Quarre lag gegen das Bett gelehnt, eindeutig tot, mit drei runden Löchern in seiner gestärkten weißen Weste.

Auf der anderen Seite des Zimmers lag Mrs. Quarre auf dem Rücken. Ihre Kleidung lag seltsam ordentlich um ihren zierlichen Leib, und noch einmal hatte der Tod ihr das sanfte, freundliche Aussehen verliehen, das sie gehabt hatte, als ich sie zum erstenmal erblickte.

Das rothaarige Mädchen Elvira war weg.

Schon regte Tai sich wieder, und als ich ihm eine weitere Kanone aus der Kleidung gezogen hatte, half ich ihm, sich aufzusetzen. Mit einer Hand rieb er sich die schmerzende Kehle und sah sich dabei kühl im Zimmer um.

»Wo's Elvira?« fragte er.

»Entkommen – erst mal.«

Er zuckte die Achseln. »Tja, das können Sie ja nun wirklich eine erfolgreiche Aktion nennen. Die Quarres tot; die Wertpapiere und ich in Ihren Händen.«

»Ja, nicht übel«, gab ich zu, »aber tun Sie mir mal einen Gefallen?«

»Wenn ich kann, gerne.«

»Dann sagen Sie mir, was zum Teufel das alles soll!«

»Was das *alles* soll?«

»Genau! Nach dem, was ich so mitkriegen konnte, habt ihr in Los Angeles irgendeinen Coup gelandet, der euch hunderttausend Dollar in Wertpapieren eingebracht hat. Aber ich weiß gar nichts davon, daß da unten in letzter Zeit so'n schweres Ding gedreht wurde.«

»Aber das ist doch lächerlich!« sagte er mit einem für seine Begriffe fast irrwitzigen Staunen in den Augen. »Lächerlich! Sie wissen natürlich alles darüber!«

»Das tu ich nicht! Ich war auf der Suche nach einem jungen Burschen namens Fisher, der sein Zuhause in Tacoma im Zorn verlassen hat – vor ein bis zwei Wochen. Sein Vater möchte, daß ich unauffällig rauskriege, wo er sich aufhält, damit er herkommen und mit ihm reden kann. Er will versuchen, ob er ihn dazu bewegen kann, wieder heimzukommen. Man hat mir gesagt, daß ich Fisher eventuell in diesem Abschnitt der Turk Street finden könnte, und das hat mich hierhergeführt.«

Er glaubte mir nicht. Er glaubte mir nie. Als man ihn hängte, hielt er mich noch immer für einen Lügner.

Als ich wieder auf die Straße hinauskam (und die Turk Street war nach meinem Abend in diesem Haus ein herrliches Stückchen Erde!) kaufte ich mir eine Zeitung und entnahm ihr das meiste von dem, was ich wissen wollte.

Ein Zwanzigjähriger – ein Botenjunge für eine Maklerfirma in Los Angeles – war vor zwei Tagen auf dem Weg zur Bank mit einem Packen Wertpapieren verschwunden. Noch in derselben Nacht hatten sich dieser Junge und ein schlankes Mädchen mit kurzem rotem Lockenschopf in einem Hotel in Fresno als *J. M. Riordan und Frau* eingeschrieben. Am nächsten Morgen war der Junge in seinem Zimmer gefunden worden – ermordet. Das Mädchen war weg. Die Wertpapiere waren weg.

So weit hatte es in der Zeitung gestanden. Im Laufe der nächsten paar Tage – hier ein bißchen ausgrabend und da ein bißchen aufschnappend – konnte ich mir die Geschichte in großen Zügen zusammenstückeln.

Der Chinese – mit vollem Namen hieß er Tai Tschun Tau – war der Kopf der Bande gewesen. Ihre Masche war eine Variante des stets funktionierenden Köderspiels gewesen. Tai machte irgendeinen jungen Burschen ausfindig, der für einen Bank- oder Börsenmann Laufjunge war beziehungsweise Botendienste machte – einen, der entweder Bargeld oder einlösbare Börsenpapiere zu transportieren hatte; in großen Mengen, versteht sich.

Dann oblag es Elvira, diesen Jungen *anzumachen*, ihm total den Kopf zu verdrehen – was ihr nicht sehr schwergefallen sein dürfte – und ihn dann zart dazu rumzukriegen, mit ihr und allem, was er an Scheinchen oder Papierchen seines Brotherrn würde grabschen können, durchzugehen.

Wo immer sie die erste Nacht ihrer Flucht verbrachten, tauchte dann Haken auf – blutrünstig und mit Schaum vorm Mund. Das Mädchen fing darauf an, zu flehen, sich die Haare zu raufen und so weiter, in dem Versuch, Haken – in seiner Rolle als wutschnaubender Ehemann – davon abzuhalten, den Jungen hinzuschlachten; was schließlich Erfolg hatte, und am Schluß stand der Junge dann ohne Mädchen da und ohne die Früchte seiner Dieberei.

Manchmal hatte er sich der Polizei gestellt. Zwei hatten, wie wir ermittelten, Selbstmord begangen. Der Junge aus Los Angeles war aus etwas festerem Holz geschnitzt gewesen. Er hatte den Kampf aufgenommen, und Haken hatte ihn umbringen müssen. Die Geschicklichkeit des Mädchens läßt sich an der Tatsache ermessen, daß, als das Spiel aus war, keiner der sechs reingelegten Jungen auch nur ein Wort sagte, was sie in die Sache hineingezogen hätte; und einige von ihnen hatten sie bewußt raushalten wollen, was ihnen dann großen Ärger einbrachte.

Das Haus in der Turk Street war das Versteck der Bande gewesen, und um es nicht zu gefährden, hatten sie ihr Spiel nicht in San Francisco getrieben. Haken und das Mädchen wurden von den Nachbarn für Sohn und Tochter der Quarres gehalten – und Tai war der chinesische Koch. Das gutmütige und achtbare Erscheinungsbild der Quarres hatte für die Sicherheit der Bande ihr übriges getan.

Der Chinese wurde gehängt. Nach dem rothaarigen Mädchen warfen wir das größte und feinstmaschige Grundnetz aus; und brachten dutzendweise Mädchen mit kurzem rotem Lockenschopf nach oben. Aber das Mädchen Elvira war nicht dabei.

Ich schwor mir, daß ich eines Tages …

Friedrich Glauser
Ein Toter auf einem Grab und zwei streitende Herren

Studer stellte das Gas ab, stieg von seinem Motorrad und wunderte sich über die plötzliche Stille, die von allen Seiten auf ihn eindrang. Aus dem Nebel, der filzig und gelb und fett war wie ungewaschene Wolle, tauchten Mauern auf, die roten Ziegel eines Hausdaches leuchteten. Dann stach durch den Dunst ein Sonnenstrahl und traf ein rundes Schild: es glühte auf wie Gold – nein, es war kein Gold, sondern irgendein anderes, viel unedleres Metall – zwei Augen, eine Nase, ein Mund waren auf die Platte gezeichnet; von seinem Rande gingen steife Haarsträhnen aus. Unter diesem Schild baumelte eine Inschrift: ›Wirtschaft zur Sonne‹; ausgetretene Steintreppen führten zu einer Tür, in deren Rahmen ein uraltes Mannli stand, das dem Wachtmeister bekannt vorkam. Doch dieser Alte schien Studer nicht kennen zu wollen, denn er wandte sich ab und verschwand im Innern des Hauses. Ein Luftzug brachte den Nebel wieder in Wallung – Haus, Tür und Wirtschaftsschild verschwanden.

Und wieder durchbrach die Sonne das Grau, ein Mäuerlein rechts von der Straße tauchte auf, Glasperlen glänzten auf Kränzen, goldene Buchstaben auf Grabmälern und Buchsblätter funkelten wie Smaragde.

Aber um ein Grab standen drei Gestalten: ihm zu Häupten ein Landjäger in Uniform, rechts ein elegant gekleideter Glattrasierter, der jung schien, links ein älterer Herr, dessen ungepflegter Bart gelblichweiß war. Bis auf die Straße war das erbitterte Gezänke dieser beiden zu hören.

Studer zuckte die Achseln, rollte sein Rad zu der Treppe mit den ausgetretenen Stufen, schob den Ständer unter das Hinterrad, betrat dann den Friedhof und ging auf das Grab zu, über dem zwei Lebende stritten, während ein Dritter es schweigend bewachte.

Und Wachtmeister Studer von der Berner Kantonspolizei seufzte während des Gehens einige Male sehr bekümmert, weil er dachte, er habe es nicht leicht im Leben...

Heute morgen hatte der Stadthalter von Roggwil ins Amtshaus telephoniert: – Auf dem Friedhof des Dorfes Pfründisberg sei die Leiche eines gewissen Farny gefunden worden, der seit neun Monaten in der Wirtschaft Zur Sonne gewohnt habe. Vom Wirte Brönnimann sei der Tote gefunden und der Landjäger Merz benachrichtigt worden; dieser habe dann gemeldet, die Ursache des Hinschieds sei ein Herzschuß. »Eine Untersuchung habe ich bis jetzt nicht führen können, doch kommt mir der Fall verdächtig vor. Der Arzt behauptet, es handle sich um einen Selbstmord. Ich bin nicht dieser Meinung! Um Sicherheit zu haben, scheint es mir wichtig, daß ein geschulter Fahnder zugegen ist. Der Friedhof liegt gerade der Wirtschaft gegenüber...«

»Das weiß ich«, hatte Studer unterbrochen, und ein unangenehmes Frösteln war ihm über den Rücken gelaufen. Eine Julinacht war nämlich in seiner Erinnerung aufgestiegen; ein Fremder hatte ihm damals diesen Mord prophezeit...

»Ah, das wissen Sie? Wer spricht eigentlich dort?«

»Wachtmeister Studer. Der Hauptmann ist beschäftigt.«

»Gut, gut! Der Studer! Ausgezeichnet! Kommen Sie sofort! Ich erwarte Sie auf dem Kirchhof...«

Studer seufzte zum vierten Male, hob seine mächtigen Schultern, kratzte seine dünne, spitze Nase und fluchte innerlich. Natürlich würde es diesmal gehen, wie all die anderen Male. Man war kein berühmter Kriminalist, obwohl man immerhin in früheren Zeiten viel studiert hatte. Wegen einer Intrigenaffäre verlor man die Stelle eines Kommissars an der Stadtpolizei, fing an der Kantonspolizei wieder an – und stieg in kurzer Zeit zum Wachtmeister auf. Obwohl man abgebaut worden war, obwohl man Feinde genug hatte, mußte man stets einspringen, wenn es einen komplizierten Fall gab. So auch diesmal. Nach dem Telefongespräch hatte Studer dem Hauptmann Rapport erstattet und den Vorfall jener Julinacht erwähnt... »Geh nur, Studer! Aber komm erst zurück, wenn du etwas Sicheres weißt – wenn der Fall aufgeklärt ist. Verstanden?« – »Mira... Aaadiö!« Studer hatte sein Töff bestiegen, war losgefahren. Die Julinacht vor haargenau vier Monaten! In ihr hatte er jenen Fremden kennengelernt, der den Schweizer Namen Farny trug – und dieser Fremde war nun also tot...

»Sie können dem Himmel danken! Ja! Dem Himmel können Sie danken, Herr Statthalter Ochsenbein, daß ich meine Praxis nun bald aufgebe! Denn sonst müßten Sie mir Red' und Antwort stehen! Lachen Sie nur... Sprengt man für einen offensichtlichen Selbstmord – ähämhäm –, alarmiert man für einen Selbstmord, jawohl!, die gesamte Kantonspolizei?«

Also sprach der ältere Herr (gelblichweiße Barthaare wucherten um seinen großen Mund); der elegante Glattrasierte hob abwehrend seine Hände, die in braunen Glacéhandschuhen steckten.

»Herr Doktor Buff, mäßigen Sie Ihre Rede! Schließlich bin ich Amtsperson…«

»Amtsperson!… Hahaha!… Da muß ja ein Roß lachen!« Warum sprechen die beiden eigentlich Schriftdeutsch? fragte sich Studer. »Sie halten sich für eine Amtsperson? Eine Amtsperson sieht auf den ersten Blick, daß es sich hier um einen Selbstmord handelt, *um einen Selbstmord*, Herr Statthalter Ochsenbein!«

»*Um einen Mord!* Jawohl, um einen Mord, Herr Doktor Buff! Wenn Sie in Ihrem Alter nicht einmal einen Mord von einem Selbstmord unterscheiden können…«

»In meinem Alter! In meinem Alter! Will so ein junges Mondkalb… Ja! Ein Mondkalb, ich beharre auf diesem Wort… mir altem Arzt erklären, wo es sich um einen Mord handelt und wo…«

»In den behördlichen Vorschriften steht, daß ich in Zweifelsfällen eine kriminalistisch geschulte Autorität…«

Studer hörte nicht mehr zu. Durch seinen Sinn spazierte ein Verslein:

Dinge gehen vor im Mond,
Die das Mondkalb nicht gewohnt,
Tulemond und Mondamin
Liegen heulend auf den Knien…

Aber er rief sich selbst zur Ordnung, denn es schickte sich nicht, vor einer Leiche an lustige Gedichtlein zu denken.

Die Leiche: Das Gesicht war alt, ein weißer Schnurrbart fiel über die Mundwinkel, weich, wie eine jener Seidensträhnen, die Frauen zu feinen Handarbeiten gebrauchen. Die Augen geschlitzt... Es war der Mann, den Studer vor vier Monaten in einer Julinacht kennengelernt und den er vom ersten Augenblick an den »Chinesen« genannt hatte.

Während der alte Landarzt, der in seinem abgetragenen Havelock einen arg verwahrlosten Eindruck machte, mit dem eleganten Statthalter weiter diskutierte, dachte der Wachtmeister zum dritten Male an diesem Morgen an jene Julinacht. Und wenn die Erinnerung an dieses merkwürdige Erlebnis die beiden andern Male noch dunkel gewesen war, so wurde es jetzt klar, farbig, und auch die Worte, die damals gesprochen worden waren, begannen in Studers Ohren zu klingen...

Er fragte – und wie die Stimme eines Friedensengels klang die seine, als sie die schriftdeutsche Diskussion zweier Berner unterbrach: »Wer liegt hier begraben?«

Dr. Buff antwortete:

»Der Hausvater der Armenanstalt hat vor zehn Tagen seine Frau verloren...«

»Der Hausvater Hungerlott?«

Der Arzt nickte. Im Nacken und über den Ohren waren seine Haare allzulang.

»Wie wollen Sie erklären, Herr Doktor Buff«, sagte der Statthalter, »daß ein Selbstmörder sich ins Herz schießt, während die Kugel weder seinen Mantel noch seine Kutte, nicht einmal Hemd und Weste durchlöchert hat?... Ist das ein Selbstmord, Wachtmeister? Sie sehen es ja selbst. Die Kleider sind zugeknöpft. So haben wir die Leiche gefunden. Aber der Herzschuß ist da.«

Studer nickte verträumt.

»Und der Revolver?« krächzte Dr. Buff. »Liegt der Revolver nicht neben der rechten Hand des Toten? Ist das nicht ein Selbstmord?«

Studer sah die große Repetierpistole – und erkannte ihn wieder, diesen Colt. Er nickte, nickte – und dann schwieg er fünf Minuten, weil die Nacht des 18. Juli wie ein Film durch seinen Sinn flimmerte...

Es war ein Zufall, daß Studer an jenem Abend in Pfründisberg abgestiegen war. In Olten hatte er vergessen zu tanken. Deshalb war er damals in der Wirtschaft ›Zur Sonne‹ eingekehrt...

Er trat ein. An der Tür, die ins Nebenzimmer führte, stand ein Eisenofen, der silbern schimmerte, weil er mit Aluminiumfarbe bestrichen war. Vier Männer saßen um einen Tisch und jaßten. Studer schüttelte sich wie ein großer Neufundländer, denn auf seiner Lederjoppe lag viel Staub. Er nahm Platz in einer Ecke... Niemand kümmerte sich um ihn. Nach einer Weile fragte er, ob man hier eine Kanne Benzin haben könne. Einer der Jasser, ein uraltes Mannli in einer Weste mit angesetzten Leinenärmeln, sagte zu seinem Partner:

»Er wott es Chesseli Benzin...«

»Mhm... Er wott es Chesseli Benzin...«

Schweigen... Die Luft hockte dumpf und stickig im Raum, weil die Fenster geschlossen waren; durch die Scheiben sah man das grüngestrichene Holz der Läden. Studer wunderte sich, weil keine Serviertochter erschien, um nach seinen Wünschen zu fragen. Der Partner des Alten meinte:

»Du hescht d'Stöck nid g'schrybe.«

Der Wachtmeister stand auf und erkundigte sich, wo es hier auf die Laube gehe, denn in dem Zimmer war es erstens heiß und zweitens saß an dem Tische, wo gejaßt wurde, ein magerer Spitzbart, den Studer kannte: der Hausvater der Armenanstalt Pfründisberg, Hungerlott mit Namen... Ein unsympathischer Mensch, den man kennengelernt hatte, früher, als man noch Gefreiter an der Kantonspolizei war und Transporte vom Amtshaus nach Pfründisberg machen mußte. Gerade heut abend hatte man gar keine Lust, mit diesem Hungerlott z'brichten...

»Nume de Gang hingere...«, sagte der Uralte und: – der Weg sei nicht zu verfehlen.

Als Studer ins Freie trat, atmete er auf, trotzdem die Luft schwül war. Am Horizont kauerten riesige Wolken, im Zenit hing ein winziger Mond, nicht größer als eine unreife Zitrone, und warf ein spärliches Licht über die Landschaft. Dann verschwand auch er, und in der Nähe war einzig hell erleuchtet das Erdgeschoß eines großen Baues, der etwa vierhundert Meter entfernt von der Wirtschaft sich erhob. Der Wachtmeister lehnte sich an das Geländer der Laube und blickte über das stille Land; dicht vor seinen Augen wuchs ein Ahorn – die Blätter des nächsten Astes waren so deutlich, daß man sie einzeln zählen konnte. Als er sich nach der Lichtquelle umwandte, sah er hinter den Scheiben eines Fensters, das auf die Laube ging, eine Lampe, die einen schreibenden Mann beschien. Keine Vorhänge vor den Scheiben… Der Mann saß an einem Tisch, ein Stapel von fünf Wachstuchheften erhob sich neben seinem rechten Ellbogen – der Mann war damit beschäftigt, ein sechstes Heft vollzuschreiben. Sonderbar… Wie kam ein fremder Gast dazu, in dem Krachen Pfründisberg seine Memoiren zu schreiben…?

Pfründisberg: eine Armenanstalt, eine Gartenbauschule, zwei Bauernhöfe. Das einzige, was dem Weiler Wichtigkeit gab, war die Tatsache, daß das Dorf Gampligen – zwei Kilometer weit entfernt – seine Toten in Pfründisberg begrub…

Dies alles ging Studer durch den Kopf, während er vor dem Fenster stand und dem einsamen Manne zusah, der unermüdlich in sein Wachstuchheft schrieb. Ein weißer Schnurrbart bedeckte seine Mundwinkel, die Backenknochen sprangen vor und die Augen sahen aus wie geschlitzt. Bevor er noch ein Wort mit dem Fremden gesprochen hatte, nannte ihn Studer bei sich: den »Chinesen«.

Und wahrscheinlich hätte der Wachtmeister an diesem Abend des 18. Juli gar nicht die Bekanntschaft des Mannes gemacht, wenn ihm nicht ein kleines Mißgeschick passiert wäre. War es der Staub der Landstraße, war es eine beginnende Erkältung? Kurz, Studer mußte niesen.

Die Reaktion des Fremden auf dieses unschuldige Geräusch war merkwürdig: Der Mann sprang auf, so eilig, daß sein Stuhl umfiel, seine rechte Hand fuhr in die Seitentasche der Hausjoppe aus Kamelhaar. In zwei seitlichen Sprüngen war er am Fenster und suchte dort Deckung in der Mauernische. Seine Linke griff nach dem Fensterriegel, riß die Flügel auf… Kurzes Schweigen; dann fragte der Mann: »Wer ist da?«

Studer war hell beleuchtet und seine massige Gestalt warf einen breiten Schatten auf die Laubenbrüstung.

»Ich«, sagte er.

»Antworten Sie nicht so dumm«, schnauzte der Fremde. »Ich will wissen, wer Sie sind.«

Der Mann sprach das Deutsche mit englischem Akzent. Englisch? Merkwürdig war nur, daß unter dieser fremdländischen Aussprache etwas Heimatliches hervorlugte, das nicht genau zu bestimmen war. Vielleicht lag es an der Betonung des Wortes »will«, das der Mann wie »wiu« aussprach.

»Kantonpolizei Bern«, sagte Studer gemütlich.

»Legitimation.«

Studer zeigte sie schweren Herzens, denn die Fotografie, die auf diesem Ausweis klebte, hatte ihm immer Kummer bereitet. Er fand, er sehe aus auf ihr wie ein Seelöwe, der an Liebesgram leidet.

Der Fremde gab den Ausweis zurück. Die Situation war immer noch unangenehm, denn der Wachtmeister wußte genau, daß der Fremde in der Seitentasche seiner Joppe einen Revolver trug; und es war unangenehm zu denken, daß ein Bauchschuß drohte. Wie eine lästige Mücke hörte der Wachtmeister das Wort »Laparotomie« in seinem Kopfe surren und er atmete auf, als der Fremde endlich seine Rechte aus der Kuttentasche zog.

Nun fragte Studer bescheiden und übertrieben höflich, in saubersten Hochdeutsch:

»Darf *ich* mir jetzt erlauben, *Ihre* Papiere zu verlangen?«

»Surely ... sicher ...«

Der Fremde trat an den Tisch, zog eine Schublade auf und kam mit einem Paß zurück.

Ein Schweizer Paß!... Ausgestellt für Farny James, heimatberechtigt in Gampligen, Kanton Bern; geboren am 13. März 1878, ausgestellt in Toronto, erneuert 1903 in Schanghai, erneuert in Sydney, erneuert in Tokio, erneuert... erneuert... erneuert... erneuert 1928 in Chikago, U.S.A. ... Grenzübertritt am 18. Februar 1931 in Genf...

»Seit fünf Monaten sind Sie wieder in der Schweiz, Herr Farny?« fragte Studer.

»Surely, fünf Monate. Habe die Heimat wieder sehen wollen...« Da war er wieder, der Laut! Der »Chinese« sagte: »He-imat« mit scharf getrenntem »e-i«, während ein Engländer das »ai« sicher übertrieben hätte. »Sie sind... wie sagt man?... ein höherer Polizeibeamter? Ein... wie sagt man... Inspektor, nicht nur ein Policeman?«

»Wachtmeister«, sagte Studer gemütlich.

»Dann werden Sie zugezogen, wenn passiert zum Beispiel ein Mord?« – Studer nickte.

»Es kann nämlich möglich sein, daß ich ermordet werde«, sagte der »Chinese«. »Vielleicht heute, vielleicht morgen, vielleicht in einem Monat – und vielleicht geht es auch länger... Sie trinken?«

Georges Simenon
Der Drohbrief

Kommen Sie herein, Maigret. Darf ich vorstellen...«

Der Kommissar hatte den Klienten, der ihm vorgestellt werden sollte, noch nicht gesehen, aber daß es sich hier um einen eher merkwürdigen Fall handelte, hatte er schon am ersten Blick seines Chefs erkannt.

»Monsieur Emile Grosbois, der berühmte Lumpen- und Schrotthändler aus der Rue du Chemin-Vert...«

Sein kurzes Augenzwinkern bedeutete:

»Na, Sie werden staunen!«

Maigret drehte sich um und sah einen unscheinbaren, blassen kleinen Mann vor sich, der ihm mit einem krampfhaften Lächeln die sommersprossige Hand entgegenstreckte. Er hatte vermutlich rote Haare, aber es waren nur noch so wenige, daß man es nicht sicher sagen konnte.

»Sehr angenehm, Herr Kommissar... Ich habe schon viel von Ihnen gehört...«

»Bitte setzen Sie sich doch.«

Sein Chef reichte Maigret ein Blatt Papier, auf dem ein aus ausgeschnittenen Zeitungswörtern und -buchstaben zusammengestellter Text stand.

Alter Schuft,

Diesmal geht's Dir an den Kragen. Egal, ob Du nach Le Coudray gehst oder nicht, und selbst wenn Du mit einem ganzen Garderegimet auftauchst, am Sonntag abend um sechs bist Du ein toter Mann. Und alle werden verdammt froh sein, wenn sie Dich endlich los sind.

Natürlich ohne Unterschrift. Beim Anblick des bleichen Klienten mußte Maigret ein Grinsen verbeißen.

»Monsieur Grosbois kann sich überhaupt nicht denken, wer ihm einen solchen Brief geschrieben haben könnte«, sagte der Chef. »Ihm sind keine Feinde bekannt...«

Und der Chef fuhr fort:

»Ich habe ihm schon erklärt, daß sich die Zuständigkeit der Kriminalpolizei nicht über Paris hinaus erstreckt. Wenn das Verbrechen innerhalb der Stadt geschieht, sind wir zuständig. Aber wenn jemand in Le Coudray umgebracht wird... Monsieur Grosbois hat mich so nachdrücklich gebeten, daß ich zugesagt habe, uns um den Fall zu kümmern, obwohl ja noch gar kein Verbrechen begangen worden ist. Was meinen Sie dazu, Maigret? Würde es Ihnen sehr viel ausmachen, das Wochenende in Le Coudray zu verbringen?«

»Die ganze Familie fährt Samstagnachmittag mit dem Zug. Die Eisenbahnlinie geht mitten durch ihr Grundstück, und der Bahnhof liegt nur fünfzig Meter entfernt...«

Monsieur Grosbois stand auf, drückte beiden Männern zum Abschied die Hand, stammelte ein paar Dankesworte und ging hinaus.

Kaum war die Tür zu, entspannten sich die Mienen Maigrets und des Chefs der Kriminalpolizei.

»Haben Sie das bemerkt, Chef?«

»Kommt drauf an, was Sie meinen.«

»Daß die kleine Tasche seines Jacketts auf der rechten Seite ist. Mit anderen Worten, sein Anzug ist gewendet worden.«

»Ich habe lediglich bemerkt, daß er Gummiabsätze trug, um seine Schuhe zu schonen.«

»Wie viele Millionen?«

»Etwa dreißig sollen die Grosbois zusammengerafft haben.«

Der Chef hob den Hörer ab, denn das Telefon hatte geläutet.

»Hallo, ja… Monsieur Grosbois… Oscar Grosbois?… Der Bruder von Emile?… Aha!… Ich verbinde mit Kommissar Maigret, der diesen Fall freundlicherweise übernommen hat…«

Maigret nahm den Hörer entgegen.

»Hallo!… Entschuldigen Sie die Störung, Herr Kommissar, aber ich weiß, daß mein Bruder heute morgen bei Ihnen war. Ich muß unbedingt mit Ihnen sprechen. Ja!… Danke, Herr Kommissar… Klingeln Sie an der kleinen Tür rechts von der Mauer… Danke… danke…«

Maigret hängte ein und seufzte:

»Und ich hatte meiner Frau versprochen, daß wir aufs Land fahren!«

Um Viertel nach elf war Maigret in der Rue du Chemin-Vert, einer belebten Gasse im Bastille-Viertel, in der sich vor allem Werkstätten und Warenlager befanden.

Die Firma Grosbois & Paget war leicht zu finden: eine gewaltige Mauer, ein eisernes Tor, ein großer, von Schuppen gesäumter Hof voller Lastwagen. Mit einem Blick sah er, daß sämtliche Fenster vergittert waren, was nicht gerade auf großes Vertrauen der Bewohner schließen ließ. Wie ausgemacht, klingelte er an der kleinen Pforte.

Eine schmuddlige Hausangestellte in den Vierzigern ließ ihn herein. Bevor er noch ein Wort gesagt hatte, forderte sie ihn auf:

»Gehen Sie in den ersten Stock. Monsieur Oscar erwartet Sie.«

Monsieur Oscar stand schon oben an der Treppe. Er glich seinem Bruder aufs Haar, so daß der Kommissar einen Moment glaubte, wieder denselben Mann vor sich zu haben.

»Tut mir sehr leid, daß Sie sich herbemühen mußten, Herr Kommissar... Ich wäre wirklich gern in Ihr Büro gekommen...«

Maigret konnte ihm schlecht sagen, daß er lieber persönlich gekommen war, um ein wenig in diesem Haus herumzuschnüffeln.

»Bitte, treten Sie ein! Nicht gerade komfortabel, so ein altes Haus, aber wenn man drin geboren ist...«

In einem solchen Haus geboren zu sein war noch lange kein Grund, es jahrzehntelang verkommen zu lassen.

Die marmorierten Wände im Treppenhaus waren spekkig braun und der Läufer verblichen und abgewetzt.

Maigret wagte sich nicht zu bewegen, denn der Sessel, auf dem er saß, war so brüchig, daß er zusammenzubrechen drohte.

»Sie haben natürlich bemerkt, wie sehr wir uns ähnlich sehen. Wir sind Zwillinge, das haben Sie sich ja wohl gedacht... Wir haben noch eine ältere Schwester, Françoise, die mit ihren Kindern im zweiten Stock wohnt...«

»Also ist Ihre Schwester verheiratet?«

»Sie war mit einem gewissen Paget verheiratet, daher der Firmenname draußen: Grosbois & Paget. Ihr Mann ist vor zehn Jahren gestorben, und jetzt als Witwe lebt sie mit ihrem Sohn und ihrer Tochter.«

»Also wohnt die ganze Familie nach wie vor in diesem Haus?«

»Nicht nur in dem Haus, auch in unserer Villa in Le Coudray. Wir haben viel Familiensinn und lieben das einfache Leben…«

Erzähl das einem anderen, hätte Maigret fast gemurmelt.

»Die Zeiten sind schwer. Man weiß nicht, wie's weitergehen soll mit der Welt. Mein Bruder hat Ihnen ja wohl den Brief gezeigt, den er angeblich gestern früh bekommen hat?«

Bei dem Wort ›angeblich‹ horchte Maigret auf.

»Er hat ihn uns auch gezeigt und war ziemlich aufgeregt. Ich habe ihn, so gut es ging, beruhigt, denn es handelt sich offensichtlich um einen Scherz…«

Hätte Maigret seinen Gesprächspartner beschreiben müssen, hätte er gesagt, daß er einen Rattenkopf mit sehr lebendigen, zugleich unruhigen und neugierigen Augen hatte.

»Verstehen Sie mich nicht falsch. Emile ist nicht verrückt. Meistens ist er ganz normal. Aber in bestimmten Augenblicken…«

Maigret ließ ihn weiter zappeln, und er verhaspelte sich.

»… ist er nicht mehr wie früher. Verstehen Sie mich richtig! Er regt sich auf, hat so seine komischen Ideen. Ich würde sogar noch weiter gehen, aber bitte behalten Sie das für sich... Es würde mich nicht wundern, wenn Emile den Brief, den er Ihnen gezeigt hat, selbst verfaßt hätte... Mein Respekt vor der Polizei ist zu groß, um schweigend mit anzusehen, wie sie sich um einen Fall bemüht, der vermutlich völlig aus der Luft gegriffen ist. Sie hätten mir das zum Vorwurf machen können...«

Maigret horchte auf, denn durch die schlecht isolierte Decke hörte man streitende Stimmen.

Oscar Grosbois zuckte ebenfalls zusammen und murmelte:

»Die Kinder zanken sich mal wieder!«

»Die Kinder Ihrer Schwester? Wie alt sind die denn?«

»Henri ist zwanzig, seine Schwester Eliane achtzehn. In dem Alter sind Bruder und Schwester wie Hund und Katze...«

Oscars Lächeln war besonders abstoßend, weil er dabei spitze gelbe Zähnchen, richtige Rattenzähne, entblößte.

»Handelt Ihr Neffe auch mit Lumpen?«

»Nein! Er studiert.«

»Was studiert er denn?«

»Wirtschaft... Er hat sich noch nicht so richtig festgelegt... Seine Mutter hat ihn sehr verzogen.«

Der Radau nahm zu. Der Streit der Geschwister artete in eine regelrechte Schlägerei aus. Man hörte Gerenne, Schreie, Türenschlagen, dann Schritte auf der Treppe.

»Achten Sie nicht darauf... Das sind so die kleinen Schattenseiten des Familienlebens... Um auf meinen Bruder zurückzukommen, also ich habe Sie gewarnt... Nehmen Sie seine Worte und vor allem seine Befürchtungen nicht zu ernst... Er arbeitet zuviel... Wenn er wenigstens einen Monat Ferien an einem ruhigen Ort machen würde, am besten in einem Sanatorium, im Gebirge zum Beispiel, dann könnte alles wieder gut werden...«

Maigret war mitten am Samstagnachmittag in einen brechend vollen Zug gestiegen. Mit seinem Dienstausweis konnte er erster Klasse fahren. Er hatte einem jungen Mädchen gegenübergesessen, über das sich das ganze Abteil entrüstete. Wie alt sie genau war, ließ sich schwer sagen, jedenfalls jung, unverschämt jung und ungeniert. Eine alte Dame aus Melun, die in der Ecke saß, hielt sie wegen ihres auffallenden Make-ups, des knallengen Kleides und der herausfordernden Art, mit der sie die Mitreisenden ansah, für eine Nutte. Und wie sie daherredete!... Das junge Mädchen war nämlich nicht allein: Mit ihr reiste ein sportlicher junger Typ ohne Hut, der ebenfalls ziemlich auffällig gekleidet war.

»Was haben sie dann gemacht?« fragte er.

»Als sie mit dem Bugatti die Panne hatten und im Umkreis von fünf Kilometern kein Kaff zu finden war, haben sie sich schließlich, so gut es ging, zu viert im Fond der Kiste eingerichtet und die Nacht so verbracht...«

»Sag bloß?«

»Am tollsten ist, daß Betty vorher mit Jean ging und Raymonde mit Riri... Ich weiß ja nicht, was in der Nacht passiert ist, aber am nächsten Morgen war Betty mit Riri und Jean mit Raymonde zusammen...«

Die alte Dame saß wie versteinert in ihrer Ecke und warf dem jungen Mädchen einen vernichtenden Blick zu. Aber die Unbekannte fühlte sich alles andere als vernichtet. Ohne jedes Schamgefühl schob sie ihren Rock hoch, um ihre Strümpfe glattzuziehen, und fragte ihren Gefährten:

»Ist Yolande an die Mäuse rangekommen?«

»Sie hat ihren Eltern geschrieben, daß sie dringend am Blinddarm operiert werden muß. Sie haben ihr zehntausend Francs geschickt... Da muß sie sich aber noch vor den Ferien eine Narbe machen lassen...«

»Das wird ja wohl nicht so schwierig sein!«

Der indignierte Blick, den die alte Dame Maigret zuwarf, besagte:

»Das ist die heutige Jugend!«

Maigret deutete ein Lächeln an und genoß die warme Nachmittagssonne und den Anblick der Landschaft, die zu beiden Seiten des Zuges vorbeizog.

»Coudray-Montceaux!«

Er stürzte zur Tür. Das junge Mädchen ebenfalls. Nur der junge Mann blieb im Zug, der gleich weiterfuhr.

Auf dem Bahnsteig des winzigen Bahnhofs warteten zwei Männer, die einander glichen wie ein Ei dem andern und die zudem beide in grauen Alpakaanzügen steckten, als wären sie zu einem Duett angetreten.

Maigret ging auf sie zu, drückte beiden die Hand, doch beide sahen an ihm vorbei. Dann sagte Emile Grosbois:

»Warum kommst du erst jetzt?«

»Den früheren Zug hab ich verpaßt...«

»Und dein Bruder?«

»Den hab ich nicht gesehen. Ich dachte, der wäre schon hier!«

Es war das auffallende Mädchen, das ihm schließlich als Eliane Paget, Nichte der Brüder Grosbois, vorgestellt wurde.

»Ich ziehe mich jetzt um«, verkündete sie, zog den Hut vom Kopf und sprang über eine Hecke zwischen dem Bahnhof und einem Garten. Dort, ganz in der Nähe, stand das Haus, ein dunkler Ziegelsteinkasten, schlimmster Vorkriegsstil, mit scheußlichen Keramikornamenten. Ein Rasen, den zwei häßliche Statuen zierten, erinnerte entfernt an einen Park, während das übrige Grundstück brach lag.

»Herr Kommissar, ich habe mir etwas überlegt«, hob Emile Grosbois an. »Einer, der mir nach dem Leben trachtet, kommt doch wahrscheinlich mit dem Zug. Vom Fenster Ihres Zimmers aus können Sie alle Reisenden beobachten, die in Le Coudray aussteigen. Viele sind's ja nicht...«

Manche Familien sind fähig, einen Fremden wochen- oder gar monatelang bei sich aufzunehmen, ohne etwas von ihren mehr oder weniger beschämenden Geheimnissen preiszugeben und ihre schmutzige Wäsche vor ihm zu waschen.

Auch die Grosbois hatten sich wohl vorgenommen, bei Maigret einen guten Eindruck zu machen, dafür sprach schon der liebevolle Umgang der beiden Brüder miteinander, als sie den Kommissar vom Bahnhof abholten.

Das gleiche galt für ihre Schwester Françoise, die ihn mit honigsüßem Lächeln empfing. Sie kam gerade aus der Küche und trocknete sich die Hände ab.

»Entschuldigen Sie«, sagte sie und schürzte die Lippen. »Ich bin noch nicht umgezogen. Dieses alte Haus ist wirklich sehr unpraktisch, und wir haben nur ein Dienstmädchen.«

Die beiden Brüder hätten gern den Eindruck aufrechterhalten, friedliche Biedermänner zu sein. Im ersten Moment war ihnen das in ihren mausgrauen Anzügen, mit Strohhut und Leinenschuhen und diesem gespreizten Gang kleiner Rentner, die die frische Luft in ihrem Garten genießen, sogar gelungen. Aber es dauerte keine Stunde, bis die Maske fiel. Babette hatte gerade auf dem schmiedeeisernen Tisch im Garten den Tee serviert. Emile Grosbois zog eine Art Tabakdose aus der Tasche und entnahm ihr eine Tablette. Da war es mit Oscars Beherrschung vorbei, und er schrie:

»Da sehen Sie's, Herr Kommissar! Jetzt nimmt er eine Tablette! Und in einer Stunde eine Pille! Und zum Essen irgendwelche Tropfen und danach noch ein anderes Medikament.«

Seine Mimik drückte aus, daß er seinen Bruder für halb verrückt hielt.

»Was ich einnehme, ist meine Sache!« entgegnete Emile giftig.

»Du machst dich noch kaputt! Erschöpft bist du ohnehin, und Erholung brauchst du auch. Aber das heißt noch lange nicht, daß du dir sämtliche Krankheiten einbilden mußt, die du in deinem medizinischen Ratgeber findest, und dich dann mit Medikamenten vollstopfst.«

»Jeder hat so seine Marotten!«

»Und deine sind lächerlich!«

»Ich kenne Leute, die haben weit gefährlichere!«

Maigret dachte:

»Erste Runde! Mal sehen, ob in der zweiten Oscar seine Marotten zu erkennen gibt!«

Unterdessen schwamm Eliane in einem äußerst knappen Badeanzug im Fluß, und ein junger Mann hielt zügig auf sie zu. Wetten, daß das der junge Mann aus dem Zug ist, dachte Maigret, der demnach an der nächsten Station ausgestiegen ist.

Zweite Runde! Man hatte sich gerade zu Tisch gesetzt. Das Essen war einfallslos: Gemüsesuppe, Omelette mit Kartoffeln, Spinat und Käse.

Eliane, die ein Sonnenbad genommen hatte und von dem stark riechenden Öl, mit dem sie sich eingerieben hatte, noch glänzte, hatte nur einen dünnen Morgenmantel über den Badeanzug geworfen.

Diesmal kam der Angriff von Emile:

»Françoise! Habe ich dir nicht hundertmal gesagt...«

Die Ärmste sah sich ängstlich um, gewohnt, ständig zurechtgewiesen zu werden. Sie ahnte nicht, was sie nun schon wieder falsch gemacht hatte.

»Ich hab's kapiert, Mama! Onkel Emile wünscht, daß ich mich anziehe...«

»Wie es sich gehört, jawohl!« bestätigte Emile. »Ein angekündigter Besuch müßte sich schon fragen, ob er hier in einem anständigen Haus ist...«

Eliane stand auf und erwiderte:

»Da müßte er wohl eher annehmen, in ein Irrenhaus geraten zu sein! Und bei dem, was es hier zu essen gibt, gehe ich doch lieber gleich!«

Dritte Runde! Das Abendessen wurde schweigend eingenommen. Zwei Stühle am Tisch waren leer: Elianes und noch einer. Françoise beugte sich tief über ihren Teller. Schließlich sagte Emile:

»Henri ist schon wieder zu spät!«

»Seine Geschäfte werden ihn aufgehalten haben...«, wagte seine Mutter einzuwerfen.

»Geschäfte nennst du das?« höhnte der Onkel bitter. »Das nennst du Geschäfte?«

»Emile!«

Aber nein, er ließ nicht locker! An den Kommissar gewandt, fuhr er fort:

»Wissen Sie, Monsieur Maigret, meine Schwester hat eine trostlose Ehe hinter sich: Der Mann hat sie nur wegen unseres Geldes geheiratet und eine Menge Affären gehabt. Zum Glück ist er gestorben, andernfalls wüßte ich nicht, was aus der Familie geworden wäre!«

Françoise kämpfte mit den Tränen. Dann schreckten alle hoch. Ein Auto hielt vor dem Gartentor und fuhr gleich wieder los. Man hörte Schritte. Ein junger Mann, dünn, blaß und mit Leidensmiene, kam herein und rief aus:

»Entschuldigt, ich habe den Zug verpaßt...«

»Hat sie dich hergebracht?« fragte sein Onkel.

Emile war entschieden unfähig, seine schlechte Laune zu verbergen. Er hatte gerade irgendwelche Tropfen eingenommen. Er trank ein Heilwasser und aß Diätbrot.

»Willst du mir vielleicht antworten?«

»Du wirst doch hier nicht herumschreien!«

Der Onkel schrie tatsächlich.

»Erstens einmal verlange ich mehr Respekt! Und zweitens habe ich ja wohl das Recht, mich aufzuregen, wenn mein zwanzigjähriger Neffe zu keiner Art von Arbeit fähig zu sein scheint und dazu noch den Gigolo einer Schmierenkomödiantin spielt...«

Er wandte sich an Maigret:

»Dieser Junge ist der Geliebte einer ausgehaltenen Frau! Schauen Sie ihn an! An manchen Tagen kann er sich kaum auf den Beinen halten, und ich weiß wirklich nicht, wie er enden wird...«

Maigret zog insgeheim seine Schlüsse:

»Wenn mich nicht alles täuscht, Bürschchen, schnupfst du Koks!«

Irgendeinen Zeitplan gab es nicht im Haus. Man machte buchstäblich gar nichts.

Man war einfach aus Prinzip hier, weil man ein Haus auf dem Land besaß und ein für allemal beschlossen hatte, daß die ganze Familie hier ihre Wochenenden verbringen sollte.

Was machte es da schon, wenn man sich langweilte! Hauptsache, alles drehte sich um Onkel Emile, der seine kleine Welt mit boshaftem Vergnügen überwachte und die kleinsten Verstöße gegen seine sakrosankten Regeln beanstandete.

»Was hat dieser Oscar bloß für ein Laster?« hatte sich Maigret schon hundertmal gefragt, während er den Rattenkopf prüfend ansah. »Er raucht nicht, er trinkt nicht. Und geizig, wie er ist, genau wie sein Bruder, würde es mich wundern, wenn er Weibergeschichten hätte...«

Die Antwort wurde ihm noch vor dem Mittagessen geliefert. Der Kommissar war gezwungen, genau wie die anderen zwischen Haus und Garten hin- und herzupendeln.

Gegen zehn war Babette nach oben gegangen, um die

Zimmer in Ordnung zu bringen. Als Maigret über den Gang im ersten Stock ging, hatte er hinter einer halb offenen Tür Oscar gesehen, der das Dienstmädchen im Arm hielt oder vielmehr...

Das Bild der beiden Junggesellen wurde klarer. Emile war enthaltsam, aber Oscars Lebensgeister waren noch nicht ganz erloschen. Um jedes Risiko zu vermeiden, begnügte er sich mit Babette, von der er nichts zu befürchten hatte.

Hätte er das Dienstmädchen vielleicht geheiratet, wenn sein Bruder nicht gewesen wäre? Schon möglich! Vor allem, wenn diese auch darauf aus war... Konnte sich Babette deshalb diesen Ton mit Françoise erlauben? Aber wer hatte Emile den Drohbrief geschrieben? Und würde der Betreffende tatsächlich wagen, die Drohung wahr zu machen?

Das Mittagessen war etwas genießbarer als das Abendessen. Es war Sonntag! Nach der Vorspeise (Heringsfilet mit Radieschen und Kartoffelsalat) gab es Lammkeule mit Bohnen, Käse und schließlich Kirschkuchen, von dem sich Emile das größte Stück auf den Teller lud.

Als sie beim Kaffee waren, ergriff Emile plötzlich mit unerwarteter Feierlichkeit das Wort. Er stand auf und schien eine Rede halten zu wollen, und tatsächlich wurde es fast eine Rede, in der sich all die Gefühle niederschlugen, die die Beziehungen dieser merkwürdigen Familie prägten:

»Ich brauche euch nicht an den Drohbrief zu erinnern, den ich erhalten habe und dessentwegen der Kommissar heute hier ist. Ich mache mir keine Illusionen über eure

Gefühle mir gegenüber! Als Familienoberhaupt, das die ganze Last der Verantwortung trägt...«

Denn er war der Ältere, das wußte Maigret seit dem Morgen. Oscar war ein paar Minuten nach seinem Bruder auf die Welt gekommen.

»Jedenfalls möchte ich, ob es euch paßt oder nicht, meine Vorsichtsmaßnahmen treffen. In dem Brief steht, daß das Verbrechen heute nachmittag vor sechs Uhr begangen wird...«

Françoise kämpfte wie gewohnt mit den Tränen. Oscar starrte Maigret an. Eliane hing mit halb geschlossenen Augen in der Sonne ihren wollüstigen Träumen nach, während Henris Nasenflügel zitterten wie bei einem Drogenabhängigen, der dringend einen Schuß braucht.

Babette stand an der Tür. Maigret hatte sie nicht hereinkommen sehen. Emile wandte sich an sie:

»Kommen Sie ruhig herein! Sie gehören schließlich auch zur Familie. Ich weiß nicht, was der Kommissar vorhat und welche Vorsichtsmaßnahmen die Polizei ergriffen hat, um das Unheil abzuwenden. Ich jedenfalls habe mir gedacht, daß das sicherste Mittel, das Drama zu verhindern, wäre, daß wir hier alle bis sechs Uhr versammelt bleiben.«

Er musterte alle mit einem boshaften, herausfordernden Blick, als wollte er sagen:

»Ob es euch paßt oder nicht, so wird es gemacht! Der- oder diejenige unter euch, die meinen Tod geplant haben, wird schon sehen!«

Die Reaktion darauf war ebenso unerwartet wie komisch, denn Babette rief aus: »Und mein Geschirr?«

»Das werden Sie eben heute abend abwaschen.«

»Was machen wir in all den Stunden?« fragte Oscar seufzend.

Darauf sein Bruder giftig:

»Was machst du denn sonst immer?«

Eliane konnte sich mit einem Blick auf den strahlend blauen Himmel die scherzhafte Frage nicht verkneifen:

»Und wenn es regnet?«

Ihr Onkel speiste sie mit einem vernichtenden Blick ab.

Maigret begann die Sache schon fast Spaß zu machen. In seinen Korbsessel gelehnt, begann er mit kurzem Hämmern des Zeigefingers seine Pfeife zu klopfen, kramte in seiner Tasche nach Streichhölzern, fand keine und stand auf.

»Was suchen Sie denn?« fragte Emile Grosbois.

»Streichhölzer...«

»Man wird Ihnen welche bringen... Bitte organisieren Sie doch alles so, daß sich keiner mehr von hier wegbewegen muß. Entschuldigen Sie, daß ich so unnachgiebig bin, aber schließlich ist es mein Leben, das auf dem Spiel steht! Trinken Sie ein Gläschen, Herr Kommissar?«

Emile hatte die Frage so gestellt, als erwartete er eine negative Antwort.

Maigret erklärte:

»Nun, wenn wir hier stundenlang ausharren müssen, hätte ich nichts dagegen einzuwenden.«

Also händigte Emile Babette den Kellerschlüssel aus und sagte:

»Holen Sie eine Flasche Cognac: die angebrochene auf dem linken Bord...«

Es war heiß. Am Ufer der Seine sah man überall Familien beim Picknick, und gesättigte Männer streckten sich mit einem Taschentuch oder einer Zeitung auf dem Kopf im hohen Gras aus, um genüßlich Siesta zu halten.

»Spielen Sie keine Spiele?« fragte Maigret ironisch und blickte in die Runde.

Françoise erwiderte zaghaft.

»Wir haben ein Brettspiel, aber ich weiß nicht, ob es noch vollständig ist...«

Das Warten begann, das Warten auf den Tod von Emile Grosbois, der steif auf seinem Gartenstuhl saß und seinen grimmigen Blick pausenlos von einem zum andern wandern ließ.

Maigret sah auf die Uhr. Sie zeigte Punkt zwei, das hieß, daß man vier Stunden lang fast so still sitzen mußte wie bei einer Eisenbahnreise. Nur daß hier keine Landschaft vorbeizog und man nicht einmal auf angenehme Unterhaltung mit Mitreisenden hoffen durfte.

Emile Grosbois war bei aller Ruhe, die er zur Schau stellte, vor Angst wie gelähmt, und je mehr die Zeit verstrich, desto mehr versank er in sich selber, als könnte er sich so seinem Schicksal entziehen.

Françoise hatte eine Näharbeit ausgebreitet. Diese Frau war fähig, sich ein Leben lang mit solchem Kleinkram zu beschäftigen und ihr Unglück auch noch wollüstig auszukosten!

Alle fünf Minuten hob sie den Kopf, seufzte, blickte wie ein geprügelter Hund in die Runde, seufzte erneut und nahm ihre Näharbeit wieder auf.

Babette wiederum war wütend, weil man sie nicht in die

Küche ließ. Man hatte ihr gesagt, sie solle sich hinsetzen, aber sie war aus Protest mindestens eine Stunde lang wie die verkörperte schlechte Laune aufrecht stehen geblieben.

Eliane war klüger gewesen. Sie hatte Kissen aus den unbesetzten Sesseln genommen, sie in einer Ecke der Terrasse ausgebreitet und sich mit geschlossenen Augen in die Sonne gelegt.

Ihr Bruder war weniger gelassen. Seinetwegen machte sich der Kommissar am meisten Sorgen. Der Zeitpunkt, zu dem der junge Mann gewöhnlich seine Droge nahm, war verstrichen, er wurde immer unruhiger, hatte nervöse Ticks, und wenn das so weiterging, bekam er noch einen Anfall.

Schließlich war da noch Oscar, der zu gern ein Gespräch angefangen hätte.

»Wollt ihr meine Meinung hören? Ich bin kein Fachmann in diesen Dingen wie Kommissar Maigret. Aber man braucht doch nur seinen gesunden Menschenverstand, um zu erkennen, daß wir auf einen üblen Scherz hereingefallen sind...«

Eisiger Blick seines Bruders. Durchdringender Blick Maigrets.

Emile zog eine Grimasse und schlug das andere Bein über. Françoise seufzte.

Halb drei Uhr. Drei Uhr. Eliane war in ihrem weißen Kleid, unter dem sich ihre Formen abzeichneten, eingeschlafen. Die Brise bauschte ab und zu ihren Rock auf, so daß man ihre gebräunten Schenkel sehen konnte.

Ein Zug...

Dann auf der Seine ein Schleppkahn...

Um halb vier machte Emile plötzlich eine unerwartete Geste, die bewies, daß er wirklich Angst hatte. Mit einer ruckartigen Bewegung, die darauf schließen ließ, daß er der Versuchung lange widerstanden hatte, erhob er sich und goß sich ein ganzes Glas Cognac ein.

Sein Bruder und seine Schwester waren verblüfft. Er sah sie streng an und sagte:

»Noch zweieinhalb Stunden!...«

Auf der Terrasse der Villa Grosbois schien die Zeit stillzustehen. Jede Minute dehnte sich endlos in die Länge, so wie man manchmal nachts erst nach einer Ewigkeit den nächsten Tropfen aus einem undichten Wasserhahn fallen hört.

Maigret hatte im Laufe seines Berufslebens schon die merkwürdigsten Dinge erlebt und ließ sich nicht so leicht aus der Fassung bringen, aber dies hier war nun doch zu abstoßend und abscheulich!

Er hatte den Eindruck, daß diese Leute, zu denen ihn der Zufall geführt hatte, mutwillig alles Schöne im Leben und alles, was es zu bieten hatte, zerstörten.

»Die sind dumm!« schloß er. »Wie selten trifft man jemanden, der zu leben versteht!«

Und einer aus dieser Familie hatte einen Mordplan! Aber würde er ihn trotz allem auch ausführen?

Dabei kam dem Kommissar ein anderer Gedanke, der ihn erschreckte! Sollte das Verbrechen nicht stattfinden, würde Emile am nächsten Tag wieder zu seinem Stadtrat eilen oder vielleicht zu einer noch höher gestellten Person. Er würde behaupten, daß sein Leben weiterhin bedroht sei, und erwirken...

Maigret wünschte Emile nicht den Tod, aber irgend etwas mußte geschehen, damit der Mann seine Angst verlor!

»Eine Frage«, sagte er laut. »Kommt gegen sechs ein Zug durch?«

»Nein! Um vier Uhr siebenundvierzig kommt ein Schnellzug und um sieben Uhr fünf ein Personenzug...«

Es war einfach nur so eine Idee! Zugegeben keine sehr gute Idee, denn wenn jemand auf Emile Grosbois schießen wollte, müßte dieser sich bei der Durchfahrt des Zuges ja in seinem Garten aufhalten...

Wieviel vergeudete Zeit!

Und alles nur wegen eines oder vielmehr wegen zweier unsympathischer Zeitgenossen!

Um vier Uhr oder kurz danach schenkte sich Emile noch einen Cognac ein, und da er nicht daran gewöhnt war, sah man seinen Augen schon bald an, daß er halb betrunken war.

Plötzlich brach es aus ihm heraus, was vielleicht der Alkohol bewirkte:

»...der Kommissar ist hier, versteht ihr das? So bekommt der Mörder seine verdiente Strafe! Mag sein, daß ihr euch langweilt... daß der Nachmittag für euch verloren ist... Aber ihr müßt zugeben, daß das immer noch besser ist, als daß es eine Leiche gibt. Ruhe!«

Oscar sah Maigret an und hob die Augen zum Himmel, wie um zu sagen:

»Ich werde es nicht dulden, daß in unserem Hause...«

Da Emile kein passender Streitpunkt einfiel, um seine Wut zu nähren, beruhigte er sich langsam, während Henri zur Überraschung aller, außer Maigrets, der schon seit ein paar Minuten darauf gefaßt war, leichenblaß und mit zitternden Lippen aufstand.

Seine Nase war schon eine Weile ganz spitz, und er machte fahrige Bewegungen.

»Du bist verrückt geworden!« schrie er. »Hörst du? Und wenn du zehnmal mein Onkel bist, hindert mich das nicht daran, dir zu sagen, daß du verrückt bist und brutal! Ich bleibe jedenfalls keine Minute länger in diesem Haus! Mir reicht es! Endgültig!«

Seine Mutter erstarrte und brachte vor Schreck kein Wort heraus. Emile sah seinen Neffen an und fragte sich, ob der den Verstand verloren hatte.

»Henri!« schrie er.

»Scheiße!«

»Henri! Ich verlange. Ich befehle dir.«

Zu spät! Der junge Mann hatte die Terrasse schon verlassen, durchquerte den Garten mit ruckartigen Schritten und schimpfte dabei weiter halblaut vor sich hin.

Denkbar, daß Emile ihm nachlaufen wollte, was eine groteske Szene gewesen wäre. Statt dessen sagte er laut und deutlich:

»Kommissar, Sie sind Zeuge. Ich verlange, daß Sie diesen jungen Mann verhaften, ihn am Weggehen hindern.«

Maigret rührte sich nicht.

»Ich fordere Sie auf...«

»Entschuldigen Sie«, murmelte Maigret ruhig. »Wie Sie wissen, befinden wir uns hier im Departement Seine-et-Oise. Mein Chef hat Sie gestern darauf hingewiesen, daß sich meine Rolle außerhalb des Zuständigkeitsbereichs der

Kriminalpolizei nur auf den Schutz beschränkt. Nicht einmal in Paris hätte ich den geringsten Grund, Ihren Neffen zu verhaften, nur weil er Scheiße zu Ihnen gesagt hat.«

»Wunderbar! Wunderbar! Wunderbar!«

Er schäumte. Er schenkte sich mechanisch ein. Dabei hatte er vielleicht vergessen, daß es sich um Cognac handelte, denn er nahm einen großen Schluck, an dem er fast erstickte.

»Babette! Babette!«

»Hier bin ich.«

»Bereiten Sie den Tee zu! Es ist doch alles auf der Terrasse? Niemand darf sich von hier entfernen!«

Je näher die Stunde rückte, desto nervöser, verkrampfter, mißtrauischer und aggressiver wurde Emile.

»Wenn ich mir vorstelle, daß jemand aus meiner Familie…«

»Warum denn unbedingt jemand aus Ihrer Familie?«

»Weil sie mich hassen! Weil sie mich immer gehaßt haben!«

Er war wie einer jener Typen, die ihr Leben lang groß angegeben haben und dann angesichts des Todes jegliche Würde verlieren und winseln und betteln und vor dem erstbesten, der ihnen über den Weg läuft, ihre Beichte ablegen.

Maigret hatte endgültig genug. Seine Verachtung war so groß, daß er am liebsten wie Henri davongelaufen wäre, ohne das Ende dieser widerwärtigen Veranstaltung abzuwarten.

Emile suchte wie am Vortag aus seiner Schachtel eine der drei Tabletten heraus, die noch drin waren, und spülte sie mit einem Schluck Tee hinunter.

»Du wirst noch wirklich krank, wenn du dir immer einbildest, krank zu sein«, schimpfte sein Bruder. »Während etwas Erholung …«

Da kein Zucker da war, goß Maigret Cognac in seinen Tee. Er hätte sich am liebsten betrunken, um nicht mehr an all diese ekelhaften Dinge denken zu müssen.

Halb sechs …

Er wunderte sich über Emile Grosbois' Ruhe und beobachtete ihn, wie er mit erweiterten Pupillen und mit einer Hand auf der Brust ganz blaß in seinem Sessel saß.

»Ist Ihr Bruder herzkrank?« fragte er Oscar halblaut.

»Das bildet er sich ein. Deshalb nimmt er die Tabletten …«

In dem Augenblick begann Emile regelmäßig zu röcheln und rutschte tiefer in seinen Sessel.

Maigret stürzte auf ihn zu.

»Ein Brechmittel. Rasch!« schrie er.

»Wir haben nichts im Haus.«

»Himmeldonnerwetter!« schimpfte er.

Er allein redete und befahl:

»So kotz doch! Kotz endlich, wenn du nicht krepieren willst.«

Auch wenn er das Opfer noch so verachtete, war er jetzt doch höchst besorgt und nahm Oscars Bestürzung nur am Rande wahr.

»Einen Arzt! Eliane, holen Sie schnell einen Arzt!«

Sechs Uhr! Die Glocken einer winzigen Kirche in der Nähe schlugen wie zum Hohn.

»Na, wie war das Wochenende?«

Der Chef saß in der Sonne, strich über seinen weißen Kinnbart und lächelte den schlechtgelaunten Maigret leicht boshaft an.

»Das nächste Mal könnten Sie freundlicherweise einen anderen mit solchen Aufgaben betrauen! Es ist ja schön, wenn man Leute retten kann, aber sie sollten es auch verdient haben! Und wenn sie so sind…«

»Von wem sprechen Sie?«

»Von der ganzen Familie!«

»Ohne Ausnahme?«

»Mit Ausnahme vielleicht eines hübschen jungen Mädchens… aber auch die! Kann man denn einen geschlagenen Sonntagnachmittag die Verführung des heiligen Antonius aufführen! Mit einer solchen Figur muß man sich doch nicht so zur Schau stellen.«

»Der Drohbrief?«

»Da war ich von Anfang an sicher. Den hat ihm natürlich sein Bruder Oscar geschickt! Er hat schon lange versucht, den Älteren loszuwerden und ihn zu überzeugen, daß er zur Erholung in die Berge müsse. Unter dem Vorwand, daß er Emile von seinem Tablettenkonsum abbringen wollte, hat er ihm immer neue medizinische Ratgeber unter die Nase gehalten. Verstehen Sie?«

»Ach…«

»Kurz, dieser Oscar wollte mit seinen über fünfzig Jahren endlich etwas vom Leben haben, was ihm aber nicht gelingen konnte, solange er unter der Fuchtel seines Bruders stand. Er hat gemeint, wenn er ihm einen Schrecken einjagte, würde er vielleicht endlich fortgehen, und er selber hätte sich in Gesellschaft Babettes, die er vermutlich heiraten wollte, seinen kleinen Ausschweifungen hingeben können.«

»Für Sie macht das vielleicht einen Sinn, aber für mich…«

»Das spielt keine Rolle! Oscar hat gestanden. Ich war mir sicher, daß er seinen Scherz nicht übertreiben und seinem Bruder niemals nach dem Leben trachten würde. Leider hat dieser Scherz wie so mancher andere auch fast zu einer Tragödie geführt, weil er nämlich noch einen anderen auf eine Idee gebracht hatte… den Neffen, einen armen Teufel, der in diesem Irrenhaus aufgewachsen ist, von morgens bis abends heruntergemacht wird und auch noch einer Kokainsüchtigen verfallen ist.«

»Ich kann Ihnen immer weniger folgen!«

»Ich werde versuchen, meinen Bericht etwas genauer abzufassen, aber es wird nicht einfach sein. Kurz, der junge Henri hat sich, als er von der Bedrohung seines Onkels hörte, überlegt, daß er sie doch wahrmachen könnte. Was in dem Haus im übrigen jeder gern getan hätte. Henri hat es versucht, indem er unter die Tabletten, die sein Onkel immer zur gleichen Stunde einnahm, eine starke Dosis Kokain gemischt hat. Den Todeskampf mitzuerleben war er dann allerdings zu feige. Die Polizei hat ihn noch in derselben Nacht in einer Kneipe am Montmartre halb tot aufgelesen, weil er vor lauter Angst eine Überdosis Kokain genommen hatte. Das ist alles…«

Maigret strich sich über die Stirn, trat ans Fenster und atmete die Morgenluft in tiefen Zügen ein.

»Ist er verhaftet?«

»Im Krankenhaus… Der Onkel hat keine Anzeige erstattet, weil ihn die öffentliche Verhandlung vor dem Schwurgericht abgeschreckt hat...«

»Also dann...?«

»Von wegen! Meine Frau ist wütend! Dieser Emile hat meine Hose vollgespuckt, so daß sie in die Reinigung muß, und ihr Sonntag war auch verpfuscht.«

Er steckte seine Pfeife an und brummte, eingehüllt von zwei Rauchwolken, die in der Sonne aufstiegen:

»Solange es um irgendeinen sympathischen Schuft geht! Aber solche Leute.«

Sein Chef erwiderte ironisch:

»Die Kriminalpolizei befaßt sich nicht nur mit Mördern, Maigret. Vergessen Sie nicht die andere Rubrik, unter der Sie Ihren Bericht einordnen werden.«

»?...«

»Ermittlungen in Familienangelegenheiten...«

Der Chef war nicht ganz sicher, ob Maigret richtig gehört hatte:

»Verdammter Mist!«

Denn Maigret hatte schon die Tür aufgemacht.

Cornell Woolrich
Wie das Leben so spielt

Haben Sie schon mal eine Frau sterben sehen? Ich hoffe, Sie müssen es nie, tun es nie. Ich meine gewaltsam, von Ihrer eigenen Hand. Das ist kein schöner Anblick. Wenn Sie einen Mann sterben sehen, dann sehen Sie nur sich selbst, kein anderes Wesen, vor dem Sie einmal in Ihrem Herzen niedergekniet sind und dem Sie Ihre ganze Liebe dargeboten haben. Ein Wesen, das Sie angebetet und von dem Sie geträumt haben. Oder wenn nicht Sie, dann ein anderer Mann.

Sie fällt aus höheren Höhen herab als ein Mann, aus Höhen weit über den Köpfen der Männer, seien es nun Liebhaber oder Ehemänner oder Brüder. Und ob sie nun gut war oder böse (was immer böse bedeutet), sie fällt mit einem Aufblitzen und einer feurigen Spur herab wie ein zerberstender Stern, der ins Wasser stürzt. Ein Mann fällt nur wie ein Klumpen Erde – Erde zurück zur Erde, aus der er gekommen ist. Deshalb töten Richter und Gesetzesvollstrecker Frauen so selten per Gesetz, was sie auch verbrochen haben mögen.

Dieses Gesicht, das du da vor dir siehst und das gerade mit dem Sterben fertig geworden ist, wird für den Rest deines Lebens im Schlaf jeder Nacht wiederkehren und dich verfolgen, egal wie sehr es die Frau verdient hat, egal wie stark im Nehmen dein Verstand ist. Du weißt, daß es so kommen wird, du weißt es. Diese Szene, die du vor Augen gehabt hast und die gerade zu Ende gegangen ist, wird wieder da sein, eingewoben in jeden Traum, den du noch träumen wirst, weshalb du sie nicht nur einmal tötest, sondern tausend und ein Mal, und sie ist niemals ganz tot. Und all die Schnäpse und all die Schlafmittel können dem kein Ende machen.

Diese Lippen, die sich gegen die deinen drückten wie warmer Samt, sich weich daran hefteten, sieh sie dir jetzt an – zu einer Ellipse verzogen, der Spalt für eine Überraschtheit, die nie aufhört, da herauszukommen. Diese Augen, die vor Liebe und Haß und Lachen funkelten, vor Haß und Zweifel und Haß, vor Haß und Haß und Haß, sie hassen nun nicht mehr. Diese Arme, die sich im Licht so anmutig bewegten und im Dunkeln so zudringlich um dich schlangen, die liegen jetzt leblos auf dem Boden, schlaff und geschnörkelt wie breite Bänder, die von ihren Spulen gerutscht sind. Die lackierten Nägel der Hand, die mit der Fläche nach unten liegt, sehen so aus wie fünf kleine rote Samenkörner, die, aus irgendeiner Kapsel geschleudert, dort verstreut worden sind. Ein Lack, der stolz von sich behauptet hat, er halte lange. Ich weiß es, ich habe das Fläschchen oft gesehen. Das wird jetzt den Beweis liefern – er wird sie überdauern.

Das Haar, durch das deine Hand so oft strich und das sie jedesmal so weich und empfänglich fand, das liegt jetzt ausgebreitet und angeschwemmt da wie ein Algenknäuel, das auf den Strand gespült worden ist.

Der Körper, der einmal Ziel war, und das Sehnen und der verführerische Traum des Liebesakts …

Das alles jetzt vernichtet, verdreht und leblos.

Nein, es ist nicht schön, eine Frau zu sehen...

Ich tat eine Reihe ganz banaler Dinge, die mir seltsam vorkamen, obwohl ich mit so etwas überhaupt keine Erfahrung hatte und gar nicht wissen konnte, ob sie banal waren oder nicht, seltsam unpassend oder nicht, oder ob davon auszugehen war, daß man sich danach immer so verhielt.

Zunächst einmal strich ich die Hemdsärmel nach unten. Sie waren nicht hochgekrempelt gewesen, aber ich strich sie trotzdem glatt und nach unten, als ob sie es gewesen wären. Dann zupfte ich die Manschette zurecht und tastete nach den Knöpfen. Einer war bei dem Spiel der Arme, zu dem es unerwarteterweise gekommen war, aufgegangen und ich knöpfte ihn wieder zu.

Dann schaute ich auf die Uhr an meinem Handgelenk, nicht um zu sehen, wie spät es war, sondern um festzustellen, ob sie außen irgendeinen Schaden genommen hatte. Ich schätzte sie sehr. Manche Männer tun das halt. Es waren aber keine Zeichen der Beschädigung zu entdecken. Doch drehte ich, wie um die Uhr doppelt zu sichern, kurz und heftig den Aufziehknopf. Das brauchte ich eigentlich gar nicht zu tun, denn es war eine Automatic, eine, die sich selbst aufzieht.

Derweil starb sie dort auf dem Fußboden.

Ich ging ins Bad, ließ das warme Wasser laufen und wusch mir die Hände. (So, wie man es nach so gut wie allem tut, was man macht.) Dann drehte ich das kalte an, benetzte meine Hände und strich mit ihnen glättend über mein Haar. Ich mag auf meinem Haar kein warmes Wasser, es öffnet die Poren, und ich glaube, man erkältet sich dann leichter.

Ich wollte die Toilette benutzen, aber das erschien mir irgendwie ungehörig, respektlos, ich weiß nicht, wie ich es ausdrücken soll. Ich mußte eigentlich auch nicht sehr dringend, deshalb unterließ ich es. Es war wohl auch nur ein nervöser, von dem Mord ausgelöster Reflex gewesen.

Dann trocknete ich mir an einem ihrer Handtücher die Hände ab und ging wieder raus.

Sie hatte auf dem Fußboden ihr Sterben inzwischen beendet. Sie war jetzt tot.

Ich beugte mich zu ihr hinab und legte ihr die Hand auf die Stirn. Es war die letzte Berührung der vielen anderen, die ihr vorausgegangen waren.

Was für eine rätselhafte Sache das doch ist, dachte ich. Wie es aufhört. Und daß es, wenn es erst einmal aufgehört hat, nie wieder anfängt.

Als ich in den Vorraum kam, sah ich ihren Schuh noch dort liegen, wo er ihr bei unserem kurzen Gerangel vom Fuß gefallen war. Er sah so traurig aus, so allein und ohne Besitzerin, er sah so einsam aus, so leer. Ich wußte auch nicht, warum, aber ich hob ihn auf und brachte ihn ihr. Wie wenn Leute gehen wollen und man ihnen in den Mantel hilft oder in die Überschuhe oder was immer sie zum Fortgehen brauchen.

Ich versuchte nicht, ihn ihr wieder anzuziehen, sondern stellte ihn nur direkt neben ihr hin. Du wirst ihn brauchen, sagte ich im stillen zu ihr. Du machst dich auf einen weiten Weg. Von nun an wirst du weiter und immer weiter gehen, nach deinem Zuhause suchen.

Im Mittelalter hatten sie blasse Farben, eine hellrote Hölle, einen azurblauen Himmel, mit goldenen Sternen besetzt. Wenigstens wußten sie, wo sie waren. Sie kannten den Unterschied. Wir im zwanzigsten Jahrhundert, wir haben nur den weiten Weg, den weiten Weg durch die dünn vorbeiwabernden Nebelschwaden der Ewigkeit, von Nirgendwo nach Nirgendwo, ohne eine Ankunft, bis man so müde ist, daß man sich fast wünscht – wieder am Leben zu sein.

Die Pistole hob ich auf und sah mich um, denn ich wußte nicht, was ich damit machen sollte. Schließlich steckte ich sie in die Tasche. Ich weiß auch nicht, warum, ich weiß nicht, was mich dazu veranlaßte. Eigentlich war es nämlich ihre. Ich nehme an, es war einfach nur so ein Aufräumreflex. Laß nichts rumliegen. Das lernt man schon als Kind.

Dann machte ich die Wohnungstür auf und ging hinaus. Und alles war vorbei.

Dieser Fernseher, den ich gehört hatte, als ich auf dem Weg herein durch den Flur gegangen war, lärmte immer noch hinter einer Tür ganz hinten. Kein Wunder, wenn niemand den Schuß gehört hatte. Er war in dem Schwall von Lärm ertrunken wie ein Regentropfen im Meer.

Ich holte den Lift herauf (es war ein automatischer), und auf der kurzen, glatten Fahrt abwärts kam mir spontan der Gedanke, gleich, wenn ich unten angekommen wäre, zu Charlie zu gehen. Charlie war der Portier. Geh zu Charlie, gib ihm die Pistole, und sag: »Rufen Sie mal die Polizei an. Ich habe gerade die da oben ermordet. Ich habe 12-10 umgebracht.«

Aber der Gedanke fing schon an zu verblassen, ehe ich

unten war. Als ich dann raustrat in die Halle und Charlie nirgends sah, war die Sache endgültig erledigt. Man hängt doch nicht wartend rum, bis man jemandem mitteilen kann, daß man einen Mord begangen hat. Entweder man tut's lauthals und gleich oder gar nicht.

Als ich schließlich auf die Straße hinaustrat, sah ich, wo er steckte. Ein Stück weiter, vor dem nächsten Haus, half er Leuten in ein Taxi. Das hatte wohl einen Fahrgast dort abgesetzt und nicht auf sein Trillerpfeifensignal reagieren, wegen des Verkehrs nicht rückwärts fahren und zu ihm kommen können, so daß Charlie und die Leutchen zum Taxi hatten hinrennen müssen. Sie waren massig, und die Pelze machten die Frauen noch massiger, deshalb war es eine ziemliche Arbeit, sie in das Taxi reinzukriegen. Er war völlig in Anspruch genommen, und er wandte mir den Rücken zu.

Er hatte mich auch nicht reingehen sehen. Hatte wohl mal Pause gemacht und war auf einen Kaffee um die Ecke gegangen.

Wie merkwürdig, dachte ich. Er hat mich bei den beiden Malen, auf die es ankommt, nicht gesehen. Aber ich wette, daß er dazwischen hier vor dem Eingang rumgehangen und nichts zu tun gehabt hat. So geht das manchmal. Versucht man, von niemandem gesehen zu werden, schauen schon alle zu einem hin. Aber wenn es einem schnurzpiepegal ist, ob sie einen bemerken oder nicht, sehen sie durch einen hindurch, als wenn man gar nicht da wäre.

Ich drehte mich um und ging weg, ging nach der anderen Seite die Straße runter und meiner Wege. Die Vergangenheit war tot. Die Zukunft bedeutete Resignation, Schicksal und konnte jetzt nur noch auf eine Art und Weise enden. Die Gegenwart war Taubheit, die nichts fühlen konnte.

An der nächsten Kreuzung bog ich nach links ab, ging einen Häuserblock weiter und dann in ein Lokal, um was zu trinken. Ich brauchte dringend was, denn ich fing an, mich in mir drin ganz wacklig zu fühlen. Ich war schon mal in dieser Bar gewesen. Sie hieß ›Bei Felix‹ und lag drei oder vier Stufen tiefer auf der Ebene, die man wohl als Halb-unter-dem-Bürgersteig-Ebene bezeichnen könnte. In dem Schuppen herrschte immer Düsterkeit, eine Art Halblicht. Es hieß, damit man nicht mitbekäme, wie knapp eingeschenkt und verwässert die Drinks waren.

Für mich jedoch genau der richtige Ort. Ich wollte nicht, daß ein helles Licht auf mich herabschien. Das würde noch früh genug kommen, im Vernehmungszimmer irgendeines Reviers.

Doch mein Vorrat an Unsichtbarkeit war offensichtlich aufgebraucht. Ich hatte mich kaum hingesetzt, mein Drink noch gar nicht Zeit gehabt, vor mich hin zu gelangen, da trat eine junge Frau an mich heran. Natürlich von hinten, es ging nur von dort. Sie tippte mir mit zwei Fingern auf die Schulter.

Ich kannte sie nicht, aber sie mich, aus zweiter Hand, wie es schien. Ich neigte mein Ohr ein bißchen in ihre Richtung, damit ich auch alles mitbekäme, sollte sie etwas zu mir sagen.

»Dein Freund will wissen, warum du ihn nicht mehr kennst«, sagte sie vorwurfsvoll. Und dann setzte sie mit dieser spröden Geziertheit, die manchmal Folge eines gewissen Maßes an Alkohol ist (und so gut wie immer, wenn das auch von einem Gefühl der gesellschaftlichen Unsicherheit begleitet wird), noch hinzu:

»Du solltest mal nicht so tun. Er wollte lediglich, daß du rüberkommst und dich zu uns setzt.«

»Was für ein Freund? Wo?« fragte ich widerwillig.

Sie zeigte mit der Hand, in der sie die von der Musikbox übriggebliebenen Münzen hielt, was die Genauigkeit ihres Zeigens etwas beeinträchtigte, weil sie drei Finger umgebogen halten mußte, damit ihr das Geld nicht rausfiel.

»Na, in der Nische da. Siehst du ihn nicht?«

»Wie soll ich, bitte schön, von hier aus jemanden sehen?« fragte ich mürrisch. »Alle tragen doch Halbmasken aus Schatten vor dem Gesicht. Ich kann nur Stirnen sehen.« (Der Tresen zog in dieser Höhe eine Trennlinie durch den ganzen Raum, denn die Lampen waren dahinter angebracht.)

»Aber er konnte dich sehen«, antwortete sie herausfordernd. »Und ich auch.«

»Er hockt ja auch schon länger hier drin als ich. Ich bin grade erst reingekommen.« Ich dachte, damit würde ich sie los und die Sache wäre erledigt. Aber nichts da, es löste nur einen Streit aus.

»Du schwirrst doch schon gut eine Stunde hier drin rum. Mal hast du da gesessen, mal dort, dann bist du zum Zigarettenautomaten gegangen. Dann warst du eine Weile weg – zum Telefon, wie ich annehme, oder zur Toilette –, und dann bist du wiedergekommen. Wir haben dich die ganze Zeit im Auge behalten. Jedesmal, wenn er deinen Namen gerufen hat, hast du zu uns rübergeschaut und dann wieder weg. Es war also nicht so, daß du nicht hören konntest, du wolltest einfach nicht h–«

»Sag mir, wie ich heiße. Wo er doch dauernd meinen Namen gebrüllt hat.«

Ich wäre fast vom Hocker gefallen. Sie nannte meinen Namen, nannte beide. Nicht ganz korrekt, aber immerhin.

Noch immer nicht überzeugt, aber bereit, mich überzeugen zu lassen, ging ich mit ihr, um ihn mir mal anzusehen. Er war wegen der eingebildeten Kränkung durch mich in miserabler Stimmung. Er wollte sich nicht erheben. Er wollte nicht lächeln. Er wollte mir nicht die Hand geben. Er hatte außerdem mehr als nur ein bißchen im Kahn. Sein Kopf drehte sich dauernd auf seinen Schultern hin und her – seine Schultern bewegten sich nicht, nur der Kopf.

Ich kannte ihn nicht sehr gut, aber ich kannte ihn. Es war jedoch weder der richtige Abend noch der richtige Teil des Abends, um sich mit Leuten einzulassen, die man ein- oder zweimal zufällig getroffen hatte. Ich dachte nur (mit innerem Stirnrunzeln): Warum mußte ich mir ausgerechnet diesen Laden hier aussuchen? An dieser Straße gibt es doch mehr als nur eine Bar. Warum mußte ich hier reinkommen und an diese zwei geraten?

»Es ist mir ein ungeheures Vergnügen«, sagte er ironisch.

»Sie bringen da was durcheinander«, erwiderte ich kurz angebunden. »Ich bin gerade erst reingekommen.«

»Sag's ihm«, sagte er zu dem Mädchen.

»Schau mal«, meinte sie daraufhin, »wir haben doch genau gesehen, was du anhattest. Exakt das, was du jetzt anhast.«

(»Nur hab's nicht ich an, sondern jemand anders«, warf ich ein.)

»Und diese Kahlschlagfrisur?«

(»Wer hat die nicht?«)

»Und sogar noch eine glitzernde Krawattennadel, die jedesmal aufgeblitzt hat, wenn du dich in einer bestimmten Weise bewegt hast.«

(»Jeder trägt irgendwas Metallisches auf der Vorderseite mit sich rum.«)

»Aber alle drei Sachen stimmen überein«, sagte sie in zurechtweisendem Ton. »Du hast das alles.«

»Dann hatte das eben auch ein anderer. Vor einer halben Stunde oder vielleicht vor zwanzig Minuten hat er halt auf demselben Hocker gesessen wie ich, das ist alles. Das war bei Ihnen so was wie eine verzögerte Reaktion.« Ich unterließ es hinzuzufügen: »Ihr seid ja beide auch gar nicht mehr ganz klar im Kopp.«

Er wandte sich auf eine Art an die junge Frau, die mir zeigte, was er von mir hielt: »Er will sich rauswinden. Da denkt man, man kennt jemand, und dann ist man plötzlich nicht mehr gut genug für ihn.«

»Unsere Bekanntschaft hat hier und jetzt ein Ende«, sagte ich knapp.

Er schob seine Unterlippe feindselig vor. »Dann entfernen Sie sich von unserem Tisch. Rücken Sie uns nicht derart auf die Pelle.« Er stand auf und stieß mich weg. Mit der flachen Hand gegen meine Brust.

Da stieß ich ihn meinerseits, ebenfalls mit der flachen Hand gegen die Brust, so daß er sich wieder hinsetzte.

Diesmal stand er nicht nur auf, sondern kam auch hinter dem Tisch hervor und schlug mit der Faust.

Ich schlug zurück und merkte, daß ich getroffen hatte,

aber die Wirkung war wohl nicht allzu groß. Vielleicht setzte er gerade mal einen Fuß zurück.

Dann folgte in diesem Kurzkampf sein zweiter Schwinger und ein dritter, und ich kippte nach hinten um, rutschte auf den Schultern über den Boden. Er war doch fitter, als es sein betütelter Zustand vermuten ließ.

Das alles hatte keine halbe Minute gedauert, aber schon standen alle Gäste der Bar in einem engen, kleinen Kreis um uns herum – wie immer bei so was. Der Barkeeper kam hinter der Theke hervorgesaust und verwarnte uns. »Jetzt ist's aber gut!« sagte er mit aufgeregter Stimme. Aber was jetzt gut sein sollte, sagte er nicht genauer.

Er half mir hoch und machte dann gleich weiter, indem er mir den Arm um die Schulter legte und mich zur Tür schob. Als ich draußen stand, ließ er meinen Arm wieder los und sagte: »Jetzt hauen Sie ab. Gehen Sie woanders hin, und das ein bißchen plötzlich.« Und damit schlug er mir die Tür vor der Nase zu.

Ich denke mal, daß ich für den Rausschmiß ausgewählt worden war, weil der andre ein Mädchen dabeihatte. Und von da, wo der Barkeeper gestanden hatte, hatte es wahrscheinlich ganz so ausgesehen, als wäre ich zu den beiden hin und hätte sie dumm angequatscht oder irgendwas Unpassendes zu ihr gesagt.

Der Barkeeper hatte sich umgedreht und war schon auf dem Weg von der Tür zu seinem alten Platz, als ich sie so weit wieder aufmachte, daß ich meinen Kopf, einen Fuß und eine Schulter hindurchschieben und empört protestieren konnte. »Ich kriege noch einen Drink«, rief ich hinein. »Den hab ich bezahlt, aber nicht bekommen. Was ist jetzt damit?«

»Sie haben genug gehabt«, antwortete er aufs Geratewohl und nicht ganz den Tatsachen entsprechend. Ich hatte ja noch gar nichts gehabt. »Für Sie ist der Ausschank geschlossen.«

Dabei kam er wieder zur Tür, und diesmal schubste er nicht nur, sondern versetzte mir einen ordentlichen Stoß und beförderte mich so nach draußen, daß ich zurücktaumelte, stürzte und einmal mehr auf meinen Schulterblättern in einer Art abgebremstem Gleiten über den Bürgersteig rutschte.

Jetzt schloß er die Tür von innen ab (offensichtlich eine vorübergehende Maßnahme, das heißt nur, bis ich weg wäre) und zog zum Zeichen meiner endgültigen Entlassung eine Jalousie vor ihren verdreckten Glasteil.

Ich war innerhalb von etwa drei Minuten zweimal niedergeschlagen worden, und mir brannte eine Sicherung durch.

Ich nahm auf dem Bürgersteig eine knieende, nach vorn gebeugte Haltung ein, so wie ein Läufer unmittelbar vor dem Start eines Rennens in seinen Blöcken. Dann drehte ich den Kopf auf der Suche nach einem Wurfgeschoß hin und her. Da war ein Hydrant, aber der stand fest und war nicht wegzukriegen. Dann war da noch einer von diesen Abfallkörben der Gesundheitsbehörde, mit denen die Bürgersteige New Yorks übersät sind. Ich kroch – noch in geduckter Haltung – hin und sah nach, ob ich darin etwas Schweres finden könnte. Aber es waren nur Schichten von Zeitungspapier zu sehen, weshalb ich nichts von seinem Inhalt warf, sondern das Behältnis selbst.

Ich riß es aus seiner Halterung, hob es über den Kopf,

nahm ein paar Schritte Anlauf, wobei einiges von dem Müll auf den Boden regnete, ließ es los und durch die Luft fliegen.

Die Tür gab einen ohrenbetäubenden Knall von sich, der wie die Fehlzündung eines schweren Lasters klang.

Der Barkeeper kam augenblicklich herausgeschossen und packte mich. Ich habe noch nie jemanden so schnell irgendwo rauskommen sehen. Die Leute aus der Bar folgten ihm. Einige blieben, andere verschwanden, ohne ihre Drinks bezahlt zu haben.

Zwei Streifenwagen kamen in Zangenformation angezischt, einer von rechts, der andre von links, ohne Blaulicht, um das Überraschungsmoment zu erhöhen, und brachten mich zwischen sich.

Das nächste, was ich weiß, ist, daß ich vor dem Schreibtisch eines Polizeibeamten stand.

Der Barkeeper sagte, die Scheibe seiner Tür sei 55 Dollar wert. Ich verspürte nicht übel Lust zu sagen, daß sein ganzes Lokal keine 55 Dollar wert sei, aber ich war nicht in der Position, irgendwelche Einschätzungen vorzutragen. Der Diensthabende fragte ihn, ob er bereit sei, die Anschuldigung fallenzulassen, wenn ich ihm die 55 Dollar ersetzen würde. Er meinte, das wäre er. Der Diensthabende fragte daraufhin mich, ob ich die 55 Dollar hätte. Ich sah nach und sagte, die hätte ich nicht. Der Diensthabende fragte mich nun, ob es mir möglich sei, 55 Dollar aufzutreiben. Ich sagte, ich könne es versuchen. Der Diensthabende sagte, ich könne sein Telefon benutzen.

Ich rief Stewart Sutphen, meinen Anwalt, an. Ich wußte, daß es zu dieser Nachtzeit keinen Zweck hatte, in seiner

Kanzlei anzurufen, und versuchte es gleich bei ihm zu Hause. Aber da war er auch nicht. Er war irgendwo auf dem Land. Er war immer irgendwo auf dem Land, wenn man ihn zu erreichen versuchte, dachte ich einigermaßen verärgert. Er war der ausderstadtabwesendste Anwalt, von dem ich je gehört hatte. Er hatte mir mal erzählt, er arbeite seine Schriftsätze gern da durch, wo es still und friedlich sei und es keine Ablenkungen gebe, also draußen in einem dieser kleinen Landhotels oder in so einer Raststätte am Straßenrand. Ich hatte mich schon oft gefragt, ob er da auch jemanden zum Umblättern der Seiten mitnahm, aber das war eine Suggestivfrage. Und es ging mich ja auch rein gar nichts an. Er schien glücklich verheiratet zu sein. Ich kannte seine Frau.

Ich hinterließ meinen Namen und Aufenthaltsort und bat sie, ihm zu sagen, er solle am Morgen mit den 55 Dollar vorbeikommen.

Da ich die 55 Dollar nicht zahlen konnte, wurde mir der Inhalt meiner Taschen abgenommen und in einen länglichen braunen Umschlag gesteckt. Man trug meinen Namen und weitere Angaben in das Dienstbuch ein, und ich wurde über Nacht wegen des Vorwurfs der Trunkenheit und des ordnungswidrigen Verhaltens in eine Zelle gesteckt.

Ich war noch nie in so einer gewesen. Eigentlich war sie gar nicht so übel. Wenn man die Augen eine Weile schloß und aufhörte, sich zu sagen, was es war, dann hätte es auch jeder andere kleine, kahle Raum sein können – abgesehen von der Lampe, die draußen im Flur war und die ganze Nacht über brannte.

Ich war allein. Es gab zwei Kojen, aber die andre lag brach. Die Decke auf der Pritsche roch nach Kreosot, daran erinnere ich mich am lebhaftesten. Ich konnte jemanden in der Nähe laut schnarchen hören, aber das machte mir nichts aus – es nahm mir ein bißchen von meiner Einsamkeit.

Selbst das Frühstück war gar nicht so schlecht. Nicht schlimmer als das, was man in einer durchschnittlichen, einfachen Cafeteria bekommt. Und hier natürlich auf Kosten der Stadt. Ich bat um einen zweiten Kaffee, den mir der draußen im Korridor nicht nur bereitwillig, sondern auch (wie ich meinte, entdecken zu können) mit einem Anflug kameradschaftlichen Mitfühlens brachte. Ich denke mal, ich war nicht der Typ, den er üblicherweise dort drin sitzen hatte.

Und derweil dachte ich immer wieder: Wissen sie es denn gar nicht? Wissen sie nicht, was ich getan habe? Warum brauchen sie so lange, das herauszufinden? Ich dachte immer, sie wären so schnell, so unfehlbar.

Sutphen kam gegen zehn und bezahlte den Schaden, und zu gegebener Zeit sperrten sie meine Zelle auf und entließen mich. Als wir Seite an Seite die Treppe des Untersuchungsgefängnisses runtergingen, schüttelte er seinen graumelierten kraushaarigen Kopf und sagte mit mildem Tadel: »Ein Mann in deinem Alter! Zerschmeißt die Scheibe einer Bar. Kloppt sich. Willst wohl den ewigen Jugendlichen mimen oder was?«

Er fragte mechanisch, ob er mich irgendwo absetzen könne. Aber ich wußte, daß er dringend zurück in seine Kanzlei und zu seiner Arbeit wollte und nicht für irgend jemanden den Nachhausefahrer spielen. Und auch ich wollte meine Ruhe haben. Ich hatte eine Menge Gedankenarbeit aufzuholen, wollte eine Weile niemanden hören und sehen. Deshalb sagte ich nein und verließ ihn, ging einsam und allein die Straße runter.

Und so kam die Nacht schließlich an ihr lange hinausgeschobenes Ende – diese denkwürdige, unvergeßliche Nacht.

Ich fühlte mich saumäßig, innerlich, äußerlich und überhaupt. Wie wenn man einen Zahn hat, der weh tut, und man läßt ihn sich ziehen, und dann schmerzt das Loch, wo er einmal gewesen war, und es tut fast so weh wie vorher. Kein Unterschied zu spüren.

Aber das Paradoxe an der Geschichte war dies: Ich wurde in der Nacht, in der ich einen Mord begangen hatte, nur wegen ordnungswidrigen Verhaltens eingebuchtet.

Eric Ambler
Der Fall des Blechmedaillons

Es war ein kalter und deprimierender Winternachmittag, als Dr. Jan Czissar beschloß, mit seiner eigentümlichen Art und seinem eigentümlichen Englisch in das Leben von Kommissar Mercer von Scotland Yard einzutreten. Mercer war erkältet, deprimiert und ertrank in Arbeit. Wäre Dr. Czissar nicht mit einem Empfehlungsschreiben eines der »hohen Tiere im Innenministerium« erschienen, wie Sergeant Flecker es nannte, hätte er den Kommissar überhaupt nicht zu Gesicht bekommen.

Der Brief war kurz. Nach den üblichen Einleitungsfloskeln erklärte das hohe Tier, daß Dr. Czissar bis September 1938 ein hoher Beamter der tschechischen Polizei gewesen sei, daß er in England ein willkommener Gast sei und daß der Kommissar so freundlich sein möge, Dr. Czissar in jeder nur denkbaren Weise zu unterstützen. Erst viel später, als es schon keine Rettung mehr für ihn gab, wurde Mercer klar, daß der Brief zwar kurz, aber auch außerordentlich vage formuliert war.

Mercer hatte schon früher mit prominenten Besuchern von Scotland Yard zu tun gehabt. Es würde den üblichen Austausch von Höflichkeiten geben, anschließend einen Rundgang unter Führung von Inspektor Denton, der, sobald der Gast Mercers Zimmer betreten hatte, wie zufällig einscheinen würde, und zum Abschied würde man dem

Besucher die Hand schütteln und ihn freundlich zum Ausgang Embankment begleiten, wo schon ein Taxi auf ihn warten würde.

Trotz Erkältung, trüber Gedanken und der Verstimmung über die Störung empfing Mercer Dr. Czissar mit einem strahlenden Lächeln.

Dr. Czissar war ein beleibter älterer Herr, ziemlich groß, mit einem runden, blassen Gesicht und zwei traurigen braunen Augen, die ein bißchen wie Kuhaugen aussahen hinter den starken Brillengläsern. Er trug einen langen grauen Regenmantel, der ihm fast bis zu den Knöcheln reichte, und hatte einen nicht zusammengerollten Regenschirm dabei. Er betrat den Raum, blieb stehen, schlug die Hacken zusammen, wobei er den Regenschirm wie ein Gewehr an die Hosennaht hielt, und rief laut und deutlich: »Doktor Jan Czissar, Polizeipräsidium Prag. Zu Diensten.«

»Sehr erfreut, Doktor. Wollen Sie nicht Platz nehmen?«

Dr. Czissar nahm Platz. Seine Kuhaugen wanderten durch das Zimmer und blieben schließlich wieder auf Mercer ruhen.

»Es ist sehr freundlich von Ihnen«, sagte der Doktor plötzlich, »mich so prompt zu empfangen. Es ist eine Ehre, in Scotland Yard empfangen zu werden. Gemeinsam mit meinen Kollegen« – die Kuhaugen wurden eine Spur schmaler –, »meinen *ehemaligen* Kollegen von der tschechischen Polizei, hegte ich immer eine große Bewunderung für Ihr Haus.«

Mercer war derlei gewöhnt. Er lächelte bescheiden. »Nicht doch. Wir tun nur unser Bestes. Die Engländer sind ein gesetzestreues Volk.« Und dann vernahm er das Geräusch, auf das er schon wartete – die Schritte Inspektor Dentons draußen auf dem Korridor. Er stand auf. »Also, Doktor, wo Sie schon einmal hier sind, werden Sie sich ein wenig bei uns umschauen wollen, was?« Im Laufe der Zeit hatte diese Frage für Mercer etwas rein Rhetorisches bekommen. Was ihn anging, so befand sich Dr. Czissar bereits unter den Fittichen Inspektor Dentons. Die Bekanntmachung lag ihm schon auf den Lippen, der Inspektor klopfte schon an der Tür, die Maschinerie zum Hinauswerfen von prominenten Besuchern hatte sich schon in Bewegung gesetzt. Und dann geschah das Unfaßbare.

Dr. Czissar sagte: »Nein, nein, vielen Dank. Ich möchte Ihnen keine Umstände bereiten.«

Einen Augenblick schien es Mercer, als habe er nicht richtig gehört.

»Sie bereiten uns keine Umstände, Doktor.«

»Ein andermal, vielleicht.« Die Kuhaugen betrachteten ihn freundlich. »Ich habe viel zu tun. Sitze an einem Lehrbuch der Gerichtsmedizin. Es wäre besser, wenn wir uns kurz über eine wichtige Angelegenheit unterhalten könnten, die für mich von Interesse ist.«

Mercer ließ sich langsam in seinen Stuhl fallen. Er sah Denton hilflos an der Tür stehen. Er hörte Sergeant Flecker an seinem Tisch in der Ecke etwas zu laut »Is ja 'n Ding« sagen. Dr. Czissar betrachtete ihn teilnahmsvoll mit großen, traurigen Augen. Mercer versuchte, möglichst ausdruckslos zu gucken und zu sprechen.

»Also, was können wir für Sie tun, Doktor?«

»Pardon, Kommissar Mercer. Ich bin es, der etwas für Sie tun kann.«

»Ach ja?«

Und dann erlebte Mercer, zum ersten von vielen Malen, wie Dr. Czissar loslegte. Seine vollen Lippen verzogen sich zu einem schwachen, dünnen Lächeln. Er schob sich die Brille zurecht. Dann zog er eine riesige Brieftasche aus Krokodilleder heraus und entnahm ihr einen Zeitungsausschnitt. Und schließlich tat er drei Dinge, die Mercer bald erkennen und verabscheuen sollte. Er räusperte sich, schluckte laut und sagte dann scharf: »Passen Sie auf!«

Langsam fügte er hinzu: »Ich glaube, daß ich Ihnen bei der Aufklärung eines Verbrechens helfen kann. Clevere Verbrecher sind manchmal arg dumm, nicht wahr?«

Mercer strich sich über das Kinn. Ein warmes, angenehmes Gefühl erfüllte seine Brust. Dieser Tscheche war also doch nur ein Spinner, zweifellos gebeutelt durch seine Flucht. Er dachte an die Aktennotiz, die er dem hohen Tier im Innenministerium zukommen lassen würde, und schenkte Dr. Czissar ein wohlwollendes Lächeln. Abermals stand er auf.

»Sehr freundlich von Ihnen. Wenn Sie alles einfach aufschreiben und mir per Post zukommen lassen, werden wir uns darum kümmern.«

Das dünne Lächeln Dr. Czissars verschwand. Die Kuhaugen funkelten. »Das ist nicht nötig. Die Sache liegt schon schriftlich vor. Hier.« Er hielt Mercer den Zeitungsausschnitt unter die Nase. »Bitte lesen Sie!« sagte er mit Nachdruck.

Wieder setzte Mercer sich hin. Ihre Blicke trafen sich. Er las.

Bei dem Artikel, der einer vierzehn Tage alten, südwestenglischen Wochenzeitung entnommen war, handelte es sich um den Bericht von einer Leichenschau. In der Shingles Bay war eine Leiche aufgefunden und als die sechzigjährige Mrs. Sarah Fallon identifiziert worden, wohnhaft in Seahurst, einem Dorf fünf Meilen von dem Seebad Seabourne entfernt. Ihr Mann war fünfzehn Jahre zuvor gestorben und hatte ihr ein großes Vermögen sowie das Gut Seahurst Grange mit seinem zehn Hektar großen Park hinterlassen. Kurze Zeit nach dem Tod ihres Mannes hatte sie die Vormundschaft für seine Nichte Helen Fallon übernommen, die elf Jahre später Arthur Barrington heiratete, der Kohlen- und Baustoffhändler in Seabourne und Präsident des örtlichen Anglervereins war. Die Barringtons lebten seit ihrer Hochzeit zusammen mit Mrs. Fallon auf Seahurst Grange.

Am Abend des 4. November hatte Barrington bei der Polizei angerufen und das Verschwinden von Mrs. Fallon gemeldet. Seine Frau hatte die Tante, die ein paar Einkäufe erledigen wollte, am Nachmittag nach Seabourne gefahren. Da Mrs. Fallon erklärt hatte, daß sie möglicherweise eine Freundin zum Tee besuchen werde, hatte ihre Nichte sie um Viertel vor drei am South Square abgesetzt, den Wagen auf dem öffentlichen Parkplatz abgestellt und den Nachmittag im Kino verbracht. Um sechs Uhr wollte man sich wieder am South Square treffen. Mrs. Fallon war nicht erschienen, und als alle Nachfragen bei ihren Freunden erfolglos blieben, hatte man die Polizei informiert.

Mrs. Fallons Leiche wurde erst acht Tage später von der Küstenwache aufgefunden.

Identifziert wurde sie von ihrem Arzt und ihrem Zahnarzt. Laut Obduktion mußte als Todesursache ein plötzlicher Herzstillstand nach Schädelfraktur angesehen werden. Die Fraktur konnte von einem Aufprall auf einer stumpfen, harten Oberfläche herrühren, doch denkbar war auch ein Sturz von einer hohen Klippe. Die Leiche war erst mehrere Stunden nach dem Tod ins Wasser gelangt. Die Verwesungserscheinungen deuteten darauf hin, daß sie vermutlich am Tag ihres Verschwindens gestorben war. Im übrigen wies der Hausarzt darauf hin, daß seine Patientin an Herzrhythmusstörungen und häufigen Schwindelanfällen gelitten habe.

Die kleine Annie Smith hatte am Siebten des Monats am Fuß von Sea Head Cliff, einem bekannten Aussichtspunkt unweit des South Square, ein herzförmiges Blechmedaillon gefunden.

Mrs. Barrington hatte das Medaillon als Besitzstück ihrer Tante identifiziert. Ihre Tante hing sehr daran und hatte es immer getragen. Ihre Nachmittage hatte sie gewöhnlich auf der Bank auf dem Felsen verbracht, allerdings die letzten Tage vor ihrem Verschwinden nicht mehr, da sie eine starke Erkältung hatte.

Der Untersuchungsbeamte erklärte in seinem Bericht, daß die Verstorbene, nachdem sie sich am Nachmittag des Vierten von ihrer Nichte verabschiedet hatte, höchstwahrscheinlich nicht ihre Bekannten besuchte, sondern es sich anders überlegt habe und zum Aussichtspunkt auf den Klippen hochgestiegen sei. Offenbar sei der Weg nach der Krankheit zu anstrengend für sie gewesen, ihr sei schwindlig geworden und sie sei von der Klippe zu Tode gestürzt. Die Flut kam abends um sechs. Ihre Leiche mußte am

Strand gelegen haben, bis sie schließlich hinausgetrieben wurde.

Das Urteil lautete auf »Unfalltod«, und die Geschworenen sprachen zusätzlich die Empfehlung aus, die Klippen durch einen Zaun abzusichern.

Mercer blickte auf. »Nun, Doktor?«

»Ich bin sicher«, sagte Dr. Czissar bestimmt, »daß Mrs. Fallon ermordet wurde.«

Mit einem Seufzer lehnte sich Mercer in seinem Stuhl zurück.

»Sergeant«, sagte er, »bringen Sie mir bitte die Akte Fallon.« Müde lächelte er dem Doktor zu. »Sehen Sie, wir sind nicht so dumm. Eine reiche Frau hat einen Unfall. Ihre Nichte, die bei ihr wohnt, erbt. Der Mann der Nichte, der ebenfalls in dem Haus wohnt, steckt mit seinem Geschäft zufällig in finanziellen Schwierigkeiten. Der Polizeichef von Wessex hielt es für sinnvoll, uns einzuschalten. Ah, vielen Dank, Sergeant. Hier bitte, Doktor. Es ist alles da. Zuerst die Nichte.

Sie verbrachte den Nachmittag genau so, wie sie es gesagt hat. Sowohl der Parkplatzwächter als auch die Platzanweiserin im Kino bestätigten, daß sie den Nachmittag in Seabourne verbrachte. Um sieben kehrte sie nach Hause zurück, nachdem sie eine halbe Stunde am South Square gewartet und etwa zehn Minuten unter den Bekannten ihrer Tante herumtelefoniert hatte. Barrington kam wenig später nach Hause. Er hatte das Haus um halb drei verlassen, weil er um drei einen geschäftlichen Termin in Haywick hatte – das ist ein Ort gut zwanzig Kilometer weiter westlich an der Küste. Er fuhr zu diesem Termin und noch mehreren anderen, die er für diesen Nachmittag im Bezirk Haywick verabredet hatte. Jedenfalls würde kein Mörder, der einigermaßen bei Verstand ist, versuchen, jemanden von den Klippen zu stoßen. In vierhundert Metern Entfernung befindet sich eine Station der Küstenwache. Die Gefahr, gesehen zu werden, wäre viel zu groß. Zufrieden, Doktor?«

Dr. Czissars dünnes Lächeln war wieder da. Er nickte. »O ja. Durchaus. Sie wurde zweifellos ermordet. Ist das Hauspersonal im Gut befragt worden?«

Mercer schluckte hörbar: »Selbstverständlich.«

»Und sind an dem Abend, an dem Mrs. Fallon verschwand, irgendwelche Schwierigkeiten mit dem Heizungskessel gemeldet worden?«

Mercer wahrte mühsam die Fassung. Langsam wandte er sich an Inspektor Denton. »Inspektor? Sie sind doch in Seahurst gewesen, stimmt's? Können Sie Dr. Czissars Frage beantworten? Übrigens«, fügte er mechanisch hinzu, »dies ist Inspektor Denton.«

Dr. Czissar sprang hoch wie ein Schachtelmännchen, schlug die Hacken zusammen und setzte sich wieder hin.

Der Inspektor räusperte sich verlegen. »Es hat tatsächlich Probleme mit dem Heizungskessel gegeben, Sir«, sagte er und vermied dabei, seinem Vorgesetzten in die Augen zu sehen. »Die Haushälterin ist Spiritistin, wie ich, Sir; sie sagt, es hätte an dem Abend Schwierigkeiten mit dem Kessel gegeben. Das Feuer ist ausgegangen. Sie hielt es irgendwie für ein Zeichen, daß die alte Dame abgekratzt ist. Ich meine, gestorben«, fügte er hinzu und fiel wieder in nachdenkliches Schweigen.

»Aha«, sagte Dr. Czissar. Seine traurigen braunen Augen hefteten sich wieder auf Mercer. »Verstehen Sie meine Überlegung allmählich, Herr Kommissar?«

Mercer gab sich einen Ruck. »Offen gesagt, Herr Doktor, ich glaube, wir verschwenden unsere Zeit.«

Dr. Czissar lächelte ernst. »Passen Sie auf!« sagte er mit erhobenem Zeigefinger. »Ich werde Ihnen den Fall erläutern. Also – es war vor allem dieses Medaillon, das meine Aufmerksamkeit erregt hat«, begann er. »Sehr kurios. Es wird am Fuß der Klippe gefunden. Also kam Mrs. Fallon durch einen Sturz von den Klippen ums Leben. Eine Spur zu simpel, hm? Die Leiche wird drei Tage nach dem Unfall gefunden. Sie muß also an eine Stelle gefallen sein, die von den Gezeiten nicht erreicht wird. Sechs Fluten müßten sie eigentlich begraben oder fortgetrieben haben, finden Sie nicht? Gestern bin ich nach Seabourne gefahren und habe mir die Klippen angesehen. Sehr interessant. Es ist völlig unmöglich, von dort oben einen Gegenstand so hinunterzuwerfen, daß er am Strand oberhalb der Flutmarke landet.«

Mercer zuckte mit den Schultern. »Die Spange war geöffnet. Wahrscheinlich hat sie sie während des Sturzes festgehalten. Sie hatte Probleme mit dem Herzen. Es wäre eine naheliegende Bewegung. In dieser Situation hätte sie überall hinfallen können.«

Dr. Czissar guckte unverwandt mit seinen braunen Kuhaugen, schürzte aber die vollen Lippen ein wenig. »Jaja. Vielleicht. Eine Frau von sechzig in schlechter gesundheitlicher Verfassung könnte auch an einem kalten Novembertag auf die Klippen steigen und so nahe am Abgrund stehen, daß sie hinunterfällt. Doch das ist unwahrscheinlich. Und wurde sie von der Küstenwache gesehen?«

»Nein. Aber das beweist nichts. Und die Tatsache, daß sie in der Shingles Bay angetrieben wurde, bestätigt nur die Theorie, daß sie von der Klippe aus ins Wasser fiel. Die Meeresströmung dort ist sehr stark. Vom Kliff wurde sie bestimmt zur Bucht getrieben.«

»Ah! Sie treibt in der Shingles Bay an Land. Also muß sie von der Klippe gefallen sein. Richtig?«

»Das Medaillon beweist es.«

»Passen Sie auf.« Das dünne Lächeln war wieder da. »Ich habe verschiedene Erkundigungen in Seabourne eingezogen.«

»Ach ja?«

»Über die Strömungen. Sie haben nicht ganz unrecht. Es gibt eine sehr starke Strömung dort, die an den Klippen vorbei, durch die Firth Bay und zur Shingles Bay verläuft. Aber« – Czissar suchte Mercers Blick – »diese Strömung verläuft eine ganze Weile an der Küste entlang und nähert sich bei Haywick Dunes der Küste. Und finden Sie nicht auch, daß acht Tage eine sehr lange Zeit sind für eine Leiche, um von den Klippen zur Shingles Bay zu kommen? Die Strömung ist, wie Sie schon sagten, sehr stark.«

Mercer sah zu Denton. »War dies bekannt, Inspektor?«

»Nein, Sir. Die Beamten dort waren sich in bezug auf die Klippen ganz sicher. Sie sagten, es hätte ein oder zwei Selbstmorde gegeben und die Leichen seien alle in der Shingles Bay angeschwemmt worden.«

»Aha. Darf ich fragen, woher Sie Ihre Informationen haben, Herr Doktor?«

»Vom Sekretär des Anglervereins Seabourne.« Dr. Czissar hüstelte. »Nach Angaben der Zeitung ist Mr. Barrington der diesjährige Vereinsvorsitzende. Er kennt sich gewiß ebenfalls aus.«

»Verstehe. Tja, Doktor, das ist ja alles sehr interessant, aber ich fürchte…«

»Mrs. Fallon«, fuhr Dr. Czissar fort, »wurde wegen ihres Geldes von Arthur und Helen Barrington ermordet, die sich entsprechende Alibis verschafften, um ihre Tat zu vertuschen. Es waren keine sehr brauchbaren Alibis, weil niemand genau wußte, wann Mrs. Fallon starb. Meiner Meinung nach wurde sie am Tag ihres Verschwindens zwischen vierzehn Uhr dreißig und vierzehn Uhr fünfunddreißig umgebracht. Zwischen achtzehn und neunzehn Uhr wurde sie in Haywick Dunes zum Strand geschafft.«

»Aber…«

»Der Mord«, fuhr Dr. Czissar mit fester Stimme fort, »war sorgfältig geplant. Erinnern Sie sich an den Weg zum Gut, Inspektor? Der Weg ist lang und kurvenreich, Kommissar Mercer, und wegen der Bäume zum größten Teil vom Haus aus nicht einsehbar.

Um halb drei verließ Barrington das Haus, um zu seinem Termin in Haywick zu fahren. Statt aber direkt dorthin zu fahren, ließ er sein Auto ein Stück abseits der Straße stehen und ging zu Fuß zurück. Fünf Minuten später fuhr seine Frau los, um Mrs. Fallon nach Seabourne zu bringen. Sobald sie außer Sichtweite des Hauses war, hielt sie an. Ihr Mann brachte Mrs. Fallon dann mit der Waffe um, die er bei sich hatte. Zum Beispiel mit einem Hammer. Er war doch Baulieferant, nicht wahr? Dann ging er zu seinem

Auto zurück und fuhr zu seinem Termin in Haywick. Mrs. Barrington fuhr ebenfalls los, nach Seabourne.«

»Und wo, bitteschön, war die Leiche?« fragte Mercer scharf.

»Im Kofferraum von Mrs. Barringtons Auto, unter einer groben Wolldecke. Bei den Bäumen konnte sie nicht liegenbleiben, weil man sie dort zufällig hätte entdecken können. Barrington konnte sie nicht in seinem Auto mitnehmen. Er hatte Termine, und sein Auto würde längere Zeit unbeaufsichtigt auf der Straße stehen. Auf dem großen städtischen Parkplatz war Mrs. Barringtons Auto vor neugierigen Blicken sicher. Es gibt dort nur einen Wächter, und der sitzt an der Einfahrt.

Gegen halb sechs dürfte Mrs. Barrington das Kino verlassen haben. Sie ging zu ihrem Auto zurück und fuhr zu den Haywick Dunes, wo sie mit ihrem Mann verabredet war, um sechs kommt die Flut, also waren sie vermutlich um sechs verabredet. Es würde bereits dunkel sein. Der Ort ist einsam und verlassen, die Chance, daß Barrington gesehen würde, wie er die Leiche zum Wasser trägt, gering. Mrs. Barrington fuhr anschließend nach Seabourne zurück, um unter den Bekannten ihrer Tante die nötigen Erkundigungen einzuziehen. Das ist alles.«

Einen Augenblick herrschte Schweigen. Dann fragte der Inspektor in die Stille hinein: »Ich begreife nicht, welche Rolle der Heizungskessel spielt.«

»Die Decke und die Fußmatten waren sicher blutgetränkt, Inspektor. Mrs. Barrington hat sie vermutlich in den Heizungskessel getan, obwohl er für die Nacht geschlossen worden war. Selbst solch dickes Zeug würde am

Ende verkohlen, aber bei geschlossenen Lüftungsklappen mußte das Feuer ausgehen. Die Nichte einer reichen Frau versteht wahrscheinlich nicht viel von Heizungsanlagen.«

»Das alles«, meinte Mercer verdrießlich, »erklärt noch nicht, was das Medaillon unten am Strand verloren hatte, Dr. Czissar. Die beiden Barringtons könnten – angenommen, Ihre Theorie stimmt – das Medaillon von der Leiche entfernt haben. Ich kann mir aber nicht vorstellen, daß sie riskieren würden, nach dem Verschwinden von Mrs. Fallon das Medaillon an den Strand zu legen und dabei entdeckt zu werden. Selbst bei Nacht wäre es ein zu großes Risiko. Wenn er damit erwischt worden wäre, warum…«

»Ach ja. Das Medaillon.« Dr. Czissar schmunzelte. »Wissen Sie, ich lese so viele Zeitungsberichte über polizeiliche Ermittlungen, daß ich manchmal etwas vergesse, obwohl es mich interessiert. Es gibt ja so viele Verbrechen, nicht wahr. Selbst im ordnungsliebenden England.« War da, fragte sich Mercer, nicht leiser Spott aus der Stimme dieses Burschen herauszuhören? Zum Teufel mit ihm!

»Kürzlich habe ich im Schaufenster eines Juweliers etwas gesehen«, sagte Dr. Czissar, »was mich an die Barringtons erinnert hat.« Er steckte die Hand in die Tasche. Als sie wieder hervorkam, hielt sie eine dünne, gelbe Kette mit einem herzförmigen Medaillon daran.

»Der Juwelier meinte, daß diese Dinger ziemlich verbreitet sind«, fuhr Dr. Czissar fort. »Altmodisch, hat er gesagt. Solche Medaillons gibt es fast überall zu kaufen, wenn man sich etwas umschaut. Vielleicht wurde kürzlich in Seabourne oder Haywick eines gekauft. Irgend jemand konnte es in der Nacht vor dem Mord an den Strand gelegt haben. Schließlich hat Mrs. Barrington es doch als das Medaillon ihrer Tante identifiziert. Schlaue Verbrecher sind manchmal arg dumm, nicht wahr?«

Er sah auf seine Uhr. »Außerdem schlage ich vor, daß Sie herausfinden, ob Barrington vor oder nach dem Mord neue Fußmatten und eine neue Decke gekauft hat und ob jemand seine Frau gesehen hat, als sie am Vierten nach Haywick fuhr. Und ein detaillierter Bericht darüber, wo sich Barrington nach siebzehn Uhr aufgehalten hat, würde Ihnen sicher noch mehr von jenen Beweisen liefern, die Sie für eine Anklage brauchen.«

Er stand plötzlich auf. »Aber ich muß jetzt wirklich gehen. Es war sehr freundlich von Ihnen. Reizend. Ganz reizend.«

Mercer merkte, daß er wie in Trance die steife Verbeugung und den ausdruckslosen Blick der Kuhaugen erwiderte.

Dann war Dr. Czissar verschwunden.

»Puh«, sagte der Inspektor laut, »ich dachte …«

Mercer riß sich zusammen. »Also, bis später, Denton«, sagte er scharf. »Sergeant, sehen Sie mal, ob Sie ein paar Aspirin für meine Erkältung auftreiben können.«

Die Tür schloß sich wieder, und Mercer saß allein da.

Er wartete einen Augenblick, starrte verzweifelt auf den Berg unerledigter Akten vor sich. Dann atmete er tief durch und griff zum Telefonhörer.

»Verbinden Sie mich mit dem Chief Constable von Wessex.«

Jim Thompson
Auto-Stop

Das Auto, das ich fuhr, hatte ich mir von einem Freund geliehen; der hatte es sich während eines Besuchs in Kalifornien von seinem Bruder geliehen. Als Gegenleistung für die Benutzung sollte ich es diesem Bruder zurückbringen, einem Autohändler in San Francisco.

Es waren nur etwa fünfhundert Meilen – ungefähr eine Tagesreise, leicht zu schaffen, wie ich geglaubt hatte. Aber für jemanden, der mit dem wahnsinnigen Verkehr in Kalifornien nicht vertraut ist, können fünfhundert Meilen sehr lang werden. Es war Mittag, als ich in Los Angeles ankam. Erst Stunden später, kurz vor Sonnenuntergang, hatte ich mich aus der Stadt herausgequält.

Da ich wenig Geld hatte und noch weniger Zeit, hatte ich mir in einer Highway-Raststätte etwas Proviant zum Mitnehmen gekauft. Käse, Cracker, eine Dillgurke und eine Flasche Portwein. Jetzt, als ich den Stadtverkehr hinter mir gelassen hatte, machte ich die Sachen auf und aß und trank beim Fahren.

Seit ich Kind war, im Haus meines Großvaters, hatte ich keinen Wein mehr getrunken. Und dieser hier schmeckte vergleichsweise lieblich und mild. Ich schüttete ihn in mich hinein und spürte, wie die Anspannung von mir abglitt, als er in mir hinunterglitt. Ich kam wieder an einem Laden am Straßenrand vorbei und kaufte noch eine Flasche. Sie kostete fünfundzwanzig Cents der Quart, billiger als fast alles Trinkbare außer Wasser. Da der Wein aus einem Faß in eine Flasche ohne Etikett abgefüllt wurde, konnte ich den Alkoholgehalt nur durch Probieren schätzen. Und meine Probe ergab, daß er harmlos war.

Der Irrtum hätte beinahe verhängnisvolle Folgen gehabt.

Ohne es zu merken, war ich auf einmal benebelt. Ich wachte gerade noch rechtzeitig auf, bevor ich vom Highway abkam. Ich hielt den Wagen sofort an und rieb mir die Augen. Sie wollten einfach nicht klar sehen, und mein Kopf hatte den Hang, hartnäckig vornüberzukippen.

Da plötzlich tauchte ein paar hundert Yards vor mir im Scheinwerferlicht die Gestalt eines Mannes auf. Er gab Zeichen, daß er mitgenommen werden wollte. Vielleicht ein Ausweg aus meiner mißlichen Lage, dachte ich. Ich fuhr im Schneckentempo heran und musterte ihn.

Er war jung, schätzungsweise siebzehn oder achtzehn Jahre. Ziemlich abgebrüht und schroff – aber was soll's. Ich hatte häufig genug weitaus schlimmer ausgesehen.

Ich holte ihn ein und hielt an. »Wie weit wollen Sie?« rief ich lallend.

»San Francisco.« Er stützte eine Hand auf die Tür, zögerte. »Das heißt, nicht ganz bis San Francisco. Zu einem kleinen Ort, diesseits der …«

»Können Sie Auto fahren? – Gut, dann steigen Sie ein«, sagte ich, und er stieg ein.

Er fuhr schnell, aber sicher. Nachdem ich ihn ein paar Minuten lang beobachtet hatte, entkorkte ich die Weinflasche und lehnte mich zurück.

»Bin heilfroh, daß Sie angehalten haben, Mister«, sagte er. »Es sah schon so aus, als müßte ich die ganze Nacht da stehen.«

»Bin froh, daß Sie mitfahren«, sagte ich zu ihm. »Wie kommt es, daß Sie so spät noch am Highway waren?«

»Freiwilligencamp.« Seine Gesichtszüge verhärteten sich vor Bitterkeit. »Sie wissen doch, zur Arbeitsbeschaffung. Dreißig Dollar im Monat gehen an die Familie, und man wird behandelt wie ein Verbrecher. Heute abend haben sie mich rausgeworfen.«

»Das ist schade. Wie ist es dazu gekommen?«

»Es war so: Ich hatte ein Messer, und der andere Junge hat behauptet, es wäre seins. Da haben wir uns geprügelt, und deswegen haben sie mich rausgeworfen.«

Ich murmelte etwas Mitfühlendes. Er erzählte weiter.

Vor zwei Jahren hatte er die High-School geschmissen, um arbeiten zu gehen, und seitdem hatte er drei Jobs gehabt – das freiwillige Arbeitscamp nicht mitgerechnet –, und jedesmal war es ein Reinfall gewesen. Entweder hatte der Mann, für den er gearbeitet hatte, Pleite gemacht, oder er wurde wegen etwas angeschnauzt, wofür er gar nichts konnte, oder – irgendwas anderes war passiert. Je mehr Mühe er sich gab, desto mehr Prügel bezog er.

»Sie hatten eben einfach eine Pechsträhne«, sagte ich. »Bleiben Sie am Ball, und es renkt sich alles wieder ein.«

»Ja, ja«, murmelte er. »Sie haben leicht reden. Schickes Auto und so –« Er fing sich gerade noch. »Tut mir leid, Mister. Ich glaube, ich bemitleide mich nur selbst.«

Er verfiel eine Weile in Schweigen. Ich grinste, angesäuselt, in der Dunkelheit.

Ich und leicht reden. Ich mit »meinem« schicken Auto und meinem einzigen guten Anzug und kaum mehr Geld als für einen schwarzen Busfahrschein zurück nach San Diego! Meine Lage war um einiges schlimmer als die des Jungen! Ich habe mich selbst geschunden, zu schwer und zu lange; ich war innerlich krank geworden vor lauter Schinderei! – für diese schmucklosen Werbetexte, mit denen ich die populären Zeitschriften zugeschüttet habe. Und jetzt konnte ich es nicht mehr, und wenn mein Leben davon abgehangen hätte.

Was soll ein Mann von fünfunddreißig Jahren machen, der sein einziges einträgliches Talent eingebüßt hat? Was soll er machen, mit seiner Vergangenheit aus Alkohol, Nervenzusammenbrüchen, Tuberkulose und ständigen Enttäuschungen? Was mit seiner Frau und seinen drei Kindern?

Aber – ich trank einen großen Schluck Wein – meinem Tramper mußte das natürlich wie ein schlechter Scherz vorkommen. Eigentlich müßte ich ihn beneiden, statt andersherum.

»... was machen Sie beruflich, Mister?«

»Was?« sagte ich. »Ich bin Schriftsteller.«

»Kann man bestimmt viel Geld mit verdienen.«

»Ich habe ganz gut verdient, ja«, sagte ich.

»Ich kapiere es einfach nicht, wirklich nicht«, sagte er. »Ich rauche nicht, ich trinke nicht oder überhaupt irgendwas in der Art. Ich konnte es mir auch noch nie leisten, ein Mädchen ins Kino einzuladen. Und wenn ich dann die anderen alle sehe, wie sie mit ihren dicken Autos rumgondeln und sich einen schönen Tag machen, und – es ist einfach nicht recht, Mister. Das müssen Sie doch zugeben.«

»Es wird schon wieder werden«, sagte ich. »Wenn es mal ganz schlimm kommt, kann es danach nur besser werden.«

»Ach ja? Und wenn nicht?«

»Bis dahin sind Sie sowieso längst tot, und dann ist es egal.«

Ich war schläfrig, und die Unterhaltung ging mir auf die Nerven. Unbewußt – und sicher zu Unrecht, denn kein Mensch gleicht dem anderen aufs Haar – verglich ich seine Situation mit der, in der ich in seinem Alter war. Und ich fand, er gab viel zu schnell die Hoffnung auf.

Er schwieg die nächsten fünfzehn oder zwanzig Meilen über. Schließlich sagte er, unschlüssig: »Wollen Sie eine Abkürzung fahren, Mister? Durch die Berge?«

»Von mir aus«, sagte ich gleichgültig.

Ich trank den letzten Schluck aus der Flasche und warf sie aus dem Fenster. Ich lehnte mich zurück und war sofort eingeschlafen.

Ein paar Sekunden später, so schien es, in Wirklichkeit waren es einige Stunden, wachte ich plötzlich auf.

Das Auto stand, der Motor war abgestellt, die Scheinwerfer ausgeschaltet. Ich rieb mir die Augen und versuchte, etwas in der Dunkelheit zu erkennen.

»Was soll das?« brummte ich. »Warum haben Sie angehalten?«

Sein Gesicht war von mir abgewandt, eine Hand steckte in der Hosentasche. »Ich – ich wo – wollte Ihnen sagen, Mister«, stammelte er nervös.

»Nun machen Sie schon, verdammt noch mal«, sagte ich. Mir brummte noch immer der Kopf von dem Wein. »Raus damit!«

»Ich mu – muß –« Die Stimme erstarb in einem Seufzer. »Ich mu – muß aufs Klo.«

Ich lachte, nicht sehr freundlich. »Keine schlechte Idee, aber muß man deswegen so ein Theater veranstalten? Nun sagen Sie schon. Was ist eigentlich los mit Ihnen?«

Er zog die Türsicherung hoch.

Ich stieg auf meiner Seite aus.

Und hielt mich zum Glück an der Tür fest. Denn bei meinem zweiten Schritt trat mein Fuß ins Leere.

Ich schnappte nach Luft und wich zurück. Ich war viel zu erschrocken, um etwas zu sagen oder zu schreien, und schaute mich in dem schwachen Licht der Mondsichel um.

Wir waren in den Bergen, ziemlich hoch und mittendrin. Und ich stand am Rand eines Abgrunds, auf einem dreieckigen Fleckchen Straße, das auf der einen Seite von der Felswand und auf der anderen Seite von dem Auto eingegrenzt wurde.

Es war eine beschissene Stelle: an den auf der Kante stehenden Vorderrädern kam man unmöglich vorbei.

Es war eine ziemlich beschissene Stelle: auf der anderen Seite, der Grundlinie des Dreiecks, kam man auch nicht heraus.

Denn da stand der Junge, schweigend, einen Arm vorgestreckt, zitternd, und auf der langen Klinge seines Messers schimmerte niederträchtig das fahle Mondlicht.

Er trat unsicher einen Schritt auf mich zu, ließ das Messer in der Hand kreisen. Ich zwängte mich einen oder zwei Zoll nach hinten.

Weiter konnte ich nicht zurückweichen, und er konnte

nicht weiter vorrücken, ohne anzugreifen. Und so verharrten wir. Starrten uns an. Keuchten schwer. Warteten ab.

Ich hatte Angst, ich war wütend, und ich war wie gelähmt vor Schreck. Ich dachte: Was für ein Tod! Mit aufgeschlitzter Kehle einen Berghang hinuntergestoßen.

Und dann…

Es war komisch, aber auf einmal ging meine ganze Angst und Wut um den Jungen. Ich konnte nur noch daran denken, daß er Opfer von einem ungeheuren Scherz werden würde.

Ein paar Dollar, eine billige Armbanduhr, ein Auto, das ihn in den Knast bringen würde, bevor er einen Tag seine Freude daran gehabt hätte. Das hätte er davon gehabt – nichts. Nichts, außer der Gaskammer oder lebenslänglich. Und irgendwie war alles meine Schuld.

Ich hätte ihn über meine finanzielle Lage aufklären können. Ich hätte echtes Interesse an ihm bekunden können, mir Mühe geben, ihm einen nützlichen Rat geben können. Statt dessen hatte ich Platitüden von mir gegeben, ihn durch meine scheinbare Abgestumpftheit nur noch aufgestachelt, hatte getrunken und geschlafen.

Ich schwankte, unbewußt. Die Bewegung löste etwas in meinem Kopf aus, brachte die vor Schreck erstarrten Zellen in Schwung. Ich schwankte wieder, übertrieben, und fing an zu sprechen.

»Ist das das Messer, von dem Sie mir erzählt haben? Lassen Sie mich das Scheißding mal sehen.«

Ich streckte meine Hand aus, vorsichtig. Ich hielt sie ausgestreckt, so daß die Fingerspitze fast die Spitze der Klinge berührte.

»Nun machen Sie schon«, sagte ich. »Sie wollten es mir doch zeigen, oder nicht? Wenn Sie sich dran klammern, kann ich es nicht sehen.«

»Mi – Mister, ich –« Seine Hand zuckte krampfartig, und die Klinge beschrieb einen Bogen. Und dann, den Griff noch immer festhaltend, ließ er es in meine Hand gleiten.

»Schönes Messer«, sagte ich. »Aber wissen Sie, was? Wenn Sie so ein Messer bei sich tragen, könnten die Leute auf den Gedanken kommen, Sie wollten sie überfallen.«

Ich zog ein bißchen an der Klinge. Ich sagte: »Kommen Sie, wir werfen es weg.«

Er ließ los.

Ich warf es weg, schleuderte es in den Abgrund.

Wir kamen um Mitternacht in seiner Heimatstadt an, und seine Familie, einfache, gutherzige Menschen, überredeten mich, über Nacht zu bleiben. Übrigens waren sie erleichtert, daß er aus dem Camp entlassen worden war. Sein Vater hatte am selben Tag Arbeit gefunden, und für ihn, den Jungen, gab es dort auch einen Job.

In der Nacht schliefen der Junge und ich in demselben großen, altmodischen Bett. Und ich kann sagen, ich habe gut geschlafen. Warum auch nicht.

Am nächsten Tag fuhr ich das Auto nach San Francisco und übergab es dem Händler und Eigentümer. Meine Ankunft fiel mitten in ein Telefongespräch, das er unterbrach.

»Die hatten telegrafiert, Sie würden gestern kommen«, erklärte er. »Ich dachte, Sie wären vielleicht entführt worden, deswegen wollte ich gerade die Highway-Streife alarmieren.«

»Ich bin froh, daß das nicht nötig ist«, sagte ich.

Robert van Gulik
Blutiger Neujahrsabend

Der Schauplatz dieser Geschichte ist Lan-fang. Gewöhnlich beträgt die Dienstzeit eines Bezirksvorstehers auf einem Posten drei Jahre. Aber am Ende des Jahres 674 n. Chr., als Richter Di schon vier Jahre in Lan-fang gedient hatte, gab es immer noch keine Nachricht aus der Hauptstadt. Diese Erzählung schildert die Ereignisse am letzten Abend jenes trübseligen Jahres. In den früheren von Richter Di gelösten Kriminalfällen hatten sich seine Theorien am Ende immer als richtig erwiesen. Hier jedoch wird der Leser feststellen, daß Richter Di zwei große Fehler beging. Aber dieses Mal und wider alle Regel führen zwei Irrtümer zum Recht!

Als Richter Di die letzte Akte weggelegt und seine Schreibtischschublade abgeschlossen hatte, fröstelte ihn plötzlich. Er stand auf und zog das wattierte Hausgewand enger um sich; dann durchquerte er sein kaltes, leeres Arbeitszimmer und trat ans Fenster. Er öffnete es, doch nach einem kurzen Blick hinaus in den dunklen Hof des Gerichts schloß er es rasch wieder. Es schneite nicht mehr, aber ein eisiger Windstoß hätte beinahe die Kerze auf seinem Schreibtisch ausgeblasen.

Der Richter ging zu der Liege hinüber, die an der hinteren Wand stand. Seufzend begann er, die Steppdecken zurückzuschlagen. In dieser letzten Nacht des beschwerlichen Jahres, das nun vorüber war, dem vierten seines Aufenthalts in Lan-fang, würde er in seinem Arbeitszimmer schlafen. Denn sein eigenes Haus hinter dem Gerichtskomplex war bis auf einige Bedienstete menschenleer. Vor zwei Monaten war seine Erste Dame aufgebrochen, um ihre betagte Mutter in ihrer Heimatstadt zu besuchen, und seine beiden anderen Frauen und die Kinder hatten sie begleitet, zusammen mit seinem treuen alten Ratgeber Hung. Sie würden zu Beginn des Frühlings zurück sein – doch der Frühling schien in dieser kalten, trostlosen Nacht noch sehr fern.

Richter Di hob die Teekanne hoch, um sich eine letzte Tasse einzuschenken. Bestürzt stellte er fest, daß der Tee kalt geworden war. Er wollte schon in die Hände klatschen, um einen Angestellten herbeizurufen, als ihm einfiel, daß er dem Gerichtspersonal, einschließlich seiner drei persönlichen Mitarbeiter, den Abend freigegeben hatte. Nur die Konstabler, die am Haupttor Wache hielten, würden noch dasein.

Er zog sich seine Hauskappe über die Ohren, nahm die Kerze und ging durch die dunkle, verlassene Kanzlei zum Wachhaus.

Die vier Konstabler, die um das lodernde Holzfeuer in der Mitte des Steinfußbodens herumhockten, sprangen auf, als sie Richter Di eintreten sahen, und zogen hastig ihre Helme gerade. Der Richter konnte nur den breiten Rücken ihres Anführers erkennen. Dieser beugte sich zum Fenster hinaus und fluchte auf irgend jemanden.

»Heda!« fuhr Richter Di ihn an. Als der Oberkonstabler

sich umdrehte und tief verneigte, sagte er kurz: »Geben Sie auf Ihre Worte acht, am letzten Tag des Jahres!«

Der Oberkonstabler murmelte etwas von einem frechen Gassenjungen, der es wagte, so spät in der Nacht das Gericht zu belästigen. »Der kleine Affe will, daß ich seine Mutter für ihn suche!« fügte er entrüstet hinzu. »Halten die mich für ein Kindermädchen?«

»Wohl kaum!« sagte Richter Di trocken. »Aber worum geht es überhaupt?« Er trat ans Fenster und sah hinaus.

Auf der Straße darunter kauerte ein winziger Junge an der Mauer, um sich vor dem eisigen Wind zu schützen. Das Mondlicht fiel auf sein tränenüberströmtes Gesicht. Er jammerte: »Es ist... überall auf dem Fußboden! Ich rutschte aus und fiel hinein... Und Mutter ist verschwunden!«

Er starrte auf seine kleinen Hände, dann versuchte er sie an seiner dünnen Flickenjacke sauber zu reiben. Richter Di sah die roten Flecken. Rasch wandte er sich um und befahl dem Oberkonstabler: »Holen Sie mein Pferd, und folgen Sie mir mit zwei Männern!«

Sobald er draußen war, hob der Richter den Jungen hoch und setzte ihn in den Sattel. Dann trat er mit dem Fuß in den Bügel und stieg langsam hinter ihm auf. Ein Schmerz durchzuckte ihn und erinnerte ihn daran, daß er noch vor nicht allzu langer Zeit auf sein Pferd springen konnte. Aber unlängst machte ihm ein leichter Anfall von Rheuma zu schaffen. Er fühlte sich plötzlich müde und alt. Vier Jahre in Lan-fang... Er bewahrte mühsam seine Haltung. Aufmunternd sagte er zu dem schluchzenden Jungen: »Jetzt gehen wir zusammen deine Mutter suchen! Wo ist dein Vater, und wo wohnst du?«

»Mein Vater ist der Hausierer Wang«, antwortete der Junge. »Wir wohnen in der zweiten Gasse westlich vom Tempel des Konfuzius, nicht weit vom Wassertor.«

»Das ist einfach!« sagte Richter Di. Vorsichtig lenkte er sein Pferd durch die schneebedeckte Straße. Der Oberkonstabler und zwei seiner Männer ritten schweigend hinter ihm. Eine heftige Windbö blies den Schnee von den Dächern, und die feinen Partikel trafen ihre Gesichter wie Nadelspitzen. Der Richter wischte sich die Augen trocken und fragte wieder: »Wie heißt du, Kleiner?«

»Ich werde Hsiao-pao gerufen, Herr«, antwortete er mit zitternder Stimme.

»Hsiao-pao, das bedeutet Kleiner Schatz«, sagte Richter Di. »Was für ein hübscher Name! Wo ist denn dein Vater?«

»Ich weiß es nicht, Herr!« rief der Junge unglücklich aus. »Als Vater nach Hause kam, hat er sich so heftig mit Mutter gestritten. Mutter hatte nichts zu essen fertig, sie sagte, es seien nicht einmal Nudeln im Haus. Dann... dann begann Vater sie auszuschimpfen, er schrie sie an, sie habe den Nachmittag mit Herrn Shen, dem alten Pfandleiher, verbracht. Mutter begann zu weinen, und ich lief hinaus. Ich dachte, ich könnte vielleicht ein Päckchen Nudeln bei dem Lebensmittelhändler borgen, um Vater wieder glücklich zu machen. Aber im Laden waren so viele Menschen, daß ich nicht durchkam, und ich ging nach Hause zurück. Aber da waren Vater und Mutter nicht mehr da, überall war Blut, auf dem ganzen Fußboden. Ich rutschte aus, und ich...«

Er brach in ein Schluchzen aus, das seinen kleinen Rükken schüttelte. Der Richter zog den Jungen näher zu sich heran und hüllte ihn in seinen Pelzmantel. Schweigend ritten sie weiter.

Als Richter Di das große Tor zum Tempel des Konfuzius vor dem Winterhimmel auftauchen sah, stieg er von seinem Pferd. Er hob den Jungen herunter und sagte zum Oberkonstabler: »Wir sind fast da. Wir werden unsere Pferde hier am Tor lassen, damit niemand unser Kommen bemerkt.«

Sie betraten eine schmale Gasse, die auf beiden Seiten von baufälligen Holzhäusern gesäumt wurde. Der Junge deutete auf eine Eingangstür, die halb offen stand. Ein schwaches Licht schien hinter dem Papierfenster, aber das erste Stockwerk war hell erleuchtet, und wirres Geschrei und Singen ertönten von dort.

»Wer wohnt da oben?« fragte Richter Di, als er vor der Tür stehenblieb.

»Schneider Liu«, erwiderte der Junge. »Sie haben ein paar Freunde für das Fest heute abend eingeladen.«

»Du zeigst dem Oberkonstabler den Weg hinauf, Hsiaopao«, sagte der Richter. Und zum Oberkonstabler gewandt, fügte er leise hinzu: »Lassen Sie den Jungen bei den Leuten im ersten Stock, aber bringen Sie den Burschen Liu mit herunter, damit ich ihn befragen kann.«

Dann betrat er das Haus, gefolgt von den beiden Konstablern.

Der kalte, nackte Raum wurde nur von einer zischenden Öllampe auf einem wackligen Eckgestell erleuchtet. In der Mitte auf einem grob gefertigten Tisch standen drei Schalen aus gesprungenem Ton, und am einen Ende lag ein blutbespritztes Hackmesser. Auf dem mit Steinfliesen belegten Fußboden war eine große Blutlache.

Der ältere Konstabler deutete auf das Hackmesser und sagte: »Irgend jemand hat sauber jemandes Kehle damit durchgeschnitten!«

Richter Di nickte. Er befühlte das Blut auf dem Hackmesser mit seinem Zeigefinger und stellte fest, daß es noch feucht war. Rasch nahm er den Rest des düsteren Zimmers in Augenschein. An der Rückwand stand ein großes Bett mit verblichenen blauen Vorhängen, und ein kleineres Bett ohne Vorhänge, offenbar das des Jungen, befand sich an der linken Wand. Die Gipswände waren kahl und hier und da notdürftig ausgebessert worden. Richter Di ging zu der geschlossenen Tür neben dem Bett des Jungen. Sie führte in eine kleine Küche. Die Asche im Herd war kalt.

Als der Richter ins Zimmer zurückkam, bemerkte der jüngere Konstabler spöttisch: »Kein Ort, für den sich Räuber interessieren würden, Euer Ehren! Ich habe von dem Hausierer Wang schon gehört; er ist arm wie eine Ratte!«

»Das Motiv war Leidenschaft«, sagte der Richter kurz. Er deutete auf ein seidenes Taschentuch, das neben dem Vorhangbett auf dem Boden lag. Das flackernde Licht der Öllampe schien auf das große Schriftzeichen ›Shen‹, das mit Goldfaden in das Tuch gestickt war. »Nachdem der Junge aus dem Haus gelaufen war, um die Nudeln zu borgen«, fuhr der Richter Di fort, »fand der Hausierer das Taschentuch, das der Geliebte seiner Frau zurückgelassen hatte. Das war zu viel für ihn. Noch erregt von dem Streit, nahm er das Hackmesser und tötete sie. Die uralte Geschichte.« Er zuckte die Achseln. »Er muß fortgegangen sein, um die Leiche zu verstecken. Ist der Hausierer ein kräftiger Bursche?«

»Stark wie ein Ochse, Euer Ehren!« antwortete der ältere Konstabler. »Ich habe ihn oft auf der Straße umherlaufen sehen, er trägt von morgens bis abends diese schwere Kiste da auf seinem Rücken.«

Richter Di warf einen Blick auf die große quadratische Kiste, die mit Öltuch bedeckt neben der Tür stand. Er nickte langsam.

Der Oberkonstabler trat ein und schob einen großen, hageren Mann vor sich her. Er schien sehr betrunken zu sein. Auf seinen Füßen schwankend, warf er dem Richter aus kleinen unsteten Augen einen verschwommenen Blick zu. Der Oberkonstabler packte ihn am Kragen und drückte ihn auf die Knie hinunter. Richter Di verschränkte seine Arme in den weiten Ärmeln und sagte kurz angebunden: »Ein Mord wurde hier begangen. Erklären Sie genau, was Sie gehört und gesehen haben!«

»Es muß die Schuld dieser Frau gewesen sein!« murmelte der Schneider mit schwerer Zunge. »Treibt sich immer herum, aber einen netten, tüchtigen Burschen wie mich sieht sie nicht einmal an!« Er hickste. »Ich bin zu arm für sie, genau wie ihr Mann! Sie ist hinter dem Geld des Pfandleihers her, diese Schlampe!«

»Keine Unhöflichkeiten bitte!« wies ihn Richter Di ärgerlich zurecht. »Und beantworten Sie meine Fragen! Die Decke hier besteht nur aus dünnen Brettern; Sie müssen den Streit gehört haben!«

Der Oberkonstabler gab ihm einen Tritt in die Rippen und bellte: »Reden Sie schon!«

»Ich habe nichts gehört, Exzellenz!« winselte der erschrockene Schneider. »Die Kerle da oben sind alle betrunken, sie schreien und singen die ganze Zeit! Und meine dumme Frau hat die Schüssel umgeworfen, und sie war zu betrunken, um das Zeug aufzuwischen. Ich mußte sie eine ganze Weile schütteln, bevor ich sie dazu bringen konnte, sich an die Arbeit zu machen.«

»Niemand verließ das Zimmer?« fragte Richter Di.

»Ach was!« murmelte der Schneider. »Die sind doch viel zu sehr damit beschäftigt, sich über das Schwein herzumachen, das Fleischer Li für uns geschlachtet hat! Und wer muß es braten? Ich natürlich! Die Kerle saufen nur meinen Wein, sie sind sogar zu faul, das Kohlefeuer richtig in Gang zu halten! Das Zimmer ist voller Rauch, ich mußte das Fenster öffnen. Und in dem Moment sah ich die Schlampe wegrennen!«

Richter Di runzelte die Stirn. Er dachte einen Augenblick nach, dann fragte er: »War ihr Mann bei ihr?«

»Würde sie ihn dabeihaben wollen?« sagte der Schneider höhnisch. »Sie kommt besser ohne ihn zurecht!«

Der Richter drehte sich rasch um. Er bückte sich und untersuchte den Fußboden. Unter den durcheinanderlaufenden blutigen Fußabdrücken bemerkte er solche von kleinen spitzen Schuhen, die zur Tür führten. Mit gespannter Stimme fragte er den Schneider: »In welche Richtung ist sie gegangen?«

»Zum Wassertor!« antwortete der Mann verdrossen.

Richter Di zog seinen Pelzmantel enger um sich. »Bringt den Burschen nach oben!« befahl er den Konstablern. Während er zur Tür ging, flüsterte er dem Oberkonstabler eilig zu: »Warten Sie hier auf mich! Wenn Wang zurückkehrt, verhaften Sie ihn! Der Pfandleiher muß gerade in dem Moment hereingeschaut haben, um sein Taschentuch zu holen, als Wang, der sich mit seiner Frau stritt, das Tuch entdeckte. Wang tötete ihn, und seine Frau floh.«

Der Richter verließ das Haus und stapfte durch den Schnee zur nächsten Straße. Er bestieg sein Pferd und ritt zum Wassertor, so schnell er konnte. Ein Toter war genug, dachte er.

Als er die Treppe erreichte, die in den Torturm hinaufführte, sprang er ab und hastete die steilen, schneeglatten Steinstufen empor. Oben auf dem Turm sah er eine Frau an der am weitesten entfernten Brustwehr stehen. Sie hatte ihr Gewand um sich gezogen und blickte mit vorgebeugtem Körper auf das Wasser des Stadtgrabens tief unter sich hinab.

Richter Di lief zu ihr und legte seine Hand auf ihren Arm. »Das sollten Sie nicht tun, Frau Wang!« sagte er ernst. »Ihr Selbstmord macht den Toten auch nicht wieder lebendig!«

Die Frau wich von der Brüstung zurück und blickte den Richter mit erschrockenen Augen und furchtsam geöffnetem Mund an. Er sah, daß sie trotz ihres abgehärmten und verstörten Gesichts immer noch auf eine alltägliche Art hübsch war.

»Sie müssen vom Gericht sein!« stammelte sie. »Das bedeutet, daß der Mord, den mein armer Mann begangen hat, bereits entdeckt worden ist! Und es ist alles meine Schuld!« Sie brach in ein herzzerreißendes Schluchzen aus.

»Ist es der Pfandleiher Shen, den er ermordet hat?« fragte Richter Di.

Sie nickte verloren mit dem Kopf. Dann rief sie aus: »Ich bin ein solcher Dummkopf! Ich schwöre, daß zwischen Shen und mir nichts war; ich wollte meinen Mann nur ein wenig necken...« Sie schob eine feuchte Haarsträhne aus ihrer Stirn. »Shen hatte einen Satz bestickter Taschentücher bei mir bestellt, die er seiner Konkubine als Neujahrsgeschenk überreichen wollte. Ich hatte meinem Mann nichts davon erzählt, ich wollte ihn mit dem Geld überraschen. Als Wang heute abend das letzte Taschentuch entdeckte, an dem ich arbeitete, holte er das Küchenmesser und brüllte, daß er Shen und mich umbringen würde. Ich floh nach draußen; ich wollte zu meiner Schwester in der nächsten Straße, aber das Haus war verschlossen. Und als ich zurückkam, war mein Mann verschwunden und... überall war das Blut.« Sie bedeckte ihr Gesicht mit den Händen, dann fügte sie schluchzend hinzu: »Shen... er muß gekommen sein, um die Taschentücher abzuholen und... Wang tötete ihn. Es ist alles meine Schuld, wie kann ich weiterleben, wenn mein Mann...?«

»Vergessen Sie nicht, daß Sie Ihren Sohn zu versorgen haben«, unterbrach sie Richter Di. Er ergriff fest ihren Arm und führte sie zur Treppe.

Ins Haus zurückgekehrt, befahl er dem Oberkonstabler, die Frau nach oben zu bringen. Nachdem der Oberkonstabler dies erledigt hatte, sagte der Richter zu ihm: »Wir stellen uns dicht neben die Tür an die Wand. Wir brauchen nur auf die Rückkehr des Mörders zu warten. Wang hat Shen hier drin getötet und ist dann fortgegangen, um die

Leiche seines Opfers zu verstecken. Er hatte zurückkommen wollen, um das Blut aufzuwischen, aber sein Sohn brachte uns hierher und hat seinen Plan durchkreuzt.« Nach einer Weile fügte er seufzend hinzu: »Es tut mir leid um den Jungen, er ist ein liebenswerter kleiner Bursche!«

Die vier Männer nahmen ihre Plätze an der Wand ein, zwei auf jeder Seite der Tür, Richter Di neben der Kiste des Hausierers. Oben ertönten laute, rauhe Stimmen, die sich zu streiten schienen.

Plötzlich öffnete sich die Tür, und ein großer, breitschultriger Mann trat ein. Die Konstabler stürzten sich auf ihn und überrumpelten ihn. Bevor Wang wußte, wie ihm geschah, hatten sie ihm die Arme auf den Rücken gefesselt und ihn auf die Knie gezwungen. Ein in Ölpapier eingewickeltes Päckchen fiel aus seinem Ärmel, Nudeln ergossen sich überall auf den Boden. Einer der Konstabler stieß das Päckchen mit dem Fuß in eine Ecke.

Oben wurde getanzt. Die dünnen Bretter der Decke ächzten und knarrten.

»Man wirft keine guten Lebensmittel fort!« schnauzte Richter Di verärgert den Konstabler an. »Heb das auf!«

Solchermaßen zurechtgewiesen, beeilte sich der Konstabler, die Nudeln aufzusammeln. Als er sie auf den Tisch legte, murmelte er: »Sie sind nicht mehr gut, der Schmutz, der von der Decke gefallen ist, hat sie verdorben.«

»Der Kerl hat Blut an der rechten Hand, Euer Ehren!« rief der Oberkonstabler, der Wangs Ketten überprüft hatte, aufgeregt aus.

Wang hatte mit aufgerissenen Augen das Blut auf dem Fußboden vor sich angestarrt. Seine Lippen bewegten sich, aber kein Laut war zu hören. Jetzt sah er zum Richter auf und brachte hervor: »Wo ist meine Frau? Was ist mit ihr geschehen?«

Richter Di setzte sich auf die Kiste und verschränkte seine Hände in den weiten Ärmeln. Kalt sagte er: »Ich bin es, der Richter, der hier die Fragen stellt! Erzählen Sie mir...«

»Wo ist meine Frau?« schrie Wang außer sich. Er wollte aufstehen, aber der Oberkonstabler schlug ihm den schweren Griff seiner Peitsche über den Schädel. Wang schüttelte benommen den Kopf und stammelte: »Meine Frau... und mein Sohn...«

»Heraus mit der Sprache! Was ist heute abend hier passiert?« fragte der Richter.

»Heute abend...« sagte Wang mit tonloser Stimme, dann stockte er.

Der Oberkonstabler gab ihm einen Tritt. »Antworte und sag die Wahrheit!« knurrte er.

Wang runzelte die Stirn. Wieder sah er auf das Blut. Schließlich begann er: »Heute abend, als ich nach Hause ging, erzählte mir der Lebensmittelhändler, daß der Pfandleiher Shen bei mir gewesen sei. Und als ich hierher kam, war nichts zu essen da, nicht einmal unsere Neujahrsnudeln. Ich sagte zu meiner Frau, daß ich sie nicht mehr wolle, daß sie zu diesem Shen gehen und dort bleiben könne. Ich sagte, die ganze Nachbarschaft wüßte, daß er sie besucht, wenn ich weg bin. Sie erwiderte nichts darauf. Dann fand ich das Taschentuch dort neben dem Bett. Ich ging in die Küche, um das Hackmesser zu holen. Zuerst wollte ich sie töten und dann diesen Kerl Shen erledigen.

Doch als ich mit dem Messer aus der Küche zurückkam, war meine Frau fortgelaufen. Ich ergriff das Taschentuch, das ich Shen ins Gesicht werfen wollte, bevor ich ihm die Kehle durchschnitt. Aber ich kratzte mir die Hand an der Nadel auf, die darin steckte.«

Wang hielt inne. Er biß sich auf die Lippe und schluckte. »Da wußte ich, was für ein ausgemachter Dummkopf ich gewesen war. Shen hatte das Taschentuch dort nicht verloren; es war eins, das er bei ihr bestellt hatte und an dem sie noch arbeitete... Ich ging meine Frau suchen. Ich ging zum Haus ihrer Schwester, aber da war niemand. Dann ging ich zu Shens Laden; ich wollte meine Jacke verpfänden und etwas Hübsches für meine Frau kaufen. Aber Shen sagte, er schulde mir einen Strang Kupfermünzen für einen Satz Taschentücher, den er bei ihr bestellt hätte. Das letzte sei noch nicht ganz fertig gewesen, als er am Nachmittag in unserem Haus vorbeischaute, aber die, die er seiner Konkubine gegeben habe, hätten ihr sehr gefallen. Und da Neujahrsabend sei, sagte er, würde er mich auf jeden Fall bezahlen. Ich kaufte ein Päckchen Nudeln und eine Papierblume für meine Frau und kam hierher.« Er starrte den Richter an und stieß hervor: »Sagen Sie mir, was ist mit ihr passiert? Wo ist sie?«

Der Oberkonstabler brach in schallendes Gelächter aus. Er rief: »Was für dumme Lügenmärchen der Hund erzählt! Der Kerl hofft, Zeit zu gewinnen!« Er hob den Griff seiner Peitsche und fragte den Richter: »Soll ich ihm die Zähne einschlagen, Euer Ehren, damit die Wahrheit ein bißchen leichter herauskommt?«

Richter Di schüttelte den Kopf. Langsam strich er sich

über seinen langen Backenbart und blickte unverwandt das verzerrte Gesicht des vor ihm knienden Hausierers an. Dann befahl er dem Oberkonstabler: »Sehen Sie nach, ob er eine Papierblume bei sich hat!«

Der Oberkonstabler faßte dem Hausierer in den Ausschnitt seines Gewandes und brachte eine rote Papierblume zum Vorschein. Er hielt sie hoch, damit der Richter sie sehen konnte, dann warf er sie verächtlich auf den Boden und setzte seinen Fuß darauf.

Richter Di erhob sich. Er ging zu dem großen Bett hinüber, hob das Taschentuch auf und musterte es eingehend. Dann trat er an den Tisch und blieb eine Weile dort stehen, während er die schmutzigen Nudeln auf dem Stück Ölpapier anstarrte. Das einzige Geräusch, das zu hören war, war der schwere Atem des knienden Mannes.

Plötzlich begannen die Stimmen im ersten Stock wieder zu lärmen. Richter Di sah zur Decke hinauf. Dann wandte er sich an den Oberkonstabler und befahl: »Bringen Sie die beiden herunter!«

Als der Hausierer seine Frau und seinen Sohn erblickte, öffnete sich sein Mund in entzücktem Erstaunen. Er rief aus: »Dem Himmel sei Dank, ihr seid gesund!« Er wäre aufgesprungen, wenn ihn die Konstabler nicht grob wieder nach unten gedrückt hätten.

Seine Frau warf sich vor dem knienden Mann zu Boden. Sie stöhnte: »Vergib mir, vergib mir! Ich war ein solcher Narr, ich wollte dich nur ein wenig necken! Was habe ich getan, was habe ich getan! Jetzt hast du ... Sie werden dich fortbringen und ...«

»Steht auf, ihr beiden!« unterbrach die ernste Stimme

des Richters sie. Auf seine gebieterische Geste hin ließen die Konstabler Wangs Schultern los.

»Nehmt ihm die Ketten ab!« befahl Richter Di. Während der verblüffte Oberkonstabler diesen Befehl ausführte, fuhr der Richter zu Wang gewandt fort: »Heute abend hätten Sie durch Ihre dumme Eifersucht beinahe Ihre Frau verloren. Es war Ihr Sohn, der eine schreckliche Tragödie verhütete, er hat mich rechtzeitig benachrichtigt. Lassen Sie sich den heutigen Abend eine Lehre sein – Sie beide, Mann und Frau. Der Neujahrsabend ist eine Zeit des Erinnerns. Des Erinnerns an die Segnungen, die der Himmel uns gewährt hat, an die Gaben, die wir zu gern als selbstverständlich hinnehmen und allzu leicht vergessen. Sie lieben einander, Sie sind gesund, und Sie haben einen prächtigen Sohn. Das ist mehr, als viele von uns sagen können! Seien Sie von nun an entschlossen darum bemüht, sich dieser Segnungen wert zu erweisen!« Er tätschelte dem kleinen Jungen den Kopf und fügte hinzu: »Damit Sie es nie vergessen, befehle ich Ihnen, den Namen dieses Jungen in Tao-pao zu ändern. Das bedeutet ›Großer Schatz‹!«

Er gab seinen Männern ein Zeichen und ging zur Tür.

»Aber… Euer Ehren, der Mord…« stammelte die Frau.

Der Richter blieb in der offenen Tür stehen und sagte mit einem düsteren Lächeln: »Es gab keinen Mord. Nachdem die Leute oben ein Schwein geschlachtet hatten, warf die Frau des Schneiders die Schüssel mit dem aufgefangenen Blut um, und sie war zu betrunken, es gleich aufzuwischen. Es sickerte durch die Ritzen in der Decke und tropfte auf den Tisch und den Fußboden in diesem Zimmer. Auf Wiedersehen!«

Die Frau legte ihre Hand auf den Mund, um einen Freudenschrei zu unterdrücken. Ihr Mann lächelte ihr ein wenig töricht zu, dann bückte er sich und hob die Papierblume auf. Nachdem er unbeholfen die Blütenblätter glattgestrichen hatte, ging er zu ihr und steckte ihr die Blume ins Haar. Der Junge sah zu seinen Eltern auf, ein breites Lächeln auf dem kleinen runden Gesicht.

Der Oberkonstabler hatte Richter Dis Pferd vor den Eingang geführt. Erst nachdem der Richter in den Sattel gesprungen war, bemerkte er plötzlich, daß sein Rheuma verschwunden war.

Der Gong der Nachtwache verkündete Mitternacht. Knallfrösche begannen einen Höllenlärm auf dem Marktplatz zu verbreiten. Während der Richter sein Pferd antrieb, drehte er sich im Sattel um und rief:

»Glückliches neues Jahr!«

Er bezweifelte, daß die drei Menschen in der Haustür ihn gehört hatten. Es spielte auch keine Rolle.

Celia Fremlin
Glückspilz

Als ich Lucy einlud, auf einen Drink zu mir zu kommen und mir ihr Herz auszuschütten, hatte ich nicht im entferntesten damit gerechnet, daß sie den ganzen Abend für sich beanspruchen würde, ganz zu schweigen von dem, was in dieser Nacht noch geschah. Ich habe eigentlich immer zu tun, und wenn ich nur die leiseste Ahnung gehabt hätte, was mich da erwartet, hätte ich es irgendwie vermieden. »Gerade jetzt paßt es überhaupt nicht«, hätte ich ihr vorsichtig entschuldigend erklärt. »Selbstverständlich helfe ich dir gern, jederzeit, Lucy! Aber gerade jetzt ist es einfach unmöglich. Komm doch morgen, oder wann es dir sonst paßt, und erzähle mir dann alles ...«, so oder mit ähnlichen Ausreden hätte ich sie abzuwimmeln versucht.

Aber natürlich hatte ich damals nicht gewußt, wie sich diese Geschichte entwickeln sollte. Es schien eine alltägliche, um nicht zu sagen abgedroschene Angelegenheit zu sein: schon wieder eine kaputte Ehe, noch eine desillusionierte, verbitterte Ehefrau, die in ihren mittleren Jahren sitzengelassen wurde, während ihr ebenso in die Jahre gekommener, mit Bauch und all den anderen Kennzeichen versehener Ehemann davonschwebte, mit einer kleinen, blonden Tippse, die vielleicht mal gerade halb so alt war wie er. Das passiert doch ständig. Die einzige Überraschung in diesem Fall war, daß ausgerechnet Lucy so etwas erleben sollte. Bis zu diesem Zeitpunkt schien Lucy immer auf der Sonnenseite des Lebens gewesen zu sein. Sie hatte einen vielversprechenden Job bei einer Illustrierten bekommen, noch bevor sie zwanzig war; die folgenden Jahre reiste sie in der Weltgeschichte herum und berichtete von Modeschauen aus Orten wie Biarritz oder Helsinki. Schließlich traf sie im Urlaub einen umwerfend gutaussehenden Romeo, der nicht nur ernste Absichten hatte, sondern auch ein beträchtliches, ständig wachsendes Einkommen aus einer sicheren Stellung in der erfolgreichen väterlichen Weinimportfirma.

So war es immer schon gewesen, auch in der Schulzeit. In jenem Frühling, als wir alle verzweifelt vorgaben, Grippe zu haben, um uns vor der gefürchteten Erdkunde-Arbeit zu drücken, war Lucy die einzige, die tatsächlich Fieber hatte, und zwar recht hohes. Sie hatte überhaupt nichts Besonderes, zeigte weder im Unterricht noch im Sport außergewöhnliche Talente und arbeitete auch nicht mehr als alle anderen. Sie hatte einfach nur Glück. ›Glückspilz‹ nannten wir sie, grün vor Neid, wann immer es ihr gelang, ihre Ziele zu erreichen und ihre Wünsche zu verwirklichen. Ich hatte immer geglaubt, daß das Glück ihr auch weiterhin hold bleiben würde, daß man entweder unter einem Glücksstern geboren worden war oder nicht.

Deswegen war ich überrascht, aber auch ein wenig bestürzt (weil es mich immer leicht aus der Fassung bringt, wenn alte Bekannte sich plötzlich ganz anders als gewohnt verhalten), als ich Lucys tränenerstickte Stimme erkannte. Ich war gerade von der Arbeit nach Hause gekommen. Sie bat mich darum, gleich herüberkommen zu dürfen: »Es ist etwas Schreckliches passiert!« schluchzte sie. »Hugo hat mich verlassen! Ich muß einfach mit dir darüber reden.«

Ich weiß nicht mehr, was genau ich geantwortet habe, wahrscheinlich waren es betroffen mitfühlende Äußerungen, die dann schließlich damit endeten (und wie könnte eine alte Freundin das verweigern), daß ich sie einlud, zu mir zu kommen.

Obwohl es mir an diesem Abend nun wirklich nicht in den Kram paßte. Ich hatte noch viel zu tun. Auch ich hatte eine gute Stellung bei einer Illustrierten – aber *ich* hatte dies ausschließlich zwanzigjähriger harter, zielstrebiger Arbeit zu verdanken, nachdem ich meine Laufbahn als Telefonistin begonnen hatte. Der Erfolg ist mir nicht gerade in den Schoß gefallen, so wie Lucy. Jetzt habe ich einen verantwortungsvollen Posten und muß wichtige Redaktionsschlußzeiten einhalten. Deswegen geschieht es häufig, daß ich Arbeit mit nach Hause nehme, um sie am Abend zu erledigen.

Aber man hat seine Prioritäten. Und selbstverständlich rangiert eine alte Freundschaft ziemlich weit oben. Also räumte ich seufzend meine Unterlagen fort, stellte alles für die Drinks bereit und drehte das Gas für den Kamin auf, so weit es ging. Kuschelige, gemütliche Wärme halte ich für eine besondere Wohltat, wenn man sich schlecht fühlt, und ich wollte meine Wohnung so einladend wie möglich wirken lassen. Ich bin keine sonderlich engagierte Hausfrau, und da ich allein lebe, werde ich schon mal etwas nachlässig, wenn ich beruflich viel zu tun habe. Ich muß also zugeben, daß die Wohnung sich damals nicht gerade von der besten Seite zeigte. Es war nicht aufgeräumt, und alles war leicht angestaubt. Doch wenn das Deckenlicht im Wohnzimmer ausblieb, wirkte die Wohnung durch den auf der höchsten Stufe brummenden Gaskamin und durch die Gläser und Flaschen, die auf dem niedrigen Tisch funkelten, anheimelnd. Anheimelnd genug auf jeden Fall für einen Abend der Tränen und des Kummers eines Ehedramas.

Ich weiß nicht, ob es der Gin war oder ob Lucy sich schon immer so in Banalitäten verloren hatte – früher habe ich es nie bemerkt –, aber ich muß zugeben, daß mich die Banalität ihres Lamentierens an jenem Abend schockierte.

»Die besten Jahre meines Lebens...!« schluchzte sie. »Wirft mich weg wie einen alten Handschuh!«

Ich hoffte (sagte ich ihr), daß sie mit Hugo nicht in diesem Ton redete, weil dies kaum der Weg war, einen treulosen Ehemann, der die ungewohnten Schmeicheleien genießt, die einer brandneuen Geliebten so leicht über die Lippen kommen, wieder auf die rechte Bahn zu locken.

Lucy wies diesen Gedanken zornig von sich.

»So mit Hugo reden? Also wirklich, wofür hältst du mich? Natürlich tue ich so, als ob mir das gar nichts ausmacht. Ich habe ihm gesagt, daß es mir verdammt egal ist, was er tut oder läßt! Ich habe ihm gesagt, daß er mit jeder Frau Londons ins Bett steigen kann, mich juckt das nicht im geringsten! Es ist mir einfach egal...«

Das war schon eher die Lucy, die ich kannte. Es war gut, statt der von Tränen getrübten Augen den alten Kampfgeist wieder aufblitzen zu sehen. Aber trotzdem war ich mir nicht sicher, ob das die richtige Taktik war – einem Mann zu sagen, daß es einem völlig gleichgültig sei...?

Wir diskutierten in aller Breite die Vor- und Nachteile

des »Mir-ist-alles-gleichgültig«-Liedes. Das führte natürlich dazu, daß wir auch über all die anderen Mittel und Wege, die betrogenen Ehefrauen zur Verfügung standen, berieten.

Wie wäre es, Gleiches mit Gleichem zu vergelten? Sich selbst einen Liebhaber zulegen und abwarten, was er dazu sagt?

Lucy schüttelte energisch den Kopf.

»Oh, Jennifer, das kann ich nicht, wie sollte ich auch? Verstehst du nicht? Ich bin über vierzig und bin nie... ich wollte sagen... Oh, das könnte ich einfach nicht. Ganz davon abgesehen, liebe ich Hugo immer noch. Ich liebe ihn! Trotz allem! Obwohl er mir so etwas angetan hat, ich liebe ihn noch immer. Wirklich!«

Das komplizierte natürlich die Angelegenheit. Da gab es zwar eine ganze Reihe wohlerprobter Mittel, die ihr die Möglichkeit gaben, zurückzuschlagen, wie zum Beispiel damit zu drohen, einen Rechtsanwalt einzuschalten oder, natürlich hinter seinem Rücken, mal mit seinem Vorgesetzten zu reden (in diesem Fall seinem Vater). Aber bei einem Mann, den man immer noch liebt, durfte man solche Mittel nicht einsetzen, gleichgültig, wie mies er sich benommen hatte.

Also blieben uns nur noch die verfeinerten Methoden, und ich versuchte, ihre Aufmerksamkeit darauf zu lenken.

Wie wäre es denn, wenn sie sich mit IHR in Verbindung setzte. Sie einfach besuchte und ihr in einem Gespräch von Frau zu Frau einmal aufzeigte, welch einen Schaden sie anrichtete, wie sie das Leben dreier Menschen zerstörte und so weiter und so fort...!

Sie besuchen? Lucy war empört. Niemals würde sie sich dazu herabwürdigen, auch nur die Adresse dieser Person herauszufinden, geschweige denn einen Fuß in ihre Wohnung zu setzen. »Bestimmt wohnt sie in einem heruntergekommenen Zimmer irgendwo in der Nähe der Fulham Road! Mit alter, fleckiger Bettwäsche, Bergen schmutzigen Geschirrs, und wahrscheinlich riecht es nach ranzigem Fett und verfaulten Lebensmitteln.« Als ich sie vorsichtig unterbrach und ihr andeutete, daß der wohlgesetzte, anspruchsvolle Hugo wohl kaum auch nur einen Augenblick lang solch eine Umgebung akzeptieren würde, brach sie nur wieder in Tränen aus.

»Das ist doch das Erschreckende, Jennifer! Sie hat ihn so verändert. Er ist kaum noch wiederzuerkennen – ich kann seine Reaktionen überhaupt nicht mehr abschätzen. Es ist, als ob sie ihn mit einem schrecklichen Fluch belegt hätte, ihn in einen anderen Menschen verwandelt hätte. Das ist das Schlimmste überhaupt, wie er sich als Mensch verändert hat. Sie zieht ihn in den Schmutz, ruiniert ihn. Sie nutzt ihn nur aus, Jennifer, ich weiß es! In Wirklichkeit gibt sie keinen Pfifferling für ihn; sie ist ganz einfach bösartig, ein Blutsauger; wenn sie alles erreicht hat, was sie will, und seine Ehe zerstört hat, wird sie ihn ... Oh, Jennifer, wenn ich ihm nur klarmachen könnte, wie sie wirklich ist, was sie wirklich von ihm will.«

Sie hielt inne, und ich nahm an – fälschlicherweise, wie sich herausstellte –, daß dies das Zeichen war, an dieser Stelle meinen freundschaftlichen Rat einzubringen.

»Schau, Lucy«, begann ich, »soll ich vielleicht einmal mit Hugo reden? Vielleicht könnte ich ...«

Sie schüttelte den Kopf, verzweifelt. »Das ist furchtbar lieb von dir, Jennifer, aber das hätte überhaupt keinen Zweck. Er ist blind vor lauter Liebe und würde nur wütend über deine Einmischung sein, denn so würde er das nennen. Außerdem weiß ich gar nicht, wo er ist. Das heißt, er ist natürlich bei *ihr*, aber ich weiß nicht, wo. Ich habe dir doch erzählt, daß ich nicht weiß, wo sie wohnt, und es auch gar nicht wissen will.«

Und so weiter und so weiter. Um Mitternacht herum war ich erschöpft, oder besser gesagt, am Ende mit meinem Latein. Wir hatten alles gesagt, was in solch einer traurigen, aber doch beinahe schon alltäglichen Situation zu sagen ist, und nun wollte ich nur noch in mein Bett. Erst jetzt gab mir Lucy zu verstehen, daß sie nicht, wie ich es natürlich angenommen hatte, mit ihrem Auto gekommen war. Schließlich hatten sie zwei, nein sogar drei Autos. Normalerweise geht sie keinen Schritt zu Fuß, und es wäre ihr nie im Traum eingefallen, öffentliche Transportmittel zu benutzen.

An diesem Tag aber hatte sie es getan. So spät in der Nacht jedoch fuhren Busse und U-Bahn nicht mehr. Sie mußte also die Nacht bei mir verbringen. Gezwungenermaßen machte ich ihr in meinem Gästezimmer das Bett fertig und bemühte mich, nicht allzu ungehalten zu erscheinen. Ich schaltete ihr die Heizdecke ein, brachte ihr eine Tasse heiße Milch und einige Plätzchen, legte ihr ein paar leichte Romane hin, für den Fall, daß sie nicht schlafen konnte, und vergaß auch nicht den freundlichen Pflichtsatz einer guten Gastgeberin: »Wenn du sonst noch irgendeinen Wunsch hast, mußt du es nur sagen.«

Eine gute Gastgeberin, ja, aber man muß schon eine

Heilige sein, um mit Gleichmut der Tatsache ins Auge sehen zu können, daß der Gast wirklich noch etwas will; und das zwanzig Minuten nachdem man es sich im Bett gemütlich gemacht hatte und gerade in den ersten Tiefschlaf gesunken war.

Ein schlurfendes Geräusch hatte mich geweckt, Papierrascheln und ein klickender Laut. Noch halb im Schlaf machte ich meine Nachttischlampe an – da stand sie, am anderen Ende des Zimmers, in dem geblümten Morgenrock, den ich ihr überlassen hatte, und kramte in der obersten Schublade meiner Kommode.

»Oh, Jennifer, es tut mir so leid«, entschuldigte sie sich. »Ich wollte dich nicht wecken. Ich suche bloß ein paar Schlaftabletten – ich weiß ja, daß du welche hast. Es tut mir so leid, ich dachte, ich könnte sie finden, ohne dich zu stören…«

Wie sie auf diese Idee gekommen war, wird mir ewig ein Rätsel bleiben, weil sie gar nicht wissen konnte, wo ich die Tabletten hatte. Ich bewahrte sie nämlich im Badezimmer auf. Verärgert kroch ich aus dem Bett und ging mit ihr hinüber. Ich spürte, daß meine Gastfreundlichkeit deutlich im Schwinden begriffen war, aber ich tat mein Bestes, meine Verstimmung unter Kontrolle zu halten, während ich das richtige Röhrchen heraussuchte und eine der großen blauen Tabletten in ihre ausgestreckte Hand gleiten ließ.

»Oh, Jennifer, bitte! Kann ich nicht noch eine haben? Eine wird nicht reichen, bestimmt nicht, du kannst dir nicht vorstellen, was ich in den letzten Nächten…«

»Sie sind ganz schön stark«, bemerkte ich zurückhaltend. »Du solltest wirklich nicht mehr als eine… Na gut, in Ordnung!« gab ich dann aber am Ende nach, weil mich eine Welle der müden Erschöpfung erfaßte. »Da nimm sie, hier, bitte!«, und ich gab ihr noch eine.

Erst als ich wieder in meinem Bett lag und schon eine Weile versucht hatte, mich zu entspannen, dämmerte es mir, daß ich vielleicht unfreiwillig einen Selbstmordversuch unterstützt hatte. Vielleicht war die ganze Vorstellung – die lautstarke Wühlerei in meiner Kommode und ihr Getue, daß sie mich nicht wecken wollte – bloß ein schlechter Trick, damit ich ihr verriet, wo ich die Tabletten aufbewahrte? Vielleicht sollte ich doch besser mal nachsehen gehen, ob mit ihr alles in Ordnung war?

Zum Teufel damit! Ich hatte genug – ich war erschöpft. Ich konnte schon wieder spüren, wie der Schlaf mich übermannte, langsam, aber sicher…

Und dann, es war nicht zu fassen, keine halbe Stunde später, klingelte das Telefon. Nur mühsam konnte ich den tiefen Schlaf abschütteln und nahm den Hörer ab. Und wer hätte das gedacht – es war nicht für mich.

So war die Nacht, die Lucy bei mir verbracht hat.

Erst am nächsten Tag hörte ich es in den Radionachrichten, als ich schon im Büro war. Alle wußten es schon, obwohl es für sie natürlich nicht besonders interessant war: Dieser Weinimporteur, Hugo Soundso, war mit eingeschlagenem Schädel in seinem Bett aufgefunden worden.

Obwohl wir viel zu tun hatten, mußte ich behaupten, daß es mir nicht gutginge, und sofort nach Hause fahren. Die Verblüffung stand meinen Kollegen ins Gesicht geschrieben, normalerweise ging bei mir die Arbeit vor, aber was sollte ich machen? Lucy hatte tief und fest geschlafen, als ich die Wohnung heute morgen verlassen hatte, und ich wollte unbedingt verhindern, daß sie allein war, wenn die Polizei kam. Da gab es eine Menge Lügen, die ich zu erzählen hatte, und ich wollte sie parat haben, bevor sie versuchen würden, Lucys Alibi zu knacken. Ja, würde ich sagen, sie war bei mir gestern abend. Ja, sie hat die ganze Nacht tief und fest geschlafen. Ich selbst habe ihr zwei sehr starke Schlaftabletten kurz nach Mitternacht gegeben, die sie selbstverständlich für Stunden außer Gefecht gesetzt haben mußten. Ja, während der Nacht habe ich mehrmals nach ihr geschaut, nur um sicherzugehen, daß mit ihr alles in Ordnung war...

Was ich ihnen nicht sagte – und niemals sagen werde –, ist, daß, als ich das erste Mal in ihr Zimmer ging, um sie ans Telefon zu holen, das Bett leer war und die beiden blauen Tabletten unversehrt auf dem Nachttisch lagen. Ich erzählte auch nicht, daß ich, als ich verwirrt in dem Zimmer stand, hörte, wie ein Auto ungefähr hundert Meter weiter die Straße runter aufheulte, was in der Stille der tiefen Nacht klar und deutlich zu hören war. Und schon gar nichts erzählte ich ihnen von Hugos Anruf. Nicht einmal Lucy habe ich etwas davon gesagt, weil mir klar war, daß sie im Leben nicht mit diesem Anruf von ihm zwischen zwei und drei Uhr in der Frühe gerechnet hatte. Der arme Mann war verzweifelt und rief überall an, weil er seine Frau suchte; und als ich sie an den Apparat holen wollte und wieder mit der Nachricht zurückkehren mußte, daß sie verschwunden war, schien er nur noch verzweifelter. Ich beschloß, einen tüchtigen Anranzer wegen Taktlosigkeit zu riskieren, und ergriff die Gelegenheit beim Schopf, ihm ein paar passende Worte zu seiner Blonde-Sekretärinnen-Affäre zu sagen und ihm klar vor Augen zu führen, wie unglücklich Lucy war; aber er war weit davon entfernt, mich anzuranzen oder wütend zu sein. Er war verblüfft, wirklich und wahrhaftig. Welche blonde Sekretärin? Wovon ich überhaupt spräche? Er und Lucy seien sich hundertprozentig treu, das müßte ich doch wissen! Er hätte nie eine andere Frau auch nur angesehen und wird es auch nie...

Und so weiter und so weiter. Obwohl ich selbst zwar nicht verheiratet bin, bin ich doch kein kompletter Idiot. Wenn ein Mann aus tiefstem Herzen die Wahrheit spricht, dann kann ich das erkennen, und ich bin mir sicher, daß Hugo in jener Nacht, und in den letzten Minuten bevor er starb (wie es sich später herausstellte), die Wahrheit sprach.

Nun, die Polizei kam und ging, und ich erzählte meine Geschichte. Sie erfuhren weder von Lucys Verschwinden noch von Hugos Anruf, und sie werden es auch niemals erfahren. Wie ich zu Anfang schon sagte, Freundschaft steht gleich zu Anfang auf meiner Liste der Prioritäten. Wochenlang suchten sie noch diese blonde Sekretärin, die die schwere, bronzene Statue als Mordinstrument verwendet haben soll. Es wurde angenommen, daß sich das Liebespaar gestritten hatte, weil Hugo plötzlich ins eheliche Schlafgemach zurückkehren wollte (wo er dann natürlich auch tot aufgefunden worden ist), und die junge Frau sei vor Wut und Eifersucht einfach außer sich gewesen. Wie ich schon sagte, sie wurde gesucht, aber nie gefunden.

Wie auch! Eine blonde Sekretärin! Jetzt verstand ich, warum Lucy sich nicht dazu herabwürdigen wollte, die Adresse des Mädchens herauszufinden, das irgendwo in der Nähe der Fulham Road wohnen sollte.

Bald schon wuchs Gras über die Geschichte, wie alle Neuigkeiten irgendwann ihren Reiz verlieren. Bloß noch ein ungelöster Mordfall in der riesigen, betriebsamen Stadt; das nächste, was ich von Lucy hörte, schon wenige Wochen danach, war, daß sie mit einem sonnengebräunten Playboy, der um einiges jünger und beinahe so reich war wie sie, die Flitterwochen auf den Bahamas verbrachte. Ich glaube nicht, daß er genauso reich ist wie sie, weil Hugo ein wirklich wohlhabender Mann gewesen war und das gesamte Vermögen seiner ›geliebten Frau‹ vermacht hatte.

Lucy, ein Glückspilz? Ich habe mich in all den Jahren häufig über diese Glückssträhne gewundert. Nun ja, wahrscheinlich hat das Glück wirklich hin und wieder seine Hand im Spiel gehabt.

Ross Macdonald
Blondine mit schlechtem Gewissen

Vor dem Tor am Rand der Rollbahn wartete ein Mann auf mich. Er entsprach nicht dem Bild, das ich mir von ihm gemacht hatte. Er hatte eine fleckige braune Windjacke an und ausgebeulte Hosen, dazu trug er einen Hut, zerknautscht und zweifelhaft wie sein Gesicht. Nach den grauen Haaren und den Falten um die Augen zu urteilen, mußte er etwa vierzig Jahre alt sein. Er hatte dunkle und unstete Augen, die hin und her gingen, als ob sie vermeiden wollten, die häßliche Seite des Lebens zur Kenntnis zu nehmen. Dabei sah er aus, als ob er oft genug mit ihr in Berührung gekommen war.

»Mr. Archer?«

Ich bejahte und reichte ihm die Hand. Er wußte nicht, was er damit anfangen sollte. Er betrachtete sie argwöhnisch, als ob ich versuchen könnte, einen Judogriff anzuwenden. Dabei behielt er die ganze Zeit die Hände in den Taschen seiner Windjacke.

»Ich bin Harry Nemo.« Seine Stimme klang mürrisch und quengelig. Es kostete ihn Mühe, seinen Namen zu nennen. »Mein Bruder hat mich beauftragt, Sie abzuholen. Sind Sie fertig?«

»Sobald ich mein Gepäck habe.«

Ich nahm die Reisetasche am Schalter des leeren Warteraums in Empfang. Für ihre Größe war die Tasche sehr schwer. Sie enthielt neben Zahnbürste und etwas Wäsche zwei Schießeisen und Munition. Eine .38er Spezial für schnelle Arbeit und eine .32er Automatic als Ersatz.

Harry Nemo ging voran zu seinem Auto. Es war eine neue siebensitzige Sonderausführung, lang und schwarz wie der Tod. Die Windschutzscheibe und die Seitenfenster waren sehr dick. Sie hatten den gelblichen Ton von kugelsicherem Glas.

»Erwarten Sie, daß man auf Sie schießt?«

»Ich nicht.« Er lächelte düster. »Dies ist Nicks Wagen.«

»Warum ist Nick nicht selbst gekommen?«

Er sah sich auf dem verlassenen Flugplatz um. Die Maschine, mit der ich gekommen war, war nur noch ein aufblitzendes Fleckchen am Himmel über der roten Sonne. Der einzige Mensch in Sichtweite war der Mann im Kontrollturm. Aber Nemo beugte sich zu mir herüber und sagte flüsternd:

»Nick hat Todesängste. Er traut sich nicht aus dem Haus. Seit heute morgen.«

»Was ist denn heute morgen passiert?«

»Hat er es Ihnen nicht erzählt? Sie haben doch mit ihm telefoniert.«

»Viel hat er nicht gesagt. Nur, daß er eine Leibwache für sechs Tage braucht, bis zur Abfahrt seines Schiffs. Warum, hat er nicht erwähnt.«

»Das kann ich Ihnen sagen: weil sie hinter ihm her sind, darum. Heute morgen ging er zum Strand, seinem Privatstrand hinter der Ranch. Er war allein unten und nahm sein tägliches Morgenbad. Da wurde auf ihn geschossen, von oben, vom Steilufer aus. Fünf oder sechs Schüsse. Er war im Wasser und hatte natürlich keine Pistole zur Hand. Die Kugeln sollen um ihn herum aufgespritzt sein wie Hagelkörner. Er tauchte und schwamm unter Wasser weiter hinaus. Gott sei Dank ist er ein guter Schwimmer, sonst wäre er nicht lebend davongekommen. Kein Wunder, daß er jetzt Angst hat. Das bedeutet, daß sie ihn aufgespürt haben, wissen Sie.«

»Wer sind diese *sie*, oder ist das ein Familiengeheimnis?«

Nemo wandte sich mir zu und sah mir ins Gesicht. Sein Atem roch sauer, sein Blick war ungläubig. »Herrgott, wissen Sie denn nicht, wer Nick ist? Hat er es Ihnen nicht erzählt?«

»Er ist Zitronen-Pflanzer, nicht wahr?«

»Das ist er jetzt.«

»Was war er vorher?«

Das hart mitgenommene Gesicht verschloß sich. »Ich sollte meinen Mund halten. Soll er es Ihnen selbst erzählen, wenn er Lust hat.«

Zweihundert Pferdestärken rissen uns vom Straßenrand fort. Ich hatte die schwere Ledertasche auf den Knien. Nemo fuhr, als ob das Fahren das einzige in seinem Leben war, was ihm Spaß machte; er war versunken in stille Gemeinsamkeit mit dem Motor. Er fegte uns über die Landstraße, dann sanft bergab und zwischen geometrisch angelegten Zitronenhainen hindurch. Das Meer am Fuße des Abhangs schimmerte rot im Sonnenuntergang.

Ehe wir unten ankamen, bogen wir von der Asphaltstraße in einen Privatweg. Zwischen den dunkelgrünen Bäumen verlief er gerade wie ein Haarscheitel eine halbe Meile oder so, bis zu einem niedrigen Haus in einer Lichtung.

Das Haus mit seinem flachen Dach bestand aus Beton und Feldsteinen. Seitlich war eine Garage angebaut. Sämtliche Fenster waren durch schwere Vorhänge verdunkelt. Es lag mitten in einer gepflegten Rasenfläche, die wiederum von einem zehn Fuß hohen, mit Stacheldraht bewehrten Zaun umgeben war.

Nemo brachte den Wagen vor dem durch ein Vorhängeschloß gesicherten Tor zum Stehen und hupte. Niemand antwortete. Er hupte noch einmal.

Ungefähr auf halbem Wege zwischen Haus und Tor kam etwas zwischen den Büschen hervorgekrochen. Es war ein Mann, der sich sehr langsam auf Händen und Knien vorwärts bewegte. Sein Kopf hing fast bis zum Boden. Eine Seite des Kopfes war hellrot, als ob er in Farbe gefallen sei. Er hinterließ eine gewundene rote Spur auf dem Kies der Zufahrt.

Harry Nemo rief: »Nick!« Er stieg hastig aus dem Wagen. »Was ist passiert, Nick?«

Der kriechende Mann hob seinen schweren Kopf und sah uns an. Schwerfällig kam er auf die Füße. Breitbeinig und schwankend bewegte er sich auf uns zu wie ein großes Kind, das laufen lernt. Er atmete laut und gräßlich und sah uns mit schrecklicher Hoffnungslosigkeit an. Dann, mitten in dem nächsten Schritt, starb er. Ich sah die Veränderung in seinem Gesicht, ehe er auf dem Kies aufschlug.

Harry Nemo kletterte wie ein müder Affe über den Zaun und zerriß sich dabei die Hose am Stacheldraht. Er kniete neben seinem Bruder nieder, drehte ihn um und tastete nach seinem Herzschlag. Er stand auf und schüttelte den Kopf.

Ich hatte den Reißverschluß der Tasche geöffnet und die Hand am Revolver. Ich trat vor das Tor. »Öffnen Sie, Harry.«

Harry wiederholte mehrmals: »Sie haben ihn gekriegt.« Dabei bekreuzigte er sich. »Die dreckigen Hunde.«

»Öffnen Sie«, sagte ich. Er fand einen Schlüsselbund in der Tasche des Toten und machte das Vorhängeschloß auf. Unsere schleppenden Schritte knirschten auf dem Kies. Ich sah hinunter auf die Kieskörnchen in Nicky Nemos Augen und auf das Einschußloch in der Schläfe.

»Wer hat ihn gekriegt, Harry?«

»Weiß nicht. Fats Jordan oder Artie Castola oder Faronese. Einer von denen muß es gewesen sein.«

»Die Purpurbande.«

»Ja. Nicky war ihr Schatzmeister in den dreißiger Jahren. Er war der einzige, dessen Name nicht in die Zeitungen kam. Er verwaltete das Geld, wissen Sie. Als es heiß wurde und die Bande aufflog, hatte er das Geld in einem Bankschließfach. Er war der einzige, der davongekommen ist.«

»Wieviel Geld?«

»Das hat er mir nie erzählt. Ich weiß nur, daß er vor dem Krieg hierherkam und über 250 Hektar für den Zitronenanbau kaufte. Sie haben fünfzehn Jahre gebraucht, um ihn zu finden. Er hat jedoch immer gewußt, daß sie kommen würden. Er wußte es.«

»Artie Castola ist im vergangenen Frühling aus dem Zuchthaus entlassen worden.«

»Wem sagen Sie das. Damals hat sich Nicky den kugelsicheren Wagen gekauft und den Zaun errichtet.«

»Sind sie auch hinter Ihnen her?«

Er schaute sich in dem dunkler werdenden Zitronenhain um und sah dann zum Himmel hinauf. Der Himmel hatte rote Streifen, als ob die Sonne eines gewaltsamen Todes gestorben wäre.

»Weiß nicht«, antwortete er nervös. »Einen Grund haben sie nicht. Ich bin unschuldig wie ein Lamm. Ich habe niemals irgendwelchen Banden angehört, jedenfalls nicht seit meiner Jugend. Meine Frau hat dafür gesorgt, daß ich auf den geraden Weg zurückfand, wissen Sie.«

Ich sagte: »Es ist besser, wir gehen ins Haus und rufen die Polizei.«

Die Haustür stand eine Handbreit offen. Ich konnte sehen, daß sie mit einer starken Stahlplatte gepanzert war. Harry sprach das aus, was ich mich auch schon gefragt hatte.

»Warum, zum Teufel, ist er bloß rausgegangen. Im Haus war er völlig sicher.«

»Wohnt er allein hier?«

»Mehr oder weniger allein.«

»Was heißt das?«

Er tat, als ob er mich nicht gehört habe. Aber die Antwort erhielt ich auch ohne ihn. Durch den Türbogen, der ins Wohnzimmer führte, sah ich einen Leopardenmantel auf der Rückenlehne des Sofas liegen. In den Aschenbechern lagen lippenstiftverschmierte Zigarettenkippen neben einigen Zigarrenstummeln.

»Nicky war verheiratet?«

»Nicht direkt.«

»Kennen Sie die Frau?«

»Nee.« Aber er log.

Irgendwo außerhalb der dicken Hauswände hörte ich Federn ächzen, einen krachenden Stoß, das stotternde Röhren eines kalten Motors und dann das Knirschen von Reifen auf Kies. Ich erreichte die Tür noch rechtzeitig, um ein kirschrotes Cabriolet die Zufahrt hinunterrasen zu sehen. Das Verdeck war heruntergeklappt. Ein strohblondes Mädchen saß klein und gespannt hinter dem Steuer. Sie kurvte um Nicks Leiche und kam irgendwie mit kreischenden Reifen durch das Tor. Ich zielte auf das rechte Hinterrad und schoß vorbei. Harry tauchte hinter mir auf. Er riß meinen Arm herunter, bevor ich den zweiten Schuß abfeuern konnte. Das Cabriolet verschwand in Richtung Landstraße.

»Lassen Sie sie fahren«, sagte er.

»Wer ist sie?«

Er dachte nach. Sein langsames Gehirn rastete fast hörbar ein. »Weiß nicht. Ein kleines Flittchen, das Nicky irgendwo aufgelesen hat. Sie heißt Flossie oder Florrie oder so. Sie hat ihn nicht erschossen, wenn Sie das annehmen.«

»Sie kennen sie ziemlich gut, nicht wahr?«

»Den Teufel werde ich tun. Ich gebe mich nicht mit Nickys Weibern ab.«

Er versuchte, sich in eine Wut zu steigern, die seine Worte glaubhaft erscheinen ließ. Aber er hatte nicht das Zeug dazu. Alles, was er zustande brachte, war Verdrießlichkeit. »Hören Sie, Mister, warum wollen Sie hier noch herumlungern? Der Mann, der Sie angeheuert hat, ist tot.«

»Erstens habe ich mein Geld noch nicht gekriegt.«

»Das erledige ich.«

Er trottete über den Rasen zu dem Toten und kam zurück mit einer Brieftasche aus Alligator. Sie war vollgestopft mit Geldscheinen.

»Wieviel?«

»Hundert genügt.«

Er gab mir einen Hundert-Dollar-Schein. »Wie wär's, wenn Sie jetzt abhauten, Kumpel, bevor die Polizei hier ist?«

»Und wie?«

»Nehmen Sie Nickys Wagen. Er braucht ihn nicht mehr. Sie können ihn am Flughafen parken und den Schlüssel im Büro lassen.«

»Das kann ich also, wie?«

»Na klar, ich sage Ihnen doch, daß Sie das können.«

»Sind Sie nicht ein bißchen freigebig mit dem Eigentum Ihres Bruders?«

»Jetzt gehört es mir, Kumpel.« Er verzog das Gesicht, ihm kam plötzlich eine Idee. »Wie wäre es übrigens, wenn Sie von meinem Grundstück verschwänden?«

»Ich bleibe hier, Harry. Mir gefällt es hier. Ich sage immer, erst Leute geben einem Haus sein Gesicht.«

Ich hatte den Revolver noch immer in der Hand. Er sah auf ihn herunter.

»Gehen Sie ans Telefon, Harry. Rufen Sie die Polizei.«

»Was glauben Sie eigentlich, wer Sie sind, mich so herumzukommandieren? Mir gibt jetzt keiner mehr Befehle, kapiert?« Er blickte über seine Schulter auf das dunkle, formlose Etwas auf dem Kies und spuckte giftig aus.

»Ich bin ein freier Mann. Ich arbeite für Nicky, nicht für Sie.«

Er änderte seinen Ton sehr plötzlich. »Was verlangen Sie, wenn Sie für mich arbeiten?«

»Das kommt auf die Arbeit an.«

Er blätterte in der Alligator-Brieftasche. »Hier sind noch hundert. Wenn Sie schon hierbleiben müssen, halten Sie's Maul über das Mädchen. Einverstanden?«

Ich antwortete nicht, nahm aber das Geld und steckte es gesondert in eine leere Tasche. Harry telefonierte mit dem Sheriff des County.

Er leerte die Aschenbecher, bevor die Leute des Sheriffs kamen und stopfte den Leopardenmantel in eine Holztruhe. Ich saß dabei und beobachtete ihn.

Die nächsten beiden Stunden verbrachten wir in Gegenwart der beiden großmäuligen Vertreter des Sheriffs. Sie ärgerten sich über den Toten, daß er eine Vergangenheit gehabt hatte, die Kugeln anzieht. Über Harry ärgerten sie sich, weil er der Bruder war. Insgeheim ärgerten sie sich über sich selbst, weil sie unerfahren und unfähig waren. Nicht einmal den Leopardenmantel hatten sie gefunden.

Harry Nemo verließ das Amtsgebäude zuerst. Ich wartete auf ihn und beschattete ihn bis nach Hause zu Fuß.

Wo eine schlanke Palme ihren zerfransten Kopf über der Straße erhob, lag ein Hof, der von klapprigen Holzhäuschen umgeben war. Harry bog auf den Hof ein und betrat das erste Häuschen. Licht fiel von innen auf sein Gesicht. Ich hörte, wie eine Frauenstimme etwas zu ihm sagte. Dann wurde Licht und Geräusch durch die sich schließende Tür abgeschnitten.

Auf der gegenüberliegenden Straßenseite stand ein altes

Giebelhaus mit bretterverschlagenen Fenstern. Ich überquerte die Straße und beobachtete im Schatten einer Veranda Nemos Haus. Nachdem ich drei Zigaretten geraucht hatte, kam eine große Frau in dunklem Hut und hellem Mantel aus dem Häuschen, ging mit schnellen Schritten um die Ecke und verschwand aus meinem Gesichtskreis. Zwei weitere Zigarettenlängen später erschien sie wieder an der Ecke auf meiner Seite der Straße, immer noch schnellen Schritts. Ich bemerkte, daß sie eine große Strohtasche unter ihrem Arm trug. Ihr Gesicht war lang und starr im Licht der Laternen.

Sie verließ die Straße und marschierte über den Schotterweg auf die Veranda zu, wo ich im Schatten an der Mauer lehnte. Die Stufen ächzten unter ihren entschlossenen Schritten. Ich umklammerte die Waffe in meiner Tasche und wartete. Mit der steifen Sicherheit eines weiblichen Korporals, der an der Spitze seiner Abteilung marschiert, kam sie über die Veranda auf mich zu, eine dünne, hochschultrige Silhouette im Licht von der Ecke. Sie hatte die Hand in der Strohtasche, und das Ende der Tasche war auf meinen Magen gerichtet. In ihrem überschatteten Gesicht glühten die Augen und blitzten die Zähne.

»An Ihrer Stelle würde ich es nicht versuchen«, sagte sie. »Ich habe hier eine entsicherte Kanone, und ich weiß damit umzugehen, Mister.«

»Ich gratuliere.«

»Ich spaße nicht.« Ihre tiefe Altstimme wurde ein wenig höher. »Im Schnellfeuern war ich besonders gut. Nehmen Sie also besser Ihre Hände aus den Taschen.«

Ich zeigte ihr meine leeren Hände. Sie bewegte sich sehr

schnell, erleichterte meine Tasche von dem Gewicht des Revolvers und durchsuchte mich nach weiteren Waffen.

»Wer sind Sie, Mister?« sagte sie, als sie einen Schritt zurücktrat. »Arturo Castola können Sie nicht sein, dafür sind Sie nicht alt genug.«

»Sind Sie Polizistin?«

»Ich stelle hier die Fragen. Was tun Sie hier?«

»Ich warte auf einen Freund.«

»Sie lügen. Sie haben mein Haus eineinhalb Stunden lang beobachtet. Ich habe Sie durch das Fenster gesehen.«

»Dann sind Sie also losgezogen und haben sich eine Kanone gekauft?«

»Ja. Sie sind Harry nach Hause gefolgt. Ich möchte wissen, warum. Ich bin Frau Nemo.«

»Harry ist der Freund, auf den ich warte.«

»Sie lügen schon wieder. Harry hat Angst vor Ihnen. Sie sind nicht sein Freund.«

»Das liegt allein an Harry. Ich bin Detektiv.«

Sie schnaubte. »Mag sein. Wo ist Ihre Erkennungsmarke?«

»Ich bin Privatdetektiv«, sagte ich. »Mein Ausweis steckt in der Brieftasche.«

»Zeigen Sie her. Und kommen Sie mir nicht mit irgendwelchen Tricks.«

Ich zeigte ihr meinen Ausweis. Sie hielt ihn hoch in den Schein der Laterne und gab ihn mir zurück. »Sie sind also Detektiv. Dann sollten Sie mal etwas für Ihre Technik im Beschatten tun. Sie ist zu durchsichtig.«

»Ich ahnte ja nicht, daß ich es mit einer Polizistin zu tun hatte.«

»Ich war mal Polizistin. Jetzt nicht mehr.«

»Dann geben Sie mir meine .38er zurück. Sie hat mich siebzig Dollar gekostet.«

»Erzählen Sie mir erst einmal, welches Interesse Sie an meinem Mann haben. Wer hat Sie angeheuert?«

»Nick, Ihr Schwager. Er hat mich heute in Los Angeles angerufen und gesagt, er brauche einen Leibwächter für eine Woche. Hat Harry Ihnen das nicht erzählt?«

Sie antwortete nicht.

»Als ich zu Nick kam, brauchte er weder eine Leibwache noch sonst irgend etwas. Aber ich dachte mir, ich bleibe da und sehe, was ich über seinen Tod herausfinden kann. Schließlich war er mein Klient.«

»Sie sollten Ihre Klienten sorgfältiger aussuchen.«

»Wie wäre es, wenn Sie das auch mit Schwägern machten?«

Sie schüttelte steif den Kopf. Das Haar, das unter ihrem Hut hervorkam, war fast weiß. »Ich bin weder für Nick verantwortlich noch für die Leute in seiner Umgebung. Meine Verantwortung liegt bei Harry. Ich habe ihn von Amts wegen kennengelernt und ihn auf den rechten Weg gebracht, verstehen Sie? Ich habe ihn von Detroit und von der schlechten Gesellschaft, in die er geraten war, losgeeist und hierhergebracht. Von seinem Bruder konnte ich ihn nicht ganz fernhalten. Aber er ist nicht in Schwierigkeiten gewesen, seit wir geheiratet haben. Nicht ein einziges Mal.«

»Bis jetzt.«

»Harry ist auch jetzt nicht in Schwierigkeiten.«

»Noch nicht. Offiziell nicht.«

»Was meinen Sie damit?«

»Geben Sie mir meine Kanone und nehmen Sie Ihre runter. Ich kann nicht gegen Eisen anreden.«

Sie zögerte, eine grimmige und besorgte Frau, die unter Druck steht. Ich fragte mich, welche Laune des Schicksals sie einen Strolch hatte heiraten lassen, und kam zu dem Ergebnis, daß es Liebe gewesen sein mußte. Nur Liebe konnte eine Frau dazu bewegen, eine dunkle Straße zu überqueren und sich einem unbekannten Revolverhelden entgegenzustellen. Mrs. Nemo hatte ein Pferdegesicht, sie war ältlich und nicht hübsch, aber sie hatte Mut.

Sie gab mir meine Waffe zurück. Ihr Kolben wirkte beruhigend auf meine Handfläche. Ich steckte sie in meine Tasche. Eine Horde halbwüchsiger Negerjungen zog auf der Straße vorbei, sinnlos johlend und pfeifend.

Sie beugte sich zu mir, fast so groß wie ich. Ihre Worte klangen beschwörend. »Harry hat mit dem Tod seines Bruders nichts zu tun. Sie sind verrückt, wenn Sie das glauben.«

»Was macht Sie so sicher, Mrs. Nemo?«

»Harry brächte es gar nicht fertig. Ich kenne Harry, ich kann in ihm lesen wie in einem offenen Buch. Selbst wenn er den Mut hätte, was er nicht hat, würde er nicht einmal wagen, daran zu denken, seinen Bruder umzubringen. Nick war der Ältere, verstehen Sie, der Erfolgreichere in der Familie.« Ihre Stimme krächzte verächtlich. »Ich konnte nichts dagegen machen, Harry verehrte Nick bis zum Schluß.«

»Solche brüderlichen Gefühle gehen manchmal zweierlei Wege. Und Harry hatte eine Menge zu gewinnen.«

»Nicht einen Cent. Nichts.«

»Er ist Nicks Erbe, nicht wahr?«

»Nicht, solange er mit mir verheiratet ist. Ich würde nicht zulassen, daß er auch nur einen Cent von Nicks schmutzigem Geld berührt. Ist das klar?«

»Mir ist es klar, aber ist es auch Harry klar?«

»Ich habe es ihm viele Male auseinandergesetzt. Überhaupt ist es lächerlich. Harry würde seinem teuren Bruder nicht ein Härchen gekrümmt haben.«

»Vielleicht hat er es nicht persönlich gemacht; er könnte jemand beauftragt haben. Denn daß er jemand deckt, das liegt auf der Hand.«

»Wen?«

»Ein blondes Mädchen hat kurz nach unserer Ankunft das Haus verlassen. Sie entkam in einem kirschroten Cabriolet. Harry kennt sie.«

»In einem kirschroten Cabriolet?«

»Ja. Sagt Ihnen das was?«

»Nein. Nichts Besonderes. Sie muß eines von Nicks Mädchen gewesen sein. Er hatte immer Mädchen.«

»Warum würde Harry sie schützen?«

»Was meinen Sie damit, schützen?«

»Sie hat einen Leopardenmantel zurückgelassen. Harry hat ihn versteckt und mir Geld gegeben, damit ich der Polizei nichts davon sage.«

»Das hat Harry getan?«

»Es sei denn, daß ich an Halluzinationen leide.«

»Kann ja sein, daß Sie das tun. Wenn Sie glauben, daß Harry dem Mädchen Geld gegeben hat, damit sie Nick umbringt, oder er irgend etwas ...«

»Ich weiß. Sagen Sie es nicht. Ich bin verrückt.«

Mrs. Nemo legte ihre dünne Hand auf meinen Arm. »Lassen Sie Harry in Ruhe. Bitte. Ich habe es schwer genug gehabt, ihn so hinzukriegen, wie er jetzt ist. Er ist schlimmer als mein erster Mann. Der erste war ein Trinker, Sie können es glauben oder nicht.« Sie sah hinüber zu dem erleuchteten Häuschen auf der anderen Straßenseite. Und ich sah die eine Hälfte ihres bitteren Lächelns. »Ich frage mich nur, warum ich im Leben immer ausgerechnet auf solche lahmen Enten hereinfallen muß...«

»Die Frage kann ich Ihnen auch nicht beantworten, Mrs. Nemo. Also gut, ich werde Harry in Ruhe lassen.«

Aber ich hatte nicht die Absicht, Harry in Ruhe zu lassen. Als sie zu ihrem Haus zurückgegangen war, ging ich dreiviertel um den Block und suchte mir einen neuen Platz in der Tür einer chemischen Reinigung. Diesmal rauchte ich nicht. Ich bewegte mich nicht einmal, außer, daß ich von Zeit zu Zeit auf meine Uhr sah.

Gegen elf wurden hinter den Rollos in Nemos Häuschen die Lichter ausgeknipst. Kurz vor Mitternacht ging die Haustür auf, und Harry glitt heraus. Er blickte die Straße rauf und runter und trabte los. Er kam in etwa zwei Schritt Entfernung an meinem dunklen Türeingang vorbei und hastete verstohlen schlurfend weiter.

Vorsichtig, damit er nicht merkte, daß er beschattet wurde, folgte ich ihm bis in die Stadt hinein. Er verschwand im beleuchteten Eingang einer auch nachts geöffneten Garage. Wenige Minuten später kam er wieder heraus, am Steuer eines alten Chevrolets.

Auch mein Geld überzeugte den Wärter. Ich nahm einen alten Buick, der immer noch seine 75 Meilen hergeben würde. Den Beweis dafür trat ich an, als ich auf der Landstraße war. Ich kam gerade noch rechtzeitig an der Abfahrt zu Nick Nemos Privatweg an, um zu sehen, wie Harrys Rücklichter sich dem dunklen Ranch-Haus näherten.

Ich schaltete meine Scheinwerfer aus und parkte, nachdem ich gewendet hatte, am Straßenrand hundert Schritt hinter der Einfahrt. Nach wenigen Minuten kam der Chevrolet wieder zurück. Harry saß noch immer allein drin. Ich folgte ihm mit ausgeschalteten Lampen bis zur Landstraße. Erst dann wagte ich, wieder mit Licht zu fahren. Es ging die Landstraße hinunter bis zum Stadtrand.

Im Zentrum des Motel- und Drive-in-Bezirks bog er in eine Seitenstraße ein und fuhr unter Neon-Röhren durch, die besagten, daß hier ein Parkplatz für Wohnwagen-Anhänger sei. Die Wohnwagen standen am Ufer eines trockenen Baches. Der Chevrolet hielt vor einem, durch dessen Fenster noch Licht schien. Harry stieg aus mit einem gefleckten Bündel unter dem Arm. Er klopfte an die Tür des Wohnwagens.

Ich wendete an der nächsten Ecke und wartete wieder. Der Chevrolet fuhr unter dem Neon-Zeichen durch in Richtung Landstraße. Ich ließ ihn fahren.

Ich stieg aus und ging am Bachufer entlang zu dem Wohnwagen, in dem noch Licht brannte. Die Fenster waren verhängt. Das kirschrote Cabriolet parkte auf der Rückseite. Ich klopfte an die Aluminiumtür.

»Harry?« fragte eine Mädchenstimme. »Bist du es, Harry?«

Ich murmelte etwas Unverständliches. Die Tür öffnete sich, und das strohblonde Mädchen stand vor mir. Sie war sehr jung, aber ihre runden blauen Augen waren schwer und krank von Katzenjammer oder von Reue. Sie hatte nur ein Nylon-Unterkleid an, sonst nichts.

»Was soll das?«

Sie versuchte die Tür zu schließen. Ich stellte den Fuß dazwischen.

»Gehen Sie weg. Lassen Sie mich in Ruhe. Ich werde schreien.«

»Gut, schreien Sie.«

Sie öffnete den Mund. Kein Ton kam heraus. Sie machte den Mund wieder zu. Er war klein, sinnlich, herausfordernd. »Wer sind Sie? Polizei?«

»Beinahe. Lassen Sie mich rein.«

»Na, dann kommen Sie doch, verdammt noch mal. Ich habe nichts zu verbergen.«

»Das sehe ich.«

Ich schob mich an ihr vorbei. Ihr Atem roch nach Martinis. Der kleine Raum war ein Durcheinander von weiblichen Kleidungsstücken aus Seide und Kaschmir-Wolle, aus Tweed und durchsichtigen Nylons. Einiges lag auf dem Boden, anderes war zum Trocknen aufgehängt. Der Leopardenmantel lag auf dem Feldbett, aus unzähligen dreisten Augen glotzend. Sie hob ihn auf und hängte ihn über ihre Schultern. Nervös begannen ihre Hände winzige Holzspäne aus dem Pelz zu klauben. Ich sagte:

»Harry hat Ihnen einen Gefallen getan, nicht wahr?«

»Vielleicht.«

»Haben Sie Harry auch einen Gefallen getan?«

»Und was für einer sollte das sein?«

»Zum Beispiel, seinen Bruder umzubringen?«

»Da sind Sie auf dem Holzweg, Mister. Ich mochte Onkel Nick sehr gern.«

»Warum sind Sie dann weggelaufen, als er tot war?«

»Ich hatte Angst«, sagte sie. »Das hätte wohl jede gehabt. Ich schlief, als es ihn erwischte. Völlig betrunken, wenn Sie's genau wissen wollen. Ich wachte von dem Knall des Schusses auf, aber es dauerte eine ganze Weile, bis ich zu mir kam und soweit nüchtern war, daß ich mir etwas anziehen konnte. Als ich bis zum Schlafzimmerfenster gekommen war, kam Harry mit irgend so einem Kerl.« Sie sah mir ins Gesicht. »Waren Sie das?«

Ich nickte.

»Aha. Aber in dem Moment hielt ich Sie für einen Polizeibeamten. Ich sah Nick auf der Zufahrt liegen, alles voller Blut. Und da bekam ich es mit der Angst. Ich hätte Unannehmlichkeiten kriegen können. Böse Unannehmlichkeiten, es sei denn, daß ich mich verdrückte. Also habe ich mich verdrückt. Es war nicht nett von mir, nach allem, was Nick für mich getan hat, aber es war das einzig Vernünftige. Ich mußte an meine Karriere denken.«

»Was ist das für eine Karriere?«

»Als Mannequin und Schauspielerin. Onkel Nick wollte mich auf eine Schule schicken.«

»Wenn Sie den Mund nicht aufmachen, werden Sie Ihre Ausbildung im Gefängnis beenden. Wer hat Nick erschossen?«

Eine Spur von Angst kam in ihre Stimme. »Ich weiß nicht. Ich sage es Ihnen doch. Ich lag völlig betrunken im Schlafzimmer. Ich habe nichts gesehen.«

»Warum hat Harry Ihnen den Mantel gebracht?«

»Er wollte nicht, daß ich in den Fall verwickelt werde. Schließlich ist er mein Vater.«

»Harry Nemo ist Ihr Vater?«

»Ja.«

»Da müssen Sie sich schon etwas Besseres einfallen lassen. Wie heißen Sie?«

»Jeannine. Jeannine Larue.«

»Warum heißen Sie nicht Nemo, wenn Harry Ihr Vater ist? Warum nennen Sie ihn Harry?«

»Er ist mein Stiefvater, meinte ich.«

»Natürlich«, sagte ich. »Und Nick war wirklich Ihr Onkel, und Sie haben ihm nur einen verwandtschaftlichen Besuch abgestattet.«

»Er ist nicht blutsverwandt mit mir. Aber ich habe ihn immer Onkel genannt.«

»Wenn Harry Ihr Vater ist, warum wohnen Sie dann nicht bei ihm?«

»Das habe ich ja auch früher, ehrlich. Ich erzähle Ihnen die Wahrheit. Wegen seiner Alten mußte ich raus. Sie kann mich nicht ausstehen. Sie ist eine ekelhaft spießige Person, die einem Mädchen nicht mal 'n Spaß gönnt. Bloß, weil mein Vater ein Säufer war…«

»Was verstehen Sie so unter Spaß, Jeannine?«

Sie schüttelte ihr kurzgeschnittenes Haar. Es strömte ein schweres Parfum aus, das wert war, in Blut aufgewogen zu werden. Sie ließ eine perlenweiße Schulter sehen und lächelte wie eine Hure. »Was verstehen Sie denn darunter? Vielleicht ist es ja das gleiche, und wir können uns zusammentun.«

»Sie meinen so, wie Sie mit Nick zusammen waren?«

»Sie sind hübscher als er.«

»Ich bin auch schlauer als er, hoffe ich. Ist Harry wirklich Ihr Stiefvater?«

»Fragen Sie ihn, wenn Sie mir nicht glauben. Fragen Sie ihn. Er wohnt in der Tule Street – die Nummer weiß ich nicht.«

»Ich weiß, wo er wohnt.«

Aber Harry war nicht zu Hause. Ich klopfte an die Tür des Holzhäuschens und bekam keine Antwort. Ich drehte am Türknauf und merkte, daß die Tür unverschlossen war. Dahinter brannte Licht. Die anderen Häuschen in dem Hof waren dunkel. Es war schon weit nach Mitternacht und die Straße verlassen. Ich ging in das Häuschen, meine Kanone vor mir. Eine Birne an der Decke ließ gleißendes Licht auf die wenigen abgenutzten Möbel und auf den von der Zeit zernagten Teppich fallen. Neben dem Wohnzimmer hatte das Haus ein Schlafkämmerchen und eine Kochnische mit Schränkchen. Alles in dieser armseligen Wohnung war rührend sauber. An den Wänden hingen Moralsprüche und ein Bild; das Foto eines strohblonden Mädchens in einem Kleid für eine Teenager-Party. Es war Jeannine, bevor sie wußte, daß sie sich mit einem hübschen Gesicht und einem geschmeidigen Körper Dinge erkaufen konnte, die sie haben wollte, Dinge, von denen sie zumindest glaubte, sie wollte sie haben.

Aus irgendeinem Grund wurde mir übel. Ich ging nach draußen. Irgendwo, außerhalb meiner Sichtweite, schnurrte ein alter Automotor. Das Schnurren wurde lauter in der Nacht. Harry Nemos gemieteter Wagen bog unter der Straßenlaterne um die Ecke. Die Vorderräder gingen hin und her. Ein Rad fuhr auf den Bordstein vor dem Häuschen. Der Chevrolet kam in einem ganz betrunkenen Winkel zum Stehen.

Ich ging über den Fußweg und öffnete die Wagentür. Harry saß am Steuer. Er umklammerte es, als ob er es brauchte, um sich aufrechtzuhalten. Seine Brust war blutig. An seinem Mund war Blut. Schwerfällig sagte er:

»Sie hat mich erwischt.«

»Wer hat Sie erwischt, Harry? Jeannine?«

»Nein. Sie nicht. Sie war nur der Grund dafür. Es mußte ja so kommen.«

Das waren seine letzten Worte. Ich fing ihn auf, als er seitlich aus dem Wagen kippte. Ich legte ihn auf den Fußweg und ließ ihn dort für den nächsten Polizisten liegen, damit er ihn auf seinem Rundgang finde.

Ich fuhr durch die Stadt zum Wohnwagen-Parkplatz. In Jeannines Wagen brannte immer noch Licht, das durch die Vorhänge an den Fenstern gefiltert wurde. Ich stieß die Tür auf.

Das Mädchen packte auf dem Feldbett einen Koffer. Sie sah mich über die Schulter an und erstarrte. Ihr blonder Kopf legte sich schief wie der eines verängstigten Vogels, durch meine Kanone hypnotisiert.

»Wohin die Reise, Mädchen?«

»Weg aus der Stadt. Ich hau ab.«

»Vorher müssen Sie aber noch einiges erzählen.«

Sie richtete sich auf. »Ich habe Ihnen alles gesagt, was ich weiß. Sie haben mir nicht geglaubt. Was ist los, haben Sie Harry nicht getroffen?«

»Ich habe ihn gesehen. Harry ist tot. Ihre ganze Familie scheint im Aussterben begriffen.«

Sie wandte sich halb um und setzte sich schlapp auf das unordentliche Bett. »Tot? Sie glauben, ich hätte es getan?«

»Ich glaube, Sie wissen, wer es getan hat. Harry sagte, bevor er starb, Sie seien der Grund für alles.«

»Ich der Grund?« Ihre Augen weiteten sich in gespielter Unschuld. Aber hinter der Stirn überlegte sie schnell und verzweifelt. »Sie meinen, daß Harry meinetwegen ermordet worden ist?«

»Sowohl Harry als auch Nick. Eine Frau hat beide erschossen.«

»O Gott«, sagte sie. Der verzweifelte Gedanke hinter ihrer Stirn kristallisierte sich zu Wissen. Ich teilte es.

Die schmerzhafte Stille wurde von einem Diesel unterbrochen, der auf der Landstraße vorbeirollte. Ihre Stimme übertönte das Geräusch.

»Die verrückte alte Nudel. *Sie* hat also Nick umgebracht.«

»Sie sprechen von Ihrer Mutter, von Mrs. Nemo?«

»Ja.«

»Haben Sie gesehen, wie sie ihn erschossen hat?«

»Nein, ich war sinnlos betrunken, wie ich schon gesagt habe. Aber ich habe sie diese Woche dort draußen gesehen. Ständig hat sie das Haus beobachtet. Mich hat sie nicht aus den Augen gelassen.«

»Wollten Sie deshalb die Stadt verlassen? Weil Sie wußten, daß sie Nick umgebracht hat?«

»Vielleicht ja. Ich weiß nicht. Ich hab den Gedanken einfach von mir geschoben.«

Ihre blauen Augen wanderten von meinem Gesicht zu irgend etwas hinter mir. Ich drehte mich um. Mrs. Nemo stand in der Tür. Sie preßte die Strohtasche an ihre magere Brust.

Ihre rechte Hand tauchte in die Tasche. Ich schoß ihr in den rechten Arm. Sie lehnte sich gegen den Türrahmen und hielt ihren schlotternden Arm mit der linken Hand. Ihr Gesicht war wie Granit, in dessen Ritzen ihre Augen wie gefangene Lebewesen erschienen.

Die Kanone, die sie fallen ließ, war ein billiger .32er Revolver, sein Nickelbeschlag abgenutzt und zerfressen. Ich drehte die Trommel. Ein Schuß war abgefeuert worden.

»Das war also der für Harry«, sagte ich. »Mit dieser Waffe haben Sie Nick nicht erschossen, nicht auf diese Entfernung.«

»Nein.« Sie sah auf ihre blutende Hand herunter. »Für Nick Nemo habe ich meine alte Polizeiwaffe benutzt. Nachdem ich ihn getötet hatte, warf ich sie ins Meer. Ich wußte nicht, daß ich noch weitere Verwendung dafür haben würde. Dieses kleine Spielzeugding habe ich heute abend gekauft.«

»Für Harry?«

»Nein, für Sie. Ich dachte, Sie seien mir auf der Spur. Ich habe es so lange geglaubt, bis Sie mir sagten, daß Harry über Nick und Jeannine Bescheid wußte.«

»Jeannine ist Ihre Tochter aus erster Ehe?«

»Meine einzige Tochter.« Zu dem Mädchen sagte sie: »Ich habe es für dich getan, Jeannine. Ich habe schon zu viel gesehen – zu viele schreckliche Dinge, die passieren können.«

Das Mädchen antwortete nicht. Ich sagte:

»Ich kann verstehen, warum Sie Nick erschossen haben. Aber mußte auch Harry sterben?«

»Nick hat ihn bezahlt«, sagte sie. »Nick hat ihn für Jeannine bezahlt. Ich habe Harry vor einer Stunde in einer Bar gefunden, und er hat es zugegeben. Ich hoffe, daß ich ihn getötet habe.«

»Sie haben ihn getötet, Mrs. Nemo. Warum sind Sie hierhergekommen? War Jeannine die dritte auf Ihrer Liste?«

»Nein, nein. Sie ist mein eigen Fleisch und Blut. Ich kam her, um ihr zu sagen, was ich für sie getan habe. Ich wollte, daß sie Bescheid weiß.«

Sie sah zu dem Mädchen auf dem Bett. In ihren Augen stand Schmerz und Liebe. Das Mädchen sagte mit erstickter Stimme:

»Mutter, du bist verletzt. Es tut mir leid.«

»Gehen wir, Mrs. Nemo«, sagte ich.

Margaret Millar
Das Ehepaar von nebenan

Zufall war es, daß sie nebeneinander wohnten, aber Bestimmung war es, daß sie Nachbarn wurden – Mr. Sands, der sich nach einem Leben der Verbrechensbekämpfung nach Kalifornien zurückgezogen hatte, und die Rackhams, Charles und Alma. Rackham war ein großer, unschuldig wirkender Mann in den Fünfzigern. Mit Ausnahme des Geldes, das er zusammengetragen hatte, hatte Rackham nichts Bedeutendes erlebt, und so hörte er gern den Erzählungen von Sands zu, während Alma mit ihrem Strickzeug dasaß, rund und zufrieden, unbeeindruckt von jeder Erzählung, die für ihr Leben keine direkte Bedeutung hatte. Sie war halb so alt wie Rackham, aber die Üppigkeit ihrer Figur und ihre Art, sich ruhig und ohne Aufhebens aus dem Leben zurückgezogen zu haben, gaben ihr den Stempel einer Frau in den mittleren Jahren.

Zwei oder drei Mal in der Woche überquerte Sands die Betonauffahrt und drückte bei Rackhams auf die Klingel. Er blieb zum Tee oder zum Abendbrot, um Gin-Rummy oder Scrabble zu spielen, oder auch nur, um zu erzählen. »Das erinnert mich an einen Fall, den ich in Toronto hatte«, pflegte Sands zu sagen, und Rackham holte daraufhin immer Martinis und zeigte einen gespannt interessierten Ausdruck, während Alma duldsam lächelte, als glaubte sie kein Wort von dem, was Sands oder irgendein anderer jemals sagte.

Sie wurden gute Nachbarn: die Rackhams, bei denen Charles jünger aussah, als er alt war, und Alma älter, als sie war, während Sands völlig alterslos zu sein schien...

Es war der letzte Abend im August, und durch das geöffnete Fenster des Arbeitszimmers roch Sands den Duft des Jasmins und hörte das Geräusch einer Frau, die wild und unbeherrscht weinte.

Zuerst dachte er, daß die Rackhams einen Gast hätten, eine Frau vielleicht, die sich betrunken hatte, nachdem sie sich mit ihrem Mann zerstritten hatte.

Er trat vorne hinaus, um zu lauschen; in diesem Augenblick kam Rackham um die Hecke, einen Bademantel übergeworfen.

Er sagte, und es klang äußerst überrascht: »Alma weint.«

»Das habe ich gehört.«

»Ich bat sie, aufzuhören. Ich flehte sie an. Sie will mir nicht sagen, was los ist.«

»Frauen haben schon immer geweint.«

»Aber nicht Alma.« Rackham stand auf dem feuchten Rasen, zitternd, die Stirn mit Schweiß bedeckt. »Was, glauben Sie, sollen wir jetzt tun?«

Aus dem Ich war ein Wir geworden, weil sie gute Nachbarn waren und außer den Spielen, dem gelegentlichen Abendessen und dem Duft des Jasmins den geräuschvollen Kummer einer Frau teilten.

»Vielleicht können Sie mit ihr reden«, sagte Rackham.

»Ich will es gern versuchen.«

»Ich glaube nicht, daß physisch mit ihr irgend etwas los ist. Letzte Woche haben wir uns beide in der Tracy-Klinik untersuchen lassen. George Tracy ist ein guter Freund von mir – er hätte mir bestimmt gesagt, wenn irgend etwas nicht gestimmt hätte.«

»Davon bin ich überzeugt.«

»Wenn Alma irgend etwas passiert, bringe ich mich um.«

Alma hockte in einer Ecke der Couch im Wohnzimmer und weinte rhythmisch, methodisch, als hätte sich bei ihr ein Vorrat von Tränen angesammelt, der in einer einzigen Nacht verbraucht werden mußte. Ihre helle Haut zeigte rote Flecken, die fast wie Muttermale aussahen, und ihre Augenlider hatten von der Hitze der Tränen Blasen bekommen. Auf Sands wirkte sie wie eine völlig Fremde, zumal er bei ihr noch nie ein stärkeres Gefühl als damenhaften Unwillen wegen einer zersprungenen Teetasse erlebt hatte.

Rackham ging zu ihr und streichelte ihr Haar. »Alma, Liebes. Was ist denn los?«

»Nichts... nichts...«

»Mr. Sands ist hier, Alma. Ich dachte, daß er vielleicht in der Lage wäre – daß wir vielleicht in der Lage wären...«

Aber alles war umsonst. Mit einem langen, zitternden Schluchzen stand Alma auf und ging langsam durch das Zimmer, wobei sie ihr geflecktes Gesicht mit den Händen bedeckte. Sie hörten, wie sie die Treppe hinaufstolperte.

»Es ist sicher besser, wenn ich jetzt gehe«, sagte Sands.

»Nein, bitte, bleiben Sie. Ich – Tatsache ist, daß ich entsetzlich Angst habe. Alma war immer so ruhig.«

»Das weiß ich.«

»Sie nehmen also nicht an – es besteht also nicht die Möglichkeit, daß sie ihren Verstand verliert?«

Wären sie nicht so gute Nachbarn gewesen, hätte Sands

vielleicht erwidert, daß Alma kaum Verstand besaß, den sie verlieren konnte. Aber so sagte er vorsichtig: »Vielleicht hat sie eine schlechte Nachricht bekommen, von irgendwelchen Schwierigkeiten in der Familie?«

»Abgesehen von mir hat sie keine Familie.«

»Wenn Sie sich Sorgen machen, sollten Sie vielleicht lieber Ihren Arzt anrufen.«

»Ich glaube, das werde ich auch tun.«

Binnen einer halben Stunde traf George Tracy ein, ein schmächtiger blonder Mann Anfang der Dreißiger, ein glatter und bedächtiger Mann, der Vertrauen ausstrahlte. Er sprach langsam und bewegte sich langsam, als hätte er mehr als genügend Zeit, verzweifelte Frauen zu betreuen.

Rackham regte sich vor Ungeduld auf, während Tracy seinen Mantel auszog, ihn sorgfältig über die Rückenlehne eines Stuhles hängte und sich mit Sands über das Wetter unterhielt.

»Ein wunderbarer Abend«, sagte Tracy, und Almas Stöhnen rollte die Treppe herunter und verzerrte seine Worte, veränderten ihre Bedeutung: *Ein schrecklicher Abend, ein gräßlicher Abend.* »In der Luft liegt bereits ein Hauch von Herbst. Wohnen Sie hier, Mr. Sands?«

»Nebenan.«

»Um Himmels willen, George«, sagte Rackham, »kannst du dich denn nicht beeilen? Immerhin ist es doch möglich, daß Alma stirbt.«

»Das bezweifle ich. Menschen sterben nicht so leicht, wie man manchmal glaubt. Ist sie in ihrem Zimmer?«

»Ja. Und wenn du jetzt bitte ...«

»Nimm es nicht so tragisch, alter Freund.«

Tracy nahm seine Arzttasche und ging zur Treppe, langsam und leise.

»So ist er immer.« Rackham wandte sich mit gekrauster Stirn an Sands. »Dieser Kerl bringt mich noch um. Wetten, wenn er eine Frau in Almas Zustand hätte, würde er bestimmt drei Stufen auf einmal nehmen.«

»Wer weiß? Vielleicht hat er doch eine.«

»Ich weiß Bescheid«, sagte Rackham lebhaft. »Er ist nicht einmal verheiratet. Dazu hätte er keine Zeit, hat er mir gesagt. Er wirkt zwar nicht so, ist jedoch ausgesprochen ehrgeizig.«

»Das sind die meisten Ärzte.«

»Tracy ist es jedenfalls.«

In einem Krug mixte Rackham Martinis, und die beiden Männer saßen vor dem nicht angezündeten Feuer, wartend und lauschend. Die Geräusche von oben hörten langsam auf, und wenig später kam der Arzt wieder herunter.

Rackham ging ihm quer durch das Zimmer entgegen. »Wie geht es ihr?«

»Sie schläft. Ich habe ihr eine Spritze gegeben.«

»Hast du mit ihr gesprochen? Hast du sie gefragt, was denn nun los ist?«

»Sie war nicht in der Verfassung, Fragen zu beantworten.«

»Hast du irgend etwas bei ihr feststellen können?«

»Physisch nicht. Sie ist eine gesunde junge Frau.«

»Physisch also nicht. Soll das vielleicht bedeuten...?«

»Mach dir keine Gedanken, alter Freund.«

Rackham war Almas wegen zu besorgt, um Tracys Wahl der Worte zu bemerken; aber Sands fielen sie auf, und er überlegte, ob diese Wahl bewußt oder unbewußt gewesen war: *Alma ist eine gesunde junge Frau ... Nimm es nicht so ernst, alter Freund.*

»Sollte sie morgen vormittag noch deprimiert sein«, sagte Tracy, »bringe sie einfach mit in die Klinik, wenn du zur Röntgenuntersuchung kommst. Unter unseren Ärzten befindet sich auch ein guter Neurologe.« Er griff nach Hut und Mantel. »Übrigens hoffe ich, daß du die Anweisungen befolgt hast?«

Verdutzt sah Rackham ihn an.

»Welche Anweisungen?«

»Bevor wir spezielle Röntgenaufnahmen machen können, sind bestimmte Mittel notwendig.«

»Ich habe keine Ahnung, wovon du sprichst.«

»Alma habe ich es jedoch sehr klar gemacht«, sagte Tracy und versuchte, seiner Stimme einen ärgerlichen Klang zu geben. »Abends solltest du nach dem Essen dreißig Gramm Natriumphosphat nehmen und dich morgen um acht Uhr nüchtern in der Röntgenabteilung melden.«

»Davon hat sie mir nichts gesagt.«

»Ach!«

»Vielleicht hat sie es lediglich vergessen.«

»Ja – sicher. Nun gut, jetzt ist es dazu zu spät.« Er zog seinen Mantel über und bewegte sich zum ersten Mal schnell, als hätte er es eilig, das Haus zu verlassen. Diese Veränderung machte Sands neugierig. Gern hätte er gewußt, warum Tracy plötzlich so viel Wert darauf legte, das Haus zu verlassen, und ob vielleicht irgendein Zusammenhang zwischen Almas Hysterie und der mangelnden Erinnerung an Rackhams Röntgenuntersuchung bestand. Er betrachtete Rackham und kam aufgrund der Blässe und der besorgten Augen zu dem Schluß, daß Rackham in Gedanken diese Verbindung bereits gefunden hatte.

»Soviel ich weiß«, sagte Rackham langsam, »war meine Untersuchung in der Klinik beendet. Herz, Lungen, Stoffwechsel – alles war in bester Ordnung.«

»Die Leute wissen nicht immer über sich Bescheid«, sagte Tracy. »Ich werde also einen neuen Termin für dich ausmachen und dir mit der Post die Anweisungen zusenden. Bist du damit einverstanden?«

»Wahrscheinlich bleibt mir nichts anderes übrig.«

»Also dann – gute Nacht, Mr. Sands. Es hat mich gefreut, Sie kennenzulernen.« Und zu Rackham: »Gute Nacht, alter Freund.«

Als er gegangen war, lehnte Rackham an der Wand und atmete schwer. Schweiß floß an den Seiten seines Gesichtes wie Würmer herunter und verschwand im Kragen seines Bademantels. »Sie müssen verzeihen, Sands. Ich fühle – mir ist nicht gerade sehr gut.«

»Kann ich irgend etwas für Sie tun?«

»Ja«, sagte Rackham. »Drehen Sie die Uhr zurück.«

»Das übersteigt meine Kräfte, wie ich befürchte.«

»Ja... ja, wie ich auch befürchte.«

»Gute Nacht, Rackham.« *Gute Nacht, alter Freund.*

»Gute Nacht, Sands.« *Auch dir wünsche ich eine gute Nacht, alter Freund.*

Von seinem Arbeitszimmer aus konnte Sands die erleuchteten Fenster von Rackhams Schlafzimmer sehen. Rackhams Schatten bewegte sich hinter den Jalousien hin und her, als suchte er ein Entrinnen vor dem Licht, das seinen Schatten erst sichtbar machte. Hin und her, auf der Suche nach Nirwana.

Sands las bis tief in die Nacht. Das gehörte zu dem Trost des Älterwerdens – wenn die Stunden gezählt waren und zumindest weniger Zeit für Schlaf vergeudet werden mußte. Als er zu Bett ging, brannte das Licht in Rackhams Schlafzimmer immer noch.

Durch Bestimmung waren sie gute Nachbarn geworden; ebenfalls durch Bestimmung wurden sie sich jetzt fremd. Wessen Bestimmung es war, ob es Rackham oder Alma war, wußte Sands nicht.

Es kam nicht zu einem endgültigen Bruch, noch zu irgendwelchen Unerfreulichkeiten. Aber die Buchsbaumhecke schien höher und dicker geworden zu sein, und die Betonauffahrt lag meilenweit entfernt. Gelegentlich sah er die Rackhams; sie winkten oder lächelten oder sagten »Schönes Wetter heute« über den Zaun hinweg. Aber das Lächeln von Rackham war dünn und schmerzlich, Alma winkte mit bleischwerem Arm, und keiner von beiden kümmerte sich um das Wetter. Die meiste Zeit blieben sie im Hause, und wenn sie tatsächlich einmal herauskamen, waren sie immer zusammen, Arm in Arm, gingen langsam und im Gleichschritt. Es war unmöglich zu sagen, wer den Gleichschritt angab und wer sich dem anderen anpaßte.

Gegen Ende der ersten Septemberwoche traf Sands Alma zufällig im Stadtzentrum in einem Drugstore. Es war das erste Mal seit jener Nacht, als der Arzt gekommen war, daß er einen von den Rackhams allein sah.

Sie wartete auf ein Medikament und trug ein geblümtes Kleid, das die Üppigkeit ihrer Figur sowie den einfältigen

Ausdruck ihres Gesichts noch betonte. Auf Drugstorelänge wirkte sie wie eine ziemlich langweilige und schlecht gekleidete junge Frau mit einer Leidenschaft für handfestes Essen, und es war kaum zu verstehen, was Rackham in ihr gesehen hatte. Aber Rackham war auch nie eine Drugstorelänge von Alma entfernt gewesen; er sah sie nur aus nächster Nähe, sah nur das überraschende und intensive Blau ihrer Augen sowie die Farbe und die Beschaffenheit ihrer Haut, die wie Rahm war. Sands überlegte, ob es ihre Haut und ihre Augen oder aber ihre Ruhe gewesen waren, die Rackham, einen schnellen, nervösen und erregbaren Mann, am meisten gereizt hatten.

Gelassen sagte sie: »Hallo!«

»Hallo, Alma.«

»Herrliches Wetter, nicht wahr?«

»Ja... Wie geht es Charles?«

»Sie müssen demnächst wieder einmal zum Abendbrot kommen.«

»Sehr gern.«

»Vielleicht nächste Woche. Ich gebe Ihnen noch Bescheid – jetzt muß ich mich beeilen. Charles wartet auf mich. Also bis nächste Woche.«

Aber sie beeilte sich nicht, sondern ging langsam; und Charles hatte auch nicht auf sie, sondern auf Sands gewartet. Er war einfach in Sands Haus gegangen, wanderte im Arbeitszimmer hin und her und rauchte dabei eine Zigarette. Seine Gesichtsfarbe war schlecht und er hatte an Gewicht verloren, aber anscheinend hatte er an innerer Ruhe gewonnen. Sands war sich nicht klar, ob es die Ruhe eines Mannes war, der eine wichtige Entscheidung getroffen hatte, oder die eines Mannes, der am Ende war und sich nicht mehr wehrte.

Sie gaben sich die Hand, fest, und überbrückten damit die vergangene Woche.

»Nett, Sie einmal wiederzusehen, alter Freund«, sagte Rackham.

»Ich bin die ganze Zeit hier gewesen.«

»Ja. Ja, ich weiß ... Ich hatte verschiedenes zu erledigen, eine ganze Menge zu bedenken.«

»Nehmen Sie Platz. Ich mache Ihnen schnell einen Drink.«

»Nein, danke. Alma wird in Kürze nach Hause kommen, und ich möchte dann zurück sein.«

Wie ein siamesischer Zwilling, dachte Sands, durch ein Wunder getrennt, aber freiwillig zur Vereinigung zurückkehrend – weil die Vereinigung ein lebenswichtiges Organ betraf.

»Ich verstehe«, sagte Sands. Rackham schüttelte den Kopf. »Niemand kann es verstehen, wirklich nicht, obwohl Sie der Sache manchmal sehr nahe kommen, Sands. Sehr nahe.« Seine Wangen erröteten wie die eines Knaben. »Ich finde nicht immer die richtigen Worte und kann meine Gefühle auch nicht immer ausdrücken, aber ich möchte Ihnen, bevor wir abreisen, noch einmal danken und Ihnen sagen, wie sehr Alma und ich Ihre Gesellschaft genossen haben.«

»Machen Sie eine Reise?«

»Ja, und zwar eine ziemlich lange.«

»Wann fahren Sie ab?«

»Heute.«

»Dann müssen Sie erlauben, daß ich Sie zum Bahnhof begleite.«

»Nein, nein«, sagte Rackham schnell. »Das kommt gar nicht in Frage. Ich hasse diese Verlegenheit in letzter Minute. Deswegen bin ich heute nachmittag herübergekommen, um mich von Ihnen zu verabschieden.«

»Erzählen Sie mir etwas über Ihre Pläne.«

»Das würde ich gern, wenn ich welche hätte. Alles ist noch ziemlich unbestimmt. Ich bin mir nicht klar, wo wir landen werden.«

»Ab und zu würde ich gern von Ihnen hören.«

»Aber natürlich werden Sie von uns hören.« Mit einer ungeduldigen Bewegung seiner Schultern wandte Rackham sich ab, als wollte er möglichst schnell gehen und die Reise am liebsten sofort antreten, bevor irgend etwas passierte, was die Reise verhindern könnte.

»Sie beide werden mir sehr fehlen«, sagte Sands. »Wir haben oft zusammen gelacht.«

Mit gerunzelter Stirn blickte Rackham aus dem Fenster... »Bitte keine Abschiedsreden. Sie könnten meinen Entschluß umstürzen. Ich habe meine Entscheidung jedoch bereits getroffen und möchte nicht noch einmal alles überlegen.«

»Wie Sie wollen.«

»Ich muß jetzt gehen. Alma wundert sich sonst...«

»Alma sah ich heute nachmittag«, sagte Sands.

»Ach?«

»Sie lud mich für nächste Woche zum Abendbrot ein.«

Vor dem offenen Fenster kämpften und lärmten zwei Kolibris, die mit verrückter Genauigkeit immer wieder in den Bougainvilleas verschwanden.

»Alma«, sagte Rackham langsam, »ist manchmal sehr vergeßlich.«

»Aber doch nicht so vergeßlich. Sie hat keine Ahnung von der Reise, die Sie geplant haben, nicht wahr, Rackham?«

»Die Reise soll eine Überraschung für sie sein. Sie hatte schon immer das Verlangen, die Welt kennenzulernen. Und sie ist noch so jung, daß sie glaubt, woanders wäre es anders als hier... Wir beide dagegen wissen Bescheid.«

»Wirklich?«

»Leben Sie wohl, Sands.«

Vor der Haustür gaben sie sich noch einmal die Hand, und Rackham versprach noch einmal, zu schreiben, während Sands versprach, die Briefe zu beantworten. Dann überquerte Rackham den Rasen und die Betonauffahrt, den Kopf gebeugt, den Rücken gekrümmt. Er sah sich nicht um, als er um die Hecke bog.

Sands ging zu seinem Schreibtisch, suchte im Telefonbuch eine Nummer heraus und wählte dann.

Es meldete sich die Stimme eines Mädchens. »Tracy-Klinik, Röntgenabteilung.«

»Hier ist Charles Rackham«, sagte Sands.

»Ja, Mr. Rackham?«

»Ich muß unerwartet verreisen. Wenn Sie mir den Betrag meiner Rechnung nennen könnten, könnte ich Ihnen vor der Abreise noch einen Scheck schicken.«

»Die Rechnung ist noch nicht ausgestellt, aber der übliche Preis für eine Untersuchung der unteren Verdauungsorgane beträgt fünfundzwanzig Dollar.«

»Warten Sie, durchgeführt wurde die Untersuchung am...«

»Am fünften. Gestern.«

»Aber ursprünglich war ich für den ersten bestellt, nicht wahr?«

Das Mädchen seufzte, weil ihr diese Frage so unwichtig schien. »Einen Augenblick, Sir, ich werde nachsehen.« Eine halbe Minute später war sie wieder am Apparat. »Von einer Bestellung für den ersten steht bei uns nichts, Sir.«

»Sind Sie sich dessen sicher?«

»Auch ohne das Behandlungsbuch bin ich mir ganz sicher. Der erste war ein Montag. Am Montag kommen bei uns immer die Gallenblasen an die Reihe.«

»Ach so. Vielen Dank.«

Sands verließ das Haus und stieg in seinen Wagen. Bevor er vom Bordstein losfuhr, sah er zu dem Haus der Rackhams hinüber und erkannte Rackham, der auf der Veranda hin und her ging und auf Alma wartete.

Die Tracy-Klinik war weniger eindrucksvoll, als Sands erwartet hatte. Sie war ein zweigeschossiges verputztes Gebäude mit einem roten Ziegeldach. Einige Ziegel waren zerbrochen, und das ganze Gebäude mußte dringend neu gestrichen werden; aber die Inneneinrichtung war hübsch und teuer.

Am Empfang erklärte eine Schwester mit kurzgeschnittenem Haar und berufsmäßigem Lächeln, daß Dr. Tracy den ganzen Nachmittag besetzt sei. Die einzige Möglichkeit, ihn zu sprechen, bestünde darin, im Wartezimmer des ersten Stocks zu warten und ihn zwischen zwei Patienten abzufangen.

Sands ging nach oben und setzte sich auf einen Stuhl in einer kleinen Nische am Ende der Halle, in der Nähe von

Tracys Tür. Das Gesicht hatte er halb hinter einem aufgeschlagenen Magazin versteckt. Nach einiger Zeit öffnete sich die Tür von Tracys Büro, und über das Magazin hinweg sah Sands den Umriß einer Frau im Türrahmen – eine füllige blonde junge Frau in einem geblümten Kleid.

Tracy folgte ihr in die Halle, und die beiden blieben dort stehen und sahen sich wortlos an. Dann wandte Alma sich ab und ging weg, wobei sie an Sands vorüber kam, ohne ihn zu erkennen, weil ihre Augen durch Tränen geblendet waren. Sands stand auf. »Dr. Tracy?«

Tracy fuhr herum, Überraschung und Ärger verzogen seine Mundwinkel. »Ja? Ach, Sie sind es, Mr. Sands.«

»Könnte ich Sie einen Augenblick sprechen?«

»Den ganzen Nachmittag bin ich bereits restlos besetzt.«

»Es handelt sich um einen Notfall.«

»Also gut. Kommen Sie mit.«

Sie saßen sich an Tracys Schreibtisch gegenüber.

»Für einen Notfall sehen Sie ziemlich gut aus«, sagte Tracy mit trockenem Lächeln.

»Der Notfall bin auch nicht ich. Vielleicht sind Sie es.«

»Wenn ich es bin, werde ich damit allein zurechtkommen, ohne die Hilfe eines Poli – werde ich selbst zurechtkommen.«

Sands beugte sich vor. »Dann hat Alma Ihnen also erzählt, daß ich früher Polizist war.«

»Sie hat es nebenbei erwähnt.«

»Vor wenigen Minuten sah ich, wie Alma Sie verließ... Sie wäre eine ziemlich hübsche Frau, wenn sie nur lernte, sich entsprechend anzuziehen.«

»Die Kleidung ist bei einer Frau nicht wichtig«, sagte Tracy und errötete leicht. »Abgesehen davon unterhalte ich mich nicht über meine Patienten.«

»Alma ist also eine Patientin von Ihnen?«

»Ja.«

»Seit jenem Abend, als Rackham Sie rief, weil Alma hysterische Anfälle hatte?«

»Schon vorher.«

Sands stand auf, ging zum Fenster und blickte auf die Straße hinaus.

Menschen gingen vorbei, Kinder spielten auf dem Bürgersteig, die Sonne schien, die Palme raschelte im Wind – draußen wirkte alles normal, menschlich und wirklich. Im Gegensatz dazu war die Idee, die sich langsam in seinen Gedanken formte, so grotesk und häßlich, daß er am liebsten aus dem Büro gerannt wäre, um sich den normalen Leuten anzuschließen, die unten auf der Straße vorbeigingen. Aber er wußte, daß es ihm nichts nutzen würde, wenn er jetzt wegliefe. Die Idee würde ihm folgen, würde ihn verfolgen, bis er umkehrte und ihr entgegentrat.

Sie bewegte sich in seinem Kopf wie ein riesiges Rad, und in der Mitte des Rades befand sich – teilnahmslos und unbeweglich – Alma.

Tracys barsche Stimme unterbrach die Drehungen des Rades. »Sind Sie nur hergekommen, um meine Aussicht zu begutachten, Mr. Sands?«

»Sagen wir statt dessen lieber Ihren Standpunkt.«

»Ich bin ein vielbeschäftigter Mann. Sie vergeuden meine Zeit.«

»Aber nein! Ich gebe Ihnen Zeit.«

»Um was zu tun?«

»Um alles noch einmal zu überdenken.«

»Wenn Sie mein Büro nicht sofort verlassen, lasse ich Sie hinauswerfen.« Tracy warf einen Blick auf das Telefon, griff jedoch nicht danach, und auch seine Stimme klang nicht sehr überzeugend.

»Vielleicht hätten Sie mich gar nicht hereinlassen sollen. Warum taten Sie es?«

»Ich dachte, Sie könnten sich auffällig benehmen, wenn ich es nicht täte.«

»Auffälliges Benehmen ist nichts für mich.« Sands wandte sich vom Fenster ab. »Aber Lügner sind es.«

»Was wollen Sie damit andeuten?«

»Ich habe sehr viel über jene Nacht nachgedacht, in der Sie zu Rackhams kamen. In der Erinnerung wirkte das Ganze zu belanglos, zu sehr geplant. Alma hatte einen hysterischen Anfall, und Sie wurden geholt, um sie zu behandeln. Bis dahin klingt alles sehr natürlich.«

Tracy rührte sich zwar, sagte jedoch nichts.

»Der interessante Teil kam erst später. Beiläufig erwähnten Sie Rackham gegenüber, daß er für den folgenden Tag, den ersten September, zu einer Röntgenuntersuchung bestellt wäre. Damals wurde angenommen, daß Alma vergessen hätte, es ihm zu sagen. Nur hatte Alma es gar nicht vergessen. Es gab überhaupt nichts zu vergessen. Vor einer Stunde habe ich mich mit Ihrer Röntgenabteilung in Verbindung gesetzt. Dort existiert keine Aufzeichnung für eine geplante Untersuchung Rackhams am ersten September.«

»So etwas kann verlorengehen.«

»Es ging nicht verloren. Der Termin existierte überhaupt nicht. Sie logen Rackham an. Die Lüge selbst war nicht wichtig, sondern nur ihr Zweck. Eine Lüge aus Eitelkeit oder eine Lüge, um eine Strafe zu vermeiden oder Gewinne einzuheimsen – das alles hätte ich verstanden. Diese Lüge wirkte jedoch albern, sinnlos und belanglos. Ich machte mir Ihretwegen Gedanken. Ich machte mir über Almas Rolle in jener Nacht Gedanken. Ihr Weinen war für eine Frau von Almas trägem Wesen höchst ungewöhnlich. Was aber, wenn das Weinen nur gespielt war? Und was sollte damit gewonnen werden?«

»Nichts«, sagte Tracy müde. »Gewonnen wurde nichts.«

»Dafür war jedoch irgend etwas beabsichtigt – und ich glaube, ich weiß, was es war. Die ganze Szene wurde nur gespielt, um Rackham in Sorge zu versetzen, um ihn für eine größere Szene vorzubereiten. Falls diese nächste Szene bereits gespielt worden ist, vergeude ich hier nur meine Zeit. Wurde sie bereits gespielt?«

»Sie haben eine lebhafte Phantasie.«

»Aber nein. Der Plan ging von Ihnen aus – ich bin ihm nur auf die Spur gekommen.«

»Das alles ist nicht sehr originell, Mr. Sands.« Aber Tracys Gesicht war grau, als wäre Schimmel über seine Haut gewachsen.

»Ich wünschte, Sie hätten recht. Die Rackhams sind mir sehr ans Herz gewachsen.«

Wieder blickte er auf die Straße hinunter, sah jedoch nur das Rad, das sich in seinem Kopf drehte. Alma befand sich nicht mehr in der Mitte des Rades, passiv und unbeweglich; vielmehr wurde sie mit den anderen gedreht – Alma, Tracy und Rackham, die sich am Rand des Rades festklammerten.

Alma, die hingebungsvolle Ehefrau, ein wenig von der törichten Art… Welche plötzliche Leidenschaft des Hasses oder der Liebe hatten ihr die Fähigkeit zu einem derartigen Betrug verliehen? Sands stellte sich die Szene am Morgen nach Tracys Hausbesuch vor. Rackham, besorgt und nach einer schlaflosen Nacht erschöpft: *»Fühlst du dich heute besser, Alma?«*

»Ja.«

»Was hat dich denn zum Weinen gebracht?«

»Ich habe mir Sorgen gemacht.«

»Meinetwegen?«

»Ja.«

»Warum hast du mir nichts von dem Termin wegen der Röntgenuntersuchung gesagt?«

»Ich konnte es nicht. Ich hatte so entsetzliche Angst. Ich fürchtete, man würde bei dir irgend etwas Ernstes feststellen.«

»Hat Tracy dir Anlaß zu dieser Überlegung gegeben?«

»Er sagte etwas von einer Blockade. Ach, Charles, ich habe so fürchterliche Angst. Wenn dir jemals irgend etwas zustoßen sollte, würde ich sterben. Ohne dich könnte ich nicht leben!«

Für einen gefühlsbetonten und sensitiven Mann wie Rackham war es ein perfekter Plan: Seine ihm ergebene Frau fürchtete sich so, daß sie hysterische Anfälle bekam, und sein guter Freund und Arzt hatte ihr guten Grund dazu gegeben. Rackham war für den nächsten Schritt bereit…

»Nach den Aufzeichnungen Ihrer Röntgenabteilung«,

sagte Sands, »wurde Rackham gestern morgen geröntgt – und zwar seine unteren Verdauungsorgane. Was war das Ergebnis?«

»Die ärztliche Ethik verbietet mir...«

»Sie können sich nicht mehr hinter der Mauer der ärztlichen Ethik verstecken, die bereits so durchlöchert ist. Wie lautet der Befund?«

Es folgte eine lange Pause, bevor Tracy sprach. »Ohne Befund.«

»Sie haben also festgestellt, daß ihm nichts fehlte?«

»Das ist richtig.«

»Haben Sie es Rackham mitgeteilt?«

»Er war heute nachmittag hier, allein.«

»Warum allein?«

»Ich wollte nicht, daß Alma hörte, was ich zu sagen hatte.«

»Das war sehr rücksichtsvoll von Ihnen.«

»Nein, es war nicht rücksichtsvoll«, sagte Tracy mürrisch. »Ich hatte den Entschluß gefaßt, mich von unserer – von unserer Vereinbarung zurückzuziehen, und wollte nur nicht, daß sie es jetzt schon erfuhr.«

»Die Vereinbarung bestand darin, Rackham zu belügen und ihn zu überzeugen, daß er an einer tödlichen Krankheit leide?«

»Ja.«

»Und das haben Sie getan?«

»Nein. Ich zeigte ihm die Röntgenaufnahmen und machte ihm klar, daß ihm überhaupt nichts fehle... Zumindest habe ich es versucht. Alles habe ich versucht. Es hatte keinen Sinn.«

»Was meinen Sie damit?«

»Er wollte mir nicht glauben! Er dachte, ich versuchte, ihm die Wahrheit vorzuenthalten.« Tracy atmete tief ein. »Es ist komisch, nicht wahr? Nach Tagen der Unentschlossenheit und der Quälerei hatte ich mich entschlossen, das Richtige zu tun. Aber es war zu spät. Alma hatte ihre Rolle zu gut gespielt. Sie ist die einzige, der Rackham glaubt.«

Das Telefon auf Tracys Schreibtisch begann zu läuten, aber Tracy machte keine Anstalten, den Hörer abzunehmen, und wenig später hörte das Läuten auf und im Zimmer war es wieder ruhig.

»Haben Sie Alma gebeten, ihm die Wahrheit zu sagen?« sagte Sands.

»Ja, unmittelbar bevor Sie hereinkamen.«

»Und sie hat sich geweigert?«

Tracy gab keine Antwort.

»Sie wollte also, daß er glaubte, an einer tödlichen Krankheit zu leiden?«

»Ich – ja.«

»In der Hoffnung vielleicht, daß er sich dann selbst umbringen würde?«

Wieder schwieg Tracy. Aber eine Antwort war auch nicht erforderlich.

»Ich glaube, daß Alma sich verrechnet hat«, sagte Sands ruhig. »Statt seinen Selbstmord zu planen, plant Rackham eine Reise. Bevor er jedoch abfährt, soll er noch die Wahrheit erfahren – von Ihnen und von Alma.« Sands ging zur Tür. »Kommen Sie, Tracy. Sie müssen einen Hausbesuch machen.«

»Das kann ich unmöglich.« Tracy umklammerte den

Tisch mit beiden Händen wie ein Kind, das sich der körperlichen Kraft seiner Eltern widersetzt, die es wegziehen wollen. »Ich komme nicht mit.«

»Sie müssen aber.«

»Nein! Rackham wird mich ruinieren, wenn er die Wahrheit erfährt. Deswegen fing diese ganze Geschichte doch an. Wir hatten Angst, Alma und ich, Angst vor dem, was Rackham tun würde, wenn sie von ihm die Scheidung verlangte. Er ist aus Liebe zu ihr verrückt, förmlich besessen!«

»Und Sie auch?«

»Nicht so sehr wie er. Alma und ich möchten beide dasselbe – ein wenig Frieden, ein wenig Ruhe zusammen. Wir sind uns in vielen Dingen ähnlich.«

»Das kann ich mir vorstellen«, sagte Sands ergrimmt. »Sie möchten dasselbe, ein wenig Frieden, ein wenig Ruhe – und ein wenig von Rackhams Geld?«

»Das Geld kam erst in zweiter Linie.«

»Die aber der ersten sehr dicht folgt. Wie wollten Sie an das Geld herankommen?«

Tracy wiegte den Kopf hin und her wie ein Tier, das Schmerzen leidet. »Sie reden dauernd von Plänen, Ideen und so weiter. Dabei fing es bei uns gar nicht mit irgendwelchen Plänen oder Ideen an. Wir haben uns ganz einfach ineinander verliebt. Seit fast einem Jahr lieben wir uns und wagen nicht, irgend etwas zu unternehmen, weil ich weiß, wie Rackham reagieren wird, wenn wir es ihm sagen. Ich habe schwer gearbeitet, um diese Klinik aufzubauen; Rackham könnte sie und mich binnen einem Monat zerstören.«

»Das ist eine Möglichkeit, mit der Sie rechnen müssen. Kommen Sie, Tracy.«

Sands öffnete die Tür, und die beiden Männer gingen durch die Halle, langsam und im Gleichschritt, als wären sie mit Handschellen aneinander gefesselt.

Eine Schwester kam ihnen auf der Treppe entgegen. »Dr. Tracy, kann jetzt der nächste Patient…?«

»Streichen Sie sämtliche Termine, Miss Leroy.«

»Aber das ist unmög…«

»Ich muß dringend einen Hausbesuch machen.«

»Wird es sehr lange dauern?«

»Das weiß ich nicht.«

Die beiden Männer gingen die Treppe hinab, am Empfang vorbei und in den Sommernachmittag hinaus. Bevor Tracy in den Wagen von Sands stieg, warf er noch einen Blick auf die Klinik, als rechnete er damit, sie nie mehr wiederzusehen.

Sands startete den Wagen und fuhr los.

Nach einiger Zeit sagte Tracy: »Von allen Menschen auf dieser Welt, die an jenem Abend bei Rackhams sein konnten, mußte es ausgerechnet ein ehemaliger Polizeibeamter sein.«

»Ein Glück für Sie, daß ich dort war.«

»Glück!« Tracy lachte kurz und barsch auf. »Was hat Glück mit finanziellem Ruin zu tun?«

»Finanzieller Ruin ist immer noch besser als bestimmte andere Arten von Ruin. Hätte Ihr Plan geklappt, hätten Sie sich nie mehr wie ein anständiger Mensch fühlen können.«

»Aber jetzt halten Sie es noch für möglich?«

»Vielleicht, im Laufe der Jahre.«

»Der Jahre.« Mit einem Seufzer wandte Tracy sich ihm zu. »Was werden Sie Rackham erzählen?«

»Nichts. Sie werden es ihm selbst erzählen.«

»Das kann ich nicht. Sie verstehen es nicht. Ich mag Rackham, und dasselbe gilt für Alma. Wir – es ist so schwer zu erklären.«

»Noch schwerer ist es, das alles zu verstehen.« Sands dachte an jene Zeit zurück, in denen er die Rackhams zusammen erlebt hatte und sie um ihre Gemeinsamkeit beneidet hatte, um ihre gegenseitige Zuneigung. Niemals, weder durch den flüchtigsten Blick noch durch eine Geste der Ungeduld oder einen Versprecher, hatte Alma angedeutet, daß sie leidenschaftlich in einen anderen Mann verliebt war. Er erinnerte sich an die Abende, an denen sie gespielt hatten, an die Abendessen, an die endlosen Unterhaltungen mit Rackham, während Alma mit ihrem Strickzeug dasaß, das Gesicht ruhig und friedlich. Immer hatte Rackham gefragt: »Möchtest du nicht mitspielen, Alma?« Und immer hatte sie geantwortet: »Nein, vielen Dank, Lieber. Ich bin mit meinen Gedanken sehr glücklich.«

Alma und glücklich mit ihren Gedanken an stürmische Freuden und gewaltsames Ende!

»Alma ist in Sie gleichermaßen verliebt?« sagte Sands.

»Ja.« Es klang absolut überzeugt. »Ungeachtet dessen, was Rackham sagt oder tut – wir haben die Absicht, aneinander festzuhalten.«

»Ich verstehe.«

An Rackhams Haus waren die Jalousien der Sonne wegen heruntergelassen. Sands ging als erster die Treppe zur Veranda hinauf und drückte auf den Klingelknopf, während Tracy mit steinernem Gesicht und aufrecht wie ein Steuereintreiber oder ein Gerichtsdiener dastand.

Sands hörte das Lärmen der Glocken im Haus und spürte ihre Schwingungen unter seinen Füßen.

»Vielleicht sind sie bereits abgefahren«, sagte er.

»Wohin?«

»Das wollte Rackham mir nicht sagen. Er sagte lediglich, es wäre sein Plan, Alma mit der Reise zu überraschen.«

»Er kann sie doch nicht einfach mitnehmen! Er kann sie doch nicht zwingen, ihn zu begleiten, wenn sie nicht will!«

Wieder drückte Sands auf den Klingelknopf und rief: »Rackham? Alma?« Aber niemand antwortete.

Mit dem Ärmel seines Jacketts wischte er den plötzlich ausbrechenden Schweiß von seiner Stirn. »Ich werde hineingehen.«

»Ich komme mit.«

»Nein.«

Die Tür war unverschlossen. Er betrat die leere Diele und rief die Treppe hoch: »Alma? Rackham? Sind Sie da?«

Das Echo seiner Stimme drang aus düsteren Winkeln wieder zu ihm.

Tracy war ihm gefolgt. »Also sind sie bereits abgereist?«

»Vielleicht nicht. Vielleicht sind sie nur ein Stück spazierengefahren. Für eine Spazierfahrt ist der Tag wunderschön.«

»Glauben Sie?«

»Gehen Sie nach hinten und sehen Sie nach, ob der Wagen noch in der Garage steht.«

Als Tracy gegangen war, schloß Sands die Tür hinter ihm und schob den Riegel vor. Einen Augenblick blieb er stehen und lauschte Tracys nervösen Schritten auf der Betonauffahrt. Dann drehte er sich um und ging langsam in das Wohnzimmer, überzeugt, daß der Wagen in der Garage stehen würde, mochte der Tag für eine Spazierfahrt auch noch so geeignet sein.

Vor den Fenstern waren die Vorhänge zugezogen, und im Zimmer war es kühl und dunkel, wenn auch lebendig von Bildern und geräuschvoll durch die Vergangenheit.

»Ich möchte mich bei Ihnen bedanken, bevor wir abreisen, Sands.«

»Sie verreisen?«

»Ja, und zwar ziemlich lange.«

»Wann fahren Sie ab?«

»Heute.«

»Dann müssen Sie erlauben, daß ich Sie zum Bahnhof begleite...«

Aber für Rackhams Reise war kein Bahnhof erforderlich. Vor dem Kamin lag er in einer Blutlache, und neben ihm lag seine Reisebegleiterin, den linken Arm um seine Hüfte gelegt.

Rackham hatte sogar sein Versprechen gehalten und geschrieben. Der Brief stand auf dem Kaminsims und war nicht an Sands, sondern an Tracy adressiert.

Lieber George:

Du hast alles versucht, mich anzuführen, aber von Alma habe ich die Wahrheit erfahren. Nie konnte sie vor mir etwas verbergen; wir stehen uns viel zu nahe. Dies ist der einfachste Ausweg. Es tut mir leid, daß ich Alma mitnehmen muß, aber sie hat mir so oft erklärt, daß sie ohne mich nicht leben könnte. Ich kann sie in ihrem Kummer nicht zurücklassen.

Denke gelegentlich an uns und versuche, mich nicht allzu streng zu verurteilen.

Charles Rackham

Sands stellte den Brief wieder auf den Sims. Ruhig stand er da, das Herz von einem Splitter der Ironie getroffen: Bevor Rackham den Revolver auf sich gerichtet hatte, hatte er sich neben Alma auf den Boden gelegt und ihren schlaffen Arm liebevoll um seine Hüfte gelegt.

Von draußen drang das Geräusch von Tracys Schritten und dann das Hämmern seiner Fäuste gegen die Haustür herein.

»Sands, ich bin ausgesperrt. Machen Sie die Tür auf. Lassen Sie mich hinein! Sands, hören Sie mich? Machen Sie die Tür auf!«

Sands ging und machte die Tür auf.

Dick Francis
Alptraum

Nach dem Tod seines Vaters entsagte Martin Retsov drei volle Jahre lang seiner Berufung. Um erfolgreich zu sein, brauchte er einen Partner, und ein so tüchtiger Partner wie sein Vater war schwer zu finden. Martin Retsov machte eine Bestandsaufnahme seines Sparbuchs, listete seine Geldanlagen auf und kam zu dem Schluß, daß er mit ein wenig nützlicher, bezahlter Arbeit – um seine Tage auszufüllen – behaglich in Warteposition gehen konnte, bis das Leben einen passenden Ersatz ausspie.

Eine Tagesreise brachte ihm den willkommenen Abstand von dem Schauplatz seiner unglücklicheren Erinnerungen, obwohl diese so unabweislich wie alte Gewohnheiten mit ihm reisten. Die *Thoroughbred Foodstuffs Ltd.* stellte ihn für eine einmonatige Probezeit als Vertreter ein, und als überall in seinem Kielwasser die Aufträge anschwollen, erhielt er einen festen Vertrag. Martin Retsov entspannte sich hinter dem Steuerrad des Firmenwagens und fuhr kreuz und quer durch sein neues Gebiet, besuchte Gestüte und Rennställe und überredete ihre Verwalter, daß *Thoroughbred Foodstuffs* vielleicht nicht besser war als die Konkurrenz, aber zumindest auch nicht schlechter.

Die Kunden von *Thoroughbred Foodstuffs* sahen einen großen Mann von Ende Dreißig mit zerfurchtem, etwas abweisendem Gesicht und der Angewohnheit, die Augen zu dunkel bewimperten Schlitzen zusammenzukneifen. Von der offenen, ehrlichen und ernsthaften Miene, die zum Rüstzeug eines Vertreters gehörte, keine Spur; auch aus seiner Stimme war nie offenkundige Schmeichelei herauszuhören. Der einzige Faktor, der den Handschlag besiegelte und Füllfederhalter und Scheckbücher zum Vorschein brachte, war sein beträchtliches Wissen über Pferde. Er konnte ein Pferd mit einem Blick abschätzen und mit einer beiläufigen Geste hilfsbereit konstruktive Vorschläge machen, ohne etwas dafür zu verlangen.

»Ich nehme an, mit einem orthopädischen Hufbeschlag haben Sie es gewiß schon probiert«, sagte er zum Beispiel nebenhin, oder: »Meinen Sie nicht auch, daß Vitamin-B-12-Injektionen für den Knochenaufbau gut wären?« Bei seinem zweiten Besuch wurde er wie ein vertrauter Freund begrüßt.

Er kam vorwärts.

Trotzdem steckte er in Schwierigkeiten. Sein Schlaf schenkte ihm keinen Frieden. Er wurde andauernd von Alpträumen geplagt; sein Herz hämmerte, und seine Haut begann sofort unter einer kalten Schweißschicht zu prikkeln. Immer waren es Variationen über dasselbe Thema – den gewaltsamen, vorzeitigen Tod seines Vaters. Manchmal sah er das Gesicht tot, aber immer noch der Sprache mächtig, und Blut strömte aus dem Mund. Manchmal sah er das Rad, den großen, dicken, schwarzen Reifen mit dem scharfen Profil, der sich in den weichen, leicht vortretenden Bauch drückte.

Manchmal hatte er das Gefühl, als stecke er in dem Körper seines Vaters; er glitt aus und fiel hinter dem beladenen

Pferdetransporter zu Boden, und das Leben wurde ihm mit einer einzigen riesigen, unvorstellbaren Explosion von Qual aus dem Leib gepreßt. Manchmal, aber nicht so häufig, sah er das Gesicht eines anderen Mannes, der dabeigewesen war, des gefühllosen Mannes in den dunklen Kleidern, der kalt auf seinen sterbenden Vater hinabblickte und ihm keinen Trost schenkte, kein Wort sagte.

Jeden Morgen stand Martin Retsov müde unter der Dusche, wusch sich den klebrigen Schweiß vom Leib und wünschte, er könnte auch sein Unterbewußtsein so mühelos ausspülen. Jeden Tag, wenn er in seinen Wagen stieg, warf er sein nächtliches Selbst ab und blickte in die Zukunft. Er sah Fohlen zur Welt kommen, beobachtete sie, während sie älter wurden, verfolgte ihr Schicksal bei der Auktion und darüber hinaus. Er hätte den Trainern besser, als sie selbst es vermochten, Auskunft über die Abstammung, Geschichte, Laufbahn und das Talent eines jeden Pferdes geben können, das er durch *Thoroughbred Foodstuffs* zu sehen bekam.

Nach annähernd drei Jahren hatte er viele Bekanntschaften gemacht – er war kein Mann, der Freundschaften schloß. Er kannte jedes Pferd in seinem weiten Umkreis und Hunderte, die aus seinem Gebiet verkauft worden waren. Er war der tüchtigste Vertreter seiner Firma. Und sogar seine Alpträume wurden endlich seltener.

Eines Abends zu Anfang des Frühlings nahm er Johnnie Duke mit. Einen Anhalter, einen großen, dünnen, blonden Jungen, der kaum älter als zwanzig zu sein schien. Er trug ausgewaschene Jeans und eine alte Lederjacke und hatte eine Reisetasche aus Segeltuch mit ein paar Kleidungsstücken zum Wechseln bei sich. Martin Retsov, der ausnahmsweise einmal mitteilsam war, hielt ihn für einen Collegestudenten und fand sich bereit, ihn sechzig Kilometer bis zur nächsten Stadt mitzunehmen.

»Habe ich Sie schon mal gesehen?« fragte er halb verwirrt, als der junge Mann sich neben ihn auf den Beifahrersitz setzte.

»Glaub ich nicht.«

»Hm…« Er dachte darüber nach.

»Doch, ich habe Sie schon mal gesehen. Vor ein oder zwei Tagen. Wo könnte das gewesen sein?«

Der junge Mann ließ sich Zeit mit der Antwort. Dann sagte er: »Ich stehe ziemlich regelmäßig hier an der Straße. Vielleicht haben Sie mich gesehen, als ich den Daumen hob.«

Martin Retsov nickte mehrmals. »Ja, ja. Das ist es.« Er entspannte sich in seinem Sitz, froh darüber, das kleine Rätsel gelöst zu haben. Er hatte die Dinge gern geregelt. »Da habe ich Sie also gesehen. Am Straßenrand. Mehr als einmal.«

Der junge Mann nickte kurz und sagte, er sei froh, daß Martin für ihn angehalten hätte, weil er eine Verabredung mit seiner Freundin habe.

»Ich nehme nicht oft Anhalter mit«, sagte Retsov und dachte mit einiger Erheiterung, daß drei ruhige Jahre ihn weich gemacht haben mußten.

Sie fuhren in freundschaftlicher Stimmung acht Kilometer weit und kamen an den weiß eingezäunten Koppeln eines florierenden Gestüts vorbei. Martin Retsov warf einen schnellen, taxierenden Blick auf die kleine Gruppe von

Tieren, die sich an dem frischen Frühlingsgras gütlich tat, behielt seine Gedanken aber für sich.

Es war Johnnie Duke, der sagte: »Schon merkwürdig, daß man nie ein geschecktes Vollblut zu Gesicht bekommt.«

»Sie verstehen etwas von Pferden?« fragte Martin Retsov überrascht.

»Klar doch. Bin mit Pferden groß geworden.«

Martin Retsov fragte ihn, wo das gewesen sei, aber der junge Mann antwortete ausweichend, er hätte Schwierigkeiten zu Hause gehabt und wäre Hals über Kopf weggegangen, und er wolle nicht darüber reden. Martin Retsov lächelte. Er setzte Johnnie Duke in der nächsten Stadt ab und fuhr weiter seinem Ziel entgegen, und erst, als er anhielt, um zu tanken, verschwand sein Lächeln so abrupt wie die Investoren in einer Rezession.

Johnnie Duke hatte seine Brieftasche gestohlen. Retsov hatte sie immer in der Innentasche seines Jacketts, und dieses Jackett hatte dank der Leistungsfähigkeit der Heizung auf dem Rücksitz des Wagens gelegen. Er erinnerte sich daran, daß Johnnie Duke seine Reisetasche auf dem Boden hinter den Vordersitzen verstaut hatte, und er erinnerte sich daran, wie er sich zurücklehnte, um sie dahinter hervorzuholen. Sein zerfurchtes Gesicht verhärtete sich zu etwas, das seine Kunden nie zu Gesicht bekommen hatten, und die Augen glitzerten so schmal und gleißend wie Eisbröckchen. Der Betrag, den er verloren hatte, war gering im Vergleich zu der Kränkung seines Selbstbewußtseins.

Mehrere Tage lang fuhr er durch sein Gebiet und suchte aktiv nach Johnnie Duke, versuchte sich an die Einzelheiten ihrer gemeinsamen Fahrt zu erinnern. Das Zögern, mit dem Martin gesagt hatte, er habe ihn schon einmal gesehen. Die Weigerung zu sagen, woher er kam. Die Gewandtheit, mit der er die Brieftasche erspäht und an sich gebracht hatte. Martin Retsov suchte ihn entschlossen, aber erfolglos, und nach zwei oder drei Wochen akzeptierte er schließlich die Tatsache, daß sich der junge Mann in einen anderen Bezirk abgesetzt haben mußte, wo keine erzürnten Opfer mit ihren Autos herumkurvten und ihn mit scharfen Augen erspähen konnten.

Regelmäßig einmal im Monat fuhr Retsov zu dem entlegensten Gestüt in seinem Gebiet, und eines Abends, noch früh, als er gerade von dort wieder losfuhr, sah er Johnnie Duke wieder. Der junge Mann stand am Straßenrand, hob den Daumen und wurde sichtlich stutzig, als er Retsovs Wagen sah.

Martin fuhr sofort neben ihn, bremste, daß die Räder blockierten, öffnete die Tür und stieg mit ruhigen Bewegungen aus. Für einen großen Mann bewegte er sich wie eine gut geölte Maschine, präzise und effektiv; und er hielt eine Waffe in der Hand. »Steig ein«, sagte er.

Johnnie Duke blickte auf den Lauf, der direkt auf seinen Magen zielte, und wurde bleich. Er schluckte, sein Adamsapfel zuckte krampfhaft, und langsam tat er, was ihm befohlen worden war.

»Ich zahle das Geld zurück«, sagte er ängstlich, während Retsov auf den Sitz neben ihm glitt. Er hatte die Waffe jetzt locker in der Hand und zielte zu Boden, aber sie waren sich beide der Tatsache bewußt, daß sich das ändern konnte.

»Ich sollte dich der Polizei übergeben«, sagte Martin Retsov.

Der junge Mann schüttelte bedrückt den Kopf.

»Oder du erledigst statt dessen einen kleinen Job für mich.«

Der junge Mann sah in Martin Retsovs zu Schlitzen zusammengekniffene Augen und zitterte sichtbar.

»Ist das eine Erpressung?« fragte er.

»Ich werde dich bezahlen, wenn du was taugst.«

»Was muß ich machen?«

»Pferde stehlen«, sagte Martin Retsov.

Er legte sich seinen Plan so sorgfältig zurecht wie in den alten Zeiten mit seinem Vater. Er kaufte einen Anhänger für zwei Pferde und einen Wagen, um ihn zu ziehen, beides, ohne daß man die Käufe zu ihm zurückverfolgen konnte. Dann brachte er Wagen und Anhänger in einer Garage in der Stadt unter. Er entschied sich gegen den großen Typ von Pferdetransporter, den er mit seinem Vater benutzt hatte, vor allem wegen der Alpträume mit diesen Rädern. Außerdem war er sich nicht sicher, ob sein neuer Lehrling für langfristige Projekte taugte. Sie würden einen Probelauf machen – einen Test, dachte Martin Retsov, bevor er eine feste Partnerschaft für die Zukunft anbot.

Johnnie Duke hatte Martin Retsovs Offenlegung seiner Berufung mit einem breiten, erleichterten Grinsen quittiert.

»Klar doch«, sagte er. »Ich kann Pferde stehlen. Welche?«

»Hier in der Gegend ist das gar nicht so einfach«, sagte Martin Retsov. »Trainingsställe und Gestüte haben gute Sicherheitsvorkehrungen.« Aber er kannte sie alle; er hatte sie drei Jahre lang eingehend studiert.

Er gab Johnnie Duke eine Liste von Dingen, die er kaufen sollte, und etwas Geld für sich selbst, und zwei Tage später inspizierten sie gemeinsam die Schraubenschlüssel und die Stahlsäge.

»Wir dürfen keine Zeit verlieren«, sagte Martin Retsov. »Die Sache steigt morgen nacht.«

»So bald schon?«

Martin Retsov lächelte. »Wir holen uns zwei Zuchtstuten. Eine steht kurz vor dem Abfohlen. Wir wollen sie in Sicherheit wissen, bevor es soweit ist.«

Johnnie Duke sah ihn völlig überrascht an. »Warum holen wir uns nicht gute, schnelle Rennpferde?« wollte er wissen.

»Sie lassen sich zu leicht identifizieren. Dafür sorgen Tätowierungen und Registrierung. Aber Fohlen! Neugeborene Fohlen. Wer will da sagen, welches welches ist? Also nehmen wir uns eine erstklassige Stute, die von dem besten Deckhengst tragend ist, und wir bringen sie ein ganzes Stück weit weg und verkaufen sie am Ende der Reise an einen Besitzer oder Trainer, der froh ist, ein fabelhaftes Vollblutfohlen für den Bruchteil dessen zu bekommen, was es ihn bei einer Auktion gekostet hätte.

Das hochkarätige Fohlen wird bald nach der Geburt mit irgendeinem anderen vertauscht, das gerade zur Hand ist, eingetragen und unter seiner neuen Identität tätowiert. Sein neuer Besitzer weiß, was er bekommen hat. Also wird er es, wenn es für die Rennen zu alt ist, zur Zucht behalten. In der Vergangenheit haben einige meiner Klienten Millionen an diesen Fohlen verdient. Ich bin immer mit einem kleinen Prozentsatz beteiligt.«

Johnnie Duke hörte ihm mit offenem Mund zu.

»Das ist kein normaler Diebstahl«, sagte Martin Retsov mit einem gewissen Stolz. »Das ist, als würde man die Mona Lisa stehlen.«

»Aber was passiert anschließend mit der Zuchtstute? Und mit dem anderen Fohlen?«

»Einige meiner Klienten haben ein Gewissen. Bei denen hole ich gegen ein kleines Entgelt die Stute und das Fohlen ab und setze sie auf irgendeinem geeigneten Feld ab. Wenn der Besitzer des Feldes ehrlich ist, wird die Stute identifiziert und nach Hause geschickt.«

Johnnie Duke fragte nicht, was passierte, wenn der Klient kein Gewissen hatte. Er schluckte.

»Haben Sie bereits einen Käufer für die zwei, die wir morgen holen?« fragte er.

»Natürlich. Man stiehlt nicht aufs Geratewohl einen Leonardo da Vinci.« Martin Retsov lachte über den Gedanken und entblößte eine Reihe kräftiger Zähne. »Wenn wir die Stuten haben, sage ich dir, wo du sie hinbringst. Du wirst allein fahren. Und du wirst mit dem Geld zurückkommen.«

Wieder war Johnnie Duke überrascht. »Können Sie mir vertrauen?« fragte er.

»Das will ich herausfinden.«

Als es am nächsten Abend dämmerte, holten sie den kürzlich gekauften Wagen und koppelten den Anhänger an. Martin Retsov hatte Schwierigkeiten, das Gespann in dem kleinen Garagenhof zu parken, und Johnnie Duke trat hinter den Anhänger, um ihm zu zeigen, wieviel Platz er hinter sich noch hatte.

»Verschwinde da hinten!« sagte Martin Retsov scharf. »Geh sofort da weg.« Er stieg aus, und Johnnie Duke sah, daß er zitterte.

»Ich wollte nur...«, begann er.

»Du wirst nie wieder hinter den Anhänger gehen. Verstanden? Niemals.«

»Ist ja schon gut. Wenn Sie es sagen.«

Martin Retsov holte mehrmals tief Luft und wischte sich die Handinnenflächen an seiner Hose ab. Die Wucht seiner eigenen Reaktion entsetzte ihn. Drei Jahre, dachte er, hatten das Grauen keineswegs abgemildert. Er fragte sich, ob er nicht das Projekt abblasen sollte, wenn seine Nerven so bloßlagen. Er fragte sich, ob die Tatsache, daß er drei Jahre gebraucht hatte, um wieder ins Geschäft zu kommen, vielleicht bedeutete, daß er tief im Innern Angst davor hatte.

Er leckte sich die Lippen. Sein Herzschlag beruhigte sich. Diesmal würde es keinen Hinterhalt geben, wenn er die Pferde holte. Das letzte Mal hatte sein angeblicher Kunde ihn an die Polizei verraten, aber diesmal war die Sache absolut sicher. Dieser Kunde hatte in der Vergangenheit drei erstklassige Fohlen gekauft und war hocherfreut gewesen zu erfahren, daß er noch zwei weitere bekommen könnte. Martin Retsov schob sich wieder in den Wagen, und Johnnie Duke stieg neben ihm ein.

»Was ist los?« fragte Johnnie.

»Ich habe einmal einen Unfall mit angesehen. Ein Mann ist hinter einem Pferdeanhänger gestürzt.«

»Oh.«

Martin Retsov schloß den Mund vor den unbeschreiblichen Einzelheiten, aber sie spulten sich unausweichlich in seinen Gedanken ab. Der Hinterhalt. Polizeischeinwerfer, die plötzlich aufleuchteten, bevor sein Vater wieder sicher neben ihm in der Fahrerkabine des Pferdetransporters saß. Er hatte ein oder zwei Meter zurücksetzen müssen, um durch die einzige Stelle zwischen den Polizeiwagen und dem Zaun durchbrechen zu können. Er hatte den Schalthebel nach vorne gestoßen, mit voller Wucht auf das Gaspedal getreten und war zurückgeschossen – er würde niemals den Schrei seines Vaters vergessen. Niemals.

Nur ein einziger Schrei, der jäh verstummte. Er war aus dem Wagen gesprungen und hatte den Reifen gesehen, der sich in den Bauch drückte, das Blut, das aus dem Mund des Sterbenden sickerte ... und den anderen Mann, den Polizisten, der daneben stand und hinunterblickte und nichts tat, um zu helfen.

»Helfen Sie ihm!« hatte Retsov verzweifelt gesagt.

»Helfen Sie ihm doch selbst.«

Er rannte zurück zum Wagen, stieg, von Panik überwältigt, auf den Fahrersitz und wußte, noch während er mit einer körperlosen Hand den Schalthebel durchdrückte, daß sein Vater tot war.

Tot. Jenseits aller Hoffnung auf Hilfe, auf Rettung, auf irgend etwas.

Er ließ den Pferdetransporter von dem zerquetschten Körper herunterrollen und fuhr einfach weiter. Das überraschte die Polizei. Er fuhr den Pferdetransporter mit hundert Stundenkilometern zwei Kilometer weit, und lange bevor sie ihn eingeholt hatten, hatte er ihn stehengelassen und war im Wald verschwunden.

Die Polizei kannte seinen Namen nicht, da er ihn seinen

Kunden klugerweise niemals offenbarte. Alles, was die Polizei hatte, war ein einziger kurzer Eindruck von ihm *in extremis*, was nicht ausreichte, und zu guter Letzt hatten sich Ausweichmanöver und Flucht als die geringsten seiner persönlichen Probleme erwiesen.

Er hatte nie das Gesicht des Polizisten vergessen, der auf seinen Vater hinunterblickte. Ein ranghöherer Polizist mit Autorität und Abzeichen. Er sah ihn nur allzuoft in seinen beklommenen Träumen…

Martin Retsov schüttelte die furchtbare Vergangenheit ab und wandte seine Konzentration dem bevorstehenden Diebstahl zu. Er hatte erwartet, die alte prickelnde Vorfreude zu verspüren, die alte Erregung, das angenehme Rasen des Pulses. Er fühlte nichts von alledem. Er fühlte sich alt.

»Kommen Sie schon«, sagte Johnnie Duke. »Sonst ist es schon wieder hell, bevor ich die Ware ausliefere.«

Martin Retsov nickte unwillig und überantwortete sie beide dem Abenteuer. Eine halbe Stunde später, als sie in einer dunklen Nebenstraße stehenblieben, war es ihm gelungen, die Schatten auf seiner Seele in ihr Verlies zurückzudrängen, so daß er der vor ihm liegenden halben Stunde mit kühler, ruhiger Nüchternheit entgegensah.

Leise stiegen sie aus dem Wagen und ließen die Rampe des Anhängers herunter. Die Nacht umschloß sie – kleine Geräusche, ein leiser, seufzender Wind, Sterne, die in funkelnden Gruppen zwischen grau dahintreibenden Wolken aufblitzten. Gelegentlich fuhr auf der einen Kilometer entfernten Hauptstraße ein Wagen vorbei, eher ein Aufblitzen von Lichtern als ein Geräusch. Martin Retsov wartete, bis seine Augen sich an die Dunkelheit gewöhnt hatten, dann legte er dem jungen Mann ganz leicht eine Hand auf den Arm.

»Hier entlang«, sagte er. Seine Stimme war ein sanftes Flüstern, und als er sich bewegte, machten seine Füße nicht das leiseste Geräusch auf dem Grasstreifen. Johnnie Duke folgte ihm und staunte über die Lautlosigkeit und die mühelose Schnelligkeit des großen Mannes.

»Wo sind wir?« flüsterte Johnnie. »Wessen Pferde holen wir uns?«

»Nicht deine Sache.«

Sie kamen an ein Tor mit einem Vorhängeschloß. Die Schraubenschlüssel und die Säge machten ihnen die Arbeit leicht. Sie schlüpften hindurch auf die Weide. Martin Retsov pfiff in der Dunkelheit leise zwischen den Zähnen eine verführerische Zigeunermelodie.

Dann zog er eine Handvoll Thoroughbred-Pferdenüsse aus der Tasche und rief schmeichelnd in die Schwärze vor ihnen.

»Na, komm schon, Mädchen. Komm schon.«

Ein leises, erfreutes Wiehern ertönte, und irgendwo außer Sichtweite bewegte sich etwas. Dann kamen sie langsam und fragend heran, bewegten sich auf die menschliche Stimme zu. Sie fraßen die Nüsse, die man ihnen hinhielt, und machten keine Probleme, als die beiden Männer nach ihren Halftern griffen.

»Du gehst vor«, sagte Martin Retsov leise zu Johnnie Duke. »Ich bin gleich hinter dir.«

Sie gingen lammfromm mit, die beiden großen Stuten, die dick waren von dem vierbeinigen Vermögen, das sie trugen. Durch das Tor und die Straße hinunter zum Transporter. So leicht wie eh und je, dachte Martin Retsov, man mußte nur wissen, wonach man Ausschau hielt. Johnnie Duke führte seine Stute in den Pferdeanhänger und machte sie dort fest.

Und das war der Augenblick, in dem der Alptraum von neuem begann. Der Augenblick, in dem die Lichter aufflammten und Martin Retsovs ans Dunkle gewöhnte Augen blendeten. Der Augenblick, als der Mann sich vor ihm aufbaute. Derselbe Mann. Das Gesicht aus den Träumen. Dasselbe gefühllose Gesicht, dieselben dunklen Kleider, die ranghohen Abzeichen.

»Martin Retsov«, sagte er, »ich verhafte Sie…«

Martin Retsov hörte nicht zu. Ihm schoß nur immer wieder der eine wilde Gedanke durch den Kopf, daß dies einfach nicht wahr sein konnte. Dieser spezielle Kunde würde ihn nie verraten. Nie.

Die Polizei nahm ihm die Stute ab, ohne daß er Widerstand leistete, und legte Martin Retsov Handschellen an.

»Wieso sind Sie hier?« fragte er tonlos.

»Wir suchen schon seit drei Jahren nach Ihnen«, sagte der Polizist mit blasierter Selbstgefälligkeit. »Vor ein paar Wochen haben wir Sie gefunden. Aber wir hatten keine schlüssigen Beweise gegen Sie, also haben wir Sie seither im Auge behalten.«

Johnnie Duke stieg aus dem Anhänger, und Martin Retsov dachte, wie hart es für den Jungen sein mußte, gleich beim ersten Job erwischt zu werden. Der kalte Polizist ging mit befriedigter Miene auf ihn zu.

Er zog keine Handschellen aus der Tasche. Er schlug Johnnie auf die Schulter.

»Gut gemacht, Sergeant Duke«, sagte er.

Friedrich Dürrenmatt
Justiz

Gewiß, ich schreibe diesen Bericht der Ordnung zuliebe nieder, aus einer gewissen Pedanterie heraus, damit er zu den Akten komme. Ich will mich zwingen, noch einmal die Ereignisse zu überprüfen, die zum Freispruch eines Mörders und zum Tode eines Unschuldigen geführt haben. Ich will noch einmal die Schritte durchdenken, zu denen ich verführt worden bin, die Maßnahmen, die ich getroffen habe, die Möglichkeiten, die ausgelassen worden sind. Ich will noch einmal gewissenhaft die Chancen ausloten, die der Justiz vielleicht doch noch bleiben. Doch vor allem schreibe ich diesen Bericht nieder, weil ich Zeit habe, viel Zeit, zwei Monate mindestens. Ich komme eben vom Flughafen zurück (die Bars, die ich dann noch aufsuchte, zählen nicht, auch mein gegenwärtiger Zustand ist unwesentlich. Ich bin stockbetrunken, doch morgen werde ich wieder nüchtern sein.) Die gigantische Maschine hob sich mit Dr. h.c. Isaak Kohler in den Nachthimmel hinein, heulend, brüllend, ab nach Australien, als ich aus meinem Volkswagen sprang, den Revolver entsichert. Es war eines seiner Meisterstücke, mich noch anzurufen, vermutlich wußte der Alte, was ich beabsichtigte; daß ich kein Geld habe, ihm nachzureisen, wissen alle.

So bleibt mir nichts anderes übrig, als zu warten, bis er wiederkommt, einmal, im Juni vielleicht oder Juli, zu warten, hin und wieder zu saufen, oder öfters, je nach Finanzlage, und zu schreiben, die einzige Tätigkeit, die einem nach Strich und Faden ruinierten Rechtsanwalt noch angemessen ist. In einem aber täuscht sich der Kantonsrat: die Zeit wird sein Verbrechen nicht heilen, mein Warten es nicht mildern, meine Betrunkenheit es nicht auslöschen, mein Schreiben es nicht entschuldigen. Indem ich die Wahrheit darstelle, präge ich sie mir ein, befähige ich mich, einmal, im Juni, wie gesagt, oder Juli oder wann auch immer er zurückkehrt (und er wird zurückkehren), bewußt zu tun, ob ich dann betrunken bin oder nüchtern, was ich jetzt nur im Affekt tun wollte. Dieser Bericht ist nicht nur die Begründung, sondern auch die Vorbereitung zu einem Mord. Zu einem gerechten Mord.

Wieder nüchtern in meinem Arbeitszimmer: Die Gerechtigkeit läßt sich nur noch durch ein Verbrechen wiederherstellen. Daß ich daraufhin Selbstmord zu begehen habe, ist unvermeidlich. Ich will mich damit nicht der Verantwortung entziehen, im Gegenteil, nur so ist mein Vorgehen zu verantworten, wenn auch nicht juristisch, so doch menschlich. Im Besitze der Wahrheit, kann ich sie nicht beweisen. Durch meinen Freitod wird es leichterfallen, mir auch ohne Zeugen zu glauben. Ich gehe nicht wie ein Wissenschaftler in den Tod, der sich durch ein Selbstexperiment dem Wissen zuliebe hinrichtet, ich sterbe, weil ich meinen Fall zu Ende denke.

Tatort: er spielt schon früh eine Rolle. Das ›Du Théâtre‹ ist mit seiner Rokokofassade eines der wenigen Renommierstücke unserer hoffnungslos verbauten Stadt. Das Restaurant ist auf drei Etagen untergebracht, was nicht jeder weiß, den meisten sind nur zwei bekannt. Im Erdgeschoß sind an den langen Vormittagen – alles steht in unserer Stadt früh auf – verschlafene Studenten, aber auch Geschäftsleute zu finden, die dann oft über Mittag bleiben, später, nach dem Kaffee Kirsch, wird es still, die Serviertöchter werden unsichtbar, erst gegen vier kehren erschöpfte Lehrer ein, lassen sich müde Beamte nieder. Der Gewalthaufe freilich zieht zum Abendessen auf und dann noch nach halb elf, neben Politikern, Managern und Finanzexistenzen sonstige Vertreter der freien und freiesten Berufe, aber auch leicht erschrockene Fremde, unsere Stadt liebt es, sich international zu geben. Im ersten Stock wendet sich denn auch alles ins Stinkfeine. Das Wort ist passend: In den beiden niedrigen, rot tapezierten Räumen herrscht tropische Hitze, aber dennoch hält man aus, die Damen in Abendkleidern, die Herren oft im Smoking. Die Luft ist durchsetzt mit Schweiß, Parfüm und der Hauptsache nach mit dem Geruch der kulinarischen Spezialitäten unserer Stadt, geschnetzeltes Kalbfleisch mit Rösti usw. Man trifft sich hier (im wesentlichen die gleiche Gesellschaft wie unten, nur eben festlich kostümiert) nach Premieren und nach den großen Geschäften, nicht um Dinger zu drehen, sondern um gedrehte Dinger zu feiern. Im zweiten Stock darauf verändert sich der Charakter des ›Du Théâtre‹ aufs neue. Man nimmt erstaunt einen Zug ins Liederliche wahr. Ungeniertheit macht sich breit. Die Räume sind hier hoch und hell, ähneln nun mehr jenen eines billigen Wirtschaftssaales, gewöhnliche Holzstühle, auf den Tischen karierte Decken, überall Bierteller, gleich neben der Treppe ein halbleeres Kabarett mit mittelmäßigen Zauberkünstlern und noch mittelmäßigerem Striptease, im Saal wird Karten und Billard gespielt. Da sitzen die Gemüse- und Früchtehändler unserer Stadt, die Bauunternehmer und Warenhausbesitzer, die Großgaragisten und Abbruchspezialisten, oft stundenlang, die Einsätze sind phantastisch, und um sie herum scharen sich die Kiebitze, ausgefallene und zwielichtige Zeitgenossen, aber auch einige Dirnen warten, drei, vier, immer am gleichen Tisch beim Fenster, mehr als nur geduldet, sie gehören zur Ausstattung und sind wohlfeil. Relativ. Wirklich reiche Leute achten auf ihr Kleingeld.

Als ich dem Kantonsrat zum ersten Mal begegnete, hatte ich eben das Staatsexamen abgeschlossen, die Dissertation geschrieben, den Doktortitel und das Anwaltspatent erhalten, aber arbeitete noch, wie schon während meines Studiums, als besserer Laufbursche bei Stüssi-Leupin. Dieser war durch die Freisprüche, die er in den Mordfällen der Gebrüder Ätti, Rosa Pick, Deubelbeiß und Amsler erreicht, und durch den Vergleich, den er zwischen der Hilfswerkstätte Trög und den Vereinigten Staaten erzielt hatte (sehr zum Vorteil der Trögener), weit über die Grenzen unseres Landes bekannt geworden. Ich hatte Stüssi-Leupin ein Gutachten über einen jener dubiosen Fälle ins ›Du Théâtre‹ zu bringen, wie nur er sie liebte. Ich fand den Staatsanwalt im zweiten Stock bei einem der Billardtische, wo er mit dem Kantonsrat eine Partie beendet hatte, am anderen Tisch spielten Dr. Benno und Professor Winter, und erst jetzt, beim Niederschreiben, wird mir bewußt, daß damals die Hauptpersonen der späteren Handlung versammelt waren: wie bei einem Vorspiel. Draußen war es kalt gewesen, November oder Dezember – das genaue Datum ließe sich leicht feststellen –, ich war durchfroren, weil ich aus Gewohnheit keinen Mantel trug und meinen Volkswagen einige Straßen vom ›Du Théâtre‹ entfernt hatte parkieren müssen.

»Leisten Sie sich einen Grog, junger Mann«, sprach mich der Kantonsrat an. Er musterte mich aufmerksam und winkte einem Kellner. Ich gehorchte unwillkürlich, auch hatte ich auf eine Anordnung Stüssi-Leupins zu warten, der sich mit dem Gutachten zurückgezogen hatte und es an einem der Tische durchblätterte. Vorne im Saal spielten die Gemüsehändler, dunkle Silhouetten vor der Fensterfront. Von der Straße her drang das dumpfe Rollen der Straßenbahn. Der Kantonsrat betrachtete mich noch immer, ungeniert, ohne seinen Blick zu verbergen. Er mochte gegen die Siebzig gehen. Er hatte als einziger den Rock nicht ausgezogen, schwitzte nicht einmal. Ich stellte mich endlich vor, ahnte, einem Mann von Prominenz gegenüberzustehen, kam aber nicht auf den Namen.

»Verwandt mit Oberst Spät?« fragte er, ohne seinen Namen zu nennen, sei es nun, daß er darauf keinen Wert legte, oder in der Annahme, daß ich ihn schon kenne. (Oberst Spät: martialischer Landwirt, heute Bundesrat. Fordert Atomwaffen.)

»Kaum«, antwortete ich. (Um diesen Punkt ein für allemal zu erledigen: Ich bin 1930 geboren. Meine Mutter, Anna Spät, habe ich nicht gekannt, mein Vater ist unbekannt. Aufgewachsen bin ich in einem Waisenhaus, an das ich mich mit Vergnügen erinnere – besonders an den unermeßlichen Wald, an den es grenzte. Die Leitung und die

Lehrerschaft waren vorzüglich, meine Jugend glücklich, ist es doch durchaus nicht immer ein Vorteil, Eltern zu besitzen. Mein Unglück begann mit Dr. h. c. Isaak Kohler, vorher war ich zwar in Schwierigkeiten, aber nicht in hoffnungslosen.)

»Sie wollen Stüssi-Leupins Partner werden?« fragte er.

Ich schaute ihn verwundert an: »Ich denke nicht daran.«

»Er hält viel von Ihnen.«

»Das hat er mich bis jetzt nie merken lassen.«

»Stüssi-Leupin läßt nie etwas merken«, meinte der Alte trocken.

»Sein Fehler«, antwortete ich unbekümmert. »Ich will mich selbständig machen.«

»Das wird schwer sein.«

»Möglich.«

Der Alte lachte: »Sie werden noch Ihre Wunder erleben. Es ist nicht leicht, in unserem Lande allein hochzukommen. – Spielen Sie Billard?« fragte er dann unvermittelt.

Ich verneinte.

»Ein Fehler«, sagte er, betrachtete mich aufs neue nachdenklich, die grauen Augen voll Verwunderung, doch ohne Spott, wie es schien, humorlos und hart, und führte mich zum zweiten Tisch, wo Dr. Benno und Professor Winter spielten, die mir beide bekannt waren, der Professor von der Universität her – er war Rektor, als ich immatrikulierte –, Dr. Benno von der Welt des Nachtlebens her, das in unserer Stadt herrschte, zwar damals nur bis Mitternacht, doch dafür nicht ohne Intensität. Sein Beruf war unbestimmt. Einmal war er Olympiasieger im Fechten – weshalb man ihn den Olympia-Heinz nannte –, einmal Schweizermeister im Pistolenschießen gewesen und war immer noch ein bekannter Golfspieler, einmal hatte er eine Galerie geführt, die nicht rentierte. Jetzt hieß es, er solle der Hauptsache nach Vermögen verwalten.

Ich grüßte, sie nickten.

»Winter ist ein ewiger Anfänger«, sagte Dr. h.c. Kohler.

Ich lachte. »Sie sind wohl ein Meister?«

»Gewiß«, antwortete er ruhig, »Billard ist meine Passion. Geben Sie das Queue mal her, Professor, den Stoß schaffen Sie nicht.«

Professor Adolf Winter gab ihm den Billardstock. Er war ein sechzigjähriger, schwerer, doch eher kleingewachsener Mann, mit leuchtender Glatze, goldener randloser Brille, gepflegtem schwarzem Vollbart mit weißen Strähnen, den er würdevoll zu streichen pflegte, stets sorgfältig, nicht unraffiniert konservativ gekleidet, einer der humanistischen Schwadroneure, die unsere Universität bevölkern, Mitglied des PEN-Clubs und der Usteri-Stiftung, Autor des zweibändigen Schmökers *Carl Spitteler und Hesiod oder Schweiz und Hellas. Ein Vergleich*, Artemis 1940 (als Jurist geht mir seit jeher die philosophische Fakultät auf die Nerven).

Der Kantonsrat bearbeitete die Lederkuppe sorgfältig mit Kreide. Seine Bewegungen waren ruhig und sicher, und so schroff auch seine Sätze fielen, wirkte doch nichts an ihm arrogant, nur bewußt und gelassen, alles deutete auf Macht und Unbeirrbarkeit. Er betrachtete den Billardtisch mit leicht geneigtem Kopf, tat dann den Stoß entschlossen und schnell.

Ich folgte dem Rollen der weißen Kugeln, ihrem Aufprallen und Zurückstoßen.

»*A la bande*. So muß man den Benno schlagen«, meinte der Kantonsrat, indem er den Billardstock Professor Winter zurückgab. »Kapiert, junger Mann?«

»Ich verstehe nichts davon«, antwortete ich und wandte mich dem Grog zu, den der Kellner auf ein Tischchen gestellt hatte.

»Einmal werden Sie es schon begreifen«, lachte Dr. h.c. Isaak Kohler, nahm eine Zeitungsrolle von der Wand und entfernte sich.

Der Mord: Was sich dann drei Jahre später ereignete, ist bekannt und kann schnell erzählt werden (auch nüchtern brauche ich dabei nicht unbedingt zu sein). Dr. h.c. Isaak Kohler hatte sein Mandat niedergelegt, obschon seine Partei ihn zum Regierungsrat vorschlagen wollte (nicht zum Bundesrat, wie einige ausländische Zeitungen schrieben), hatte sich überhaupt aus der Politik zurückgezogen (von seiner Anwaltspraxis schon längst), verwaltete einen Ziegeltrust, der immer weltweitere Dimensionen annahm, linkerhand, amtete als Präsident verschiedener Verwaltungsräte, wirkte auch in einer Kommission der UNESCO, man sah ihn manchmal monatelang nicht in unserer Stadt, bis er an einem ungebührlich frühlingshaften Märztag im Jahre 1955 den englischen Minister B. durch unsere Stadt führte. Dieser Minister war privat gekommen, man hatte in einer Privatklinik sein Magengeschwür behandelt, nun saß er neben dem Alt-Kantonsrat in dessen Rolls-Royce und ließ sich, bevor er zurückflog, widerwillig doch noch die Stadt zeigen, vier Wochen hatte er sich standhaft geweigert, um sich nun zu fügen, sah gähnend nach den Sehenswürdigkeiten, die sich vorbeischoben, nach der Technischen Hochschule, der Universität, dem Münster, romanisch (der Kantonsrat lieferte Stichworte), der Fluß zitterte in der weichen Luft (die Sonne ging eben unter), der Quai war voller Menschen. Der Minister nickte ein, auf den Lippen noch den Geschmack der unzähligen Kartoffelpürees und der Birchermüeslis, die er in der Privatklinik genossen hatte, während er nun schon von Whisky pur träumte und die Stimme des Kantonsrats wie von weitem hörte, das Rollen des Verkehrs als ein noch ferneres Rauschen; eine bleierne Müdigkeit war in ihm und vielleicht schon die Ahnung, daß die Magengeschwüre doch nicht so harmlos seien.

»Just a moment«, sagte Dr. h. c. Isaak Kohler und ließ den Chauffeur Franz vor dem ›Du Théâtre‹ anhalten, stieg aus, wies ihn an, eine Minute zu warten, deutete noch mit dem Schirmstock mechanisch auf die Fassade *»eighteenth century«*, doch reagierte Minister B. überhaupt nicht, döste weiter, träumte weiter. Der Kantonsrat begab sich ins Restaurant, gelangte durch die Drehtüre in den großen Speisesaal, wo ihn der Chef de Service ehrfürchtig begrüßte. Es ging gegen sieben, die Tische waren schon vollbesetzt, man saß beim Abendessen, ein Stimmengewirr, Schmatzen, Besteckgeklimper. Der Alt-Kantonsrat schaute sich um, schritt dann gegen die Mitte des Speisesaales, wo an einem kleinen Tisch Professor Winter saß, mit einem Tournedos Rossini und einer Flasche Chambertin beschäftigt, zog einen Revolver hervor und schoß das Mitglied des PEN-Clubs nieder, nicht ohne vorher freundlich gegrüßt zu haben (überhaupt spielte sich alles aufs würdigste ab), ging

dann gelassen am erstarrten Chef de Service, der ihn wortlos anglotzte, und an verwirrten, zu Tode erschrockenen Kellnerinnen vorbei durch die Drehtüre in den sanften Märzabend hinaus, stieg wieder in den Rolls-Royce, setzte sich zum dösenden Minister, der nichts bemerkt hatte, dem nicht einmal das Anhalten des Wagens zum Bewußtsein gekommen war, der, wie gesagt, vor sich hin döste, vor sich hin träumte, sei es von Whisky, sei es von Politik (die Suezkrise schwemmte dann auch ihn weg), sei es von einer bestimmten Ahnung hinsichtlich der Magengeschwüre (vorige Woche stand sein Tod in den Zeitungen, nur kurz kommentiert, und die meisten gaben seinen Namen orthographisch nicht ganz gewissenhaft wieder).

»Zum Flughafen, Franz«, befahl Dr. h. c. Isaak Kohler.

Das Intermezzo seiner Verhaftung: es kann nicht ohne Schadenfreude erzählt werden. Einige Tische vom Ermordeten entfernt tafelte der Kommandant unserer Kantonspolizei mit seinem alten Freund Mock, der, ein Bildhauer, taub und in sich versunken, vom ganzen Vorgang auch später nicht das geringste wahrnahm. Die beiden aßen einen Potaufeu, Mock zufrieden, der Kommandant, der das ›Du Théâtre‹ nicht mochte und es nur selten besuchte, mürrisch. Nichts war nach seinem Geschmack: die Fleischbrühe zu kalt, das Siedfleisch zu zäh, die Preiselbeeren zu süß. Als der Schuß fiel, sah der Kommandant nicht auf, das ist möglich, so wird jedenfalls erzählt, denn er war gerade dabei, das Mark kunstgerecht aus einem Knochen zu saugen, dann erhob er sich aber doch, stieß dabei sogar einen Stuhl um, den er jedoch als ein Mann der Ordnung wieder auf die Beine stellte. Bei Winter angekommen, lag dieser schon auf dem Tournedos Rossini, die Hand noch um das Glas mit dem Chambertin geschlossen.

»Ist das vorhin nicht der Kohler gewesen?« fragte der Kommandant den noch hilflosen Geschäftsführer, der ihn verstört und bleich anglotzte.

»Jawohl. In der Tat«, murmelte er.

Der Kommandant betrachtete den ermordeten Germanisten nachdenklich, schaute dann finster auf die Platte mit der Rösti und den Bohnen nieder, ließ seinen Blick über die Schüssel mit dem zarten Salat, den Tomaten und Radieschen gleiten.

»Da kann man nichts mehr machen«, sagte er.

»Jawohl. In der Tat.«

Die Gäste, erst wie gebannt, waren aufgesprungen. Hinter der Theke starrten der Koch und das Küchenpersonal herüber. Nur Mock aß ruhig weiter. Ein hagerer Mann drängte sich vor.

»Ich bin Arzt.«

»Rühren Sie ihn nicht an«, befahl der Kommandant ruhig, »wir müssen ihn zuerst mal fotografieren.«

Der Arzt beugte sich zum Professor, befolgte jedoch den Befehl.

»Tatsächlich«, stellte er dann fest. »Tot.«

»Eben«, antwortete der Kommandant ruhig. »Gehen Sie zurück an Ihren Tisch.«

Dann nahm er die Flasche Chambertin vom Tisch.

»Die ist requiriert«, sagte er und reichte sie dem Geschäftsführer.

»Jawohl. In der Tat«, murmelte der.

Darauf ging der Kommandant telefonieren.

Als er zurückkehrte, befand sich der Staatsanwalt Jämmerlin schon bei der Leiche. Er trug einen feierlichen dunklen Anzug. Er beabsichtigte, in der Tonhalle ein Symphoniekonzert zu besuchen, und hatte eben im Französischen Restaurant im ersten Stock zum Nachtisch eine Omelette flambée verzehrt, als er den Schuß hörte. Jämmerlin war unbeliebt. Jedermann sehnte seine Pensionierung herbei, die Dirnen und ihre Konkurrenz vom anderen Lager, die Diebe und Einbrecher, die ungetreuen Prokuristen, die Geschäftsmänner in Schwierigkeiten, aber auch der Justizapparat, von der Polizei bis zu den Anwälten, ja selbst seine Kollegen ließen ihn im Stich. Jedermann riß Witze über ihn: es sei kein Wunder, daß es in der Stadt jämmerlicher denn je hergehe, seit man Jämmerlin habe, jämmerlicher als in der Justiz könne es nicht mehr zugehen usw. Der Staatsanwalt stand auf verlorenem Posten, seine Autorität war längst untergraben, die Geschworenen widersetzten sich immer häufiger seinen Anträgen, die Richter desgleichen, und besonders hatte er unter dem Kommandanten zu leiden, der im Rufe stand, den sogenannten kriminellen Teil unserer Bevölkerung für den wertvolleren zu halten. Doch Jämmerlin war ein Jurist großen Stils, der durchaus nicht immer den kürzeren zog, seine Anträge und Repliken waren gefürchtet, seine Kompromißlosigkeit imponierte, sosehr sie verhaßt war. Er stellte einen Staatsanwalt der älteren Schule dar, von jedem Freispruch persönlich gekränkt, gleich ungerecht gegen reich und arm, ledig, von keiner Versuchung angefochten, ohne je eine Frau berührt zu haben. Beruflich seine schlimmsten Nachteile.

Die Verbrecher waren für ihn etwas Unverständliches, geradezu Satanisches, die ihn in eine alttestamentarische Wut versetzten, er war ein Relikt einer unbeugsamen, aber auch unbestechlichen Moralität, ein erratischer Block im »Sumpfe einer Justiz, die alles entschuldigt«, wie er sich ebenso schwungvoll wie grimmig ausdrückte. Auch jetzt war er ungemein erregt, um so mehr, als er den Ermordeten und den Mörder persönlich kannte.

»Kommandant«, rief er empört aus, in der Hand noch die Serviette, »man behauptet, Doktor Isaak Kohler habe diesen Mord begangen!«

»Stimmt«, antwortete der Kommandant mürrisch.

»Das ist doch einfach unmöglich!«

»Kohler muß verrückt geworden sein«, antwortete der Kommandant, setzte sich auf den Stuhl neben den Toten, zündete sich eine seiner ewigen Bahianos an. Der Staatsanwalt trocknete sich mit der Serviette die Stirn, zog vom Nebentisch einen Stuhl heran, setzte sich ebenfalls, so daß der riesige Tote nun zwischen den beiden massigen, schweren Beamten über seinem Teller lag. So warteten sie. Totenstille im Restaurant. Niemand aß mehr. Alles starrte auf die gespenstische Gruppe. Nur als eine Studentenverbindung den Raum betrat, entstand Verwirrung. Sie nahm singend vom Lokal Besitz, begriff nicht gleich die Lage, sang aus Leibeskräften weiter, verstummte dann verlegen. Endlich kam Leutnant Herren mit dem Stab des Morddezernats. Ein Polizist fotografierte, ein Gerichtsmediziner stand hilflos herum, und ein Bezirksanwalt, der mitgekommen war, entschuldigte sich bei Jämmerlin für sein Erscheinen. Leise Befehle, Anordnungen. Dann wurde der Tote aufgerichtet, Sauce im Gesicht, Gänseleber und grüne Bohnen im Vollbart, auf die Bahre gelegt und in den Sanitätswagen geschafft. Die goldene randlose Brille entdeckte Ella erst in der Rösti, als sie abräumen durfte. Darauf wurden vom Bezirksanwalt die ersten Zeugen einvernommen.

Patricia Highsmith
Der Schneckenforscher

Als Peter Knoppert begann, die Beobachtung von Schnecken zu seinem Hobby zu machen, ahnte er nicht, daß aus seiner ersten Handvoll von Exemplaren in kürzester Zeit Hunderte werden würden. Nur zwei Monate nachdem die ersten Schnecken in Knopperts Arbeitszimmer gebracht worden waren, standen etwa dreißig von Schnecken wimmelnde Glasgefäße entlang der Wände, auf dem Schreibtisch und den Fensterbänken, ja sie nahmen sogar einen Teil des Bodens ein. Mrs. Knoppert mißbilligte das sehr und weigerte sich, den Raum zu betreten. Sie sagte, es stinke dort, und außerdem war sie einmal auf eine Schnecke getreten – ein gräßliches Gefühl, das sie nie vergessen würde. Doch je mehr seine Frau und seine Freunde diesen ungewöhnlichen und irgendwie unappetitlichen Zeitvertreib kritisierten, desto mehr Vergnügen schien Mr. Knoppert daran zu finden.

»Ich hab mich mein Leben lang nicht für die Natur interessiert«, bemerkte er oft – er war Teilhaber in einer Brokerfirma und hatte sich immer nur den Vorgängen in der Finanzwelt gewidmet –, »aber diese Schnecken haben mir die Augen für die Schönheit der Tierwelt geöffnet.«

Wenn seine Freunde dann sagten, Schnecken seien eigentlich gar keine Tiere und ihre schleimige Lebensweise sei wohl kaum ein geeignetes Beispiel für die Schönheit der

Natur, erwiderte Mr. Knoppert mit überlegenem Lächeln, sie wüßten eben nicht, was er über Schnecken wisse.

Und das stimmte. Mr. Knoppert war Zeuge eines Vorgangs geworden, der in keiner Enzyklopädie, in keinem ihm bekannten zoologischen Werk beschrieben worden war, jedenfalls nicht annähernd adäquat. Eines Abend war Mr. Knoppert in die Küche geschlendert, um vor dem Abendessen noch eine Kleinigkeit zu essen, und hatte bemerkt, daß sich zwei der Weinbergschnecken in der Porzellanschüssel, die auf der Spüle stand, sehr eigenartig verhielten. Sie standen einander gegenüber, aufgerichtet und mehr oder weniger auf ihren Schwänzen, sie wiegten sich hin und her und sahen aus wie Schlangen, die von einem Flötenspieler hypnotisiert wurden. Im nächsten Augenblick legten sie ihre Gesichter zu einem Kuß von wollüstiger Intensität aneinander. Mr. Knoppert beugte sich hinunter und betrachtete sie von allen Seiten. Noch etwas geschah: An der rechten Seite der Köpfe erschienen Auswüchse, die wie Ohren wirkten. Sein Instinkt sagte ihm, daß es sich hier um eine Art sexueller Aktivität handelte.

Die Köchin kam herein und sagte irgend etwas zu ihm, doch Mr. Knoppert gebot ihr mit einer ungeduldigen Handbewegung zu schweigen. Er konnte den Blick nicht von den faszinierenden kleinen Wesen in der Schüssel abwenden.

Als die Ränder der ohrenartigen Auswüchse sich berührten, reckte sich ein weißlicher Stengel, der wie ein zusätzlicher Fühler aussah, vom Ohr der einen Schnecke im Bogen zu dem der anderen. Mr. Knopperts erste Vermutung wurde widerlegt, als auch aus dem Ohr der zweiten

Schnecke ein solcher Fühler wuchs. Sehr eigenartig, dachte er. Die beiden Fühler wurden zurückgezogen und wieder ausgefahren und saugten sich schließlich an der jeweils anderen Schnecke fest, als hätten sie ein unsichtbares Ziel gefunden. Mr. Knoppert betrachtete das Schauspiel aufmerksam. Die Köchin tat dasselbe.

»Haben Sie so was schon mal gesehen?« fragte Mr. Knoppert.

»Nein. Wahrscheinlich kämpfen sie miteinander«, sagte die Köchin gleichgültig und wandte sich ab. Das war ein Beispiel für jene Ignoranz in Hinblick auf Schnecken, der er später überall begegnen würde.

Über eine Stunde lang beobachtete Mr. Knoppert immer wieder die beiden Schnecken, bis sie zuerst die Ohren und dann die Fühler zurückzogen, sich schließlich entspannten und einander nicht mehr beachteten. Inzwischen zeigten jedoch zwei andere Tiere Interesse füreinander und richteten sich langsam in die Kußposition auf. Mr. Knoppert sagte der Köchin, er wünsche keine Schnecken zum Essen, und brachte die Schüssel hinauf in sein Arbeitszimmer. Im Haus der Knopperts wurden nie wieder Schnecken serviert.

Später am Abend schlug er in Enzyklopädien und ein paar allgemeinen Büchern über Biologie nach, die er besaß, fand jedoch absolut nichts über das Paarungsverhalten von Schnecken, wogegen der langweilige Fortpflanzungszyklus der Austern in allen Einzelheiten beschrieben war. Nach ein, zwei Tagen kam Mr. Knoppert zu dem Schluß, daß das, was er gesehen hatte, möglicherweise gar keine Paarung gewesen war. Edna, seine Frau, sagte ihm, er solle die Schnecken entweder essen oder loswerden – das war, nachdem sie auf eine Schnecke getreten war, die aus der Schüssel heraus- und auf dem Boden herumgekrochen war –, und Mr. Knoppert hätte das vielleicht auch getan, wenn er nicht in einem Abschnitt über Gastropoden in Darwins *Ursprung der Arten* auf einen bestimmten Satz gestoßen wäre. Der Satz war auf französisch, eine Sprache, die Mr. Knoppert nicht beherrschte, doch bei dem Wort *sensualité* durchfuhr es ihn wie einen Bluthund, der plötzlich Witterung aufgenommen hat. Er befand sich gerade in der öffentlichen Bibliothek und machte sich sogleich daran, den Abschnitt mit Hilfe eines französisch-englischen Wörterbuches mühsam zu übersetzen. Er umfaßte weniger als hundert Wörter und sagte aus, daß die Paarung von Schnecken mit einer Sinnlichkeit vonstatten gehe, wie sie anderswo im Tierreich nicht zu finden sei. Das war alles. Die Bemerkung stammte aus dem Notizbuch von Henri Fabre. Offenbar hatte Darwin beschlossen, ihn für den Durchschnittsleser nicht zu übersetzen, sondern für die wenigen gelehrten Geister, die sich für dieses Thema wirklich interessierten, in der Originalsprache zu belassen. Mr. Knoppert rechnete sich mittlerweile zu diesen wenigen gelehrten Geistern, und sein rundes, rosiges Gesicht strahlte vor Stolz.

Er hatte herausgefunden, daß seine Schnecken Süßwasser bevorzugten und ihre Eier in Sand oder Erde ablegten, und so stellte er Schalen mit Wasser und feuchter Erde in eine große Waschschüssel und setzte die Tiere hinein. Dann wartete er darauf, daß etwas geschehen würde. Es kam aber zu keiner weiteren Paarung. Er hob die Schnekken eine nach der anderen auf und untersuchte sie, ohne irgendwelche Anzeichen einer Trächtigkeit erkennen zu können. Eine der Schnecken konnte er jedoch nicht hochheben – es war, als wäre das Gehäuse an der Erde festgeklebt. Mr. Knoppert nahm an, daß das Tier den Kopf in der Erde vergraben hatte, um zu sterben. Es vergingen zwei Tage, und am Morgen des dritten fand Mr. Knoppert an der Stelle, wo die Schnecke gewesen war, ein Häufchen lockerer Erde. Neugierig stocherte er mit einem Streichholz darin und entdeckte zu seiner großen Freude eine flache Grube voller schimmernder, frisch gelegter Eier. Schneckeneier! Er hatte sich also nicht geirrt. Mr. Knoppert rief seine Frau und die Köchin, um ihnen die Eier zu zeigen, die stark an große Kaviarkörner erinnerten, nur daß sie nicht schwarz oder rot, sondern weiß waren.

»Tja, irgendwie müssen sie sich ja fortpflanzen«, war alles, was seine Frau dazu zu sagen hatte. Mr. Knoppert konnte ihr mangelndes Interesse nicht begreifen. Wenn er zu Hause war, mußte er die Eier immer wieder betrachten. Er untersuchte sie jeden Morgen, um zu sehen, ob es irgendeine Veränderung gab, und abends, bevor er zu Bett ging, galt sein letzter Gedanke ihnen. Außerdem war eine zweite Schnecke dabei, eine Grube zu graben. Und zwei weitere Schnecken paarten sich! Das erste Gelege verfärbte sich gräulich, und an der Seite eines jeden Eis war die winzige Spirale eines Schneckenhauses zu erkennen. Mr. Knopperts freudige Erwartung wuchs. Endlich kam ein Morgen – nach Mr. Knopperts sorgfältiger Berechnung war es der achtzehnte nach der Eiablage –, an dem er in die Grube sah und den ersten winzigen Kopf erblickte, die ersten stumpfen kleinen Fühler, die unsicher das Nest erkundeten. Mr. Knoppert war so glücklich wie der Vater eines neugeborenen Kindes. Jedes der mehr als siebzig Eier in dem Nest erwachte wie durch ein Wunder zum Leben. Er war Zeuge, wie der ganze Fortpflanzungszyklus zu einem erfolgreichen Abschluß kam. Und die Tatsache, daß niemand – zumindest niemand, den er kannte – auch nur einen Bruchteil von dem wußte, was er gesehen hatte, verlieh seinem Wissen den besonderen Reiz einer Entdeckung, die Faszination des Exotischen. Mr. Knoppert machte sich Notizen über die weiteren Paarungen und Eiablagen. Seinen interessierten, häufiger jedoch schockierten Freunden und Gästen schilderte er die Biologie der Schnecken, bis seine Frau sich vor Peinlichkeit wand.

»Aber wo soll das alles enden, Peter? Wenn sie sich weiter in diesem Tempo vermehren, übernehmen sie bald das ganze Haus!« sagte sie, nachdem fünfzehn bis zwanzig Gelege geschlüpft waren.

»Die Natur kennt kein Ende«, antwortete er gut gelaunt. »Und sie haben nur das Arbeitszimmer übernommen. Da oben ist jede Menge Platz.«

Es wurden also immer mehr Glasbehälter angeschafft. Mr. Knoppert ging auf den Markt und suchte einige der lebhafter wirkenden Exemplare aus, außerdem zwei Schnecken, die sich, unbemerkt vom Rest der Welt, gerade paarten. Im Erdboden der Glasbehälter erschienen immer mehr Gruben mit Gelegen, und aus jeder davon kamen schließlich zwischen siebzig und neunzig winzige Schnekken zum Vorschein, so durchsichtig wie Tautropfen, die an den Streifen aus frischen Salatblättern, welche Mr. Knoppert eilends als eßbare Leitern in die Vertiefungen legte, nicht herabrannen, sondern hinaufkrochen. Paarungen waren inzwischen so häufig, daß er gar nicht mehr darauf achtete – immerhin konnte dieser Vorgang vierundzwanzig Stunden dauern. Doch die Verwandlung des weißen Kaviars in Schneckenhäuser, die sich schließlich bewegten, faszinierte ihn jedesmal aufs neue, ganz gleich, wie oft er sie sah.

Seine Kollegen in der Brokerfirma stellten fest, daß Peter Knoppert von einer neuen Lebenslust beseelt war. Er war wagemutiger als früher, seine Kalkulationen waren brillanter, seine Pläne fast schon gerissen, aber er brachte der Firma Geld ein. Es wurde einstimmig beschlossen, sein Grundgehalt von vierzigtausend auf sechzigtausend Dollar im Jahr zu erhöhen. Als man ihm gratulierte, führte Mr. Knoppert seinen Erfolg auf die Schnecken und die wohltuende Entspannung zurück, die er empfand, wenn er sie beobachtete.

Die Abende verbrachte er ausnahmslos bei seinen Schnecken in dem Raum, der nun kein Arbeitszimmer, sondern eher eine Art Aquarium war. Es erfüllte ihn mit Freude, frische Salatblätter und zerkleinerte gekochte Kartoffeln und rote Bete in die Behälter zu geben und anschließend das Beregnungssystem einzuschalten, das er installiert hatte, um natürlichen Niederschlag zu simulieren. Dann kam Leben in die Schnecken, und sie begannen zu fressen, sich zu paaren und mit offensichtlichem Vergnügen durch die Pfützen zu gleiten. Oft ließ Mr. Knoppert eine Schnecke auf seinen Zeigefinger kriechen – er hatte den Eindruck, daß seine Tiere an diesem Kontakt zu einem Menschen Gefallen fanden –, fütterte sie mit einem Stückchen Salatblatt und betrachtete sie von allen Seiten. Dies bereitete ihm einen ästhetischen Genuß, wie ihn ein anderer beim Anblick eines japanischen Farbholzschnittes empfinden mochte.

Inzwischen hatte Mr. Knoppert allen anderen das Betreten seines Arbeitszimmers untersagt. Zu viele Schnecken hatten die Angewohnheit, auf dem Boden herumzukriechen und auf der Unterseite von Stuhlsitzen oder auf den Rücken der Bücher im Regal zu schlafen. Schnecken, besonders die älteren Exemplare, verbrachten einen großen Teil des Tages mit Schlafen. Es gab jedoch genügend Tiere, die weniger faul waren und sich gern dem Liebesspiel hingaben. Mr. Knoppert schätzte, daß stets etwa ein Dutzend Paare dabei waren, einander zu küssen. Auf jeden Fall gab es eine Unmenge kleiner Schnecken. Es war unmöglich, sie zu zählen. Mr. Knoppert zählte jedoch die Schnecken, die über die Zimmerdecke krochen oder dort schliefen, und kam auf eine Zahl, die zwischen elf- und zwölfhundert lag. In den Glasgefäßen, an der Unterseite des Schreibtisches und in den Bücherregalen waren vermutlich fünfzigmal so viele. Mr. Knoppert nahm sich vor, demnächst die Schnekken von der Decke zu entfernen. Einige von ihnen waren schon seit Wochen dort oben, und er fürchtete, sie könnten verhungern. In letzter Zeit war er jedoch ein bißchen zu sehr beschäftigt gewesen, und sein Bedürfnis nach der Ruhe, die er empfand, wenn er einfach nur im Arbeitszimmer in seinem Lieblingssessel saß, war zu groß.

Im Juni gab es so viel zu tun, daß er oft bis zum späten Abend im Büro arbeiten mußte. Das Steuerjahr ging zu Ende, und auf seinem Schreibtisch türmten sich die verschiedensten Bilanzen. Er stellte Berechnungen an, entdeckte ein halbes Dutzend Möglichkeiten, höhere Gewinne zu erzielen, und reservierte die wagemutigsten, am wenigsten augenfälligen Transaktionen für seine eigenen Spekulationen. Er war zuversichtlich, daß sein Vermögen innerhalb eines Jahres auf das Drei- bis Vierfache wachsen würde. Das Geld würde sich so schnell und mühelos vermehren wie die Schnecken. Als er dies seiner Frau erzählte, war sie überglücklich. Sie verzieh ihm sogar, daß er das Arbeitszimmer ruiniert hatte und sich in der ganzen oberen Etage ein muffiger, fischiger Geruch ausbreitete.

»Trotzdem wäre es mir lieber, wenn du dort mal nach dem Rechten sehen würdest, Peter«, sagte sie eines Morgens recht besorgt. »Vielleicht ist einer der Behälter umgefallen, und ich möchte nicht, daß der Teppich Schaden nimmt. Du bist jetzt schon beinahe eine Woche nicht mehr im Arbeitszimmer gewesen, oder?«

Mr. Knoppert war seit beinahe zwei Wochen nicht mehr dort gewesen. Er verschwieg seiner Frau, daß von dem Teppich nicht mehr viel übrig war. »Ich werde heute abend mal nachsehen«, sagte er.

Es dauerte jedoch noch drei Tage, bis er die Zeit dazu fand. Eines Abends trat er, bevor er zu Bett ging, in das Zimmer und stellte zu seiner Überraschung fest, daß der Boden ganz und gar mit Schnecken bedeckt war, die in drei bis vier Schichten übereinanderlagen. Er hatte Schwierigkeiten, die Tür zu schließen, ohne welche zu zerquetschen. In den Ecken waren die Tiere zu Haufen übereinandergetürmt, so daß das Zimmer rund wirkte – es war, als stünde er in einem riesigen, aus unzähligen Kieseln zusammengefügten Stein. Mr. Knoppert ließ seine Fingerknöchel knacken und sah sich verwundert um. Die Schnecken saßen nicht nur auf allen Oberflächen – auch auf dem Kronleuchter hatten sich Tausende von ihnen zu einem grotesken Klumpen zusammengeballt, der in den Raum hing. Nach Halt suchend, streckte Mr. Knoppert den Arm nach der Sessellehne aus. Seine Hand berührte nur zahlreiche Schneckenhäuser. Unwillkürlich lächelte er: Auf dem Sitz krochen Schnecken übereinander – sie sahen aus wie ein klumpiges Kissen. Wegen der Zimmerdecke mußte er etwas unternehmen, und zwar sofort. Er nahm den Schirm, der in der Ecke lehnte, streifte einige der Schnekken darauf ab und räumte einen Teil des Schreibtisches frei, so daß er darauf stehen konnte. Die Schirmspitze kratzte über die Decke, und im nächsten Augenblick löste sich unter dem Gewicht der Schnecken eine Tapetenbahn und hing beinahe bis zum Boden herab. Mr. Knoppert war mit einemmal wütend. Die Beregnungsanlage würde sie in Bewegung bringen. Er legte den Hebel um.

In allen Behältern begann das Wasser zu rieseln, und sogleich beschleunigte sich das langsame Kriechen im Raum. Mr. Knoppert schob die Füße über den Boden, und die Schnecken, die er dabei beiseite fegte, klangen wie Kieselsteine in der Brandung. Er richtete einige Düsen der Beregnungsanlage auf die Zimmerdecke. Das war ein Fehler, wie er sogleich merkte, denn das aufgeweichte Papier riß. Er konnte einer langsam fallenden Masse von Schnecken gerade noch ausweichen, nur um von einer anderen schwingenden Girlande mit einem überraschend harten Schlag seitlich am Kopf getroffen zu werden. Benommen sank er in die Knie. Er sollte wohl ein Fenster öffnen, dachte er, denn es war sehr stickig im Raum. Schnecken krochen über seine Schuhe und die Hosenbeine hinauf. Ärgerlich schüttelte er die Beine. Gerade wollte er zur Tür gehen und eine der Hausangestellten rufen, damit sie ihm half, als der Kronleuchter auf ihn fiel. Mr. Knoppert sank schwer zu Boden. Er bemerkte jetzt, daß er keines der Fenster würde öffnen können, denn eine Unmenge von Schnecken hatten sich an den Fensterbrettern festgesaugt. Einen Augenblick lang hatte er das Gefühl, als könnte er sich nicht erheben, als würde er ersticken. Das lag nicht nur an dem modrigen Geruch, sondern auch daran, daß lange Tapetenstreifen voller Schnecken ihm die Sicht nahmen, so daß er sich vorkam wie in einem Gefängnis.

»Edna!« rief er und war verblüfft, wie gedämpft seine Stimme klang. Er hätte ebensogut in einem schalldichten Raum sein können.

Er kroch zur Tür und achtete nicht auf die zahllosen Schnecken, die er mit Händen und Knien zerquetschte. Es gelang ihm nicht, sie zu öffnen. Auf dem Spalt zwischen Tür und Rahmen saßen so viele Schnecken, daß ihre Saugkraft größer war als die Kraft seiner Arme.

»Edna!« Eine Schnecke kroch in seinen Mund. Voller Ekel spuckte er sie aus. Er versuchte, die Schnecken auf seinen Armen abzustreifen, doch wenn er hundert entfernt hatte, schienen vierhundert andere an ihm hochzukriechen und sich an ihm festzusaugen, als arbeiteten sie sich bewußt zu der einzigen vergleichsweise schneckenfreien Oberfläche im Raum vor. Schnecken krochen über seine Augen. Gerade als er sich taumelnd erhob, traf ihn erneut etwas –

er konnte nicht einmal sehen, was es war. Er fiel ihn Ohnmacht! Jedenfalls lag er auf dem Boden. Seine Arme fühlten sich bleischwer an, als er versuchte, Nasenlöcher und Augen von den alles versiegelnden, mörderischen Schnekken zu befreien.

»Hilfe!« Er verschluckte eine Schnecke. Keuchend riß er den Mund auf und spürte, daß eine Schnecke über die Lippen auf seine Zunge kroch. Er war in der Hölle! Er fühlte, wie sie gleich einem klebrigen Fluß über seine Beine glitten und diese an den Boden hefteten. »Aah!« Mr. Knoppert schnappte kraftlos nach Luft. Ihm wurde schwarz vor Augen – es war ein schreckliches, wogendes Schwarz. Er bekam keine Luft mehr und konnte seine Nase nicht befreien, seine Hände nicht bewegen. Durch den Schlitz seines einen Auges sah er direkt vor sich, nur Zentimeter entfernt, die Überreste des Gummibaums, der in einem Topf neben der Tür stand. Auf der Erde paarten sich lautlos zwei Schnecken. Und gleich neben ihnen krochen, so durchsichtig wie Tautropfen, winzige Schnecken aus einer Grube – eine Armee von unzähligen Soldaten, die hinaustraten in ihre große, weite Welt.

Joan Aiken
Dem Geruch nach

»Hast du auch dazugeschrieben, daß es für eine arme, alte Dame ist, die schwer hört und fast nichts mehr sieht? Und hast du sie auch gebeten, es so schnell wie möglich zu erledigen?« fragte Mrs. Ruffle.

Mrs. Ruffle war eine stämmige, alte Frau. Unter ihrem runden Hut, flach wie ein Suppenteller, sah ein grobknochiges Gesicht hervor, dessen Züge den Ausdruck steinerner Unzugänglichkeit angenommen hatten, der für Taube charakteristisch ist.

»Ja doch, ja, ich habe dir schon zweimal gesagt, daß ich ihnen das geschrieben habe«, erwiderte ihr Sohn ungeduldig und nickte dabei mehrmals nachdrücklich mit dem Kopf, weil ihm eingefallen war, daß sie ihn nicht hören konnte, wobei er sich über den Schaltertisch der Postabteilung weit zu ihr vorbeugte. Sie beobachtete ihn unablässig und mißtrauisch die ganze Zeit über, in der er den Brief schloß und zum übrigen Inhalt der Sendung in den kleinen festen Karton schob, der in Blockschrift an die *Hörhilfe – Reparaturabteilung, Stanbury, Klinik für Hals-, Nasen- und Ohrenkrankheiten* adressiert war, das Päckchen mit einem Klebestreifen versah und eine Marke darauf klebte.

»Was glaubst du, George, wie lange es dauern wird, bis sie es mir zurückschicken?«

»Drei Tage, vielleicht vier. *Vier Tage!*« sagte er so laut er konnte und formte dabei die Worte mit den Lippen.

»Was hast du gesagt, mein Junge?«

Er griff nach ihrer Hand, um es durch Abzählen der Finger begreiflich zu machen, aber sie, schon lange nicht mehr an irgendwelche körperliche Berührung gewöhnt, zuckte nervös zurück wie ein wildes Tier in einer feindlichen Umgebung und riß dabei einen neben ihr stehenden Stapel Blechkästen um, so daß sie krachend auf den holprigen Ziegelsteinboden des kleinen Ladens stürzten. Den Aufschriften nach enthielten sie Kekse der Sorten ›Marie‹, ›Nice‹, ›Oval‹, ›Osborne‹, ›Petit Beurre‹ und ›Sponge Fingers‹.

Ohne von dem durch sie angerichteten Chaos die geringste Notiz zu nehmen, stapfte sie mit Hilfe ihres weißen Blindenstocks mitten durch eine Gruppe ehrerbietig zurückweichender Kunden hindurch zur Ladentür, blieb dort stehen, schnüffelte und sagte:

»Hier riecht es nach etwas, das nicht hergehört. – George, hast du vielleicht in einer Keksschachtel etwas verschimmeln lassen – wahrscheinlich den Deckel nicht ordentlich zugemacht? Das wird es sein. Da waren die Mäuse dran, wenn du es wissen willst. Ich habe noch nie erlebt, daß mit den ›Marie‹ nicht etwas passiert wäre. Immer sind die Mäuse drangegangen.«

Wütend fegte George Ruffle Kekse, Krümel und die Reste von angenagtem Papier vom Boden auf, ohne zu antworten, und zuckte auf das verständnisvolle Grinsen einiger Kunden nur die Achseln, als wollte er sagen: ›Da kann man nichts machen!‹ Dann schüttete er den ganzen Abfall in ein leeres Faß und kehrte hinter den Ladentisch zurück, um weiterzubedienen.

Seine Mutter steckte den Kopf noch einmal durch die Tür.

»Bei deinem Vater wäre so etwas nicht vorgekommen. Zu seinen Lebzeiten gab es im Laden nur frische, einwandfreie Ware. Nicht das gefrorene Zeug, das doppelt soviel kostet und nicht das geringste taugt.«

Dabei sah sie mit ihren kurzsichtigen Augen gehässig in die Richtung der Tiefkühltruhe, die George trotz ihrer wütenden Proteste nach dem Tode seines Vaters angeschafft hatte.

»Wie oft läßt du eigentlich diese Rattenfalle saubermachen? Immer wenn Weihnachten und Ostern auf einen Tag fällt, wie? Es könnte deinem Faulpelz von Sohn nichts schaden, wenn er sich an jedem blauen Montag darüber hermachte!«

Sie lachte hämisch auf und stieß brüsk die Hand eines Mannes zurück, der ihr die zwei Stufen zur Straße hinunterhelfen wollte.

»Hier ist einer, der fischen gegangen ist – das rieche ich doch«, schimpfte sie halblaut vor sich hin, setzte sich schweren Schritts in Gang und war bald für die Zurückbleibenden verschwunden.

»Verdammt resolute alte Dame, deine Mutter«, sagte ein Bauer, der am Ladenschalter für Postsachen ›Nationale Versicherungs-Marken‹ kaufte.

»Und ob!« erwiderte George. »Nichts mit ihr anzufangen. Der Inspektor vom Gesundheitsamt hat schwer was dagegen, daß sie in ihrem Haus allein lebt, aber sie weicht und wankt nicht – sagt, daß sie in ihren vier Wänden sterben will und nicht in einem Altersheim. Das wäre bloß ein anderer Name für Gefängnis.«

»So wie sie aussieht, macht sie es noch eine ganz schöne Zahl von Jahren.«

»Mit ihrer eisernen Gesundheit«, pflichtete George bei, während er eine Rolle Kupfergeld einstrich und in ein vergittertes Kassettenfach unter dem Ladentisch gleiten ließ. »Das einzige ist ihre Taubheit, die kann ihr gefährlich werden. Sie hört nicht, ob ein Topf überkocht oder eine Flasche ausläuft. Und jetzt schon gar nicht, wo sie ohne ihr Hörgerät ist. Aber was kann man machen! Sie ist zu nichts zu bewegen. Sie hat genug zum Leben, ist in ihrem kleinen Haus geboren worden und will da auch sterben. – Ja, bitte, Wally? Was soll es denn sein? Eine Postanweisung über 3 Pfund und 11 Shilling? – Frank!« Er rief seinen Sohn, der im Hintergrund des Ladens arbeitete. »Laß jetzt das Aufladen der Bestellungen auf den Wagen und komm lieber her und hilf mir einen Augenblick im Laden, ja?«

Frank, ein ansehnlicher, etwas schläfriger Bursche in einem weißen Overall, setzte die Kartons mit Lebensmitteln, die er gerade im Arm hielt, widerwillig ab, aber gehorchte.

Inzwischen stapfte die alte Mrs. Ruffle langsam ihren gewohnten Weg entlang. Metzgerei: Hackfleisch und einen Knochen für den Hund. Drogerie Rendell: Verdauungspillen.

»Ohne Hörgerät heute?« fragte der Verkäufer, erhielt jedoch keine Antwort und gab weitere Verständigungsversuche auf. Er händigte ihr die Pillen und das Restgeld aus, das sie sorgfältig nachzählte, wobei sie mit dem Daumennagel an dem gerillten Rand der Sixpence-Stücke entlangfuhr.

Stoffgeschäft von Miss Knox: zwei Paar Wollstrümpfe.

»Sie kauft regelmäßig jeden Monat zwei Paar Wollstrümpfe«, vertraute diese ihrer zu Besuch weilenden Cousine an, nachdem sie die Ladentür hinter Mrs. Ruffle geschlossen hatte. »Eine Extravaganz, aber sie sagt, zum Stopfen sähe sie nicht mehr genug und sie könnte ihr Geld ebensogut ausgeben statt zu sparen.«

»Sie muß sich ganz gut stehen, wie?«

»Oh, im Dorf heißt es, daß sie ein hübsches, rundes Nestei in ihrem Landhaus versteckt hätte.« Miss Knox warf einen Blick hinter der alten Dame mit dem breiten, kräftigen Rücken her, die langsam die Dorfstraße hinunterschritt.

Mrs. Ruffle tappte nach Hause mit Hilfe ihres Stocks, sich im übrigen ihres Sehvermögens von vier Fuß im Umkreis und ihres Geruchssinnes bedienend.

Der Geruch von verbrannten Haaren und Horn, das war der Schmied. Löwenzahn, das war der abschüssige, grasbewachsene Hang vor der Kirche. Das Gitter um die Kirche, erst kürzlich gestrichen, roch in der Junisonne nach frischer Farbe mit einem Hauch von Kreosot. Dann kam der schwere, etwas stickige Duft der Buchsbaumhecke am Friedhof. Sie trat durch die Gittertür ein, um Berts Grab zu inspizieren.

Ja, sie hatten die Blumen erneuert und das Gras gemäht, aber keinen Handschlag mehr getan, als unbedingt notwendig. Sie hätte sich nicht gewundert, wenn auch das unterblieben wäre. George hatte nie wirklichen Respekt vor seinem Vater gehabt, Doris sah auf die Familie ihres Mannes herunter, und Frank, dieser verzogene, faule Bengel, hatte nur Wetten und Motorräder im Kopf.

Nachdem sie dem Grab ihren gewohnten Besuch abgestattet und sich zehn Minuten auf der Bank daneben ausgeruht hatte (mit dem Schild ›Zum Gedächtnis an Albert Edward Ruffle gestiftet von seiner Witwe‹), setzte sie ihren mühsamen Weg fort. Vorbei am Lokal ›Zum Glockengeläut‹: Geruch von Sägespänen und Bier durch die offene Tür – dann den Hügel vom Dorf hinab zu dem flachen, weiten Marschland mit seinem Geruch von Salzwasser, wobei sie zu Anfang, infolge der hohen Böschungen, zu beiden Seiten ein leichtes Dunkel umgab. Jenseits der Deiche des Marschlandes wehte der Wind eine Wolke von Ammoniak herüber, die von den weidenden Schafen kam. Wenn sie ihr Hörgerät trug, konnte Mrs. Ruffle gerade noch das unaufhörliche dünne Blöken wahrnehmen, aber heute verlor es sich für sie unhörbar in der großen hellen Kuppel des Himmels.

Sie stapfte weiter, schnupperte den Salzhauch der fünf Meilen entfernten See und gab sorgfältig acht, in der Mitte des engen flachen Feldweges zwischen den sauber ausgerichteten Böschungen zu bleiben. Die einzigen Fahrzeuge, die hier entlangfuhren, waren Traktoren und Lieferwagen. Die Fahrer erkannten sie schon von weitem an ihrer plumpen Figur, verlangsamten ihre Fahrt und fuhren vorsichtig um sie herum, mit zwei Rädern schon über den Wegrand hinaus.

Bald darauf umgab sie der Duft ihrer Hecke und der dicken Bohnen, die jetzt in voller Blüte standen. Je näher sie kam, desto deutlicher roch sie die vertraute Atmosphäre des Hauses selbst. Das alte Fachwerk, das Schilfdach und die gekochten Kartoffeln von tausend Mahlzeiten. Rover, ihr Bullterrier, kroch schweifwedelnd aus seiner Hütte. Sie war seine Begrüßung so gewohnt, daß sie sich einbilden konnte, das fröhliche Rasseln seiner Kette zu hören. Sie gab ihm den Knochen, und er ließ sich auf einem sonnigen Fleck nieder, um sich damit zu beschäftigen.

Mit sicherem Griff langte sie nach dem unter dem vorspringenden Schilfdach versteckten Schlüssel, der dort an einem Nagel hing – und stutzte. Der Schlüssel hing verkehrt herum. Mißtrauisch vor sich hin murmelnd, nahm sie ihn herunter, steckte ihn ins Schloß und öffnete die Haustür.

Im selben Augenblick, als sie eintrat, wußte sie, daß jemand im Haus gewesen war, oder – da sie nichts hörte – sogar noch da war. Sie blieb wie gebannt stehen, riß die Augen auf und blähte die Nasenflügel. Außerdem versuchte sie verzweifelt, mit ihren tauben Ohren irgendein Geräusch wahrzunehmen, bis ihr vor Angst und Anstrengung schwindlig wurde.

Nachdem etwa fünf Minuten so vergangen waren, wagte sie zitternd weiterzuschleichen, ihren Kopf wie eine Schildkröte hin und her bewegend. Sich von einem Möbel zum andern tastend, ging sie langsam durch die Wohnung. – Ja, der Stuhl stand nicht an seinem alten Platz, und auch der Tisch war weggerückt worden.

Und der Riegel an dem Wandschrank stand offen.

Sie griff hastig hinein und holte von hinten eine kleine rosaglasierte Teekanne hervor. Mit flatternder Hand hob sie den Deckel. Die Teekanne war leer.

Es dauerte lange, bis dies Mrs. Ruffle endgültig klar wurde. Mehrere Dutzend Male stellte sie die Teekanne an ihren Platz und nahm sie wieder heraus und griff hinein. Dann holte sie nach und nach das gesamte übrige Geschirr aus dem Schrank, Teekanne, Krüge, Töpfe, Schüsseln, Vasen, und untersuchte fieberhaft jedes Stück. Sie durchwühlte den ganzen Schrank, das Zimmer, das Haus.

Nachdem sie dreimal alles durchsucht, jedes Stück in die Hand genommen, an seinen Platz gestellt und wieder hervorgeholt hatte, war sie am Ende ihrer Kräfte. Es war ihr gleichgültig, wie es in den Zimmern aussah. Sie ließ sich schwer in den alten Lehnstuhl fallen, der sich in vierzig Jahren ihrer Körperform angepaßt hatte, und ging nach einer Weile geradewegs zu Bett. Aber noch im Schlaf zitterte und keuchte sie wie ein Hund, der im Traum hinter einem Wild herjagt. Dabei öffneten und schlossen sich ihre Hände krampfhaft wie auf der Suche nach etwas.

Am nächsten Morgen erwachte sie früh und begann von neuem alles zu durchwühlen. Dann brach sie ihre Suche ab, weil ihr einfiel, daß Sid, der Milchmann, bald kommen würde, und stellte sich vor die Haustür, um auf ihn zu warten.

Kaum hielt sein kleiner blau-verwaschener Ponywagen vor dem Hause, als sie so schnell sie konnte zur Gartentür lief.

»Sid, ich bin bestohlen worden, ich bin bestohlen worden, Sid! Du mußt die Polizei holen!«

»Ist Ihnen nicht gut, Missis?« Ihre Totenblässe, ihr verfallenes Gesicht und ihr ziellos herumirrender Blick versetzten Sid in Sorge. Er erbot sich, sie in seinem Karren zu

George mitzunehmen, aber da sie nichts hörte, gab sie keine Antwort, und so fuhr er endlich weiter, mit dem Versprechen, ihr umgehend jemanden zu Hilfe zu schicken.

Als Polizeikommissar Trencher erschien, rief seine dunkelblaue Uniform mit den blanken Knöpfen bei ihr zunächst ein Gefühl der Zuversicht aus. Als erstes untersuchte er das ganze Haus, vom Schlafzimmer im Dachgeschoß bis zum rückwärtigen Keller unter dem Garten, der nie benutzt wurde, weil bei Regenwetter die Abwässer der Senkgrube hineinflossen. Er ließ keinen Raum aus. Mrs. Ruffle folgte ihm überallhin.

»Wie gedenken Sie mir mein Geld wieder zu beschaffen?« fragte sie immer wieder. »Wie wollen Sie mir meine 500 Pfund wieder verschaffen? Sie werden sie mir doch wieder verschaffen, nicht wahr?«

Als er versuchte, ihr die Schwierigkeiten auseinanderzusetzen, da es keinen Anhaltspunkt gab, weder Fingerabdrücke noch sonst etwas, und Zeugen fehlten, und sie nicht einmal beweisen könne, den von ihr genannten Betrag wirklich im Hause aufbewahrt zu haben und nicht vielleicht nur den zehnten Teil (obwohl es im ganzen Dorf hieß, sie habe einen größeren Betrag bei sich im Hause in einem Versteck) – und als er ihr am Schluß seiner Ausführungen den Leichtsinn vorhielt, 500 Pfund in einer Teekanne zu verstecken, wußte man nicht, ob sie von alldem auch nur ein Wort verstanden hatte. Hartnäckig wiederholte sie immerzu: »Nicht wahr, Sie schaffen es mir wieder herbei?«

Der Kommissar fragte sich, ob sie bei klarem Verstand sei und der Schock sie nicht vielleicht verwirrt habe. Vorsichtshalber wandte er sich an Oberkommissar Bray, seinen Vorgesetzten, der klugerweise ein Gespräch erst dann mit ihr führen wollte, wenn sie ihr Hörgerät zurückerhalten haben und eine wenn auch lückenhafte Verständigung mit ihr möglich sein würde.

George, in schlechtester Laune und ebenso verlegen wie nervös, begleitete seine Mutter zu dieser Unterredung.

»Es war höchst unvernünftig von Ihnen«, wandte sich der Oberkommissar mit lauter Stimme an sie, »das ganze Geld bei sich im Haus aufzubewahren, Mrs. Ruffle. Wir können nicht versprechen, es Ihnen wieder zu beschaffen. Ist Ihnen das klar?«

»Sparen Sie sich Ihre Belehrungen, junger Mann«, gab die alte Frau bissig zurück. »Schaffen Sie lieber das Geld wieder herbei, mehr verlange ich nicht. Er kann es in der kurzen Zeit nicht ausgegeben haben, ohne sich in der Nachbarschaft verdächtig zu machen. Das ist doch klar.«

»Welcher er?«

»Der Dieb. Der das Geld gestohlen hat.«

»Er könnte damit auch Schulden außerhalb des Distrikts bezahlt haben. Auf jeden Fall haben wir vorläufig nicht den geringsten Anhaltspunkt dafür, wer es genommen haben könnte.«

»Dann denken Sie gefälligst ein bißchen nach, Sie fauler Schafskopf.«

»Mutter!« rief George entsetzt. Aber Mrs. Ruffle ließ sich nicht stören und setzte fort: »Es muß einer sein, der regelmäßig ins Haus kommt. Sonst wäre Rover ihm an die Beine gefahren. Das liegt doch auf der Hand. Und wer kommt regelmäßig? Da ist Sid Curtis, der Milchmann, der junge Tom Haynes, der die Post bringt, dann mein Enkel Frank, der einmal die Woche mit Lebensmitteln kommt – dann hier, mein Sohn George…«

»Mutter, wirklich…!«

»…dann meine Schwiegertochter Doris, die sich nur sehen läßt, wenn Weihnachten und Ostern auf einen Tag fallen, und noch einige – Wally Turner, der den Zähler abliest, Bernard Wiggan, der mir im Garten beim Umgraben hilft, wenn die Kneipe geschlossen ist, Alf Dunning, der mir die Kohlen liefert, und Luke Short und Jim Humble von der Gemeindeverwaltung. Die kommen aber nur, um die Senkgrube auszuleeren, wenn sie am Überlaufen ist. Einer davon muß es gewesen sein – oder nicht?«

»Alles schön und gut«, sagte der Beamte. »Da haben wir ja eine reiche Auswahl. Oder haben Sie einen bestimmten Verdacht, wer es von den Genannten gewesen sein könnte?«

»Allerdings. Ich weiß sogar, wer es gewesen ist«, sagte Mrs. Ruffle grimmig. Die beiden Beamten starrten sie fassungslos an.

»Was soll das heißen, Mutter? …Du weißt es… Woher willst du das wissen?«

»Dem Geruch nach. Daher.«

»Dem Geruch nach?«

»Jeder Mensch hat bekanntlich einen besonderen Geruch – oder nicht?! Sie zum Beispiel…«, sie wandte sich dem Kommissar zu, »Sie riechen nach dem sauberen Tuch Ihrer schönen Uniform. Mein Sohn George riecht meistens nach Käse, Sid Curtis nach seinem Pony, Tom Haynes nach dem Tabak, den er immer raucht. Mein Enkel Frank riecht so penetrant nach einem bestimmten Rasierwasser, daß man ihn straßenweit daran erkennen kann. Dasselbe ist mit Wally Turner. Nur sind es bei ihm die Schweine, die er hält. Meine Schwiegertochter Doris benutzt ein Parfum ›Weiße Veilchen‹. Bernard hat immer etwas von den Pommes frites aus der Bar an sich, Alf Dunning von seinen Kohlensäcken, sogar durchdringend, und Luke und Jim stinken natürlich immer nach Jauche, die armen Schweine. Wie ihre Frauen das aushalten, weiß ich nicht, aber jeder muß ja sehen, wie er sich durchbringt, meine ich.«

»Aber wie wollen Sie danach mit Sicherheit feststellen, wer Ihr Geld gestohlen hat?«

»Im Augenblick kann ich es nicht mit Sicherheit sagen«, erwiderte Mrs. Ruffle. »Aber ich würde ihn sofort erkennen, sobald ich ihn wieder rieche.«

»Also, wer ist es Ihrer Meinung nach gewesen?«

»Ja, das werde ich Ihnen nicht auf die Nase binden«, versetzte die Alte schlau. »Erst müssen Sie mir versprechen, ihn festzunehmen, sonst kommt er und schneidet mir die Kehle durch.«

»Grundgütiger Himmel, wir können doch nicht jemanden festnehmen, nur weil Sie behaupten, ihn am Geruch wiederzuerkennen«, rief der Oberkommissar, bereits am Ende seiner Nerven, infolge der Anstrengung, so laut zu sprechen, daß Mrs. Ruffle ihn verstehen konnte. »Wie einer riecht, das ist doch kein Beweismittel!«

Der Vormittag ging in dem Bemühen hin, die Alte davon zu überzeugen, daß die Polizei unmöglich jemanden auf ihre bloße Vermutung hin festnehmen könne. Als es George endlich gelang, sie nach Haus zu bringen, fiel sie zusammen. Die Kräfte verließen sie, die sie so lange aufrecht gehalten hatten, als sie glaubte, den Kommissar überzeugen zu können. Sie versank in einen Zustand halber Geistesabwesenheit und hockte teilnahmslos in ihrem alten Sessel, ohne auf George zu hören, der ihr auseinandersetzte, daß sie jetzt unter keinen Umständen mehr allein im Haus bleiben könne und zu ihm ziehen müsse.

»Du kannst hier nicht länger allein bleiben, Mutter, siehst du das nicht ein? Wovon willst du leben, um nur davon zu reden?«

Das riß sie etwas aus ihrer Lethargie, und sie erwiderte: »Ich werde wie immer von meiner Rente leben. Das einzige, was ich mir nicht mehr leisten kann, sind zwei Paar neue Strümpfe jeden Monat. Das ist aber auch alles. Dafür wird Doris mir meine alten stopfen, ob sie das gern tut oder nicht. Und jetzt mach, daß du verschwindest, George – viel geholfen hast du mir sowieso nicht. Und untersteh dich, jemandem auch nur ein Sterbenswort von dem zu erzählen, was ich dem Kommissar erklärt habe, wenn du mich nicht eines Morgens ermordet in meinem Bett finden willst.«

Sie schloß die Haustür hinter dem ärgerlich abziehenden George, kehrte an ihren Platz zurück und starrte düster und verschlossen in das Kaminfeuer, ab und zu etwas vor sich hinmurmelnd.

Ein Monat verging, ohne daß sich jemand im Dorf durch größere Geldausgaben verdächtig gemacht hätte. Die Polizei verhörte mehrere Leute, jedoch erfolglos. Ohne Zweifel würde der Fall binnen kurzem zu den unerledigten Akten gelegt werden.

In Mrs. Ruffles Landhaus erschienen regelmäßig wie immer die üblichen Besucher. Sid, Frank und Bernard kamen und gingen wie seit je. Alf Dunning lieferte seine Kohlen ab, und ein paarmal erschien Doris bei ihrer Schwiegermutter und übergab ihr widerwillig gestopfte Strümpfe. Der Postbote brachte eine belanglose Karte von ihrer Tochter in Kanada, die Mrs. Ruffle nicht entziffern konnte.

Das warme Wetter im Juni schlug im Juli in Regen und Kälte um. Wassermassen rauschten die Deiche entlang und blieben auf dem festeren Marschboden in Tümpeln stehen. Es war vorauszusehen, daß die Senkgrube im Garten von Mrs. Ruffle bald überlaufen und ihr übelriechender Inhalt anfangen würde, in den rückwärtigen Keller zu rinnen. Sie richtete also an die zuständige Stelle der Gemeindeverwaltung die Anfrage, wann sie jemanden zu schicken gedächten, um die Senkgrube zu entleeren.

Eines Tages um die Teestunde erschien Wally Turner, um den Zähler abzulesen.

Es war ein trüber, regnerischer Nachmittag. Der Regen troff unaufhörlich vom Schilfdach, und die Regentonne war am Überfließen. Die Schafe auf der Weide drängten sich eng aneinander und ließen ihr klägliches Blöken über die Marsch erschallen. Rover lag im Halbschlaf in seiner Hütte, und Mrs. Ruffle saß neben dem Kamin, in dem eine Handvoll Kohlen glühte, und dachte an ihre leere Teekanne. Sie glaubte auch jetzt noch ab und zu, sie müsse sich geirrt haben, nahm die Kanne aus dem Schrank, hob den Deckel hoch und blickte erwartungsvoll ins Innere, so als ob das Bündel Banknoten wie durch ein Wunder wieder an seinem Platz liegen könnte.

Als Wally klopfte, war Mrs. Ruffle hinten in der Küche und hängte den Wasserkessel über das Feuer.

Wie immer, wenn er keine Antwort bekam, öffnete Wally die Tür selbst. Danach begab er sich in den kleinen Korridor, wo der Zähler, höchst unpraktisch, in einer dunklen Ecke unter der Treppe unmittelbar neben der Tür zum Keller angebracht war.

»Guten Tag, Wally«, hörte er plötzlich Mrs. Ruffle hinter sich sagen und fuhr zusammen. Da sie Filzschuhe trug, hatte er sie nicht aus der Küche kommen hören.

»Hallo, Mrs. Ruffle!« erwiderte er laut und nervös. »Ich sehe, Sie haben diesmal nicht soviel Strom verbraucht wie sonst...«

»Was bleibt mir übrig. Nachdem mir meine Ersparnisse gestohlen worden sind, muß ich mich einschränken.«

»Ja, ich habe es gehört, es hat mir außerordentlich leid getan«, schrie er ihr in das eine Ohr.

»So, wirklich?« Sie trat dicht an ihn heran und fragte wie beiläufig: »Wie geht es denn den Schweinen, Wally?« Ihre Nasenflügel zitterten.

»Ganz gut, Mrs. Ruffle. Sie mögen nur das schlechte Wetter nicht.«

»Wer mag das schon. Ich bin in großer Sorge wegen meines Kellers, kann ich Ihnen sagen. Wenn die Gemeinde mir nicht bald jemanden schickt, läuft er voll. Könnten Sie nicht mal eben einen Blick hineinwerfen, um zu sehen, ob das Wasser schon bis zur elektrischen Leitung geht? Und womöglich ein Kurzschluß entsteht.«

»Da ist alles in Ordnung. Soviel ich weiß, geht Ihre Leitung gar nicht durch den Keller.«

»Trotzdem, Wally. Ich möchte, daß Sie hineinschauen und nachsehen.«

Dabei drehte sie den Schlüssel im Schloß und stieß die Kellertür auf. Ein betäubender Gestank von fauligem Unrat stieg aus dem Keller hoch. Angewidert sah Wally die dunkle Treppe hinab.

»Können Sie sehen, wie hoch das Wasser steht?«

»Es ist zu dunkel«, erwiderte er.

»Ihre Augen werden sich gleich daran gewöhnen. Sie brauchen nur eine Stufe tiefer zu steigen.«

Er trat zögernd auf die erste Stufe der Treppe. Im gleichen Augenblick hob sie ihren Stock und versetzte ihm mit aller Kraft einen Stoß in den Rücken. Er rutschte auf der nassen Steinstufe aus, fiel vornüber und verschwand mit einem verzweifelten Schrei in dem dunklen, hoch aufspritzenden Wasser.

Mrs. Ruffle machte die Kellertür zu und schloß sie ab.

»Ich werde dir zeigen, was es heißt, anderer Leute Ersparnisse zu stehlen!« schrie sie durch das Schlüsselloch. Dann ging sie in die Küche, um sich ihren Tee zu bereiten.

Wally, der sich ein Bein gebrochen hatte, arbeitete sich mühsam und unter großen Schmerzen aus dem zwei Fuß tiefen, stinkenden Wasser heraus und schleppte sich die Kellertreppe hoch.

»Ich bin es nicht gewesen, ich bin es nicht gewesen…« stöhnte er laut und schlug mit den Fäusten gegen die Tür. Und nach einer Weile: »Du kannst mir gar nichts nachweisen, verdammte alte Hexe! Dein Geld siehst du jedenfalls nicht wieder…«

Mrs. Ruffle schenkte seinen Worten keine Beachtung.

Seine Hilferufe waren nur auf der rückwärtigen Seite des Hauses zu hören und auch das nur undeutlich. Für alle Fälle nahm sie ihr Hörgerät ab und ließ es aus einer gewissen Höhe auf den Ziegelboden fallen.

Am nächsten Nachmittag stapfte sie durch den Regen zum Laden.

»Du mußt das Ding noch einmal der Klinik zurückschicken, George«, sagte sie. »Es ist schon wieder kaputt.«

George packte das Hörgerät ein und machte es postfertig, wobei sie ihm teilnahmslos zusah.

Zu Luke Short, der im Laden stand, sagte sie: »Wann kommst du eigentlich, um die Senkgrube leer zu pumpen? Der Keller muß schon halb voll sein. Noch ein paar Tage dieses Wetter, und er ist voll bis an den Rand.«

Luke schrie sich die Lunge aus dem Leibe:

»Tut mir leid, Madam, aber es liegen so viele Bestellungen vor, daß wir die nächsten vier oder fünf Tage nicht bei Ihnen vorbeikommen können. Sagen wir nächsten Donnerstag, frühestens…«

Nicht sicher, ob sie ihn verstanden hatte, nahm er den großen Postkalender von der Wand, hielt ihn ihr vor das Gesicht und zeigte mit dem Finger auf den genannten Tag.

»Was? Erst Donnerstag? Aber was soll ich machen, wenn es nicht früher geht… Donnerstag könnte gerade noch zurechtkommen.«

Dann stapfte sie langsam wieder die Dorfstraße hinunter.

Henry Slesar
Flitterwochen erster Klasse

Obgleich seine Scheidung schon sieben Monate, zwei Wochen und vier Tage zurücklag, erwachte Edward Gibson am Samstag morgen mit dem Gefühl ungetrübter Freude in seinem von Gloria befreiten Schlafzimmer. Er gähnte, reckte sich, legte sich quer über das Doppelbett und schwelgte im köstlichen Gefühl der Einsamkeit, der Stille und der Ungebundenheit.

Es gab keine Gloria mehr, die ihn gewaltsam mit ihren weinerlichen Klagen über ihre Schlaflosigkeit, das nächtliche Herzklopfen und die Atemknappheit weckte. Es gab auch keine Vorträge mehr über seine Trägheit, seinen Mangel an Zuneigung, seinen sich vergrößernden Taillenumfang, sein Schnarchen, seinen Mutterkomplex, seine Unaufmerksamkeit und sein Desinteresse für ihre gesundheitlichen Probleme.

Mit dem rechten Zeh stieß Edward das Kissen, das früher Gloria gehört hatte, vom Bett und grinste dabei so glücklich, wie er war.

Als er sich jedoch angekleidet hatte, wurde sein Frohsinn von einer bleiernen Depression abgelöst. Ihm fiel ein, daß heute wieder Zahltag war. Langsam schlenderte er in sein Arbeitszimmer und holte das Scheckheft aus dem viktorianischen Schreibtisch. Wie immer zitterte seine Hand vor Ärger und Widerwillen, als er die vier Zahlen auf die

Anweisung schrieb. Die Unterhaltszahlung war für Gloria der einzige Sieg in der dreimonatigen Gerichtsschlacht gewesen, die ihre ehelichen Bindungen endgültig beendet hatte. Es war viel Geld, überlegte Edward traurig. Verdammt viel Geld!

Er leckte gerade das Kuvert an, als leise die Hausglocke in der Wohnung anschlug. Verwirrt runzelte er die Stirn und blickte auf seine Uhr. Besucher um halb zehn waren ungewöhnlich. Entschlossen marschierte er zur Tür und war darauf vorbereitet, sich mit einem Vertreter herumschlagen zu müssen. Statt dessen sah er sich Karl Sebron gegenüber.

»Morgen.« Karl grinste einfältig.

Sebron war ein junger Mann mit dichtem und gelocktem blonden Haar sowie von athletischer Anmut. Als ewiger Student trug er unter seinem Straßenanzug einen Pullover und weiße Segeltuchschuhe an den kleinen Füßen. Wie ein Läufer, der vor einem Rennen die Startlöcher ausprobiert, wippte er auf den Fußballen, und sein Gesicht hatte denselben gespannten und erwartungsvollen Ausdruck.

»Was, zum Teufel, hast du hier zu suchen?« sagte Edward erheblich ungnädiger, als er beabsichtigte. »Ziemlich früh für dich, nicht?«

»Mag sein«, erwiderte Karl ungerührt. »Wie wäre es, wenn du mich einlassen würdest?«

Knurrend trat Edward beiseite und ließ ihn herein. Mit einer Nonchalance, die nichts anderes als eine unbeholfene Imitation war, betrat Karl das Wohnzimmer und setzte sich. Im College waren sie zwar Klassenkameraden, aber niemals Freunde gewesen. Ihre einzige Verbindung war jetzt Karls scheinbares Interesse an Gloria; aus schwer erklärlichen Gründen war er mit Edwards ehemaliger Frau ständig verabredet.

Immerhin glaubte Edward eine Erklärung dafür gefunden zu haben. Er vermutete, daß ein Teil seiner Unterhaltszahlungen Karl zu Sportjacken und Leinenschuhen verhalf.

»Hast du Gloria in letzter Zeit gesehen?« fragte er ironisch und setzte sich in den Schaukelstuhl.

»Dauernd«, erwiderte Karl lächelnd. »Um genau zu sein: Eigentlich wollte ich nämlich mit dir über Gloria sprechen.«

»Von Gloria habe ich genug.« Edward nahm eine Zigarette aus der Porzellandose, die auf dem Tisch stand, und beobachtete dabei den anderen. »Langsam werdet ihr beide zum Stadtgespräch.«

Karl lachte. »Ärgert dich das?«

»Sagen wir lieber, daß es mich erstaunt. Entweder hat Gloria sich vollkommen verändert, oder aber du bist der dämlichste, taubste und blindeste Mann, den ich jemals kennengelernt habe. Merkst du denn nicht, was sie ist?«

»Das kommt darauf an«, sagte Karl. »Gelegentlich kann sie ausgesprochen reizend sein. Und sehr großzügig.«

Edward fluchte leise und legte die Zigarette hin, ohne sie angezündet zu haben, wobei er jede Höflichkeit außer acht ließ. »Was hast du vor, Karl? Wozu bist du hierhergekommen?«

»Das habe ich bereits erklärt. Um über Gloria zu sprechen. Oh, ich weiß selbst, daß es auf der Welt begehrenswertere Frauen gibt als sie. Sie ist zu füllig, ist ständig krank und redet ununterbrochen.«

»Und?«

»Aber gestern ist mir eine Idee gekommen. Mir fiel der hohe Preis ein, den du zahlst, um sie dir vom Hals zu halten. Wieviel ist es eigentlich, Ed?«

»Das geht dich nichts an.«

»Mindestens zweitausend pro Monat, nicht wahr?«

»Hör mal zu, Karl...«

»Vielleicht verstehst du mich noch nicht.« Karl grinste. »Ich bin nicht hier, um dir das alles noch einmal unter die Nase zu reiben. Ich bin vielmehr hier, um dir zu helfen. Ich habe nämlich eine Möglichkeit ausgeknobelt, dir eine Menge Geld zu sparen, Ed. Deswegen könntest du mich wenigstens anhören.«

»Du und mir Geld sparen?«

»So ungefähr – ja. Wie diese zweitausend pro Monat. Interessiert es dich?«

Es interessierte Edward sehr, aber sein Gesicht blieb ausdruckslos.

»Also bitte – an was hast du dabei gedacht?«

»An Hochzeit natürlich. Wie sollten diese Unterhaltszahlungen denn sonst aufhören, Ed? Wenn Gloria wieder heiratet, kannst du deinen Zaster behalten. So bestimmt es das Gesetz.«

»Heiraten? Gloria? Weißt du – nur der größte Idiot auf dieser Welt würde sie jemals heiraten. Das weiß ich, weil ich es selbst zwei Jahre lang gewesen bin.« Dann atmete er tief. »Sage nur nicht, daß ausgerechnet du daran denkst.«

»Unter gewöhnlichen Umständen nicht. Aber in letzter Zeit habe ich ziemlich viel Pech gehabt.«

»Du erwartest also, daß Gloria dich aushält? Mit Ausnahme meines Unterhaltungsschecks besitzt sie nicht einen einzigen Cent.«

»Das habe ich auch nicht gemeint. Was ich brauche, ist möglichst schnell eine runde Summe – verstehst du? Damit mir ein paar äußerst unangenehme Leute nicht dauernd im Nacken sitzen. Die reinsten Spielertypen!«

Er wurde rot und blickte über seine Schulter nach hinten, als stünden diese unangenehmen Leute bereits dort.

»Willst du mir einen Vorschlag machen, Karl?«

»Bezeichnen wir es lieber als Antrag.« Er kicherte nervös. »Das trifft mehr den Kern. Ein Heiratsantrag. Ich bin dazu bereit, wenn du bereit bist, dafür zu zahlen. In bar. Und sofort.«

Edward pfiff leise durch die Zähne. »Junge, Junge – dann muß es dir verdammt schlecht gehen.«

»Ich weiß nicht mehr aus und ein«, sagte Karl. Seine beiden Mundwinkel zuckten jetzt leicht. »Wenn ich bis heute abend nicht zehn Tausender zusammenhabe, besteht alle Aussicht, daß ich mein berühmt gutes Aussehen einbüße.« Er blickte auf. »Ed, das ist mein Ernst. Ich werde Gloria heiraten, wenn du mir heraushilfst. Ich werde ihr einen Antrag machen.«

»Woher willst du eigentlich wissen, daß sie dich auch nimmt?«

»Sie nimmt mich – darüber mache dir keine Gedanken. Aber ich muß das Geld haben – bar oder als Bürgschaft, und möglichst sofort.«

»Ich besitze Bargeld«, sagte Edward sanft. Er griff nach der Zigarette und zündete sie an. »Aber wie kann ich ganz sichergehen? Woher weiß ich, daß du nicht wieder kneifst?«

»Ich gebe es dir schriftlich«, sagte Karl eifrig. »Ich gehe sofort hin und mache ihr einen Antrag. Ich bin sogar bereit, sie jetzt anzurufen, wenn du es wünschst.«

»Ja«, sagte Edward, und sein Herz klopfte schneller. »Rufe sie gleich an, Karl.«

Karl wischte sich die Hände an der Hose ab und ging zum Telefon. Er wählte Glorias Nummer und versuchte ein Lächeln auf sein Gesicht und in seine Stimme zu bringen.

»Gloria?« sagte er. »Hier ist Karl... Gut, Süße, und dir?« Er lachte laut. »Ja, da hast du recht. Irgendwann werden wir wieder einmal hingehen. Vielleicht heute abend. Hör zu, Gloria...« Er zerrte an der Telefonschnur und wickelte sie sich um seine linke Hand. »Ich muß dich unbedingt etwas fragen. Eigentlich wollte ich schon gestern abend mit dir darüber sprechen, aber bei den vielen Menschen, die um uns herum saßen... Vielleicht wäre es besser, wenn ich noch bis heute abend damit wartete. Es geht nämlich darum... Verdammt noch mal, aber bis heute abend kann ich nicht mehr warten, mein Liebling. Ich muß die Antwort wissen, bevor ich endgültig verrückt werde.«

Er schloß die Augen; die Schweißperlen auf seiner Stirn funkelten im Morgenlicht. »Schatz, ich möchte dich heiraten«, flüsterte er vertraulich. »Ich möchte, daß wir möglichst schnell heiraten.«

Er blickte zu Edward hinüber und strahlte. »Ist das dein Ernst?« sagte er freudig. »Ist das wirklich dein Ernst, Gloria?... Hör zu, warten wir gar nicht erst bis heute abend. Wir können uns doch zum Mittagessen oder sonstwo treffen… Ich habe dir so viel zu erzählen. Ja, Liebling… Bis nachher.«

Er legte den Hörer auf, atmete volle fünf Sekunden tief aus und ließ sich dann in die Ecke des Sofas fallen.

Edward starrte ihn an.

»Es ist also tatsächlich dein Ernst«, sagte er. »Du willst also wirklich heiraten, und ausgerechnet diese…«

»Wie ich gesagt habe«, erwiderte Karl nachdenklich. »Und wenn du willst, gebe ich es dir auch noch schriftlich. Hauptsache, ich kriege das Geld. Zehntausend müssen es aber sein, Ed. Hast du überhaupt soviel bei dir?«

»Natürlich«, erwiderte Edward lächelnd. »Und ich lege sogar noch fünfhundert dazu, mein Freund. Damit könnt ihr euch Flitterwochen erster Klasse leisten.« Er durchquerte den Raum und blieb nur kurz stehen, um Karl auf die Schulter zu klopfen. »Warte hier einen Moment. Ich bin gleich wieder da.«

Mit einem Grinsen auf dem Gesicht und schnellen Schritten verschwand Edward in seinem Schlafzimmer.

Um vier Uhr, als er gerade die Behaglichkeit eines Nachmittagsschläfchens genoß, wurde er durch das mißtönende Schrillen des Telefons geweckt. Verschlafen stellte er es auf das Kissen und hörte die nasale Stimme am anderen Ende.

»Mr. Gibson? Hier ist Marvin Fleming. Der Anwalt Ihrer früheren Frau.«

»Wer? Ach – Sie, Fleming.« Angewidert verzog Edward den Mund, erinnerte sich dann jedoch, daß ihm diese Last abgenommen war. »Was wünschen Sie?« sagte er.

»Mir ist gerade eingefallen, daß man Sie vielleicht noch nicht informiert hat, und deswegen glaubte ich, Sie anrufen zu müssen. Hat es Ihnen noch niemand mitgeteilt?«

»Was mitgeteilt?«

»Es ist eine sehr unangenehme Aufgabe«, sagte Fleming ernst. »Und es bekümmert mich, daß ausgerechnet ich es Ihnen mitteilen muß, aber mit Sicherheit ergeben sich gewisse juristische Probleme aus dem Tod Ihrer früheren Frau...«

»Aus ihrem was?«

»Es tut mir schrecklich leid, aber Mrs. Gibson ist in der vergangenen Nacht an einem Herzanfall verstorben. Mr. Sebron war zu diesem Zeitpunkt bei ihr, und da Sie mit ihm befreundet sind, dachte ich, daß er Sie vielleicht...«

»Du dreckiges Schwein!« schrie Edward, obgleich sich diese Verwünschung nicht auf den Anwalt bezog.

Er schmetterte den Hörer auf die Gabel, nahm ihn jedoch im nächsten Augenblick wieder ab und wählte fieberhaft. Als sich in der Wohnung von Karl Sebron niemand meldete, hätte er den Hörer fast durch das Fenster geschleudert. Dann klickte es jedoch, und die Stimme eines Dienstmädchens sagte: »Hier bei Mr. Sebron. Wer spricht dort bitte?«

»Wo steckt er?« fragte Edward. »Hier ist Ed Gibson.«

»Es tut mir leid, Mr. Gibson, aber Mr. Sebron ist im Augenblick nicht hier.«

»Wo ist er hingegangen?«

»Mr. Sebron fuhr um drei zum Flughafen. Soviel ich weiß, wollte er nach St. Thomas fliegen. Aber ganz sicher bin ich mir nicht...«

»Hat er denn nichts gesagt?« brüllte Edward. »Irgend etwas muß er doch gesagt haben!«

»Das hat er auch, Sir«, erwiderte das Mädchen kichernd. »Das hat er tatsächlich. Er sagte, er fahre jetzt in die Flitterwochen. Können Sie sich vielleicht vorstellen, was er damit gemeint hat?«

Hans Werner Kettenbach
Minnie oder
Ein Fall von Geringfügigkeit

Er fuhr schnell, mit zusammengebissenen Zähnen. Ab und zu nickte er. Der Fall war klar. Es paßte alles nur zu gut zusammen. Und jetzt verstand er auch, warum diese Männer ihn verfolgten.

Pete's Motel. Nahe beim Highway 24. Und Sally. Sie hatte mit dem Bankraub zu tun gehabt. Vielleicht war sie sogar daran beteiligt gewesen. Ja, natürlich.

Sie hatten sich nach dem Überfall in Nashville getrennt. Sally war am Freitag in Pete's Motel untergekrochen. Vielleicht schon am Donnerstag. Oder schon am Mittwoch, gleich nach dem Überfall. Sie hatten verabredet, ein paar Tage lang keinen Kontakt zueinander aufzunehmen.

Am Freitagabend waren die anderen dann zu Pete's Motel gekommen. Die beiden Männer und das Mädchen. Und dann hatten sie Streit bekommen. Der schwere, dumpfe Schlag, der ihn am frühen Morgen aus dem Schlaf gerissen hatte, das Splittern. Sally. Oder das Mädchen? Eine der beiden Frauen jedenfalls. *Frau erschlagen in Motel am Highway 24.* Vielleicht hatten sie sich um die Beute gestritten.

Daß sie einen Nachbarn hatten, daß jemand Wand an Wand mit ihnen wohnte, hatten die Totschläger erst gemerkt, als er sein Zimmer verließ. Die Tür zu Sallys Apartment, die sich öffnete, als er abfuhr. Sie hatten geglaubt, das

Apartment nebenan sei unbewohnt. Sie hatten geglaubt, er wohne am anderen Ende des Winkelbaus, in Apartment 11, dort, wo er sein Auto hatte stehenlassen. Erst als er sein Zimmer verließ, wurde ihnen klar, daß es einen Ohrenzeugen ihres Streits gab.

Die beiden Männer waren sofort ins Auto gestiegen und ihm gefolgt.

Nein, halt. Da stimmte etwas nicht.

Das Auto, in dem sie zu Pete's Motel gekommen waren, sah ganz anders aus. Es war nicht der große alte Wagen gewesen, sondern ein blaues Coupé, noch neu, das vor seiner Zimmertür gestanden hatte.

Sie mußten das Auto gewechselt haben, bevor sie ihn verfolgten. Ja, natürlich: Sie hatten Sallys Wagen genommen. Er hatte ihn sich nicht genau angesehen, als er mit seinem Koffer und der Reisetasche vor dem Zimmer ankam. Aber er erinnerte sich, daß Sallys Wagen riesig groß gewesen war, und alt und zerbeult.

Sie waren ihm lange gefolgt, ohne etwas zu unternehmen. Sie hatten einen günstigen Augenblick abgewartet. Auf dem Highway war es ihnen wahrscheinlich zu riskant gewesen. Die Highwaystreife. Sie hatten sich damit begnügt, ihm Angst einzujagen, ihn fertigzumachen. Als er sie dann abzuschütteln versuchte, hatten sie nicht länger warten wollen. Sie waren ihm auf die Straße nach Jasper gefolgt und hatten ihm den Weg versperrt.

Und dann?

Das Mädchen.

Natürlich. Das Negermädchen, das hinter Jasper am Waldrand gestanden und versucht hatte, ihn anzuhalten.

Sie hatten nicht das Mädchen umgebracht, sondern Sally. Und das Mädchen hatten sie natürlich nicht in Pete's Motel gelassen, sondern mitgenommen auf die Verfolgungsjagd. Wahrscheinlich hatte sie auf dem Rücksitz gelegen, als sie ihn auf dem Highway einholten und sich neben ihn setzten.

Das Mädchen hatte sich hinter Jasper an den Waldrand gestellt. Sie hatte ihn anhalten sollen. Wahrscheinlich hatten sie ihren Wagen hinter einem Gebüsch versteckt gehabt. Und als er vorbeigefahren war, waren sie hervorgekommen, wütend: »Du bist wirklich auch noch zu dämlich, um ein Auto anzuhalten.«

Vielleicht hatten sie dann seine Spur verloren. Er hatte sie ja nicht mehr gesehen. Aber aufgegeben hatten sie nicht. Natürlich nicht. Den Zeugen ihrer Gewalttat wollten sie nicht entkommen lassen. Sie waren nach Chattanooga gefahren und hatten nach ihm gesucht.

Das war ja doch nicht schwer gewesen. Sie hatten die Parkplätze von ein paar Hotels abgesucht, die Garagen. Vielleicht hatten sie sogar mit dem Hotel im Bahnhof angefangen. Die Sehenswürdigkeit. Sie hatten überlegt, wo er abgestiegen sein könnte, und als erstes war ihnen dieses Hotel eingefallen.

Sie hatten sein Auto auf dem Parkplatz gefunden. Und dann hatte das Teiggesicht abends nach ihm gefragt. Und diese strohdumme Cindy hatte dem Teiggesicht seine Zimmernummer gesagt. Und sie waren während der Nacht, als er schon umgezogen war, in das Zimmer eingedrungen. Wäre er nicht umgezogen gewesen, sie hätten ihn umgebracht.

Lauterbach holte Atem. Nach einer Weile rieb er sich die Stirn. Irgendwo gab es da einen schwachen Punkt. Irgend etwas an seiner Überlegung war nicht stichhaltig.

Ja. Natürlich. Sein Name. Wie konnten sie seinen Namen wissen? Das Teiggesicht hatte nach Mr. Lauterbach gefragt.

Er überlegte angestrengt. Plötzlich stieß er die Luft durch die Nase. Pete's Motel, was denn sonst. Er hatte doch auf dem Anmeldeformular seinen Namen eingetragen. Ganz einfach: Sally hatte sich von dem Neger das Anmeldeformular zeigen lassen. Nein, noch einfacher: Sie war ja doch an den Tresen gekommen, sie hatte neben ihm gestanden, als das Formular noch vor ihm lag. Sie hatte seinen Namen abgelesen. Lauterbach. Lauderbeck.

Sie wußten seinen Namen von Sally.

Und als sie in Chattanooga Mr. Lauderbeck auf Zimmer 317 nicht hatten finden können, hatten sie den Parkplatz bewacht. Und sie waren ihm gefolgt, als er am frühen Morgen von Chattanooga abgefahren war. Er hatte sie nur nicht bemerkt.

Sie waren ihm gefolgt bis zu dem Motel am Allatoona-See. Er hatte die Verfolger nicht bemerkt, weil er unaufmerksam gewesen war. Diese Minnie hatte ihn beschäftigt. Sie hatte ihn in Atem gehalten, dieses verdammte Negermädchen.

Er sah sie an. Sie wandte ihm das Gesicht zu und versuchte zu lächeln. Ihre Augen waren immer noch sehr groß. Sie rollte sie zur Seite und sah nach hinten. Dann sagte sie: »Du mußt gleich nach rechts abbiegen, nach Holly Springs.«

Hinter Holly Springs sah er ein Restaurant, an der Einfahrt stand das Schild *Geöffnet*. Er fuhr ein Stück weiter, fuhr an den Straßenrand, hielt an, sah in den Rückspiegel. Er stieg aus und blickte zurück auf die Straße. Niemand zu sehen.

Er sah eine Weile zu Boden. Dann nickte er. Ja. Es war höchste Zeit, die Polizei anzurufen. Er brauchte sich keine Gedanken mehr zu machen, ob sie ihn ernst nehmen würden. Sie würden ihn ernst nehmen. Sallys Leiche war gefunden worden. Ein Totschlag. Wenn nicht Mord. Der Bankraub. Es lag auf der Hand, warum diese Kerle ihn verfolgt hatten.

Er hätte schon in Jasper den Sheriff anrufen können. Das hätte ihm viel Ärger und Aufregung erspart.

Er nickte. Er würde in das Restaurant gehen und die Polizei anrufen und auf sie warten. Sie würden mit ihm zurückfahren zu dem Motel am See. Es war ja möglich, daß diese Kerle seine Abfahrt verschlafen hatten, daß sie und das Mädchen noch in den Betten lagen.

Plötzlich fühlte er sich erleichtert. Er stieg ein. Sie sah ihn an. Er sagte: »Oh, verdammt. Das hab ich völlig vergessen.«

»Was?«

»Steig aus. Nimm deine Tasche mit.« Sie blieb einen Augenblick lang regungslos sitzen. Dann tastete sie nach dem Türgriff, sehr langsam.

Er sagte: »Es tut mir leid, Minnie, aber ich kann dich jetzt nicht mehr bei mir behalten. Du mußt gehen.«

Sie sah ihn an, stumm.

»Ich hab etwas Wichtiges zu tun. Ich kann es dir nicht

im einzelnen erklären, verstehst du? Du kannst jedenfalls nicht bei mir bleiben.«

Sie fand den Türgriff, öffnete die Tür. Sie wandte die Augen nicht von ihm ab.

»Ich muß die Polizei rufen, verstehst du? Es gäbe Scherereien, wenn sie uns zusammen sähen. Nicht nur für mich. Auch für dich. Eine Menge Scherereien. Das leuchtet dir doch ein, oder?«

Sie nickte.

Er sagte: »Okay, Minnie. Good bye.«

Sie sagte: »Good bye, Wolfgang.« Sie stieg aus, drückte die Tür ins Schloß. Er lehnte sich hinüber, öffnete die Tür: »Was ist denn? Willst du deine Tasche nicht mitnehmen?«

Sie öffnete die hintere Tür, nahm ihre Tasche vom Rücksitz.

Er sagte: »Paß auf dich auf.«

»Paß auf dich auf, Wolfgang.«

Sie schulterte die Tasche und ging. Er sah ihr nach. Sie ging nicht sehr schnell. Ihm fiel wieder auf, daß sie die Füße ein wenig nach außen setzte. Sie ließ die dunklen Arme hängen. Sie ging aufrecht, die Schultern ein wenig zurückgenommen. Sie blickte sich nicht um.

Er startete den Motor. Er wollte den Rückwärtsgang einlegen, hielt ein, die Hand auf dem Hebel. Er zog die Augenbrauen zusammen. Er rieb mit der Hand über die Stirn. Dann schaltete er den Motor aus.

Was war, wenn die Vögel ausgeflogen waren? Was war, wenn sie Sallys Wagen irgendwo stehenließen und mit einem anderen weiterfuhren? Was war, wenn die Polizei sie nicht finden konnte?

Mit einemmal wurde ihm klar, es traf ihn wie ein Schlag, daß die Polizei ihn selbst suchte. Ihn, und nicht diese Männer und das Mädchen.

Woher sollte die Polizei wissen, daß Sally Besuch gehabt hatte? Der Neger? Der hatte wahrscheinlich die ganze Nacht gepennt. Sie waren kurz vor Mitternacht gekommen. In der Rezeption hatte schon lange kein Licht mehr gebrannt.

Das blaue Coupé. Nein, auch das nicht. Das hatten sie mitgenommen und auf irgendeinem Parkplatz abgestellt. Sie waren ja zu zweit. Zu dritt mit dem Negermädchen.

Fingerabdrücke? Ja, und ob: in Nummer zwei, wo er gewohnt hatte. Aber bestimmt nicht in Sallys Apartment. Sie hatten natürlich alles abgewischt, bevor sie aufgebrochen waren.

Ihm wurde glühend heiß. Für die Polizei gab es nur einen Tatverdächtigen: ihn selbst, Lauterbach.

Er hatte neben Sally gewohnt. Er war außer Sally der einzige Gast in dieser Bruchbude gewesen. Der einzige Gast, der sich eingetragen hatte.

Sie hatten seinen Namen. Sie fahndeten seit dem Samstagnachmittag nach ihm, das war völlig klar. Es war ein Wunder, daß sie ihn noch nicht gefunden hatten.

Nein. Er schüttelte den Kopf. Es war kein Wunder. Es war reines Glück. Die falsche Autonummer. Er hatte in Pete's Motel die Nummer eingetragen, die er auf der Rückseite des Schlüsselanhängers gefunden hatte. Es gab diese Autonummer gar nicht.

Aber das konnte den Verdacht gegen ihn nur noch verstärken.

Sie verdächtigten ihn, Sally erschlagen zu haben. Wahrscheinlich nahmen sie an, er habe mit ihr geschlafen. Sie habe ihn bestohlen. Er habe Streit mit ihr bekommen.

Nein, noch schlimmer. Der Bankraub. Sie hatten ja eine Verbindung zwischen Sally und den Bankräubern herausgefunden. Und nun glaubten sie wahrscheinlich, er habe Sally die Beute abgenommen und sie deshalb ermordet.

Sie würden ihm die Geschichte von den beiden Männern und dem Mädchen nicht abnehmen. Sie würden sie für eine lächerliche Erfindung halten. Er hatte keine Beweise dafür, nicht einen einzigen Beweis.

Wenn er zur Polizei ginge, würden sie ihn auf der Stelle festnehmen. Und es würde ihm sehr schwerfallen, seine Unschuld zu beweisen.

Er starrte durch die Frontscheibe.

Er konnte nicht zur Polizei gehen. Es war ganz ausgeschlossen.

Plötzlich ließ er den Motor an und fuhr ab. Der Schotter des Straßenrandes spritzte hinter ihm hoch.

Sie blieb stehen, als sie das Motorengeräusch hörte. Sie wandte sich um und sah ihm entgegen. Als er bremste, fing sie an zu lächeln.

Er beugte sich hinüber und öffnete die Tür: »Steig ein.«

Barbara Vine
In den Tagen seines Glücks

Die Pyramide war vom Rasen durch eine Wasserfläche getrennt, deren Spiegelung sie verdoppelte, einem Dreieck ein zweites hinzufügte und zwischen beide eine lange, schmale grüne Zunge schob. Während aber die Pyramide reglos wie ein Fels dastand, erbebte ihr Bild, sobald eine Brise über das Wasser hinging und die Oberfläche kräuselte. Den Hintergrund bildeten Bäume, die als dichte Wand zwischen dem grauen Stufentempel und dem Himmel standen.

Tempel – so sagte Paul Hazlitt dazu. Schon damals war das sein Wort für die vierseitige Pyramide. Auf allen vier Seiten waren neun tiefe Stufen, an der ihm zugewandten Seite führte ein steiles, aus vielen Tritten bestehendes Treppenhaus, das die Stufen zweiteilte, zu einem steinernen Bauwerk an der Spitze, einem Mausoleum oder einem Altar. Die Pyramide sah sehr alt aus, als habe sie seit Urzeiten dort gestanden, doch an der Nordseite war kein Moos, auf dem Dach wuchsen keine Flechten.

Mit großen Augen betrachtete er die Wirklichkeit und ihr silbrig zitterndes Abbild. Erst jetzt bemerkte er die beiden kleinen Inseln im See. Auf einer stand ein Baum, die andere war einförmig grün, und an ihrem diesseitigen Ufer war ein kleines Ruderboot festgemacht. Das Spiegelbild des Tempels erschauerte jäh und heftig, als ein Windstoß es erfaßte. Paul stieß unwillkürlich einen leisen Schrei aus. Der Mann, der sein Arbeitgeber werden sollte, der Mann, den aufzusuchen er gekommen war, sagte: »Wenn die Pyramide von Tezcatlipoca Eindruck auf Sie gemacht hat, kommen Sie ins Haus, und ich will Ihnen Wunder weisen.«

All das wußte ich von Anfang an, weil es in Pauls Tagebuch steht, wobei das Wort Tagebuch entschieden zu hoch gegriffen ist. Es war ein dünnes Büchlein, in dem für jeden Tag ein 7,5 × 3,5 cm großes Kästchen vorgesehen war. Die Schilderung von Pauls Ankunft in Mandate Benedict ist der längste von nur drei Einträgen, in denen nicht nur stichwortartige Termine oder Bemerkungen zum Wetter stehen.

Allem Anschein nach war der schwarze ledergebundene Taschenkalender für das Jahr 1963 das erste Tagebuch, das er je geführt hat. Er hatte vor einem halben Jahr sein Studium in Oxford beendet, lebte bei uns in London und suchte Arbeit.

Um diese Zeit starb seine Großmutter. Er fuhr nach Norden und war vor ihrem Tod noch eine Woche bei ihr. Sie war seine letzte nahe Angehörige, denn seine Eltern waren schon lange tot, und wir waren eher entfernte Verwandte; mein Vater war ein Vetter zweiten Grades, und bei uns anderen waren die verwandtschaftlichen Beziehungen natürlich noch weitläufiger. In jenem Winter zog er ganz zu uns und gehörte bald zur Familie.

Er hatte einen Abschluß in Kunstgeschichte und galt als sehr gescheit. Für mich war er der schönste Mann, den ich je gesehen hatte. »Gutaussehend«, sagte meine Mutter. »Männer können nicht schön sein.« Paul aber war es. Seine

Züge waren mädchenhaft sanft und gleichzeitig männlich fest und ebenmäßig. Er war groß, schlank und brünett, hatte dunkelblaue Augen und eine tadellose Haltung, aber das Auffallendste an seiner Erscheinung – und noch nach dieser doch recht langen Zeit erinnere ich mich sehr deutlich daran – war ihre Makellosigkeit.

Das klingt wohl albern, denn schließlich geht es hier um einen Zweiundzwanzigjährigen. Vielleicht wirkt das Zitat hier geschmacklos, aber ich kann nicht anders, ich muß es mit diesen Worten sagen: Er war körperlich ohne Fehl. Natürlich weiß ich das nicht mit absoluter Sicherheit, ich habe ihn nie völlig nackt gesehen, wohl aber irgendwann in der Badehose, als wir alle zusammen im Schwimmbad waren, und ich beobachtete ihn lange, als er aus dem Wasser gekommen war und auf einem Handtuch in der Sonne lag. Er hatte keine Narben – was noch nicht so ungewöhnlich ist, ich habe auch keine –, aber er hatte auch keine Leberflecken. Nicht einen einzigen.

Heutzutage hätte er, bis sich etwas fand, was seinen Fähigkeiten eher entsprach, seinen Lebensunterhalt als Model verdienen können. Doch damals arbeiteten nur Mädchen als Models, es war kein Job für Männer. Und Paul schien sich seines guten Aussehens gar nicht bewußt zu sein. Ich habe ihn nie heimliche Blicke in einen Spiegel tun sehen und auch nie erlebt, daß er besondere Sorgfalt auf sein Äußeres verwandt hätte.

Er hatte eine wunderschöne Sprechstimme. Ich hätte mir gern von ihm vorlesen lassen, traute mich aber nicht, ihn darum zu bitten. Manchmal spielte er auf unserem Bechstein, stritt aber, wenn wir ihn lobten, seine Fähigkeiten immer ab und setzte sich nie an den Flügel, ohne daß er darum gebeten wurde oder vorher um Erlaubnis gebeten hätte. Er war immer lieb und freundlich, ich habe ihn nie wütend erlebt.

Ich habe ihn als einen Ausbund an Tugend hingestellt, was er aber keineswegs war, wie wir alle bald erfahren sollten. Schon damals wußten wir, daß er Heimlichkeiten hatte; er war sorgsam darauf bedacht, für sich zu behalten, was er trieb; wenn er nicht mit uns zusammen war, sagte er nur, er ginge aus, nie aber, wohin er ging. Er hatte also seine Heimlichkeiten, war wohl ein bißchen unaufrichtig, dabei aber nicht spitzfindig. Mir war bereits zu jener Zeit klar, daß er von seinen Mitmenschen erwartete, sie würden alles glauben, was er ihnen erzählte. Er war wohl naiv. Vielleicht waren junge Leute damals noch so, denn sagt man nicht, 1963 sei das Jahr, in dem der Sex entdeckt wurde?

Doch zurück zu der Stellung. Inzwischen hatte er schon so etwas wie einen Job, in einer Galerie in der Vigo Street bekam er kleine Summen, wenn er ein Bild verkauft hatte – allerdings nur dann. Trotzdem fand mein Vater, daß Declan Roche sich unanständig benommen hatte, als er sich unter dem Vorwand, ein Bild kaufen zu wollen, in die Peacock Gallery begeben hatte, obwohl seine wahre Absicht war, einen Mitarbeiter wegzulocken, das heißt, ihn zunächst mit einer Einladung zum Abendessen zu locken, denn nachdem er eine Weile herumgedruckst hatte (das Bild, für das er sich angeblich interessierte, stellte eine Jaguarjagd irgendwo in Mittelamerika dar), wobei er ganz unverhohlen Paul musterte, war Roche mit der Frage herausgerückt, ob er mit ihm zu Abend essen wolle. Selbst ich – und ich war sechs Jahre jünger als Paul – hätte das durchschaut. Nur gab es, wie sich zeigte, gar nichts zu durchschauen, denn Roche schien nicht weniger naiv als Paul zu sein, nur freimütiger.

Sein Angebot war ernst gemeint und sehr verlockend: Paul sollte ein Bestandsverzeichnis bestimmter Artefakte machen, dafür ein sehr ordentliches Gehalt beziehen – soviel wie der Kurator der Peacock Gallery – und dazu schier unglaubliche Vergünstigungen: eine Wohnung, einen Wagen. Die Sache hatte allerdings einen Haken: Der Vertrag lief nur über ein Jahr, von April bis April, aber eine Verlängerung, sagte meine Mutter, sei sicher möglich, wenn Paul »den Ansprüchen genügte«. Diese Formulierung, die, so albern und altmodisch sie auch klang, zugleich etwas leicht Anstößiges hatte, setzte sich in meinem Gedächtnis fest und tauchte Jahre später, als ich Rosie Thornton kennenlernte, wieder aus der Versenkung auf, und ich fragte mich, ob er den Ansprüchen genügt hatte und welcher Art diese Ansprüche wohl gewesen sein mochten.

Aber es dauerte lange, ehe ich diese Überlegungen anstellte, ehe die Spekulationen über Paul sich nicht nur auf die gekränkte Frage beschränkten: Warum hat er es getan? Wodurch hat er sich geändert? Denn wir waren gekränkt. Wir waren verletzt. Mein Vater hatte ihm monatelang in unserem Haus Gastfreundschaft gewährt, meine Mutter ihn verpflegt, meine Brüder ihm ihre Freundschaft geschenkt und ich – ja, ich hatte heiß für ihn geschwärmt. Und das hatte er uns dadurch vergolten, daß er meinem Vater zwei kurze Briefe geschrieben und sich nach Mexiko abgesetzt hatte, sobald sein Vertrag mit Roche beendet war.

Statt eines Anrufs mit der Mitteilung, daß er auf Reisen gehen würde, statt einer Postkarte kam der Taschenkalender. Paul hatte ihn in Mandate House liegenlassen, und Roche hatte ihn an unsere Adresse nachgeschickt. In seinem Begleitbrief schien er davon auszugehen, daß wir wüßten, wo Paul sich aufhielt und wann er abgereist war, aber er nahm seinen früheren Mitarbeiter auch in Schutz. Es sei nur zu verständlich, schrieb Roche, daß es Paul angesichts dessen, was er in Mandate House gesehen hatte, jetzt drängte, die Überreste der Aztekenkultur persönlich in Augenschein zu nehmen, zumal er über ein Jahresgehalt verfügte, von dem er sehr wenig verbraucht hatte. »Er hätte uns Bescheid geben können«, sagte meine Mutter. Und von meinem Vater kam der Satz, der zu den traurigsten der menschlichen Sprache gehört: »Wir haben uns in ihm getäuscht.«

Meine Eltern ignorierten das Tagebuch. Was sollten sie damit? Es für einen Mann aufheben, von dem nicht einmal feststand, ob er noch einmal wiederkommen würde? Es wäre ihnen nie in den Sinn gekommen, darin zu lesen. Nie hätten sie das Tagebuch eines Fremden gelesen. Mein Ehrbegriff war nicht so eng. Ich fand die beiden Briefe, die Paul meinem Vater im Mai und im August geschrieben hatte, und las auch die. Entschuldigen kann ich mich nur damit, daß ich die Qualen jener ersten Liebe noch nicht verwunden hatte und mir das Herz weh tat.

Bei den beiden anderen Einträgen, die mehr als bloße Stichworte waren, handelte es sich um eine Beschreibung von Gegenständen im Haus von Roche. Einiger Gegenstände, denn Paul betont von Anfang an, daß die Sammlung riesig war, sie füllte ganze große Räume dieses großen Hauses, unbezahlbare Kunstwerke standen dort eng zusammengedrängt oder lagen kunterbunt durcheinander wie Trödel in einer Mansarde. Seine Aufgabe war es, in diese Dinge eine gewisse Ordnung zu bringen, sie zu katalogisieren, sie aufzustellen. In dem ersten Brief an meinen Vater führt er einige im einzelnen auf: den aus Bergkristall geschnittenen Schädel aus dem 15. Jahrhundert »wie Glas, wie moderne Glaskunst«, die Figurine der Göttin des Jadeunterrocks, die Jadespangen, das geschnitzte Joch, das zur Ausrüstung von Tezcatlipoca, dem Gott des Rauchenden Spiegels, gehörte, die Tonbecher, den handförmigen Opferstein. Vor allem aber nennt er das größte Wunder von Roche, den Mandate-Bildercodex.

Damals sagte mir das nichts. Es sollte noch Jahre dauern, bis ich Michael heiratete und hierherkam, an diese Hochschule, und von meinem Mann etwas über diese Dinge erfuhr. Ich wußte kaum, was ein Codex war, und hätte das Wort wohl als »Chiffre« oder »System« definiert. Ich überflog das, was Paul darüber geschrieben hatte, und las dann weiter in seinen banalen täglichen Einträgen: »Den ganzen Tag Regen«, »Fange an, Nahuatl zu lernen«, »Spanisch wird besser«, »Mit D. R. und Andrew nach Exeter«, »Haar ziemlich lang! Wie es die Mode befiehlt!«, »Wieder Regen«. In dem Augustbrief stehen weitere Einzelheiten über die in seinem Katalog aufgeführten und beschriebenen Sammlungen. Auch seine Schrift war schön; klein, aber nicht zu klein, wohlgeformt, ausgereift, das geeignete Medium zur Beschreibung der Tonflöten, der Umhänge aus Agavenfasern, einer gefiederten Schlange aus Stein, einer Affenvase aus Obsidian. Und er lernte das Flötespielen, was er sich offenbar schon immer gewünscht hatte, denn leider, schrieb er, gäbe es in Mandate House keinen Flügel, und ohne Musik könne er nicht sein. Rafael, sein Spanischlehrer, sei außerdem Flötenvirtuose. Alle seien unheimlich nett zu ihm, einsam fühlen könne man sich dort nicht, er sei kaum je allein…

Dann kamen keine Briefe mehr, nicht einmal eine Postkarte. Wir erfuhren nur mittelbar – sehr mittelbar – etwas über Paul durch eine Declan Roche gewidmete biographische Skizze in einer Sonntagszeitung. Damals war er fünfundsechzig und unverheiratet, allerdings hatte er drei Ehefrauen gehabt, von der letzten war er 1960 geschieden worden. Paul wurde als der »junge Kunsthistoriker« erwähnt, der die »fabelhafte Sammlung von Inka-Altertümern« – schon damals wußte ich, daß ihnen da ein Fehler unterlaufen war – so gruppiert und zusammengestellt hatte, wie sie derzeit zu sehen war.

Fünf oder sechs Jahre danach starb Roche. Sein Nachruf bezeichnete ihn als Millionär, Reisenden in Mittelamerika und Sammler von Werken mesoamerikanischer Kunst, um die ihn Museen in aller Welt beneideten. Er war eines natürlichen Todes gestorben, sein Butler Andrew Freeman hatte ihn auf der untersten der neun steilen Stufen an der Südseite einer Pyramide in seinem Garten in Mandate Benedict, South Devon, gefunden. Diese Pyramide sei, wie der Verfasser des Nachrufes schrieb, eine Kopie des Tempels für den Gott des Rauchenden Spiegels in Tenochtitlan im Templo-Mayor-Bezirk in Mexiko.

Als nächstes las ich über Roche, daß er – mit Ausnahme

von Legaten für seinen Sekretär Nigel Combs, seinen Kammerdiener Peter Smith und seinen Butler Andrew Freeman – seinen ganzen Besitz, unter anderem auch den Mandate-Codex, dem British Museum vermacht hatte. Und dort, im Mexikosaal, bekam ich fünfzehn Jahre nachdem ich Paul Hazlitt zum letztenmal gesehen hatte, den Codex zu sehen, und zwar in Gesellschaft der Frau, die seine Freundin gewesen war.

Die Azteken machten (wie ich jetzt weiß) Papier aus Borke, die sie zu Platten preßten und mit weißem Pigment beschichteten. Sie hatten kein Alphabet, keine Schrift, deshalb hielten sie ihre Kulthandlungen, ihre Mythologie und ihre blutigen Rituale in Glyphen fest, kleinen, unheimlichen, sehr schönen Bildern in Scharlach und Gold, Schwarz und Grün und Karmesin, Götter und Menschen und Priester, Schlangen und Adler und Jaguare, Flöten und Fackeln und Blumen. Am berühmtesten unter diesen Büchern oder Codices dürfte laut Michael der Codex Florentinus in Florenz sein. Der Codex, der Roche gehört hatte, war von einem Priester in Tezcatlipoca ausgerechnet in einer Nische hinter dem Altar einer christlichen Kirche versteckt worden. Ein Erdbeben hatte ihn ans Licht gebracht, und sein Entdecker hatte ihn verwerflicher- und auf jeden Fall ungesetzlicherweise zu einem nicht genannten Preis an Roche verkauft. Er war eine große Kostbarkeit. Selbst Leute wie ich, die nichts von der Mythologie, den Ritualen oder der Geschichte wußten, fanden ihn wunderbar.

»Merkwürdig, daß ein Volk, das so grausam war, so schöne Sachen machen konnte«, sagte Rosie Thornton.

»Das soll es geben«, sagte ich. »Und nicht nur in Mexiko.«

Den Ort für das Treffen hatte sie vorgeschlagen. Mein Vater hatte einen Brief von ihr bekommen, in dem sie schrieb, sie sei auf der Suche nach Paul. Sie hatte erfolglos bei seinen Studienfreunden nach ihm gefragt, bei einem alten Schulfreund, den Nachbarn seiner Großmutter. Meine Eltern konnten ihr auch nicht weiterhelfen, aber sie hinterließ eine Telefonnummer für den Fall, daß sie von jemandem hörten, der etwas wußte, für den Fall, daß sich irgend etwas ergab. Ich war neugierig genug, sie anzurufen und mich mit ihr zu verabreden.

War sie in dem speziellen Sinn seine Freundin gewesen, der sich von bloßer Freundschaft unterscheidet? So seltsam es klingt: Ich weiß es nicht. Rosie Thornton hat es mir nie verraten. Auf ihre Art war sie wohl genauso reserviert wie er, wenn auch nicht so geheimniskrämerisch, daß sie seine Briefe für sich behalten hätte. Allerdings stand darin auch nichts, was nicht alle Welt hätte sehen dürfen – kein Wort von Liebe, kein Hinweis auf Intimitäten. Sie zeigte mir die Briefe am nächsten Tag in ihrer Wohnung in der Gower Street.

»Ich dachte, er hätte mich einfach fallenlassen«, sagte sie. »Aber als meine Mutter gestorben war und ich mich vergeblich bemühte, ihn zu erreichen, hat mir das doch Sorgen gemacht. Er hatte Mutter gern und hätte erwartet, daß ich ihn verständige. Ich habe es überall versucht. Und jetzt, wo ich Sie kennengelernt habe und Sie sagen, daß er sich bei keinem aus Ihrer Familie gemeldet hat, weiß ich nicht, was ich denken soll.«

Der erste Brief, den sie von Paul bekommen hatte, war offenbar an dem gleichen Augusttag wie der an meinen Vater geschrieben worden. Es stand auch mehr oder weniger das gleiche darin, die Flöten wurden erwähnt, der Agavenumhang, die Affenvase und Rafael, sein Flötenlehrer, der ihm auch Unterricht in Spanisch und Nahuatl gab.

»Was ist Nahuatl?« fragte ich.

»Die Sprache dieses Volkes. Ich begreife nicht, warum er überhaupt so was lernen mußte. Er war schließlich nicht zum Lernen nach Mandate gegangen, sondern um einen Katalog zu erstellen.«

Das Leben, das er führte, war aufwendiger als alles, was er je gekannt hatte. Kindlich-begeistert schilderte er das eigene Badezimmer. Abends setzten er und Roche sich zu einem viergängigen Mahl an einen drei Meter langen Mahagonitisch, Roche ans Kopf- und er ans Fußende. Die Diener von Roche bedienten ihn so aufmerksam, als sei er ein Ehrengast des Hauses.

Das war im August. In seinem Dezemberbrief beschrieb er Haus und Grundstück und gab eine genaue Darstellung der Pyramide von Tezcatlipoca. Roche habe sie vor fünf Jahren aus Dartmoor-Granit errichten lassen, schrieb er. Der Mann sei ein Exzentriker, Selfmademan und Autodidakt, besessen von dem, was er auf seinen Reisen in Mittelamerika gesehen hatte, ein fanatischer Bewunderer prähispanischer Geschichte, ein Ignorant und Enthusiast, der ganz in der Mythologie der Aztekten und Maya aufging. »Ich übertreibe wohl nicht, wenn ich sage«, schrieb Paul, »daß er selbst an diese Götter glaubt! Mit Sicherheit glaubt er an einige der Kulte und Rituale. Stell dir vor, ich habe erlebt, daß er mit einer Zeremonie Regen herbeirufen und mit einer anderen seinen Apfelbäumen reiche Ernte sichern wollte. Er ist völlig verrückt! Aber unheimlich lieb zu mir. Er und seine Leute können gar nicht genug für mich tun.«

Ob sie ihm geantwortet habe, wollte ich wissen.

»Alles in allem habe ich ihm fünf Briefe geschrieben. Sie waren nicht so lang wie seine und natürlich nicht so interessant. Ich weiß noch, daß ich ihn in einem Brief nach seiner Haarlänge gefragt habe. Er sei dabei, es wachsen zu lassen, hatte er geschrieben, Roche habe ihn darum gebeten.«

»Er hat ihn gebeten, sich das Haar wachsen zu lassen? Warum denn das?«

»Irgendwie ging es darum, Tezcatlipoca ähnlich zu werden. Diese Leute, von denen der Codex stammt, kostümierten junge Männer als den Gott, und deshalb mußten sie lange Haare haben.«

»Glauben Sie, daß Roche…«

»…sexuell an ihm interessiert war? Nein, das glaube ich nicht. Sie werden es sehen, wenn Sie die übrigen Briefe lesen.«

Er käme nie allein aus dem Haus, schrieb er. Sobald er mal spazierengehen oder ins Dorf oder nach Exeter fahren wolle, sagten Roche oder einer der Bedienten, Andrew oder Peter, sie würden mitkommen. Er sei – bis auf die Nacht – nie allein. Er wolle sich nicht beschweren, ganz im Gegenteil, er fühle sich sehr wohl, aber manchmal wundere er sich darüber, das sei alles.

Merkwürdig sei auch, daß es im Haus so wenig Bücher gäbe, keine Belletristik, keine Nachschlagewerke. Ein spanisches Lexikon, gewiß, und ein Nahuatl-Lexikon und

Kunstbücher über Sammlungen in Museen, die ihm eine Hilfe beim Katalogisieren seien, aber mehr nicht. Das sei sehr schade, denn er würde sich gern über die Zeremonien informieren, von denen Roche sprach, würde gern mehr über jene Kultur erfahren.

Manchmal habe er den Eindruck, man enthielte ihm Informationen vor, die sich ohne Mühe hätten beschaffen lassen, aber da sei wohl leider eine gewisse Ignoranz im Spiel. Er wolle nicht illoyal sein, habe aber den Verdacht, daß Roche sich auf seinem Gebiet nicht hinreichend auskannte, daß er mit einigen dieser Rituale und Gebräuche nicht so sorgfältig und genau umging, wie ein ausgebildeter Gelehrter es getan hätte.

»Aber im April ist ja sowieso alles vorbei«, schrieb er, »und dann habe ich noch genug Gelegenheit, allein zu sein. Wenn mein Vertrag zu Ostern ausgelaufen ist, bin ich ein freier Mann.« Und dann kam noch ein Satz, der recht eigenartig klang: »Wenn ich ehrlich bin, fühle ich mich nicht immer ganz frei.«

Der letzte Brief an Rosie war vom März. Ich las ein paar Zeilen, legte ihn aus der Hand und sah sie an:

»Was meint er mit den Mädchen?«

»Es steht alles da. Ich weiß nicht mehr als Sie.« Rosie wandte den Blick ab. »Ich war nicht in ihn verliebt und er nicht in mich. Er hat sich wohl nichts dabei gedacht, über – über so was in diesen Worten an mich zu schreiben. Wohlgemerkt, damals hat mir das gar nicht gefallen. Das würde wohl jeder Frau so gehen. Aber Paul war eben naiv, er hatte so seine schwachen Punkte. Vielleicht hatte er das Bedürfnis, es irgendwie loszuwerden, und sonst war niemand da.«

Rasch, als wollte sie es hinter sich bringen, ohne allzuviel darüber nachzudenken, fragte sie: »Glauben Sie, daß er als Gefangener gehalten wurde?«

»In Devon? Im Jahre 1964?«

»Er konnte nicht telefonieren. Roche hatte kein Telefon.«

Das Personal von Mandate House sei um vier Mädchen erweitert worden, schrieb Paul. Bis dahin hätten sie keine weiblichen Bediensteten gehabt, es sei Monate, fast ein Jahr her, seit er – wenn er von Verkäuferinnen absah – mit einer Frau gesprochen habe. Roche stellte ihm eins dieser Mädchen »auf eine besondere Weise« vor. Sie sei nun seine Gefährtin, er müsse ausgehungert nach weiblicher Gesellschaft sein. »Betrachte sie als deine Freundin«, hatte Roche gesagt. In seinem Brief an Rosie hatte Paul diese Feststellung mit drei Ausrufezeichen versehen, aber nicht dazugeschrieben, ob er das Angebot aufgegriffen hatte.

Zwei Tage später zeigte noch ein Mädchen Interesse an ihm. Eines Nachts kam sie an die Tür seiner Wohnung in einem Flügel des Hauses und ging, als er sie eingelassen hatte, in sein Schlafzimmer. Mehr schrieb er nicht – nur daß dieses Mädchen, das er Xilonan nannte, Interesse an ihm gezeigt, bei ihm geklopft und sein Schlafzimmer betreten hatte. Von den anderen Mädchen war nicht die Rede, und näher ging er auf das Thema nicht ein. In dem Brief stand nichts über eine Beziehung zu einer dieser Frauen oder zu allen, nichts Weiteres über »weibliche Gesellschaft« oder bestimmte Arten des Miteinanders.

Statt dessen berichtete er über eine Osterfeier, die Roche vorbereitete. Sie sollte an dem Tag stattfinden, an dem Pauls

Vertrag endete, und im Mittelpunkt würde eine Zeremonie, ein Ritus der Azteken stehen, der für einen schönen Sommer sorgen sollte. Bestimmt, hatte Roche gesagt, würde er die Zeremonie nicht in allen Einzelheiten richtig hinbekommen, aber er würde sie mit Hilfe von Andrew, Peter, Nigel und den Mädchen – und natürlich Paul – nach besten Kräften über die Bühne bringen. Schlimmstenfalls würde es regnen, und dann würden sie die ganze Sache abblasen müssen, bestenfalls aber konnte es ein wunderbares Fest werden, das man später vielleicht in ein Festival integrieren konnte. Er dachte an eine alljährliche Veranstaltung in Mandate House für die Öffentlichkeit oder aber auch nur geladene Gäste.

»Er hat mich gefragt, was ich nach Ostern anfangen wollte. Ich will nach Mexiko, habe ich gesagt. Erst fahre ich noch mal bei meinen Verwandten in London vorbei, und dann ab nach Mexiko City. Und was glaubst Du, was er gemacht hat? Am nächsten Tag hat er mir ein Flugticket geschenkt! Ein Bonus, hat er gesagt, für all das, was ich über meine Pflicht hinaus gemacht habe.

Das Fest soll am Ostermontag steigen. Sie putzen mich heraus, und die Mädchen – er nennt sie meine Frauen! – nehmen feierlich Abschied von mir. Ich steige die Tempelstufen hoch und zerbreche zwei Tonflöten, und Roche sagt ein Mantra oder eine Liturgie her, und fertig ist die Laube! Wenn alles nach Plan verläuft und die Sache funktioniert, wird von da ab jeden Tag die Sonne scheinen. Ich schreib Dir eine Ansichtskarte aus Aztekenland. Liebe Grüße, Paul.«

»Er hat mir nie eine geschrieben«, sagte Rosie, »aber das

reden ja die meisten Leute nur so dahin, nicht? Und dann verschwinden sie aus deinem Leben. Aber so spurlos? Aus dem Leben aller Menschen, die er gekannt hat?«

Vermutlich lebte Paul Hazlitt nach wie vor in Mexiko oder aber in Australien oder ein, zwei Meilen von uns entfernt mit Frau und Kindern in London. Das sagte ich ihr. Nein, es sei überhaupt nicht verwunderlich, daß er sich nie gemeldet habe. Wir wissen alle, wie es uns mit Menschen geht, zu denen wir lange keinen Kontakt mehr hatten. Wir scheuen uns davor, das Schweigen zu brechen, den ersten Schritt zu tun, denn es könnte ja sein, daß sie uns immer noch böse sind, daß sie immer noch verletzt sind und nun zurückschlagen, um auch uns weh zu tun.

Sie muß ihn – gegenteiligen Behauptungen zum Trotz – wohl doch geliebt haben, denn sie sah mich mit wahrer Jammermiene an. Im Lauf der Zeit aber hat sie ihn sicher vergessen, so wie ich ihn vergaß. Ich lernte einen Mann kennen, in den ich mich verliebte und den ich heiratete. Ich heiratete einen Mann, für den das, worin Pauls Arbeitgeber nur dilettiert hatte, der Brotberuf war. Doch Michael ist kein Declan Roche. Erstens hat er kein Geld oder nur das, was er als Hochschullehrer für Lateinamerikanische Studien an dieser Universität im Mittelwesten verdient, wo wir leben, und zweitens ist die Kultur der Aztekten nicht sein Spezialfach, aber natürlich weiß er über sie – wie über alle alten Mexica-Gruppen – gut Bescheid, und unser Haus steht voller Bücher über Mittelamerika.

Der Abschnitt, den ich gleich zitieren werde, stammt nicht aus einem dieser Bücher, sondern ist Michaels Übersetzung eines von einem Mönch verfaßten spanischen Textes aus dem 16. Jahrhundert. Der Mönch muß einen der Codices interpretiert haben, vielleicht sogar den, der in den Besitz von Roche gelangte, und muß ein frommer Ordensmann gewesen sein, für den die Götter Mexikos Dämonen und ihre Gebräuche barbarisch waren. Michaels Einstellung zu diesen Dingen ist anders – sachlich, aber voller Wißbegier.

»Es ist eine faszinierende Vorstellung, daß man Götter von Menschen verkörpern läßt«, sagte er. »Daß Menschen für eine bestimmte Zeit Götter sind. Sie führten unblutige Kriege, nahmen Gefangene, und den Schönsten unter ihnen – ›körperlich ohne Fehl‹ – machten sie zum Gott. Sie brachten ihm Sitte und Anstand bei und verehrten ihn.«

»Aber warum?«

Statt einer Antwort gab er mir diesen Text. Er will ihn wie einige andere Abhandlungen über aztektische Bräuche in einem Buch verwenden, an dem er schreibt. Natürlich habe ich ihm von Paul und Roche und Mandate Benedict erzählt, aber ganz gegen seine sonstige Gewohnheit zeigte er sich ziemlich uninteressiert, vielleicht weil Roche Amateur war. Michael ist Akademiker, und Akademiker sind nun mal so: Leuten vom Schlage eines Declan Roche begegnen sie mit Mißtrauen, ja Verachtung. Es sei ein wahres Glück, bemerkte er nur, daß dem Mandate Codex bei Roche nichts zugestoßen sei.

Ich halte es eigentlich – das will ich zum Schluß noch sagen – für recht unwahrscheinlich, daß meinem Vetter zweiten Grades, Paul Hazlitt, etwas zugestoßen ist. Es würde mich nicht wundern, ihn eines Tages hier zu einem Symposium auftauchen zu sehen oder zu einem Seminar über – beispielsweise – ›Kunst im Zeitalter der Aufklärung‹ oder ›Von Phidias bis Giacometti‹. Ich hätte der nachfolgenden Übersetzung keine besondere Aufmerksamkeit geschenkt, wären darin nicht die vier Frauen, unter anderem eine gewisse Xilonan, und das lange Haar erwähnt…

Zwanzig Tage vor dem Fest zogen sie ihm die Kleider aus, in denen er Buße getan hatte, und wuschen die Bemalung ab, die er zu tragen pflegte. Und sie verheirateten ihn mit vier Frauenzimmern, mit denen er in den verbleibenden zwanzig Tagen Umgang pflegte. Sie schnitten ihm das Haar nach Art der Hauptleute und banden es ihm in einem kleinen Knoten auf den Kopf. Mit einem seltsamen Band banden sie an sein Haar zwei wunderliche Gehänge mit Schmuck aus Federn und Gold und Karnickelfell, welche sie aztxelli *nannten. Die vier Frauenzimmer, die sie ihm als seine Gattinnen beigaben, wurden mit Bedacht im Rang erhoben und zu diesem Zweck nach vier Göttinnen benannt: Eine nannten sie Xochiquetzal, eine zweite Xilonan, die dritte Atlatonan und die vierte Huixtocihuatl.*

Fünf Tage vor dem Fest verehrten sie diesen Jüngling wie einen Gott. Der Hof folgte ihm und hielt, reich gewandet, feierliche Festmähler und Bankette. Am ersten Tag feierten sie ihn in dem Bezirk, den sie Tecanman nennen, am zweiten in jenem, der das Standbild des Tezcatlipoca birgt, am dritten auf dem kleinen Hügel im See, den sie Tepetzinco nennen, am vierten auf einer anderen Insel im See, die Tepepulco heißt.

Als dieses vierte Festmahl zu Ende war, setzten sie ihn in ein Kanu mit Baldachin, in dem der Herr zu fahren pflegte, und setzten dazu seine Frauen, die ihn trösteten. Sie ver-

ließen Tepepulco und fuhren mit dem Kanu zu einem Ort, der Tlapitzahuayan heißt, nahe der Straße nach Itzapalapa, die gen Chalco führt, wo sich eine kleine Anhöhe namens Acaquilpan oder Cahualtepec befindet. An dieser Stelle verließen ihn seine vier Frauen und die anderen und kehrten in die Stadt zurück. Es begleiteten ihn nur die Pagen, die ihn das Jahr über bedient hatten.

Sie brachten ihn zu einem schlichten kleinen cu oder Tempel am Straßenrand außerhalb der Siedlung, etwa eine Meile von der Stadt entfernt. Er stieg die Stufen des Tempels hoch, und auf der ersten Stufe zerbrach er eine der Flöten, auf denen er in den Tagen seines Glücks gespielt hatte, und auf der zweiten zerbrach er die nächste, und so erstieg er, eine Flöte nach der anderen zerbrechend, die Stufen.

An der Spitze des cu warteten die Satrapen. Sie warfen ihn auf den Stein und hielten ihn an Armen und Füßen und am Kopf fest, und als er rücklings auf dem Altar lag, machte der, welcher das Messer aus Obsidian in Händen hielt, einen langen Schnitt über seine Brust. In die Öffnung steckte der Satrap seine Hand, riß das Herz heraus und bot es der Sonne dar.

Ingrid Noll
Fisherman's Friend

Ausgerechnet auf diesen blöden Anglerfesten lernte ich die Männer kennen. Schon als kleines Mädchen mußten Mutter und ich einmal im Jahr mit den Sportsfreunden meines Vaters und ihren Familien ein Sommerfest feiern, als ob es zu Hause nicht oft genug Fisch gegeben hätte.

Die Frauen bereiteten Kartoffelsalat, Streuselkuchen und andere kulinarische Höchstleistungen zu, die Männer sorgten für Bier vom Faß und gegrillten Fisch. Die Kinder spritzten sich mit Wasserpistolen naß und heulten, wenn sie von einer Wespe gestochen wurden. Es wurde gefressen, gesoffen, gegrölt und geschwoft, aber immer im Rahmen einer gewissen Zucht und Ordnung. Das Ganze fand im Vereinshaus am See statt, bei schönem Wetter auf den Wiesen am Bootssteg. Unter Lampions habe ich Eugen kennengelernt, später den Ulli.

Damals war ich siebzehn und dumm wie Bohnenstroh. Ich kapierte nicht, daß Eugen sich nur deshalb an mich heranmachte, weil ihn die Torschlußpanik erwischt hatte; er war fast vierzig, und noch keine Frau hatte bis jetzt angebissen. Ich empfand sein Alter als Auszeichnung. Ein Mann, der fast so alt und konservativ wie mein Papa war und ausgerechnet mich bevorzugte, das war eine Gnade. Eugen war klein und mickrig, weder witzig noch interessant, aber wenigstens ein bißchen reich. Er besaß ein alteingesessenes Fachgeschäft für Schirme, Handschuhe und Hüte. Bisher hatte ich nur Omas gestrickte Fäustlinge getragen, von da an wurde ich die Besitzerin einer Kollektion feinster Lederhandschuhe.

Meine Eltern waren nicht viel klüger als ich, denn sie hielten Eugens Werbung ebenfalls für einen Glücksfall. Nicht lange fackeln, zugreifen! empfahlen sie. Ich war damals nämlich nicht bloß unbedarft, auch meine berufliche Karriere als Briefträgerin sah nicht vielversprechend aus.

Mit achtzehn war ich verheiratet, mit neunzehn Mutter. Anfangs sollte ich im Laden helfen, aber schon nach den ersten Versuchen hatte ich keine Lust mehr. Weil ich von Tuten und Blasen keine Ahnung hatte, nahmen mich die Verkäuferinnen als Chefin nicht ernst. Es verletzte mich, daß hinter meinem Rücken über mich getuschelt wurde, und zwar nicht gerade positiv. Wahrscheinlich habe ich Eugen so mit meinem Gejammer genervt, daß er mich nie mehr im Laden sehen wollte. Ich blieb also zu Hause, hatte mit Haushalt und Kind genug zu tun und war anfangs fast zufrieden.

Es dauerte eine Weile, bis ich Eugen näher kennenlernte. Seine Hobbys waren Angeln und Autofahren. Er besaß einen Landrover für den Sport und einen dicken Mercedes für die Stadt. Da er sehr klein war, trug er stets karierte Hüte aus dem eigenen Geschäft, damit wenigstens ein Stückchen Eugen hinterm Steuerrad zu sehen war. Morgens war er der erste und abends der letzte im Laden. Wenn er heimkam, wollte er essen, fernsehen, die ADAC- oder

Angler-Zeitung lesen und es sich in Pantoffeln und Bademantel gemütlich machen. Falls es nicht in Strömen goß, verbrachte er die Wochenenden in reiner Männergesellschaft am See. Nachdem er so rasch einen Erbprinzen gezeugt hatte, schien ihn die Lust verlassen zu haben, noch einen zweiten Angler in die Welt zu setzen.

Eugen wußte aber, daß eine junge Frau im allgemeinen gewisse Ansprüche stellt, und hatte ein latent schlechtes Gewissen. Daher verhielt er sich in finanzieller Hinsicht sehr großzügig. Ich bekam ein reichliches Taschengeld und konnte mir Kleider, Kosmetika, Schuhe und Handtaschen nach Herzenslust kaufen, ohne daß er je gemeckert hätte. Ja, er war geradezu stolz, daß sich der kleine braune Spatz an seiner Seite zu einem Goldfasan mauserte. Gelegentlich gingen wir zusammen essen, dann genoß er es, daß ich sowohl bei Männern als auch bei Frauen Aufsehen erregte. Zur Geburt unseres Sohnes schenkte er mir eine Perlenkette, zum fünften Hochzeitstag einen Pelzmantel. Nicht gerade originell, aber gut gemeint.

Durch mein verändertes Aussehen – abgesehen von den schicken Klamotten war ich auch selbst hübscher geworden – wuchs mein Selbstbewußtsein und meine Unternehmungslust. Täglich ging ich mit dem Kleinen nachmittags in den Schloßpark, ließ ihn ein wenig auf dem Spielplatz tollen und besuchte anschließend das Schloßcafé. Jonas löffelte ein großes Eis, ich trank einen doppelten Espresso. Leider waren um diese Zeit meistens ältere Damen oder Mütter mit Kindern unterwegs, so daß ich keine Gelegenheit hatte, mit einem Mann anzubändeln.

Aber auf dem nächsten Anglerfest geschah es. Ich hatte

den Ulli bereits gekannt, als wir beide noch Kinder waren, aber dann zog seine Familie fort. Ulli hatte Abitur gemacht und war Textilingenieur geworden. Vor kurzem hatte er seine erste Stelle in der hiesigen Weberei angetreten.

Er war das Gegenteil von Eugen. Jung, hübsch, groß und stark, lustig und kein bißchen langweilig. Natürlich waren alle Mädels scharf auf ihn, ich rechnete mir keine großen Chancen aus. Manchmal kommt einem aber das Schicksal zu Hilfe. Ulli suchte einen gebrauchten Wagen, Eugen wollte seinen Landrover verkaufen. Sie verabredeten sich für den nächsten Sonntag bei uns.

Ich hatte Kaffee gekocht und mich hübsch gemacht, obgleich man mich bei der Probefahrt sicher nicht mitnehmen würde. Aber ich hatte ein zweites Mal Glück: Kurz bevor Ulli eintraf, rief die Polizei an. In der Samstagnacht war in Eugens Laden eingebrochen worden. Mein Mann fuhr sofort hin, um den Schaden zu begutachten; ich sollte unterdessen den Gast bewirten, in die Garage führen und ihm den Wagen zeigen. Unser Kleiner übernachtete am Wochenende stets bei meinen Eltern – »damit ihr ausschlafen könnt«, sagten sie. Wahrscheinlich verbanden sie mit diesem Angebot die Hoffnung auf eine Enkelin.

Ulli wollte den Wagen nicht bloß anschauen, sondern auf einer Geländefahrt testen. Wir stiegen ein, fuhren in den Wald, hielten an und küßten uns. Dann ging es wortlos wieder zurück. Als der geplagte Eugen heimkam, bemerkte er nicht, wie aufgeregt ich war, denn ich hatte mich wahrscheinlich zum ersten Mal im Leben verliebt.

Von da an war ich nicht mehr zu bremsen. Zweimal in der Woche lieferte ich Jonas am Nachmittag bei meinen Eltern ab und besuchte Ulli gegen fünf Uhr in seiner Wohnung. Wenn Eugen um sieben nach Hause kam, war ich schon wieder da. Natürlich waren meine illegalen Ausflüge riskant. In einer mittelgroßen Stadt wie der unseren blieb es Ullis Nachbarn wohl kaum verborgen, wer ihn so häufig besuchte. Es war nur eine Sache der Zeit, wann man Eugen im Geschäft oder beim Stammtisch gehässige Andeutungen machen würde.

Seit ich Ulli liebte, konnte ich meinen Mann nicht mehr ausstehen. Ich malte mir anfangs die Scheidung, später seinen Tod aus. Die zweite Version hatte den Vorteil, daß ich eine gute Rente und die Lebensversicherung ausbezahlt bekäme. Ich wäre dann wirtschaftlich unabhängig, denn auf einen gewissen Luxus mochte ich nie mehr verzichten.

Obwohl ich nicht allzuviel Phantasie habe, begann ich, einen Plan aufzustellen, um Ulli gegen Eugen systematisch aufzuhetzen. In Phase I stellte ich mich als Heilige dar, die einem Sadisten schutzlos ausgeliefert war. Ullis Ritterlichkeit wurde geweckt, ebenso sein Mitleid. Er wollte mich durch Entführung aus des Teufels Fängen erretten. In Phase II wurde ich konkreter: Ich setzte Ulli die Heirat als Lösung allen Unheils in den Kopf und deutete an, daß mich Eugen im Falle einer Scheidung völlig über den Tisch ziehen würde. Meinem Lover war es nach reiflichem Überlegen natürlich lieber, eine begüterte Frau zu bekommen. Phase III zielte direkt auf die Bedrohung unseres Lebens: Sollte Eugen von unserer Beziehung erfahren, würde er uns wahrscheinlich beide umbringen.

Ulli war – ich sagte es schon – ein schöner, starker, großer Junge, aber nicht übermäßig intelligent. Er glaubte mir alles und sah ein, daß wir Eugen zuvorkommen müßten.

Mein Mann wunderte sich, als ich ihn eines Abends über seine Angelgründe ausfragte: »Seit wann interessierst du dich für meine Hobbys?« fragte er und erzählte mir dann, daß er kürzlich einen kleinen See im Odenwald entdeckt hätte, wo er in völliger Einsamkeit wundervolle Fische an Land zöge. Das sei aber wie beim Pilzsuchen, er werde sein Geheimplätzchen keiner Menschenseele verraten. »Aber mir kannst du es schließlich sagen, ich bin ja keine Rivalin! Nimm uns doch einmal mit«, bat ich, »für unseren Jungen wäre das ein Paradies...« Bis jetzt hatte unser Jonas wenig Freude am Angeln gefunden, er war noch zu klein, um stundenlang stillzusitzen und ins Wasser zu glotzen. Eugen war zwar nicht begeistert, aber er sah ein, daß er seinen Sohn allmählich an die männlichen Freuden der Wildnis gewöhnen mußte.

Der kleine See war wirklich nicht leicht zu finden, man mußte auf Feldwegen und durch matschige Wiesen fahren, aber der neue Geländewagen schaffte das spielend. Ich saß mit Jonas im Fond und machte mir heimlich Notizen und kleine Zeichnungen. Fast bedauerte ich es, daß ich Eugen nie auf seinen sonntäglichen Ausflügen begleitet hatte. Es war zauberhaft hier. Obgleich es noch früh im Jahr und reichlich kühl war, kam die Sonne doch ein paarmal heraus, leuchtete über das stille Wasser und wärmte uns. Wildenten ließen sich kaum stören, Haselkätzchen blühten. Eugen und Jonas setzten sich auf die mitgebrachten Klappstühle und warfen die Angel aus, ich machte einen kleinen Spaziergang. Als ich nach einer Viertelstunde zurückkam, war es dem Kind bereits kalt und langweilig geworden. Jonas saß im Auto und betrachtete Comics.

»Wenn du den Frieden hier draußen einatmest«, sagte Eugen, »kannst du vielleicht besser verstehen, daß sich mein eigentliches Leben nicht bloß im Hutgeschäft abspielt. Hier bin ich Robinson, hier fühle ich mich lebendig.«

Nicht mehr lange, dachte ich, dafür werde ich schon sorgen.

Gemeinsam mit Ulli fuhr ich einige Tage später hinaus und zeigte ihm den verschwiegenen See. »Du mußt so tun, als hättest du diese Idylle gerade erst entdeckt, wenn du am nächsten Sonntag auf Eugen triffst. Es wird kein großes Problem sein, ihn versehentlich ins Wasser zu werfen und seinen Kopf bei der ›Rettungsaktion‹ ein wenig unterzutauchen. Vergiß nicht, die hohen Gummistiefel anzuziehen!«

Ulli nickte. Hand in Hand liefen wir um den kleinen See, blieben gelegentlich stehen, um uns zu küssen oder auf irgendeinen Wasservogel aufmerksam zu machen. Ich brach braune Rohrkolben ab, ohne zu bedenken, daß ich sie nicht mit heimnehmen konnte. Plötzlich tauchte ein Förster auf. Was wir hier im Naturschutzgebiet zu suchen hätten? Ob wir die Schilder nicht lesen könnten? Offensichtlich hatte Eugen einen Schleichweg ausfindig gemacht, der abseits aller Hinweise verlief. Wir wurden freundlich ermahnt und nach Hause geschickt. Gegen Liebespaare ist man nachsichtig.

Leider konnte ich Eugen nicht erzählen, daß er auf unerlaubtem Terrain fischen ging. Andererseits konnte es aber sein, daß er das durchaus wußte, ja daß er eine Sondererlaubnis des Försters besaß. Eugen hatte überall hilfsbereite Stammtischkumpel und Sportskameraden, denen er seinerseits beim Einkauf von Anglerhüten, olivgrünen Schals und fingerfreien Jägerhandschuhen einen guten Rabatt einräumte.

Am nächsten Sonntag wollte Ulli jedenfalls sein Glück versuchen. Jetzt, im Vorfrühling, waren kaum Menschen unterwegs, denen er begegnen konnte. Und falls der Förster wieder auftauchen würde, dann mußte er eben kurzfristig umdisponieren.

Den besagten Sonntag verbrachte Jonas wie immer bei meinen Eltern, ich wartete auf Ullis Anruf. Nie hätte ich gedacht, daß ich so durchdrehen könnte, bereits in der vorausgegangenen Nacht hatte ich kein Auge zugetan. Ich konnte nicht essen, trank aber Cognac zur Beruhigung. Im Haus herrschte vollkommene Ruhe, es tat sich absolut nichts. Vergebens wählte ich Ullis Nummer. Allmählich wurde es dunkel, und ich mußte Jonas abholen; natürlich durfte ich mich auf keinen Fall anders benehmen als sonst.

Längst war ich mit meinem Sohn wieder daheim und saß mit ihm vor dem Fernseher – natürlich ohne irgend etwas von der Sendung mitzubekommen –, als ich Eugens Wagen hörte. Ich rannte an die Haustür.

Ulli und Eugen stiegen in bestem Einvernehmen aus, ließen sich überhaupt nicht von meinem bleichen Antlitz beeindrucken, sondern holten aus dem Kofferraum eine große Plastiktüte. »Fast zu schade zum Einfrieren«, sagte Eugen, »einen derart riesigen Zander habe ich noch nie rausgeholt, so was nennt man Anfängerglück.« Ulli hatte anscheinend alle unsere Pläne vergessen, denn er präsentierte mir seinen fetten Fisch mit leuchtenden Augen. »Ohne deinen Mann hätte ich das nie geschafft«, versicherte er dankbar.

Während ich Jonas ins Bett brachte, hantierten die beiden Männer in der Küche herum. Sie hatten beschlossen, den Zander auf der Stelle zum Abendessen zuzubereiten. Ulli schälte Kartoffeln, Eugen nahm den Fisch aus und entfernte die Schuppen, zu weiteren küchentechnischen Aufgaben war er allerdings unfähig. Es dauerte nicht lange, da saßen die beiden Angelkumpane biertrinkend im Wohnzimmer, während ich mit Tränen in den Augen den Fisch in der einen, die Kartoffeln in der anderen Pfanne briet. Man hatte mir einen hübschen Haufen schleimiger Eingeweide und sandiger Kartoffelschalen hinterlassen, außerdem verspritzte Kacheln und verschütteten Schnaps. Es stank gen Himmel.

Bald ließen es sich die beiden schmecken; Eugen prahlte mit früheren Erfolgen, Ulli mit dem heutigen Fang. Ich saß dabei, aß keinen Bissen und sprach kein Wort. Die beiden Männer trafen Verabredungen für das nächste Wochenende. Sie waren offensichtlich in kürzester Zeit dicke Freunde geworden.

Natürlich blieb mehr als die Hälfte des kapitalen Fisches übrig, obgleich die Männer wie die Scheunendrescher zugeschlagen hatten. »Den Rest gibt's morgen«, schlug Eugen vor. Ich schüttelte den Kopf; weder Jonas noch ich mochten ständig aufgewärmte Fischreste essen, ich hatte dem Jungen für den nächsten Tag Schnitzel mit Pommes versprochen. »Lieber werde ich alles einfrieren«, sagte ich.

Der Versuchung, den allseitig angesäbelten Fisch in den Mülleimer zu werfen, widerstand ich. Vorsichtig löste ich die Gräten heraus, zog die Haut ab und gab das Fischfleisch in den Mixer. Vermengt mit einem eingeweichten Brötchen, Salz, Curry, Kapern, feingewiegten Zwiebeln und Crème fraîche ergab es appetitliche Fischfrikadellen. Als ich sie gerade braten und anschließend einfrieren wollte, kam mir allerdings die zündende Idee. Behutsam entnahm ich dem Abfalleimer größere und kleinere Gräten und bettete sie liebevoll und unauffällig in die geformten Frikadellen. Dann erst wurde gebraten und gefroren, damit meine sportlichen Männer beim nächsten Ausflug ein Überraschungspicknick mitnehmen konnten. Frischer Salat und gebuttertes Vollkornbrot boten sich als perfekte Ergänzung an.

Man war am nächsten Sonntag gerührt über das zünftige Picknickkörbchen, das ich vorbereitet hatte. Als liebende Gattin und heimliche Geliebte hatte ich außer den mit Salat und Tomaten garnierten Frikadellen noch rotkarierte Servietten, einen Salzstreuer und sogar kleine Schnapsfläschchen eingepackt, obwohl ein richtiger Angler in der Regel den eigenen Flachmann bei sich trägt.

Meine anfängliche Wut auf Ulli war inzwischen einer ungezügelten Rachsucht gewichen. Er hatte es tatsächlich gewagt, nach meinem vorwurfsvollen Anruf den Beleidigten zu mimen. »Dein Mann ist eigentlich sehr nett«, hatte er behauptet, »ich verstehe gar nicht, was du gegen ihn hast! Gott sei Dank hat sich alles anders ergeben, als du es dir ausgedacht hast! Oder hast du etwa im Ernst geglaubt, ich könnte einen Mord begehen?«

An diesem Sonntag mußte ich wieder unendlich lange auf ein Lebenszeichen der Angler warten. Ich malte mir die verschiedensten Gräten-Katastrophen aus, die von panikartigem Husten bis zu Erstickungsanfällen führten. Möglicherweise hatten sie jedoch bereits beim ersten Bissen die Gefahr und auch die böse Absicht erkannt und standen in wenigen Minuten mit gezücktem Hirschfänger vor der Tür.

Eugen kam allein und brachte kaum ein »Guten Abend« heraus. Erst auf meine eindringlichen Fragen erfuhr ich, daß Ulli bereits zu Hause war. Auch am anderen Morgen benahm sich Eugen seltsam. Er verließ das Haus allzu zeitig, ohne Frühstück und Gruß. Das Picknickkörbchen war weder in seinem Wagen noch in der Garage zu finden. Obgleich es mein Stolz fast verhinderte, rief ich Ulli im Büro an. Er sei nicht zu sprechen, ließ mir die Sekretärin ausrichten. Als er eigentlich längst zu Hause sein mußte, nahm er dort den Hörer nicht ab.

Zwei Tage später las ich in der Zeitung, daß man im Naturschutzgebiet an einem kleinen See im Odenwald einen toten Förster aufgefunden habe. Als Zeuge werde der Inhaber eines Landrovers gesucht, da die Reifenspuren am Ufer von einem solchen Wagen stammen mußten. Ob Unfall oder Mord, könne erst nach der Obduktion festgestellt werden, allerdings würden verschiedene Zeichen auf einen Tod durch Ersticken hinweisen. Rätselhaft sei außerdem der Fund von mehreren Schnapsfläschchen und den Resten eines Picknicks.

Ich stellte Eugen zur Rede. Es müsse sich um den See handeln, den er mir gezeigt habe, es seien auch sicher die

Reifenspuren seines Rovers, und das Picknick stamme aus meiner Küche. Ob ihn der Förster bei verbotenem Fischen entdeckt habe?

Eugen brach zusammen. Der Förster bekam regelmäßig eine »Spende« für das unerlaubte Fischen zugesteckt, man kannte und schätzte ihn. An jenem verhängnisvollen Sonntag habe man die mitgebrachten Mahlzeiten ausgetauscht. Ulli und Eugen erhielten Kabanossi, Landjäger und Schwarzbrot mit Gänseschmalz, während der Förster sich über die Fischfrikadellen hermachte. Als er nach einem grauenvollen Würge- und Hustenanfall erstickte, ohne daß sie ihm durch Rückenklopfen, Schütteln und Finger-in-den-Hals helfen konnten, waren sie in blinder Panik geflohen. Aber nicht etwa gleich nach Hause, sondern in eine Kneipe ganz in unserer Nähe. »Wir mußten uns erst abreagieren«, erklärte Eugen, der mir noch viel kleiner vorkam als sonst.

Natürlich konnte ich mit keiner Seele über seine Beichte sprechen, denn meine eigene Rolle in diesem Drama durfte auf keinen Fall ans Licht kommen; hoffentlich hielt Ulli dicht.

Wahrscheinlich haben wir die nächste Zeit alle drei unter schweren Träumen gelitten, haben jedes Telefonklingeln und jeden fremden Schritt an der Haustür als Bedrohung gedeutet. Aber nichts geschah, weder Ulli noch die Kripo meldete sich.

Langsam begann ich, nicht ständig an den toten Mann am See zu denken, den falschen Ulli aus meinem Gedächtnis zu streichen und mich dem Alltag zuzuwenden. Jonas wurde demnächst eingeschult, eine wichtige Sache für Mutter und Kind.

Mehrere Monate waren verstrichen, als ich den Anruf einer fremden Frau erhielt. »Mein Name tut nichts zur Sache, nennen Sie mich einfach Adelheid«, sagte sie und deutete an, daß sie Dinge wisse, die von großer Wichtigkeit für mich seien. Falls ich das vorgeschlagene Stelldichein nicht einhalte, würde sie ein uns beiden bekanntes Geheimnis an die Öffentlichkeit bringen.

Was blieb mir anderes übrig? In meiner Angst dachte ich allerdings nur, daß es eine Erpresserin sei, die mein Verhältnis mit Ulli – das längst beendet war – meinem Mann verraten wollte. Ich mußte wahrscheinlich zahlen.

Jonas war bei meinen Eltern, Eugen war angeln, ich saß in einem Café einer unbekannten Frau gegenüber, wohlweislich nicht in unserem Städtchen, sondern in einer benachbarten Großstadt.

Die sogenannte Adelheid ließ hurtig die Katze aus dem Sack. Bei einem doppelten Espresso, warmem Apfelstrudel und einem Klacks Vanilleeis erfuhr ich, daß sie die Frau des verstorbenen Försters war. Anhand seiner Notizen hatte sie herausgekriegt, von wem die monatliche »Spende« stammte. Ihr Mann hatte sie überdies eingeweiht, daß er sich gelegentlich am See mit einem »Spezi« treffe, dessen Finanzspritze dem geplanten Urlaub in der Karibik zugute komme.

»Als mir die Polizisten den Tod meines Mannes meldeten, brachten sie ein fremdes Picknickkörbchen mit und stellten es mir in die Küche. Während ich den Beamten Kaffee kochte, habe ich den Korb nebst Inhalt untersucht. Ich hatte damals den Verdacht, daß mein Mann vergiftet worden sei, und nahm eine von den zwei Fischfrikadellen heraus. Man hört ja immer wieder, wie schludrig in den Labors gearbeitet wird.«

Wie eine unglückliche Witwe sah die Fremde nicht aus. Gut gekleidet, gut geschminkt, gut erhalten, stellte ich fest, und sie verstand es überdies, lebhaft und fesselnd zu berichten. Aber was wollte sie von mir?

»Die Polizisten nahmen den Korb plus Inhalt wieder mit, als sie erfuhren, daß diese Dinge nicht aus unserem Haushalt stammten. Im übrigen war mein Verdacht berechtigt, denn bei der chemischen Analyse wurde nur festgestellt, daß kein Gift im Fisch enthalten war. Bei der Obduktion hatte man sofort entdeckt, daß mein Mann letzten Endes an einer Gräte im Hals gestorben war, denn er erstickte an Erbrochenem. Also ein Unfall, Fischfrikadellen können naturgemäß ein paar Gräten enthalten, dachten die klugen Herren.«

»Was habe ich damit zu tun?« fragte ich und konnte nicht verhindern, daß fieberhafte Röte mein Gesicht überzog.

Sie fuhr fort. »Die Fischfarce ist im Mixer püriert worden, das konnte ich sofort erkennen. Wären Ihnen versehentlich ein paar Gräten hineingeraten, dann wären sie ebenfalls zu Mus geworden, wie jede Hausfrau weiß. Also war klar, daß Sie die Gräten absichtlich, nachträglich und nicht mit liebevollen Gedanken hineinpraktiziert haben.« Ich sah die Fremde jetzt voll an. Sie erwiderte meinen Blick ohne Vorwurf, ja mit leichter Bewunderung. Schließlich lächelten wir beide.

»Sie haben mir einen großen Gefallen getan«, sagte sie, »denn ich wollte diesen einfältigen Wild- und Wassermann schon lange loswerden; nur hatte er mir bis dahin nicht den Gefallen getan, eine Lebensversicherung abzuschließen. Er meinte, es sei nicht nötig, als Beamtenwitwe sei ich gut versorgt.«

Das war bedauerlich, ich mußte es zugeben. »Wie stünden Sie in einem solchen Fall da?« fragte sie teilnahmsvoll. Stolz konnte ich berichten, daß Eugen nicht so kleinlich war. Im Falle seines Ablebens war ich bestens abgesichert.

Wir trafen uns noch mehrmals, bis der Plan ausgereift war. Es war schon Sommer, als sie anrief und mit geheimnisvoller Stimme den ängstlichen Eugen an den See lockte. Sie habe dort etwas gefunden, was ihm gehöre.

Merkwürdigerweise vertraute sich Eugen mir an. Die Förstersfrau habe ihn an den See bestellt, wahrscheinlich wolle sie ihn anhand seiner früher gemachten Zahlungen erpressen. Falls er nicht Punkt sieben zurück sei, solle ich Ulli anrufen und meinem Mann zu Hilfe eilen. Leider könne er keinen Freund mitnehmen, denn die Frau habe ausdrücklich verlangt, daß er allein komme.

Im flachen Teil des Sees hatten wir einen von Eugens Hüten über eine Weidenrute gestülpt. Wir lauerten beide im Schilfgürtel, hockten in einem niedrigen Kahn, trugen klobige Männerschuhe, um falsche Spuren zu hinterlassen, und tranken aus dem Flachmann des toten Försters.

Eugen kam pünktlich, wartete in nervöser Aufregung, sah ständig auf die Uhr und entdeckte schließlich den Hut auf der Stange. Er wunderte sich offensichtlich und zögerte mindestens zehn Minuten, bis er sich die hüfthohen Gummistiefel anzog und ins Wasser watete. Wir waren schnell zur Stelle. Mit den Rudern brachten wir ihn zu Fall, hielten seinen Kopf gebührend lange unter Wasser und übergaben ihn dann seinen geliebten Fischen.

Der Urlaub mit Adelheid läßt sich gut an. Wir haben uns schick eingekleidet, und die schönen reichen Männer der Karibik lassen sicher nicht lange auf sich warten.

Petros Markaris
Routine

Auf jeder Dienststelle ist ein gewisser Prozentsatz Versager. Es können nicht alle gerissene Spürhunde sein, es müssen immer auch ein paar miese Stümper dabeisein. Thanassis gehört eindeutig in die zweite Kategorie. Er hatte sich in die Polizeischule eingeschrieben und dann die Ausbildung abgebrochen. Mit Mühe arbeitete er sich zum Kriminalhauptwachtmeister hoch, und in dieser Position saß er sich den Arsch breit.

Er hatte keinen Funken Ehrgeiz. Er wollte einfach nicht weiterkommen. Nach einem kurzen Blick auf meinen Schreibtisch registriere ich, daß das Croissant und der Kaffee fehlen. Seine einzige regelmäßige Aufgabe besteht darin, mir jeden Morgen meinen Kaffee und mein Croissant zu bringen. Ich hebe den Blick und schaue ihn verwundert an.

»He, Thanassis, wo ist denn heute mein Frühstück geblieben? Hast du es vergessen?«

Thanassis grinst. »Der Chef hat angerufen und will Sie dringend sprechen. Ich dachte, ich bring es Ihnen später.«

Es ging bestimmt um den Albaner. Man hatte ihn um das Haus schleichen sehen, in dem wir letzten Dienstag das erschlagene Ehepaar aufgefunden hatten. Den ganzen Morgen über hatte die Haustür offengestanden. Doch keiner hatte sich die Mühe gemacht, einen Blick hineinzuwerfen.

Was gibt es auch in einem verliesartigen Rohbau zu holen, wo das eine Fenster unverglast und das andere mit Brettern vernagelt ist? Schließlich faßte sich gegen Mittag eine neugierige Nachbarin, die die sperrangelweit geöffnete Tür beobachtet hatte, ein Herz. Sie brauchte etwa eine Stunde, um uns zu verständigen, da sie zwischendurch immer wieder in Ohnmacht fiel. Als wir eintrafen, waren gerade zwei Frauen dabei, ihr Wasser ins Gesicht zu spritzen. So wie man es mit Fischen macht, damit sie fangfrisch aussehen.

Eine nackte Matratze war auf dem Zementboden ausgebreitet. Darauf lag eine ungefähr fünfundzwanzigjährige Frau. An ihrem Hals klaffte eine Schnittwunde, die wie ein aufgerissener blutender Mund aussah. Ihre rechte Hand war in die Matratze verkrallt. Die Farbe ihres Nachthemds war nicht mehr zu erkennen. Es war blutüberströmt. Der Mann neben ihr war vielleicht fünf Jahre älter. Er war vornübergestürzt, und sein Brustkorb ragte über die Matratze hinaus. Seine Augen schienen auf einen Kakerlak zu starren, der in diesem Augenblick in aller Gemütsruhe vorbeimarschierte. Er hatte fünf Messerstiche im Rücken: drei aufeinanderfolgende waagrechte, von der Höhe des Herzens in Richtung der rechten Schulter über den Rücken verteilt, und zwei senkrechte, als ob der Mörder ihm den Buchstaben ›E‹ für sein Ende in den Rücken ritzen wollte. Die ganze Behausung sah aus, als wären ihre Bewohner von einer Hölle in die nächste unterwegs. Ein Klapptisch, zwei Plastikstühle und eine Gasflasche mit einer Kochflamme.

Zwei erschlagene Albaner sind für die Fernsehsender nur von Interesse, wenn die Schlächterei sich gut fotografieren läßt und den Leuten ordentlich Brechreiz verursacht, bevor sie sich um neun zum Abendessen setzen.

Nicht einmal ein Gerichtsmediziner bemühte sich an den Tatort. Er begnügte sich damit, die Leichen im Seziersaal in Empfang zu nehmen.

Die Nachbarn hatten nichts bemerkt. Das behaupteten zumindest alle. Kann sein, daß sie uns gegenüber schwiegen, um dann um so effektvoller vor laufender Kamera auszusagen. Uns blieb nur, zur Durchführung der zweiten Phase in die Dienststelle zurückzukehren: um einen Bericht zu schreiben, der geradewegs ins Archiv wandern würde. Wozu nach dem Mörder suchen? Es wäre verlorene Liebesmüh.

Als wir gerade dabei waren, die Unterkunft zu versiegeln, tauchte sie plötzlich wie ein Tagmond auf. Ihr rundes Gesicht leuchtete ebenso wie ihre glänzende Bluse, in der sich zwei große Brüste den Platz streitig machten. Ihren Hintern hatte sie in einen engen Rock gezwängt, daher war er hinten etwas kürzer. Ihre Füße steckten in lilafarbenen Pantoffeln. Ich saß gerade im Streifenwagen, als ich sie auf die zwei Männer zugehen sah, die die Tür versiegelten. Sie flüsterte ihnen etwas zu, und die beiden deuteten auf mich. Sie machte kehrt und kam auf mich zu.

»Wo kann ich mit Ihnen sprechen?« fragte sie, als ginge es um ein heimliches Rendezvous.

»Hier auf der Stelle. Schießen Sie los…«

»In den letzten Tagen hat sich ein Mann in der Nähe des Hauses herumgetrieben. Er klopfte an und wollte rein, doch die Frau hat ihn jedesmal abgewiesen und ihm die Tür vor der Nase zugeschlagen. Er war mittelgroß, dunkelblond, mit einer Narbe an der linken Wange. Er trug eine hellblaue Sportjacke, am Knie geflickte Jeans und Turnschuhe. Vorgestern habe ich ihn zum letzten Mal gesehen. Er hat geklopft, und sie hat die Tür wieder zugeschlagen.«

»Und warum haben Sie das nicht dem Kriminalbeamten gesagt, der die Verhöre durchgeführt hat?«

»Ich habe es mir eben gut überlegt. Ich wollte nicht in irgendeinen Prozeß hineingezogen werden!«

Wie oft saß sie wohl am Fenster und beobachtete die Straße, die Nachbarn und die Passanten? Wahrscheinlich trat sie gleich nach dem Aufstehen ihre Schicht am Fenster an, nur unterbrochen von Kochen und Essen.

Im Büro wollte ich die Angelegenheit spontan ins Archiv abschieben. Wir haben genug mit Terroristen, Einbrüchen, Rauschgiftdelikten zu tun – wer hat die Zeit, sich mit Albanern herumzuschlagen? Es war ja schließlich kein Grieche zu Schaden gekommen.

Wenn jemand behauptet, daß man aus seinen Fehlern lernt, kann ich nur lachen. Immer wieder tappe ich in dieselbe Falle. Anfangs sage ich mir noch, daß ich mich in die Sache nicht reinhängen werde. Doch dann beginnt der Holzwurm im Gebälk zu arbeiten. Vielleicht weil mich das Büro anödet oder weil noch ein kleiner Überrest kriminalistischer Neugier in mir steckt, der noch nicht von der ganzen Routine aufgefressen wurde. Dann ergreift mich manchmal die Lust, tätig zu werden. Ich schickte also die Beschreibung des Albaners, die mir die Dicke gegeben hatte, über Funk an andere Polizeidienststellen. Meistens muß man in solchen Fällen nicht lange suchen. Man braucht nur bestimmte Athener Plätze abzuklappern. Trotzdem hatte ich so eine Vorahnung, daß unsere Suche diesmal erfolglos bleiben würde. Ich hatte nicht die geringste Hoffnung, ihn zu finden. Erstaunlicherweise bekamen wir ihn aber nach drei Tagen expreß aus Loutsa zugeschickt.

Die Dicke tanzte in derselben Aufmachung wie am Tatort an. Nur trug sie diesmal ein Paar altmodische hochhackige Schuhe, deren Absätze bei jedem ihrer Schritte unter ihrem Gewicht einzuknicken drohten. Die Stöckel bogen sich gefährlich nach innen, dann wieder bereuten sie die unerwartete Nähe, rissen sich voneinander los und bogen sich nach außen. »Der ist es!« rief sie aus, als sie den Albaner erblickte. Ich glaubte ihr aufs Wort und dankte Gott dem Herrn, daß ich sie nicht zur Nachbarin hatte und tagein, tagaus vor ihr Revue passieren mußte. Ihr entging nichts.

Mein Büro hat die Nummer 321 und liegt in der dritten Etage. Das Büro des Leitenden Kriminaldirektors liegt in der fünften. Das Büro des Leitenden Kriminaldirektors trägt die Nummer 504, doch an der Tür steht keine Zahl. Er hat sie abmontieren lassen. Er fühlte sich wahrscheinlich wie in einem Krankenhaus oder einem Hotel, und nicht wie unser Chef. Statt dessen ließ er ein Schild anbringen: *Nikolaos Gikas – Leitender Kriminaldirektor.* »In Amerika gibt es gar keine Nummern an den Türen. Nur Namen«, pflegte er drei Monate lang immer wieder zornentbrannt von sich zu geben. Er redete so lange davon, bis er schließlich zur Tat schritt, die Nummer abnahm und seinen Namen dranschreiben ließ. Das blieb die einzige Reform, die er nach seinem sechsmonatigen Fortbildungsseminar beim FBI durchführte.

Der Chef sitzt mit dem Rücken zum Fenster, sein Schreibtisch ist gut drei Meter lang. Ein modisches Modell mit Metallbeschlägen an den Ecken. Benötigt man ein Schriftstück vom anderen Ende des Schreibtischs, dann braucht man einen Kran mit Greifarmen.

Ich sehe auf und bemerke, daß sein Blick auf mir ruht. »Etwas Neues in der Albanerfrage?« meint er.

»Nichts von Belang, Chef. Das Verhör ist aber noch nicht beendet.«

»Noch Beweismaterial aufgetaucht?« Knappe Fragen, knappe Antworten. Das ist sein Stil: nur das Notwendigste, um zu verstehen zu geben, daß er erstens gestreßt, zweitens effektiv und drittens auf das Wesentliche und Konkrete beschränkt ist. Amerikanischer Stil, wie gesagt.

»Nein. Aber, wie Sie wissen, haben wir eine Augenzeugin, die ihn wiedererkannt hat.«

»Das bedeutet noch nicht unbedingt, daß sie ihn belastet. Sie hat ihn um das Haus schleichen sehen. Sie hat ihn weder rein- noch rausgehen sehen. Fingerabdrücke?«

»Jede Menge. Die meisten vom Ehepaar. Keine vom Verdächtigen. Tatwaffe wurde auch nicht gefunden.« Er verleitet mich auch zum Telegrammstil, der Holzkopf.

»Gut. Sagen Sie den Journalisten, daß es vorläufig keine offiziellen Erklärungen geben wird.«

Das hätte er sich sparen können. Denn wenn es eine Presseerklärung gibt, dann verliest er sie stets selbst. Ich muß ihm vorher alles fein säuberlich aufschreiben, und er lernt es dann Wort für Wort auswendig. Das sage ich jetzt nicht etwa, weil ich mich zurückgesetzt fühle. Es stört mich absolut nicht. Die Reporter liegen mir ohnehin im Magen.

Donna Leon
Spurensicherung

Brunetti schlief nicht gut in dieser Nacht; immer wieder weckten ihn die Erinnerungen des Tages. Er machte sich klar, daß Zecchino ihn wegen des Mordes an Rossi vermutlich angelogen und viel mehr gesehen und gehört hatte, als er zugab: warum wäre er sonst so ausweichend geworden?

Er hatte es schon vor einiger Zeit vier Uhr schlagen hören, als er sich endlich vornahm, heute vormittag noch einmal zu diesem Haus zu gehen und zu versuchen, Zecchino zum Reden zu bringen; kurz danach sank er in einen friedlichen Schlaf und erwachte erst wieder, als Paola schon zur Universität und die Kinder zur Schule gegangen waren.

Nachdem er sich angezogen hatte, rief er in der Questura an, um zu sagen, daß er später kommen werde, dann ging er ins Schlafzimmer zurück, um seine Pistole zu suchen. Er zog einen Stuhl an den Schrank, stieg hinauf und sah auf dem obersten Brett ein Kästchen stehen, das sein Vater bei Kriegsende aus Rußland mitgebracht hatte. Das Vorhängeschloß befand sich ordnungsgemäß an der Haspe, aber ihm fiel beim besten Willen nicht ein, wo er den Schlüssel hingetan hatte. Er nahm den Kasten herunter und trug ihn zum Bett. Oben auf dem Deckel war ein Zettel geklebt, und darauf stand in Chiaras sauberer Handschrift: »*Papà* – Raffi und ich wissen ja eigentlich nicht, daß der Schlüssel hinter dem Bild in *Mammas* Arbeitszimmer klebt. *Baci.*«

Er holte den Schlüssel und überlegte kurz, ob er auf dem Zettel noch etwas dazuschreiben sollte; aber nein, er wollte sie lieber nicht noch ermutigen. Er schloß den Kasten auf, nahm die Pistole heraus und steckte sie in das lederne Holster, das er schon vorhin an seinen Gürtel geschnallt hatte. Dann stellte er den Kasten wieder in den Schrank und machte sich auf den Weg.

Die *calle* war wie schon die beiden anderen Male, die er hierhergekommen war, menschenleer, und auf dem Gerüst waren auch keine Arbeiten mehr im Gange. Er zog die Eisenlasche vom Holz ab und betrat das Haus, doch diesmal ließ er die Tür hinter sich offen. Er unternahm auch keinen Versuch, leise aufzutreten oder sein Hiersein sonstwie zu verbergen. Am Fuß der Treppe blieb er stehen und rief: »Zecchino, hier ist die Polizei. Ich komme rauf.«

Er wartete eine kleine Weile, aber von oben kam keinerlei Antwort. Er bedauerte, daß er keine Taschenlampe mitgebracht hatte, und als er in den ersten Stock hinaufging, war er darum froh um das bißchen Licht, das von hinten durch die offene Tür hereinfiel.

Oben blieb er stehen. Rechts und links des Treppenabsatzes befanden sich zwei Türen, eine dritte bildete das Ende des kurzen Flurs. Durch einen kaputten Fensterladen links von ihm kam genügend Helligkeit herein. Er wartete, rief noch einmal Zecchinos Namen und ging dann, durch das Schweigen sonderbar beruhigt, zur ersten Tür auf der rechten Seite.

Hinter dieser Tür fand er, wie er gehofft hatte, Zecchino,

und er fand auch das Mädchen. In dem trüben Lichtschein, der durch ein verdrecktes Oberlicht hereinsickerte, sah er sie zum ersten Mal. Sie lag auf Zecchino. Ihn mußten sie zuerst umgebracht haben, oder er hatte als erster aufgegeben und war unter dem Hagel von Schlägen zusammengebrochen, während sie weitergekämpft hatte, vergebens, nur um am Ende auf ihn zu fallen.

»Gesù bambino«, sagte Brunetti leise, als er die beiden sah, und mußte sich beherrschen, um kein Kreuzzeichen zu machen. Brunetti sah von Zecchino den Hinterkopf, von dem Mädchen das Gesicht, oder was von dem Gesicht noch übrig war. Offenbar hatte man beide totgeschlagen: Zecchinos Schädel hatte nichts Rundes mehr; bei dem Mädchen war die Nase fort, zertrümmert von so einem schweren Schlag, daß nur ein Stück Knorpel übrig war, das auf der linken Wange lag.

Brunetti wandte sich ab und sah sich in dem Zimmer um. Er sah eine blutige Spritze liegen, und sofort fiel ihm ein Gedicht ein, das Paola ihm einmal vorgelesen hatte: Da versuchte der Dichter eine Frau zu verführen, indem er ihr sagte, daß ihrer beider Blut in dem Floh vermischt sei, der sie beide gebissen habe. Damals hatte er es als krankhaft empfunden, die Vereinigung von Mann und Frau auf diese Weise zu betrachten, aber es war nicht krankhafter als die Nadel, die auf dem Fußboden lag, daneben ein paar weggeworfene Plastiktütchen, wahrscheinlich nicht viel größer als die, die man in Roberto Pattas Jackentasche gefunden hatte.

Wieder unten, nahm Brunetti das *telefonino* aus der Tasche, das er heute vorsorglich mitgenommen hatte, und rief in der Questura an.

Sie kamen endlich, und er fragte sie, wen sie für die Leichenschau bestellt hätten, und war froh zu hören, daß es Rizzardi war. Er rührte sich nicht vom Fleck, als die Männer ins Haus gingen, und als zwanzig Minuten später der Pathologe kam, stand er immer noch da. Zur Begrüßung nickten sie einander zu.

»Schon wieder einer?« fragte Rizzardi.

»Zwei«, sagte Brunetti. wobei er sich dem Haus zuwandte und vorausging.

Die beiden Männer gelangten ohne Schwierigkeiten nach oben, denn inzwischen waren alle Fensterläden offen, und es fiel genug Licht herein. Am Kopfende der Treppe wurden sie, mottengleich, zu den grellen Lichtern der Kriminaltechniker hingezogen, die das Zimmer und den Korridor erhellten.

Rizzardi ging hin und betrachtete die beiden Leichen zunächst von oben. Dann zog er Gummihandschuhe an und bückte sich, um zuerst den Hals des Mädchens, anschließend den des Jungen zu befühlen. Dann stellte er seine Ledertasche auf den Boden, ging neben dem Mädchen in die Hocke, griff über sie hinweg und rollte sie von der anderen Leiche herunter, wobei er sie auf den Rücken drehte. Da lag sie nun und starrte an die Decke, und auf einmal glitt ihre eine zerschlagene Hand über ihren Körper hinweg und klatschte auf den Boden, was Brunetti erschreckte, denn er hatte es vorgezogen, den Blick abzuwenden.

Er ging näher, stellte sich neben Rizzardi und sah nach unten. Ihr kurzes, mit Henna dunkelrot gefärbtes Haar klebte fettig und verdreckt an ihrem Kopf. Er stellte fest, daß die Zähne, die sich durch den Schlitz ihres blutigen Mundes zeigten, ebenmäßig und weiß waren. Um den Mund herum klebte geronnenes Blut, aber das Blut aus der zerschlagenen Nase war ihr, als sie auf dem Boden lag, offenbar in die Augen geflossen. Ob sie hübsch gewesen war? Oder unansehnlich?

Rizzardi faßte Zecchinos Kinn und drehte den Kopf des Jungen ins Licht. »Beide wurden durch Schläge auf den Kopf getötet«, sagte er, wobei er auf eine Stelle links an Zecchinos Stirn zeigte. »Das ist nicht einfach und erfordert sehr viel Kraft. Oder viele Schläge. Und es ist kein schneller Tod. Aber wenigstens haben sie nach den ersten Schlägen nicht mehr viel gefühlt.« Er betrachtete wieder das Mädchen und drehte ihr Gesicht zur Seite, um sich eine dunkle Delle an ihrem Hinterkopf näher anzusehen. Dann zeigte er auf zwei Druckstellen an ihren Oberarmen. »Ich würde sagen, sie wurde festgehalten, während auf sie eingeschlagen wurde, vielleicht mit einem Stück Holz oder einem Rohr.«

Keiner von ihnen hielt es für nötig, dazu einen Kommentar abzugeben oder hinzuzufügen: »Wie Rossi.«

Rizzardi erhob sich, zog die Handschuhe aus und steckte sie in seine Jackentasche.

»Wann kommen Sie dazu?« war die einzige Frage, die Brunetti einfiel.

»Heute nachmittag, nehme ich an.« Rizzardi fragte Brunetti wohlweislich nicht, ob er dabeisein wolle. »Wenn Sie mich nach fünf anrufen, müßte ich schon etwas sagen können.« Ehe Brunetti sich dazu äußern konnte, fügte Rizzardi gleich hinzu: »Aber viel wird es nicht sein – nicht viel mehr, als was wir hier sehen.«

Nachdem Rizzardi fort war, begannen die Kriminaltechniker mit ihrer tödlichen Parodie der Häuslichkeit: Sie fegten und wischten, hoben kleine Gegenstände auf, die auf den Boden gefallen waren, und sorgten für ihre sichere Aufbewahrung. Brunetti überwand sich, die Kleidertaschen der beiden jungen Leute zu durchsuchen, zuerst an den abgelegten Kleidungsstücken auf und neben den Matratzen, dann, nachdem er von Del Vecchio ein Paar Gummihandschuhe in Empfang genommen hatte, an den Sachen, die sie noch anhatten. In der Brusttasche von Zecchinos Hemd fand er drei weitere Plastiktüten, alle mit einem weißen Pulver drin. Er gab sie an Del Vecchio weiter, der sie sorgsam beschriftete und zu den anderen Beweisstücken tat.

Da dieser Teil der Ermittlungen in seiner Zuständigkeit lag, war es das Mindeste, was er für die Toten tun konnte, dazubleiben, bis die Leichen weggeschafft und die Leute von der Spurensicherung überzeugt waren, daß sie alles gefunden, eingesammelt und untersucht hatten, was der Polizei bei der künftigen Suche nach den Mördern nützlich sein könnte.

Natürlich müßten sie jedoch noch herumfragen, die Gegend abklappern und sich überall erkundigen, ob einer sich erinnere, jemanden in die *calle* oder ins Haus gehen gesehen zu haben. Als er sich umdrehte, sah er, daß sich am anderen Ende der *calle*, dort, wo sie sich zu einer größeren Straße hin öffnete, schon eine kleine Gruppe von Leuten versammelt hatte, und ging auf sie zu, wobei er im Geiste schon die ersten Fragen formulierte.

Wie erwartet, hatte niemand etwas gesehen, weder heute

noch überhaupt in den letzten Wochen. Er wußte ja nun aus langer Erfahrung, daß die meisten Italiener, wenn sie es mit der Polizei zu tun hatten, sich kaum an mehr erinnern konnten als an ihre eigenen Namen.

Weitere Fragen hatten Zeit bis nach dem Mittagessen oder bis zum Abend, wenn man damit rechnen konnte, die Leute, die in dieser Gegend wohnten, zu Hause anzutreffen. Aber er wußte, daß niemand zugeben würde, etwas gesehen zu haben. Es würde sich schnell herumsprechen, daß zwei Drogenabhängige in dem Haus gestorben waren, und nur die ganz seltene Ausnahme unter den Menschen würde ihren Tod als etwas Besonderes ansehen; den meisten wäre er die Umstände nicht wert, sich deswegen von der Polizei verhören zu lassen. Warum sich stundenlang einer Behandlung aussetzen, als wäre man ein Tatverdächtiger? Warum das Risiko eingehen, sich möglicherweise von der Arbeit abmelden zu müssen, um sich weitere Fragen stellen zu lassen oder sogar vor Gericht zu erscheinen?

An Mittagessen konnte er jetzt nicht einmal denken, ebensowenig daran, das vorhin Geschehene in den Kreis seiner Familie mit hineinzuschleppen. Er rief Paola an, um ihr Bescheid zu sagen, ging in die Questura zurück und tat sein möglichstes, sich mit Routinearbeit zu betäuben, solange er auf Rizzardis Anruf wartete. Die Todesursache würde wahrscheinlich keine Neuigkeit für ihn sein, aber wenigstens eine Information, die er abheften konnte, und vielleicht würde er sogar ein wenig Trost daraus schöpfen, daß er dieses kleine bißchen Ordnung in das Chaos ihres plötzlichen Todes gebracht hatte.

Die nächsten vier Stunden verbrachte er damit, die in

zwei Monaten angesammelten Papiere und Berichte zu sichten und ordentlich alles abzuzeichnen, was er gelesen und nicht verstanden hatte. Er griff gerade nach dem Telefon, als es klingelte.

»Guido«, begann der Pathologe ohne Einleitung, »als Sie sich heute morgen diese jungen Leute angesehen haben, nachdem ich fertig war – hatten Sie da Handschuhe an?«

Es dauerte einen Moment, bis Brunetti seine Überraschung verdaut hatte, und er mußte kurz nachdenken, bevor es ihm wieder einfiel. »Ja, Del Vecchio hatte mir welche gegeben.«

Rizzardi stellte eine zweite Frage. »Haben Sie ihre Zähne gesehen?«

Wieder mußte Brunetti sich in das Zimmer versetzen. »Mir ist nur aufgefallen, daß sie offenbar noch alle Zähne hatte, anders als die meisten Drogenabhängigen. Warum fragen Sie?«

»Sie hatte Blut an den Zähnen und im Mund«, erklärte Rizzardi.

Die Worte brachten Brunetti zurück in das verwahrloste Zimmer und zu den beiden Gestalten, die da übereinander auf dem Boden lagen. »Ich weiß. Es war ihr übers ganze Gesicht gelaufen.«

»Das war ihr eigenes Blut«, sagte Rizzardi, wobei er »eigenes« besonders betonte. »Das Blut, das sie im Mund hatte, war von jemand anderem.«

»Zecchino?«

»Nein.«

»O Gott, dann hat sie ihn gebissen«, sagte Brunetti. »Haben Sie genug davon, um...?« Er verstummte, weil er nicht so genau wußte, was Rizzardi damit anfangen konnte. Er hatte ellenlange Berichte über DNS-Vergleiche und Blut- und Samenproben gelesen, die als Beweismittel dienen konnten, aber weder besaß er das Fachwissen, um zu verstehen, wie das alles funktionierte, noch die intellektuelle Neugier, um sich für mehr zu interessieren als die Tatsache, daß es eben ging und daß man anhand der Ergebnisse Personen eindeutig identifizieren konnte.

»Ja«, antwortete Rizzardi. »Wenn Sie mir die Person bringen, kann ich sie dem Blut im Mund des Mädchens zuordnen.« Er verstummte, und Brunetti merkte an der gespannten Stille in der Leitung, daß Rizzardi noch viel mehr zu sagen hatte.

»Was ist denn?« fragte er.

»Sie waren positiv.«

Was meinte er? Die Ergebnisse seiner Tests? Die Proben?

»Ich verstehe nicht«, gestand Brunetti.

»Beide, der Junge und das Mädchen. Sie waren positiv.«

»Dio mio!« entfuhr es Brunetti, der endlich begriff.

»Das ist das erste, was wir bei Abhängigen nachprüfen. Er war mit der Krankheit schon viel weiter als sie; das Virus hatte ihn fest im Griff. Er hätte die nächsten drei Monate nicht überlebt. Haben Sie das nicht gesehen?«

Doch, Brunetti hatte es gesehen, aber nicht verstanden, oder er hatte vielleicht nicht allzu genau hinsehen oder das Gesehene verstehen wollen.

Statt auf Rizzardis Frage zu antworten, fragte er seinerseits: »Und das Mädchen?«

»Nicht ganz so schlimm; die Infektion war noch nicht so weit fortgeschritten. Deswegen war sie wohl auch noch stark genug, um sich zur Wehr zu setzen. Sie hatte ziemlich viel Fleisch zwischen den Zähnen hängen. Der, den sie gebissen hat, muß eine scheußliche Wunde haben.«

»Ist es auf diese Weise übertragbar?« fragte Brunetti, erstaunt über sich selbst, da er nach all den Jahren, in denen er überall davon gelesen und dauernd davon gehört hatte, noch immer nicht besser Bescheid darüber wußte.

»Theoretisch ja«, antwortete Rizzardi. »Es sind in der medizinischen Literatur Fälle beschrieben, in denen das offenbar der Übertragungsweg war, aber aus erster Hand habe ich nie von so etwas gehört. Ich halte es für möglich.«

»Wie schlimm ist denn dieser Biß?«

»Ich schätze, daß ihm am Arm ein ordentlicher Fetzen fehlt«, sagte er, und ehe Brunetti nachfragen konnte, erklärte er schon: »Sie hatte auch Haare im Mund. Wahrscheinlich vom Unterarm.«

»Wie groß ist die Wunde?«

Rizzardi dachte kurz nach und meinte danach: »Wie bei einem Hundebiß, sagen wir von einem Cockerspaniel.« Sie gingen beide nicht weiter auf diesen bizarren Vergleich ein.

»Groß genug, um damit zum Arzt zu gehen?« fragte Brunetti.

»Vielleicht, vielleicht auch nicht. Wenn sie sich entzündet, dann ja.«

»Oder wenn der Gebissene wußte, daß sie positiv war«, fuhr Brunetti fort. »Oder wenn er es hinterher erfährt.« Wenn einer wußte, daß er von einem HIV-Positiven gebissen worden war, würde er doch in heller Panik zum ersten besten rennen, der ihm sagen konnte, ob er sich angesteckt hatte, da war Brunetti sich ganz sicher.

»Gibt es sonst noch etwas Wichtiges?« fragte Brunetti.

»Er hätte diesen Sommer nicht überlebt. Sie vielleicht noch das nächste Jahr, aber viel länger auch nicht.« Rizzardi verstummte kurz, um dann mit völlig anderer Stimme zu fragen: »Meinen Sie, daß es bei uns Narben hinterläßt, Guido – was wir alles sagen oder tun müssen?«

»Gütiger Himmel, das will ich nicht hoffen«, antwortete Brunetti leise.

Bernhard Schlink
Marmor, Stein und Eisen bricht

Auf der Heimfahrt grübelte ich darüber, warum ich Leos Aufenthaltsort eigentlich für mich behalten wollte. War sie das wert? Half es ihr? Sie hatte mit ihrem Vater anscheinend Pech gehabt, und ich zweifelte, daß der falsche Salger ihr Glück brachte, obwohl er mehrfach in ihrem Fotoalbum auftauchte, das kleine Gör auf den Knien haltend oder mit der Schaukel stoßend und den Arm um die Schultern des heranwachsenden Mädchens gelegt. Zum väterlichen Freund Salger jetzt noch der Möchtegern-Vater Selb? Ich wußte nicht, wer sie war, was sie gemacht hatte, warum sie sich verbarg. Es war Zeit, zu ihr zu fahren und mit ihr zu reden.

Als ich in Mannheim ankam, war es erst halb elf, und die laue Nacht lud zum Bummeln ein. Ich ging in den ›Kleinen Rosengarten‹ und trank eine Flasche Soave zu den Vermicelli alla puttanesca, die nicht auf der Karte stehen, die mir der Chef aber macht, wenn er in Laune ist und ich ihn artig bitte. Dann hatte ich einen kleinen Schwips.

Früher habe ich bis in meine Dachwohnung nur eine Verschnaufpause gebraucht. Dann wurden es zwei, und jetzt muß ich an schlechten Tagen auf jedem Absatz verweilen.

Heute war ein schlechter Tag. Ich stand, stützte mich auf das Geländer und hörte mein Herz pochen und meinen

Atem pfeifen. Ich sah nach oben. Auf dem Treppenabsatz vor meiner Wohnung war's dunkel. War die Birne kaputt?

Dann nahm ich die letzte Treppe in Angriff. Düppeler Schanzen, Gravelotte, Langemarck – wir Preußen haben schon ganz andere Höhen erstürmt. Bei den letzten Stufen holte ich den Schlüssel aus der Tasche.

Drei Türen gehen vom Absatz vor meiner Wohnung ab. Die eine führt zu mir, die andere zum Ehepaar Weiland und die dritte auf den Speicher. Ich kehre ihr den Rücken zu, wenn ich meine Wohnungstür aufschließe.

Er hatte in der Speichertür gestanden und auf mich gewartet. Als ich aufschloß, trat er hinter mich, legte mir die Linke auf die Schulter und drückte mir mit der Rechten die Pistole in die Seite. »Machen Sie keine Dummheiten.«

Ich war zu verblüfft, auch zu erschöpft und zu betrunken, als daß ich hätte ausweichen oder zuschlagen können. Vielleicht bin ich auch zu alt. Ich bin noch nie mit einer Waffe bedroht worden. Im Krieg war ich bei den Panzern, aber im Panzer wird man nicht bedroht, sondern getroffen. Als unser Panzer getroffen wurde, war ein wunderschöner Tag mit blauem Himmel, warmer Sonne und kleinen weißen Wölkchen. Bumm.

Er blieb hinter mir, als ich im Wohnungsflur die Hand nach dem Lichtschalter ausstreckte. Auf dem Treppenabsatz war es düster, im fensterlosen Flur mußte es völlig dunkel werden, wenn die Tür zu und das Licht noch nicht an war. Eine Chance? Ich zögerte mit dem Licht und wartete, daß die Tür ins Schloß fiele. Aber er trat mit seinem Fuß in meine Kniekehlen, und als ich zu Boden ging, machte er die Tür zu und das Licht an. Ich rappelte mich auf, und er stieß mir wieder die Pistole in die Seite. »Gehen Sie weiter.« Im Wohnzimmer trat er mich noch mal, und diesmal ging ich nicht nur zu Boden, sondern schlug mir auch das Schienbein am kleinen Tisch an. Das tat gemein weh. Ich setzte mich auf eines meiner beiden Ledersofas und massierte mein Bein. »Aufstehen«, forderte er, aber ich dachte nicht daran. Da schoß er. Das dicke Leder meines Sofas stammt von den breiten Nacken argentinischer Büffel und hält meinen Schuhen, der Glut meiner Zigaretten und Turbos Krallen stand. Vor dem Projektil kapitulierte es. Ich nicht. Ich blieb sitzen, massierte weiter mein Bein und betrachtete meinen Gast.

Der Schuß hatte nur plop gemacht, aber die Pistole mit dem aufgeschraubten Schalldämpfer sah bösartig aus. Er trug wieder seine spiegelnde Sonnenbrille und hatte den Kragen der Jacke hochgeschlagen. Er sah die Pistole an, mich und wieder die Pistole. Unvermittelt lachte er und ließ sich auf das Sofa gegenüber fallen.

»Herr Selb, wir hatten heute morgen Kommunikationsschwierigkeiten, Sie und ich, und daher habe ich einen Helfer mitgebracht, einen Therapeuten sozusagen.« Er sah wieder die Pistole an. Turbo kam ins Wohnzimmer, sprang neben mich aufs Sofa, machte einen Buckel, streckte die Tatzen und putzte sich. »Ich habe auch viel Zeit mitgebracht. Vielleicht hat unsere morgendliche Kommunikation einfach unter dem Zeitmangel gelitten. Sie waren so furchtbar in Eile. Sie hatten einen wichtigen Termin? Oder sind Sie ein Starrkopf? Haben wir einen angenehmen oder einen mühseligen Abend vor uns? Am Ende bricht, was starr ist. Seit Drafi Deutscher wissen wir, daß es sich mit Marmor, Stein und Eisen so verhält, und ich kann Ihnen versichern, daß dem ein allgemeines Gesetz zugrunde liegt.« Er hob die Pistole. Ich konnte nicht sehen, wohin er zielte, auf mich, über mich, neben mich, ich sah nur mein Spiegelbild in seinen Brillengläsern. Er schoß. Hinter mir, im ehemaligen Apothekerregal, in dem meine Bücher und Platten stehen, ging eine Büste von Dantes Beatrice, das Werk eines Münchner Künstlers vom Anfang dieses Jahrhunderts, zu Bruch. »Sehen Sie, so ist das mit dem Marmor. Und mit allem, was da fleucht und kreucht und lebt, ist es nicht anders. Nur daß es keine Scherben gibt.« Wieder hob er die Pistole.

Ich rätselte nicht lange, ob er auf Turbo zielte oder ob es nur so aussah. Ich rappelte mich hoch und schlug seinen Arm zur Seite. Er schlug sofort zurück, zog mir die Pistole durchs Gesicht und stieß mich aufs Sofa. Turbo maunzte und trollte sich.

»Versuchen Sie das nicht noch mal.« Er zischte mich böse an. Dann lachte er wieder und schüttelte den Kopf. »Törichter alter Mann …«

Ich schmeckte Blut auf der Lippe.

»Also los. Wo ist Leo?«

»Ich weiß nicht. Ich habe ein paar Ideen, aber mehr nicht. Nur ein paar Ideen. Ich weiß nicht, wo Leo ist.«

»Es ist drei Tage her, daß wir miteinander telefoniert haben. Haben Sie seitdem vergessen, wo Leo ist?« Er klang verwundert und spöttisch.

»Ich habe das damals nur so als Köder gesagt, ich habe natürlich nicht vergessen, wo Leo ist, ich habe es nie gewußt. Nur so als Köder, verstehen Sie? Mir war unheimlich, daß ich Sie nie zu sehen bekam.«

»Halten Sie mich für blöd oder was?« Er schrie, und die Stimme kippte. Doch gleich wurde er wieder ruhig, lächelte und schüttelte den Kopf. Er stand auf, trat vor mich und wartete, bis ich zu ihm aufsah. Dann schlug er wieder mit der Pistolenhand zu, einfach so. Der Schmerz schrammte über Backe und Kinn.

Er verlor nicht die Beherrschung, wenn er schrie. Er schrie kühlen Kopfs. Ich hatte Angst. Ich hatte keine Ahnung, was…

Es klingelte. Wir hielten beide den Atem an. Es klingelte ein zweites und drittes Mal. Es klopfte. »Gerd, mach auf, warum machst du nicht auf, was ist los?« Brigitte sah das Licht unter der Tür hervorschimmern.

Mein Gast zuckte mit den Achseln. »Also auf ein andermal.« Dann war er aus dem Zimmer. Ich hörte ihn die Wohnungstür öffnen, »Guten Abend« sagen und schnellen Schritts die Treppe hinabgehen.

»Gerd!« Brigitte kniete sich neben mich aufs Sofa und nahm mich in den Arm. Als sie mich losließ, war ihre Bluse blutig. Ich wollte das Blut abwischen, aber es ging nicht. Je verzweifelter ich mit den Händen über ihre Bluse fuhr, desto schlimmer wurde die blutige Schmiererei. Ich gab's auf.

Alfred Komarek
Die Leiche im Keller

Albert Hahn lag da, als wolle er im Toten Meer den toten Mann spielen. Die Dunkelheit des unbeleuchteten Weinkellers trug sachte den schweren Körper, und nur die Wölbung eines sehr dicken Bauches ragte ins diffuse Licht, das von der Kellerstiege kam.

Gendarmerie-Inspektor Polt sah auf den ersten Blick, wer da unten lag. Das Tote Meer hingegen kannte er nur vom Hörensagen. In einer Illustrierten hatte er einmal ein Foto gesehen, das einen älteren Mann in schwarzer Badehose zeigte, der sich, auf dem Rücken liegend und offensichtlich schalkhaft aufgelegt, vom salzigen Wasser tragen ließ. Inspektor Polt lächelte unwillkürlich, als er sich an die Bildunterschrift erinnerte: Wahrscheinlich kann er auch mit den Ohren wackeln und andere Dinge, die Enkel erfreuen. Energisch wischte er sich die ungehörige Heiterkeit aus dem Gesicht, ließ die Stablampe aufleuchten und entzauberte die Szene. Plötzlich war der dicke Mann da unten einfach tot, schrecklich tot.

Dr. Eichhorn, der alte Gemeindearzt, war da, zwei Kellernachbarn standen stumm und hölzern neben ihm, und eine Dunstwinde blies surrend durch einen dicken Schlauch die angesaugte Kellerluft ins Freie.

»Gärgas?« fragte der Inspektor.

Der Gemeindearzt hob ein wenig die kurzen Arme und

drehte die fleischigen Handflächen nach oben, dann ließ er sie fallen. »In unserer Gegend der vierte seit Mitte September«, sagte er verdrossen. »Leichtsinn, verdammter. Es gibt keine Unklarheiten. Habe den Totenschein schon ausgestellt.« Der Arzt schaute ernst und irgendwie zornig zur Kellertür. »Diesmal hat es allerdings den Richtigen erwischt.«

Inspektor Polt hob den Kopf und warf dem Doktor einen verweisenden Blick zu. Er sagte aber nichts, weil er nur zu gut wußte, was gemeint war.

»Ich habe ihn gefunden«, erzählte der eine Kellernachbar ungefragt, ein langer, dürrer, faltiger Mensch, der irgendwann um die Siebzig aufgehört hatte, noch älter zu werden. »Ich bin hinübergegangen, weil ich mich gewundert habe, was er so lange im Keller treibt. Er war ja sonst immer nur ein paar Minuten unten, hat ein paar Flaschen geholt und war auch schon wieder weg.«

»Und heute?« fragte der Inspektor beiläufig.

Der Nachbar putzte umständlich die Gläser seiner klobigen Krankenkassenbrille. »Vielleicht zehn Minuten«, sagte er dann. »Ich habe erst noch zugewartet, weil ich nichts mit ihm zu tun haben wollte, du weißt ja, Simon.«

Simon Polt, der mit Friedrich Kurzbacher seit Ewigkeiten befreundet war, nickte wortlos.

»Dann bin ich in den Keller, ohne viel aufzupassen, weil ja keine Fässer unten liegen. Da habe ich schon das Gärgas gespürt, bin gerade noch heraufgekommen, bin zum Karl gerannt, mit angehaltener Luft sind wir beide noch einmal hinunter, haben den Albert ein Stück zum Ausgang geschleift und ihn dann liegen lassen, weil wir nicht mehr konnten. Dann habe ich den Dr. Eichhorn angerufen, aus der Telefonzelle im Dorf, und der Karl hat einstweilen seine Dunstwinde herübergebracht, damit man hinunter kann.«

»Ja«, fügte der Angesprochene trocken hinzu, »aber es war alles zu spät.«

»Und das Gärgas? Von einem Nachbarkeller?« fragte Inspektor Polt.

»Ja, wahrscheinlich«, sagte Karl sachlich und schaute seinem Nachbarn ins Gesicht. »Von einem von uns.«

Der Gendarm, an die zwei Meter groß, doch ein wenig dicklich, als wäre es ihm nie gelungen, den Babyspeck loszuwerden, fühlte ein lästiges, fast schmerzhaftes Unbehagen in sich hochsteigen, obwohl er auch daran dachte, daß dieser Todesfall in Brunndorf, nein, in der ganzen Gegend, tiefe Befriedigung auslösen würde. Schweigend schaute er sich um. An sich mochte er Preßhäuser, und Weinkeller mochte er noch mehr: eine karge, archaische Arbeitswelt und gleichzeitig ein unverschämt sinnliches Männerparadies. Aber dieses Preßhaus war anders. Es roch nicht nach Most, es roch überhaupt nicht, nicht einmal nach Mäusen, was hätten sie hier auch zu suchen. Das Preßhaus war leer. Die alte Weinpresse hatte schon vor Jahren als Brennholz geendet, Bottiche und Arbeitsgerät waren verschwunden. Nur ein schmutziger, grellgelber Plastikstuhl leuchtete aus dem Halbdunkel. Inspektor Polt dachte daran, wie diesem Raum Gewalt angetan worden war, immer wieder, bis er als häßliche, sinnlose Hülle zurückblieb. Die beiden Weinbauern, die mit ausdruckslosen Gesichtern stumm und wie erstarrt dastanden, empfanden das wohl so ähnlich. In ihren eigenen Preßhäusern und Kellern fügten sie sich wie selbstverständlich ins Bild, die Füße waren vertraut mit den abgetretenen Ziegelböden, die Hände fanden sich auch im Dunkeln zurecht, alles hatte in vielen gemeinsamen Jahren seinen Platz gefunden und seinen Sinn behalten. In diesem Preßhaus hier gab es nichts Vernünftiges mehr zu tun, hier war der Wein nicht mehr zu Hause, nur ein paar gekaufte Flaschen lagen im Keller.

»Ich gehe jetzt«, sagte der Gemeindearzt in die unbehagliche Stille hinein.

»Den Totenschein habe ich ja«, antwortete der Inspektor, und der Arzt, schon halb in der Tür, nickte.

Dann machte sich wieder Schweigen breit. Alle wußten, daß sie hier nicht willkommen waren. Der Hahn, der jetzt als Leiche in seinem Keller lag, war meistens allein hier gewesen. Ganz selten brachte er irgendwelche Leute mit. Ja, und dann, letztes Jahr, an einem Samstagnachmittag, hatten zwei Buben aus dem Dorf Kirschen vom Baum vor dem Preßhaus gestohlen. Albert Hahn kam dazu, ein Bub konnte davonrennen, aber einer, der Peter Schachinger, war nicht schnell genug gewesen. Hahn dürfte ihn nicht geschlagen haben. Peter erzählte jedenfalls nichts davon, und sein Körper hatte auch keine Spuren gezeigt. Aber Hahn hatte den Buben ins Preßhaus gezerrt und in den Keller. Was dort geschehen war, blieb ungewiß. Aus dem kleinen Peter war nichts herauszukriegen. Er schwieg auf jede noch so geschickt gestellte Frage, seine hellgrauen Knopfaugen schauten hart und gläsern aus dem runden Gesicht, und die Hände waren zu Fäusten geballt. Seitdem hatte er immer wieder Alpträume, fast jede Nacht, schreiend wachte er auf und fuhr erschrocken zurück, wenn ihn der Vater tröstend in den Arm nehmen wollte.

»Trinken wir was?« fragte unvermutet der Kurzbacher.

»Aber…«, Simon Polt wies mit dem Kinn zur Kellerstiege.

»Dr. Eichhorn hat die Bestattung schon angerufen – mit so einem neuartigen Telefon«, beruhigte ihn der Kellernachbar in beiläufigem Ton.

»Na, dann prost«, sagte Simon Polt schon wieder heiteren Sinnes.

Magdalen Nabb
Tod im Herbst

Die Morgendämmerung war noch nicht angebrochen, und das Wasser des Flusses, das gegen das schwarze Schlauchboot klatschte, war noch genauso dunkel wie der Himmel. Nur eine Lampe an einer Seite des Schlauchboots warf einen Lichtkegel über das Wasser. Von links kam ein kurzes Lichtsignal, und als der Mann im Schlauchboot es beantwortete, war am Ufer für einen Augenblick ein Lastwagen zu sehen, bevor er wieder in der Dunkelheit verschwand. Bei dem Lärm, den das Wehr unterhalb der nächsten Brücke machte, war es sinnlos, sich etwas zuzurufen. Der Mann im Schlauchboot richtete den Blick wieder auf das dunkle Wasser. Sehr viel einfacher würde es mit der Morgendämmerung auch nicht werden. Der dichte Nebel, der über dem Fluß lag, würde sich erst nach Stunden auflösen, selbst wenn eine milde Herbstsonne hervortreten würde, und der Wasserstand war so niedrig, daß mit jeder Bewegung der Schlamm aufgewühlt wurde. Auf den Brücken und am Ufer waren Lichter zu sehen, gelbe und weiße Punkte, ein jeder umgeben von einem kleinen Hof. Rechts lag das Zentrum von Florenz noch in tiefem Schlaf und Dunkelheit. Trotzdem hing schon eine Ahnung des neuen Tages in der Luft, vielleicht wegen der Lastwagen, die dort oben in Richtung Blumenmarkt gerollt waren und deren Abgase sich mit dem Schlammgeruch des Flusses vermengten.

An zwei Stellen, nur wenig voneinander entfernt, tauchten plötzlich zwei schwarze Umrisse an die Wasseroberfläche und bewegten sich auf den Lichtkegel zu. Dann wurden zwei Köpfe sichtbar, die in enganliegenden schwarzen Gummikappen steckten. Die Froschmänner waren schon zum vierten Mal mit leeren Händen heraufgekommen. Der eine hob die Hand, machte eine verneinende Bewegung und wies dann zur nächsten Brücke flußabwärts. Die beiden Taucher verschwanden wieder, und der Mann im Schlauchboot gab ein weiteres Lichtsignal in Richtung Ufer und warf den Außenbordmotor an. Gewiß, hier blieben sie oft hängen, an dieser Stelle unter dem linken Bogen, wo Gestrüpp und von weit her angetriebener Müll sich auftürmten. Die Scheinwerfer des Lastwagens flammten auf und beleuchteten, während sie langsam immer auf gleicher Höhe mit dem Schlauchboot vorankrochen, den geschotterten Weg unterhalb der Uferstraße. Wenn die Leiche aber über das Wehr hinausgetrieben war, würde ihnen nichts anderes übrigbleiben, als drei Tage zu warten, bis sie auftauchte und in einer der kleinen Städte, durch die sich der Arno auf seinem Weg Richtung Pisa wand, von einem Passanten entdeckt wurde.

Es sei denn, jemand hatte sich einen schlechten Scherz erlaubt, was hin und wieder vorkam. Einer der Taucher, der nur ungern in die Dunkelheit hinaus wollte, hatte etwas in der Art angedeutet und vorgeschlagen, das Tageslicht abzuwarten, doch ein anderer, der wußte, von wem der Anruf gekommen war, hatte ihm sofort entgegengehalten:

»Ich möchte den Menschen sehen, der es schafft, Guarnaccia reinzulegen!«

»Wer ist'n das?«

»Carabinieri-Wachtmeister drüben im Revier Pitti. Dumm wie Bohnenstroh sieht er aus, kommt aus dem Süden, aber man muß schon früh aufstehen, wenn man ihn überrumpeln will.«

»Tja, jetzt ist es wohl doch passiert, was?«

Und noch immer murrend, hatten sie ihre Ausrüstung in der Dunkelheit auf den Transporter geladen.

Tatsächlich war die Leiche im Wasser aber nicht von einem Frühaufsteher gesehen worden, sondern von zwei jungen Touristen, die nicht zu Bett gegangen waren und mit denen der Wachtmeister, die großen, ein wenig hervorstehenden Augen schlafgerötet und geschwollen, das Bäuchlein unter der halb aufgeknöpften Jacke noch deutlicher zu sehen als sonst, wirklich seine liebe Not gehabt hatte.

Zu allem Überdruß waren es Ausländer, und nach einem langen, heißen Sommer mit verlorengegangenen Fotoapparaten, gestohlenen Handtaschen, verschwundenen Kindern und angeblich verschwundenen Autos – diese engen Straßen sahen alle gleich aus, aber der Name fing mit einem F an oder vielleicht war es ein G, eine Straße mit einem steinernen Torbogen und einem Schuster, oder war das die Stelle, wo wir gestern geparkt haben? – hatten der Wachtmeister und seine Leute die Nase voll. Jetzt war es fast schon Oktober, und noch immer klingelten die Touristen mitten in der Nacht am Revier Pitti. »Na schön«, hatte der Wachtmeister gesagt und sich an seinen Schreibtisch gesetzt, »bringt sie rein!« Er griff nach den Pässen, die ihm die wachhabenden Beamten auf den Tisch gelegt hatten. Schweden.

Sie wurden hereingeführt. Ein großer, bärtiger junger Mann und ein Mädchen. Als sie durch die Tür traten, sah der Wachtmeister, daß der kleine Warteraum hinter ihnen praktisch vollgestellt war mit ihren Rucksäcken und Plastiktüten. Er bedeutete ihnen mit einer Handbewegung, sich zu setzen, und der junge Mann sagte ein paar unverständliche Worte.

»Sie sprechen kein Italienisch?«

Der junge Mann sah seine Freundin an, sie holte ein Wörterbuch heraus.

Nach einer knappen halben Stunde gab der Wachtmeister auf, und der Carabiniere, der an der Schreibmaschine gesessen hatte, stand auf, ohne ein Wort geschrieben zu haben.

»Sie sehen ja selbst, Wachtmeister«, sagte er. »Wir haben ihnen mehrmals gesagt, sie sollen im Borgo Ognissanti vorsprechen, aber sie haben immer wieder geklingelt und irgendwelche Dinge durch die Sprechanlage gerufen. Sie verstehen kein Wort. Ich wollte Sie nicht wecken, aber was sollten wir tun?«

»Ich werde selber im Borgo Ognissanti anrufen.« Im Hauptquartier fand sich immer jemand, der bei Sprachproblemen weiterhelfen konnte. Er würde sie bitten, ihre Geschichte am Telefon zu erzählen, und wenn sich herausstellte, daß sie einigermaßen ernsthaft war, würde man den Hauptmann wecken müssen.

Er wählte die Nummer und murmelte dabei vor sich hin, wie er es den ganzen Sommer über getan hatte: »Ich möchte wissen, weshalb sie hierher kommen, es wäre besser, sie blieben alle zu Hause...«

Es war etwas Ernsthaftes. Zumindest wenn es stimmte, was sie sagten. Als sie fertig waren, griff der Wachtmeister wieder zum Hörer und ließ sich die Geschichte auf Italienisch wiederholen. Der Leutnant am anderen Ende der Leitung fragte zum Schluß:

»Wollen Sie, daß ich dem Hauptmann Bescheid sage?«

Der Wachtmeister zögerte einen Moment, sagte dann »Ja« und legte auf. Zu den beiden Wachhabenden sagte er: »Eine Leiche im Fluß. Der Hauptmann ist auf dem Weg hierher.« Dann fügte er hinzu: »Einer von euch macht schon mal Kaffee. Wir werden die ganze Nacht brauchen, um diese Sache aufzuklären.«

Es sollte länger als eine Nacht dauern, um die Sache aufzuklären. Den Tod eines Mannes in New York hinzugerechnet, mit dem die Geschichte ihr eigentliches Ende fand, waren es fast zwei Jahre.

»Um wieviel Uhr war das?«

»Ich schätze, zwischen halb zwölf und Mitternacht. Wir hatten inzwischen aufgegeben, noch eine Unterkunft zu finden. Es war schon zu spät, um die Leute herauszuklingeln, und die Sorte Hotels, die einen Nachtportier haben, können wir uns nicht leisten. Weil wir für Notfälle immer einen Schlafsack mitnehmen, waren wir aber nicht besonders nervös.«

»Ihre Unterkunft lassen Sie nicht im voraus reservieren?«

»Unsere Art zu reisen ist eben anders. Wir hatten von einer Pension in der Via Santa Monica gehört, aber es stellte sich heraus, daß sie voll war. Wir probierten ein, zwei andere Adressen in der Nähe und gingen dann wieder in Richtung Arno, weil wir annahmen, daß wir im Zentrum eine Bar oder irgendwas finden würden, was erst spätnachts schließen würde. Tatsächlich fanden wir, ehe wir den Arno erreichten, eine Bar ganz in der Nähe, an der Piazza Pitti. Wir sind dort geblieben, bis zugemacht wurde.«

»Aha. Einen Moment…« Der Hauptmann unterbrach, um zu übersetzen, damit der junge Carabiniere die Aussage protokollieren konnte. Er tippte sehr schnell, mit zwei Fingern. Das Gespräch war auf Englisch geführt worden, auf beiden Seiten ein wenig holprig, aber hinreichend. Jedesmal, wenn das Klappern der Schreibmaschine aufhörte, redeten sie weiter. Der Hauptmann war unrasiert und nicht besonders glücklich, um drei Uhr morgens aus dem Bett geholt worden zu sein. Wenn er auch für Ausländer, die mit Rucksäcken und wenig Geld durch das Land zogen, nicht viel übrig hatte, so war er doch beeindruckt von dem Ernst und der offenkundigen Intelligenz der beiden Schweden und mehr oder weniger geneigt, ihre Geschichte zu glauben, nach anfänglichen Bedenken, ob sie nicht bloß einen warmen Ort suchten, wo sie den Rest der Nacht verbringen konnten.

»Sie beschlossen also, im Freien zu schlafen?«

»Zu diesem Zeitpunkt blieb uns keine andere Wahl mehr.«

»Warum der Ponte Vecchio?«

»Das ist bei jungen Leuten eine beliebte Schlafstelle.«

Das stimmte, und in der Regel schliefen sie so lange, daß die Leute, die morgens auf dem Weg zur Arbeit die Brücke überqueren wollten, sich eine Gasse durch die dicht beieinanderliegenden, schmuddeligen Schlafsäcke bahnen mußten.

»Wann haben Sie die Leiche gesehen?«

»Gleich, nachdem wir dort eingetroffen waren. Wir beugten uns über das Brückengeländer, in der Mitte, dort, wo es keine Läden gibt.«

»Warum?«

»Warum?«

»Warum haben Sie sich über das Brückengeländer gebeugt?«

Der junge Mann guckte überrascht. »Um den Blick zu genießen, die Lichter auf dem Wasser. Es ist sehr schön.«

»War noch jemand auf der Brücke?«

»Nein, niemand.«

»Sie haben mir noch immer nicht gesagt, um wieviel Uhr das war.«

»Ich habe nicht auf meine Uhr gesehen, tut mir leid, ich habe nicht daran gedacht. Aber sobald wir uns sicher waren, sind wir losgegangen, ich würde sagen, hierher sind es zu Fuß höchstens fünf Minuten, also ...«

Der Hauptmann sah an ihm vorbei zum Wachtmeister, der dastand und die Szene mit ausdruckslosem Gesicht beobachtete.

»Es war drei Uhr siebenundzwanzig, als sie hier eintrafen.«

»Danke. Fahren Sie bitte fort.«

»Naja, wir waren zuerst nicht sicher, was es war. Wir konnten bloß eine dunkle Gestalt erkennen, unter der Brücke. Ein paar Felsblöcke lagen dort im Wasser, bei einem Pfeiler, und diese Gestalt schlug leicht dagegen.

Dann muß sie freigekommen sein. Jedenfalls rollte sie herum und wurde weitergetrieben, so daß sie im Licht der Brücke deutlicher zu erkennen war. Sie kam nur langsam voran, als würde sie auf dem Grund entlangschleifen, also vermutlich war das Wasser dort nicht sehr tief. Wir sahen das Gesicht und die Haare. Nur ein paar Sekunden, weil die Gestalt dann aus dem Lichtschein verschwand, sich wieder herumdrehte und versank. Jedenfalls nehmen wir das an. Wir konnten sie nicht mehr sehen, aber das konnte natürlich einfach an der Dunkelheit gelegen haben.«

Wieder machten sie eine Pause, damit der Hauptmann übersetzen konnte, und die Schreibmaschine klapperte wieder. Der zweite Beamte brachte frischen Kaffee. Alles zweimal durchgehen zu müssen, machte es zu einer zeitraubenden Angelegenheit.

»Warum sind Sie hierhergekommen?«

»Was?... Naja, um zu melden, was wir gesehen haben, ich meine...«

»Aber warum ausgerechnet diese Wache? Sie hätten an der nächsten Telefonzelle den Polizeinotruf wählen können.«

»Ach so, ich verstehe, aber das ging nicht. Wir hatten keine Telefonchips, wir sind erst heute angekommen und wir hatten die Wache schon vorher gesehen, als wir hier auf der Piazza waren, wissen Sie. Wir hatten den Palazzo Pitti besichtigt, sahen dann das Schild und die Klingel, also kam uns natürlich der Gedanke, hierher zu gehen.«

»Aha. Können Sie mir sagen, was Sie den ganzen Tag gemacht haben?«

»Sie glauben doch nicht, daß wir mit der Sache was zu tun haben?«

»Das haben wir nicht gesagt. Trotzdem muß ich genau wissen, wie Sie den Tag verbracht haben. Wenn ich Sie bitten darf, für einen Moment wieder im Wartezimmer Platz zu nehmen? Sie können sich dort alles in Ruhe überlegen, während ich in der Zwischenzeit einen Anruf erledige.«

Nachdem sie hinausgebracht worden waren, schaute der Hauptmann den Wachtmeister an und sagte: »Was meinen Sie?« Er hatte im Laufe der Jahre gelernt, daß es sich immer lohnte, Guarnaccia nach seiner Meinung zu fragen, selbst wenn die Antwort erst nach drei Tagen kam. Diesmal brauchte er nicht so lange zu warten.

»Ich glaube, daß sie die Wahrheit sagen.«

»In diesem Fall sollten wir besser den Fluß absuchen lassen.«

»Möchten Sie, daß ich das erledige?«

»Gute Idee! Ich werde das Protokoll zu Ende diktieren.«

Und so hatte der Wachtmeister telefoniert.

Sie fanden die Leiche, als der Morgen heraufdämmerte. Nur wenige Menschen waren unterwegs, doch zwei, drei hatten sich auf der Brücke versammelt, um zuzusehen, wie die Froschmänner mit Seil und Haken hinabtauchten. Zuerst kam ein mächtiger Schlammwirbel an die Wasseroberfläche, dann die beiden Taucher und dann eine schlaffe, schlammbedeckte Gestalt, die mehr nach einem dickhäutigen Tier als nach einem menschlichen Körper aussah. Doch als sie zum Ufer geschafft und auf den Schotterweg gehievt wurde, rollte sie zur Seite, und ein dünner weißer Arm kam zum Vorschein.

»O Gott…« murmelte einer der Taucher und riß sich die

Maske vom Kopf. »Sieht nach Selbstmord aus, aber sie war bestimmt nicht ganz richtig im Kopf.«

Die Tote war vielleicht fünfzig Jahre alt. Sie trug viele Ringe, ein großes Armband und schwere Ohrringe, alles dick mit Schlamm bedeckt. Aber unter dem triefend nassen Pelzmantel war sie völlig nackt.

Valerie Wilson Wesley
Todesblues

An dem Abend hatte ich nichts anderes im Sinn als ein Fisch-Sandwich. Ein Sandwich mit fritiertem Dorsch, und zwar von der verräucherten Fischbratbude nahe der Central Avenue in Newark. Ich konnte es fast schon schmecken, wie der leckere Fisch knusprig und fett zwischen zwei weichen Weißbrotscheiben lag, als Beilage gab es einen Haufen Grünzeug, ein kleines Töpfchen Red-Devil-Chili-Sauce wurde mitgeliefert, und vom Tellerrand lachte mich ein heller Klecks Remouladensoße verführerisch an. Dieses Fisch-Sandwich hätte mich beinah das Leben gekostet.

Ich habe ihn nicht kommen hören, er muß sich auf Zehenspitzen angeschlichen haben, wie ein Gespenst. Vermutlich hat er schnell und tief Luft geholt, aber das habe ich nicht gehört, habe auch nicht gesehen, wie er den Blick von einem Ende des Parkplatzes zum anderen wandern ließ, um sicherzugehen, daß wir allein waren. Ich habe das Unheil nicht gewittert. Aber gespürt habe ich es: die Mündung seiner Waffe, die sich in mein Kreuz bohrte und die zitterte, wenn seine Hand zitterte.

»Los, her damit, Alte!« Es war eine Kinderstimme. Ein leises, hohes Wispern, ohne jeden männlich-tiefen Unterton, der Junge war noch nicht im Stimmbruch wie mein Sohn Jamal. Es dauerte etwas, bis ich die Dinge zusammenbrachte – die zarte Stimme und das harte Stück Metall da in meinem Rücken.

»Los, her damit, hab ich gesagt! Hörst du nicht?«

Das »Hörst du nicht?« sagte er so, wie es wahrscheinlich seine Mutter zu ihm sagte, halb drohend, halb aggressiv – ein Junge, der ein Mann sein wollte und sich auch so aufspielte. Ich erstarrte und hatte wohl ebensoviel Angst wie er. Vielleicht hatte er sogar noch mehr.

Die Straße war leer, der Parkplatz lag im Halbdunkel. Es war kurz vor Mitternacht. Ich hatte noch spät an letzten Aufzeichnungen über eine Observierung gearbeitet, damit ich meinem Klienten den Abschlußbericht zusammen mit der Rechnung schicken konnte. Hungrig und hundemüde war ich auf den Parkplatz gegangen und hatte nicht einmal gemerkt, wie dunkel es da war. Auf dem schäbigen Gelände in der Nähe meines Detektivbüros brennen mit Glück zwei schwache Laternen, doch an dem Abend war nur eine an und leuchtete etwa einen halben Meter nach beiden Seiten. Ich war auf mein Auto zugegangen und hatte in der Handtasche nach dem Schlüssel gekramt, als er von hinten an mich herantrat. Jetzt stand ich stocksteif da, der Schweiß lief mir den Rücken runter, und ich hielt den Lederriemen meiner Handtasche so fest, daß mir die Hand weh tat.

»Was willst du? Mein Geld? Die Schlüssel? Da.« Ohne eine Antwort abzuwarten, warf ich meine rot-grüne Keniatasche hinter mich und hoffte, das würde ihn aus dem Konzept bringen. Die Tasche traf ihn, und die Waffe bohrte sich tiefer in meinen Rücken, während er sich die Handtasche schnappte und sie zwischen uns auf dem Boden ausleerte.

Meine Sachen fielen auf die Erde, und irgend etwas ging kaputt.

Verdammt! Mein Rouge von Guerlain zu dreißig Dollar! dachte ich, und im selben Moment wurde mir klar, daß jetzt nichts zählte außer diesem Jungen, der mir seine Waffe in den Rücken stieß. Ich versuchte, mich von ihm loszumachen. Er ließ mich nicht entkommen.

»Aufheben!«

»Was aufheben?«

»Das Zeug aus der Tasche, das Zeug aus der Tasche! Heb's auf!«

Heb's doch selber auf, du kleines Scheusal.

»Okay.« Meine Stimme überschlug sich wie bei einem ängstlichen kleinen Mädchen. Es ärgerte mich, daß ich mir meine Angst anmerken ließ. Mit gewollt fester Stimme sprach ich weiter. »Ich muß mich umdrehen, damit ich es aufheben kann. Okay?« Ich sprach mit ihm wie mit meinem eigenen Sohn, als würde ich ihm etwas erklären, das er womöglich nicht verstand. Mein Herz raste, mein Mund war wie ausgetrocknet. Aber ich wußte, daß er ebenfalls Angst hatte. Ich erkannte es an dem Zittern seiner Stimme, und ich weiß, wie sich ein ängstlicher Junge anhört. Auch die Waffe zitterte jetzt, als er sie in meinem Kreuz herumschob. Ein verängstigtes Kind mit einer Waffe in der Hand ist das Schlimmste auf der Welt. So ein Kind nimmt überhaupt nichts mehr wahr – dich nicht, die Waffe nicht, gar nichts. Das knallt dich ab, wie andere Kaugummi kauen.

»Ich tret jetzt einen Schritt vor. Okay?«

Schweigen.

»Ich will die Sachen aus der Tasche aufheben, damit ich sie dir geben kann.«

Er holte Luft, als wüßte er nicht recht weiter.

»Okay.« Seine Stimme klang nervös, aber umgänglich. Ich spürte einen Schauer der Erleichterung.

Ich drehte mich um, bückte mich und konnte im Licht der trüben Straßenlampe einen raschen Blick auf ihn werfen und sehen, was für ein Gesicht und was für ein Körper zu der Kinderstimme gehörten.

Er war größer, als die Stimme vermuten ließ, aber immer noch gut zehn Zentimeter kleiner als ich, und ich war bestimmt mehr als zehn Kilo schwerer als er. Hagere, leicht gekrümmte Schultern und ein magerer Hals gaben ihm das Aussehen eines jungen Raubvogels. Seine Haut war von dem stumpfen, fahlen Braun, das davon kommt, wenn man sich von Schokodrinks und Orangenlimonade ernährt statt von Milch und Orangensaft. Er war so angezogen wie die Kids in den Gangsta-Rap-Videos – mein Sohn würde wohl auch so herumlaufen, wenn ich nicht ein scharfes Auge auf ihn hätte –, die immer so großspurig und naßforsch tun: Schlabber-Jeans, deren Hosenboden bis fast in die Kniekehlen runterhing, schwarze Ballonjacke, nicht zugeschnürte Timberland-Boots, kahlgeschorener Kopf. Ein Junge, der aussah wie die Knackis im Bau, als wüßte er, daß er nichts als Gefängnis oder den Friedhof vor sich hat. Zuchthaus-Schick.

Jetzt richtete ich mich auf und sah ihm direkt ins Gesicht, Brieftasche und Schlüsselbund in der Hand.

Soweit ich erkennen konnte, hatte er ein Milchgesicht ohne den leisesten Anflug eines Schnurrbarts auf der

Oberlippe. Gut möglich, daß er auf dem Schulhof und auf der Straße fertiggemacht wurde, weil er so weiche Züge hatte.

»Wenn du mir das jetzt wegnimmst, ist das ein Verbrechen. Du kannst ein paar Jahre Gefängnis kriegen, wenn du mir das aus der Hand nimmst.« Jetzt, wo ich dem Jungen ins Gesicht sah, hatte ich keine Angst mehr vor ihm. Wie alt mochte er sein? Zwölf? Dreizehn? Ich fragte mich, ob der Revolver echt war. Das hatte ich schon gehört, daß Kids wie er ein Ding drehen mit einer Waffe, die bloß eine Attrappe ist. Von der Größe her konnte sie echt sein – sie sah aus wie ein Colt, stupsnasig, eindeutig ein 38er Kaliber, aber dergleichen hatte ich auch schon als Spielzeug gesehen. Das wirkt heutzutage ja täuschend echt, damit man sich von Kindesbeinen an dran gewöhnt.

»Verstehst du mich? Es ist ein Verbrechen.«

Einen Moment lang schien er verwirrt, als ob er das nicht recht auf die Reihe bekam, sein Gesicht immer noch im Schatten verborgen.

»Wenn es rauskommt.«

Meine Nackenhaare sträubten sich. Mir wurde flau im Magen.

»Du meinst wohl, es kommt nicht raus?« Ich fand meine Stimme wieder und zwang mich, sie energisch klingen zu lassen. Es müßte doch mit dem Teufel zugehen, wenn es mir wegen einem mageren Kind die Stimme verschlug. Doch kaum hatte ich den Satz ausgesprochen, da fiel mir ein, was ich vor kurzem im *Star-Ledger* über die Frau gelesen hatte, die bei einem Jungen, der sie womöglich umbringen wollte, an das Gewissen appellierte. Er war mit ihrem neuen Auto in der Gegend herumgefahren, und sie saß auf dem Beifahrersitz und versuchte, ihn zur Vernunft zu bringen, redete auf ihn ein, flehte, argumentierte, und am Ende hat er sie dann doch umgebracht, trotz aller ihrer Reden. Einfach so. Weil ihm gerade danach war. Am Ende war sie genauso tot, als wenn sie ihn unflätig beschimpft hätte. So tot, wie ich am Ende auch sein könnte. Ich betrachtete sein Kindergesicht und den Revolver, den er jetzt tiefer hielt, so daß er auf mein Herz zielte. Und doch hatte der Junge auch etwas Zögerliches und Unsicheres an sich. Ich beschloß, es darauf ankommen zu lassen.

»Machst du so was zum ersten Mal?«

Er sah mich an, als wäre ich übergeschnappt.

»Da.« Ich warf ihm die Schlüssel zu, womit er nicht gerechnet hatte; er sprang zurück, als könnte er sich daran verbrennen oder als wollte ich ihn schlagen, und das Schlüsselbund fiel mit metallischem Klirren zu Boden. »Du willst mein Auto? Nimm's dir.«

Er stand da wie ein verunsichertes Kind und betrachtete die Schlüssel, die zwischen uns auf der Erde lagen, als hätte er noch nie ein Schlüsselbund gesehen und wüßte nicht, was er jetzt tun sollte. Da wurde mir klar, daß er den Revolver nicht einsetzen würde. Sonst hätte er es getan, als ich so plötzlich mit den Schlüsseln nach ihm warf. Wenn er mich wirklich töten wollte, wenn ihm der geringste Vorwand recht gewesen wäre, dann hätte mich diese Dreistigkeit das Leben gekostet.

Er war allein, und das war gut. Er hatte keine Bande im Rücken, vor der er sich aufspielen mußte. Da war niemand, vor dem er sich schämen müßte. Verbrüderung und Macho-Gehabe kamen nicht in Frage, und das würde letztendlich den Ausschlag geben. Hätte ihm einer seiner Jungs zur Seite gestanden und mit angesehen, wie ich ihn behandelte, wie ich ihm die Schlüssel vor die Füße warf, dann hätte ich keine Chance gehabt. So aber war dies nur eine Sache zwischen uns beiden da auf dem Parkplatz. Wenn er auf mein Geld und mein Auto aus war, dann hatte er sein Ziel erreicht. Er hatte bekommen, was er wollte. Nun konnte er aller Welt die tollsten Geschichten auftischen, und niemand würde sie zurechtrücken und erzählen, wie es wirklich gewesen war.

Er schielte auf die Schlüssel, ohne mich aus den Augen zu lassen, den Revolver weiterhin auf mich gerichtet. Dann bückte er sich und tastete auf dem Boden herum; die Brieftasche, die ich immer noch in der Hand hielt, hatte er offenbar vergessen. Als er aufstand, hatte er die Schlüssel in der Hand.

»Welcher ist es?« Seine Stimme zitterte. Ich konnte hören, wie aufgeregt er war. Er wollte die Sache genauso schnell hinter sich bringen wie ich.

Ich zeigte auf mein Auto, das mein Sohn Jamal spöttisch »der Blaue Dämon« nennt. Es ist ein klapperiger blauer Jetta Diesel, der seine beste Zeit seit zehn Jahren hinter sich hat. Auf der Motorhaube haben sich pockenartige Rostflecken festgesetzt, und das Beifahrerfenster hat einen eiförmigen Sprung. Wesentliche Teile sind durch zurechtgebogene Drahtbügel ersetzt – einer wächst zu einer Acht, gedreht aus dem Loch in der Motorhaube, in dem früher einmal die Antenne steckte, aber ich bekomme jeden UKW-Sender im Umkreis von fünfzig Meilen herein. Ein Pendant dazu, das mir seit sechs Wochen den Midas-Auspuffdienst vom Leibe hält, fixiert das Auspuffrohr, damit es nicht am Boden schleift. Der Junge warf einen Blick auf den Wagen, und ihm fiel die Kinnlade herunter.

»Der da!«

Er sagte das in demselben Tonfall wie Jamal, ein langgezogenes Protestgeheul empörten Entsetzens. Und ich antwortete ihm genau wie meinem Sohn mit jener Mischung von wehmütiger Resignation und Schicksalsergebenheit, die man nur zustande bringt, wenn man kein Geld hat und das Leben einem auch sonst einen Fußtritt nach dem anderen versetzt.

»Der da.«

»Soll das heißen, diese abgefuckte Schrottkarre da ist dein Wagen?«

»Genau das soll es heißen.«

»Au Scheiße!«

»Was hast du denn gedacht – daß ich den Benz da drüben fahre?« wagte ich spöttisch zu bemerken und deutete mit dem Kopf auf einen schnittigen silberfarbenen Mercedes, der am Bordstein geparkt war und einem kleinen Ganoven aus der Nachbarschaft gehörte, der in einem Club weiter unten an der Straße seinen Geschäften nachging. Er schaute entgeistert zwischen mir und dem Jetta hin und her, und in dieser schrecklichen Sekunde wurde ihm klar, daß er gegen das erste und einzige Gebot der Diebe verstoßen hatte: Man muß wissen, was man klaut.

Er war ganz offensichtlich ein Amateur. Wahrscheinlich war er Hals über Kopf in diese Geschichte hineingeschlittert, weil er auf jemanden sauer war – auf seine Mutter vielleicht oder seine Freundin von der Junior High School. Er hatte gedacht, er könnte mich mit diesem Revolver kleinkriegen, den er sich irgendwo besorgt hatte, und hatte sich damit übernommen.

Aber nun steckte er in der Sache drin.

Ich trat einen Schritt zurück und sah mich um, ob irgendwo Hilfe in Sicht war, betete, daß der Kleinganove um die Ecke käme. Plötzlich ging der Junge auf mich los, und mir lief ein dünnes Schweißrinnsal vom Nacken aus den Rücken hinunter, das sich anfühlte wie eine feuchte Schnur.

Er durfte sein Gesicht nicht verlieren.

»Her damit.«

»Du hast ihn doch.«

»Du weißt, was ich meine. Das Geld. Her mit dem Geld, Alte!« Das letzte Wort zischte er so hervor, daß es gemein und häßlich klang wie nur was, und mir wurde himmelangst, denn ich konnte die Verachtung und Scham in seiner Stimme hören. Verachtung für mich, weil ich ihm hilflos ausgeliefert war, Scham, weil er nicht gewußt hatte, was er hätte wissen sollen, und diese Mischung macht einen Menschen ebenso schnell zum Mörder wie Angst. Jetzt rechnete er sich noch eine Chance aus, wenn er das Spiel ›Ich laß mich doch nicht zum Trottel machen‹ mit mir spielte.

»Her damit!«

Wieder richtete sich der Revolver auf mein Herz, und wieder nahm sein Kindergesicht etwas Drohendes an.

»Du willst mein Geld haben?« Ich versuchte, Zeit zu schinden.

»Was zum Teufel hast du denn gedacht?«

Ich hatte exakt sechs Dollar und fünfzig Cents im Geldbeutel. Das wußte ich genau, weil ich es gezählt hatte, bevor ich aus dem Büro ging. Gerade genug für das Fisch-Sandwich, von dem ich geträumt hatte. Jetzt würde er mich natürlich umbringen, weil es nur so wenig war. Weil er dann doppelt Mist gebaut hätte bei seinem vermutlich ersten Überfall auf eine Frau, die alt genug war, um seine Mutter zu sein. Wahrscheinlich sogar älter als seine Mutter, und da käme es am Ende nur darauf an, sein Gesicht nicht zu verlieren. Er hatte einen Revolver, und jetzt mußte er damit auf einen Menschen schießen, nur um zu beweisen, sich selbst zu beweisen, daß er kein Waschlappen war. Diese schlichte Wahrheit war mir so vertraut wie mein eigener Name.

Daher sagte ich die einzigen Worte, die mir garantiert Aufschub verschaffen würden.

»Ich bin von der Polizei.« Ich legte soviel Drohung in diese Worte, wie ich nur konnte, als wäre es die Wahrheit, obwohl ich schon seit fast zehn Jahren nicht mehr bei der Polizei bin. Die meisten Cops kann ich nicht mal besonders leiden. Aber wenn der Junge nicht so clever war, sich ein Auto anzugucken, bevor er die Schlüssel klaute, dann war er auch nicht so clever, nach der Dienstmarke zu fragen, die ich nicht in der Tasche hatte. Niemand ist so dumm und erschießt einen Cop. Ich konnte ihm am Gesicht ansehen, daß ihm das auch klar war.

»Wir überwachen diesen Parkplatz hier. Mein Kollege ist zurück, bevor du noch deine Knarre da wieder ordentlich weggesteckt hast.« Ich log seelenruhig auf Teufel komm raus. »Was glaubst du wohl, warum ich mich von dir kleinem Wicht nicht einschüchtern lasse? Warum ich keine Angst vor dir hab? Was meinst du, wie lange es dauert, bis sie dich schnappen? Du bist drauf und dran, dir dein ganzes Leben zu verpfuschen, und das nur für ein paar Dollar und ein Auto, das älter ist als deine eigene Mutter. Wer einen Cop erschießt, kommt nie und nimmer ungestraft davon.«

Er schluckte heftig. Ich konnte den Adamsapfel in seiner Kehle hüpfen sehen.

»Steck die Knarre weg, mein Sohn.«

Mein Sohn.

Er schaute mich an. Jetzt konnte ich in dem trüben Licht sein ganzes Gesicht erkennen. Er hatte hohe, kräftige, vorspringende Wangenknochen und volle, hübsche, sinnliche Lippen. Seine Augen waren haselnußbraun – braun-goldene Augen, dunkelbraune Haut. Es war ein Jungengesicht, das einmal einem gutaussehenden Mann, einem Herzensbrecher von Mann, gehören könnte. Und in dem Moment wußte ich, daß es ein Gesicht aus meiner Vergangenheit war, ein Schemen aus einer weit zurückliegenden, schmerzlichen Zeit.

Ich kenne diesen Jungen.

»Hast du verstanden, mein Sohn?«

Woher kenne ich diesen Jungen?

Er starrte mich unverwandt an, seine Augen waren weit aufgerissen, aber ich konnte nicht erkennen, weshalb. Dann drehte er sich abrupt um und rannte fort, und seine Turnschuhe trommelten auf dem Asphalt, als wäre der Teufel hinter ihm her.

Liaty Pisani
Schweigen ist Silber

Nach dem Start stieß Lange einen Seufzer der Erleichterung aus. Die ganze Zeit über hatte er gefürchtet, daß irgend jemand sie festhalten und daran hindern könnte, Griechenland zu verlassen. Dann kam er sich selbst dumm vor, weil er sich bewußtmachte, daß es hier sicher nicht um eine Frage des Orts ging: Seine Verfolger würden ihn bis ans Ende der Welt jagen. Und doch hatte er aus irgendeinem mysteriösen Grund das Gefühl, in Griechenland verringerten sich seine Chancen zu entkommen noch mehr. Dabei wäre es für ihn wohl wichtiger, sich falsche Papiere zu beschaffen. Er wandte sich seinem Reisegefährten zu. Ogden rauchte und sah aus dem Fenster. Seit sie an Bord waren, hatte er kein Wort gesagt.

»Vielleicht könnte ich einen falschen Paß brauchen. Was meinen Sie?«

Ogden sah ihn an. »Ja, das glaube ich auch. Wenn wir in Bern sind, werde ich sehen, was ich tun kann«, antwortete er und dachte an die beiden Pässe, die er für den Notfall behalten hatte. Der hatte nicht lange auf sich warten lassen, es war nicht einmal einen Monat her, seit er seinen Abschied von der internationalen Spionage genommen hatte, und schon hatte er wieder Bedarf an falschen Dokumenten.

»Glauben Sie, daß sie davonkommen?« fragte Lange mit leiser Stimme.

Ogden schüttelte den Kopf. »Dies ist nicht der richtige Ort für ein solches Gespräch. Doch ich glaube schon: Es ist wahrscheinlich. Sie kommen immer davon. Höchstens daß es gelänge, einen zu eliminieren...«

Während sie in Kloten am Rollband auf ihr Gepäck warteten, klingelte sein Handy.

»Stuart hier«, sagte die Stimme am anderen Ende der Leitung, und der Ton versprach nichts Gutes.

»Hallo, Stuart. Ich bin...«

»Sei still!« unterbrach ihn der Chef des Dienstes. »Wirf das Handy in den nächsten Papierkorb, aber nimm vorher den Akku raus. Du weißt, was du tun mußt. Du findest ein abhörsicheres Telefon am Zielort. Ich rufe dich später an. Und sieh zu, daß du dich beeilst, so gut es geht.«

Stuart beendete die Verbindung. Ogden, sofort auf der Hut, sah sich bestürzt um. Irgend etwas mußte schiefgelaufen sein, und zwar ganz gehörig. Wieso war auch der Dienst über Lange auf dem laufenden? Hatten sie vielleicht den Auftrag erhalten, ihn zu töten? Oder waren sie sogar in die Geschichte mit Kenneally verwickelt? Er bemerkte, daß Lange ihn mit dem verwirrten Ausdruck von jemandem ansah, der nicht versteht, was geschieht.

»Schlechte Nachrichten?« fragte der Schauspieler vorsichtig.

Ogden versuchte zu lächeln. »Nein, absolut nicht. Ich habe nur eine äußerst dringende Angelegenheit in Bern zu erledigen, die ich vergessen hatte. Es wird besser sein, wir suchen uns ein Air-Taxi, das uns hinbringt, mit dem Zug dauert es zu lange.«

Als sie auf dem Flughafen von Bern landeten, war Ogden darauf gefaßt, daß jemand sie erwartete. Doch da war niemand. Stuart hatte ihm offensichtlich noch keinen Sender in einen Backenzahn implantieren lassen, so daß er immer auf dem laufenden war, wo er sich aufhielt.

Sie stiegen am Rathausplatz aus dem Taxi. Ogdens Wohnung lag im obersten Stock des Gebäudes gegenüber vom Rathaus.

Als Ogden die Tür öffnete und das Licht im Vorraum einschaltete, sah er auf dem Boden ein in braunes Papier gewickeltes Päckchen liegen. Er bückte sich, um es aufzuheben: Es war nicht adressiert. Dies mußte das Telefon sein, von dem Stuart gesprochen hatte. Der Schauspieler beobachtete Ogden, als er das Päckchen auswickelte, die Schachtel öffnete und das Handy herausnahm.

Ogden drehte sich zu ihm um. »Ich hatte ein neues Telefon bestellt...«, erklärte er, während er es aktivierte.

Lange, der bemerkt hatte, daß es im Haus keinen Pförtner gab, fragte sich, wie der Lieferant, falls es nicht ein enger Freund Ogdens war, wohl in seine Wohnung gekommen sei. Doch sein Grübeln wurde vom Klingeln des Handys unterbrochen. Ogden ging ein paar Schritte weg, meldete sich, wandte sich dann erneut ihm zu.

»Fühlen Sie sich ganz wie zu Hause. Es gibt zwei Schlafzimmer, Sie können sich in dem einrichten, das nach hinten geht. Ich bin gleich zurück.«

Ogden hatte sich, gleich als Stuarts Anruf gekommen war, in sein weit von den Schlafzimmern entfernt gelegenes Arbeitszimmer begeben.

»Ist dieser Mann bei dir?« fragte Stuart barsch.

»Ja. Würdest du mir bitte sagen, was los ist?«

»Ab sofort benutzt du nur dieses Telefon, es ist so abgeschirmt, wie es sein sollte.«

»Das hatte ich verstanden. Und sonst?«

»Das frage ich dich. Was läufst du mit einem herum, den sie umbringen wollen? Hast du schon genug von deinem neuen Leben? Sag mir, wie du in die Sache verwickelt bist, sonst kann ich dir nicht heraushelfen.«

Ogden erzählte, wie er den Schauspieler in Delphi getroffen hatte und was danach geschehen war, und nannte auch den Grund, warum sich Lange in dieser Situation befand. Als er seinen Bericht beendet hatte, hörte er Stuart seufzen.

»Es ist unglaublich«, kommentierte der Chef des Dienstes. »Von allen Leuten in Griechenland mußtest du unbedingt mit einer wandelnden Leiche Freundschaft schließen.«

Ogden wurde hellhörig. In der Sprache des Dienstes bedeutete »wandelnde Leiche«, daß es sich um einen aussichtslosen Fall handelte, um jemanden, für den man keinen Finger rühren sollte. »Was weißt du über die Geschichte?«

Stuart räusperte sich verlegen.

»Unglücklicherweise sind die Dinge genauso abgelaufen, wie dein unvorsichtiger Freund vermutet.«

»Ist der Dienst darin verwickelt?«

»Ich kann dir nur antworten, weil wir tatsächlich nicht in die Sache verwickelt sind. Der Job war zu schmutzig, ich sage nicht für die Standards des Dienstes, aber für meine persönlichen. Ich gehöre zu einer Generation, die es nicht erträgt, daß noch einer von ihnen umgebracht wird. Eine

Schwäche vielleicht. Jedenfalls haben sie uns den Job angeboten. Als wir abgelehnt haben, waren sie nicht begeistert.«

»Das glaube ich«, bemerkte Ogden. »Es ist auch ziemlich gefährlich …«

»Nicht in diesem Fall. Die Auftraggeber sind eine kleine, wenn auch sehr mächtige Gruppe. Das bedeutet, daß sie dem Anschein nach ohne Wissen ihresgleichen und des amerikanischen Regierungsapparats gehandelt haben. Mit anderen Worten: Alle tun so, als hätten sie nicht gewußt, was im Gange war, und beweinen den lieben Verstorbenen. Der Abgang dieses Mannes kommt vielen Leuten gelegen, aber gewollt und ausgeführt hat es nur eine Splittergruppe. Es ist wie immer: Frag dich, wem der Tod eines Menschen nützen wird, und du hast seinen Mörder.«

»Ja, ich glaube, ich habe verstanden. Irgendeinen amerikanischen Senator, der begierig darauf ist, Präsident zu werden, und sich den einzigen Mann in den Vereinigten Staaten vom Hals schaffen wollte, der, wenn er kandidiert hätte, mit absoluter Sicherheit ins Weiße Haus gekommen wäre.«

»Ins Schwarze getroffen. Doch mit dabei sind auch noch andere über jeden Verdacht erhabene mächtige Männer. Kurz gesagt, die Crème de la Crème eines gewissen Teils von Amerika …«

»In Ordnung, reg dich nicht auf. Jetzt sag mir, was ich für diesen armen Kerl tun kann.«

»Überlaß ihn seinem Schicksal. Im Augenblick haben sie dich noch nicht identifiziert, doch das ist nur eine Frage der

Zeit. Danach bist auch du ein toter Mann. Aber das muß ich dir nicht sagen, jetzt, wo du weißt, wie die Dinge stehen. Also, wirst du dich danach richten?« fragte er besorgt.

»Nein, mir ist nicht danach, ihn hängenzulassen. Vor allem, weil er nur die eine Chance hat, seine Haut zu retten: zu erzählen, was er weiß. Und allein wird er das nie schaffen«, sagte Ogden ruhig.

»Du bist verrückt. Das bedeutet, du stellst dich gegen die Geheimdienstabteilungen, die von diesen Leuten finanziert werden...«

»Ich weiß. Kann ich wenigstens auf gelegentliche Hilfe von Franz rechnen?«

»Nicht im Traum! Wenn du beschlossen hast, Selbstmord zu begehen, schicke ich dir bestimmt nicht meine Agenten, damit sie das gleiche Ende nehmen. Aber warum zum Teufel tust du das?« fragte er gereizt.

»Für den armen Lange und aus dem gleichen Grund, aus dem du den Auftrag abgelehnt hast: Sie haben einen zuviel umgebracht. Eine Schwäche meiner Generation, wie bei dir. Und außerdem gefiel mir dieser Mann, ich bin davon überzeugt, er hätte Gutes geleistet, wenn sie ihn am Leben gelassen hätten.«

»Ich schicke dir Informationen über diese Leute, dann weißt du wenigstens im Detail, mit wem du es zu tun hast. Tut mir leid, Ogden, ich wollte nicht, daß es so endet.«

Ogden legte auf und setzte sich an den Schreibtisch, um nachzudenken. Stuart hatte recht, sie würden nicht lange überleben. Auch wenn es ihnen gelungen war zu fliehen und ihn noch niemand mit Lange in Verbindung bringen konnte, war es nur eine Frage von Stunden. Das bedeutete zweierlei: daß alles, was Stuart unternommen hatte, um zu erreichen, daß die Geheimdienste in aller Welt ihn für tot hielten, umsonst gewesen wäre und daß sie die Berner Wohnung sofort verlassen müßten. Es blieb nur eine einzige Möglichkeit, aus dieser Falle herauszukommen: Lange mußte so bald wie möglich sein Wissen öffentlich machen.

Jakob Arjouni
Verpatzt

Slibulsky und ich klemmten im leergeräumten Geschirrschrank eines kleinen brasilianischen Restaurants am Rand des Frankfurter Bahnhofsviertels und warteten auf Schutzgeldeintreiber.

Der Schrank war etwa ein Meter zwanzig breit und siebzig Zentimeter tief. Weder wegen Slibulsky noch mir mußte sich die Kleiderindustrie Sorgen um den Absatz ihrer XL-Größen machen, außerdem trugen wir kugelsichere Westen und wollten im Ernstfall eine Pistole und ein Schrotgewehr wenigstens so in Position bringen, daß wir uns nicht die eigenen Füße oder Köpfe wegschossen. Ich malte mir aus, wie die Schutzgeldeintreiber das Restaurant betraten, wie nach einer Weile aus der Ecke klägliche Rufe ertönten und wie sie die Schranktür öffneten, um zwei eingequetschte Vollidioten zu betrachten, die hilflos mit Armen und Beinen strampelten. Und ich stellte mir Romarios Gesicht dabei vor. Er war der Eigentümer und Wirt des ›Saudade‹ und hatte mich um Hilfe gebeten.

Ich kannte Romario seit seinen ersten gastronomischen Schritten als Betreiber einer Imbißstube in Sachsenhausen. Bis heute war es bei einer Bekanntschaft geblieben. Ich freute mich, daß es ihn gab, wenn ich pleite war und er mir einen Teller Essen spendierte. Nicht so sehr freute ich mich, wenn ich Geld hatte und ihm in einer Kneipe begegnete und er sich zu mir an den Tisch setzte und wir über irgendwas reden mußten, eben weil wir uns kannten. Wenn die Aktion dieses Abends also unter Freundschaftsdienst lief, dann vor allem, weil Romario mir keine Bezahlung angeboten hatte und ich sie nicht wirklich verlangen konnte.

Kurz nach Mitternacht. Vor einer halben Stunde hatten wir die Stellung bezogen, und seit etwa zwanzig Minuten hielten meine Beine ein Nickerchen. Für Anfang Mai war es außergewöhnlich warm. Tagsüber stiegen die Temperaturen bis auf siebenundzwanzig Grad, nachts sanken sie nicht unter fünfzehn. Was Romario nicht davon abhielt, seine Heizungen bis zum Anschlag aufzudrehen – aus Gewohnheit und weil die Schimpferei übers deutsche Wetter so was wie eine seiner letzten Brücken nach Brasilien war. Seit zwanzig Jahren lebte er in Frankfurt, fuhr in den Ferien an die Côte d'Azur, und ob zerkochtes Hühnchen in saurer Soße oder trockene Schweinekoteletts mit Dosenerbsen typisch brasilianische Spezialitäten sind, wußte ich zwar nicht, aber es war dem Land zumindest nicht zu wünschen. Jedenfalls konnte die ganze Stadt im T-Shirt unterwegs sein und seine Kundschaft an Hitzschlag verrecken, Romario bestand darauf, daß es in Deutschland dauernd kalt sei, während in Brasilien immer die Sonne scheine – allgemein schlechte und allgemein gute Laune inbegriffen.

Es gab also nichts zu verdienen, ich spürte meine Beine nicht mehr, die Temperatur im Schrank erreichte Dschungelgrade, und dann gab es noch von Zeit zu Zeit dieses kaum hörbare Zischen.

»Slibulsky?«

»Hmhm?« Nett, unbeteiligt. Zwischen seinen Zähnen klickte ein Bonbon.

»Was hast du zu Abend gegessen?«

»Zu Abend...? Wieso? Weiß nicht mehr.«

»Du weißt nicht, was vor ein paar Stunden vor dir auf dem Teller lag?«

Er räusperte sich, so wie andere kurz vor sich hin pfeifen oder in die Luft gucken, um zu zeigen, daß die Frage, die sie versuchen werden, freundlich zu beantworten, sie selbstverständlich einen Dreck interessiert.

»Tja. Mal überlegen... Ach ja, genau: Handkäs. Na klar, Gina war heute morgen einkaufen und...«

»Mit Zwiebeln.«

»Klar, mit Zwiebeln. Ißt du Handkäs vielleicht mit Erdbeeren?«

Ich bemühte mich, ihn durch das Halbdunkel im Schrank möglichst verachtend anzuschauen.

»Hab ich dir nicht gesagt, daß wir eine Weile gemeinsam in diesem Loch verbringen werden?«

»Doch, du hast davon geredet, glaub schon. Allerdings hatte ich den Schrank irgendwie größer in Erinnerung.«

»So? Wie groß? Ich meine, wie groß muß ein Schrank sein, damit zwei, von denen der eine sich kurz davor den Bauch mit Zwiebeln vollgeschlagen hat, unbelästigt drin atmen können?« In dem bißchen Licht, das durch Schlüsselloch und Ritzen fiel, sah ich, wie Slibulsky eine Grimasse zog. »Ich denke, wir sind hier, um irgend 'ne Mafia zu verjagen? Mit Knarren und kugelsicheren Westen, wie richtige Kerle. Aber vielleicht möchte Fräulein Kayankaya statt des Detektivbüros lieber einen Frisörsalon betreiben?«

Was sollte man darauf antworten? Am besten man sagte nichts. Ich sagte: »Mir läuft der Schweiß übers Gesicht, auch in den Mund, und ich hab das Gefühl, dein Gestank kondensiert, und ich finde nicht, daß Kerl sein bedeutet, anderer Leute Blähungen zu saufen.«

Slibulsky kicherte.

Leise fluchend beugte ich mich zum Schlüsselloch. Dahinter konnte ich Romarios bandagierten Arm sehen. Er saß an der Theke und tat mit Taschenrechner und Papierblock, als beschäftige er sich mit der abendlichen Abrechnung. Tatsächlich war er zu aufgeregt, um auch nur zwei Bier zusammenzuzählen. Vor einer Woche waren sie zum ersten Mal bei ihm aufgetaucht: auffallend schick gekleidete junge Kerle, kaum älter als fünfundzwanzig, mit Pistolen und einem Zettel, auf dem stand: *Bitte um monatliche Spende von 6000 DM für die Armee der Vernunft, zu zahlen an jedem Monatsersten. Vielen Dank im voraus.* Dabei sagten sie kein Wort, lächelten nur – jedenfalls so lange, bis Romario den Zettel gelesen hatte, ihn zurückgab und im Glauben, nicht zuletzt wegen der Höhe der Summe, ein paar Anfänger vor sich zu haben, erklärte: »Tut mir leid, aber ich denke, das ist keine Bitte, die ich erfüllen möchte.«

Daraufhin ließen sie das Lächeln bleiben, stießen ihm die Pistolenläufe in den Bauch, knüllten den Zettel zusammen, stopften ihn Romario in den Mund und zwangen ihn, den Zettel zu kauen und zu schlucken. Anschließend schrieben sie mit schwarzem Filzstift *Bis übermorgen* auf die Theke und verschwanden.

Trotz dieser Demonstration nahm Romario die Sache

nicht wirklich ernst. Er hatte sein Lokal in der Nähe des Bahnhofviertels zu lange, um beim ersten Versuch irgendwelcher Halbstarken, Geld aus ihm rauszuholen, gleich in Panik zu geraten. Bekanntermaßen gab es im Fahrwasser der großen ernstzunehmenden Schutzgelderpresserorganisationen einen Haufen kleine Trickser, die sich dachten, probieren wir's doch einfach mal, so wie man sich mit sechzehn sagt, hey, gucken wir doch mal, ob das Fahrrad da vorne abgeschlossen ist.

Romario kotze das Papier aus, schlug zwei Nägel in die Seitenwand der Theke und hängte eine Pistole dran. Das nächste Mal sollten sie sehen, wie ein gestandener Mann mit unverschämten Bitten umging. Doch sie kamen nicht abends, wie erwartet, und Romario stand nicht hinter der Theke. Er war morgens in der Küche dabei, Fleisch in Öl und Gewürze einzulegen, als sie plötzlich neben ihm auftauchten. Wieder lächelnd, wieder mit einem Zettel. *Ihre monatliche Spende an die Armee der Vernunft ist fällig. Vielen Dank für Ihr Engagement um der guten Sache willen.*

Als Romario, die Pistolenläufe auf sich gerichtet, die Hände in Öltunke, sagte, er habe keine sechstausend Mark, und was sie glaubten, wieviel so ein kleines Lokal im Monat abwerfe, und daß er den Laden dann gleich dichtmachen könne, drehten sie ihm die Arme auf den Rücken, fesselten ihn an die Heizung und zwickten ihm mit einer Zange den Daumen ab. Die Putzfrau fand Romario ohnmächtig in einer Blutpfütze. Der Daumen lag auf der Theke, daneben stand: *Bis Sonntag*.

Heute war Sonntag, und Romarios Armverband hob

sich knallweiß gegen die holzgetäfelte Wand ab. Im Krankenhaus hatten sie ihm den Daumen wieder angenäht. Ob er halten und wozu er in dem Fall noch taugen würde, hatte der Arzt nicht sagen können. Romarios Erklärung, es sei ihm beim Zwiebelhacken passiert, war zwar mit Skepsis aufgenommen worden, hatte das Krankenhaus aber davon abgehalten, Anzeige bei der Polizei zu erstatten. Hin und wieder sah Romario zum Geschirrschrank, als wollte er sich versichern, daß wir nicht durch irgendeine Ritze verschwunden waren. Zur Beruhigung klopfte ich jedesmal kurz mit meiner Beretta gegen die Tür. Das mit dem Daumen war brutal und tat mir leid, keine Frage. Ob es mir besonders leid tat, weil ohne diese Verletzung eine Pauschale plus Spesen wenigstens nicht unvorstellbar gewesen wäre, wollte ich gar nicht wissen.

Und wieder zischte es.

»Slibulsky, du bist ’n Arschloch!«

»Und du bist ’ne Tunte.«

Ich seufzte. »Wenn ich ’ne Tunte wäre, hätte ich, um so eng mit dir in deinem Duft zu schwimmen, den Schrank wahrscheinlich gemietet.«

»Ach ja? Was du alles weißt… Fängt man an, über so was nachzudenken, wenn man so lange keine Freundin mehr hatte?«

»Ach, Slibulsky…«

»Sag nicht jedesmal ›Ach, Slibulsky‹, wenn ich davon rede. Ich finde…«

»Still!«

Draußen war ein Wagen vorgefahren. Der Motor ging aus, und Türen klappten. Kurz darauf kamen Schritte die

Treppe hoch, hielten kurz inne, dann klopfte es. Romario erhob sich vom Barhocker und ging die Eingangstür aufschließen. Ich entsicherte meine Pistole. Slibulsky nahm, soweit das im Schrank möglich war, eine Art 100-Meter-Startposition ein, bereit zum Sprung, sein Schrotgewehr im Anschlag. Durch ein zweites Loch im Schrank, das wir extra gebohrt hatten, erkannte ich zwei junge Männer in cremefarbenen Leinenanzügen, die stumm das Lokal betraten. Beide hatten glattrasierte, bleiche Gesichter und blonde, dichte Haare im Fassonschnitt. Auf den ersten Blick sahen sie so deutsch aus wie junge Leute auf Deutsche-Post-Werbeplakaten, und der naheliegende Schluß, daß sie kein Wort sagten, weil sie kein Wort Deutsch konnten, schien der falsche gewesen zu sein.

Der eine reichte Romario einen Zettel. Romario las ihn und winkte sie zur Theke. In ihren Händen glänzten schwarze Automatics. Wir hatten gehofft, sie würden die Pistolen im Halfter lassen – so mußten Slibulsky und ich mit unserem Auftritt warten, bis Romario aus der Schußlinie war. Romario wußte das.

»Wollen Sie etwas trinken?« hörte ich seine leicht zittrige Stimme und sah, wie die beiden den Kopf schüttelten. Der eine deutete nachdrücklich auf den Zettel in Romarios Hand.

»Selbstverständlich, sofort. Ich würde nur noch gerne wissen, ob mit dieser monatlichen Spende auch wirklich alles abgegolten ist?«

Sie nickten.

»Und wenn… Na ja, Sie wissen ja, daß es noch andere Organisationen gibt, die um Spenden, äh, bitten… Ich meine, ist mit dieser Zahlung irgendeine Art Schutz Ihrerseits verbunden?«

Wieder nickten sie und hoben lächelnd ihre Pistolen.

»Schön, und wo erreiche ich Sie in so einem Fall?«

Der eine deutete mit dem Pistolenlauf auf sein Ohr und seine Augen, was wohl heißen sollte: Wir kriegen mit, was in der Stadt läuft, uns muß man nicht rufen, wir sind von alleine zur Stelle.

Woher kamen diese Typen? Ich kannte deutsche Schutzgelderpresser, türkische, italienische, albanische, russische, chinesische – sprachlose waren mir neu.

»... Okay«, sagte Romario, »dann wolln wir mal ...«

Wolln-wir-mal war unser Zeichen. Während Romario mit einem Satz hinter der Theke auf dem Boden war und zur Küchentür robbte, sprengten Slibulsky und ich die Schranktür und brüllten: »Hände hoch, Knarren fallen lassen!«

Doch sie taten weder das eine noch das andere, und hätte ich uns nicht kugelsichere Westen besorgt, wäre das unsere letzte laue Frühlingsnacht gewesen. Sie schossen sofort. Ich spürte die Schläge gegen die Brust, warf mich zur Seite und feuerte zurück. Wir hatten vorher ausgemacht, bei einer Schießerei auf die Köpfe zu zielen, schließlich waren wir nicht die einzigen, die sich kugelsichere Westen besorgen konnten. Den einen erwischte ich unterm Kinn. Blut spritzte über seinen cremefarbenen Anzug, er ließ die Waffe fallen und umklammerte mit beiden Händen seinen Hals, als wollte er sich erwürgen. Er taumelte kurz, kippte nach hinten und schlug am Boden auf. Dem anderen schoß Slibulsky mit dem Schrotgewehr die Stirn weg. Es klatschte und hagelte gegen die Holzvertäfelung. Während der Mann ohne Stirn noch fiel, sauste ich hinter die Theke und knipste sämtliche Lichter aus.

Im Dunkeln rief ich: »Romario?!«

»Hier«, kam es aus der Küche.

»Slibulsky?«

»Eine Scheiße!«

Ich ging zum Fenster und linste am Vorhang vorbei auf die Straße und zu den gegenüberliegenden Häusern. Keine Fußgänger, kein Licht ging an, alles ruhig. Hinter mir röchelte es leise.

Ich schnippte mein Feuerzeug an und beugte mich über den Mann, der immer noch seinen Hals umklammerte. Blut rann ihm durch die Finger. Seine großen hellen Augen blickten mich fassungslos an.

»Wer schickt euch?« Er reagierte nicht.

»Ich kann einen Arzt rufen oder es bleiben lassen! Den Namen deines Chefs!«

Doch er hörte mich schon nicht mehr. Seine Hände lösten sich vom Hals, der Kopf kippte zur Seite, und er machte ein letztes ersticktes, schlürfendes Geräusch. Dann war nur noch das Zischen meines Feuerzeugs zu hören. Die Flamme warf ihren gelben Schein über das Gesicht des Toten. Es war geschminkt oder gepudert, darum hatte er vorhin so bleich gewirkt. An den Ohren und an den Fetzen, die vom Hals übrig waren, wurde die Haut dunkler. Ich drückte ihm die Augen zu. Ein junges, hübsches Gesicht mit langen Wimpern und vollen Lippen. Ich ließ das Feuerzeug ausgehen und starrte ins Schwarze. Es war nicht die erste Leiche, die vor mir lag, und ich hatte auch nicht zum ersten Mal bei einer Schießerei mit tödlichem Ausgang mitgemischt – aber dies war der erste Mensch, den ich eigenhändig umgebracht hatte.

Ich betastete seine Brust. Immerhin, auch er trug eine kugelsichere Weste. Wären als nicht tödliches Ziel nur die Beine geblieben. Ob er, wenn ihm rechtzeitig klargeworden wäre, daß er seinen Gegner am Rumpf nicht verletzen konnte, meinen Kopf verschont hätte? Und hinderten verletzte Beine in einer Situation auf Leben und Tod am Weiterschießen?

Ein Streifen schwaches gelbes Licht fiel in den Saal. Als ich den Kopf wandte, stand Romario neben mir. Das Licht kam von einer Straßenlaterne hinterm Küchenfenster. Romario hatte den unverbundenen Arm um sich geschlungen, als friere er. Mit zusammengekniffenen Lippen betrachtete er die Leiche.

Ich räusperte mich. »Tja...« Und um irgendwas zu sagen: »Ging alles ziemlich schnell.«

Sein Blick blieb gesenkt. »Wenn es diese Armee, was immer sich dahinter verbirgt, tatsächlich gibt, dann bedeutet das da«, er wies mit dem Kinn auf die Leichen, »daß mein Aufenthalt in Frankfurt beendet ist.«

»Mhm«, machte ich vage, stand auf und steckte mir eine Zigarette an. Eine Weile standen wir so im Halbdunkel und horchten auf die Geräusche von der Straße. Autos fuhren vorbei, weiter weg ratterte eine Straßenbahn.

Ich fragte: »Hast du große Plastikmülltüten?«

»In der Küche.«

Ich trat die Zigarette aus. »Okay. Während Slibulsky und

ich die Leichen wegbringen, putzt du den Laden, hängst ein Schild raus ›Bin im Urlaub‹, und gehst nach Hause. Morgen haust du mit dem ersten Zug oder Flugzeug ab.«

»Abhauen? Wohin?«

»Was weiß ich? Mallorca. Ruf mich an und sag mir die Nummer, unter der ich dich erreichen kann. In zwei, drei Wochen müßte ich rausbekommen haben, wer das Ganze leitet und ob sie hinter dir her sind.«

»Sag einen Grund, warum sie nicht hinter mir her sein sollten?«

»Du bist sicher nicht der einzige, den sie erpressen, also dürften sie erst mal eine Weile lang alle ihre Opfer verdächtigen.« Und zwar die ewige Weile von etwa ein bis zwei Tagen. Spätestens dann hätten sie sich Romario geschnappt und würden alles aus ihm rausprügeln, was sie wissen wollten – samt Slibulskys und meinem Namen.

Ich sah Romarios Silhouette, wie sie sich abwandte, während sein unverbundener Arm eine wegwerfende Geste in meine Richtung machte. Ich ahnte, was er dachte: Hätte er doch bloß einen anderen um Hilfe gebeten, einen, der für Geld arbeitete und bei Erfolg ein Extra bekam und der die Sache schon allein deshalb zur Zufriedenheit aller geregelt hätte, ohne Tote und drohende Geschäftsaufgabe. So ist das mit Freundschaftsdiensten. Wenn sie in die Hose gehen, wird ihre Kostengünstigkeit zum Beweis mangelnder Fähigkeit.

Abgesehen davon, daß Romario, falls er dachte, was ich glaubte, daß er dachte, nicht mal falsch lag. Sicher, ich war losgezogen, hatte kugelsichere Westen besorgt, Slibulsky zum Mitmachen überredet und das Zusammentreffen ein paarmal mit beiden durchgesprochen. Aber eigentlich hatte ich mich die ganze Zeit nur darüber geärgert, daß es ungeschriebene Gesetze gab, die mich verpflichteten, Romario zu helfen, und daß ich so blöd gewesen war, mich vor vier Tagen mit ihm zu treffen, anstatt mich mit Grippe oder sonstwas rauszureden. Anders gesagt: In diesem Moment, eine Leiche links, eine rechts, die Füße in einer Blutlache, kapierte ich, daß ich Romario nicht mochte. Und zwar überhaupt nicht. Er ließ andere Leute in trockener Heizungsluft ersticken, weil er nicht damit klarkam, irgendwann mal irgendwoanders zur Welt gekommen zu sein, kochte miserabel und glaubte, indem er mich hin und wieder zum Restepamps einlud, mir über die Runden zu helfen – was zwar stimmte, um so schlimmer. Doch um mit dieser Einsicht irgendwas anzufangen, war es etwa zehn Minuten zu spät. Ich hing mit drin. Selbst wenn Romario sich auf Nimmerwiedersehen verkrümelte, gab es genug Leute in der Stadt, die sich über sein plötzliches Verschwinden Gedanken machen würden, und früher oder später spräche sich rum, daß man mich in den letzten Tagen ziemlich oft in seiner Nähe gesehen hatte. Vielleicht konnte diese Mafia nicht reden, aber hören und wahrscheinlich auch rechnen, und wenn sie eins und eins zusammenzählte, würde sie kaum zu dem Ergebnis kommen, ich sei zum Würfeln hier gewesen. Und dafür, daß man ihre Leute umlegt und ungeschoren davonkommt, sind Mafiaorganisationen nicht unbedingt bekannt.

Alles in allem war unsere Aktion also eine einzigartige Pleite. Dazu bekam ich jetzt auch noch ein schlechtes Gewissen. Nicht nur, daß ich Romario nicht mochte, ich hatte ihn tatsächlich auf einen Streich um seine Arbeit, seine Wohnung und seine Stadt gebracht. Und das, nachdem ihm vor fünf Tagen schon der Daumen abhanden gekommen war.

»Ähm, Romario…«

»Was?!« bellte er hinter mir. Im nächsten Moment flammten Neonröhren auf, und aus der Küche strahlte kaltes Licht in den Speisesaal. Um die Leichen, die inzwischen aufgehört hatten zu bluten, breiteten sich über Fußboden und Wände rote, schleimige Tupfer aus, ähnlich gestreut wie bei geplatzten Farbbeuteln. Slibulsky saß, das Schrotgewehr wie ein Baby im Arm, auf einem Tisch, ließ die Beine baumeln und starrte angewidert vor sich hin.

Ich wandte mich zur Küchentür. »Wie hätte ich wissen können, daß die sofort losschießen?«

Romarios Kopf tauchte kurz im Türrahmen auf.

»Es ist dein Job, so was zu wissen! Ob du's kannst, is 'ne andere Frage!«

Du lieber Himmel! Das fehlte uns gerade noch, ein paar Klugscheißereien! Abgesehen davon, daß es nicht völlig an den Haaren herbeigezogen gewesen wäre, wenn er sich mal kurz nach Slibulskys und meinem Befinden erkundigt hätte. Schließlich war unsere heil gebliebene Haut ein Wunder. Von irgendeinem Gefühl, das die Toten betraf und über ihre Einschätzung als Störfaktor hinausging, ganz zu schweigen. Ich meine, sie waren nicht nur wegen des ungleich größeren Schadens, den sie anrichteten, doch was anderes als ein gebrochenes Wasserrohr.

Ich langte hinter die Theke, angelte mir eine Flasche

Schnaps und nahm einen tiefen Schluck. Dann beugte ich mich über die Leichen und durchsuchte ihre Anzüge. Ein silbernes Benzinfeuerzeug, ein Fläschchen Mundwasser, zwei Telefonkarten, ein halbes Päckchen Dunhill, eine Nagelfeile, fünfhundertsiebzig Mark und ein paar Münzen, drei Kondome, Autoschlüssel und zwei Sonnenbrillen. Weder Ausweise noch Führerscheine, nichts, was mir weitergeholfen hätte. Ich steckte alles ein und wollte mir ihre Kleidermarken ansehen, als ich hinter dem Gürtel der einen Leiche ein Mobiltelefon fand. Das Ding war so klein und fast so flach wie eine halbe Postkarte. Man klappte es auseinander, oben und unten deuteten drei feine Rillen Hör- und Sprechmuschel an, und die Nummern zum Wählen waren blau leuchtende Sensorentasten. Ich fand heraus, wo man, wenn es klingelte, auf Empfang schaltete, und schob das Telefon in meine Brusttasche.

Romario brachte einen Schwung zusammengefalteter grauer Mülltüten und eine Rolle Klebeband. Slibulsky und ich verpackten die Leichen. Beide stumm, beide bemüht, nicht so genau hinzufühlen. Nach wie vor glühten die Heizungen, und unsere schweißnassen Hände rutschten immer wieder von Tüten und Gelenken ab.

Als wir fertig waren, ging ich vor die Tür und sah mich nach dem zum Autoschlüssel passenden BMW um. Er war schwarz und neu und hatte ein Frankfurter Kennzeichen. Ich setzte mich rein, tastete unter den Sitzen, klappte das Handschuhfach auf, guckte hinter die Sonnenblenden, doch bis auf leere Energy-Drink-Flaschen, Bonbons mit Johannisbeergeschmack, Papiertaschentücher und eine große Dose Puder war der Wagen leer. Ich notierte mir das

Kennzeichen, schloß den Kofferraum auf und ging zurück ins ›Saudade‹.

Inzwischen waren Romario und Slibulsky dabei, Boden und Wände zu schrubben. Romario sah kurz zu mir hoch, und nach seinem Blick zu urteilen, hätte es ihn nicht gestört, wenn es mein Blut gewesen wäre, das er da entfernte.

Ich ging in die Küche und suchte nach etwas, worin wir die Leichen möglichst unauffällig zum Auto bringen konnten. In der Vorratskammer fand ich einen riesigen Aluminiumtopf mit zwei Henkeln. Er hatte über einen Meter Durchmesser und war etwa genauso tief. Man konnte ein ganzes Schwein darin kochen oder mehrere Zentner Gemüse oder sonstwas, das reichte, um ein mittleres Dorf einen Tag lang zu verpflegen.

»Was willst du damit?« fuhr Romario auf, als ich das Ungetüm in den Speisesaal schleppte.

»Es ist nie gut, zwei Meter lange Säcke nachts um eins in einen Kofferraum zu laden! Einen Topf voll Kartoffeln dagegen...«

»Bist du verrückt?! So einen finde ich nie wieder!«

»Bekommst ihn ja zurück.«

»Du glaubst doch wohl nicht, daß ich danach noch Suppe drin kochen kann?!«

»Meinst du, man schmeckt die beiden durch?«

Seine Augen weiteten sich, und einen Moment schien es, als wolle er mir seinen Putzlappen um die Ohren schlagen.

»Ja, das meine ich! *Ich* werde sie durchschmecken! Jedesmal wenn ich den Topf benutzen werde, werde ich denken …«

»He, he, he!« Slibulsky sah vom Putzeimer auf und brach zum ersten Mal seit der Schießerei sein Schweigen. »Was soll das mit dem Topf?«

Romario wandte sich zu ihm um, und seine Miene glättete sich. Schon seit einer Weile war zu merken, daß er Slibulsky als eine Art Verbündeten gegen mich suchte.

»Eben! Was soll das! Das ist nämlich mein Festtagssuppentopf!« erklärte er, offenbar in der Überzeugung, damit wäre das Thema für einen zivilisierten Menschen wie Slibulsky vom Tisch.

»So. Und für welchen Festtag möchtest du ihn dir sauberhalten? Den deiner Beerdigung?« fragte Slibulsky.

»Oder deiner Verhaftung?« schlug ich vor und stellte den Topf zwischen die grauen Plastikwürste. Ohne Romario weiter zu beachten, drückten und quetschten wir die erste der noch warmen Leichen zusammen und rammten sie mit gezielten Tritten zwischen das Aluminium.

»Hast du gesehen, daß ihre Gesichter weiß gepudert waren?« fragte Slibulsky.

Ich nickte. »Als hätten sie fürs Totsein vorher schon mal geübt.«

Nachdem wir geschaut hatten, ob die Straße leer war, schleppten wir den etwa achtzig Kilo schweren Topf zum BMW. Wir stemmten ihn hoch und kippten ihn über den geöffneten Kofferraum, doch nichts passierte. Der Kerl klemmte fest. Mit einer Hand unter der Schulter hielten wir den Topf in der Luft, mit der anderen zerrten wir am Plastik. Die Tüte riß und irgendwas glibberte mir über die Hand.

»Ich kotz gleich!« keuchte Slibulsky.

Ich hörte es knacken. Slibulsky hatte irgendwas durchgebrochen, und endlich gab die Leiche nach. Mit dumpfem Plumps landete sie im Kofferraum. Wir sahen uns in die roten, schweißnassen Gesichter und schnappten nach Luft. Ich wischte mir die Hand an der Hose ab.

Als sich unser Atem halbwegs beruhigt hatte, sagte ich: »Tut mir leid. Ich dachte, es würde nichts weiter passieren als ’n bißchen Harte-Männer-Getue.«

Slibulsky schnippte ein feuchtes Bröckchen von seinem T-Shirt. »Ich hoffe nur, der Tangomann kommt nicht auf die Idee, das Ganze uns in die Schuhe zu schieben.«

»Bitte …?«

»Na ja, theoretisch könnte er ja zur Polizei gehen und behaupten, Gangster hätten bei ihm ’ne Schießerei angefangen. Er kenne dich zwar flüchtig als Gast, hätte aber keine Ahnung gehabt, daß du in Verbindung zur Mafia stehst.«

»Slibulsky, ich bin Privatdetektiv!«

Er stutzte, schaute ungläubig, dann gab er so was zwischen Lachen und Husten von sich. »Bist du in letzter Zeit zu oft von deinen Nachbarn gegrüßt worden? Du hast ’n türkischen Namen, türkische Eltern, und du bist, seit du den Job machst, mit jedem zweiten Bullen in der Stadt aneinandergerasselt. Du glaubst doch nicht, daß die wegen ’nem läppischen Türschild auch nur eine Sekunde zögern werden, wenn sie die Chance haben, dich als anatolischen Terrorbaron zu verhaften?«

»Es ist nicht nur ’n Türschild, ich hab auch ’ne Lizenz.«

Das war schwach, zugegeben, und Slibulsky machte sich

gar nicht erst die Mühe, etwas darauf zu sagen. Tatsächlich wies er mich auf eine Möglichkeit hin, an die ich vorher keinen Augenblick gedacht hatte.

Auf dem Weg zurück sagte ich: »Er ist Brasilianer, Tango kommt aus Argentinien.«

»Na und? Du hast doch kapiert, um wen's ging, oder?«

Und auch da hatte er recht.

Jason Starr
Die heißeste Story der Stadt

Ich hatte allen Anlaß, mich an diesem Abend beschissen zu fühlen. Mein Chef hatte mir das Leben zur Hölle gemacht, weil ich letzte Woche nicht rechtzeitig mit der Gehaltsliste fertig geworden war und ein paar freie Mitarbeiter sich über zu spät ausgestellte Schecks beschwert hatten. Ich erklärte ihm, daß es nicht an mir lag, da ich mich um andere Projekte kümmern mußte, die er mir übertragen hatte, aber mit einem Verrückten kann man einfach nicht vernünftig reden. Er warnte mich und sagte, daß er mich ›abservieren‹ würde, wenn das noch mal geschähe, und als ich zu einer Erklärung ansetzte, sagte er, er hätte von diesem Schwachsinn genug und habe es satt, mein Gesicht zu sehen.

Am liebsten hätte ich meinem Chef gesagt, er könne mich am Arsch lecken, aber mit einer Frau, zwei Kindern und einer Hypothek konnte ich mir Arbeitslosigkeit nicht leisten.

An jenem Abend ging es mir auf dem Heimweg dermaßen übel, daß ich daran dachte, mir rasch in einer Bar an der Sixth Avenue einen Drink zu genehmigen. Doch noch bevor ich eintrat, wurde mir klar, was ich da tat, und ich kehrte wieder um. Seit einem Jahr, fünf Monaten und acht Tagen hatte ich keinen Tropfen Alkohol mehr getrunken, und ich wußte, was auch passierte, in diese Falle würde ich nicht noch mal tappen.

Als ich mit meiner Metro-Card in der Forty-seventh Street durchs Drehkreuz der Station Rockefeller Center ging, fühlte ich mich immer noch ziemlich elend und verzweifelt. Es war also ein ganz normaler Abend. Jedenfalls war es ein normaler Abend, bis ich stehenblieb, um mir die Schnürsenkel zu binden.

Ich befand mich oben auf der Treppe, die hinunter zum Bahnsteig führte. Ich muß mich ziemlich unvermutet hingekniet haben, da ich die Frau nicht kommen sah, sie aber gespürt und jedenfalls deutlich gehört habe. Sie stolperte über mein ausgestrecktes Bein, stürzte die Treppe hinab und schrie, während ihr Kopf gegen jede Stufe krachte. Es war, als würde sie immer schneller fallen, doch prallte sie schließlich gegen das Eisengeländer und schlug mit lautem, gräßlichem Knirschen kopfüber auf den betonierten Bahnsteig.

Sie blieb reglos liegen, purpurnes Blut quoll aus ihrem Kopf und sammelte sich zu einer langsam wachsenden Pfütze. Erst blieben die Leute auf der Treppe und dem Bahnsteig stehen und starrten die Frau schockiert und voller Entsetzen an, dann liefen sie zu ihr hin.

Die Frau war offenbar schwer verletzt, wenn nicht gar tot. Sie rührte sich nicht. Aus knapp zwanzig Metern Entfernung ließ sich das zwar schlecht feststellen, aber sie schien um die Dreißig zu sein, vielleicht ein wenig älter; sie trug kurzes, blond gefärbtes Haar und ein dunkles Kostüm. Ich hoffte, daß sie es schaffte, daß sie irgendwie nicht so schlimm dran war, wie sie aussah. Vielleicht hatte sie sich nur die Nase gebrochen, oder ihr war nur eine Ader an der Schläfe geplatzt. Mehrere Sekunden lang starrte ich auf die

Szene hinunter, wohl immer noch unter Schock, bis ich plötzlich, als würde ich aus einem Alptraum erwachen, begriff, in welchen Schwierigkeiten ich steckte. Was, wenn jemand das Vorgefallene gesehen hatte? Die Polizei würde mich verhören, vielleicht sogar verhaften.

Weitere Augenblicke verstrichen, und mir fiel auf, daß niemand zu mir herübersah. Immer mehr Menschen strömten am Fuß der Treppe zusammen, doch richtete sich ihre Aufmerksamkeit allein auf die Frau. Ich erhob mich von den Knien und ging langsam, doch ohne anzuhalten, die Treppe herunter. Auf dem Bahnsteig eilte ich zügig an der Menge vorbei und wurde danach immer schneller. Das Ende des Bahnsteigs war beinahe leer, weil alle zur Treppe vorgestürzt waren, um zu sehen, was die Aufregung zu bedeuten hatte. Es kam kein Zug, und in der ganzen Station war es still. Jeden Augenblick rechnete ich damit, daß ein Polizist auftauchte. Doch Sekunden, vielleicht sogar Minuten vergingen, ohne daß man mich beachtete. Wo blieb die verdammte Bahn? Ich beugte mich nervös übers Gleis vor und wartete auf den Luftzug. Endlich hörte ich den donnernden Lärm, sah die hellen Lichter. Ich kam mir vor, als wäre ich am Grunde einer Grube gefangen und jemand würfe mir ein Seil zu. Es war ein B-Zug, und ich brauchte einen D, aber das war mir egal. Die Türen gingen auf, und ich stieg ein.

An der Haltestelle Fifty-fifth Street in Brooklyn stieg ich aus. Da ich einige Meilen von hier an der Linie D unweit der Avenue J wohnte, würde ich mit dem Bus oder einem Nachttaxi nach Hause fahren müssen. Fifty-fifth Street war eine Hochstation, also ging ich zur Treppe am Ende des schmalen Bahnsteigs und war mir dabei unangenehm bewußt, mit welch stetem, unheilverkündendem Laut die Hacken meiner Schuhe über den Beton klackten.

Zehn verzweifelte Minuten lang wartete ich auf einen Bus. Ein leeres Nachttaxi kam vorbei, und ich winkte, damit es anhielt. Der Fahrer sagte, für fünfzehn Piepen würde er mich heimfahren, die reinste Halsabschneiderei, aber mir war nicht nach feilschen zumute.

Der Wagen hielt vor meiner Wohnhaushälfte in der Fourteenth Street unweit Avenue K. Sobald ich die steile Treppe hinaufging, überkam mich das vertraute Gefühl drohenden Unheils. Unsere drei Fernseher waren zu voller Lautstärke aufgedreht, die Kinder tobten, und wie immer roch es nach Angebranntem. Heute abend war es noch schlimmer als sonst, da mich auf der Treppe die gleiche Übelkeit wie auf der Treppe der Subway packte, was, zusammen mit all dem Lärm im Haus, dafür sorgte, daß ich Migräne bekam.

Carol schaute mich an, als wäre ich den ganzen Tag zu Hause gewesen, und sagte: »Wie findest du das? Was für ein Zehnjähriger sagt: ›Fick dich!‹ zu seiner Mutter? Er ist unmöglich – ständig prügelt er sich mit seiner Schwester und nimmt ihr was weg. Sie ist ein Mädchen, Herrgott noch mal, kapiert er das denn nicht?«

»Ich red nachher mit ihm.«

»Als ob das was ändern würde«, sagte Carol in einem Ton, der andeutete, daß sie mich als Vater ziemlich nutzlos fand. Carol erzählte mir, daß sie am Wochenende neue Sofas besorgen wolle. In letzter Zeit schien sie nur noch über

Dinge zu reden, die sie ›besorgen‹ wollte. Mit den Kindern war es genauso: »Kauf mir dies, Daddy. Kauf mir das, Daddy.« Carol fragte mich nie, wie mein Tag gewesen war oder wie die Arbeit so lief. Natürlich hätte die Antwort darauf gelautet: »Frag lieber nicht«, doch wäre es schön gewesen zu wissen, daß sie sich dafür interessierte.

Mitten in Carols Monolog platzten die Kinder in die Küche.

»Würdet ihr beide wohl auf euer Zimmer verschwinden und endlich ins Bett gehen!« schrie Carol. »Ihr macht uns noch verrückt!«

Die Kinder flitzten einige Male rund um den Tisch, bis Jennifer ein Glas umstieß, das am Boden zerschellte. Normalerweise wäre ich wütend geworden, hätte Jennifer angeschrien oder sie mit dem Gürtel verprügelt, doch begann ich zu begreifen, daß der heutige Abend kein normaler Abend war.

Ruhig stand ich auf, holte den Besen aus dem Flurschrank und fegte die Scherben auf.

»Was ist los mit dir?« fragte Carol. »Sitzt da einfach rum und siehst zu, wenn sie sich wie Tiere aufführen? Ist dir denn alles egal? Ich glaub, das ist es. Ich glaub, du willst einfach bloß über dich nachdenken. Du bist wirklich ein egoistischer Hund, weißt du das?«

Ich hatte keine Ahnung, worüber sich Carol so aufregte, und es kümmerte mich auch nicht. Ich stellte mein Geschirr ins Becken und ging dann ins Bad, um mich zu waschen. Als ich wieder herauskam, sah ich Carol im Profil, wie sie auf dem Sofa im Wohnzimmer saß und fernsah. Ich ging ins Schlafzimmer und zog die Tür hinter mir zu. Ich hatte mir zwar vorgenommen, den Vorfall in der Subway zu vergessen, doch konnte ich der Versuchung einfach nicht widerstehen, den Fernseher anzumachen und zu sehen, ob irgendwas über die Sache gebracht wurde.

Auf New York 1, dem lokalen, vierundzwanzigstündigen Nachrichtensender, schaute ich mir die Werbung an, bis der Nachrichtensprecher kam und die wichtigste Nachricht des Tages zusammenfaßte – den mutmaßlichen Mord an einer Frau in der Subway-Station Rockefeller Center. Ungläubig sah ich mir den kurzen Bericht an. Anschließend konnte ich es immer noch nicht fassen. In dem Beitrag hatte es geheißen, daß die Frau auf dem Weg ins Krankenhaus gestorben sei, doch konnte mich das kaum überraschen. Als ich den Tatort verließ, hatte ich nicht wissen können, daß sie sterben würde, doch hatte ich irgendwie die ganze Zeit geahnt, daß sie es nicht schaffen würde. Aber was ich ganz und gar nicht fassen konnte, war, daß sich um mich, um Harold Pearlman, die heißeste Story der ganzen Stadt drehte.

Ich schaute mir die Zehn-Uhr-Nachrichten an und zappte zwischen den Lokalsendern hin und her. Überall brachte man den Tod auf dem Bahnsteig an erster Stelle. Die wichtigste Neuigkeit war, daß die Polizei nach einem Tatverdächtigen fahndete. Man gab sogar eine Beschreibung von mir heraus. Allerdings war die Beschreibung nicht sonderlich genau, ein Zeuge hatte bloß berichtet, er habe ›einen untersetzten Mann in einem beigefarbenen Trenchcoat‹ gesehen, der die Frau die Treppe hinabgestoßen habe, um dann vom ›Tatort zu flüchten‹. Dieser Bericht war natürlich ein Witz. Gerade wollte ich mir die Elf-

Uhr-Nachrichten anschauen, da hörte ich Carols Schritte auf dem Flur und machte Licht und Fernseher aus. Als sie ins Zimmer kam, lag ich mit geschlossenen Augen reglos auf meiner Seite. Sie legte sich zu mir, und unter ihrem Gewicht schwankte das Bett, aber ich rührte mich nicht.

Am nächsten Morgen verließ ich um viertel vor acht das Haus.

Meist besorgte ich mir nur die *Daily News*, aber heute kaufte ich am Kiosk vor der Subway die *News*, die *Post* und die *Times*. Die *Times* erwähnte meine Mord-Geschichte nur kurz, doch die *Post* und die *News* brachten ganzseitige Artikel. Zum ersten Mal wurde auch der Name der Frau genannt: Mary-Beth Schaefer. In einem Artikel der *News* wurde darüber spekuliert, ob der ›Killer‹ nicht geisteskrank sei, da Zeugen ausgesagt hätten, der Mann habe sich kurz vor dem Attentat in der Station recht ›auffällig‹ verhalten. Ich mußte unwillkürlich lachen, als ich das las. In dem Artikel hieß es weiter, die Polizei arbeite an einem Fahndungsporträt des Verdächtigen, das man später veröffentlichen wolle.

Kaum fuhr der Zug über die Manhattan Bridge, fielen blitzende Sonnenstrahlen in den Zug und erhellten Wolken von Staubpartikeln. Mir fiel auf, wie mich eine puertorikanische Alte und ein neben ihr sitzender, jamaikanisch aussehender Mann anstarrten. Anfangs schrieb ich es meinem Verfolgungswahn zu – in der Subway starren ständig irgendwelche Leute irgendwelche anderen Leute an; was will man auch sonst tun, wenn man die Zeitung und die Anzeigen gelesen hat? Doch dann fand ich, daß sie mich irgendwie anders anstierten. Sie sahen mich an, als würden sie mich kennen, als versuchten sie, mein Aussehen mit der Beschreibung vom untersetzten Mann im beigefarbenen Trenchcoat in Einklang zu bringen, von der sie irgendwo gehört oder gelesen hatten. Ich trug heute denselben beigefarbenen Trenchcoat wie gestern, weshalb ich gewiß leicht wiederzuerkennen war.

Doch ich sah den Mann und die Frau so lange unverwandt an, bis sie fortschauten. Einige Sekunden später sahen sie wieder zu mir herüber, dieselben durchdringenden Augen, und erneut erwiderte ich ihre Blicke, ohne die Miene zu verziehen, bis sie schließlich die Köpfe abwandten. Ich genoß es, sie glauben zu lassen, daß ich der Killer war, so, als würde ich mir meinen eigenen kleinen Spaß mit der Stadt leisten.

Am Rockefeller Center stieg ich aus. Hätte ich befürchtet, daß man mich entdeckt, wäre ich an der Fortysecond Street ausgestiegen und den Rest des Weges zu Fuß gegangen, aber wie gesagt, es machte mir Spaß, ein Verdächtiger in einem Mordfall zu sein. Ich ließ mich von der Menge treiben und blickte zum unteren Bahnsteig und zur Treppe hinüber, auf der die Frau zu Tode gestürzt war. Es gab das übliche Gedränge der Pendler, die in geraden Linien die Treppe hinauf- und hinabströmten. Doch nachdem der Leichnam der Frau fortgebracht und ihr Blut aufgewischt worden war, schien die Stadt vergessen zu haben, daß sie jemals existiert hatte.

Oberhalb der Treppe durchquerte ich die Station und ging zum Drehkreuz. Ich wollte es schon passieren, als mir auffiel, daß ich geradewegs auf einen Polizeibeamten zuhielt. Er stand neben dem Ticketschalter und sah direkt in meine Richtung. Ich blickte kurz zu ihm herüber, als ich an ihm vorbeiging, und rechnete damit, daß er »He, Sie da« rufen würde, doch erreichte ich die Treppe zur Straße, ohne daß etwas geschah. Ich wollte mich schon umdrehen und sehen, ob er mir folgte, doch gönnte ich ihm nicht, daß er sich einbildete, ich hätte Angst vor ihm gehabt. Oben sah ich mich dann um und stellte fest, daß der Polizist mir gar nicht nachgegangen war. Ich spürte, wie mein Herz raste – nicht aus Angst, sondern vor lauter Aufregung. Es war wie ein Rausch, einem Polizisten so nah zu kommen, einer Festnahme so knapp zu entgehen.

Ich hatte mich auf meinem Weg zur Arbeit noch nie so wohl gefühlt. Die Wirklichkeit holte mich ein, als ich mein Büro betrat. Papiere stapelten sich auf dem Tisch, und mir fiel ein, daß heute wieder Zahltag war. Die Redakteure und Leiter der diversen Abteilungen würden mich zusätzlich zu meinem üblichen Arbeitspensum mit ihren Stundenzetteln überhäufen. Hätte ich mich heute doch bloß krank gemeldet.

Ich schaltete den Computer ein und hörte mir die eingegangenen Nachrichten an. Mir war, als hätte ich jetzt schon eine Pause nötig. Also schlug ich ein wenig die Zeit tot, ging auf Toilette und goß mir eine Tasse Kaffee ein. Ich hörte, wie zwei Sekretärinnen sich über den Mord in der Subway unterhielten.

Ich war nie zuvor Gesprächsthema gewesen. Der Büroklatsch drehte sich immer um andere Leute.

Auf dem Weg zurück ins Büro rief der Chef meinen Namen. Ich drehte mich um und sah ihn im Gang zwischen den Karrees stehen, in denen die Redaktionsmitglieder arbeiteten. Zu weißem Hemd und brauner Hose trug er eine hellbraune Strickjacke. Er sah aus, als würde er in einem ausschließlich weißen Mitgliedern vorbehaltenen Country Club Golf spielen wollen. Er war etwa in meinem Alter, sah aber mit dem welligen blonden Haar und der ganzjährigen Sonnenbräune zehn Jahre jünger aus.

»Wie läuft's denn so?« fragte ich und wußte, daß er wieder über mich herfallen wollte.

»Wie es läuft?« spottete er. »Sie spazieren hier zu spät durch diese Tür da, verpassen die Frühkonferenz und haben die Frechheit, mich zu fragen, wie es läuft? Sie können von Glück reden, daß ich Sie nicht auf der Stelle rauswerfe.«

Die wöchentliche Konferenz hatte ich völlig vergessen, aber deshalb machte ich mir keine Sorgen.

»Ich ertrag das nicht mehr – Ihre Bummelei«, fuhr mein Chef fort. »Wenn Sie Ihre Arbeit nicht zu hundert Prozent erledigen, will ich Sie hier nicht mehr sehen. Haben Sie mich verstanden?«

Im Laufe dieser Tirade war mein Chef immer lauter geworden, und als er »verstanden« sagte, schrie er bereits aus Leibeskräften. Die Leute im Büro hielten in ihrer Arbeit inne und schauten zu uns herüber. Normalerweise hätte mich das verstört und zugleich verlegen gemacht. Ich hätte mir ausgemalt, was sie dachten – Wie konnte er sich derart anschreien lassen? Mein Chef war zu anderen Leuten im Büro viel netter als zu mir. Aus irgendeinem Grund war ich sein Sündenbock, der Kerl, den er nach Belieben wie ein Stück Scheiße behandeln konnte, da er wußte, daß ich mich nicht dagegen wehrte. Doch diese Zeiten waren vorbei, denn jetzt wußte ich, was er nicht wußte. Ich wußte, wie es war, jemanden zu töten.

»Tut mir leid«, sagte ich und versuchte, nicht zu grinsen. »Ich fürchte, mir geht in letzter Zeit einfach ziemlich viel durch den Kopf.«

»Na ja, passen Sie auf, daß es nicht noch mal vorkommt«, sagte mein Chef und redete dabei immer noch mit einer Stimme, als stünde er auf der Bühne, »denn langsam habe ich wirklich die Nase voll von Ihnen und Ihrem Scheiß.« Er drehte sich um und wollte gehen, wandte dann aber noch mal den Kopf und schrie: »Und ich will die Gehaltsliste heute noch fertig haben – und zwar pünktlich!«

Statt zum Mittagessen in die Pizzeria zu gehen, betrat ich die Bar in der Sixth Avenue, in die ich gestern abend beinahe gegangen wäre. Sie war voller Geschäftsleute, doch fand ich zum Glück einen freien Barhocker. Ich bestellte mir ein Ginger-Ale ohne Eis und bat den Barkeeper, New York 1 einzustellen. Wie erwartet, stand der Mord in der Subway immer noch an erster Stelle der Lokalnachrichten, doch war ich ganz und gar nicht auf das vorbereitet, was der Sprecher sagte. Ich hatte angenommen, er würde melden, daß »die Jagd auf den Mörder fortgesetzt« werde oder daß der Sender mein Fahndungsbild zeigen würde, statt dessen vernahm ich die schlimmste aller Neuigkeiten – die Fahndung war eingestellt worden.

Dem Bericht zufolge hatte der untersuchende Arzt festgestellt, daß die Frau mit hoher Wahrscheinlichkeit eines »natürlichen Todes« gestorben war. Sie habe ihr Leben lang ein schwaches Herz gehabt, und es gebe Hinweise darauf, daß sie vermutlich noch vor ihrem Sturz einen Herzinfarkt erlitten habe. Ein Sprecher der Polizei sagte, daß der Zeuge, der gesehen haben wolle, wie ein Mann die Frau die Treppe »hinabstoße«, seit längerem in psychiatrischer Behandlung sei, und daß die Polizei »die Glaubwürdigkeit seiner Aussage« bezweifle. Er fügte hinzu, daß die Polizei »inoffiziell ihre Nachforschungen beende«.

Ich war am Boden zerstört. Ich wußte, wie unvernünftig ich reagierte, aber das kümmerte mich nicht – ich wollte für den Tod dieser Frau verantwortlich sein. Ich wollte mein Bild im Fernsehen und in den Zeitungen sehen, ich wollte, daß die Leute in der Subway mich anstarrten. Doch jetzt war es vorbei, in einigen Tagen war alles vergessen, falls es nicht jetzt schon vergessen war.

Ohne recht nachzudenken, bestellte ich mir einen Scotch mit Eis, trank ihn in einem Zug aus und bestellte mir noch einen. Erst als mir der Barkeeper den dritten Drink hinstellte, ging mir auf, was ich tat. Ich wußte nicht mehr, wie viele Whiskys ich getrunken hatte, ehe ich zu Gin überging.

Mein Kopf fühlte sich taub und wacklig an, als hinge er mit einem Stück Draht an meinem Körper. Ich verließ die Bar, ging die Sixth Avenue entlang und ließ mich von der Menge umherstoßen, die in alle Richtungen eilte.

Im Büro ging ich direkt auf die Toilette, um ausgiebig und genüßlich zu pinkeln. Anschließend spritzte ich mir kaltes Wasser ins Gesicht und versuchte, wieder nüchtern zu werden. Ich blickte in den Spiegel und erkannte mich selbst kaum, wie es oft geschah, wenn ich betrunken war. Ich taumelte zurück ins Büro und setzte mich an den Computer. Ich hatte keine Ahnung, wie ich meine Arbeit bewerkstelligen sollte, und wie sich zeigte, erhielt ich dazu auch gar keine Gelegenheit. Mein Chef tauchte auf, und kaum trafen sich unsere Blicke, sagte er: »Verdammt, Harold, verschwinden Sie. Auf der Stelle!«

Ich starrte ihn einige Sekunden an, bis mir auffiel, daß ich ihn anstierte. »Was ist los?« hörte ich mich nuscheln.

»Sie sind besoffen, das ist los«, sagte mein Chef. »Was zum Teufel glauben Sie eigentlich, wer Sie sind? Verschwinden während der Mittagspause und lassen sich vollaufen!«

Einer wie Sie, wollte ich sagen. Mag sein, daß ich einen oder zwei Drinks zuviel intus hatte, aber wie oft war mein Chef von seinen ›Arbeitsessen‹ mit glasigen, blutunterlaufenen Augen ins Büro zurückgekommen?

Statt dessen erwiderte ich nur matt: »Wie kommen Sie auf den Gedanken, ich hätte was getrunken?«

»Raus!« schrie er lauter, als er mich je zuvor angeschrien hatte. Er klang wirklich wie ein Irrer, es tat gut zu wissen, daß er sich so zum Narren machte.

»Sie können mich nicht feuern«, nuschelte ich und gab mir Mühe, gerade zu stehen. »Das ist gegen das Gesetz!«

Ich hatte keine Ahnung, ob das stimmte, aber es schien mir die richtige Antwort zu sein. Jedenfalls brachte es meinen Chef zum Nachdenken, denn es vergingen einige Augenblicke, ehe er sagte: »Ich red mit meinen Anwälten, aber bis dahin verschwinden Sie, und Sie lassen sich erst wieder blicken, wenn Sie nüchtern sind.«

Alle waren aufgestanden, starrten aus ihren Karrees zu uns herüber und sahen zu, wie ich das Büro verließ.

In der Subway-Station blieb ich auf der Treppe stehen,

von der gestern abend die Frau gestürzt war. Ich war immer noch etwas betrunken und stand so dicht am Treppenrand, daß ich selbst beinahe ins Taumeln geraten wäre, doch gewann ich mein Gleichgewicht wieder, ging langsam zum Bahnsteig hinab und wünschte mir, ich wäre immer noch der Mordverdächtige.

Bis zur Rush-hour war es noch lang, so daß nur wenige Leute auf dem Bahnsteig standen. Ich fing an, den einen Typen anzustarren, der sich immer wieder übers Gleis beugte, um nachzusehen, ob der Zug kam. Unwillkürlich malte ich mir aus, wie leicht es wäre, ihn umzubringen. Ich brauchte ihn bloß zu schubsen, wenn der Zug kam, und er würde ziemlich sicher zermalmt werden. Wenn ich schnell genug wäre, würde ich vermutlich damit durchkommen.

Der Mann stand kaum einen Schritt vom Bahnsteigrand ab. Er sah aus, als wäre er der Chef von irgendwem. Er trug einen Nadelstreifenanzug, und sein schütteres, graues Haar war mit Haarfett nach hinten gestriegelt. Ständig blickte er auf seine goldschimmernde Uhr, bestimmt eine Rolex. Chefs waren von Markennamen wie besessen. Sicher fuhr er einen Porsche, und der Anzug war vermutlich von Armani. Er hatte diesen ›Chefblick‹, als würde er nur über seine eigenen und nie über anderer Leute Witze lachen. Außerdem sah man ihm an, daß er gern die Kontrolle hatte und Leute schikanierte. Kein Mensch würde ihn vermissen, wenn er verschwand. Seine Angestellten würden höchstens eine Party feiern, als hätte jemand den Gefängniswärter ermordet.

Als das Poltern des Zuges immer lauter wurde, rückte ich näher an ihn heran. Er war nicht mehr weit vom Rand entfernt, also genügte ein rascher Stoß. Ich würde es tun – ich würde ihn töten.

Der Zug fuhr in den Bahnhof ein. Ich war nur noch einen Schritt hinter ihm, und der Mann hatte keine Ahnung, daß ich in seinem Rücken stand. Ich war hellwach und kein bißchen mehr benommen. Wenn ich diesen Fremden vor den Zug stieß, stünde mein Name morgen wieder in der Zeitung, vielleicht sogar auf der Titelseite. Harold Pearlman wäre die heißeste Story der Stadt – er brauchte bloß die Arme auszustrecken und den Mann über den Rand zu stoßen.

Harold legte dem Mann die Hände auf den Rücken und spürte bereits das wundervolle Brausen des nahenden Zuges. Im selben Augenblick wurde er von hinten gepackt. Harold hatte keine Ahnung, wie ihm geschah. Er sah noch seinen Namen in den Schlagzeilen, als die Leute sich schon auf ihn stürzten und festhielten. Während er mit dem Gesicht auf den betonierten Bahnsteig gepreßt wurde, strampelte er mit Armen und Beinen, um sich zu befreien, und schrie dabei etwas von Armani-Anzügen, Rolex-Uhren und irgendwelchen verdammten Chefs. In seinen Ohren klang das alles durchaus vernünftig.

Eric Ambler

Der seriöse Roman, jene malerische Burg, und der Thriller

Eine Untersuchung

O nein, Thriller lese ich nicht. Diese Art Schund interessiert mich einfach nicht.«

Oder so ähnlich.

Solche Worte wurden meist mit der unbekümmerten Gewißheit desjenigen vorgebracht, der ein Vorurteil ausspricht, von dem er weiß, daß es weit verbreitet ist. Heutzutage, man kann sie bei einem Gläschen zuweilen noch immer hören, wird der Betreffende vermutlich herausfordernd, ja aggressiv sprechen. Vorbei die höfliche Geringschätzung von früher. So, wie er das Wort »Thriller« ausspricht, macht er aus einem vergleichsweise harmlosen Substantiv ein grobes Schimpfwort.

Die Waffe wird gegen ein Arsenal von Objekten gerichtet sein, die miteinander oft gar nichts zu tun haben. Detektivgeschichte, Kriminal- und Spionageroman werden, ungeachtet ihrer fundamentalen Unterschiede, unweigerlich auf einen Haufen geworfen. Im Schußfeld liegen aber auch die neugotische Romanze, pornographische Schwarze Magie und die Werke von (auf so grundverschiedene Weise) albernen Schriftstellern wie Mary Steward und Mickey Spillane. Unter Umständen zählt selbst Science Fiction dazu.

Overkill? Vielleicht, aber unser Kritiker hat keine Lust, sich mit Halbheiten zufriedenzugeben. Was zum wiederholten Male verteidigt werden muß, ist der seriöse Roman, jene malerische alte Burg. Sie ist zur Zeit nicht ausreichend bemannt, und die Moral dort drinnen soll nicht die beste sein.

Ihre Wächter haben Schießpulver und Kugeln nicht immer benötigt. Es gab eine Zeit, da sie sich fast ausschließlich auf jenen Ring psychologischer Erdwälle verlassen konnten, die die Schüler von Henry James und George Moore ausgehoben hatten. Doch nach dem Tod der Pioniere wurden Erosion und Erdverschiebungen festgestellt. Es entstanden Breschen. Durch sie hindurch spazierten üble Gestalten – unzufriedene Kritiker, *Punch*-Karikaturisten und Teilnehmer an Journalismus-Fernkursen – und versammelten sich, um über die Wachtposten Witze zu reißen, sie auszupfeifen und Graffiti an die Mauern zu kritzeln, die auf die Brüchigkeit des ganzen Bauwerks hinweisen sollten.

Die Garnison antwortete mit Stinkbomben – eine der übelriechenden Einfältigkeiten, die man über die Brüstung warf, war die Versicherung von Logan Pearsall Smith, daß nicht für *ihn* schreibe, wer für Geld schreibe – und wartete darauf, daß die Belagerer sich lächerlich machten.

Was auch bald geschah. Die Wörter ›high-brow‹ und ›low-brow‹ sind heute gottseidank aus der Mode gekommen. Aber zwischen den beiden Weltkriegen wurde mit ihnen oft herumgeworfen, häufig von jenen, die es hätten besser wissen sollen, meistens jedoch von jenen, die es nicht besser wußten. Die Garnison machte sich die Situation zunutze, indem sie an der Groschenroman-Front mit einem Gegenangriff begannen. Der Thriller bekam einen Volltreffer ab. Von den Leuten an der Brustwehr darauf hingewiesen, daß er die literarische Entsprechung des Comic-strips sei, etwas, dem die Unreifen oder geistig Beschränkten verfallen seien, verloren viele Ungebildete den Kopf und holten zu einem Vergeltungsschlag aus, indem sie trotzig, wenn auch nicht immer wahrheitsgemäß erklärten, sie betrachteten sich als ›low-brow‹ und fänden eine tolle Abenteuergeschichte besser als all diesen anspruchsvollen Quatsch.

Der Wortwechsel – zu jener Zeit konnte von einer Kontroverse kaum die Rede sein – dauerte an. Von den jungen Romanciers der damaligen Zeit hörte kaum jemand dem ständigen Geleier zu, wenngleich den einen oder anderen das Geräusch störte.

In den frühen dreißiger Jahren etwa beschloß Graham Greene, einen Thriller zu schreiben, und zwar unter einem Pseudonym, weil er ein bißchen Geld verdienen wollte. Sein Verleger war einverstanden mit dem Thriller, wollte das Pseudonym allerdings nicht akzeptieren. Wenn das Buch unter einem anderen Namen als Greene herauskommen sollte, sagte er, müßte er den Vorschuß kürzen. Da Greene an einem möglichst hohen Vorschuß interessiert war, verzichtete er auf ein Pseudonym. Um aber zu vermeiden, daß sein wachsender Ruf als seriöser Romancier in Verruf käme, versah er den Thriller mit dem Etikett »Eine Unterhaltung« – »An Entertainment«. Er hatte Glück mit seinem Verleger. In vielen großen Verlagen gab es damals eine Grenze zwischen ›high-brow‹ und ›low-brow‹, die wirklich sehr schwer zu überschreiten war, egal, in welche Richtung man zu reisen gedachte. Ein Pseudonym war für den Grenzübertritt unerläßlich, und je dichter der Schleier des Geheimnisvollen, der über dem Ganzen lag, desto besser.

Vor einigen Jahren besuchte ich mit einem englischen Filmproduzenten ein Aufnahmeatelier in Bangkok. Im Korridor des kleinen Gebäudes, in dem sich die Garderoben befanden, fiel mir ein buddhistischer Schrein auf, und ich fragte unseren Führer, weshalb er dort ausgestellt sei.

»Damit die Schauspieler Bescheidenheit erbitten können, bevor sie zu den Aufnahmen gehen«, wurde mir erklärt.

Der Produzent hatte zugehört und war sofort interessiert. »Sie bitten tatsächlich um Bescheidenheit?« wollte er wissen.

»Sicher.« Den thailändischen Manager schien die Frage zu überraschen. »Es ist gut für sie.«

Der Produzent dachte einen Moment nach und meinte dann sehnsüchtig, daß so etwas in Pinewood wohl nicht funktionieren würde.

Diese Szene ist mir wieder eingefallen, weil sie mich daran erinnert, wie meine ersten englischen Verleger diejenigen ihrer Autoren behandelten, die Detektivgeschichten und Thriller schrieben. Wenn von uns auch nicht ausdrücklich verlangt wurde, um Bescheidenheit zu bitten, so ließ man uns doch nicht im Zweifel darüber, daß es von uns erwartet wurde. Nur seriöse Autoren, nur die wirklich lukrativen, wurden von den Verlagsoberen regelmäßig empfangen. Mit uns gab sich ein für die Abteilung Theologie zuständiger Lektor ab, für den wir etwas Nebensächliches waren.

Er war ein rundlicher Mensch mit einem schelmischen Lächeln und einem Repertoire an lateinischen Ausdrükken. Hin und wieder ahmte er, um uns aufzuheitern, die verschrobene Redeweise einiger theologischer Autoren nach. Einmal nahm er mich zum Rochenfang mit nach Weymouth. In seinem geschäftlichen Umgang mit uns war er freundlich, aber immer hart. Als mein erstes Buch herauskam, wurde mir mitgeteilt, ich sollte mich im Vorzimmer seines Büros einfinden. Auf einem Tisch lagen Stapel des Buches. Ich sollte mich setzen und auf die Titelseite eines jeden Exemplares schreiben, was er mir diktieren würde. »Für Hal, in Freundschaft von«, »Für Art, mit herzlichen Grüßen von« und so weiter.

Nach ein, zwei Minuten hielt ich inne. »Aber wer sind denn diese Leute?«

»Buchhändler natürlich. Hal ist in Sydney, Art in Kapstadt.«

»Hmm, sollte ich nicht ihren vollständigen Vornamen schreiben? Da ich sie nicht kenne, wäre es doch höflicher, oder?«

Er war nachsichtig. »Wie Sie wollen. Eigentlich ist es völlig egal, was Sie schreiben. Hauptsache, Sie besudeln die Exemplare irgendwie.«

»Besudeln?«

»Was hineinschreiben. Diese Buchhändler im Ausland bekommen alle ein persönliches Freiexemplar. Wenn es nicht besudelt ist, stellen sie es ins Regal und verkaufen es. Und das wollen wir doch nicht, oder? Also los, weiter.«

Das war die erste Lektion. Andere folgten später. Einer seiner Sprüche lautete: »Wenn man pro Jahr zwei Bücher schreibt und in der Lage ist, das eigene armselige Niveau zu halten, könnte man es vielleicht schaffen, irgendwann seinen Lebensunterhalt mit diesem Zeug zu verdienen.« Detektivgeschichten fand er besser als Thriller (einige seiner Theologen, Dekane zumeist, lasen Detektivgeschichten), aber nicht viel besser. Wir alle, pflegte er zu sagen, gehören zu den Unteren Ständen, wobei er manchmal mit jovial-gespieltem Grimm das Wort »Abschaum« hinzufügte.

Das war 1936.

Seitdem haben sich die Verhältnisse natürlich geändert. Angesichts der Tatsache, daß Spionageromane und Thriller auf Bestsellerlisten erscheinen, würde heutzutage kaum ein Verleger auf die Idee kommen, die Autoren derartiger Werke als Abschaum zu bezeichnen, nicht einmal mit der jovialsten Miene, zumindest nicht in Hörweite der betreffenden Autoren. Wenn ich auch keineswegs andeuten will, daß das Erscheinen auf einer Bestsellerliste Garant für literarische oder andere Qualitäten ist, müssen wir, wenn Romane mit jenem einstmals fatalen Etikett »Thriller« auf den Couchtischen von Buchclubmitgliedern herumliegen, unterstellen, daß irgend etwas anders geworden ist.

Bloß was? Hat sich mit dem Verfall der englischen Währung auch ein ebenso rascher Verfall des literarischen Geschmacks der englischen Öffentlichkeit eingestellt? Möglicherweise. Oder ist der gegenwärtige Zustand eine vorübergehende Phase? Sind würdigere Erzähler schon am Werk, die Erben von Wells, Bennett, Galsworthy und

Maugham, bessere Talente, die bald auftreten werden, um die Situation zu retten? Ebenfalls möglich, aber nicht sehr wahrscheinlich.

Das Phänomen ließe sich natürlich mit psychoanalytischen Begriffen erklären.

Dr. Charles Rycroft betrachtet das Lesen von Detektivgeschichten als eine Art manischer Abwehr von ödipalen Schuldgefühlen. Gälte seine Diagnose auch für den Thriller – und da er *The Moonstone* von Wilkie Collins als repräsentatives Beispiel für die Detektivgeschichten bezeichnet, dürfte nichts dagegen sprechen –, dann könnte man im wachsenden Ansehen des Thrillers als einer literarischen Form einen Beweis dafür erkennen, daß sich immer mehr Neurosen unter der Leserschaft ausbreiten.

Ein zeitlich nicht ausgelasteter Sozialwissenschaftler könnte diese Beobachtung ja einmal nachprüfen.

Meine eigene Erklärung dieser neuen Verhältnisse ist nicht den Sozialwissenschaften geschuldet. Ich glaube, um einen Marketingausdruck zu verwenden, daß das Produkt verbessert wurde. Und damit meine ich nicht: aufgemotzt wurde. Wer die Verbesserung bezweifelt, sollte mal die Romane von, beispielsweise, Sydney Horler und William Le Queux ein zweites Mal lesen. Oder sich noch einmal mit den Abenteuern von Richard Hannay und den Freuden von Sapper beschäftigen. Er wird sich wohl bald nach frischer Luft sehnen. Und auf den Einwand, Thriller seien nicht für eine wiederholte Lektüre gedacht, muß geantwortet werden, daß das zwar bei den meisten zutrifft, daß aber immer mehr für ein zweites Mal taugen. Schriftsteller vom Kaliber eines Geoffrey Household, Len Deighton und John Le Carré kann und will man ein zweites Mal lesen, übrigens nicht, um herauszufinden, wer der Täter ist oder was passiert ist – genausowenig, wie Sherlock-Holmes-Geschichten aus derartigen Gründen zweimal gelesen werden –, sondern weil ihre Autoren Erzähler sind, die engagiert über seelische Vorgänge schreiben, die aufschlußreiche Bezüge zur wahrgenommenen Wirklichkeit haben oder zu haben scheinen.

Gleichwohl wird das Wort »Thriller«, einer literarischen Arbeit angeheftet, noch immer negativ gebraucht. Und zwar nicht allein in den anglophonen Ländern. Unlängst wurde ich von einer jungen Frau aus Zürich interviewt, deren Zeitung sie beauftragt hatte herauszufinden, was in der Schweiz lebende und arbeitende Schriftsteller selbst lesen und warum.

Bei derartigen Anlässen ist man immer versucht, die Rollen zu vertauschen und seinerseits den Interviewer zu interviewen. Als ich fragte, was *sie* denn lese, bekam ich eine schnelle und überraschende Antwort. Nicht Günter Grass oder etwas in der Richtung, wie ich erwartet hatte, sondern Sir Walter Scott. Sie hatte *Das Herz von Midlothian* zur Hälfte gelesen und war anscheinend nicht recht zufrieden.

Ich hakte noch ein bißchen nach, und dann brach es aus ihr hervor. Sie sei eine passionierte Leserin des Dichters und Romanciers Lermontow. Na ja, und Lermontow habe die Romane von Walter Scott so enthusiastisch gepriesen, daß sie mit diesen angefangen habe. Zu ihrem Kummer hatte sie Schwierigkeiten mit ihnen. Sie bekannte, wirklich nicht imstande gewesen zu sein, *Rob Roy* zu Ende zu lesen, und da sei ja noch *Ivanhoe*. Die Aussicht, sich da auch noch durchbeißen zu müssen, machte ihr Angst. Woher das bloß komme. Lermontow könne sich doch nicht immer geirrt haben. Es müsse an ihr liegen.

Ich wollte sie trösten, und so erinnerte ich sie daran, daß viele europäische Romantiker des neunzehnten Jahrhunderts für die Waverley-Romane geschwärmt hätten und daß Lermontow, Romantiker unter den Romantikern, obwohl Russe, schottischer Abstammung war.

»Als ich erfuhr, daß ich Sie interviewen sollte«, sagte sie, »habe ich zwei Ihrer Bücher gelesen. Sie sind ganz gut, wissen Sie!« Sie war bestrebt, ihre Überraschung zu verbergen, was ihr aber nicht richtig gelang. »Wie kommt es«, fuhr sie fort, »daß Ihre Bücher mir leichtfallen, nicht aber die von Sir Walter Scott, die, Lermontow zufolge, doch so gut sein sollen?«

Ich deutete an, daß Scott mit seinem deutschen Übersetzer Pech gehabt haben könnte.

Sie wies das Argument ungeduldig zurück – sie lese ihn auf Englisch – und nahm den Angriff wieder auf.

»Aber Ihre Bücher haben mir gefallen. Wieso eigentlich?«

»Vielleicht fanden Sie einige Personen unterhaltsam.«

»Nein«, sagte sie mit Nachdruck. »Ihre Bücher sind alles andere als Unterhaltung.«

Das war, wie ich zur Erklärung hinzufügen sollte, als Kompliment gemeint. Im Vokabular der deutschen Literaturwissenschaft gibt es ein Wort, vor dem Schriftsteller und Verleger ungeheuer große Angst haben. Dieses Wort, »Unterhaltungsroman«, ist viel gefährlicher als es aussieht.

Ist ein Buch einmal mit diesem Etikett versehen worden, wird der Autor es zeitlebens nicht mehr los. Es ist ein immerwährender Makel, ein Ausweis für Schimpf und Schande. Meine Interviewerin, die sich aus beruflichen Gründen verpflichtet gefühlt hatte, ein wenig literarische Slumgängerei zu betreiben, war verwirrt über das, was sie entdeckt hatte. Aber sie wollte mich nicht mit dem Wort Unterhaltungsliteratur beleidigen.

Literaturpäpste in Europa und Amerika, die, sei es aus Neugier oder weil irgend jemand sie dazu überredet hat, einen der neueren Thriller lesen, reagieren zuweilen ähnlich überrascht und großzügig. Wir können uns zwar fragen, ob die Ansichten, die zu jenem Erstaunen geführt haben, von flüchtigen Blicken herrühren, die man aus einem Taxifenster auf James-Bond-Plakate geworfen hat. Trotzdem sind wir dankbar. Daß ihre Überraschung sich für gewöhnlich in einer jener Formulierungen niederschlägt, die mit »nicht bloß« anfangen oder mit »alles andere als«, läßt sich nicht ändern. Ein Studium der Klappentexte von Thrillern ergibt, daß in der letzten Zeit sehr gerne das höchste Lob (»kann nicht als bloße Unterhaltungsliteratur abgetan werden«) ausgesprochen wurde.

Unterhaltung ist natürlich ein Wort, mit dem viel Mißbrauch getrieben wurde. Überzogen mit einer Kruste von Showbusiness-Assoziationen (Lachkonserven, jugendliche Popstars, TV-Quizsendungen und dergleichen), ist es heutzutage kaum mehr zu erkennen. Lohnt sich die Mühe, es zu retten?

W. S. Maugham pflegte die Frage mit Ja zu beantworten. Er war der Ansicht, daß Unterhaltung die wesentliche

Qualität bei einem Roman ist, ohne die jede andere Qualität bedeutungslos ist. Und je intelligenter die Unterhaltung, die ein Roman bietet, desto besser ist er. Er verwechselte Unterhaltung nicht mit Lachen. Unterhaltung ist, was den Leser fasziniert oder belustigt. Es ist ein weitverbreiteter Irrtum, anzunehmen, daß Belustigung, so verstanden, das einzige ist, worauf es ankommt. *Wuthering Heights* oder *Die Brüder Karamasov* bieten ebensoviel Unterhaltung wie *Tristram Shandy* oder *Candide*.

Conrads *Mit den Augen des Westens* und Simenons *Der Mann, der den Zügen nachsah* bieten gleichfalls eine Menge Unterhaltung, auch wenn beide nicht als amüsant bezeichnet werden können.

Ich habe noch nie eine Theaterbesprechung gesehen, in der eine Inszenierung deswegen gelobt wurde, weil sie nicht »bloße Unterhaltung« war. Da das Publikum vermutlich ins Theater gegangen ist, um sich unterhalten zu lassen, kommt es darauf auch gar nicht an. Was zur Debatte steht, ist die handwerkliche Geschicklichkeit, der Witz und die Intelligenz (bzw. der jeweilige Mangel daran), den die Betreffenden zeigen. Und das gilt für Aufführungen von *Hamlet* ebenso wie für *Die Mausefalle*. Wenn der Regisseur eines Mysterienspiels, das in einer Kathedrale aufgeführt werden soll, immerhin darauf bestehen könnte, daß er sein Publikum nicht unterhalten, sondern lediglich bilden und erbauen wolle, so wäre es unklug von ihm, das in aller Öffentlichkeit zu sagen. Der Theaterbesucher, egal ob er in einer Loge oder auf einer Kirchenbank sitzt, erwartet, daß er unterhalten wird – d.h. er will etwas geboten bekommen, was ihn erbauet und/oder belustigt –, und kann verlangen, daß seine Erwartungen erfüllt werden.

Ähnliches gilt für den Leser eines Romans, ob es in dem Buch nun um Gott geht oder um die Aufklärung eines Verbrechens. Soll der Kritiker doch schreiben: »Mehr als ein bloßes Melodram«, wenn es ihm gefällt. Es wird trotzdem nicht viel besagen. Er könnte gerade Faulkners *Die Freistatt* besprechen oder Hammetts *Malteser Falken*, aber zumindest unterstellt er nicht, daß Unterhaltung zu bieten eine Art literarischer Verkommenheit ist, in die der gute Romancier natürlich nie hinabsinkt.

Eine schwierige Aufgabe habe ich bislang vor mir hergeschoben, nämlich unseren Diskussionsgegenstand, den Thriller, zu definieren.

Das Wort selbst ist ein unglücklicher, ungeschickter Ausdruck, und man hat schon oft versucht, ein besseres zu finden. John Buchans »Shocker« läßt einen eher an fehlerhafte Elektrogeräte denken als an Bücher. Amerikanische Buchhändler bevorzugen »Mystery«, einen vagen und oft völlig unpassenden Universalausdruck, obwohl die Verfasser von Klappentexten keine Mühe scheuen, ihn zu vermeiden. Daß sie aus dem Substantiv »Suspense« ein Adjektiv machten, war ein Trick, der eine Zeitlang funktionierte. Aber es können in jedem Genre nur wenige Geschichten geschrieben worden sein, die sich durch einen Mangel an Spannung auszeichnen. »Suspense Story« war eine kurzlebige Tautologie. Eine Zeitlang war »Intrigue« in Mode, aber auch diesem Ausdruck mangelt es an Kraft, und Adjektive wie »international« mußten her, um ihn auf schwerfällige Weise zu stützen. »Spionageroman« ist akzeptabel, wenn es in dem fraglichen Buch tatsächlich um Spione geht. Sehr oft aber wird der Ausdruck ganz locker für Geschichten genommen, in denen es um verborgene Aktivitäten wie Waffen- oder Goldschmuggel geht, die mit Spionage überhaupt nichts zu tun haben. Für den allgemeinen Gebrauch scheint, zumindest diesseits des Atlantiks, nur das Wort »Thriller« übrigzubleiben.

Der Thriller ist ein erweitertes Märchen. Er ist ein Melodram, durch dessen Ausschmückung die Illusion erzeugt wird, daß die Geschichte wahr sein könnte, wie unwahrscheinlich sie auch klingen mag.

Na ja, immerhin hab ich's mal versucht, aber es ist wohl keine sehr brauchbare Definition. Viele Romane, die normalerweise nicht als Thriller gelten (ich denke an *Jane Eyre*), ließen sich in diesem Sinne beschreiben. Und wieviel an der Illusion ist wirklich Illusion? Bedienen sich der Thrillerautor und der Zauberer, der auf der Bühne eine Frau entzweisägt, ähnlicher Tricks? Muß man in beiden Fällen (und in demselben Maße) eine Bereitschaft zum Staunen mitbringen?

Der Thriller darf beanspruchen, daß über seine Charakteristika und seinen Wert präziser gesprochen wird.

Arnold Bennett hat einmal versucht, den Unterschied zwischen Thrillern (Abenteuerromanen, wie er sie manchmal nannte) und anderen Romanen zu bestimmen.

»Einen Abenteuerroman … nicht bis zu Ende zu lesen, beweist, daß er keine Wirkung auf den Leser ausgeübt hat«, schrieb er im Jahre 1927. »Denn die Hauptsache dabei ist die ›Handlung‹, die Abfolge der Ereignisse. Aber bei nur wenigen Romanen kommt es, was ihren Reiz angeht, zuallererst auf das rein Erzählerische an. In der großen Mehrzahl der Fälle ist das, was den Leser an einem großartigen Roman fasziniert, nicht die Handlung, sondern die Originalität und die Ausstrahlungskraft des Autors, seine Denkweise und seine Phantasie, die sich auf jeder Seite mitteilen und von deren unaufhörlichem Wirken man sich keine einzige Äußerung entgehen lassen würde.«

Das ist klar und deutlich, doch schon im nächsten Absatz heißt es, daß bei den meisten Romanen »... die Befriedigung eher von einem Teil als vom Ganzen herrührt, da die Wirkung keineswegs kumulativ ist und von Seite zu Seite nachlassen kann. Nur wenige Bücher werden mit fortschreitender Seitenzahl besser.«

Anders gesagt, nur der außergewöhnlich gute, seriöse Roman wird *nicht* langweilig, im Gegensatz zum schlechten Thriller. Eine merkwürdige These damals, aber eine, die heute vielleicht eher zu akzeptieren ist. Sie muß bloß ein wenig umformuliert werden.

Bei wenigen Thrillern kommt es heute, was ihren Reiz angeht, auf das rein Erzählerische an. Was den Leser an einem guten Thriller fasziniert, ist das, was einen an jedem anderen guten Roman fasziniert – die Originalität und die Ausstrahlungskraft des Autors, seine Denkweise und seine Phantasie. Einen angefangenen Roman nicht zu Ende zu lesen, beweist, daß er keine Wirkung auf den Leser ausgeübt hat.

Nach- und Hinweise

AIKEN JOAN, 4.9.1924 Rye (Sussex) – 4.1.2004, Petworth (Sussex)
Dem Geruch nach. Aus dem Englischen von Felix Gasbarra. Aus: *Wie es mir einfällt* (detebe 22677); Diogenes, Zürich 1994.
• Von Joan Aiken sind im Diogenes Verlag erschienen:
Ärger mit Produkt X. Roman. 1987 ***
Anderland. Roman. 1994 ***
Angst und Bangen. Roman. 1991 ***
Du bist Ich. Roman. 1989
Elizas Tochter. Roman. 1996 ***
Emma Watson. Roman. 1997 ***
Fanny und Scylla oder Die zweite Frau. Roman. 1990
Die Fünf-Minuten-Ehe. Roman. 1993 ***
Der Geist von Lamb House. Roman. 1995 ***
Haß beginnt daheim. Roman. 1988 ***
Jane Fairfax. Roman. 1993 ***
Die Kristallkrähe. Roman. 1974
Das Mädchen aus Paris. Roman. 1985
Die jüngste Miss Ward. Roman. 2000
Mitternacht ist ein Ort. Roman. 1994 ***
Die Party-Köchin. Roman. 1996 ***
Der letzte Satz. Roman. 1989
Schattengäste. Roman. 1990 ***
Der Schmuck der Lady Catherine. Roman. 2001
Der eingerahmte Sonnenuntergang. Roman. 1986 ***
Stimmen in einem leeren Haus. Roman. 1994 ***
Tote reden nicht vom Wetter. Roman. 1986
Wie es mir einfällt. Geschichten. 1991 ***
• Kinderbücher:
Prinz Koriander und die Trolle aus der Tiefkühltruhe. 1998 ***
Der Winterschlafwandler. 2000
Das letzte Stück vom Regenbogen. 1987 ***

AMBLER ERIC, 28.6.1909, London – 22.10.1998, London
Der Fall des Blechmedaillons (Titel von den Herausgebern). Aus dem Englischen von Matthias Fienbork. Aus: *Wer hat Blagden Cole umgebracht?* (detebe 23153); Diogenes, Zürich 2000.
Der seriöse Roman, jene malerische Burg, und der Thriller. Deutsch von Matthias

*** = zur Zeit nicht lieferbar. Stand: Februar 2006

Fienbork. Aus: *Tintenfaß Nr. 20* (detebe 22020); Diogenes, Zürich 1991.
• Von Eric Ambler sind im Diogenes Verlag erschienen:
Die Angst reist mit. Roman. 1975
Anlaß zur Unruhe. Roman. 1979 ***
Eine Art von Zorn. Roman. 1975
Die Begabung zu töten. 1988
Besuch bei Nacht. Roman. 1978
Bitte keine Rosen mehr. Roman. 1978
Doktor Frigo. Roman. 1975
Der Fall Deltschev. Roman. 1975
Ungewöhnliche Gefahr. Roman. 1979
Schmutzige Geschichte. Roman. 1968
Der dunkle Grenzbezirk. Roman. 1979 ***
Das Intercom-Komplott. Roman. 1971
Der Levantiner. Roman. 1973
Die Maske des Dimitrios. Roman. 1974
Mit der Zeit. Roman. 1981
Nachruf auf einen Spion. Roman. 2002
Schirmers Erbschaft. Roman. 1975
Topkapi. Roman. 1969 ***
Waffenschmuggel. Roman. 1970 ***
• Autobiographische Bücher:
Ambler by Ambler. Eric Amblers Autobiographie. 1986
Wer hat Blagden Cole umgebracht? Lebens- und Kriminalgeschichten. 1995
• Außerdem erschienen:
Über Eric Ambler. 1979 ***
Eric Ambler. Eine Biographie von Stefan Howald. 2002

ARJOUNI JAKOB, 8.10.1964, Frankfurt am Main, lebt in Paris und Südfrankreich
Verpatzt (Titel von den Herausgebern). Aus: *Kismet.* Ein Kayankaya-Roman (detebe 23336); Diogenes, Zürich 2002.
• Von Jakob Arjouni sind im Diogenes Verlag erschienen:
Edelmanns Tochter. Theaterstück. 1996 ***
Ein Freund. Geschichten. 1998
Hausaufgaben. Roman. 2004
Idioten. Fünf Märchen. 2003
Magic Hoffmann. Roman. 1997
• Die Romane mit Privatdetektiv Kemal Kayankaya:
Ein Mann, ein Mord. 1991
Happy birthday, Türke! 1987
Kismet. 2001
Mehr Bier. 1987

CHANDLER RAYMOND, 23.7.1888, Chicago – 26.3.1959, La Jolla (Kalifornien)
Ich werde warten. Aus dem Amerikanischen von Hans Wollschläger. Aus: *Erpresser schießen nicht* (detebe 20751); Diogenes, Zürich 1980.
• Von Raymond Chandler sind im Diogenes Verlag erschienen:
Gesammelte Detektivstories um Philip Marlowe und seine Vorläufer. 1976 ***
Meistererzählungen. (vorm.: *Die besten Detektivstories*). 1988 ***

Sämtliche Romane und mehr in 9 Bänden in Kassette. 1976 ***
Werkausgabe in 13 Bänden in Kassette. 1980 ***
Der lange Abschied. Roman. 1975
Erpresser schießen nicht und andere Detektivstories. 1980
Das hohe Fenster. Roman. 1975
Gefahr ist mein Geschäft und andere Detektivstories. 1967
Der König in Gelb und andere Detektivstories. 1980 ***
Die simple Kunst des Mordes. Briefe, Essays, Notizen, eine Geschichte und ein Romanfragment. 1975 ***
Lebwohl, mein Liebling. Roman. 1976
Mord im Regen. Frühe Stories. 1976 ***
Playback. Roman. 1976
Der große Schlaf. Roman. 1974
Die kleine Schwester. Roman. 1975
Englischer Sommer. Drei Geschichten und Parodien, Aufsätze, Skizzen und Notizen aus dem Nachlaß. 1980
Die Tote im See. Roman. 1976
Zierfische. Eine Philip-Marlowe-Geschichte. 1983 ***
• Außerdem erschienen:
Raymond Chandler. Eine Biographie von Frank MacShane. 1984 ***

CHESTERTON GILBERT KEITH, 29.5.1874, Kensington – 14.6.1936, Beaconsfield
Der Fluch des Buches. Aus dem Englischen von Alfred P. Zeller, Kamilla Demmer und Alexander Schmitz. Aus: *Das schlimmste Verbrechen der Welt* (detebe 23439); Diogenes, Zürich 2004.
• Von Gilbert Keith Chesterton sind im Diogenes Verlag erschienen:
Das Paradies der Diebe (vorm.: *Pater Brown und der Fehler in der Maschine*). 2004
Die seltsamen Schritte (vorm.: Pater Brown und das blaue Kreuz). 2004

DOYLE ARTHUR CONAN, 22.5.1859, Edingburgh – 7.7.1930, Crowborough (Sussex)
Das gefleckte Band. Aus dem Englischen von Margarethe Nedem. Aus: *Das gefleckte Band.* (detebe 79513); Diogenes, Zürich 1983.
• Von Arthur Conan Doyle ist im Diogenes Verlag erschienen:
Sherlock Holmes Geschichten. 1984

DÜRRENMATT FRIEDRICH, 5.1.1921, Konolfingen bei Bern – 14.12.1990, Neuchâtel
Justiz. Auszug aus dem gleichnamigen Roman (detebe 23065); Diogenes, Zürich 1998.
• Von Friedrich Dürrenmatt sind im Diogenes Verlag erschienen:
Gesammelte Werke in 7 Bänden in Kassette. 1988, 1996 (erweiterte Neuausgabe) ***
Denken mit Friedrich Dürrenmatt. 2005
Drei Kriminalromane. Der Richter und sein Henker / Der Verdacht/Das Versprechen. 2004

Kants Hoffnung. Zwei politische Reden / Zwei Gedichte aus dem Nachlaß. 1991 ***
Minotaurus. Eine Ballade. 1985
Das Mögliche ist ungeheuer. Ausgewählte Gedichte. 1993

• Das dramatische Werk:
Das dramatische Werk in 18 Bänden in Kassette. 1998
Achterloo. Komödie in zwei Akten (Erste Fassung). 1983 ***
Achterloo. Komödie (Vierte und letzte Fassung). 1993 ***
Der Besuch der alten Dame. Eine tragische Komödie. 1980
Die Ehe des Herrn Mississippi. Eine Komödie in zwei Teilen (Neufassung 1980) und ein Drehbuch. 1980
Ein Engel kommt nach Babylon. Eine fragmentarische Komödie in drei Akten. 1980
Es steht geschrieben / Der Blinde. Frühe Stücke. 1980
Frank der Fünfte. Komödie einer Privatbank. 1980
Die Frist. Eine Komödie. 1980
Nächtliches Gespräch mit einem verachteten Menschen / Stranitzky und der Nationalheld / Das Unternehmen der Wega. Hörspiele und Kabarett. 1980
Herkules und der Stall des Augias / Der Prozeß um des Esels Schatten. Griechische Stücke. Zwei Hörspiele und eine Komödie, letztere in der Neufassung 1980. 1998
König Johann / Titus Andronicus. Shakespeare-Umarbeitungen. 1980
Der Meteor / Dichterdämmerung. Zwei Nobelpreisträgerstücke. 1980
Der Mitmacher. Ein Komplex. 1980
Die Panne. Ein Hörspiel und eine Komödie. 1980
Die Physiker. Eine Komödie in zwei Akten. 1980
Play Strindberg / Porträt eines Planeten. Übungsstücke für Schauspieler. 1980
Romulus der Große. Eine ungeschichtliche historische Komödie in vier Akten. 1980
Urfaust / Woyzeck. Zwei Bearbeitungen. 1980
Die Wiedertäufer. Eine Komödie in zwei Teilen. 1980

• Das Prosawerk:
Prosa, Essays und Materialien in 13 Bänden in Kassette. 1980
Das Prosawerk in 19 Bänden in Kassette. 1998
Albert Einstein. Ein Vortrag. 1979
Der Auftrag oder Vom Beobachten des Beobachters der Beobachter. Novelle in vierundzwanzig Sätzen. 1986
Aus den Papieren eines Wärters. Frühe Prosa. 1998
Durcheinandertal. Roman. 1989
Gedankenfuge. 1992
Der Gedankenschlosser. Über Gott und die Welt. 2000 ***
Grieche sucht Griechin. 1992
Grieche sucht Griechin / Mr. X macht Ferien / Nachrichten über den Stand des Zeitungswesens in der Steinzeit. Grotesken. 1980
Der Hund / Der Tunnel /

Die Panne und andere Erzählungen. 1996
Justiz. Roman. 1998
Kritik. Kritiken und Zeichnungen. 1998
Labyrinth. Stoffe I-III: Der Winterkrieg in Tibet / Mondfinsternis / Der Rebell (vorm.: *Stoffe* I-III). 1990
Literatur und Kunst. Essays, Gedichte und Reden. 1980
Meistererzählungen. 1992 ***
Mondfinsternis / Der Rebell. Stoffe II / III. 1984 ***
Die Panne. Eine noch mögliche Geschichte. 2006
Der Pensionierte. Fragment eines Kriminalromans. 1995
Philosophie und Naturwissenschaft. Essays, Gedichte und Reden. 1980
Politik. Essays, Gedichte und Reden. 1980
Der Richter und sein Henker. Kriminalroman. 1986
Der Richter und sein Henker / Der Verdacht. Zwei Kriminalromane. 1978
Meine Schweiz. Ein Lesebuch. 1998
Der Sturz / Abu Chanifa und Anan ben David / Smithy / Das Sterben der Pythia. Erzählungen. 1980
Theater. Essays, Gedichte und Reden. 1998
Turmbau. Stoffe IV-IX: Begegnungen / Querfahrt / Die Brücke / Das Haus / Vinter / Das Hirn. 1994
Der Verdacht. Kriminalroman. 1986
Das Versprechen. Requiem auf den Kriminalroman. 1996
Versuche. 1988
Der Winterkrieg in Tibet. Stoffe I. 1984 ***
Das Versprechen / Aufenthalt in einer kleinen Stadt. Erzählungen. 1980
Zusammenhänge / Nachgedanken. Essay über Israel. 1980

• Das zeichnerische Werk:
Bilder und Zeichnungen. 1978 ***
Die Heimat im Plakat. Ein Buch für Schweizer Kinder. 1963
Die Mansarde. Die Wandmalereien aus der Berner Laubeggstraße. 1995
Friedrich Dürrenmatt. Schriftsteller und Maler. Ein Bilder- und Lesebuch. 1994

• Außerdem erschienen:
Das Dürrenmatt Lesebuch. 1991
Über Friedrich Dürrenmatt. 1980
Denken mit Friedrich Dürrenmatt. 2005
Gespräche 1961–1990 in vier Bänden in Kassette. Herausgegeben von Heinz Ludwig Arnold. 1996
Max Frisch und Friedrich Dürrenmatt. Briefwechsel. Hrsg. von Peter Rüedi. 1998
Meine Schweiz. Ein Lesebuch. Herausgegeben von Heinz Ludwig Arnold. 1998
Herkules und Atlas. Lobreden und andere Versuche über Friedrich Dürrenmatt. Ein Lese- und Bilderbuch. 1990 ***

play Dürrenmatt. Ein Lese- und Bilderbuch. 1996
Rollenspiele. Protokoll einer fiktiven Inszenierung und *Achterloo* III. Zusammen mit Charlotte Kerr. 1986
Friedrich Dürrenmatt. Stationen seines Werkes. Von Elisabeth Brock-Sulzer. 1986 ***
Die Welt als Labyrinth. Ein Gespräch mit Franz Kreuzer. 1986 ***
Querfahrt mit Friedrich Dürrenmatt. Aufsätze und Vorträge. Von Heinz Ludwig Arnold. 1998

FRANCIS DICK, eigentlich Richard Stanley Francis, 31.10.1920 Südwales, lebt am Rande der Birkshire Downs in England und in Florida
Alptraum. Aus dem Englischen von Michaela Link. Aus: *Winkelzüge* (detebe 23279); Diogenes, Zürich 2001.
• Von Dick Francis sind im Diogenes Verlag erschienen:
Ausgestochen. Roman. 1995
Außenseiter. Roman. 1991
Banker. Roman. 1993
Blindflug. Roman. 1993
Comeback. Roman. 1993
Doping. Roman. 2000
Favorit. Ein Sid-Halley-Roman. 1997
Fehlstart. Roman. 1995
Festgenagelt. Roman. 1995
Galopp. Roman. 1991
Gefälscht. Roman. 2001
Gefahr. Roman. 1993
Gefilmt. Roman. 1993
Gegenzug. Roman. 1992
Handicap. Ein Sid-Halley-Roman. 1991
Hilflos. Roman. 1994
Hurrikan. Roman. 2001
Knochenbruch. Roman. 1996
Lunte. Roman. 1995
Mammon. Roman. 2000
Nervensache. Ein Sid-Halley-Roman. 1993
Peitsche. Roman. 1995
Rat Race. Roman. 1998
Reflex. Roman. 1991
Risiko. Roman. 1999
Rivalen. Roman. 1999
Rufmord. Roman. 1998
Scherben. Roman. 2002
Schlittenfahrt. Roman. 1996
Schnappschuß. Roman. 1998
Sporen. Roman. 1994
Todsicher. Roman. 1993
Unbestechlich. Roman. 1990
Verrechnet. Roman. 1998
Versteck. Roman. 1998
Weinprobe. Roman. 1994
Winkelzüge. Dreizehn Geschichten. 2000
Zügellos. Roman. 1997
Zuschlag. Roman. 1998

FREMLIN CELIA, 20.6.1914, Kingsbury (Middlesex), lebt in London
Glückspilz. Aus dem Englischen von Ursula Kösters-Roth. Aus: *Ein schöner Tag zum Sterben* (detebe 21985); Diogenes, Zürich 1991.
• Von Celia Fremlin sind im Diogenes Verlag erschienen:
Die Eifersüchtige. Roman. 1993 ***
Gefährliche Gedanken. Roman. 1994

Gibt's ein Baby, das nicht schreit? Roman. 1991 ***
Klimax oder Außerordentliches Beispiel von Mutterliebe. Roman. 1972
Sieben magere Jahre. Roman. 1994 ***
Onkel Paul. Roman. 1989
Parasiten-Person. Roman. 1991 ***
Rendezvous mit Gestern. Roman. 1988 ***
Der lange Schatten. Roman. 1993 ***
Die Spinnen-Orchidee. Roman. 1988 ***
Die Stunden vor Morgengrauen. Roman. 1987
Das Tudorschloß. Roman. 1996
Unruhestifter. Roman. 1993 ***
Vaters Stolz. Roman. 1998 ***
Wer hat Angst vorm schwarzen Mann? Roman. 1985 ***
Wetterumschwung. Geschichten. 1994 ***
Zwielicht. Roman. 1992 ***

GLAUSER FRIEDRICH, 4.2.1896, Wien – 8.12.1938, Nervi bei Genua
Ein Toter auf einem Grab und zwei streitende Herren (Titel von den Herausgebern). Auszug aus dem Roman *Der Chinese* (detebe 21736); Diogenes, Zürich 1989.
• Von Friedrich Glauser sind im Diogenes Verlag erschienen:
Gourrama. Ein Roman aus der Fremdenlegion. 1989
Die Kriminalromane in 6 Bänden in Kassette. 1989
Alle Bände auch als Einzelbände erhätlich:
Die Fieberkurve. Roman. 1989
Krock & Co. Roman. 1989
Matto regiert. Roman. 1989
Der Tee der drei alten Damen. Roman. 1989
Wachtmeister Studer. Roman. 1989

GULIK ROBERT VAN, 9.8.1910, Zutphen, Niederlande – 4.9.1967, Den Haag
Blutiger Neujahrsabend (Titel von den Herausgebern). Auszug aus dem Roman *Richter Di bei der Arbeit* (detebe 21921); Diogenes, Zürich 1990.
• Von Robert van Gulik sind im Diogenes Verlag erschienen:
Der geschenkte Tag. Ein Amsterdamer Kriminalroman. 1991 ***
Kriminalfälle des Richters Di, alten chinesischen Originalquellen entnommen:
Der Affe und der Tiger. Roman. 1988
Geisterspuk in Peng-lai. Roman. 1988
Halskette und Kalebasse. Roman. 1987
Mord im Labyrinth. Roman. 1985
Mord in Kanton. Roman. 1988
Mord nach Muster. Roman. 1989
Nagelprobe in Pei-tscho. Roman. 1990
Die Perle des Kaisers. Roman. 1989
Das Phantom im Tempel. Roman. 1989
Poeten und Mörder. Roman. 1988
Der See von Han-yuan. Roman. 1990

Nächtlicher Spuk im Mönchskloster. Roman. 1990
Tod im Roten Pavillon. Roman. 1986
Der Wandschirm aus rotem Lack. Roman. 1990
Wunder in Pu-yang? Roman. 1985
• Außerdem erschienen:
Merkwürdige Kriminalfälle des Richters Di. Herausgegeben von Robert van Gulik. 1998
Robert van Gulik. Ein Leben mit Richter Di. Von Janwillem van de Wetering. 1990 ***

HAMMETT DASHIELL, 27.5.1894, St. Mary's County (Maryland) – 10.1.1961, New York
Das Haus in der Turk Street. Aus dem Amerikanischen von Wulf Teichmann. Aus: *Das Haus in der Turk Street* und andere Detektivstories (detebe 20914); Diogenes, Zürich 1981.
• Von Dashiell Hammett sind im Diogenes Verlag erschienen:
Detektiv bei Continental's. Der Detektivgeschichten zweite und letzte Folge. 1978 ***
Der Farewell-Mord. Eine Sam-Spade-Geschichte. 1983 ***
Meistererzählungen. (vorm.: *Die besten Geschichten …*) 1989 ***
Das große Umlegen. Der Detektivgeschichten erste Folge. 1976 ***
Sämtliche Romane in 5 Bänden in Kassette. 1976 ***
Sämtliche Werke in 10 Bänden in Kassette. 1981 ***
Rote Ernte. Roman. 1976 ***
Der Fluch des Hauses Dain. Roman. 1976 ***
Der Malteser Falke. Roman. 1974
Der dünne Mann. Roman. 1976
Der gläserne Schlüssel. Roman. 1976
Das Dingsbums Küken und andere Detektivstories. 1981
Fliegenpapier und andere Detektivstories. 1965 ***
Fracht für China und andere Detektivstories. 1981
Das große Umlegen und andere Detektivstories. 1981
• Außerdem erschienen:
Dashiell Hammett. Eine Biographie. von Diane Johnson. 1985 ***

HIGHSMITH PATRICIA, 19.1.1921, Fort Worth (Texas) - 4.2.1995 Locarno (Tessin)
Der Schneckenforscher. Aus dem Amerikanischen von Anne Uhde. Aus dem gleichnamigen Erzählungsband (detebe 23423); Diogenes, Zürich 2005.
• Von Patricia Highsmith sind im Diogenes Verlag erschienen:
Der Geschichtenerzähler. Roman. 1974 ***
Kleine Geschichten für Weiberfeinde. Eine weibliche Typenlehre in siebzehn Beispielen. 1975
Geschichten von natürlichen und unnatürlichen Katastrophen. 1988 ***
Leute, die an die Tür klopfen. Roman. 1986 ***
Katzen. Drei Stories, drei Gedichte, ein Essay und zwölf Zeichnungen. 2005

Meistererzählungen. 1989 ***
Suspense oder Wie man einen Thriller schreibt. 1985 ***
Zeichnungen. 1995
• Werkausgabe. Romane und Stories. Vollständig neuübersetzt. Herausgegeben von Paul Ingendaay und Anna von Planta in Zusammenarbeit mit Ina Lannert, Barbara Rohrer und Kate Kingsley Skattebol:
Die Augen der Mrs. Blynn. Stories 1952–1980. 2002
Ediths Tagebuch. Roman. 2003
Elsies Lebenslust. Roman. 2004
Die zwei Gesichter des Januars. Roman. 2003
Der Junge, der Ripley folgte. Roman. 2004
Keiner von uns. Stories. 2005
Leise, leise im Wind. Zwölf Geschichten. 2004
Lösegeld für einen Hund. Roman. 2002
Kleine Mordgeschichten für Tierfreunde / Kleine Geschichten für Weiberfeinde. Stories. 2004
Die stille Mitte der Welt. Stories 1938–1949. 2002
Nixen auf dem Golfplatz. Stories. 2005
Ripley Under Ground. Roman. 2002
Ripley Under Water. Roman. 2004
Ripley's Game oder Ein amerikanischer Freund. Roman. 2003
Salz und sein Preis (vorm: *Carol*). Roman. 2005
Der Schneckenforscher. Stories. 2003
Der Schrei der Eule. Roman. 2002
›Small g‹ – eine Sommeridylle. Roman. 2006
Ein Spiel für die Lebenden. Roman. 2005
Der Stümper. Roman. 2005
Der süße Wahn. Roman. 2003
Der talentierte Mr. Ripley. Roman. 2003
Tiefe Wasser. Roman. 2005
Venedig kann sehr kalt sein. Roman. 2004
Die gläserne Zelle. Roman. 2005
Das Zittern des Fälschers. Roman. 2003
Zwei Fremde im Zug. Roman. 2002
• Außerdem erschienen:
Patricia Highsmith. Leben und Werk (vorm.: *Über Patricia Highsmith*). 1996 ***
Meine Jahre mit Pat. Erinnerungen an Patricia Highsmith. Von Marijane Meaker. 2005
Der talentierte Mr. Ripley. Drehbuch mit zahlreichen Filmfotos. Von Anthony Minghella. 2000 ***
Kleine Mordgeschichten für Tierfreunde. Diogenes Hörbuch, gelesen von Alice Schwarzer. 2006

HOTTINGER MARY, 20.6.1893, Liverpool – 1.12.1978, Küsnacht bei Zürich
Der Krimi ist nicht totzukriegen (Titel von den Herausgebern). Aus dem Englischen von Günter Eichel. Aus: *Noch mehr Morde* (detebe 20023); Diogenes, Zürich 1972.

• Mary Hottinger hat im Diogenes Verlag herausgegeben:
Geschichten für den Connaisseur in 6 Bänden in Kassette. 1978 ***
Ehegeschichten. (vorm.: *Der Connaisseur* V) 1987 ***
Familiengeschichten. (vorm.: *Der Connaisseur* III) 1987 ***
Geldgeschichten. (vorm.: *Der Connaisseur* IV) 1994
Ganz gemeine Geschichten. (vorm.: *Der Connaisseur* II) 1987
Gruselgeschichten. 1968 ***
Kindergeschichten (vorm.: *Geschichten über Kinder*) 1987 ***
Unheimliche Geschichten (vorm.: *Der Connaisseur* I) 1987
• Außerdem erschienen:
Krimi für Anfänger. 1962 ***

KETTENBACH HANS WERNER, 20.4.1928, Bendorf (Rhein), lebt in Köln
Minnie oder ein Fall von Geringfügigkeit. Auszug aus dem gleichnamigen Roman (detebe 21218); Diogenes, Zürich 1984.
• Von Hans Werner Kettenbach sind im Diogenes Verlag erschienen:
Davids Rache. Roman. 1994 ***
Zu Gast bei Dr. Buzzard. Roman. 2006
Der Feigenblattpflücker. Roman. 1992 ***
Glatteis. Roman. 2001
Grand mit vieren. Roman. 2000
Hinter dem Horizont. Eine New Yorker Liebesgeschichte. 1986
Kleinstadtaffäre. Roman. 2004
Die Konkurrentin. Roman. 2002
Minnie oder Ein Fall von Geringfügigkeit. 1984 ***
Der Pascha. Roman. 1987 ***
Die Schatzgräber. Roman. 2000
Schmatz oder Die Sackgasse. Roman. 1989
Sterbetage. Roman. 1986

KOMAREK ALFRED, 5.10.1945, Bad Aussee, lebt in Wien
Die Leiche im Keller (Titel von den Herausgebern). Aus dem Roman: *Polt muß weinen* (detebe 23129); Diogenes, Zürich 2000.
• Von Alfred Komarek sind im Diogenes Verlag erschienen:
Blumen für Polt. Roman. 2001
Himmel, Polt und Hölle. Roman. 2003
Die Villen der Frau Hürsch. Roman. 2005

LEON DONNA, 28.9.1942, New Jersey, lebt in Venedig
Spurensicherung (Titel von den Herausgebern). Aus dem Amerikanischen von Monika Elwenspoek. Auszug aus dem Roman *Feine Freunde.* Commissario Brunettis neunter Fall (detebe 23339); Diogenes, Zürich 2002.
• Von Donna Leon sind im Diogenes Verlag erschienen:
• Die Commissario-Brunetti-Romane:
Venezianisches Finale. Commissario Brunettis erster Fall. Roman. 1993
Endstation Venedig. Commissario Brunettis zweiter Fall. Roman. 1995

Venezianische Scharade. Commissario Brunettis dritter Fall. Roman. 1996
Vendetta. Commissario Brunettis vierter Fall. Roman. 1997
Acqua alta. Commissario Brunettis fünfter Fall. Roman. 1997
Sanft entschlafen. Commissario Brunettis sechster Fall. Roman. 1998
Nobiltà. Commissario Brunettis siebter Fall. Roman. 1999
In Sachen Signora Brunetti. Der achte Fall. Roman. 2000
Feine Freunde. Commissario Brunettis neunter Fall. Roman. 2001
Das Gesetz der Lagune. Commissario Brunettis zehnter Fall. Roman. 2002
Die dunkle Stunde der Serenissima. Commissario Brunettis elfter Fall. Roman. 2003
Verschwiegene Kanäle. Commissario Brunettis zwölfter Fall. Roman. 2004
Beweise, daß es böse ist. Commissario Brunettis dreizehnter Fall. Roman. 2005
Blutige Steine. Commissario Brunettis vierzehnter Fall. Roman. 2006
Auch als Diogenes Hörbuch, gelesen von Achim Höppner. 2006
• Außerdem erschienen:
Eine Amerikanerin in Venedig. Geschichten aus dem Alltag. 2000 ***
Latin Lover. Von Männern und Frauen. 1999 ***
Über Venedig, Musik, Menschen und Bücher. 2005
Mein Venedig. Ausgewählte Geschichten. Diogenes Hörbuch, gelesen von Hannelore Hoger. 2005

MACDONALD ROSS, eigentlich Kenneth Millar, 13.2.1915, Los Gatos (Kalifornien) – 11.7.1983, Santa Barbara
Blondine mit schlechtem Gewissen. Aus dem Amerikanischen von Hubert Deymann. Aus: *Der Drahtzieher* (detebe 21018); Diogenes, Zürich 1983.
• Von Ross Macdonald sind im Diogenes Verlag erschienen:
Blue City. Roman. 1985
Dornröschen war ein schönes Kind … Roman. 1975
Durchgebrannt. Roman. 1970
Einer lügt immer. Detektivstories um Lew Archer. 1983
Der Fall Galton. Roman. 1976
Gänsehaut. Roman. 1976 ***
Geld kostet zuviel. Roman. 1970 ***
Ein Grinsen aus Elfenbein. Roman. 1976 ***
Der blaue Hammer. Roman. 1978
Die Kehrseite des Dollars. Roman. 1971
Die Küste der Barbaren. Roman. 1976
Der Mörder im Spiegel. Roman. 1985.
Sämtliche Detektivstories um Lew Archer. 1976 ***
Sanftes Unheil. Roman. 1984
Unter Wasser stirbt man nicht! Roman. 1976
Der Untergrundmann. Roman. 1973 ***

Markaris Petros, 1.1.1937, Istanbul, lebt in Athen
Routine (Titel von den Herausgebern). Aus dem Neugriechischen von Michaela Prinzinger. Auszug aus dem Roman *Hellas Channel* (detebe 23282); Diogenes, Zürich 2001.
• Von Petros Markaris sind im Diogenes Verlag erschienen:
Balkan Blues. Geschichten. 2005
Live! Roman. 2004
Nachtfalter. Roman. 2001

Millar Margaret, 5.2.1915, Kitchener (Ontario) – 26.3.1994, Santa Barbara
Das Ehepaar von nebenan. Aus dem Amerikanischen von Günter Eichel. Aus: *Dolly Dolittles Crime Club* 1 (detebe 20277), Diogenes, Zürich 1971.
• Von Margaret Millar sind im Diogenes Verlag erschienen:
Banshee die Todesfee. Roman. 1987
Blinde Augen sehen mehr. Roman. 1990
Da waren's nur noch neun. Roman. 1996
Ein Fremder liegt in meinem Grab. Roman. 1969 ***
Es liegt in der Familie. Roman. 1997
Fast wie ein Engel. Roman. 1984
Die Feindin. Roman. 1965
Fragt morgen nach mir. Roman. 1978
Gesetze sind wie Spinnennetze. Roman. 1989
Kannibalen-Herz. Roman. 1988 ***
Letzter Auftritt von Rose. Roman. 1994
Liebe Mutter, es geht mir gut … Roman. 1967
Der Mord von Miranda. Roman. 1981
Nymphen gehören ins Meer! Roman. 1984
Die Süßholzraspler. Roman. 1972
Das eiserne Tor. Roman. 1983 ***
Stiller Trost. Roman. 1994
Umgarnt. Roman. 1995
Von hier an wird's gefährlich. Roman. 1974
Die lauschenden Wände. Roman. 1986
Wie du mir. Roman. 1992

Nabb Magdalen, 16.1.1947, Church (Lancashire), lebt in Florenz
Tod im Herbst. Aus dem Englischen von Matthias Fienbork. Auszug aus dem gleichnamigen Roman (detebe 21869); Diogenes, Zürich 1990.
• Von Magdalen Nabb sind im Diogenes Verlag erschienen:
Cosimo. Roman. 2004
• Die Fälle für Maresciallo Guarnaccia:
Tod eines Engländers. Der erste Fall. Roman. 1991
Tod eines Holländers. Der zweite Fall. Roman. 1992
Tod im Frühling. Der dritte Fall. Roman. 1988
Tod in Florenz. Der fünfte Fall. Roman. 1992
Tod einer Verrückten. Der sechste Fall. Roman. 1997
Tod einer Queen. Der siebte Fall. Roman. 1994

Tod im Palazzo. Der achte Fall. Roman. 1995
Geburtstag in Florenz. Der neunte Fall. Roman. 1998
Das Ungeheuer von Florenz. Der zehnte Fall. Roman. 1997
Alta moda. Der elfte Fall. Roman. 1999
Nachtblüten. Der zwölfte Fall. Roman. 2002
Eine Japanerin in Florenz. Der dreizehnte Fall. Roman. 2006
• Kinder- und Jugendbücher:
Ein neuer Anfang. Roman. 2000
Finchen im Frühling. 2002
Finchen im Herbst. 2001
Finchen im Sommer. 2001 ***
Finchen im Winter. 2000
• Außerdem erschienen:
Terror. Von Magdalen Nabb und Paolo Vagheggi. Roman. 1988

Noll Ingrid, 29.9.1935, Shanghai, lebt in Weinheim
Fisherman's Friend. Aus: *Falsche Zungen* (detebe 23508); Diogenes, Zürich 2005.
• Von Ingrid Noll sind im Diogenes Verlag erschienen:
Die Apothekerin. Roman. 1994
Der Hahn ist tot. Roman. 1991
Die Häupter meiner Lieben. Roman. 1993
Kalt ist der Abendhauch. Roman. 1996
Ladylike. Roman. 2006
Auch als Diogenes Hörbuch, gelesen von Maria Becker. 2006
Rabenbrüder. Roman. 2003
Röslein rot. Roman. 1998
Der Schweinepascha in 15 Bildern. Illustriert von der Autorin. 1996
Die Sekretärin. Drei Rachegeschichten. 2000 ***
Stich für Stich. Fünf schlimme Geschichten. 1997 ***
Selige Witwen. Roman. 2001
Falsche Zungen. Gesammelte Geschichten. 2004

Pisani Liaty, 10.5.1950, Mailand, lebt im Tessin
Schweigen ist Silber. Aus dem Italienischen von Ulrich Hartmann. Auszug aus dem Roman *Der Spion und der Schauspieler* (vorm.: *Schweigen ist Silber*) (detebe 23313); Diogenes, Zürich 2002.
• Von Liaty Pisani sind im Diogenes Verlag erschienen:
Die Nacht der Macht. Der Spion und der Präsident. Roman. 2002
Der Spion und der Analytiker. (vorm.: *Tod eines Forschers*). Roman. 1997
Der Spion und der Bankier. Roman. 1991
Der Spion und der Dichter. Roman. 1997
Stille Elite. Der Spion und der Rockstar. Roman. 2004

Poe Edgar Allan, 19.1.1809, Boston – 7.10.1849, Baltimore
Der entwendete Brief. Aus dem Englischen von Gisela Etzel. Aus: *Meistererzählungen* (vorm.: *Die besten Geschichten...*) (detebe 21721); Diogenes, Zürich 1989.
• Von Edgar Allan Poe sind im Diogenes Verlag erschienen:

Der entwendete Brief. Eine Auguste-Dupin-Geschichte. 1983 ***
Die denkwürdigen Erlebnisse des Arthur Gordon Pym. Roman. 1985
Die schwarze Katze und andere Verbrechergeschichten. 1984
Die Maske des roten Todes und andere phantastische Fahrten. 1984
Der Teufel im Glockenstuhl und andere Scherz- und Spottgeschichten. 1984
Der Untergang des Hauses Usher und andere Geschichten von Schönheit, Liebe und Wiederkunft. 1984

SCHLINK BERNHARD, 6.7.1944, Bielefeld, lebt in Bonn und Berlin
Marmor, Stein und Eisen bricht (Titel von den Herausgebern). Auszug aus dem Roman *Selbs Betrug* (detebe 22706); Diogenes, Zürich 1994.
• Von Bernhard Schlink sind im Diogenes Verlag erschienen:
Die Heimkehr. Roman. 2006
Auch als Diogenes Hörbuch, gelesen von Hans Korte. 2006
Liebesfluchten. Geschichten. 2000
Die gordische Schleife. Roman. 1988
Selbs Betrug. Roman. 1992
Selbs Mord. Roman. 2001
Vergewisserungen. Über Politik, Recht, Schreiben und Glauben. 2005
Der Vorleser. Roman. 1995
Auch als Diogenes Hörbuch, gelesen von Hans Korte. 2005
• Außerdem erschienen:
Selbs Justiz. Von Bernhard Schlink und Walter Popp. Roman. 1987

SIMENON GEORGES, 13.2.1903, Lüttich – 4.9.1989, Lausanne
Der Drohbrief. Aus dem Französischen von Linde Birk. Aus: *Tintenfaß Nr. 24*; Diogenes, Zürich 2000.
• Von Georges Simenon sind im Diogenes Verlag erschienen:
• Autobiographische Schriften:
Als ich alt war. Tagebücher 1960–1963. 1977
Brief an meine Mutter. 1978 ***
Briefwechsel mit André Gide. 1977 ***
Intime Memoiren und *Das Buch von Marie-Jo.* 1982 ***
Ein Mensch wie jeder andere. Mein Tonband und ich. 1978 ***
Simenon auf der Couch. Fünf Ärzte verhören den Autor sieben Stunden lang. 1985
Stammbaum. Pedigree. Autobiographischer Roman. 1982
• Reportagen:
Die Pfeife Kleopatras. Reportagen aus aller Welt. 1984 ***
Zahltag in einer Bank. Reportagen aus Frankreich. 1984 ***
• Romane und Erzählungen:
Die beiden Alten in Cherbourg. Erzählungen. 1990 ***
Am Maultierpaß. Roman. 1991 ***
Der Amateur. Roman. 1992 ***
Ankunft Allerheiligen. Roman. 1979 ***
Antoine und Julie. Roman. 1983 ***

Auf großer Fahrt.
Roman. 1987 ***
Der Ausbrecher.
Roman. 1979 ***
Der Bananentourist.
Roman. 1988 ***
Das Begräbnis des Monsieur Bouvet. Roman. 1989 ***
Die Beichte. Roman. 1993 ***
Bellas Tod. Roman. 1977
Der Bericht des Polizisten.
Roman. 1987 ***
Betty. Roman. 1983
Betty / Die Tür. Zwei Romane in einem Band. 1978 ***
Der große Bob. Roman. 1978
Brief an meinen Richter.
Roman. 1977
Der ältere Bruder.
Roman. 1992
Die Brüder Rico.
Roman. 1983 ***
Der Bürgermeister von Furnes.
Roman. 1984
»… die da dürstet«.
Roman. 1989 ***
Der kleine Doktor.
Drei Erzählungen. 1971 ***
Doktor Bergelon.
Roman. 1992 ***
Doppelleben. Roman. 1994 ***
Die Eisentreppe.
Roman. 1988 ***
Emil und sein Schiff.
Erzählungen. 1985 ***
Die Erbschleicher.
Roman. 1991 ***
Der Erpresser. Roman. 1991 ***
Gesammelte Erzählungen.
Erste Folge. 1980 ***
Es gibt noch Haselnußsträucher.
Roman. 1984 ***
Exotische Novellen. 1985 ***

Die Fantome des Hutmachers.
Roman. 1982 ***
Das Fenster der Rouets.
Roman. 1987 ***
Die grünen Fensterläden.
Roman. 1977
Die Ferien des Monsieur Mahé.
Roman. 1993 ***
Die Flucht der Flamen.
Roman. 1991 ***
Die Flucht des Monsieur Monde. Roman. 1991
Fremd im eigenen Haus.
Roman. 1991 ***
45 Grad im Schatten.
Roman. 1987 ***
Das Gasthaus im Elsaß.
Roman. 1986
Das Gefängnis.
Roman. 1990 ***
Der Glaskäfig.
Roman. 1991 ***
Die Glocken von Bicêtre.
Roman. 1974
Der Grenzgänger.
Roman. 1994 ***
Die Großmutter.
Roman. 1978 ***
Das große Los. Drei Geschichten. 1994
Das Haus am Kanal.
Roman. 1986
Das Haus am Quai Notre-Dame. Roman. 1990 ***
Das Haus der sieben Mädchen.
Roman. 1992 ***
Der kleine Heilige.
Roman. 1979
Hochzeit in Poitiers.
Roman. 1992 ***
Im Falle eines Unfalls.
Roman. 1977
Die Katze. Roman. 1985 ***

Die Komplizen. Roman. 1980
Sieben Kreuzchen in einem Notizbuch. Zwei Weihnachtsgeschichten. 1992 ***
Die schwarze Kugel. Roman. 1982 ***
Das zweite Leben. Roman. 1991 ***
Die Leute gegenüber. Roman. 1985 ***
Malétras zieht Bilanz. Roman. 1990 ***
Der Mann aus London. Roman. 1981
Der Mann, der den Zügen nachsah. Roman. 1981 ***
Der Mann mit dem kleinen Hund. Roman. 1978
Der kleine Mann von Archangelsk. Roman. 1978 ***
Der reiche Mann. Roman. 1989 ***
Manuela. Roman. 1993 ***
Die schielende Marie. Roman. 1990 ***
Die Marie vom Hafen. Roman. 1989
Meistererzählungen. 1988
Der Mörder. Roman. 1977
Monsieur La Souris. Roman. 1988 ***
Der Neger. Roman. 1983 ***
Der Neger / Das blaue Zimmer. Zwei Romane in einem Band. 1979 ***
Der Neue. Roman. 1990 ***
Neues vom kleinen Doktor. Drei Geschichten. 1994 ***
Der Outlaw. Roman. 1979 ***
Der Passagier der Polarlys. Roman. 1986 ***
Die Pitards. Roman. 1990 ***
Der Präsident. Roman. 1979
Schwarzer Regen. Roman. 1993 ***
Drei große Romane: Der Mörder / Drei Zimmer in Manhattan / Der große Bob. 1988 ***
Der Rückfall. Roman. 1991 ***
Sackgasse. Roman. 1991 ***
Das Schicksal der Malous. Roman. 1991 ***
Schlußlichter. Roman. 1982
Der Schnee war schmutzig. Roman. 1977 ***
Der Schwager. Roman. 1993 ***
Die Schwarze von Panama. Roman. 1986 ***
Die schwanzlosen Schweinchen. Erzählungen. 1985 ***
Die bösen Schwestern von Concarneau. Roman. 1988 ***
Die Selbstmörder. Roman. 1990
Der Sohn Cardinaud. Roman. 1988 ***
Der verlorene Sohn. Roman. 1993 ***
Sonntag. Roman. 1977
Der Stammgast. Roman. 1992 ***
Striptease. Roman. 1986
Die verlorene Stute. Roman. 1992 ***
Die letzten Tage eines armen Mannes. Roman. 1991 ***
Tante Jeanne. Roman. 1990 ***
Der Teddybär. Roman. 1989
Das Testament Donadieu. Roman. 1985
Die verschwundene Tochter. Roman. 1992 ***
Der Tod des Auguste Mature. Roman. 1980
Tropenkoller. Roman. 1979
Die Tür. Roman. 1983

berlebenden der Téléma- Roman. 1981 ***
Uhrmacher von Everton. man. 1991 ***
er Umzug. Roman. 1990 ***
Das Unheil. Roman. 1992 ***
Der Untermieter. Roman. 1984 ***
Das ungesühnte Verbrechen. Roman. 1992 ***
Die Verbrechen meiner Freunde. Ein autobiographischer Roman. 1994 ***
Der Verdächtige. Roman. 1977 ***
Die Verlobung des Monsieur Hire. Roman. 1978
Der fremde Vetter. Roman. 1989
Vor Gericht. Roman. 1989 ***
Die Wahrheit über Bébé Donge. Roman. 1978.
Weder ein noch aus. Roman. 1985 ***
Weißer Mann mit Brille. Roman. 1988 ***
Wellenschlag. Roman. 1979
Die Witwe Couderc. Roman. 1982
Der Witwer. Roman. 1992 ***
Der Wucherer. Roman. 1994 ***
Die Zeit mit Anaïs. Roman. 1987
Die Zeugen. Roman. 1980 ***
Das blaue Zimmer. Roman. 1983 ***
Drei Zimmer in Manhattan. Roman. 1978
Der Zug. Roman. 1986
Der Zug aus Venedig. Roman. 1988 ***
Zum Roten Esel. Roman. 1994 ***
Zum Weißen Roß. Roman. 1980 ***

• Maigret-Romane und -Erzählungen:

Der goldene Gelbe 88. Maigret amüsiert sich / Mein Freund Maigret / Maigret und die junge Tote. 1988 ***
Hier irrt Maigret. Roman. 1979
Madame Maigrets Freundin. Roman. 1979
Madame Maigrets Liebhaber. Vier Fälle für Maigret. 1989 ***
Maigret als möblierter Herr. Roman. 1979
Maigret am Treffen der Neufundlandfahrer. Roman. 1980
Maigret amüsiert sich. Roman. 1978 ***
Maigret auf Reisen. Roman. 1988 ***
Maigret bei den Flamen. Roman. 1980
Maigret beim Coroner. Roman. 1981 ***
Maigret contra Picpus. Roman. 1982
Maigret erlebt eine Niederlage. Roman. 1983 ***
Maigret gerät in Wut. Roman. 1983 ***
Maigret gerät in Wut / Maigret verteidigt sich. Zwei Maigret-Romane in einem Band. 1979 ***
Maigret-Geschichten. 1980 ***
Maigret hat Angst. Roman. 1983
Maigret hat Angst / Maigret erlebt eine Niederlage. Zwei Maigret-Romane in einem Band. 1978 ***

Maigret hat Skrupel.
Roman. 1989 ***
Maigret im Haus des Richters.
Roman. 1984 ***
Maigret in Künstlerkreisen.
Roman. 1990 ***
Maigret in Kur.
Roman. 1989
Maigret in der Liberty Bar.
Roman. 1986.
Maigret in New York.
Roman. 1985 ***
Maigret in Nöten.
Roman. 1987 ***
Maigret kämpft um den Kopf eines Mannes.
Roman. 1979 ***
Maigret läßt sich Zeit.
Roman. 1982 ***
Maigret, Lognon und die Gangster. Roman. 1981
Maigret macht Ferien.
Roman. 1987
Maigret regt sich auf.
Roman. 1981
Maigret stellt eine Falle.
Roman. 1985 ***
Maigret, die Tänzerin und die Gräfin. Roman. 1986 ***
Maigret und die Affäre Saint-Fiacre. Roman. 1986 ***
Maigret und die Bohnenstange.
Roman. 1998 ***
Maigret und der Clochard.
Roman. 1989 ***
Maigret und die alte Dame.
Roman. 1978
Maigret und der faule Dieb.
Roman. 1988 ***
Maigret und das Dienstmädchen. Roman. 1984
Maigret und der Fall Nahour.
Roman. 1985 ***

Maigret
Gast de
Maigret. 19
Maigret und d
Saint-Pholien. R
Maigret und das G
Roman. 1989 ***
Maigret und der gelbe H
Roman. 1979
Maigret und sein Jugendfreund
Roman. 1988 ***
Maigret und der geheimnisvolle Kapitän. Roman. 1984
Maigret und die Keller des ›Majestic‹. Roman. 1982
Maigret und die schrecklichen Kinder. 1987 ***
Maigret und die kleine Landkneipe. Roman. 1986
Maigret und die kopflose Leiche. Roman. 1980 ***
Maigret und die alten Leute.
Roman. 1984 ***
Maigret und die braven Leute.
Roman. 1988 ***
Maigret und der Mann auf der Bank. Roman. 1978 ***
Maigret und der einsame Mann.
Roman. 1990
Maigret und der Messerstecher.
Roman. 1990 ***
Maigret und der Minister.
Roman. 1978 ***
Maigret und Monsieur Charles.
Roman. 1990 ***
Maigret und der verstorbene Monsieur Gallet. Roman. 1981
Maigret und sein Neffe.
Roman. 1989 ***
Maigret und Pietr der Lette.
Roman. 1978
Maigret und sein Revolver.
Roman. 1988

Maigret und sein Rivale. Roman. 1987 ***
Maigret und der Samstagsklient. Roman. 1985 ***
Maigret und das Schattenspiel. Roman. 1982 ***
Maigret und der Spion. Roman. 1986 ***
Maigret und der Spitzel. Roman. 1990
Maigret und Stan der Killer. Vier Fälle für Maigret. 1989 ***
Maigret und die junge Tote. Roman. 1978
Maigret und sein Toter. Roman. 1981 ***
Maigret und der Treidler der ›Providence‹. Roman. 1983
Maigret und das Verbrechen in Holland. Roman. 1980
Maigret und der Verrückte von Bergerac. Roman. 1986 ***
Maigret und der Weinhändler. Roman. 1990
Maigret und die verrückte Witwe. Roman. 1988 ***
Maigret und die widerspenstigen Zeugen. Roman. 1980
Maigret verliert eine Verehrerin. Roman. 1987 ***
Maigret verteidigt sich. Roman. 1983 ***
Maigret vor dem Schwurgericht. Roman. 1979 ***
Maigret zögert. Roman. 1982 ***
Maigrets Geständnis. Roman. 1982 ***
Maigrets Memoiren. Roman. 1978 ***
Maigrets Nacht an der Kreuzung. Roman. 1983 ***
Maigrets Pfeife. Eine Meisterdetektiv-Geschichte. 1983 ***
Maigrets erste Untersuchung. Roman. 1978
Der Mann auf der Straße und andere Maigret-Geschichten. 1995 ***
Mein Freund Maigret. Roman. 1978
Sechs neue Fälle für Maigret. Erzählungen. 1985 ***
Weihnachten mit Maigret. Zwei Romane und eine Erzählung. 1986 ***
Weihnachten mit Maigret. Erzählung. 1994 ***
• Außerdem erschienen:
Carissimo Simenon – Cher Fellini. Der Briefwechsel zwischen Federico Fellini und Georges Simenon. 1997 ***
Das Simenon Lesebuch. Erzählungen / Reportagen / Erinnerungen / Briefwechsel mit André Gide / Brief an meine Mutter. 1982
Über Simenon. Essays, Aufsätze und Zeugnisse von André Gide bis Alfred Andersch. 1978 ***
Simenon. Eine Biographie von Stanley G. Eskin. 1989 ***

SLESAR HENRY, 12.6.1927, Brooklyn – 2.4.2002, New York
Flitterwochen erster Klasse. Deutsch von Thomas Schlück und Günter Eichel. Aus: *Meistererzählungen* (detebe 21621); Diogenes, Zürich 1988.
• Von Henry Slesar sind im Diogenes Verlag erschienen:
Aktion Löwenbrücke. Roman. 1970 ***

Babyboom. Geschichten. 2002
Böse Geschichten für brave Leser. 1985 ***
Ein Bündel Geschichten für lüsterne Leser. Sechzehn Kriminalgeschichten. 1967 ***
Coole Geschichten für clevere Leser. 1981
Fiese Geschichten für fixe Leser. 1982 ***
Frisch gewagt ist halb gemordet. Geschichten. 1988 ***
Hinter der Tür. Roman. 1978 ***
Das graue distinguierte Leichentuch. Roman. 1974 ***
Listige Geschichten für arglose Leser. 1992 ***
Die siebte Maske. Roman. 1987 ***
Mein Vater, der Kater. Geschichten. 2001 ***
Mord in der Schnulzenklinik. Roman. 1990 ***
Das Morden ist des Mörders Lust. Sechzehn Kriminalgeschichten. 1988 ***
Eine Mordschance. Geschichten. 1997 ***
Das Phantom der Seifenoper. Geschichten. 1991 ***
Rache ist süß. Geschichten. 1991 ***
Rategeschichten für kluge Köpfe. 1998 ***
Ruby Martinson. Vierzehn Geschichten um den größten erfolglosen Verbrecher der Welt, 1976 ***
Schlimme Geschichten für schlaue Leser. 1980 ***
Teuflische Geschichten für tapfere Leser. 1992
Erlesene Verbrechen und makellose Morde. Geschichten. 1964 ***
Vorhang auf, wir spielen Mord. Roman. 1975 ***

STARR JASON, 22.11.1968, Brooklyn, lebt in New York
Die heißeste Story der Stadt (Titel von den Herausgebern). Aus dem Amerikanischen von Bernhard Robben. Aus: *Tintenfaß Nr. 24* (detebe 22024); Diogenes, Zürich 2000.
• Von Jason Starr sind im Diogenes Verlag erschienen:
Hard Feelings. Roman. 2003
Ein wirklich netter Typ. Roman. 2002
Top Job. Roman. 1998
Twisted City. Roman. 2005
Die letzte Wette. Roman. 2001

THOMPSON JIM, eigentlich James Myers Thompson, 21.3.1909, Anadarko (Oklahoma) – 7.4.1977, Los Angeles
Auto-Stop (Titel von den Herausgebern). Aus dem Amerikanischen von Thomas Stegers. Aus: *Tintenfaß Nr. 24* (detebe 22024); Diogenes, Zürich 2000.
• Von Jim Thompson sind im Diogenes Verlag erschienen:
After Dark, My Sweet. Kriminalroman. 1993 ***
Eine klasse Frau. Roman. 1994
Es war bloß Mord. Roman. 1995 ***
Getaway. Roman. 1992 ***
Kein ganzer Mann. Roman. 1996 ***
Kill-off. Roman. 1995 ***
Der King-Clan. Roman. 1996 ***

Der Mörder in mir. Roman. 1992
Muttersöhnchen. Roman. 1995 ***
Revanche. Roman. 1994 ***
Ein Satansweib. Roman. 1996 ***
Zwölfhundertachtzig schwarze Seelen. Roman. 1992 ***
Gefährliche Stadt. Roman. 1992 ***

VINE BARBARA, 17.2.1930, London, lebt in London
In den Tagen seines Glücks. Aus dem Englischen von Renate Orth-Guttmann. Aus: *Tintenfaß Nr. 24* (detebe 22024); Diogenes, Zürich 2000.
• Von Barbara Vine sind im Diogenes Verlag erschienen:
Astas Tagebuch. Roman. 1994
Die im Dunkeln sieht man doch. Roman. 1988
Es scheint die Sonne noch so schön. Roman. 1989
Der schwarze Falter. Roman. 1999
Das Haus der Stufen. Roman. 1990
Heuschrecken. Roman. 2000
Keine Nacht dir zu lang. Roman. 1995
König Salomons Teppich. Roman. 1993
Königliche Krankheit. Roman. 2003
Liebesbeweise. Roman. 1991
Schwefelhochzeit. Roman. 1997

WESLEY VALERIE WILSON, 22.11.1947, lebt in Newark / New Jersey
Todesblues. Aus dem Amerikanischen von Gertraude Krueger. Auszug aus dem gleichnamigen Roman (detebe 23263); Diogenes, Zürich 2001.
• Von Valerie Wilson Wesley sind im Diogenes Verlag erschienen:
Es wird alles anders bleiben. Roman. 2001
Vier Frauen. Roman. 2004
• Die Fälle für Tamara Hayle:
Auf dem Weg nach oben. Roman. 2000
Ein Engel über deinem Grab. Roman. 1996
In Teufels Küche. Roman. 1998
Off-Road-Kids. Roman. 2003

WOOLRICH CORNELL, 4.12.1903, New York – 25.9.1968, New York
Wie das Leben so spielt. Aus dem Amerikanischen von Jobst-Christian Rojahn. Aus: *Tintenfaß Nr. 24* (detebe 22024); Diogenes, Zürich 2000.
• Von Cornell Woolrich sind im Diogenes Verlag erschienen:
Die wilde Braut. Roman. 1991
Der schwarze Engel. Roman. 1988
Das Fenster zum Hof und vier weitere Kriminalstories. 1989
Ich heiratete einen Toten. Roman. 1989
Im Dunkel der Nacht. Kriminalstories. 1989
Die Nacht hat tausend Augen. Roman. 1989
Der schwarze Pfad. Roman. 1988
Rendezvous in Schwarz. Roman. 1990
Der schwarze Vorhang. Roman. 1988 ***
Walzer in die Dunkelheit. Roman. 1989 ***